近代传奇杂剧研究

【广东中华文化王季思学术基金 ⊙ 黄天骥学术基金丛书之八】

左鹏军 著

广东高等教育出版社

广州

图书在版编目（CIP）数据

近代传奇杂剧研究/左鹏军著. —2 版. —广州：广东高等教育出版社，2011.6
（广东中华文化王季思学术基金·黄天骥学术基金丛书）
ISBN 978-7-5361-4066-0

Ⅰ.①近… Ⅱ.①左… Ⅲ.①传奇剧（戏曲）：杂剧-文学研究-中国-近代 Ⅳ.①I207.37

中国版本图书馆 CIP 数据核字（2011）第 082442 号

广东高等教育出版社出版发行
地址：广州市天河区林和西横路/510500
营销电话：(020) 87551597
网址：www.gdgjs.com.cn
佛山浩文彩色印刷有限公司印刷
开本：890 毫米×1240 毫米　32 开本　12.625 印张　372 千字
2011 年 6 月第 2 版　2011 年 6 月第 2 次印刷
印数：2 001～4 000 册
定价：34.00 元

前记一

黄天骥

中国古代戏曲和古代文学作品,是取之不尽用之不竭的宝藏。华夏子孙,有责任发掘开采,分析整理,让体现着东方文化的瑰宝,在世界民族之林中焕发光辉。自然,我们也不能一味陶醉在祖先遗泽之中,审视它,研究它,弃其糟粕,取其精华,使之有助于祖国精神文明建设,才是我们整理古代戏曲、古代文学的目的。

近几年,广东经济有了飞跃的发展,许多有识之士,认识到在这块热土中弘扬中华文化的重要性。因而采取多种方式,大力推动对中华文化的学术研究。因时际会,"广东中华文化王季思古代戏曲、古代文学研究基金"得以乘风御气,建立起来。有了这个条件,我们就有可能出版丛书,在研究我国传统文化的领域中,做一点力所能及的工作。

我们出版这套丛书,也是为了纪念王季思老师。

王起,字季思(1906—1996),浙江温州人。早岁师从孙诒让、吴梅先生,以《西厢五剧注》名世。20世纪40年代后期,王季思老师到广东中山大学任教,历任中文系主任、古文献研究所所长等职。数十年来,他热爱祖国,热爱中华文化,把全部精力投入到教学和科研的工作中,在古代戏曲、古代文学领域作出了巨大的贡献。"文化大革命"后,拨乱反正,王季思老师被聘为国务院学位委员会第一届学科评议组成员、国家古籍整理出版规划小组顾问,被公认是中国古代戏曲古代文学研究的权威。

王季思老师一生热爱学生,教育青年。他常说:学术乃天下公器。学生和后辈学者向他求教,他从来都认真、热诚地给予帮助。直到七八十岁高龄,他还培养硕士生、博士生,矻矻穷年,不遗余力。他经常强调建设祖国教育和文化事业,要有人继承,渴望薪火相传,让中华文化之光一代又一代照遍大地。

弘扬中华文化,继承王季思老师匡扶后进的精神,是受过他老人家教诲的学生的共同心愿。1993年,广州市政协和中山大学联合主办"庆祝王季思教授从教七十周年大会"。其后,诸位校友像杨资元、赖春泉等学长,深感为促进学术的发展,应做一些更加切实的工作,朱孟依先生积极支持。经过各方面的努力,我们决心出版这一套丛书,希望能实现王季思老师多年的心愿,帮助热心于中国古代戏曲古代文学而又甘心坐冷板凳的学者迅速成长,让学术之花也在生长红棉的土地上盛开。

学术的殿堂是靠一砖一石垒成的,我们希

望扎扎实实地奋工添瓦,不想欣赏海市蜃楼。目前,我们的能力有限,更兼文化建设不可能一蹴而就。因此,我们的想法是:环绕着中国古代戏曲、古代文学的论题,逐年出版有较高水平的学术著作。只要持之以恒,锲而不舍,日积月累,代代相传,我们一定能在祖国学术领域的南天,垒筑起一座丰碑。

王季思老师曾有诗云:
人生有限而无限,历史无情还有情;
薪火相传光不绝,长留双眼看春星。

丛书付梓之际,我们抄录这首诗,作为奠基之石,以明旨意,兼励来者。

1996年6月16日于中山大学

前记二

欧阳光　康保成

自1996年广东中华文化王季思学术基金丛书第一种出版以来，迄今已过去了整整十年。十年来，我们根据有限的财力，精心甄选入围选题，在广东高等教育出版社的大力支持下，以每年一到两种的节奏，已陆续出版了13种著作。

看着眼前这套积少成多渐成规模的丛书，不禁让人深深感慨。这套丛书的作者基本上都是中山大学中文系的中青年学者或博士学位获得者，选题以古代戏曲研究为多，同时也涵括了古代文学研究的其他领域。这些著作也许算不上什么鸿篇巨制，我们也没有像时尚所热衷的那样对它进行包装和宣传，在当今热闹非凡的学术著作出版大潮中，它甚至显得有些冷清和落寞，但这些著作都是对有关领域作了艰苦细致的研究之后的心得之作，或对有关研究领域有所开拓，或推动了有关研究向纵深发展，自有其难以掩盖的学术价值。丛书从总体上展现了中山大学中文系中青年学者的风采，也体现了中山大学中文系沉潜、严谨、包容、开放的良好学风。

最近,珠海市民营企业家李平秋先生捐资设立黄天骥学术基金,用于支持我系古代戏曲和古代文学等学科的发展。李平秋先生1983年毕业于中山大学中文系,之后投身于市场经济大潮,艰苦创业,努力打拼,取得了事业的成功;在事业有所成就的时候,却不忘回报社会。他有感于母系的培育之恩,倾心敬佩黄天骥先生的师德人品,因而出资设立以黄天骥先生命名的学术基金,其拳拳赤子之心,殷殷校友之情,令人感佩。

这样一来,我们除了王季思学术基金之外,又有了黄天骥学术基金。两个基金虽然命名不同,其宗旨则是一以贯之的,即为传承和弘扬我国优秀传统文化、推进古代戏曲和古代文学的研究而添砖加瓦,略尽绵薄。根据这一宗旨,我们将把两个基金的增值部分合并在一起使用。其中继续资助出版中青年学者高质量的研究成果,帮助中青年学者在学术上更快地成长,仍然是两个基金的主要工作。

王季思先生是中山大学中文系古代戏曲、古代文学学科的开拓者、奠基人;黄天骥先生是继王季思先生之后中山大学中文系古代戏曲、古代文学学科的领军人物,在海内外学术界享有崇高的威望。两位先生的共同特点是不仅重视学术的创造,同时也注重学术的传承,他们都倾力培养后学,提携奖掖不遗余力,这也正是中山大学中文系古代戏曲、古代文学学科能够生生不息,始终充满活力,并不断有创造性成果涌现的原因。

　　学术的发展离不开传承，也离不开积累，我们所做的正是传承和积累的工作。这一工作也许一时半会儿看不出明显的效果，但正如黄天骥先生在本丛书的"前记一"中所说的："只要持之以恒，锲而不舍，日积月累，代代相传，我们一定能在祖国学术领域的南天，垒筑起一座丰碑。"

　　让我们以此互勉。

2006年11月16日于中山大学

目 录

导言 ………………………………………………………（1）
第一章　近代传奇杂剧的戏剧史背景 ……………………（6）
　第一节　乾隆末年以降的戏曲走向 ……………………（7）
　第二节　近代戏剧的三足鼎立格局 ……………………（16）
第二章　近代传奇杂剧概说 ………………………………（33）
　第一节　近代传奇杂剧的著录 …………………………（33）
　第二节　近代传奇杂剧的发展概况 ……………………（38）
第三章　近代传奇杂剧代表作家作品述略 ………………（46）
　第一节　近代前期作家作品 ……………………………（46）
　第二节　近代中期作家作品 ……………………………（61）
　第三节　近代后期作家作品 ……………………………（80）
第四章　近代传奇杂剧的主要题材类型 …………………（91）
　第一节　政治时事剧 ……………………………………（92）
　第二节　社会问题剧 ……………………………………（106）
　第三节　历史题材剧 ……………………………………（113）
　第四节　外国题材剧 ……………………………………（119）
　第五节　历代小说笔记和历代文献题材剧 ……………（124）
　第六节　作者自述剧与抒情议论短剧 …………………（130）
第五章　近代传奇杂剧的艺术新变 ………………………（137）
　第一节　戏剧情节的削弱 ………………………………（137）
　第二节　戏剧冲突的淡化 ………………………………（148）
　第三节　戏剧人物的平面化 ……………………………（156）
　第四节　戏剧剧本的案头化 ……………………………（168）

第六章　近代传奇杂剧的文体特性 (184)
　　第一节　从曲本位走向文本位 (184)
　　第二节　传奇杂剧文体规范的消解 (196)
　　第三节　传奇和杂剧之间文体界限的消失 (214)

第七章　近代传奇杂剧的语言变革 (223)
　　第一节　近代传奇杂剧语言的基本特点 (224)
　　第二节　报章文体对传奇杂剧语言的渗透 (235)
　　第三节　西学东渐对传奇杂剧语言的影响 (241)
　　第四节　方言在传奇杂剧中的运用 (250)

第八章　近代传奇杂剧的演出剧场与舞台艺术 (258)
　　第一节　新式剧场 (259)
　　第二节　服装道具 (267)
　　第三节　舞台效果 (278)

第九章　新见剧本介绍与有关史实考辨 (294)
　　第一节　关于新见近代传奇杂剧十三种 (294)
　　第二节　关于五种稀见近代传奇杂剧 (314)
　　第三节　若干近代曲家曲目考辨 (321)

第十章　近代传奇杂剧的意义和地位 (330)
　　第一节　近代传奇杂剧的主要贡献 (331)
　　第二节　中国近代文学史上的传奇杂剧 (337)
　　第三节　中国戏剧史上的近代传奇杂剧 (346)

附录　近代传奇杂剧目录 (354)

参考文献 (378)

后记 (387)

修订版后记 (390)

导 言

不论是从中国戏剧史研究的角度，还是从中国近代文学史研究的角度来看，近代传奇杂剧研究都是最为薄弱的环节，与其应有的戏剧史、文学史地位极不相称。近代是传奇杂剧实现最后繁荣并走向终结的时期，近代传奇杂剧是中国戏剧史总体格局中一个重要的组成部分。近代传奇杂剧从内容到形式等许多方面所发生的具有深刻意义的历史变革，对中国戏剧史作出了独特的贡献，也为作为中国古典戏曲典范形式的传奇杂剧的发展历程画上了一个圆满而有力的句号。本书就是对近代传奇杂剧（1840—1949）进行全面深入研究的一个尝试。

本书坚持从原始文献入手，尽可能广泛地搜求、发掘并恰当地运用第一手资料，在研读原始材料的基础上形成见解、确立观点；以对近代传奇杂剧的发展线索和重要作家作品的总体认识为基础，展开各个专题的讨论。还注意将近代传奇杂剧变革历程中出现的各种现象置于中国戏剧史特别是清代乾隆末年以降的戏剧发展历程中考察，注意将近代传奇杂剧的发展置于中国近代古今转换交替、中西冲突交汇的文化背景中考察。力图形成以原始文献为依据，以文化背景为参照，以戏剧史线索为依托，观点从材料出，结论从史实出，史论结合的研究思路，努力推进中国近代戏剧与文学的研究进展。

本书凡十章，各个章节各有侧重，从不同角度描述和展现近代传奇杂剧的历史变迁与时代特色，彼此之间又构成一个较为周详的整体，相互支撑，彼此互证，从而形成对近代传奇杂剧尽可能深入贴切、全面系统的认识。

第一章至第三章主要是在中国戏剧与文学古今演变的历程中，

讨论和概括近代传奇杂剧产生的戏剧史背景、中国近代戏剧格局的总体面貌、近代传奇杂剧的发展阶段以及重要作家作品的基本情况等。

第一章概括介绍近代传奇杂剧的戏剧史背景和中国近代形成的独特的戏剧史格局。通过简要回顾清代乾隆末年以降中国戏剧的总体走向,交代近代传奇杂剧产生和发展的具体戏剧史与文学史背景,并在此基础上提出中国近代戏剧确立了以传奇杂剧、京剧及其他地方戏曲、早期话剧为中心的"三足鼎立"基本格局的观点,认为这种独特的戏剧史格局在动态的中国近代戏剧历程中形成和发展,展现了中国近代戏剧史的独特面貌,改变了中国传统戏曲史的总体结构,奠定了中国现代戏剧史的基础。

第二章概述近代传奇杂剧的文献基础和基本情况。关于近代传奇杂剧的文献基础与作品数量,学界向来没有一个准确可靠的统计或接近真相的估计。本章首先对有关情况进行了介绍评述,并在此基础上指出,根据笔者目前的统计和估计,流传至今的近代传奇杂剧作品约可达420种之多。根据中国近代戏剧史的总体状况,特别是近代传奇杂剧的发展趋势,亦为了叙述的方便,把近代传奇杂剧的发展历程分为三个时期,即近代前期(第一阶段,1840—1901),近代中期(第二阶段,1902—1919),近代后期(第三阶段,1920—1949)。

第三章介绍和评述近代传奇杂剧的代表作家及其作品。根据目前掌握的近代传奇杂剧作家与作品情况及相关文献资料,从数以百计的近代传奇杂剧作家中选择有代表性的三十多位,根据生活与创作的时代背景,将其归入近代传奇杂剧创作与发展的三个时期,分别介绍和评述他们的生平事迹、著述情况、传奇杂剧创作特点、戏曲史贡献与地位及其他相关情况,试图从代表性戏曲家及其创作成就这一具体角度展现近代传奇杂剧的独特成就。

第四章至第八章属专题性研究,既是前三章的自然延伸,又是必要的深化与发展,也是全书的重点所在。主要探讨近代传奇杂剧在题材类型、创作艺术、文体特性、语言变革、演出剧场与舞台艺术等方面的时代特点、发生的显著变化和出现的重要现象。

第四章阐述近代传奇杂剧的题材类型及其时代意义。笔者在对目前掌握的近代传奇杂剧剧本进行分类统计之后,将其主要题材类型归纳为六种:政治时事剧、社会问题剧、历史题材剧、外国题材剧、历代小说笔记与历代文献题材剧、作者自述剧与抒情议论短剧,又将各种题材类型的作品划分为若干个小类,论述其内容特点、时代特色和戏曲史意义,展示近代传奇杂剧题材的多样性与丰富性。从中国戏剧史的角度考察近代传奇杂剧的题材特点,认为在近代这一并不算很长的时期内产生的传奇杂剧,作品数量相当庞大,题材范围极为广泛,不仅带有强烈的时代文化色彩,而且在许多方面超过了以往的传奇杂剧。

第五章探讨近代传奇杂剧的艺术特征。近代传奇杂剧的创作艺术,在继承中国古代戏曲传统艺术方法的基础上,在许多方面表现出变革与创新的趋势,提出戏剧情节削弱、戏剧冲突淡化、戏剧人物平面化、戏剧剧本案头化等论题,并探讨这些戏曲史现象的表现和成因,试图从比较内在的层面上认识传奇杂剧艺术表现手法的近代变革。近代传奇杂剧的非情节化倾向在许多作品中表现明显;戏剧冲突的虚化和弱化使其作用明显减弱;议论、演说成分加强,概念化、观念化成分突出,重视事件而轻视人物,以学问为戏曲的创作倾向等,是造成戏剧人物平面化的重要原因;不遵曲谱曲律的作家作品增多,大量非表演性成分进入传奇杂剧,非常规表现方式大量出现,则是戏剧剧本案头化的重要原因。

第六章考察近代传奇杂剧的体制规范和文体特征。从中国戏剧的发展历程来看,近代传奇杂剧的体制特征和文体形态表现出相当突出的时代特点,从"曲本位"走向"文本位",传奇与杂剧各自文体规范的消解,传奇与杂剧之间文体界限的消失,是近代传奇杂剧发展中的重要现象。这种现象的产生和持续,有着复杂的戏剧史、文学史与文化史原因,既是近代传奇杂剧发生重要变化的表征,为传奇杂剧的发展开辟了新天地,迎来了中国戏曲史上传奇杂剧的最后一次发展高潮;同时也使传奇杂剧的特殊体制和文体规范丧失殆尽，成为一种明显的体制改变和文体限制，是其在日益新变的文化环境中走向式微直至完全消亡的征兆。

第七章认识近代传奇杂剧的语言特点与时代变革。与古代戏曲相比，近代传奇杂剧在语言方面也表现出一些新的时代特点，如回归本色、走向通俗、类型化语言增多、方言运用频繁、外来语大量出现等。这种显著的戏剧语言变革特别突出地从几个重要侧面表现出来，如报章文体对传奇杂剧语言的渗透，西学东渐对传奇杂剧语言的影响，方言在传奇杂剧中的运用等。近代传奇杂剧的语言变革是空前深刻的，不仅是中国传统戏曲语言的发展与变革，而且对中国现代戏剧语言的形成与建立具有重要的先导意义。

第八章分析近代传奇杂剧演出剧场和舞台表演艺术的新变化。一些近代传奇杂剧剧本提供的情况表明，近代传奇杂剧的演出场所，或作者创作时心目中拟想的演出场所，已经不是中国传统的茶园、戏园，而是在西方戏剧文化影响下产生、带有明显的西方文化色彩的新式剧场。与此相联系，不少传奇杂剧中的服装、道具、烟火、灯光等都发生了革命性的变革；舞台设计也大为改观，开始运用场幕和布景，旋转舞台也出现于传奇杂剧剧本之中，舞台效果取得了飞跃式进步。这表明中国戏曲演出场所和舞台艺术方面取得的实质性进步，开启了中国现代戏剧舞台表演艺术的先河。

第九章考证辨析新发现的近代传奇杂剧剧本和部分重要的戏曲史实。几年来，笔者在搜求和研读近代传奇杂剧文献的过程中，发现有关著作从未著录或未见其他研究者提及的近代传奇杂剧十三种，根据目前所见知，对这些新见剧本的基本情况进行了介绍和考订，提供了新的戏曲文献和戏曲史实。另有五种对于一般研究者而言相当稀见的近代传奇杂剧剧本，亦有着重介绍之必要，故对这些剧本的作者及相关史实略有考证辨析。本章的另一内容是对多年来中国戏曲研究和中国近代文学研究中未能解决的几个近代传奇杂剧作家作品及有关戏曲史实问题的考订说明，根据较为充分的文献资料进行了考证辨析，得出了新的结论。

第十章讨论近代传奇杂剧的戏剧史意义和历史地位。努力将近代传奇杂剧置于与中国近代戏剧与文学发展的具体场景之中，置于中国戏剧古今演变的历史过程之中，从近代传奇杂剧的思想成就与艺术成就、传奇杂剧在中国近代文学诸文体中的地位与作用、近代传奇杂剧在整个中国戏剧史上的地位与价值的角度进行探讨，认为近代传奇杂剧不仅是对中国近代戏剧史和文学史的杰出贡献，也是对整个中国戏剧史与文学史的重要贡献。随着本领域及相关学术领域的研究进展，近代传奇杂剧的重要贡献和历史地位，必将得到愈来愈多的人们的充分认识。

本书之末有附录"近代传奇杂剧目录"，是在前人有关曲目、曲录及其他目录文献的基础上重新统计编排而成；特别是将笔者新的文献发现与考辨结果融入其中，著录传奇杂剧达430多种，并简述其作者及发表出版、版本流传情况，希望提供一份尽可能完备可靠的近代传奇杂剧目录，以期推动中国戏剧史、中国近代文学史及相关领域的研究进展。

第一章　近代传奇杂剧的戏剧史背景

本书的研究对象是近代传奇杂剧，有必要首先对"近代"的时限作一个说明。目前历史学界对"中国近代史"范围比较通行的规定，是从鸦片战争到中华人民共和国成立（1840—1949），大约一百一十年的时间；而中国文学史研究者对"中国近代文学"范围的规定，通常是从鸦片战争到五四运动前夕（1840—1919），约八十年。本书对"近代传奇杂剧"研究范围的确定，一方面考虑历史学界、文学史研究界对中国近代史、中国近代文学史的一般界定，另一方面着重考察传奇杂剧自晚清以后至最终消亡阶段的实际状况，从而把研究范围确定在1840年鸦片战争爆发至1949年中华人民共和国成立之前这一历史时期内。换句话说，本书的研究对象是晚清民国时期的传奇杂剧。

从中国文化发展的基本脉络上看，近代戏剧、近代文学发生、发展的文化史背景是相当特殊的，最集中地表现在中国文化自从近代以来面临着空前尖锐的冲突与危机，发生着空前深刻的变革。一方面是西方近代文化以武力强权为主要方式的输入，对中国传统文化构成前所未有的巨大冲击，中国文化的各个层面在没有充分准备的情况下，都不得不作出必要的回应；另一方面，长期以来不断进行自我完善、自我更新的中国传统文化在外来文化的刺激下，进入了非常激烈迅速、异常深刻广泛的嬗变革新过程之中。近代中国文化面临的这一基本格局，简单地说就是中外文化的冲突交融、古今文化的整合重建过程。中国近代戏剧、中国近代文学实际上既是这一独特文化格局的产物，也是这一非凡历史过程的形象反映。我们在认识近代传奇杂剧发展变化的许多重要问题时，也应当有意识地将其置于这一文化背景之下，置于中西古今文化冲突嬗变的氛围之中。

由于近代传奇杂剧所处的文化背景几乎是尽人皆知的常识，本书不拟为此多花费笔墨。本章主要叙述近代传奇杂剧发展的戏曲史背景和近代戏剧呈现出来的基本格局，试图为以下各章的具体讨论提供一个比较真切的戏剧史氛围。

第一节　乾隆末年以降的戏曲走向

一、花部与雅部的争胜

花部与雅部的消长变化，实际上经历了一个比较长期而复杂的过程。花部诸腔与雅部昆曲形成并行的局面，虽然从明代中后期起已经渐露端倪，但新兴的花部尚未能取得与昆曲二分天下的地位。花部正式成为一部，并明张旗鼓地与昆曲对垒抗衡，实际上是到了清代乾隆年间才开始的。在雅部昆曲走向式微、花部诸腔渐趋兴盛的过程中，在清代初年，还曾经出现过一个弋阳腔与昆曲争胜对峙的过渡时期。这正如周贻白所分析的："'昆曲'既在明代末年即已开始衰落，清初之转尚'弋腔'，更造成一种对峙局面。虽然康熙乾隆间'昆曲'又呈复兴之象，而各地方剧种亦正各奏尔能地相与争逐。由是'昆''弋'之外，复有'花部''雅部'之分。……表面上看来，以'昆曲'为'雅部'，似仍显示着地位的崇高，实则经此一番分别，反愈速其崩溃。"① 这种情形恰恰印证了中国那句"曲高和寡"的古话。张漱石《梦中缘传奇序》有云："长安之梨园……所好惟'秦声''罗''弋'，厌听'吴骚'，歌闻'昆曲'，辄哄然散去。"② 由此可知，到了乾隆初年，一般的观众对雅气十足的昆曲已觉厌倦。此后昆曲虽没有完全丧失振作的

---

① 周贻白：《中国戏剧史长编》，第455页，北京，人民文学出版社，1960年。
② 周贻白：《中国戏剧史长编》，第473页，北京，人民文学出版社，1960年。

机会和可能，但总体的戏曲格局已经发生了重大变化，它终于比不上繁兴的花部诸腔各调，不得不走向了渐趋式微的道路。在这种情况下，即使是那些喜爱昆曲、专讲文辞的士大夫们，观赏兴趣也发生了转变，逐渐舍弃昆曲而喜欢起通俗明快的花部乱弹了。很明显，乾隆初年，在北京就已经出现了观众给花部乱弹以青睐而不大喜欢昆曲的现象。

这种现象的出现，是非常具有戏剧史意味的，它显示了一种重要的戏剧发展趋势。从雅部衰落、昆弋对峙到花部勃兴，这中间经历了复杂而深刻的戏曲变革历程，其间的兴衰起伏、升降隆替也包含着多种多样的戏剧文化因素，其中朝廷与官府的提倡号召在戏曲繁荣过程中的作用是相当突出的。乾隆年间的一系列京城演剧活动对改变过去的戏曲格局、建立新的戏曲发展局面起到了重大的作用。乾隆十六年（1751）太后六十岁生日、乾隆三十六年（1771）太后八十岁生日，都举行了隆重的庆祝活动，造成了南北戏曲齐集北京的机会，使北京成为各种戏曲样式融合交流的文化舞台。中国戏曲的基本格局在发生着明显的变化。周贻白曾描述道："乾隆四十年至五十年间，京师的梨园，是一个诸腔杂奏的局面。"①

过了不久，北京梨园这种诸腔杂奏的局面就再一次发生了重大的变化。乾隆五十五年（1790），是乾隆皇帝的八十寿辰，少不得举行大规模的庆祝活动，而且喜庆气氛更加隆重，娱乐节目更加丰富，特别好大喜功，也非常喜欢戏曲的乾隆皇帝，在京城举行规模空前的戏曲演出。这一年北京城所发生的一切，在一般的意义上看，与其他皇帝的生日庆典很难说有什么本质的不同。但是，从戏曲史的角度来看，乾隆五十五年却是一个非常重要、特别值得纪念的年头。因为，为乾隆皇帝祝寿而陆续进京演出的四大徽班，是方兴未艾的花部戏曲取代渐趋衰落的昆曲的一个最重要的标志，这是中国戏曲史上的一个重大事件。四大徽班进京演出这一事件本身的戏曲史意义，恐怕是这些戏班和乾隆皇帝都没有意料到的。

---

① 周贻白：《中国戏剧史长编》，第492页，北京，人民文学出版社，1960年。

首先进入北京演出的是三庆班，然后是四喜、春台、和春三班。以演唱二黄调为主的四大徽班，在进入北京的初期，就采取了一种切合实际、着眼将来的演出策略，对当时活跃于北京戏曲舞台上的各种戏曲样式采取了兼收并蓄、博采众长的态度，从而使自己不仅很快在京城站稳了脚跟，而且博得了广大观众的青睐。其中最重要的是徽班逐渐接受了来自湖北的西皮调，并将其融入原来演唱的徽调之中。这一变化的意义异常重大，确立了皮黄戏的基础。正如周贻白所说："自有了'西皮调'的加入，'徽班'的面目由此一新，'皮黄剧'的基础，亦由是而巩固地奠定。"①

自从四大徽班进京以后，花部诸腔的影响日益扩大，逐渐形成了以皮黄戏为主的众多戏曲剧种同生共存的格局。花部乱弹显示出一种前所未有的生机和活力，而且昭示着中国戏曲的发展前景。与此同时，从前占据传统戏曲中心地位的雅部昆曲却明显地走向了边缘化。随着观众兴趣的转移以及戏曲史内外多方面的变化，昆曲在戏曲舞台上演出的机会愈来愈少了。非常明显，花雅两部争胜的结果，就是花部乱弹的日益兴盛和雅部昆曲的渐趋萧索。

二、乾隆至道光年间的传奇杂剧

洪昇的《长生殿》和孔尚任的《桃花扇》是有清一代戏曲发展最高峰的标志，也是整个中国古代戏曲史伟大成就的重要标志。康熙年间的"南洪北孔"之后，虽然这样的戏曲高峰再没有出现过，但是传奇杂剧依然在持续发展的轨道上前进，仍然产生了一批足以在戏曲史上占有重要地位的戏曲家和戏曲作品。乾隆年间是另一个值得重视的时期，这时最杰出的戏曲家当推杨潮观和蒋士铨，二人代表了此期杂剧传奇创作的最高成就。

杨潮观以对官场龌龊现状的清醒认识，对百姓哀苦生活的深切同情，创作了《吟风阁杂剧》三十二种，抨击当时许多不合理的社会现象，特别是揭露官场的营私舞弊，赞扬清正廉洁、体察民情

---

① 周贻白：《中国戏剧史长编》，第521页，北京，人民文学出版社，1960年。

的官吏，反映平民百姓的疾苦和愿望，对世态炎凉、人情冷暖多有再现并予以针砭，达到了相当突出的思想高度。它每剧仅一折、每剧一故事的新颖构思，富于独创意义的情节冲突、人物性格处理，寓意深长、如诗如画的独特韵味，也都堪称领一时之风骚。

另一位杰出的戏曲家、文学家蒋士铨，创作戏曲达三十多种，今存作品就有杂剧《一片石》、《第二碑》、《四弦秋》、《庐山会》等八种，传奇《空谷香》、《桂林霜》、《雪中人》、《香祖楼》、《临川梦》、《冬青树》、《采樵图》、《采石矶》等八种。强烈的入世精神使他特别关注关乎世道人心的重大历史和现实问题，也使他擅长从重要的历史事件中选取戏曲创作的题材，如歌颂以国家命运、民族兴衰为己任的爱国志士，反映世变之际的重大历史事件，表现带有相当普遍意义的个人遭际与命运，都能够深深感动读者和观众。蒋士铨钦佩并学习汤显祖，又具有过人的才情，将深厚的诗词功底不着痕迹地运用于戏曲创作之中，别具一格。无论从戏曲创作的数量还是质量上看，蒋士铨都堪称当时第一流的戏曲家。

此外，乾隆年间的重要戏曲作家还有创作了《无瑕璧》、《杏花村》、《瑞筠图》、《广寒梯》、《花萼吟》、《南阳乐》等"新曲六种"的夏纶，在六种传奇中明确揭示创作主旨是"褒忠、阐孝、表节、劝义、式好、补恨"，六剧分别表现这些创作思想，对后世影响较大。唐英创作了《笳骚》、《转天心》、《芦花絮》、《佣中人》、《女弹词》、《巧换缘》、《面缸笑》、《十字坡》、《梅龙镇》等十七种戏曲，虽然宣扬忠孝节义、封建迷信的内容在他的戏曲作品中大量存在，但他也反映了当时为人们所普遍关注的许多社会问题，而且表现得相当深刻和生动，这也是十分难得的成就。更重要的是，唐英的戏曲剧本由于题材的现实性和适于舞台演出，后来被大量地改编为京剧，这在清代戏曲家中是首屈一指的。

徐爔《写心杂剧》的独特之处在于以戏曲记述自己的生活经历、内心情感，作者在剧中将真实姓名稍作改变，以生角登场表演，虽然以写生活琐事为主，剧情也相当简单，但真实地反映了一位年老儒士对自己一生无所作为、壮志难酬的感慨。他的传奇

《镜光缘》创作用意和构思也与《写心杂剧》相类。在此之前，清初的廖燕已经尝试过戏曲作者以自己真实姓名作为剧中主人公登场的作法，徐爔当是受到了廖燕的启发。这种作法在近代传奇杂剧中得到了进一步的发展。如果说廖燕是将自己以真实姓名写入剧中登场演出这一作法的开创者的话，那么，就可以说徐爔是这种作法的继承者。他扩大了这一作法的影响，成为作者本人登场演出作风在近代得到进一步发展的一个重要中介。

桂馥依照徐渭《四声猿》的体式，创作了由《放杨枝》、《题园壁》、《谒帅府》和《投溷中》四种短杂剧组成的《后四声猿》，以凝练集中取胜，刻画人物内心活动真切细致，具有很强的戏剧性。沈起凤的《报恩缘》、《才人福》、《文星榜》、《伏虎韬》四种传奇，内容上多关注个人的恩怨与穷通，也有一些儆戒世道人心的道德劝说，与同时代的戏曲大家相比，可取之处不多，尤其是剧本中表现的对妇女的态度，更显落后。沈起凤《红心词客四种曲》之最可注意者，当是吴语的大量运用。四剧之中，副净、丑等角色的道白，大量使用苏州话，极尽以苏白为戏谑调笑手段之能事，造成滑稽逗笑的戏剧效果。以苏州方言入戏是乾隆年间比较流行的戏曲创作风气，沈起凤的四种传奇堪称其杰出代表。这种作风在此后的传奇杂剧创作中得到了进一步的发展。

从总体上看，乾隆时期的戏曲成就还是相当突出的。这种兴盛局面的出现，与一般所谓"康乾盛世"的政治经济环境有关，也与此前以"南洪北孔"为标志的戏曲高峰的影响有关；而统治者的大力提倡，也是一个重要的原因。

到了嘉庆至道光年间，外部文化环境与内部创作状况都发生了显著的变化，这一时期的戏曲发展便呈现出与前有别的面貌。简而言之，嘉庆、道光时期的戏曲创作局面，已不再像乾隆时期那么兴盛阔大；从数量和质量两方面来看，也要比前一时期逊色不少。这与政治经济环境的变化密切相关，与嘉庆、道光两位皇帝对戏曲再不像乾隆皇帝那么喜爱有关，当然戏曲发展自然兴衰隆替的内在理路也是非常重要的原因。

尽管如此，此期还是出现了一批足可称道的戏曲家和戏曲作品，在戏曲史上当占有一席之地。以《扬州画舫录》著称的李斗，创作了《岁星记》和《奇酸记》两种传奇，将传奇与杂剧的体制糅合到一起，名为传奇，却采用了四折加楔子的杂剧体制，每折内部又分为六出。这种传奇与杂剧体制上的相互借鉴和吸收，具有昭示戏曲发展方向的重要意义，值得特别注意。许鸿磐所作《北观楼六种曲》即《西辽记》、《雁帛书》、《女云台》、《孝女存孤》、《儒吏完城》、《三钗梦》六种四折杂剧，有的写易代时的史事，有的写动乱中的时事，均流露出作者对家国变迁、个人遭际的感慨，尤其突出地表现了对抵抗强寇之行、感恩知己之义、奋不顾身报效国家之勇的充分肯定。

汪应培的《香谷杂剧》八种也值得一提。剧作或写时人时事，或抒个人情感，形式上也多有创新，有意突破元杂剧一本四折的成例，八种之中有五种为一折短剧。石韫玉的《花间九奏》由九个单折短剧组成，均取材于文人作家故事，内容可取之处不多，但它分别以一折写一个独立的故事，然后以一个剧名将这些故事统而贯之的作法却是值得注意的。这不仅表明当时戏曲创作中以作者用意与思想主题为总体结构的一种倾向，而且对后来的传奇杂剧也产生了重要的影响。陈栋的《苎萝梦》、《紫姑神》和《维扬梦》三种杂剧，均采用元人四折体制，内容集中抒发自己的愤懑不平，特别是表现了对妇女不幸遭遇的深切同情，有明显的进步意义。舒位的《瓶笙馆修箫谱》由《卓女当垆》、《樊姬拥髻》、《酉阳修月》和《博望访星》四种单折杂剧组成，体制小巧灵活，内容精炼集中，写古人故事，寓自己对当时社会现实和人生际遇的感慨。朱凤森的《才人福》、《辋川图》、《金石录》、《十二钗》和《平倮记》五种，前四种主要写才子佳人的爱情故事，表现作者的羡慕向往之情，后一种则反映了作者从正统思想观念出发对起义者的否定态度，这也是多数封建文人对此类事件的共同立场，具有一定的代表性。汤贻汾的《逍遥巾》杂剧，仍遵元人四折体制，但是在人物安排上，却以自己和友人的姓名入戏，演述自己的真实经历。

周乐清、严廷中、梁廷柟、吴藻都是生活于古近代之交的戏曲家,他们的戏曲创作基本上都在进入近代时期之前完成。周乐清的《补天石传奇》八种,即《宴金台》、《定中原》、《河梁归》、《琵琶语》、《纽兰佩》、《碎金牌》、《纮如鼓》和《渡弋香》,作者自述剧中所写皆为千古遗恨,天欲完之而不能,因此命名为《补天石传奇》,可知其中寄托着作者的深刻感慨。严廷中的《秋声谱》包括杂剧三种,即《武则天风流案卷》、《沈媚娘秋夜情话》和《洛城殿无双艳福》,作者在落叶秋风、百无聊赖之时写成此剧,故冠以"秋声"之名,但是不难发现,剧中寄寓了作者深沉的伤今悼昔之感和对现实社会的某些疏离难入之情。梁廷柟向以《藤花亭曲话》闻名,他的四种杂剧《江梅梦》、《昙花梦》、《圆香梦》和《断缘梦》被誉为"小四梦"。平心而论,此"小四梦"无论从思想艺术成就还是从戏曲史地位来说,都实难与汤显祖的"临川四梦"相比肩。但是,将梁廷柟的这四种杂剧置于当时颇为寂寞的戏曲史背景中考察,不能不说,它们仍然是相当突出的作品,应当予以足够的重视。这些作品在情节结构、人物刻画、语言运用方面,虽然创新意识不很突出,但也颇能实践自己的理论主张,在当时具有较突出的地位。吴藻之所以在戏曲史上值得一提,不仅仅因为她是一位女戏曲家,更重要的是她创作了抒发人生感慨、表现襟怀志向的杂剧《乔影》。很明显,作品中的主人公就是作者本人的化身,着重表现女性的杰出才华,不甘人后的志气,透露出朦胧的自我觉醒和妇女解放意识。这一点,在此后不太长的时间里,逐渐成为愈来愈多的人们强烈的思想意识和自觉解放要求,发展到近代戏曲中,女性觉醒、男女平权已经成为一种强烈的时代声音。

从戏曲发展的角度来看,嘉庆、道光年间的传奇杂剧创作成就不很突出,前比不上乾隆时期的气象,后亦难与同治、光绪时期的影响相提并论。但是,在这一相对黯淡的时期里,正在发生着一个重要的转折,它一方面是此前出现的戏曲高潮的尾声余韵;另一方面,也是更重要的,它是随后到来的又一个戏曲高潮的积蓄和酝酿。如果说乾隆时期是中国古代戏曲发展的最后一座高峰，20世纪初年出现的戏曲高潮是近代戏剧繁荣时期到来的标志，那么嘉庆、道光时期就是这两座高峰之间的山谷，它不仅将二者连接起来，而且将二者的地位更加充分地映衬、显现出来。

三、皮黄戏的茁长与成熟

乾隆末年以降，花部乱弹在与雅部昆曲的竞争中，逐渐显示出强大的优势，尤其是徽调接受了西皮调之后，皮黄戏的基础已经确立，地位得到进一步的巩固。与此同时，皮黄戏本身也在不断地进行调整发展、自我完善，走上了健康成长、渐趋成熟的道路。

在皮黄戏茁长成熟的过程中，程长庚、余三胜、张二奎都是作出了杰出贡献的人物，他们的名字至今仍是许多人耳熟能详的。陈彦衡在《旧戏丛谈》中描述皮黄戏兴盛发展、流派纷呈的情形云："皮黄盛于清咸、同间，当时以须生为最重，人材亦最夥。其间共分数派。程长庚，皖人，是为徽派。余三胜、王九龄，鄂人，是为汉派。张二奎，北人，采取二派而挽以北字，故名奎派。汪桂芬专学程氏，而好用高音，遂成汪派。谭鑫培博采各家而归于汉调，是曰谭派。要之，派别虽多，不外徽、汉两种，其实出于一源。"①张肖伧的《燕尘菊影录》中也说："谈皮黄者，靡不知有四箴堂主人程长庚，长庚字玉山，徽人，愤徽伶之依人门户，乃熔昆弋声容于皮黄中。匠心独造，遂成大观。"②明确指出程长庚将昆腔与弋阳腔融入皮黄之中，显示出博采众长、融会贯通的气度，这对皮黄戏的发展来说是非常及时，也是极为重要的。关于这一点，周贻白曾评论道："至其'熔昆弋声容于皮黄'，则有关于今日之皮黄剧者甚大。这虽然是程伶成名之由，实亦中国戏剧进步的事实。"③

尽管皮黄戏的发展势头正好，但真正取代昆曲仍然需要一个过

---

① 张次溪编纂：《清代燕都梨园史料》，第850页，北京，中国戏剧出版社，1988年。
② 周贻白：《中国戏剧史》，第637页，上海，中华书局，1953年。
③ 周贻白：《中国戏剧史》，第638页，上海，中华书局，1953年。

程。在这一过程中，出现了一个过渡阶段，就是昆曲与皮黄二者共同并存于戏曲舞台上的时期。许多戏曲演员也适应了这一要求，往往二者兼长。咸丰、同治时期就是如此。咸同年间，昆曲虽然已经无可挽回地进入了尾声阶段，但仍可以与皮黄戏相间演出，所以当时剧坛的著名演员，都是昆曲乱弹二者兼擅的。到了同治末年至光绪初年，情况发生了进一步的变化。在这一时期，皮黄戏发展的全盛期已经到来，开始确立其在戏曲史上的独特地位。皮黄戏的优势地位一经确立，就成为相当稳定的戏曲史事实，在此后相当长的时间内，京剧的重要地位都没有动摇过。

皮黄能够取代昆曲，除了其通俗易懂、为普通百姓所喜闻乐见这一最关键的原因之外，也有一些人为的因素产生着重要的作用，其中之一就是皇帝的喜好和宫廷的大量演出。周贻白对此曾有较充分的注意："清代'皮黄'之所以盛行，虽由一般观众爱好之故，而其词句声腔之通俗，实为最大原因。清末内廷之演无虚日，亦与南宋事同一例。则不但与民间演剧在剧目上有所交流，同时也给予民间演剧以相当影响，今日的'皮黄剧'能具有一种高度发展，关于清代内廷演剧的这一番经过，我们是不应当忽视的。"①

到了同治、光绪以后，皮黄戏不仅很快确立了明显的优势地位，成为一个受人瞩目的生机勃勃的剧种，而且，随着交通的便利，传播的愈来愈方便迅速，到了辛亥革命前后，它已经从京城传播到许多地区，大江南北，几乎到处都可见皮黄戏的足迹，一部分地方戏曲剧种，也免不了受到它的影响。周贻白曾经指出："中国戏剧的许多地方剧种，不管是哪一个地区的戏剧，都不是孤立地成长起来的，不仅其本身来历是'水有源头木有根'，即在其逐渐发展的过程中，也和其他地方剧种断绝不了关系，特别是一些具有高度成就而在流行方面已成为全国性的剧种，如'昆曲'、'高腔'、'梆子'、'皮黄'之类，差不多每一地区的戏剧，

---

① 周贻白：《中国戏剧史长编》，第573页，北京，人民文学出版社，1960年。

无论为小型剧种或大型剧种，都或多或少地受有其影响。"① 他还说过："京剧之形成，虽由徽班衍变而来，而与其他地方剧种实具有千丝万缕的关系，至少在老生的唱工方面，当具有昆山腔、徽调、楚调等三种腔调的因素。"② 一方面，皮黄戏在发展的过程中积极学习其他戏曲样式的优长之处，主动接受其他地方戏曲剧种的影响，使自己比较顺利、相当迅速地发展成熟起来；另一方面，它也不断地给予其他戏曲剧种以影响和启发，对这些戏曲样式的发展也起到了促进作用。皮黄与其他戏曲样式之间形成了一种相互借鉴、彼此启迪、共同发展的良好关系，这对中国戏曲的发展意义极其重大。

从徽班进京开始，经过了一百年左右的发展变化，皮黄戏逐渐成熟壮大起来。到辛亥革命时期，它已经成为具有全国性影响的重要戏曲剧种，直至后来成为中国古典戏曲艺术的宝贵结晶和杰出代表，成为中国戏曲百花园中最为璀璨耀眼的一朵奇葩，并产生了世界性影响。完全可以说，京剧之所以能够如此根深叶茂，流派纷呈，不断发展，持续繁荣，取得如此辉煌的成就，并成为东方表演体系的典范，其历史准备和文化酝酿过程就是在中国近代这一独特的历史时期中进行并且完成的。在这个意义上，可以认为近代是京剧的摇篮。

第二节 近代戏剧的三足鼎立格局

从总体上考察中国近代戏剧的发展状况和基本面貌，以及不同剧种之间的关系，可以发现，与古代戏曲相比，近代戏剧的基本格局发生了重大变化，呈现出一系列新特征。近代戏剧格局新变化、新特征的最集中体现，就在于形成了以传奇杂剧、京剧及其他地方戏曲、早期话剧为主体的格局。它们虽然各有消长起伏的生成变化

---

① 周贻白：《中国戏剧史长编》，第626页，北京，人民文学出版社，1960年。
② 周贻白：《中国戏曲发展史纲要》，第416页，上海，上海古籍出版社，1979年。

线索，表现出不同的时代特点与变革趋势，呈现出相当不同的生存状态和发展前景，也具有截然不同的文化境遇，但是从总的方面来看，它们宛如一鼎之三足，形成了中国近代戏剧的基本结构，决定着中国近代戏剧史的基本面貌。

另一方面，近代戏剧这种三足鼎立的基本格局也是在中国戏曲的长期发展过程中逐渐孕育，特别是在近代中西文化冲突交流的特殊文化背景中迅速形成的。而且，在中国历史进入近代时期以后，这种戏剧格局还仍然处于不断的发展变化之中，也经历了一个相当复杂的演进过程。从严格的意义上说，中国近代戏剧的三足鼎立格局正式确立之日，同时也就是它开始发生解体之时。这种局面仅存在于近代戏剧的动态发展过程中，不仅在长期的中国古代戏曲发展历程中看不到这样的格局，而且在中国现代戏剧史上同样看不到这样的情景。到了中国现代戏剧史正式开始的时候，这种近代特有的戏剧格局实际上已经基本被打破，最后甚至完全不复存在了。

一、传奇杂剧

有学者在论述清代道光时期中国戏曲的基本状况时指出："道光年间，一则因为皇帝不太爱好，二则内忧外患造成政治动乱和经济萧条，戏曲不但没有发展，反而有所削弱。"[1] 这从一个重要的角度揭示了历史在迈入近代门槛的时候，中国戏曲的际遇与处境。近代戏曲的这种新变化，在传奇杂剧方面表现得尤其突出。而且，就传奇杂剧来说，至咸丰、同治年间，这种情况仍在延续，并没有得到明显的改变。简单地说，道光、咸丰至同治时期的传奇杂剧基本上依旧笼罩在清代初年出现过的戏曲高峰的阴影里，仍然处于戏曲高潮过后的低谷之中。从总体上看，多数传奇杂剧作家还是以承袭传统、效法前人为主要的创作目标，传奇杂剧作品中表现出来的近代性思想内容与艺术特质还相当少见，仍旧徘徊于通向低迷式微的道路上。

---

[1] 周妙中：《清代戏曲史》，第411页，郑州，中州古籍出版社，1987年。

这种情况的出现，从戏曲史内部来看，当然是戏曲本身发展理路指向的必然。因为任何一个时期的戏曲高峰都不可能永远持续下去，高潮与低潮的交替出现乃是必然的趋势。而且，从更大的范围内去考察中国戏曲的发展，可以看到，一般性戏曲家与戏曲作品的大量存在乃是戏曲史最平常也最正常的状态，而戏曲高峰的出现才是特例。从外部文化环境来看，道光、咸丰至同治年间的传奇杂剧出现这种情形，与皇帝等最高统治者对传奇杂剧的不大喜欢、兴趣逐渐转向花部乱弹大有关系，更与社会的动荡不安密切相关，尤其是与太平天国起义造成的空前严重的社会动荡和政治危机关系极大。

近代传奇杂剧真正走出低谷，迎来高度发展的新局面的时候，已经是光绪年间了。光绪二十年（1894）中日甲午战争的爆发，次年清政府在战争中的彻底失败，才真正惊醒了处于黑甜梦乡中的中国人，更多的有识之士对国家和民族所处的真实的世界环境，面临的深刻危机开始有了更加清醒的认识。此前洋务自强运动时期即已萌发的变法维新思潮逐渐高涨，并且以空前的规模和气势影响着几乎一切文化领域。在这样的背景下，整个近代中国文学发生了最广泛、最深刻的变化。在戊戌变法前后，兴起了"诗界革命"、"文界革命"与"小说界革命"运动，戏剧改良运动也随之展开。理论上的倡导迅速带动了创作的发展，文学创作领域出现了崭新的面貌，近代诗词、小说、文章等都明显地进入了一个新的发展阶段。也是在这一系列文学革新运动的启发和推动下，传奇杂剧也出现了新的面貌。到这时，传奇杂剧乃至整个近代戏剧的发展高潮才真正到来。

中国近代戏剧新局面的形成，与一批有识之士的理论倡导和积极实践密不可分。其中，对中国近现代文学、学术与文化作出了多方面卓越贡献的梁启超，在戏剧方面的贡献也同样是他人难以比拟的。仅就传奇杂剧方面来说，梁启超创办的《新民丛报》、《新小说》等都是鼓吹和倡导文学改革的重要报刊，他发表于《新小说》创刊号上的《论小说与群治之关系》的内容重点虽在小说，但是也包含着戏曲改革的内容。因为当时所谓"小说"大体上等于今天所说的小说与戏曲及其他说唱文学样式在内。梁启超的理论倡导无论是在当时还是在后来，都发生了广泛而深远的影响。他创作了《劫灰梦》、《新罗马》和《侠情记》三种传奇剧本，虽然均未完成，留下了永远的遗憾，但这些作品第一次将外国社会变革的历史内容纳入中国戏曲之中，扩大了戏曲的表现领域和题材范围，带来了有史以来中国戏曲时间和空间表现范围最为重大的拓展。更重要的是将戏曲改革与政治变革、民族前途密切地联系起来，借助外国历史事实的戏剧化表现，呼唤国人的觉醒，激发中华民族为自由、为生存而奋斗的抗争精神，激励更多的爱国者奋起为国家的独立与富强而斗争。此外，蒋智由的《中国之演剧界》、陈独秀的《论戏曲》、王钟麒的《剧场之教育》、陈去病的《论戏剧之有益》等大量理论文章的出现，也发挥了重要的作用，不仅改变着传统的戏剧观念，而且对当时戏剧创作的走向也发生了明显的影响。

这一时期创办的一些报纸杂志特别是小说期刊也大量刊载传奇杂剧剧本，《新小说》、《绣像小说》、《月月小说》、《小说林》、《小说月报》、《小说世界》、《小说新报》等都是重要的代表。而光绪三十年（1904）以宣传反清革命、号召戏剧改良为主旨的第一个专门的戏剧刊物《二十世纪大舞台》的出现，不仅改写了中国没有专业戏剧杂志的历史，而且将戏剧改革与政治变革更加紧密地联系起来。它刊载的一些戏剧剧本也明显地带有反清革命的政治意图，甚至相当直接地进行政治鼓动与反清宣传，在当时发生了重要的影响。回顾中国近代戏剧的发展历程，可以清楚地看到，从《新民丛报》、《新小说》、《二十世纪大舞台》的创刊到五四运动前夕，这将近二十年的时间里，是传奇杂剧创作最为活跃、发展最为迅速、局面最为繁荣的时期；在这并不算长的时间内，明显地形成了一个传奇杂剧的发展高潮。

这一时期的传奇杂剧最典型、最集中地体现着近代传奇杂剧乃至整个近代戏剧的时代特点，无论优点还是不足、成就还是缺憾都是如此。从更大一点范围来看，这一时期传奇杂剧的繁荣，是清代前中期康熙、乾隆年间出现的戏曲高峰之后的又一座高峰。尽管它从总体成就上来说难以与前一个戏曲高峰比肩，但是它的戏曲史意义并不逊色。这是中国传奇杂剧长久发展历程中的最后一座高峰，是曾经有过无限灿烂与辉煌的传奇杂剧在走向衰亡之际焕发出来的最后一抹夺目的夕阳光辉。

五四新文化运动兴起之后，由于整体文化环境、文化取向发生了根本性的变化，中国传统文化面临着一次空前严峻的考验与抉择。此后，传统诗词、小说、古文、戏曲都不再是主流文化的核心内容，逐渐成为新文化接纳、吸收或冲击、清除的对象，它们在新的文化格局中不再拥有不可或缺的重要地位。此时的传奇杂剧，虽然依旧存在并且在一定范围内发生着影响，有时候也在新文化建设中发挥过一点作用，但在总体上已经逐渐成为对传统文化较多依恋的文人、特别是对传统戏曲饱含深情的文人们自娱娱人的一种文体形式。这一时期虽然也出现过一些重要的戏曲作家和传奇杂剧剧本，但是再也无法形成传奇杂剧繁荣兴盛的局面。

从传播方式上看，这种变化也非常明显。五四运动以后，很少再像此前那样，有众多的报纸杂志发表大量的传奇杂剧剧本，传奇杂剧逐渐从报刊上消失，转而以自刊自印、友朋赠阅为主要的传播方式，甚至有一些剧本无法刊印，只是以稿本、抄本的形式存于世间。特别是到了1949年左右，传奇杂剧对新文化、新文学而言已经无足轻重，逐渐成为可有可无、甚至是完全多余的东西。至此，传奇杂剧除了走向彻底消亡一途之外，大概再不可能有其他任何选择了。

二、京剧及其他地方戏曲

"京剧"这一名称至20世纪20年代才出现，并且逐渐为愈来愈多的人们所认可。到了30年代，京剧又进一步被称为"国剧"，成为中国传统戏曲的结晶和代表，直到今天仍然如此。但是京剧的发展经历了相当漫长的历史过程，近代是一个至为关键的时期。可以毫不夸张地说，京剧就是在中国近代这一特殊的历史时期成长壮大，并且真正走向成熟的。

　　自乾隆末年以后就进入孕育生长期的皮黄戏，至道光年间已经发展得相当迅速，与雅部昆腔相比，它的通俗性、大众性特征愈来愈明显地呈现出来。与乾隆年间和光绪年间相比，由于受到整个戏曲发展趋势与外部文化状况的影响制约，道光年间的皮黄戏经历了一个低潮时期。咸丰、同治年间以后，新的戏剧发展高潮到来的征兆已经渐趋明显。到了光绪年间，与传奇杂剧及其他戏曲剧种一样，皮黄戏的发展也逐渐进入了高涨的时期。换言之，假如把乾隆、嘉庆时期至咸丰、同治时期看做是京剧的孕育形成时期的话，那么，光绪以降至五四运动前后就可以说是京剧的壮大成熟时期。在这一过程中，京剧经历了许多方面的重要发展，作为一个新兴的戏曲剧种，确立了自己的特色，逐渐取得了在中国近现代戏剧史上不可或缺、举足轻重的地位，十分集中地体现了中国近现代戏剧发展的时代特点和民族特色。

　　第一，在演员方面，与其他戏剧样式一样，京剧的中心是舞台表演，在戏剧演出中，演员无疑发挥着关键性的作用。杰出演员的出现是京剧在近代进入成熟期的重要标志之一。在京剧的形成过程中，有"老生前三杰"之称的程长庚、余三胜、张二奎起到了开创性的作用。在他们之后，更有师法程长庚的"老生后三杰"谭鑫培、孙菊仙、汪桂芬，三人成为京剧成熟时期的代表演员，在京剧由形成走向成熟的过程中，起着至为关键的作用。应当特别指出的是，有"伶界大王"之誉的谭鑫培，在继承"老生前三杰"演出成就的基础上，又进行了进一步的艺术创造，把京剧表演艺术提高到了一个新的成熟阶段。谭鑫培的表演艺术，不论是在当时还是在后来，都生生了广泛而深远的影响。除了"老生后三杰"之外，其他行当也涌现出许多代表当时最高演出水平的演员，如老生行的汪笑侬、贾洪林、刘鸿声、许荫棠，武生行的杨月楼、俞菊笙、黄月山、李春来，旦行的余紫云、陈春霖、田桂凤、余玉琴、王瑶卿，老旦行的龚云甫、谢宝云，武旦行的朱文英，小生行的王楞仙、德珺如、朱素云，丑行的罗寿山、德子杰、王长林、萧长华等。与各行当杰出演员大量出现的同时，戏班体制也在发生着重要的变化，比较突出的变化如戏班管理的制度化、规范化，并且逐渐形成了固定的法规；由原来的以群体演出活动为主要特征逐渐向以主要演员为中心的"名角挑班制"过渡。戏班体制的这些重要变化也促进了京剧的成熟发展。

第二，京剧剧目也逐渐走上了规范化、特色化的道路。这可以从三个方面来认识：一是来自徽、汉、梆、昆等的传统剧目在演出过程中不断经过整理、加工，使它们与京剧舞台表演的要求更加密切。二是新创作的剧目题材进一步扩大，风格日趋多样化，同时也愈来愈适合京剧表演的需要，便于演员更加充分地进行艺术创造。在这一演进过程中，京剧剧本的结构规范逐渐形成，一些固定的程式和规矩趋于固定化。无论是本戏、折子戏还是小戏、连台本戏，都在这一过程中形成并逐渐成熟起来。杰出演员谭鑫培、孙菊仙、汪桂芬等都对京剧剧本做了大量的加工整理工作。三是京剧剧目数量空前增多。钱君起编著的《京剧剧目初探》（北京，中国戏剧出版社，1963年）所收1 300余种京剧剧目中，传统剧目占90%左右，其中有不少即产生于清末民初。当时京剧的繁荣发展由此亦可见一斑。据京剧艺人编写的《戏簿》记载，从光绪八年（1882）到清末，四十多家戏班经常演出的皮黄剧目达800多种。周明泰在此书基础上，又补充了辛亥革命以后的重要剧目1 200余出，总计2 000多出，辑成《五十年来北平戏剧史料》（台北，广文书局，1977年），更加充分真切地展示了京剧剧目空前丰富的情况。

第三，表演艺术走向成熟。这主要表现在两方面：其一，角色行当逐渐摆脱汉调、徽调、昆剧、梆子等的传统影响，形成一种稳定而完备的行当体制，生、旦、净、丑成为京剧的四大基本行当，各行内部又有更加细致的划分。这既是京剧表演艺术发展成熟的重要标志，也与京剧流派的形成密切相关。其二，表演艺术向着精雅细致的方向发展。曲调更加丰富，韵味更加讲究，著名演员个人的艺术风格特点更加明显，并且占有更加重要的地位；艺术创新精神更加突出，形成了以唱、念、做、打为主要手段的表演艺术体系，而且,"绝活"已经出现并发生了重大影响。从总体上看,京剧表演艺术上的一个重大收获就是京派演出风格逐渐鲜明强烈起来,具备了一些基本的特征;演唱风格上也发生了明显的变化,从原来的悲怆哀婉向高亢激越转变。

第四,京剧音乐方面也取得了重要成就。唱腔渐趋成熟,旋律更为丰富,具有细腻委婉的特点,演唱技法不断提高,吐字、发声、运腔都日益讲究韵味。逐渐形成了由管、弦和打击乐组成的伴奏乐队,乐队建制逐渐固定化,乐师向着专一化的方向发展。

第五,伴随着京剧各个方面的重要变化,舞台美术也出现了求新求美的趋向,而且主要的服装、道具都开始走向规范化并且逐渐形成比较固定的体制。京剧脸谱也进一步向着细致、丰富、性格化的方向发展。这些方面的进步,同样有力地推动了京剧艺术的全面发展。

在19世纪末20世纪初兴起的"诗界革命"、"文界革命"和"小说界革命"运动中,戏剧的改良也开始进行,其中自然包括流行于民间、影响非常广泛的京剧在内,而且,京剧是其中一个重要的部分。1904年9月,陈去病、柳亚子、熊文通等联合京剧著名老生演员和剧作家汪笑侬共同发起创办了我国第一个专门的戏剧杂志《二十世纪大舞台》,鼓吹戏剧改革、宣传反清革命。这是戏剧改良运动中的一个重要事件,也有力地促进了京剧的发展。这一时期,一些维新派和革命派的报刊陆续刊载了大量的以宣扬革命思想、唤起民族精神为宗旨的改良京剧剧本。从此以后,京剧剧本大量出现,在舞台上搬演的剧目大大增加,一批著名演员和其他人士也热情地进行京剧剧本的改编和演出。

京剧改良运动的高潮出现于1908年上海"新舞台"创立至辛亥革命前后,时装新戏大量涌现,发生了较广泛的影响。时装新戏对京剧从内容到形式都进行了很大的创新,而且带来了戏班体制、演出场所和戏曲教育等多方面的重大变化。与传统戏曲相比,时装京剧形式上的主要特点表现为:其一,说白多,唱工少;其二,说白不用中州韵,而以京白与苏白为主,有时还用方言;其三,锣鼓用得很少，主要是用于上下场；其四，表演比较自由，不太讲究程式，追求生活化。在身段方面，一切动作要求写实；在场面上，是按着剧情把锣鼓家伙加进去；在唱腔设计上，多用将西皮、二黄各腔打乱的唱法；在舞台布景上，多用灯光。时装京剧的一系列革新，目的都是为了使形式更好地适应表现内容的需要，也可以说，改革的结果在一定程度上达到了这样的目的。随着辛亥革命之后戏剧改良运动走向低潮，京剧改革也随之走向了衰微的道路。但是，这一时期出现并兴盛一时的京剧改革，对京剧的现代发展起到了重要的推动作用。

在戏剧改良运动中，除京剧外，一些地方剧种也进行了重要的改革，其中川剧、梆子腔的改良最有代表性，影响也最大。川剧改良公会和陕西易俗社是近代戏曲改良潮流中两个重要的组织。1905年，官商合办性质的四川"戏曲改良公会"成立，主持者为周善培（1875—1958），担负起川剧改良的组织和指导工作。他们首先兴建了新式剧场悦来茶园，又邀请著名文士参加编写改良川剧剧本，并且组织演出。这些措施给川剧的剧本创作和舞台演出都带来了明显的变化。在川剧剧本创作方面，四川杰出文人黄吉安、赵熙都是作出了重要贡献的人物。他们参加编写剧本，开文人创作川剧的新风气，使川剧剧本的思想性和艺术性都得到了大幅度的提高。

黄吉安（1836—1924）是川剧改良运动中的重要作家，他创作和改编的川剧剧本80余种，四川扬琴剧本20多种，共计达100种以上，给川剧以重大的影响，大大促进了川剧的发展和成熟。黄吉安所作川剧剧本向来被川剧界奉为"黄本"，从不轻易改动，《江油关》、《柴市节》、《三尽忠》、《审吉平》、《百宝箱》等是其代表作。

赵熙（1867—1948）既是近代四川杰出的诗人，也是热心于川剧剧本创作的作家。他改编的川剧剧本虽然数量不多，却以精赡著称。代表剧目《活捉王魁》中的《情探》一折，经常作为折子戏单独演出，有川剧"绝剧"之誉，无论在当时还是在后来，都产生了重大的影响。

成立于1911年7月的陕西易俗社,是近代西北地区影响最大的戏曲改革团体。它受到日趋高涨的资产阶级民主革命思想的直接影响,把组织新戏曲社、编写新戏曲以改造社会作为自己的宗旨。主要编撰者孙瑗(字仁玉,1872—1943)一生写作剧本达134出,另一位重要戏曲家范凝绩(字紫东,1878—1954)编写戏曲60多种。另外,李桐轩、高培支、李约祉、李仪祉、吕南仲、李干臣、谢迈千、淡栖山等皆为博雅之士,在文史方面多有造诣,也都是易俗社编剧队伍中的重要人物,对秦腔的发展作出过突出贡献。他们与秦腔艺人相结合,积极进行戏曲改革,通过改革戏曲达到改革社会的目的。易俗社还把戏曲分为历史戏曲、社会戏曲、家庭戏曲、科学戏曲和诙谐戏曲等五类,这种分类方式与当时一些小说刊物对小说的分类十分相似,表明他们对戏曲题材种类认识的加深和对当时社会诸方面问题的关注。此外,易俗社在唱腔、器乐、表演方面都进行了改革,形成了自己的风格,丰富了秦腔的表现力。易俗社对近代秦腔艺术的发展作出了开创性的贡献。

1910年前后,一种新兴的剧种——评剧在戏剧改革运动中发展起来。初期的评剧从思想上到艺术上都受到戏剧改良运动的明显影响,以反映现实生活、编演时装戏为主。评剧的创始人之一成兆才(1874—1929),也是第一位卓有成就的评剧作家,一生创作、改编、整理评剧剧目102种,为评剧艺术风格的形成奠定了基础。其代表剧作《杨三姐告状》、《花为媒》等今天仍然在戏曲舞台上演出,并深受欢迎。

此外,在近代戏剧改革运动推动下发生显著改变、取得重要进步并走向发展成熟的地方戏曲剧种还有很多,如安徽的黄梅戏,河南的豫剧,湖南的湘剧,浙江绍兴的越剧,广东的粤剧、潮剧,广西的桂剧等都是重要的戏曲剧种。经过近代这一重要时期的积累、改革和演进,这些地方戏曲剧种逐渐走上了自觉寻求发展、主动配合社会现实变革的道路,后来都成为中国戏曲百花园中影响广泛、具有重要地位的地方戏曲剧种。

总之,近代京剧与其他地方戏曲发生的重大变革和取得的突出成就，展示了中国近代戏剧多方面成就的一个重要侧面。这些戏曲剧种所达到的思想水平和艺术高度，使它们足以成为中国近代戏剧三足鼎立局面中的重要一支，构成了中国近代戏剧的基本框架，支撑着中国近代戏剧的主体格局，决定着中国近代戏剧的总体面貌。

三、早期话剧

众所周知，说白从来就是中国传统戏曲的一个重要组成部分，具有不可或缺的独特地位。但是，中国传统戏曲中的说白成分却与源于西方的舞台表演艺术形式话剧没有必然的关联。从本质上说，中国传统戏曲与西方戏剧是两种颇不相同的舞台艺术形式，期望即使不受外国戏剧的影响，中国传统戏曲内部也可以自然地生长出话剧来，这几乎是不可能的，只能是一种良好的一厢情愿。中国近代话剧的兴起，主要是受外国文化特别是外国戏剧影响的结果。

早在19世纪五六十年代，上海就出现了两个西方侨民的业余演剧团体浪子社和好汉社，开始演出西方话剧。1866年，这两个剧社合并扩充为上海西人业余剧团（Amateur Dramatic Club of Shanghai），简称A. D. C剧团，在新建造并由西方人经营的正规剧场兰心戏院用英语、法语演出了一些世界名剧。A. D. C剧团在兰心戏院的演出每年三四次，每次三天左右，全部是夜场，演戏和看戏的主要是西方侨民，对中国戏曲和观众似乎没有发生过什么影响。正如徐半梅回忆所说："这样一个剧团于我们中国话剧的产生，竟没有什么大影响。因为一般的中国人，都不知道有这样一个剧团和这样一所戏院，如果知道了，也决不会去观看那种与我们生活隔膜的戏剧的；即使偶然有好奇之人，去欣赏一下，除惊叹布景的逼真外，对戏剧本身，总觉索然无味。假使当时有一部分人对于这剧团能加以注意，以它作参考品，那说不定中国的话剧，可以早十年产生哩。"[①]

---

① 徐半梅：《话剧创始期回忆录》，第4~5页，北京，中国戏剧出版社，1957年。

对早期话剧的萌芽产生直接影响的是教会学校的学生业余演剧活动。随着外国教会在中国兴办学校,也把西方学校演剧的传统带到了中国。英国人办的上海圣约翰书院、法国人办的上海徐汇公学,都是较早的教会学校。教会学校在课程之外,还设置了"形象艺术教学",将圣经故事编成剧本,让学生们用英语或法语排练,有时也选用一些世界名剧。后来有的学生在演出外国剧目之后又自己编演一些中文的时装戏,能够为更多的人接受,效果和影响都超过了外文戏。这对早期话剧的产生起到了至关重要的作用。正如有研究者指出的:"教会学校的演出,使学生们自然地接受了西洋戏剧的演出样式,由此他们在演宗教剧和西方剧目外,也运用这种新的演剧样式编演中国的时事或历史故事,用自己的语言取代了外语,于是就出现了中国话剧的原始形态。"①

中国话剧的萌芽,开始于戊戌变法至辛亥革命时期。受到外国戏剧的影响,适应当时文化环境与时代主题的需要,以宣传新思想、反映新生活、塑造新人物为主要特征,冲破传统戏曲的固定程式,以写实性语言和动作为主要表演手段的"新剧"开始出现,这就是后来被称为文明新戏(或文明新剧)的中国话剧的早期形式。

19世纪末上海出现的学生演剧可以说是中国话剧的滥觞。至1907年,汪仲贤、朱双云等联合各校的学生演剧骨干,组织了开明演剧会,并编演了一组以《六大改良》为总题目的新戏,演出三天,影响较大。到此时,学生演剧已经在上海蔚然成风,并得到了社会各界人士的认可。从艺术上看,学生演剧还处于混杂和过渡的状态,仍未成熟。它受到教会学校演出欧洲戏剧的一些启发,以散文化语言和非程式化动作作为主要的表演手段,同时,在戏剧结构与演出方式上,又明显地模仿了当时盛行的"改良京剧"。尽管如此,学生演剧对中国话剧形成所作出的贡献是异常重要的。这些青年学生敢于冲破长期以来鄙夷戏曲、贱视优伶的传统观念,将戏剧

---

① 葛一虹主编:《中国话剧通史》,第8页,北京,文化艺术出版社,1997年。

作为呼吁救国、宣传新学、开启民智的有效手段,提高了戏剧在人们价值系统中的地位,有力地促进了中国传统戏剧观念的现代转换。

20 世纪初,留学日本的青年学生与中国民族民主运动相呼应,受日本"新派剧"(即"壮士芝居")的影响,较正规地介绍欧洲式的话剧,推进了中国话剧的产生。

中国话剧史上一个至为重大的事件就是春柳社的成立。1906年底,在当时盛行于日本的新派剧的影响下,曾孝谷、李叔同等一批爱好文艺的留学生在东京成立了春柳社,以研究新旧戏曲、促进中国文艺改良为宗旨。春柳社是一个以戏剧演出为主的综合性艺术团体。春柳社成立不久,就演出了根据林纾、王寿昌合译的法国作家小仲马的小说《巴黎茶花女遗事》改编的话剧《茶花女》第三幕。1907 年初,又演出了曾孝谷根据林纾、魏易合作翻译的同名小说改编的《黑奴吁天录》。这是第一个由中国人创作演出的话剧,也是文明新戏的发展进入新阶段的标志。春柳社(包括后来的新剧同志会、春柳剧场)演出的剧目达百种左右,可见当时话剧兴盛情形之一斑。

1907 年秋,新剧活动家王钟声在上海领导成立了春阳社,并且成立了第一所新剧教育机构通鉴学校,也演出了《黑奴吁天录》,引起了观众的震动,推动了话剧的发展。1908 年春,在任天知的帮助下,王钟声以通鉴学校的名义排演了《迦因小传》,在形式上完全扫除了京剧影响的痕迹,成为国内新兴话剧正式形成的标志。

至此,晚清以来的戏剧改革在西洋戏剧和日本新派剧的先后影响下,经过改良戏曲、学生演剧、春柳社和春阳社等探索阶段,终于完成了具有历史意义的转折,话剧萌芽时期的文明新戏形式从此定型。

辛亥革命把文明新戏的发展推向了高潮。新生的早期话剧以其迅速反映现实社会生活的突出特点,有力地配合了民主革命的思想宣传,同时也在迅猛发展的革命形势下得到了蓬勃发展和广泛普及。从1910年到1913年间，以上海为中心的新剧活动空前兴盛，各地新剧团体也迅速涌现，演剧活动十分活跃。在这一时期最为重要也最有影响的，是任天知创办并领导的进化团。进化团1910年11月在上海成立，是中国现代戏剧史上第一个话剧职业剧团。进化团成立后，在长江中下游一带的城市演出，深受广大观众欢迎，也使话剧这种新兴的艺术形式日益深入人心。

1912年，陆镜若在上海召集原春柳社的部分成员，并加以扩充，成立了新剧同志会，欧阳予倩也是该会的主要领导者之一。他们巡回演出于上海、江苏一带。新剧同志会经常演出的剧目有《家庭恩仇记》、《不如归》、《猛回头》、《社会钟》、《热血》、《鸳鸯剑》等。1914年，陆镜若又在上海组织了春柳剧场，参加者有欧阳予倩、马绛士、吴惠仁、吴我尊等。

春柳社在成立之初就有意识地将西方话剧作为学习的榜样，作为后期春柳的新剧同志会和春柳剧场仍然坚持着春柳社的话剧艺术方向，形成了一个面貌一新、影响广泛的派别——春柳派。他们的剧本严格遵守西方话剧的编剧原则，如分幕，用暗场，不追求故事的头尾俱全；剧中没有演讲词，不搞幕外戏；表演使用国语，绝不掺杂方言土语。从总体上说，春柳派的话剧更加接近西方话剧，艺术质量也达到了当时的最高水平。

1914年以后，由于辛亥革命的果实被袁世凯窃取，政治局势发生了重大的变化，文明新戏也从鼎盛走向衰落。这一时期的文明新戏，剧团林立，剧目繁多，仅上海一地就先后成立过三十多个剧团，拥有1 000多名演职员。其中较有影响的有六大剧团，即郑正秋的新民社，经营三、张蚀川的民鸣社，孙玉声的启民社，苏石痴的民兴社，朱旭升的开明社和陆镜若的春柳剧场。其中，成立于1913年的新民社对后期文明戏的转变产生了直接的影响作用。郑正秋首先编写了《恶家庭》一剧，之后编写了大量的家庭剧、情节剧，并由此将新剧引向了商业化的道路。同时他也编演过《徐锡麟秋瑾合传》、《桃源痛》、《蔡锷》等具有现实意义的剧本，使他成为继任天知之后新剧界的代表人物。

从此以后，新剧基本上走向了每况愈下的道路，剧团之间互相倾轧，剧本剧目迎合市民口味。到了 1916 年，最大的剧团民鸣社被迫停业，一些著名演员组织起同人剧团坚持演出了一段时间，不久也解体了。至此，南方以上海为中心的早期话剧失去了最后一块阵地，被迫流入商业性的游乐场，盛行一时的文明新戏陷入困境，不可避免地全面衰落了。

　　与此同时，北方以南开学校为代表的新剧活动，则以新的面貌、新的素质蓬勃开展起来。南开学校是我国北方开展话剧运动最早的一所学校。大约从 1914 年到五四运动前夕，南开新剧团编演的剧目达 33 个，主要是通过集体创作并且在排演的过程中逐渐成熟的方式形成的，重要的如《一圆钱》、《一念差》、《新村正》等，带有西方话剧的写实主义特征。南开新剧团的话剧演出活动在实践上和理论上都标志着萌芽期的话剧向现代话剧演变的过程。在同样的历史条件下，南开新剧之所以能迅速兴盛，并完成向现代话剧的过渡，不仅由于它始终属于业余的、非营利的性质，而且还因为它在戏剧观念上以欧洲近代戏剧为榜样，走上了一条严肃认真的艺术道路。

　　辛亥革命之后，话剧的发展有了更好的物质条件基础。随着报刊业的进一步繁荣，刊登话剧剧本的杂志也多了起来，《新剧杂志》、《剧场月报》、《戏剧丛刊》等都是比较专门地刊载话剧剧本的刊物，其他文学期刊如《小说月报》、《小说大观》、《中华小说界》、《小说时报》等，还有政治性期刊如《新青年》等，都刊载了不少话剧剧本，发生了较大影响，也留下了珍贵的戏剧史料。

　　南开新剧团的骨干田汉、清华大学新剧演出活动的骨干洪深，在早期话剧运动中都发挥了重要作用，后来都走上了终身从事中国话剧运动的道路。南开新剧团，特别是张彭春，是田汉话剧演出与创作的启蒙老师。洪深除在国内积极参加话剧活动之外，还曾师从美国著名戏剧家奥尼尔（Eugene O'Neill, 1888—1953），1922 年回国后，为中国话剧的发展作出了杰出的贡献。田汉、洪深等一批新人正式登上话剧运动的大舞台，开创了中国话剧繁荣发展的一个新时代。

在早期话剧运动中,翻译或改译外国话剧剧本也是一个非常重要的方面。这类剧本在早期话剧中占有较大比例,对中国话剧的发展成熟起到了榜样和示范的作用。当时外国话剧的传入是通过舞台演出和刊物发表两个渠道同时进行的。春柳社最早演出了外国话剧。1907年,李叔同等把法国小仲马的《茶花女》第三幕译为中文演出,后来又翻译了《热泪》、《鸣不平》和全本《茶花女》,改译演出了《猛回头》、《社会钟》、《不如归》等。在春柳社的带动之下,其他演剧团体也竞相演出外国剧目。

与此同时,一些翻译或译编的话剧剧本也陆续出版或发表,成为介绍外国话剧的另一重要途径。1908年,万国美术研究社出版了李石曾翻译的波兰名剧《鸣不平》和法国名剧《夜未央》,这可能是我国最早出版的翻译剧本。此后,《小说时报》、《小说月报》、《中华小说界》、《新青年》等杂志也纷纷刊载外国话剧剧本。而1918年的《新青年》还出版了易卜生专号,集中介绍了杰出现实主义戏剧家易卜生的剧作。陆镜若、徐半梅、周瘦鹃、陈景韩、刘半农、曾朴等也翻译或改编了一些外国话剧。

从今天的角度来看,当时对外国话剧的翻译介绍还处于起步阶段,还有一些未能尽如人意之处,比如译者未必个个精通外语,对话剧这种新颖的戏剧形式也不是很熟悉,所译剧本也就随之出现了形式多种多样、质量参差不齐的情况。其中上乘的译本基本上做到了忠实于原著,对作品的主题思想、人物性格、创作风格有较好的把握。也有的剧本依照原来的故事情节,却将作品的人物、环境都中国化,于是出现了面目奇特的不中不西、亦中亦西的剧本。还有的译本只是翻译介绍原剧本的故事梗概、场次情形,与当时比较流行的幕表颇为相似。

这些翻译或改译的话剧剧本的演出和发表,一方面使更多的早期话剧倡导者和广大观众(读者)对西方话剧有了更加准确深刻的认识,有利于更好地学习西方话剧的编剧、演出等方面的长处和经验,促使我国话剧日臻成熟与完善;另一方面,发生于近代戏剧改革运动中的外国话剧翻译，对改变以传统戏曲为核心的戏剧观念和表演格局，对改变人们的戏剧欣赏习惯和评价标准，对促进中国戏剧创作演出和欣赏评价的现代转换，也都具有重要的意义。因此，早期话剧运动中翻译和改译外国话剧剧本，对我国话剧的形成发展具有重要的推动作用，是对中国话剧运动的一份贡献，同时也是近代戏剧改革历程中取得的成果之一，对整个中国戏剧的近代转型和现代发展，也作出了贡献。

从这样一个简单的回顾中可以认识到，发生于近代的早期话剧运动，不仅是中国现代话剧的先驱，而且是中国近代戏剧整体格局中一个重要的组成部分，是中国近代戏剧成就的突出表现之一。早期话剧无论就创作演出的实绩还是就历史影响来说，都足以与近代京剧及其他地方戏曲、近代传奇杂剧一道，成为中国近代戏剧史总体格局的三大支柱，共同决定着中国戏剧发展历程中这一特殊而重要的历史时期的基本面貌。

在传奇杂剧、京剧与其他地方戏曲、早期话剧构成的中国近代戏剧的基本格局中，一方面，它们都有独特的变革更替的历史过程，从不同的方面展示着中国近代戏剧发展历程中的重要特点；另一方面，三者之间也发生着密切而深刻的关联，显示出相互影响、彼此呼应、共同发展的关系。比如，传奇杂剧在内容与形式上出现的某些新面貌、新趋势，就与京剧领域内发生的同类变化相关；早期话剧探索中采取的某些表演方式，也与变革期的京剧相当接近；传奇杂剧的一些表演方法、舞台艺术处理，与早期话剧借鉴外国戏剧的某些表演方式和舞台经验关系密切。

在中国近代戏剧三足鼎立的基本格局中，尽管传奇杂剧、京剧及其他地方戏曲、早期话剧的文化经历、发展趋向呈现出诸多既密切相关又各不相同的复杂面貌，但有一点可以肯定，就是三者都是中国近代戏剧基本格局中的重要组成部分，都为中国近代戏剧的发展变革、为中国戏剧完成从古典形态向现代形态的过渡转换作出了十分重要的贡献，在整个中国戏剧发展史上都应当占有突出的地位。

第二章 近代传奇杂剧概说

在进入有关本论题的具体问题的讨论之前，有必要对近代传奇杂剧的基本情况作出一个准确细致的说明。但是，由于目前本研究领域文献资料水平的限制，更由于笔者对这一论题的研究尚远未达到完善圆满的程度，也就难以准确详尽地描述近代传奇杂剧的发展过程以及相关问题。本章仅就笔者目前之所能，介绍近代传奇杂剧的著录情况，并在此基础上，根据笔者所掌握的资料线索和统计结果，对近代传奇杂剧的现存数量作出新的估计。同时，还根据笔者对近代传奇杂剧发展过程、基本趋势、文化特征的认识，将近代传奇杂剧的发展变迁划分为三个阶段，并对每一阶段的基本情况和时代特点进行一些介绍说明。试图通过本章的概括性描述，对近代传奇杂剧的基本状况有一个一般性的认识。

第一节 近代传奇杂剧的著录

一、近代传奇杂剧的著录情况

关于近代传奇杂剧的数量和剧目情况，向来没有一个全面准确的统计。已经出版的几种有代表性的曲目曲录著作、曲学工具书，对近代传奇杂剧剧目的著录大致反映了目前这一研究领域的文献资料状况。现将几种重要著作对近代传奇杂剧剧目的著录情况简介如下：

（一）阿英《晚清戏曲小说目》（上海：上海文艺联合出版社，1954 年）之"晚清戏曲录"部分，著录传奇 54 种，杂剧 40 种，共计 94 种。此书编成于 20 世纪三四十年代，初版于 1954 年。由于当时历史条件、文献资料的限制，加之收录标准较严格，难以准确反映近代传奇杂剧的面貌。如阿英所说："本书意在补阙，故所录以石印本为主，必要时兼及木刻本，未刊稿"，"本书所收戏曲，以出版在晚清者为限，略及民初"，"晚清戏曲总数，虽为时不久，已无法统计，搜集齐全，更非易事。本书所录，以已收得者为限，仅知其名者不录"①。非常明显，这一数目远非近代传奇杂剧作品之全部。

（二）周妙中《江南访曲录要》（载《文史》第二辑，北京：中华书局，1963 年）附录"晚清至现代传奇杂剧"著录作品 78 种，正文著录近代作品 8 种，共 86 种。《江南访曲录要（二）》（载《文史》第十二辑，北京，中华书局，1981 年）中，又著录近代作品 2 种。两文著录近代以来传奇杂剧共计 88 种。此二文所著录，限于作者在江南各地访书所见之剧目，数量不多，当然难以全面反映近代传奇杂剧的总体状况。

（三）曾永义《清代杂剧概论》（载《中国古典戏剧论集》，台北，联经出版事业公司，1975 年）附录"清代杂剧体制提要及存目"中，于"清人杂剧体制提要"部分著录近代作品 81 种，《清人杂剧存目》部分著录近代作品 24 种，共 105 种。此文完成时间较早，且仅以杂剧为限，更由于当时当地资料条件的限制，著录近代作品数量亦不算多。

（四）傅惜华《清代杂剧全目》（北京，人民文学出版社，1981 年）卷六"清末时期杂剧家作品"著录杂剧 159 种，附录"清末至建国前杂剧简目"著录杂剧 78 种，全书共著录近代杂剧 237 种。此书作者在著录作品时，无论存佚，不分是否亲自见过，而以力求完备为目标，因此著录近代杂剧作品数量很多，反映了杂

---

① 阿英：《晚清戏曲录例言》，《晚清戏曲小说目》卷首，上海，上海文艺联合出版社，1954 年。笔者按：《晚清戏曲小说目》（上海，古典文学出版社，1957 年）新 1 版"补遗"部分中，增加了传奇 1 种。

剧至近代出现的高度繁荣局面。

（五）庄一拂《古典戏曲存目汇考》（上海：上海古籍出版社，1982年）的附录"近代作品"部分，著录传奇57种，杂剧50种，其他部分著录基本上可以判定为产生于清道光年间以后的传奇130种，杂剧71种，上述传奇共187种，杂剧共121种，总计308种。此书收录范围较宽，凡基本上可以判断为这一时期的作品尽皆收录，只存剧名而可能已经亡佚的作品也一并收录，而且"近代作品"的时间下限至1949年，因此此书所著录近代传奇杂剧的数目较多。

（六）《中国曲学大辞典》（杭州，浙江教育出版社，1997年）最为晚出，编者所见文献资料较全，也比较注意反映本领域的学术进展情况，吸收近期研究成果，而且与前书一样，将收录作品的时间下限定至1949年，因此收录近代作品的数目也较多：传奇180种，杂剧128种，共计308种。

（七）梁淑安、姚柯夫《中国近代传奇杂剧经眼录》（北京，书目文献出版社，1996年）的剧目著录原则与上述几种著作有较大不同：一是将"近代"范围严格限定在1840年至1919年之间；二是以编著者"经眼"即亲自看到的剧本为限。另外，此书将"经眼"的五四新文化运动以后的传奇杂剧作品、诸家曲目著录而未及寓目的剧目列入附录，作为全书正文的补充。此书正文著录近代传奇杂剧170种，五四运动以后作品46种，未及寓目作品45种，共计261种。

二、笔者的统计情况

上述几种著作尽管各有所长，各具特色，而以《中国近代传奇杂剧经眼录》所反映的近代传奇杂剧作品情况更加可靠些。但是也完全可以肯定，此书所著录的近代传奇杂剧亦非此期产生并保存至今之剧目的全部。比如，《中国近代传奇杂剧经眼录》和上述其他各书亦均未著录，产生于1840年至1949年之间的传奇杂剧作品，笔者就见过如下13种。

（1）《横塘梦传奇》，三十二出，载《集成报》。

（2）《闻鸡轩杂剧》（《王粲登楼》一折），载《法政学交通社杂志》。

（3）《武士道传奇》，载《南洋兵事杂志》。

（4）《乌江恨传奇》，二出，载《南洋兵事杂志》。

（5）《岳家军传奇》，载《南洋兵事杂志》。

（6）《双鸾隐》传奇，载《神州丛报》。

（7）《秣陵血传奇》，载《崇德公报》。

（8）《哀川民》传奇，一出，载《南社小说集》。

（9）《针师记传奇》，七折，载《小说月报》。

（10）《但丁梦杂剧》，载《学衡》。

（11）《连理枝杂剧》，四折，《南桥二种》，又有单行本。

（12）《陟山观海游春记》，二卷，八折二楔子，《顾随文集》本，《苦水作剧》本，《顾随全集》本。

（13）《馋秀才》，二折一楔子，《辛巳文录初集》本，《顾随文集》本，《苦水作剧》本，《顾随全集》本。

有关以上各剧之具体情况，请参见本书第九章"新见剧本介绍与有关史实考辨"第一节"关于新见近代传奇杂剧十三种"，此处暂不详述。

根据诸家曲目、曲学工具书的著录，加上笔者新见作品13种，可以肯定地说，1840年至1949年这一百多年的时间里，产生并传世的传奇杂剧作品当在420种以上。这实在是一个令中国戏曲研究者和中国近代文学研究者惊讶而又兴奋的数字。一个多世纪的时间内就产生了数量如此众多的传奇杂剧作品，不仅表明近代戏曲繁荣发展、传奇杂剧出现了最后一次创作高潮的事实，而且，将这一情况置于整个中国戏曲史的发展历程中进行考察，也可以说，这是一个传奇杂剧大量产生的重要时期，在中国戏曲史上应当占有一席重要位置。本书附录"近代传奇杂剧目录"提供了目前所知作品出版刊行的具体情况，可参阅。

虽然到目前为止，对于近代传奇杂剧的数量还没有一个准确的统计，但是仅从笔者掌握的材料来看就可以清楚地认识到，从1840年到1949年之间一个多世纪的时间里，产生的传奇杂剧数量是众多的。可见传奇杂剧这一古老的戏曲样式，在走向终结的历史过程中，最后一次展现出了兴盛繁荣的局面。撇开以京剧为代表的花部戏曲和早期话剧的高速发展、空前繁荣不论，仅就传奇杂剧的创作发展来说，就不能不承认，从1840年鸦片战争爆发至1949年中华人民共和国成立前这一时期，是中国戏曲发展史上一个非常重要的阶段。

现根据笔者所作统计，将近代传奇杂剧的数量分布情况列表如下，希望通过比较直观的数字化方式从总体上展示近代传奇杂剧创作的基本面貌。

表一 近代传奇杂剧数量分布情况

时　期	年　代	数　量	年平均数	总　计
近代前期 1840—1901	1840—1849	9	1.57	61年 95种
	1850—1859	2		
	1860—1869	0		
	1870—1879	15		
	1880—1889	35		
	1890—1901	35		
近代中期 1902—1919	1902—1910	91	10.18	17年 172种
	1911—1919	81		
近代后期 1920—1949	1920—1929	26	2	29年 58种
	1930—1939	18		
	1940—1949	14		

另有一部分传奇杂剧，至今已难以判断其成书或出版的准确时间，无法列入表中。其中有些作品，成书或出版的具体时间虽不能确定，但可以得知它们大概的出版或成书时间，这部分作品也可以作为上表的一个补充，从另一角度反映近代传奇杂剧创作与发表的部分情况。这样的作品笔者共得57种，为了更直观、更准确地反

映这些情况，也列表如下。

表二 道光二十年至民国年间部分传奇杂剧成书或出版情况

年 号	时 间	作品总数	年平均数	备 注
道光	1840—1850	11	1.10	道光二十年以后
咸丰	1851—1861	3	0.30	
同治	1862—1874	4	0.33	
光绪	1875—1908	17	0.52	
宣统	1909—1911	0	0.00	
民国	1912—1949	22	0.59	至民国三十八年

当然，上述统计仅是就笔者目前所见知的有关文献进行的，也只能反映目前该领域基本的文献水平。随着近代戏曲文献发掘与研究利用的深入，以及相关领域的学术进展，相信在近代传奇杂剧剧作方面还会有更多、更重要的发现。

第二节 近代传奇杂剧的发展概况

在目前的文献资料和学科基础条件下，要对近代传奇杂剧的发展情况作出一个令人满意的介绍，并不容易。但是，为了给以下各章的专题讨论提供一个一般性的学术背景，也为了从总体上观照一下近代传奇杂剧的面貌，本节只能就目前笔者所了解的情况和掌握的材料，对近代传奇杂剧发展的主要线索进行最基本的介绍。

为了叙述的方便，根据近代传奇杂剧发展的实际状况，也参照对近代文化发生深刻影响的重大历史事件，本书将 1840—1949 年的近代传奇杂剧发展历程划分为如下三个阶段：第一阶段，或称近代前期，1840—1901 年；第二阶段，或称近代中期，1902—1919年；第三阶段，或称近代后期，1920—1949 年。显然，这种时段的划分是相当粗略的，更多的是出于本书写作方便的考虑，同时也反映了笔者目前对近代传奇杂剧发展过程的基本理解。

近代前期（第一阶段，1840—1901 年），这是古代传奇杂剧的终结和近代传奇杂剧的起步时期。从总体上说，这一时期仍处于乾隆年间出现的戏曲高潮的余波之中，这时的传奇杂剧，无论是内容还是形式，仍以继承元明两代和清中叶以前取得的突出成就为主，表现出新旧交替、渐变发展的基本特征。就戏曲发展趋势来说，尤其值得注意的是近代前期传奇杂剧的某些方面已经出现了以变革传统为主要特征的作家和作品，代表了传奇杂剧进入近代时期出现的新态势。

从作品数量上看，这一时期虽然时间跨度很大，长达六十一年，占据了近代传奇杂剧一百一十年历史的一半还强，但是产生的作品数量并不多。笔者曾作了一个简单的统计，在可以确定发表时间的 326 种近代传奇杂剧作品中，这一时期仅有 96 种，平均每年发表 1.57 种。特别有意思的是，从 1840 年至 1859 年，共发表作品 11 种，1860 年至 1869 年的十年中，竟没有一部作品出现。1870 年至 1879 年共有 15 种，后面的二十年每十年各有 35 种，共达 70 种之多，占据了这一时期作品的绝大多数。

从戏剧题材方面来看，这一时期的作品主要承续乾隆末年、嘉庆年间以来传奇杂剧的题材特点，以传统题材为多，如道德伦理、婚姻家庭、神仙鬼怪、忠奸善恶、历史故事等。另一方面，在某些作品中，已经透露出鸦片战争以降中国社会发生的深刻变化的某些信息，时代风云、国情民意已经开始从某些作品中传达出来，如对鸦片危害国人身心的担忧，对封建官场黑暗龌龊的揭露，对太平天国起义造成社会动荡不安的关注，这些都明显地反映了传奇杂剧这一古老的戏曲样式在近代社会变迁面前作出的积极反应，最早从题材方面展示出中国传奇杂剧发展历程的又一重要阶段，也是最后一个阶段的开端。

在戏剧题材发生变化的同时，传奇杂剧的体制也发生着愈来愈明显的变化。简单地说，就是传奇杂剧原有的体制规范愈来愈多地被改变或突破，较为突出的变化如传奇杂剧的篇幅更加灵活，不受折数或出数的限制，严格的曲律不再被大多数戏曲作家所认真遵守，戏曲作家在创作过程中拥有了更大的自由度和更多的灵活性，甚至出现了不用曲牌、没有曲词的作品或作品片段。这些情况的出现,实际上是明清以来传奇杂剧体制发展趋势的继承和发展,原来非常严格的文体规范逐渐松动,从前相当严格的体制要求愈来愈经常、愈来愈深刻地被突破。从传播途径方面来看,这一阶段产生的作品与此前的作品并无太大的不同,作品写成之后,仍以作者自己或亲朋好友主持刊刻为主,然后在一定范围内流传。

总的说来,这一时期的传奇杂剧,一方面仍然在传统的惯性作用下衍化持续,成为康熙、乾隆时期出现的戏曲高潮的余波,也是古代传奇杂剧的终结;另一方面,它的某些方面已经发生了深刻的变化,透露出后来戏曲发展的某些趋势,成为近代传奇杂剧的开端。

近代中期(第二阶段,1902—1919 年),这是近代传奇杂剧迅速崛起、高度发展的时期。这一时期由于发生了对近代以来的中国文学与戏剧发展影响至为深远的文学革新运动,促进了诗词、散文、小说、戏剧等的变化发展。一个明显的文学史事实是,"小说界革命"运动的开展,不仅带来了近代新小说创作的高度发展,而且迅速而直接地促进了近代传奇杂剧的繁荣,并在短短的不足二十年的时间内,产生了大量的传奇杂剧作品。可以认为,对小说和戏曲的发展来说,梁启超《论小说与群治之关系》等论文所发挥的巨大作用,是其他人的论著所无法比拟的。这不仅在中国近代文学史、中国近代文学批评史上绝无仅有,就是在整个中国文学史、中国文学批评史上也是十分罕见的。

有力的理论倡导带来了创作的高度繁荣。首先从数量上看,仍以笔者的统计数字为据,这一时期时间很短,仅有十七年,但是产生并发表传奇杂剧达 172 种之多,平均每年 10.18 种,是前一时期年平均数的 6.5 倍。1902 年至 1910 年的八年间,有作品 91 种,这个数字几乎等于近代前期六十一年的作品总和。从 1911 年至 1919 年,有作品 81 种,虽比前十年略少,但这同样是一个令人惊叹的数字。传奇杂剧的大量发表,是近代戏曲高潮到来的一个重要标志。

这一时期传奇杂剧的题材也发生了非常明显的变化。戏剧题材方面突出地反映了此期中国近代文化史上的重大变革,许多传奇杂剧的题材还表现出十分强烈的政治化、现实化的倾向,内容多集中于维新变法的启蒙宣传、民主共和的政治鼓吹、反清革命的思想号召,还有宋元之际、明清之交历史巨变的回顾抒写。与前一时期相比,传奇杂剧的题材一方面更加贴近近代社会现实,更全面、更直接地反映出历史文化的变迁;另一方面,变革创新的近代精神也在作品中得到了更加充分的发扬。许多戏曲家相当自觉地运用传奇杂剧进行政治变革、文化启蒙的宣传倡导,传奇杂剧的主导内容发生着明显的变化。

在传奇杂剧题材发生重大变化的同时,戏剧体制变化之深刻迅速,也达到了前所未有的程度。这时的许多传奇杂剧作家,对原来的体制规范更加不予重视,传奇杂剧在篇幅长短、曲律曲谱、折数出数、唱词宾白等各方面的原有体制规范,对戏曲家创作的约束力都愈来愈弱,有时甚至已经不起什么作用。戏曲创作表现得更加自由随意,作者的思想意志、兴趣喜好等主观化的内容愈来愈突出地表现于传奇杂剧剧本之中。而且,从体制到表演,经常采用新的方法与手段,不断进行新的尝试。这时期出现的不少作品,甚至连其究竟是属于"传奇"体制还是更像"杂剧"体制都难以分辨清楚,传奇和杂剧这两种戏曲样式的众多差异实际上已经丧失殆尽了。

再从传播途径方面来看,由于近代印刷工业的高速发展,报纸杂志的大量出现,这一时期传奇杂剧的传播方式已经大不同于从前。此时的大多数作品已经可以及时地在报刊上发表,迅速地传播开来,产生非常大的社会宣传作用。而且,需要特别指出的是,此期发表传奇杂剧作品的报刊,已不限于小说报刊、戏剧报刊以及其他文艺性报刊,几乎所有重要的报纸杂志包括一些著名的政治性、学术性报刊都曾发表过传奇杂剧作品,表现出对传统戏曲的浓厚兴趣和高度重视。这种新情况的出现,无论是对中国古代戏曲史来说,还是对近代前中期的戏曲发展而言,所带来的变化都是巨大的。

总之，这一时期是近代传奇杂剧发展历程中最繁荣、最辉煌的时期。从戏曲作家的社会角色、创作心态、创作过程，到戏曲作品的题材内容、体制特征、传播媒介、接受方式、社会影响等，都发生着前所未有的重大变化，最典型地表现了近代传奇杂剧发展变化的时代特征。简单地说，近代中期的传奇杂剧是整个近代传奇杂剧的杰出代表，近代传奇杂剧的特点最集中地表现在此期的作品中，这包括它的突出成就和巨大贡献，也包括它的某些不足和历史缺憾。

近代后期（第三阶段，1920—1949 年），这是近代传奇杂剧走向式微、直至消亡的时期，也是整个中国传奇杂剧史的最后阶段。这一时期包括二十九年的时间，有传奇杂剧 58 种，年平均 2 种。这个数字虽然比近代前期大一些，但是清楚地表明，传奇杂剧经过此前近二十年的繁荣发展之后，已经进入了低谷阶段。可以再仔细观察一下笔者的统计结果：从 1920 年到 1929 年有作品 26 种，1930 年到 1939 年有作品 18 种，1940 年到 1949 年仅有作品 14 种，相当明显地呈递减趋势。这种趋势带有强烈的戏曲史意味：它昭示着传奇杂剧这一源远流长的戏曲形式，在五四新文化运动兴起之后，迅速走向式微萧索直至最终消亡的历史命运。

从题材方面看，这一时期的传奇杂剧除了在前一阶段的基础上继续拓展新的贴近现实政治、近代生活的新题材之外，另一个明显的特征是，出现了向传统题材复归的趋向。一些作品表现出对传统观念较多的亲近感和认同感，特别是在西方文化大举东来，社会发生空前动荡的文化背景下，一些传奇杂剧作家对中国道德伦理观念、婚姻家庭格局采取了重新认识、重新认同的思路，也进行着更加深切的文化思考。

与题材方面的新特点相联系，在戏曲体制上，这一时期的传奇杂剧表现出两种重要的情形：一方面继续对传统传奇杂剧体制进行改造、突破，实现更大的创作自由，促使原有体制规范进一步消解，这一点与近代中期的总体趋势基本相同；与此同时，在另一方面，也出现了更多的遵循旧有体制、谨守原有规矩的作品。后一种情形的出现，当然与当时的文化背景、文人心态有着深刻的关联，更直接的，应当是与传奇杂剧作家对原有体制的掌握情况、熟练程度密切相关，也与他们中的一些人士社会身份发生的重大转变不无关系。这里主要是指一些传奇杂剧作家由原来的政治型人物转变成为专门从事戏曲教学与研究的学者，从文化政治舞台上退居课堂和书斋。

从印刷技术、传播媒介方面来看，毫无疑问地，这一时期较之前一时期更加发达、方便，报纸杂志的印制数量和质量都达到了前所未有的水平，这无疑为传奇杂剧的发表传播提供了更大的可能性。但是此期传奇杂剧的主要传播方式却没有在前一时期呈现出来的新特征的基础上进一步发展扩大，而表现出颇为不同的特点。此期大部分传奇杂剧作品主要仍是通过报刊发表传播，另有相当一部分作品又采用石印、铅印、油印等方式出版，有的甚至不谋求公开发表，只是以稿本、钞本的形式自娱娱人地在亲朋好友中或较小范围内流传，表现出对主流文化走向的一种疏离感。有一个事实是非常明显的，就是1920年以后，传奇杂剧作品愈来愈少在报纸杂志上发表，日渐失去了公开发表、参与文艺交流的机会，作者们似乎也再无热情和兴趣去为自己的作品争取这样的机会，其结果就是传奇杂剧在新文化运动开始之后较快地失去往日的繁荣，迅速离开文坛的重要位置。

笔者曾查阅长达460万字的《中国现代文学期刊目录汇编》（唐沅、韩之友等编，天津，天津人民出版社，1988年），发现从1919年五四运动到1949年中华人民共和国成立前的三十年中，绝少有传奇杂剧作品发表在此期的文学期刊上。据此书所录，在中国现代276种文学期刊中，发表过传奇杂剧的期刊只有如下两种：《学衡》有两期发表作品2种，《小说世界》凡三期发表作品2种。另外，据笔者所见，此书未收录的《小说新报》，1920年也是它较多发表传奇杂剧的最后一年，这也是五四运动以后发表传奇杂剧作品最多的一份杂志。从传奇杂剧的文化遭际和历史命运的角度来看，这种情况的出现并非偶然，而是带有一定戏剧史和文化史意味的现象。

无论是从中国近代戏剧史的角度还是从中国近代文化史的角度来认识，这种情况的出现都是必然的。从戏剧史的角度来看，近代戏剧的三大支柱传奇杂剧、京剧及其他地方戏曲、早期话剧的关系，不断地发生着此伏彼起、此消彼长的变化，这种变化自五四新文化运动以后表现得更加强烈。总体趋势是花部戏曲持续繁荣发展，直至使京剧成为中国传统戏曲的典型形态和杰出代表，并确立了不可动摇的特殊地位。由外国传入的一种新的戏剧样式话剧，经过文明新戏、早期话剧阶段的发展，渐趋成熟兴盛，产生了典范性的作品，同样确立了相当重要的地位。而传奇杂剧在前两者兴盛发展的时候，却走向了从逐渐淡出文坛、遭人冷落直至完全终结其戏曲史、文学史命运的道路。

从中国近代文化史的角度来看，五四新文化运动以后，古代传统的文章学文学格局已经被打破，逐渐建立起现代性的纯文学格局。中国文学的基本结构发生了空前深刻的变革，新文学中的诸多品种占据了主导地位，主流文化走向也较多地批判、摈弃传统，愈来愈多地主张学习西方，愈来愈彻底地要求走向现代化。在这样的主导文化环境下，式微征兆已经相当明显的传奇杂剧迅速走向萧索直至消亡，就是它注定的命运了。

从上述情况中可以看到，在中国历史进入近代之后半个世纪左右的时间里，传奇杂剧虽然从内容到形式都在缓慢地发生着变革，在某些方面表现出一定的时代色彩；但是从总体上说，仍然笼罩在康熙至乾隆时期出现的戏曲高峰中，是前一次戏曲高潮的余波。经过鸦片战争之后五十多年的历史准备、缓慢发展，在1902年正式兴起的"小说界革命"运动的直接推动下，近代传奇杂剧才真正迎来了繁荣发展的高潮时期。这不仅是中国近代戏剧历程中传奇杂剧最为兴盛的时期，也是整个中国戏曲史上传奇杂剧的最后一片晚霞。这一时期的传奇杂剧作家和作品，是近代传奇杂剧时代特征的最突出代表。五四运动以后，由于整体政治文化环境的巨大变化，主流文化愈来愈多地反思批判传统、学习效法西方，戏剧、文学等多方面也发生了巨大而深刻的文化变迁。戏剧与文学内部和外部的种种重大变化,迫使传奇杂剧再也无法保持兴盛的局面,走向了终结直至消亡的道路。可以说,到了20世纪40年代末,作为中国传统戏曲的典范形式的传奇杂剧的历史已经彻底完结了。

第三章　近代传奇杂剧代表作家作品述略

在中国近代一百多年这一并不算很长的历史时期内，出现的传奇杂剧作家人数众多，产生的传奇杂剧剧本从思想内容到艺术取向，都十分复杂。尤其是这一切都发生于中国文化从古代走向现代的历史转型过程中，发生于中国戏剧从古典形态到现代形态的转变过程中，传奇杂剧所面临的文化环境、戏剧与文学风气都是前所未有的，传奇杂剧从思想到艺术发生的许多变化也是空前广泛深刻的。本章拟从众多的近代传奇杂剧作家中选择有代表性的三十多位，对他们的生平事迹和戏曲成就作一简要的介绍评述，试图从这一具体角度展示近代传奇杂剧作家作品的基本面貌和总体成就。

第一节　近代前期作家作品

这里所说的近代前期是指道光二十年（1840）至光绪二十七年（1901），约六十年的时间。从总体上看，这一时期的传奇杂剧主要承袭康熙、乾隆时期出现的戏曲高潮之余续。虽然在戏剧题材、主题、艺术形式诸方面都发生着比较显著的变化，特别是嘉庆、道光时期传奇杂剧的创作出现了比较明显的衰落景象，但从基本面貌上看，近代前期的传奇杂剧仍以继承传统、渐变发展为主要特征，同时也透露出一些新的时代气息。现将此期影响较大的传奇杂剧作家及其作品评介如下。

李文翰（1805—1856），字云生，号莲舫，别号切镜词人，室名味尘轩、看花望月之轩。安徽宣城人。出身于清贫之家，青少年时代热衷于科举功名。道光八年(1828)举人,此后六应礼部试皆报罢,后充幕僚。道光十八年(1838)春试下第后在京遇选,得县令职,分发陕西。先后在乐城、鄠县、岐山等地任职。后调任长安知县,升鄜州直隶州知州。咸丰三年(1853)补嘉定知府,咸丰五年(1855)署夔州知府,捐道员,留四川补用。咸丰六年(1856)病卒于四川。文翰心仪林则徐,二人多唱和之作,又与冯桂芬交好。诗文创作皆有一定成就,尤性耽度曲,词律细而严。著有《味尘轩诗集》、《味尘轩文集》、《味尘轩词集》、《治岐撮要》、《守嘉州纪要》、《鄠县修城记》、《李氏先贤纪年集览》一卷。戏曲作品有传奇四种:《紫荆花》、《胭脂舄》、《银汉槎》、《凤飞楼》,合称《味尘轩四种曲》,又称《李云生四种曲》。

卢前从传统曲学和明清传奇总体成就的角度出发,对李文翰的四种传奇评价较低:"都平淡无奇,没有甚么可以称述的地方。"[①]然从近代传奇杂剧发展历程的角度来考察,李氏四种曲足当重视。完成于道光二十四年至二十五年(1844—1845)的《银汉槎》是李文翰的代表作。剧本以汉代张骞勘探河源、治理水患的神话故事,影射鸦片战争时期的社会状况,具有很强的现实针对性;以"河海之灾"比喻当时中国面临的内忧与外患,可见作者具有十分敏锐的社会洞察力和生活感受力。更值得注意的是,作品把批判的矛头指向统治阶层和封建政治、经济、官僚制度的某些方面,具有重要的社会批判意义。而作者将张骞向西域"查探河源",向域外"堵外患而清水患"作为全剧的结构主线,具有向西方寻求出路的文化意味。《银汉槎》的结尾也极有特色。作者在传奇习以为常的大团圆结尾中,又直接说明这不过是幻想而已,从而将剧情从神话传说境界陡然拉回到残酷的现实中来,最后以风、云、雷、电出场,暗示时代风暴即将到来。在当时的社会政治背景下,设计了一个这样的戏剧结尾,的确是意味深长的。

---

① 卢冀野(前):《中国戏剧概论》,第132页,香港,南国出版社,不署出版时间。

黄燮清（1805—1864），原名宪清，字韵甫，又字韵珊，别号吟香诗舫主人、茧情生、两园主人，室名拙宜园、砚园、晴云阁、倚晴楼。浙江海盐人。出身寒士，以家贫，所学皆得之父授。少年聪颖，才思敏捷，博通书史，工词翰，喜音律，善弹琴绘画。道光十五年（1835）举人。后七上京师会试不第。道光二十八年（1848），应李蔼如之聘为幕宾，随赴江西虔州（今赣州）、南昌，又随至安徽。咸丰二年（1852）会试再报罢，以实录馆誊录用湖北知县。因太平军扼据长江，两湖时有战事，托病未赴任，归乡息影数年。咸丰十一年（1861）太平军攻占海盐，所居倚晴楼毁于兵火，遂携家出走，辗转于杭州、萧山、甬东，经上海赴汉口。同治元年（1862）就任湖北宜都县令，翌年调任松滋县令，有政声。同治三年（1864）夏卸任，不久客死于汉口。平生功名失意，蹭蹬风尘。家居时尝筑倚晴楼，栽竹种花，招朋会友，以诗酒著述自娱。才情富丽，博艺多能，诗、词、曲、骈文兼擅。能画，尝为黄鹤楼绘《扁舟访友图》。著有《拙宜园词》、《倚晴楼诗集》、《倚晴楼诗续集》、《倚晴楼诗馀》等，编有《国朝词综续编》、《吴谙集》。尤以戏曲闻名，所作工词藻，世人比之尤侗，然曲律未严。主要剧作收入《倚晴楼七种曲》中，即《茂陵弦》、《帝女花》、《鹖鸰原》、《鸳鸯镜》、《凌波影》、《桃溪雪》、《居官鉴》七种。另有传奇《玉台秋》、《绛绡记》二种。

黄燮清的早期剧作多取材于历史，擅长描写儿女恋情，文辞华艳，声情并茂。《帝女花》是其早期作品中最负盛名的一种，影响广泛，及于海外。鸦片战争以后，由于对社会现实了解的加深，黄燮清的文学观、戏剧观都发生了重大变化，对早年的戏曲创作也进行了深入反思："晚年自悔少作，忏其绮语，毁板不存。"[①] 并果真将自己青年所作传奇《帝女花》、《桃溪雪》、《茂陵弦》、《鸳鸯镜》、《凌波影》五种毁板，可见他戏曲创作改弦更张的决心。最

---

① 冯肇曾：《居官鉴·跋》，《中国近代文学大系·戏剧集一》，第87页，上海，上海书店，1996年。

能够体现这种转变的就是作于咸丰年间的传奇《居官鉴》。剧中提出了通过改良吏治、整治官场来挽救危局的方案，表现出忧患时局的清醒态度。为了直接而充分地表现这种政治见解，作品也出现了概念化、简单化的倾向，情节和人物都不十分出色。语言也一改早期的华艳瑰绮，曲词以白描为主，以日常口语入曲，自然流畅。作于咸丰二年（1852）在京遏选时的《绛绡记》也值得重视。它是一个昆曲演出台本，不同于作者的其他案头之作，在情节结构、文武场面、曲词说白、科诨调笑等方面都比较适合舞台演出，而且借鉴乱弹戏的表演技艺，采用撒火彩的特技手段。

吴梅曾指出："韵珊诸作，《帝女花》、《桃溪雪》为佳，《茂陵弦》次之，《居官鉴》最下，此正天下之公论也。"① 又云："《帝女花》、《桃溪雪》，自是上乘，惟其词秾丽柔靡，去古益远。"② 青木正儿亦论曰："黄燮清词才有馀，而剧才不足，论者云'其曲学蒋士铨，而远不如也'（《顾曲麈谈》下《蝀庐曲谈》四），盖定论也。然在道光以还戏曲衰颓之时，如求其足称者，则不可不先屈指此人。"③ 黄燮清的戏曲创作，尤其是后期传奇，在许多方面反映了近代传奇杂剧发展变化的基本趋向，具有重要的戏曲史意义。

范元亨（1819—1855），原名大濡，字直侯，号问园主人。江西德化（今九江）人。自幼聪明过人，稍长即以名士称于世。道光二十六年（1846）选优第一，中副榜贡生。咸丰二年（1852）举人。翌年入京会试不第，遂绝意功名。与邓辅纶、龙汝霖、李寿蓉、陈大力、高心夔等友善，相约偕隐。太平军入江西，其家毁于战火，流寓广丰，为幕客，谋划方略，不为所用，遂离去。咸丰五

---

① 吴梅：《中国戏曲概论》，见《吴梅戏曲论文集》，第184页，北京，中国戏剧出版社，1983年。

② 吴梅：《顾曲麈谈》，见《吴梅戏曲论文集》，第114页，北京，中国戏剧出版社，1983年。

③ 青木正儿著，王古鲁译：《中国近世戏曲史》，第475页，北京，中华书局，1954年。

年（1855）贫病而死。性情耿直，不媚权势，终生穷困。平生嗜为诗，古文亦佳。戏曲创作主张以情为重，以真为主。著有传奇《空山梦》，传世者尚有《问园遗集》一卷。其他著作如《四书注解》、《五经释义》、《红楼梦评批》三十二卷、《问园诗文集》二十四卷、《问园词稿》八卷、《秋海棠传奇》十六卷（出）等，多毁于战火。

《空山梦》传奇作于道光二十一年（1841）前后，作者去世三十六年后的光绪十七年（1891），方由其子履福为之刊行。问园主人（笔者按：即作者本人）所作《序》谓："读其文，感聚散之无常，伤美人之零落，殆有大不得已者欤？"又云："但其制谱，不用古宫调，知为曲子相公所诃。然有其继之，必有其创之。元人乐府，孰非创自己意者？若以为不便梨园，则名家依谱循声，可被之管弦者，亦无几也。"① 种秋天农序亦曰："全无结构之规模，不仿金元之院本，词穷意竭，泪尽肠枯，倾墨凝殷，停杯变紫，殆有所谓自凭悲愤，别作文章者欤？"②

周贻白曾论曰："这个剧本，体制之奇特，可谓从来未有。因为他把旧有宫调曲牌完全推翻，而又不是整齐的七字句或十字句。若用现代眼光去看，便仿佛一种近于词体的新诗，这形式，好像有点故弄狡狯。……其不用曲调牌名，独抒己见，创造的精神，固所难及。"③ 又曾云："《空山梦》虽仅八出，但有一特点，即不用宫调，不遵曲牌，完全以自度腔出之，盖前所未有也。……其词虽不守宫调曲牌，而声律仍极和谐，殆习知格律，而不愿为其所缚，故悍然出此耳。"④ 剧中所写青年男女大胆相爱的方式与勇气，已经

---

① 蔡毅编：《中国古典戏曲序跋汇编》，第 2 416～2 417 页，济南，齐鲁书社，1989 年。笔者对原标点略有调整。
② 蔡毅编：《中国古典戏曲序跋汇编》，第 2 417 页，济南，齐鲁书社，1989 年。笔者对原标点略有调整。
③ 周贻白：《中国戏剧史》，第 533 页，上海，中华书局，1953 年。
④ 周贻白：《曲海燃藜·范元亨〈空山梦〉》，见《周贻白戏剧论文选》，第 350 页，长沙，湖南人民出版社，1982 年。

带有一定的背叛封建正统礼教约束的意味。此剧之更加值得重视者，是全剧艺术形式上的新面貌。它名为传奇，却一反传统曲牌联套体的成法，通篇不用宫调，不遵曲牌，却又不是花部乱弹的板腔体形式，颇为奇特。这一大胆作法对近代传奇杂剧的体制创新和形式解放，都具有导夫先路的作用。

俞樾（1821—1907），字荫甫，号曲园、右台仙馆主人，晚号曲园叟、曲园老人、茶香室说经老人，室名右台仙馆、春在堂、认春轩、茶香室、第一楼等，别称德清太史。浙江德清人。四岁迁居杭州。道光三十年（1850）进士，改庶吉士。因复试时有"花落春仍在"之句，为考官曾国藩所赏，后遂以"春在堂"榜其室。咸丰二年（1852）授编修。咸丰五年（1855）简放河南学政，以事为曹泽所劾罢归，侨居苏州，购地筑"曲园"。终身从事著述和讲学，先后主讲苏州紫阳书院、杭州诂经精舍、上海求志书院、德清清溪书院、归安龙湖书院等。同治七年（1868）起，主讲杭州诂经精舍达三十年之久，至七十九岁辞去。从学者人才辈出，如戴望、黄以周、袁昶、章炳麟、吴昌硕等皆其著者。讲学期间一度总办浙江书局，精刻子书二十余种，海内称为善本。为学训诂主汉，义理主宋，为一代朴学宗师。光绪二十八年（1902）以乡试重逢，诏复原官。晚年足迹不出江浙，声名溢于海内，远播日本。于朴学之外，从事文学，颇究心于戏曲、小说，亦能诗词。所著极富，汇刻为《春在堂全书》，共计一百六十余种，中有《春在堂杂文》、《春在堂诗编》、《春在堂尺牍》、《春在堂词录》，戏曲作品有《春在堂传奇》，即《骊山传》、《梓潼传》二种，杂剧《老圆》。另有《荟蕞诗选》、《上海求志书院课集》、《诂经精舍》三至八集等。

俞樾以学问家从事传奇杂剧创作，在近代戏曲史上表现得个性鲜明，特色突出。正如郑振铎所说："《老圆》写老僧点化老将老妓事，多禅门语。然于故作了悟态里却也不免蕴蓄着些愤激。"[①]

---

① 郑振铎：《清人杂剧二集》卷首《题记》，见郑振铎编《清人杂剧二集》，长乐郑氏印行本，1934年。

剧中透露出作者的人生感慨。其《骊山传》与《梓潼传》传奇,将经学、史学、小学、考据等方面的知识、学问用戏曲的形式来表现,造成作品从内容到形式、从曲词到说白多方面的重大变化。《骊山传》第二出结诗云:"骊山老母世皆知,世系源流孰考之。《史记》《汉书》明白甚,并非院本构虚词。"《梓潼传》第六出下场诗亦云:"戏将六艺付闲评,锣鼓场中试共听。欲把文君稍点缀,遂教科白也谈经。"均可见作者旨趣与作品特色。俞樾的传奇是近代以学问为戏曲的典型,将这种作风发展到极致。从整个中国戏曲史上看,也可以说俞樾是以学问为戏曲创作倾向的最杰出代表。

陈烺(1822—1903),字叔明,别号云石山人,晚号潜翁、玉狮老人。江苏阳湖(今常州)人。邑增生。幼年苦读,后屡失意于科场。道光二十二年(1842)馆赵氏,后游幕安徽。同治五年(1866)游幕广东。其弟子后多通达显耀者。同治十年(1871)以盐官分发浙江候补。光绪十六年(1890)督严州关。光绪十九年(1893)署理三江盐务,次年卸任。光绪二十三年(1897)署龙山盐务,次年调办桐庐关。光绪二十七年(1901)辞官归里,参究佛学。在官四十年,沉郁下僚,甚不得志。与当世著名文人俞樾、俞廷英、宗山、杨葆光、吴唐林、刘炳照等结翰墨缘。工诗善画,长于山水。精音律,善度曲,以戏曲作家名于世。俞樾谓其所著传奇"于世道人心皆有关系,可歌可泣,卓然可传"①。初著《仙缘记》、《蜀锦袍》、《燕子楼》、《海虬记》传奇四种,合为《玉狮堂四种曲》;后又成《梅喜缘》、《同亭宴》、《回流记》、《海雪吟》、《负薪记》、《错姻缘》六种,合为《玉狮堂十种曲》,卷末附说唱曲本《悲风曲》。诗文大多散佚,仅存《读画辑略》一书,及诗、文、词、散曲合集《云石山房剩稿》之未刊稿本。

吴梅对陈烺评价不高,曾云:"文律曲律,俱非所知,而颇传

---

① 俞樾:《玉狮堂十种曲·总序》,《玉狮堂十种曲》卷首,光绪十七年(1891)石印本。

于世，可怪也。"① 青木正儿在吴梅此论的基础上继续分析道："盖以其时距今未远，故偶得多传之耳。"②《玉狮堂十种曲》之所以流行一时，固与当时传奇杂剧走向式微、特出之作绝少有关，亦与这十种传奇较易见到而人们可以较多了解不无关系。但从戏曲史的角度来看，它们也有特殊之处。这十种传奇全部为中等篇幅，十六出、八出各五种，长度适中，既不同于正规传奇动辄二三十出以上，也不同于元代杂剧的四折一楔子。这种情况反映出明清以来传奇篇幅缩短、杂剧篇幅自由的基本趋势，为人们所喜闻乐见。其作品虽曰传奇，但剧中主要角色生、旦的出场时间也表现得相当自由，不遵传奇主要角色必在前两三出即出场的旧习惯。凡此都反映了传奇与杂剧体制变迁的某些趋势。其代表作《燕子楼》结构紧凑，曲词清雅，充分表现了陈烺的戏曲创作风格。不能不承认，陈烺足以在中国近代戏曲史上占有一席之地。

许善长（1823—1889年以后），字季仁，一字元甫，号玉泉樵子，又号西湖长，室名碧声吟馆。浙江仁和（今杭州）人。出生于书香门第，父母早逝，由祖母梁德绳养育成才，少年即擅吟咏。道光二十三年（1843）初应乡试落第。咸丰二年（1852）进士，咸丰六年（1856）入都供职。同治、光绪年间历任内阁中书、湖口牙厘局事、江西建昌知府、信州知府。其祖父许宗彦为词章名家，兼擅戏曲、弹词，家中藏书丰富。善长自幼即身受熏染，亦工词曲。著有传奇《胭脂狱》、《茯苓仙》、《神山引》、《风云会》、《瘗云岩》，合称《碧声吟馆五种》，又有杂剧《灵娲石》，实为《伯嬴持刀》、《忠妾覆酒》、《无盐拊膝》、《齐婧投身》、《庄侄伏帜》、《奚妻鼓琴》、《徐吾会烛》、《魏负上书》、《聂姊哭弟》、《繁女救夫》、《西子捧心》和《郑袖教鼻》等十二种单折杂剧之合称。

---

① 吴梅：《顾曲麈谈》，见《吴梅戏曲论文集》，第114页，北京，中国戏剧出版社，1983年。

② 青木正儿著，王古鲁译：《中国近世戏曲史》，第477页，北京，中华书局，1954年。

另著有笔记《碧声吟馆谈麈》、《端岩集》、《倡酬录》等。其著作合辑为《碧声吟馆丛书》刊行。

关于许善长传奇六种,许之衡尝评曰:"强作解事,实则于此道瞢然,其馀更自郐下矣。"① 这是从传统曲学的评价标准出发得出的判断。从近代传奇杂剧发展过程的角度来看,应当承认,许善长是一位值得重视的戏曲作家。许善长的剧作,在题材上有突出的特点。传奇多取材于古代小说、故事传说,如《风云会》、《茯苓仙》、《神山引》、《胭脂狱》都是如此。十二个单折杂剧合成之《灵娲石》,全部取材于春秋列国故事,每一折杂剧着重描写一个女子的性格,寓劝善惩恶之意,在题材处理上可谓别具一格。这种合多个单折短剧为总体,表现一个共同主题的做法,既是明末清初以来同类杂剧的继承,也反映出近代传奇杂剧艺术形式发展的某些趋势。许善长是近代前期一位比较集中地从事古代题材传奇杂剧创作的重要戏曲家。

魏熙元(约1830—1888年以后),字玉岩,号玉玲珑馆主人。浙江仁和(今杭州)人。"幼爱渔善猎,每草衣葛履,荡舟烟际,叫跳岩岭间。兴所至,即信口而歌,天籁自鸣,宫商协焉。乡里父老奇之。"② 咸丰八年(1858)举人,官桐乡教谕。咸丰十年(1860),太平军攻杭州,家业物产荡然无存,文稿亦于战乱中散佚。翌年全家人俱死于战乱,熙元仅以一人逃脱,幸免于难。同治元年至三年(1862年至1864年),游异乡三载有余,同治四年(1865)春入都。同治五年(1866)应试落第,落拓不得归,滞留北京。晚年流离困苦,蒙袂辑履,而啸傲自得。于古今诗文,无不精妙,尤善词曲。有《玉玲珑馆词存》(附散曲二套)传世。早年尝撰传奇《犁乐轩》、《玉棠春》、《西楼梦》、《宝石庄》,合称《餐英馆乐府四种》,付刻初竣,即遭兵乱焚毁。此后南北奔驰,搁笔二十余年。光绪六年(1880)春禾城岁试,同人咸集联欢之

---

① 卢冀野:《中国戏剧概论》,第132页,香港,南国出版社,不署出版时间。
② 楚南担饭僧:《玉玲珑馆词存·序》。

际，倾谈多为酸儒之语，因著传奇《儒酸福》，结撰工稳巧妙，人物须眉欲活，流传颇广。

《儒酸福》传奇之最可注意者有二：其一，作品以士子儒生的穷困潦倒、抑郁不得志为题材，这一创作角度表现了作者对自己及朋友际遇命运的不平，更重要的是反映了封建社会末期许多下层文人可怜可悲的生活道路与人生命运，具有较为普遍的社会意义和深刻的认识价值。其二，在情节结构和人物安排上，作品采取"逐出逐人，随时随事，能分而不能合"①的比较自由的方式，全部十六出每出名称均冠以"酸"字，这仿佛是全剧的一条内容主线，所有情节与人物均依此需要而展开。《儒酸福》这两个方面的特色，反映了传奇与杂剧在进入近代之后所发生的重要变化，也透露出传奇杂剧近代发展的某些基本特征。

李慈铭（1830—1894），初名模，字式侯，一作式甫，亦字法长，后更名慈铭，字炁伯，一字莼客，又作莼克，晚号越缦老人。别署花隐生、霞川花隐、荀学老人、黄叶院病头陀。室名众多，主要有白华绛跗阁、杏花香雪斋、桃花圣解庵、越缦堂、知服堂等。浙江会稽（今绍兴）人。道光三十年（1850）补县学生员，次年补廪生。凡十一次应南北乡试，至同治九年（1870）始中举。入赀为户部郎中。后又五应礼部试，光绪六年（1880）始成进士。后补山西道监察御史，数次上疏言事，不避权要。为近代著名学者，学识渊博，于史学功力尤深。诗词古文，名闻天下。又工书，善画山水、花卉。平时读书所得，按日记述，三十年不断，成《越缦堂日记》五十一册，《越缦堂日记补》十三册，内容涉及朝廷政事、经史百家等。诗仍承袭浙派，词亦属厉鹗一派旧格，骈文雅秀。著有《白华绛跗阁诗》、《杏花香雪斋诗》、《霞川花隐词》、《越缦堂文集》、《湖塘林馆骈体文钞》、《越缦堂诗话》等。经史著作主要有《十三经古今文义汇正》、《说文举要》、《音字古今要略》、《汉书后汉书札记》、《后汉书集解》、《北史补注》、《唐代官

---

① 魏熙元：《例言》，《儒酸福传奇》卷首，光绪十年（1884）玉玲珑馆刊本。

制杂钞》、《明谥法考》、《南渡事略》、《越缦经说》等。戏曲作品有《舟靓》(一名《蓬莱驿》)、《秋梦》(一名《星秋梦》)二种,合称《桃花圣解庵乐府》。

李慈铭的两种剧作,在题材处理上采取了以古代故事与个人亲身经历相结合的方式,或者说是以古人古事作为自己真实经历的一种掩饰,既使所表现的内容比较委婉,又使作品具有较强的艺术性。在角色人物安排上,剧中男主人公的姓名无论是《舟靓》中的书生兹纯父,还是《秋梦》中的书生莫峤,都是由作者的名字号变化而来,暗示剧中所写多是作者亲身经历。这种方式既不同于历代以古代人物事件为题材的剧本,也不同于清代中叶以后较多出现的作者以自己真实姓名上场表演的方式,具有一定的独创性,值得重视。

郑由熙(约1830—1898年以后),字伯庸,一字晓涵,号坚庵,别署歔岚道人。安徽丰口(今歙县)人。寄籍江宁(今江苏南京)。同治间恩贡,以与太平军作战有功,保举知县,分发江西,历任新昌、瑞金等县知县,补靖安知县,卒于官。始好骈俪,后精研古文、诗词曲,亦善书法。与许善长相交最为密切。其诗颇有反映民生疾苦之作。著有《晚学斋初集》、《晚学斋二集》、《晚学斋续一集》、《安遇轩诗钞》、《莲漪词》等。戏曲作品有传奇《暗香楼乐府三种》,又称《晚学斋曲三种》,即《雾中人》、《木樨香》和《雁鸣霜》。马祖毅《皖诗玉屑》评郑由熙云:"他写诗推崇曹植、陶潜、杜甫、苏轼和陆游,所著《晚学斋初集》三卷,收诗二百四十七首,《二集》十二卷收诗九百四十七首,《续一集》一卷,收诗五十首。此外还著有《莲漪词》二卷及《雾中人》、《木樨香》、《雁鸣霜》院本三种。"①

郑由熙的剧作,情节紧凑巧妙,人物性格鲜明,说白曲词均流畅生动,尤其是剧中所写内容多与作者亲身经历有关,故事之曲折真切,感情之真挚强烈,在近代传奇杂剧中均属难得。特别值得一

---

① 马祖毅:《皖诗玉屑》,第125~126页,合肥,黄山书社,1985年。

提的是，在近代为数不少的关于太平天国及其他农民起义题材的传奇杂剧中，郑由熙在《雾中人》、《木樨香》中表现出来的基本观点，对这类历史事件的态度和认识，都是绝无仅有的。郑由熙一方面与许多封建时代的正统文人一样，认为太平天国起义是生民之不幸，国家之劫难，应当尽快平息；另一方面，又着力表现太平军与官军双方的野蛮行为，揭露官军害民的罪恶事实，暴露清朝官员贪生怕死的丑态。这些思想，可以说达到了近代前期同类题材传奇杂剧的最高水平。就作者的思想观念和认识深度而论，在中国近代戏曲史上实属难能可贵。

　　杨恩寿（1835—1891），字鹤俦，号蓬海、朋海，又作鹏海，别署蓬道人、朋道人、坦园。湖南长沙人。咸丰八年（1858）优贡生。同治九年（1870）举人。历官詹事府主簿、湖北盐运使、候补知府、湖北护贡使等。早年充湖南郴州府教席，后曾游幕云贵。尝自云："吾半生所造，以曲子为最，诗次之，古赋、四六又次之，其馀不足观也。"[1] 其作品中多寓时政，语多激烈，工于作曲，又善诗词。创作之外，亦擅长戏曲理论批评，著有《词馀丛话》、《续词馀丛话》。并精书画鉴赏。另著有《坦园文录》、《坦园诗录》、《坦园词录》、《坦园丛稿》、《眼福编》、《灯社嬉春集》、《雉舟唱酬集》、《小序韵语》、小说集《兰芷零离录》等。其诗、词、文、赋皆辑入《坦园丛书》。所著《坦园日记》手稿十巨册，由陈长明标点，上海古籍出版社于 1983 年 5 月刊行。戏曲作品有传奇《坦园六种曲》，即《姽婳封》、《桂枝香》、《理灵坡》、《桃花源》、《再来人》和《麻滩驿》；《姽婳封》、《桂枝香》与《双清影》三种又曾以《杨氏三种曲》之名刊行。唯有传奇《鸳鸯带》二十四出因剧中插叙时事，语多过激，以朋友之劝焚毁不传。

　　杨恩寿的剧作可以《再来人》为代表。此剧取材于一个福建老儒的故事，通过老儒陈仲英的两世际遇，抨击了封建科举制度的埋没人才、扼杀个性，道出了封建社会士子儒生共同的可悲命运，

---

[1] 杨恩寿：《坦园日记》卷三，第 137~138 页，上海，上海古籍出版社，1983 年。

具有广泛的社会批判力量。此剧在艺术上也取得了突出的成就,从情节关目、角色科白到人物性格,都相当出色。杨恩寿的戏曲创作一向以富于戏剧性著称,情节生动丰富,矛盾冲突集中,动作宾白精妙。但所作多不合音律,反映了传奇杂剧进入近代之后发生的带有普遍性的变化。吴梅评杨恩寿云:"蓬海三记,余最喜《再来人》,摹写老儒状态,殊可酸鼻。《麻滩》、《理灵》,不脱藏园窠臼。"①又曾说:"近见《坦园六种》,其中排场之妙,无以复加,真是化功之笔。"② 青木正儿亦有云:"恩寿词彩虽不及黄燮清,然其排场与宾白之技巧反过之,但尚未足称善也。"③ 由这些品评中可知,杨恩寿在当时的戏曲史上拥有重要地位。

　　刘清韵(1841—1916),字古香,小字观音,室名瓣香阁、小蓬莱仙馆。江苏海州(今东海)人。二品封醓商刘蕴堂之女,行三,人称刘家三妹。四岁即辨四声,六岁延师就读,初师建陵老人王诩,后以师礼事同门周丹源。十八岁适沭阳文士钱梅坡,夫妇吟诗作画,互为题识,甚为相得。光绪二十三年(1897)徐淮大水,家宅遭水灾,夫妇流寓江南,售书画以自给,得友人资助印行文稿,济困而返。晚境困窘。擅长诗词,多身世之慨。亦擅书画。尤工戏曲,曾作传奇二十四种。光绪二十三年(1897)因秋雨成灾,毁坏稿本十四部,携其余十部至杭州,得俞樾赏识,遂刊行问世,称《小蓬莱仙馆传奇》,包括《黄碧签》、《丹青副》、《炎凉券》、《鸳鸯梦》、《氤氲钏》、《英雄配》、《天风引》、《飞虹啸》、《镜中

---

　　① 吴梅:《中国戏曲概论》,见《吴梅戏曲论文集》,第185页,北京,中国戏剧出版社,1983年。
　　② 吴梅:《复金一书》,见《中华文学通史》第五卷近代文学部分,第258页,北京,华艺出版社,1997年。
　　③ 青木正儿著,王古鲁译:《中国近世戏曲史》,第476页,北京,中华书局,1954年。

圆》、《千秋泪》等。① 又有《瓣香阁词》、《小蓬莱仙馆诗钞》、《瓣香阁曲稿》等。

刘清韵虽为一位女戏曲家,但是剧本中多有反映社会现实的重要内容,如《千秋泪》中表现的文人知遇之感,对科举制度弊端的揭露,《英雄配》中对太平天国起义的反映,特别是《黄碧签》中对女子出色才能的表现和女子对自身地位的充分自信,具有男女平等、个性解放的思想意义。刘清韵剧作风格柔婉细致,结构疏朗简明,关目精巧灵动,语言自然雅洁,确是达到了相当高的艺术境界。认为刘清韵是中国近代最杰出的女戏曲家,恐不为过。

徐鄂(1844—1903),字午阁,号棣亭,别号汗漫生、汗漫道人。江苏嘉定(今属上海)人。生九日即丧父,由母亲抚养、教读,故以"诵荻"名其斋。其族多显贵,鄂自甘淡泊,勤勉力学。光绪十一年(1885)顺天乡试举人。游幕东北、河北、山东、河南、江西等地数十年。凡赈灾、治河诸要政,规划措施,均切实可行。以功叙同知,保举知府分发浙江候补,未得实任,年六十卒于家。工诗文、词曲、书画,又精天文、算术、文字学,尤以戏曲闻名于世,著有传奇《梨花雪》(一名《白霓裳》)、《白头新》、《洛水犀》、《点额妆》等四种,合称《诵荻斋曲》。前二种曾以《诵荻斋二种》之名刊行,《洛水犀》、《点额妆》未见传本,或云已佚。此外尚著有《奇门反约》、《奇方放观》、《吉良合璧》、《追臆说》、《筹算洪由》、《平方捷密》、《隶体寻源》、《经界求真》等。

有论者以为其戏曲"烈拍凄腔楚动人,绮思缠绵悆华绤"②。吴梅评曰:"徐午阁《白头新》科诨不恶,……较《梨花雪》,却

---

① 关于刘清韵的戏曲创作,除已知晓的《小蓬莱仙馆传奇》十种外,近年又发现其《望洋叹传奇》、《拈花悟传奇》两种,系民国二十八年(1939)钞本,江苏沭阳县诗词协会尝于1990年誊写印刷,华玮编辑点校的《明清妇女戏曲集》收录此二剧,台北中央研究院中国文哲研究所2003年7月出版。

② 杨彦深题诗,见《诵荻斋曲》卷首,光绪十二年(1886)大同书局石印本。

无时文气矣。"① 《梨花雪》通过金陵少女黄淑华（字婉梨）的遭遇和她一家惨遭杀害的事件，揭露了曾国荃攻破太平天国都城天京后，其部下湘勇蹂躏百姓、滥杀无辜的罪行。着力描写女主人公勇敢机智，不畏强暴，终于报仇雪恨的过程，剧情紧张曲折，格调悲壮感人。尽管作者将杀人掠女者写成原来是"发逆"而后投诚做湘军的，以一个素有劣迹的湘军人物将对官军暴虐凶残的严厉谴责有所减轻和转移，但是，此剧在为数不少的关于太平天国起义事件的传奇杂剧中，选取了一个独特的角度，以反映湘军的残忍为主，在当时居于统治地位的封建正统思想体系中，表现出清醒而冷峻的历史态度，具有重要的社会意义。

钟祖芬（1845—1911），字云舫，号落落居士。四川江津人。廪生。幼年见虐于后母，稍长，游学他邦，成名而归。每郡中课士，其十艺皆前列。平生于九流三教之书，天文术数之学，无不通晓。年逾三十，未登乡榜，遂绝意功名，以教馆为业。晚年遭家庭变故，蒙受冤狱，逃亡异乡。虽博学多才，却终生困顿。李五卿评其遭遇与创作曰："以旷达不羁之才，秉刚正嫉邪之性，屡折屡蹶，几无以存，宜其有哭无歌，继歌以哭也。"② 其一生所著"诗歌、词赋、论序，高尺有咫"③，"联语尤奇横，不落窠臼"④，然大半散佚。诗文仅存《振业堂集》传世。

所著传奇《招隐居》十六出（后附杂曲《火坑莲》一卷），刊行于世，"极写鸦片力量之大，为害之深，曲折波澜，结构尤为谨严"，"全剧文字的技术也很高，曲词优美，说白运用川东一带的口语，极为圆融，不显得一点牵强粗鄙"⑤。剧本采取"以讽作

---

① 吴梅：《中国戏曲概论》，见《吴梅戏曲论文集》，第174页，北京，中国戏剧出版社，1983年。
② 《招隐居·叙》，阿英编：《鸦片战争文学集》，第645页，北京，中华书局，1957年。
③ 陈顼：《火坑莲·序》。
④ 《民国江津县志》。
⑤ 杨世骥：《文苑谈往·招隐居传奇》，第88页，台北，华世出版社，1978年。

规"的形式提出关乎国家民族生死存亡的大问题,倡导禁止吸食鸦片烟,具有重大的社会意义。构思新颖,曲词优美,结构谨严,取得了突出的艺术成就。剧中一段长达1 240字的《戒烟歌》,作者明确标示演员要站在台前朗诵,开近代戏曲中插入长篇演讲的风气。

第二节 近代中期作家作品

这里所说近代中期是指光绪二十八年(1902)至民国八年(1919)。近代中期时间跨度并不长,但这不足二十年的时间却是近代传奇杂剧创作最繁荣、发展最迅速、变革最深刻的时期,也可以说是整个中国戏曲史上传奇杂剧从内容到形式变革都最为广泛深刻的重要历史时期之一。这是近代传奇杂剧的发展高潮,也是整个传奇杂剧发展历程中的最后一座高峰。近代传奇杂剧的时代特点、突出成就都在这一时期集中地表现出来。本节选取此期重要作家作品若干,简要介绍如下。

洪炳文(1848—1918),字博卿,号栋园,别署花信楼主人、祈黄楼主、好球子、寄愤生、栋园绮情生、悲秋散人。浙江瑞安人。出身书香门第,家中藏书丰富。尝自云:"少时读书颇慧,而学每不竟其业。如天文、历算、地理、兵刑、乐律以及道藏、释典、方药、相法、技击、弹琴、习射、书画、玩好之属,皆好之,稍寓目,辄弃去。又好太西新法诸书,玩之颇有味,究无心得也。"[①] 先后师从林梦梅、黄体芳、孙锵鸣等。科举屡试屡挫,至光绪十七年(1891)始成贡生。以岁贡生就职训导,奉文考验注册,署余姚学教谕。一生主要以教馆、游幕为业,未入仕途。曾游幕江西余干、浔阳诸地,任瑞安县中学地理、历史教师,又执教于温州第十中学,同时应邀至冒广生之瓯隐园中授课。入南社,成为

---

① 洪炳文:《栋园主人自叙》,辛卯年(光绪十七年,1891)作,《栋园杂著》油印本卷首。

齿德俱尊的长者之一。民国初,曾任纂修《瑞安县志》之总采访。

洪炳文一生著述颇富,尤以戏曲创作成就最著。著有传奇、杂剧、时调新剧剧本三十六种,数量之众多,题材之广泛,形式之多样,在中国近代戏曲史上均属罕见。其中《悬岙猿》、《警黄钟》、《后南柯》、《水岩宫》、《秋海棠》、《芙蓉孽》、《白桃花》、《孝廉坊》、《木鹿居》、《天水碧》、《信香秋梦》、《四弦秋·浔阳琵琶》(时调)、《吉庆花》(时调)、《挞秦鞭》、《四时乐》、《荆驼憾》、《长生曲·庆寿》(时调)、《普天庆》、《古殿鉴》、《后怀沙》、《电球游》、《谁之罪》等二十二种,均有刊本传世,部分剧目(如《悬岙猿》)曾被搬上舞台演出。尚有《三生石》、《黑蟾蜍》、《鸾箫配》、《女中杰》、《留云洞》、《众香园》、《再来缘》、《无根兰》、《晚节香》、《孝子亭》、《簪苓记》、《怀沙记》、《灵琼图》、《清官鉴》、《月球游》等十五种,未见传本。其他诗文杂著有《花信楼文稿》八卷(内骈文二卷)、《楝园乐府》四卷、《花信楼词存》一卷、《花信楼散曲》一卷、《花信楼诗稿》十二卷、《花信楼楹联》一卷、《花信楼时务策论》一卷、《花信楼公事禀稿》一卷、《楝园家训》一卷、《瑞安乡土史谭》四卷、《钱匪发逆小传及纪事本末》一卷、《瑞安土产行销远近表并叙及杂说》一卷、《瑞安江海渔业调查说》一卷、《瑞安记事编年录》一卷、《桑梓刍荛待询录》一卷、《湖舫谱录》一卷、《灯虎》一卷、《庄子贯内篇》一卷等,共达数十种。熟谙自然科学,尝著《空中飞行原理》。今人沈不沉编成《洪炳文集》,为"温州文献丛书"之一种,2004年8月由上海社会科学院出版社出版。

洪炳文是近代最杰出的戏曲家,在许多方面对传奇杂剧的历史变革作出了突出的贡献。首先,从思想内容上说,他宣传反清革命、歌颂民族气节的戏曲作品处于时代思潮的前列,堪称近代政治斗争的艺术化反映。如表现明末张煌言抗清斗争的《悬岙猿》、反映秋瑾反清革命的《秋海棠》均为代表。其次,他以寓言形式、采取拟人化方法创作的思想寓意非常深刻、极有现实针对性的剧作,真实地反映了当时中国异常危急的社会政治状况,发出了救国保种的呼号，起到了警醒国人、唤起同胞的鼓动作用。姊妹篇传奇《警黄钟》和《后南柯》都是此类作品的代表。再次，他创作的《电球游》、《月球游》等剧目开创了我国科学幻想剧的先河，这不仅是近代传奇杂剧的一个崭新种类，是传奇杂剧创作观念与方法的一次历史性的进步，而且是传奇杂剧（甚至可以包括其他戏曲剧种在内）自产生以来品种门类的一个重大开拓。最后，洪炳文的大量传奇杂剧剧本，故事情节、戏剧冲突、角色人物、曲词说白、服装道具、舞台效果等诸多方面，也不同程度地有所发展创新，带有明显的近代色彩。洪炳文是中国近代屈指可数的代表了最高成就的戏曲作家之一，他的戏曲创作集中展现了传奇杂剧在近代的重大发展和取得的突出成就，是中国近代戏剧史最高成就的主要标志之一。

林纾（1852—1924），原名群玉，亦名徽，又名秉辉，字琴南，号畏庐，别署冷红生，晚号蠡叟、践卓翁、长安卖画翁、六桥补柳翁等。学者称闽侯先生，门人私谥贞文先生。福建闽侯（今福州）人。幼年家贫，嗜读不辍。自十三岁至二十岁校阅古籍不下两千卷。光绪八年（1882）举人，大挑教职赠三品衔。后数赴礼部试，皆报罢。终身未仕，以授书、著译、绘画为业。曾任福州苍霞精舍教席。光绪二十五年（1899）以翻译《巴黎茶花女遗事》蜚声文坛，自此专心教书和翻译。同年移家杭州，掌杭州东城讲舍。光绪二十七年（1901）赴京，任金台书院、五城学堂讲席，兼任京师译书局笔述。光绪三十二年（1906）起任京师大学堂教席，以文章鸣海内。1913年辞去北京大学文科讲席，以卖文鬻画为生。1914年任北京《平报》总编。1919年在《新申报》发表小说《荆生》，反对推广白话文。后卒于北京。

陈衍《石遗室诗话》评林纾有云："多才艺，能画能诗，能骈体文，能长短句，能译外国小说百十种，自谓古文辞为最，沉酣于班孟坚、韩退之者三十年，所作兼有柏枧、桦湖之长。"[①] 林纾为

---

① 陈衍：《石遗室诗话》卷三，第40页，沈阳，辽宁教育出版社，1998年。

著名古文家，诗词俱佳，在小说、戏曲方面也有突出成就。根据他人口述，以古文译著了大量西方文学作品，多达 180 余种（另有统计为 206 种），以《巴黎茶花女遗事》、《黑奴吁天录》、《撒克逊劫后英雄略》、《块肉馀生述》等最负盛名。又善绘画，工山水，灵秀似文徵明，浓厚近戴熙。著有《畏庐文集》、《畏庐二集》、《畏庐三集》、《畏庐诗存》、《春觉斋论文》、《文微》、《闽中新乐府》、《技击馀闻》、《践卓翁短篇小说》（后易名为《畏庐漫录》）、《金陵秋》、《官场新现形记》、《铁笛亭琐记》（后易名为《畏庐琐记》）、《劫外昙花》。有传奇三种，即《合浦珠》、《天妃庙》和《蜀鹃啼》，又有闽剧剧本《上金台》。另有《韩柳文研究法》、《左孟庄骚精华录》、《左传撷华》等古文选本多种，以及《冷红斋词剩》（钞本）等。

卢前曾指出林纾的传奇"不合于曲律"①，这其实是近代传奇杂剧作家一种相当普遍的创作现象。林纾的传奇创作，有两点比较特殊，值得重视：一是故事题材与人物安排的独特性。《蜀鹃啼》写朋友吴德潇在"庚子事变"中为义和团所杀的故事，作者化名连书，字蔚间，作为剧中人物上场。此剧与其他作家的同类作品一道，反映了近代传奇杂剧创作中比较明显的纪实作风。二是剧中人物角色构成的独创性。林纾所作三种传奇，虽然安排有旦角，但至剧情已过半时方出场，且在剧中作用不明显，地位也不突出，突破了传奇以生、旦为主角，二者缺一不可的成规。仅从这两方面的特点来看，就可以说林纾及其传奇创作是中国近代戏曲史上的重要作家作品之一，应当在中国近代戏曲史上占有突出的地位。

林纾还曾计划创作另外两种传奇，因故未能完成。现将林纾自述录于此，以见这些计划中的传奇之故事梗概和林纾对戏曲创作的极大兴趣："余挚友长乐高子益（而谦），孝友人也。曾问学于巴黎之女士。迨子益归，而女士贻书子益，言父母皆老，待养其身，势不能事人，将以弹琴、授书活其父母。父母亡，则身沦弃为女冠

---

① 卢前：《中国戏剧概论》，第132页，香港，南国出版社，不署出版时间。

耳。余闻之恻然，欲编为传奇，歌咏其事。旋膺家难，久不填词，笔墨都废。"① 又云："余伤寿伯莘光禄之殉难于庚子，将编为《哀王孙传奇》。顾长日丹铅，无暇倚声。行思寄迹江苏，商之于南中君子耳。"②

吴承烜（1855—1940），字伍佑，号东园。安徽歙县人。夙有词名，亦工骈文，才思敏捷。著有传奇四种，即《绿绮琴》、《星剑侠》、《花茵侠》和《慧镜智珠录》。另有散套《竹洲泪点图》等。

吴承烜的生平事迹目前所知不多，但是仅从其戏曲创作来看，就足当引起极大的重视。吴承烜的四种传奇中，《星剑侠》特别值得重视。此剧长达五十三出，在《小说新报》上连载了近四年的时间，将近代历史上发生的许多重大事件容纳其中，以戏剧化的方式表现出来，气势博大，场面广阔，人物众多，结构灵活，情节安排自由，表现方法丰富多样，语言具有强烈的时代色彩。《星剑侠》当推为近代篇幅最长的传奇之一，以艺术化方式反映了中国近代史上许多重大政治变革、文化变迁的侧面。可以说，《星剑侠》是一部凝重而壮阔的史诗性传奇作品。仅从此剧取得的思想成就和艺术成就就可以认为，吴承烜这个名字虽然还不广为人知，但他的确是中国近代戏曲史上一位十分杰出的戏曲家，足以占有特别突出的地位，就是将他置于整个中国戏曲史上，也应当占有一席重要的位置。《绿绮琴》、《花茵侠》两种传奇均为爱情故事，情节曲折，人物毕肖，曲词优雅，在同类题材的近代传奇杂剧中亦当属上乘之作。

1920年刊载于《小说新报》的《花茵侠》当作于1915年至1920年已经刊行的《星剑侠》之前，至少《花茵侠》第二出《入月》作于《星剑侠》第三十九出《燕园》之前。根据是：《星剑侠》第三十九出《燕园》中写道："（旦）我昔游上海，看演《花

---

① 林纾：《〈美洲童子万里寻亲记〉序》。
② 林纾：《红礁画桨录》，《译馀剩语》。

茵侠》,有《入月》一出,情韵双绝,待我唱来,为诸公洗耳。"接着旦角即唱《锦中拍》一曲。同出又写道:"(贴)小姐既唱《入月·锦中拍》,我也唱《入月·锦后拍》,列位大人,勿见笑哩。"接着贴旦又唱《锦后拍》一曲。①

姜继襄(1859—1924年以后),号劲草词人,又号曙叟。安徽怀宁人。光绪二十年(1894)举人。为官广西、湖北、安徽诸省,历任湖北罗田、黄安(今红安)、江陵、安徽宿县诸县知县。清末寓居江南,辛亥革命后,仍归湖北任职八年。晚年赋闲,从事写作。能诗,善古文辞。著有《劲草堂诗集》、《劲草堂笔记》。戏曲作品有《汉江泪》、《金陵泪》和《松坡楼》三种,合称《劲草堂传奇三种》,亦称《劲草堂曲稿》,另有《梧桐泪》传奇二十出。

《汉江泪》当推为姜继襄的代表作。作者通过剧中人物之口,描述了武昌起义带来的种种严重后果,把辛亥革命看做是一场浩劫,表现出保守的政治态度。这种思想代表了一部分旧时代文人面临重大历史变革,特别是暴力革命时的心态,具有一定的普遍意义。更重要的是《汉江泪》艺术上的独创性。它名为传奇,但体制写法既不同于传奇,也不同于杂剧,而是采取了叙事与代言相结合、议论与抒情相掺杂的表现方式,带有比较明显的说唱文学意味。这种奇特的文体形式表现了传奇与杂剧的体制规范至近代中后期以后走向消解的总体趋势。另外,此剧的表演手段也是十分先进的,带有极强的时代特点。在其第二本中,为表现理想中五十年以后新武汉的繁荣发达景象,作者采用了电灯、洋楼、汽车、马车、跳舞队、汽船、花园、洋行、兵轮、铁桥、火车等当时可以想像到的现代化的道具和表演手段,集中反映了近代传奇杂剧在表演艺术方面发生的深刻变革。

袁蟫(1868—1930),字祖光,又字小俪,号瞿园,别署暖初氏。安徽太湖人。光绪二十年(1894)举人,光绪二十九年(1903)进士,官吏部主事,随班入值。性情洒落,淡泊自甘,不

---

① 《小说新报》第5年第9期,1919年9月出版。

事奔竞。能为骈体文,流丽妍美,与六朝为近。亦能诗,所作五言优于七言,古体优于近体。精于诗歌品鉴。尤长于南北曲,尝自谓:"于红氍毹场、工尺谱未甚考究,而酷嗜元、明、国朝名人南北套曲。十年前游吴、楚、湘、汴,搜罗善本百数十家,握管辄一效颦。"① 仿作传奇,自感稚弱未敢出以示人。光绪二十九年(1903)后客京师,续有所作,以沈宗畸(字太侔)之怂恿而付刊。所著杂剧传唱一时。有《瞿园杂剧》五种:《仙人感》、《藤花秋梦》、《孽海花》(一名《金华梦》)、《暗藏莺》和《卖詹郎》,《瞿园杂剧续编》五种,即《东家颦》、《钧天乐》、《一线天》、《望夫石》和《三割股》。另有杂剧《玉津园》、《西江雪》、《神山月》,传奇《双合镜》、《支机石》、《鸥夷恨》、《红娘子》等,未刊行。另尚著有《瞿园诗草》十卷、《瞿园诗馀》三卷、《绿天香雪簃诗话》等。

  徐凌霄评袁祖光剧作曾云:"代表庚子以后一个时期,一般的骚人逸客伤时忧国、愤世嫉俗的作风。"② 他又进一步具体分析道:"其不自居于文化者之地位,仍以一种'闲情逸致'之态度,染翰挥毫,而实已受时事波涛之催动,含有不满于现实之暗示者,袁瞿园是也。……袁作陈义不取过高,而拈着个人的情感,或有兴趣之故事而一一写状之。故若论亲切动人,则袁作较优,而颓废过火亦是一病。"③ 此论对认识袁祖光戏曲创作很有启发意义。

  袁祖光所作杂剧大多篇幅短小,十种之中,除《望夫石》一种为四出加楔子,系标准的元杂剧体制外,其他九种均仅一折,这与明末清初以降传奇杂剧体制发生的变化密切相关。故事动人,人物鲜明,情感真挚,更重要的是剧中寄托了作者对人生、时局、文

---

① 袁祖光:《自序》,《瞿园杂剧》卷首,光绪三十四年(1908)刊本。
② 徐凌霄:《瞿园杂剧述评》,见梁淑安编:《中国近代文学论文集(1919—1949)·戏剧卷》,第393页,北京,中国社会科学出版社,1988年。笔者对原标点有所调整。
③ 徐凌霄:《瞿园杂剧述评》,见梁淑安编:《中国近代文学论文集(1919—1949)·戏剧卷》,第394页,北京,中国社会科学出版社,1988年。

化风尚的强烈关注和深沉感慨。袁祖光有《与汪笑侬》诗云:"开天重话泪分垂,粉墨开场又一时。新乐独鸣苏柳技,旧琴终恋水云师。俳优称长名原好,哀乐移人世岂知。等是哀吟成绝调,江干惆怅老哀丝。"① 恰好道出了这一点。瞿园杂剧之最值得重视者,是其中表现出来的复杂而深刻的思想矛盾和文化冲突,它们不仅困扰着作者,也是同时代的许多人士忧虑的文化问题,具有较广泛的思想意义。特别突出者如《仙人感》中对戊戌变法之后湖南政治局势的担心,《暗藏莺》中对鸦片毒害国人身心,人们难以自拔的忧患,《卖詹郎》中对一个被贩至海外、供人观览的小人物命运际遇的关注,《东家颦》中对维新运动中某些盲目效法西方行为的讽刺,《一线天》中表现的对信仰、追求和生命的执著态度等,都是具有相当思想深度的作品。另外一部分作品则集中反映了袁祖光比较保守的政治文化立场。如《望夫石》对日本女子爱哥因眺望出征在外的丈夫归来而化为望夫石的肯定,《三割股》中对大儿媳、小女儿为医治公公、父亲重病,恪尽孝道,割股疗亲的褒扬,对在外追求自由的二儿媳的否定等,都是特别明显的例子。袁祖光的思想文化态度,在近代以来以学习效法西方为主导取向的文化风气中,尤其显示出独特的认识价值。

梁启超(1873—1929),字卓如,号任公,又号沧江,别署饮冰室主人、饮冰子、如晦庵主人、哀时客等。广东新会人。光绪十年(1884)补博士弟子员,后就学于广州学海堂。光绪十五年(1889)举人。光绪十六年(1890)起拜康有为为师。光绪二十一年(1895)进京会试,随康有为发动"公车上书",主张变法。参加强学会,任书记,创办《中外纪闻》。翌年至上海,任《时务报》主笔。光绪二十三年(1897)应湖南巡抚陈宝箴之聘,任长沙时务学堂中学总教习。次年入京,赏六品衔,办京师大学堂和译书局。戊戌政变后逃亡日本,在横滨创办《清议报》,又在东京组

---

① 袁祖光:《瞿园诗草·癸丑集》,湖北官纸印刷局,甲寅夏五月(1914年6月)武昌刊本。

织政闻社,宣传维新变法。光绪二十八年(1902)创办《新民丛报》、《新小说》,开始发表《饮冰室诗话》。1912年9月,在海外流亡十四年后回国。入民国,出任共和党首领,组织进步党,任北洋政府司法总长、币制局总裁。张勋复辟之役,参段祺瑞军,于马厂起义讨张。旋任段祺瑞政府财政总长兼盐务总署督办。1918年底赴欧洲考察,思想发生重大变化。1920年春回国后,宣告政治退隐。1925年起任清华研究院国学门导师、北京图书馆馆长,从事学术研究和教学、著述。1929年1月19日病逝于北京。

梁启超学问广博,在多个学术领域有卓越建树。戊戌变法时期,是"诗界革命"、"文界革命"、"小说界革命"的主要倡导者和积极实践者。民国后随陈衍、赵熙学诗,编《庸言》杂志,并请陈衍撰写《石遗室诗话》。在诗词、文章、小说、戏曲、文学理论诸方面均有突出成就,影响特别深远。戏曲创作方面,有传奇三种:《劫灰梦》、《新罗马》和《侠情记》,广东班本《班定远平西域》一种。有论者谓作者署"新广东武生"的广东班本《黄萧养回头》亦出自梁启超之手,未知确否,尚待考查。一生著述宏富,约多达1 400万字,著作集刊行版本颇夥,其弟子林志钧所编《饮冰室合集》(上海,中华书局,1936—1937年初版;北京,中华书局,1989年再版)最为齐全,然尚非梁氏著述之全部。夏晓虹积十年之功,编成《〈饮冰室合集〉集外文》(三册),2005年1月由北京大学出版社出版。

梁启超的三种传奇均未写完,原计划写四十出的《新罗马传奇》只发表了七出,其他两种各发表一出。但是仅从发表的这部分来看,它们对传奇的固定体制多有突破,从情节、冲突、角色、曲词、说白到舞台表演,许多方面都有不同程度的创新。而且,《新罗马传奇》是中国戏曲史上第一部搬演外国故事的剧本,它的出现,标志着我国戏曲题材范围的一次实质性的拓展。与这些具体的探索创新相比,梁启超的戏曲活动所带来的戏曲创作和戏曲理论高潮显得更加重要。梁启超的戏曲创作及诗歌、散文、小说创作,与他倡导的诗界、文界、小说界三大"革命"理论一道,在中国近代文学史上发生了空前广泛深远的历史影响。以戊戌变法时期梁启超的文学活动为标志,迅速迎来了中国近代文学史、戏曲史繁荣时期的到来。一个非常明显的事实是,梁启超的戏曲活动和理论倡导,直接促进了中国近代戏剧创作与戏剧理论高峰的出现。这一点,可以说任何一位近代文学家、戏曲家都无法比拟。梁启超三种传奇剧本的思想性和艺术性在近代传奇杂剧史上也许不是最杰出的,但是它们所产生的历史影响是其他任何作品都难以企及的。从这个意义上说,梁启超和他的传奇创作理所当然地是中国近代戏曲史非常重要的组成部分,也相当集中地表现了近代戏曲的某些重要的时代特征。

陈栩(1879—1940),原名寿嵩,一作寿同、嵩寿,字昆叔,后改名栩,字栩园,号蝶仙,别署天虚我生、太常仙蝶、惜红生、樱川三郎、国货之隐者。浙江钱塘(今杭州)人。十余岁即有《惜红精舍诗》刊行于世,继又辑《一粟园丛书》。曾中副贡,不喜仕宦,遂弃举子业以专心著述,好小说、戏曲、弹词、诗词。初以诗词投稿于上海《同文沪报》等报刊。光绪二十一年(1895)任杭州《大观报》主编,并著《潇湘影弹词》等。光绪二十四年(1898)著长篇小说《泪珠缘》,为鸳鸯蝴蝶派小说之滥觞,在文坛上崭露头角。光绪二十七年(1901)在杭州开设萃利公司,经营书籍和文具纸张、化学仪器、留声机、无声影片等,不久倒闭。次年开设石印局,不久毁于火。继而又创办图书馆,组织文学社团饱目社,并向日本人学习化学知识。光绪三十三年(1907),在杭州创办著作林书社,出版《著作林》杂志。从宣统元年(1909)起,先后在绍兴、靖江、淮安等县任幕客及下级官吏。1912年曾代署镇海知县,不久辞职返沪。1913年在上海与王钝根合编《游艺杂志》,次年主编《女子世界》杂志。1916年任《申报·自由谈》主编。翌年加入南社,同年研制成无敌牌牙粉。1918年成立家庭工业社股份有限公司,发展民族工业。五四运动发生,国人群起抵制日货,日产"狮子"牌、"金刚石"牌牙粉大受打击,从此家庭工业社业务蒸蒸日上。陈栩在上海建立总厂,并在无锡、宁波、镇江、杭州、太仓等地建立制镁厂、造纸厂等企业。从事实业后，写作不多，曾创办并主编《机联会刊》，宣传提倡国货。抗日战争期间，上海总厂迁移内地，但资材先后遭日机炸毁。1939年作客成都，因病返沪，次年逝世。

　　陈栩具有多方面创作才能，诗词、散文、戏曲、小说、弹词、文学批评皆能，文思敏捷。创作多集中于小说、戏曲，亦曾大量翻译小说、戏剧。翻译小说有《杜宾塞探案》、《桑狄克侦探案》、《亚森罗频奇案》、《福尔摩斯侦探案全集》等。创作小说有《玉田恨史》、《美人泪》、《黄金祟》、《火中莲》、《情网蛛丝》、《琼花劫》、《嫣红劫》、《井底鸳鸯》、《弃儿》、《自杀党》、《不了缘》、《孽海凝云》等。其他著作尚有《天虚我生诗词曲稿》、《栩园唱和录》、《瓜山竹枝词》、《栩园丛稿》、《一粟园丛刻》、《新疑雨集》、《栩园诗剩》、《栩园诗话》、《耳顺集》、《文牍荟存》、《栩园新乐谱》、《惜红轩琴谱》、《音律指掌》、《九宫曲谱正宗》、《考证白香词谱》等。另尚有《实业浅说》、《西药指南》、《工商业尺牍偶存》、《菌类食谱》等，编著有《文苑导游录》（一名《文学指南》）、《文艺丛编》（一名《栩园杂志》）、《家庭常识汇编》等。剧作主要有《桐花笺传奇》、《桃花梦传奇》、《花木兰传奇》、《落花梦传奇》、《媚红楼传奇》、《自由花传奇》、《白蝴蝶传奇》等。陈栩卒后，陆澹安尝作挽联曰："公真无敌，天不虚生。"

　　陈栩的小说创作开鸳鸯蝴蝶派之先路，颇有影响。其传奇创作也集中写爱情故事，所作除《花木兰传奇》一种外，其他均为爱情婚姻题材。这些作品，情节曲折生动，笔触细腻入微，风格缠绵悱恻。这种题材选择与风格特色在近代传奇杂剧作家中可谓独树一帜。

　　高增（1881—1943），字迪云，号澹安、澹庵、卓庵，别署卓公、筠庵、佛子、大雄、觉佛、岫云、秋士、东亚愤人，室名自怡轩、啸天庐。或云"吴魂"亦其别署，待考。江苏金山（今属上海市）人。南社诗人，高旭（字天梅）之弟。光绪二十九年（1903）与兄高旭、叔父高燮（字吹万）等组织觉民社，创办《觉民》杂志,鼓吹反清革命。并在《醒狮》、《复报》等刊物上发表诗文、戏曲、小说、歌词。后参加南社。辛亥革命后,对现实失望,回乡长期隐居,很少写作。1937年移居上海,1943年3月病逝。柳亚子尝谓高燮与高旭、高增"都以诗文著名,人称一门三俊"①。又有评论说:高增"自幼能诗,类皆悲健作楚声。民清之际,尝与同志数人,结为觉民社,以文字鼓吹革命,成绩颇著,声名藉甚"②。诗风粗犷豪迈,晚年诗风转向苍凉沉郁。著有《澹庵诗存》、《自怡轩诗钞》、《啸天庐词存》等。戏曲创作有《女中华》、《侠客传奇》、《人天恨》、《血海恨》、《女英雄》、《活地狱》等,篇幅均不长。

作为一位革命派戏曲家,高增的戏曲创作值得特别注意者有二:首先,非常重视戏曲的社会政治功能,比较专门地以戏曲艺术形式积极宣传反清革命、民族气节、妇女解放主张,实现了以戏曲作为政治文化斗争武器的作用;与此同时,由于过分注重戏曲的社会政治功能、思想宣传价值,也造成了其艺术本性未能充分展开、艺术审美价值不甚理想的缺憾。其次,由作者的革命理想和戏剧观念所决定,所作戏曲对传奇杂剧的传统体制多有变革,比如篇幅均相当短小,一般只有一二出,出场人物也只有一二人,而且不少剧本或仅有极简单的故事情节,或者根本就没有什么故事情节和戏剧冲突。高增戏曲创作中表现出来的这些倾向,都是带有较大普遍性的宣传种族革命的时代文学的共同特征,具有重要的戏剧史和文学史意义。

吴梅(1884—1939),字瞿安,亦作癯安、癯庵,一字灵鹣,号霜厓,别署吴呆、江东浦飞、长洲呆道人、东篱词客,室名奢摩他室、百嘉室。江苏长洲(今苏州)人。父亲吴国榛(1865—1886)精通音律,著有杂剧《续西厢》。吴梅三岁丧父,十岁丧母,饱尝

---

① 柳亚子:《南社纪略·我和南社的关系》,第6页,上海,上海人民出版社,1983年。
② 高圭:《澹庵诗存·序》。

艰辛。年少时曾为诸生，后应试不中，遂不复留意科名。肆力于古文词，并喜读曲。早年名列南社，任东吴大学堂教习，又主持存古学堂。入民国后，先后任南京第四师范、上海民立中学教席。1917年后，历任北京大学、东南大学、中山大学、光华大学、中央大学、金陵大学等校教授，主讲古乐词曲，成才颇众。任中敏、卢前、蔡莹、钱南扬、王玉章、唐圭璋、王季思、万云俊、汪经昌等皆出其门下。抗日战争开始，举家辗转流亡于木渎（香溪）、汉口、湘潭、桂林、昆明等地，后转至云南大姚，卒于大姚县李旗屯。古文师法桐城文派，诗得陈三立指点，词得朱祖谋亲授。为曲学专家俞宗海入室弟子，后来被誉为曲学大师。制谱、填词、按拍，一身兼擅，曾组织啸社及道和曲社演戏。其藏曲之富，不下两万卷。于戏曲研究，侧重于曲律，能博取前人成果，参以己见。

  吴梅著有《霜厓文录》、《霜厓诗录》、《霜厓词录》、《霜厓曲录》、《中国戏曲概论》、《曲学通论》、《顾曲麈谈》、《元剧研究ABC》、《瞿安读曲记》、《奢摩他室曲丛》、《词学通论》、《辽金元文学史》、《南北词简谱》等。戏曲创作丰富，有传奇《风洞山》、《镜因记》、《苌弘血》、《双泪碑》、《血花飞》、《绿窗怨记》、《东海记》，杂剧《暖香楼》、《湘真阁》、《无价宝》、《义士记》、《惆怅爨》（包括四个短剧，即《白乐天出妓歌杨柳》、《湖州守干作风月司》、《高子勉题情国香曲》和《陆务观寄怨钗凤词》，第二种二折，其他均为一折）、《轩亭秋》、《落溷记》等。他还写过一个京调时事新剧剧本《俄占奉天》，刊于1904年的《中国白话报》，分为上下两部，上部题《袁大化杀贼》，旨在谴责帝俄侵占我国东北的阴谋，褒彰袁大化反帝反清的爱国壮举。下部未见续刊。王卫民将其著作编为《吴梅全集》（四卷八册），由河北教育出版社于2002年7月出版。

  吴梅早年深受反清革命思想影响，曾撰《血花飞》传奇，为其处女作，歌颂"戊戌六君子"，后又写《轩亭秋》杂剧，并填《小桃红》曲，以悼秋瑾。其后所作《风洞山》传奇，更是直接宣传反清革命，为推翻清朝统治制造舆论的作品，也是吴梅代表作之一。辛亥革命后,由于受到政治文化环境的影响,吴梅的思想表现出与早年颇不相同的特点。《落茵记》(1912)和《双泪碑》(1911—1913),都是取材于现实的爱情悲剧,通过女主人公在追求自由爱情、自主婚姻过程中误入歧途、被人欺骗的情节,得出了自由害人的结论。此期其他几部作品通过对义夫节妇的表彰,表达对当时世风日下的不满,也表现出比较保守的文化观念。此后吴梅的政治文化观念基本上没有根本性的变化。晚年则以词曲教学、研究为主,较少从事戏曲创作活动了。吴梅的剧作,音律功夫极深,文词刻意求工,十分注意戏曲的舞台特点。这在近代传统戏曲走向式微,许多传奇杂剧作家重案头之曲、轻场上之曲、疏于曲律的情况下,显得尤其重要,具有独特的戏曲史意义。人们把吴梅看做中国传奇杂剧史上的最后一位代表人物,是颇有道理的。

王蕴章(1884—1942),字莼农,号西神残客,简称西神,又署西神王十三、梁溪莼农、莼庐、二泉亭长、洗尘、红鹅生等。江苏无锡人。父王道平为翰林。蕴章幼承家学,熟读诗古文辞,通英语。光绪二十八年(1902)副贡,官直隶州州判,一度在家乡任英语教师。宣统二年(1910)任上海商务印书馆编辑,创办《小说月报》,并任主编。同年参加南社,系该社早期成员之一,亦为"鸳鸯蝴蝶派"主要作家之一。1915年又创办《妇女杂志》,兼任主编,仍由商务印书馆发行。1920年12月,《小说月报》出至第十一卷共一百二十六期,王蕴章请人绘《十年说梦图》,遍请文坛名流题咏。旋应沈缦云之约,漫游南洋,并作《南洋竹枝词》一百首。回沪后,先后编过《新闻报》、《明星画报》等,又创办正风文学院,自任院长。又曾任沪江大学、暨南大学、正风大学等校教授,又任《新闻报》主笔。抗日战争时期曾任《实业报》主笔。晚境颓唐,轻于出处。

王蕴章多才多艺,兼工诗、词、文、书法,亦擅戏曲和小说。著作颇多,有《梁溪词征》、《然脂馀韵》、《西神杂识》、《留佳庵文集》、《玉晚香簃诗草》、《西神樵唱》、《秋云平室词钞》、《西神小说集》、《情蝶》、《绿净园》、《玉晚香簃苦语》、《秋云平室野乘》、《特健药斋诗话》、《梅魂菊影室词话》、《雪蕉吟馆集》、《菊影楼话堕》、《王蕴章诗文钞》、《玉台艺乘》、《墨佣馀沉》等。戏曲作品有传奇《可中亭》、《香桃骨》、《霜华影》、《碧血花》、《绿绮台》、《玉鱼缘》、《铁云山》、《鸳鸯被》、《锦树林》等,并为文镜堂补续《苏台雪传奇》。

　　王蕴章具有丰富的知识和多方面的艺术才华,加上有广泛的社会交往和阅历,其戏曲创作题材主要集中于两个方面,一是取材于古代故事传说或文学作品,一是取材于当时人物的掌故。无论何种题材,多为爱情故事,作者比较注意的大多是文人雅士的文采才华和风流韵事。这种创作倾向,固与王蕴章为"鸳鸯蝴蝶派"重要作家,戏曲创作(甚至大部分文学创作)均以追求趣味、显示才华、以游戏笔墨出之大有关系,也与辛亥革命前后的基本文学走向、总体文化环境密不可分。因此,尽管王蕴章的戏曲作品思想意义不是特别突出,但是它们反映出来的近代戏曲发展的基本走向,它们折射出来的政治文化环境的重大变迁对戏曲、文学产生的深刻影响,仍然是值得重视并进行深入研究的。

　　陈尺山(?—1934年以后),原名尺山,后改天尺,字昊玉,号韵琴,别署莫等闲斋主人。福建长乐人。清末至民国间在世。曾游学英国(一说日本)。曾加入中国同盟会。民国初年在福州创办《舞台报》,评述当时的戏曲活动。后业医,为中国国医馆福建分馆馆长。1934年尚在世。工诗文,善词章,通音律,尤擅游戏文字,关注民间文学。有小说《武夷晚照》、《双莲花》等,译有俄国小说《奈何天》(亚历山大·杜庐原著),并著有《闽谚》、《声律启蒙》等。有《病玉缘传奇》(一名《麻疯女传奇》)、《孟谐传奇》(含单折短剧六种,即《牵牛》、《搏虎》、《攘鸡》、《食鹅》、《烹鱼》和《获禽》)。

　　《病玉缘传奇》又名《麻疯女传奇》,取材于宣鼎《麻疯女邱丽玉传》,写一个离奇而动人的爱情故事。《孟谐传奇》由六个单折故事组成,均取材于《孟子》一书,立意颇为别致,以哲理性和轻喜剧色彩见长。陈尺山的戏曲创作成就最集中地表现在舞台艺术方面。《病玉缘传奇》和《孟谐传奇》中都使用了场幕布景和旋转舞台,而且运用得相当自如、相当恰切,效果比较理想。这表明传奇杂剧在西方戏剧演出方式与手段的影响下,在舞台表演艺术方面已经发生了前所未有的根本性变革,而且对这些新的表演方式与表现手段的把握和运用已经相当成熟,这一点在传奇杂剧的发展历程中非常重要。还必须指出,近代戏曲家在传奇杂剧中使用场幕布景和旋转舞台的虽不止陈尺山一人,但是运用得如此自如、如此圆熟者,则非他莫属。可以说,陈尺山在近代传奇杂剧作家中,把场幕布景和旋转舞台的运用发展到了完善的程度,他的戏曲作品代表了近代传奇杂剧运用场幕布景艺术和旋转舞台的最高水平。

姚锡钧(1892—1954),字雄伯,号鹓雏,以号行,别署宛若、龙公、红豆词人。江苏松江(今属上海市)人。七岁丧母,寄居外祖父家。年十二,以第一名考入府中学堂。以成绩优秀,毕业后被保送入京师大学堂。又以作文优异,受到教授林纾激赏。该校提调商衍瀛亦爱其才,特许其免交膳学等费用。辛亥革命起,京师大学堂停办,辍学南归。在上海遇中国同盟会会员陈陶遗,介绍入《太平洋报》任编辑,得交叶楚伧、柳亚子等人,加入南社,成为南社重要社员之一。与同社朱玺(号鸳雏)并称"二雏",并与闻宥(号野鹤),称"云中三杰"。后于右任、叶楚伧、邵力子等创办《民国日报》,又邀其任文艺部编辑。曾任上海进步书局编辑,编辑过《申报》副刊和《七襄》、《春声》杂志。1918年春赴新加坡,助雷铁崖编辑《国民日报》,同年秋以病返国,得沈思齐举荐,入江苏省幕。1927年后,历任江苏省长公署、南京市政府、江苏省政府秘书,凡十余年。其间兼任东南大学、河海工程学院、南京美专、江苏医政学院教职,主讲国学。1937年抗日战争爆发,姚锡钧携家西走,经武汉、长沙、芷阳、贵阳而抵重庆。得监察院院长于右任之聘,任该院编纂,旋改任主任秘书。抗日战争胜利后随院迁回南京,仍任主任秘书,并递补刘三遗缺为监察委员。中华人民共和国成立后,一度为松江县副县长,并任上海文史馆馆员、苏南区人民代表。1954年以胃病误诊为癌,被妄施手术而卒。

文学、艺术、学术研究皆姚锡钧所擅长。南社以外，曾入文学研究社、国学商兑会、京江曲社等学术、文艺团体。就文学而言，诗词、散文、小说、戏曲均有造诣。为文宗林畏庐，论诗宗宋，推崇同光体，所作小说则属"鸳鸯蝴蝶派"一路。著有长篇小说《燕蹴筝弦录》、《风飐芙蓉记》、《恨海孤舟记》、《春衾艳影》、《海鸥秋语》，另有《苍雪词》、《龙套人语》（后来重印时改名《江左十年目睹记》）、《止观室诗话》、《红豆书屋近词》、《恬养簃诗》、《梦湘阁说觚》、《榆美室文存》、《桐花梦月馆随笔》、《饮粉庑笔语》，以及《二雏遗墨》（与朱玺合著）等。戏曲作品有传奇《沈家园》、《红薇记》、《菊影记》、《山人扇》和《鸳鸯谱》。其全部著作近年新辑为《姚鹓雏文集》，分为小说卷、诗词卷、杂著卷，已陆续由上海古籍出版社出版。

姚锡钧的传奇创作，或取材于当时文人墨客的风流韵事，或取材于古代著名人物的爱情故事，对题材的处理有一共同特点，即主要关注故事情节中反映出来的名士文采风流、怜香惜玉、生活情趣，表现出比较明显的以娱乐趣味为主导的创作倾向，不大注意当时的政治文化环境和社会现实内容。在这样的创作思想指导下，其传奇创作在艺术上也相当注重有乐趣，写作起来比较随意，也有一些游戏笔墨，在有的地方对传统戏曲体制也有所突破。这当然与姚锡钧在小说创作上属"鸳鸯蝴蝶派"作家有关，也与当时文学、戏曲创作风气紧密相关。姚锡钧的戏曲创作情形和戏曲史、文学史意义，与王蕴章有相近之处。

杨子元（1871—1919），字连珊。四川省蒲江县城西街人。受辛亥革命思潮影响，立志改革，在家置"连珊书屋"，授教之余，著书立说，倡导兴办教育，振兴实业。民国五年（1916），为辅助学校教育和社会教育，编辑发行《蒲江乡土物产读本》（浦江连珊书屋刻本，1916年刊），共三册，即蒲江乡土地理、历史、物产读本，作为蒲江小学生爱乡、爱国教育的乡土教材。有传奇《阿芙蓉》（上册《金瓯铁笛》，下册《红箫绿绮》）、《新西藏》、《黄金世界》和《女界天》四种。

有关杨子元的情况虽然目前所知不多,他却是近代传奇杂剧作家中极有个性、极应重视的一位。从题材内容上看,他的四种传奇都是关于近代中国社会的重大题材,而且非常独特。《阿芙蓉》写鸦片之害,表现劝禁吸食鸦片、廓清烟孽的主题。《新西藏》介绍西藏历史、地理、物产、宗教、风俗等方面的情况,表现自由平等、民主共和的主题。《黄金世界》意在以戏曲转移人心风俗,为开辟未来黄金新世界张本,寓大同理想于剧中。《女界天》则借古今中外杰出女子自立自强、分担国家责任的事迹,揭示妇女解放、男女平等、自由平权的时代主题。在艺术上,杨子元的剧作也具有突出的独创性,如没有完整的故事情节或完全无故事情节,而是从表现主题思想的需要出发,以知识性的介绍或思想性的叙述、宣传为主。《女界天》将古今中外八个互无联系的故事组合到一起,完成作品的思想主题。《黄金世界》更突发奇想地将戏曲曲牌作为剧中人物的姓名,如老生名"天下乐"、小生名"谒金门"、旦名"金缕曲"、丑名"金络索"之类,在中国近代戏剧史上可谓绝无仅有。可见杨子元的戏曲创作理当在近代传奇杂剧史上占有一席重要的地位;杨子元这个尚未广为人知的人物,也应当是中国近代戏剧史上一位成就突出、贡献巨大的杰出戏曲家。

刘咸荣(1857—1948),《娱园传奇》署"双江刘咸荣著"。关于刘咸荣的生平事迹,目前所知不多。《民国四川人物传记》所载《刘咸荣事略》有云:"咸荣,字豫波,四川双流人。前清拔贡生。氏渊源家学,才华早发。每有题咏,喷薄如泉,思若宿构。蜀中胜处,殆无不见其留迹。笔走龙蛇,善画兰卉,尤洗脱凡俗。貌清癯,性情洒逸,妙语达謦,阅者心旷。民国以来,蜀中耆旧,有五老七贤之号,处官民间,沟通政令舆情,称为时望。氏初与七贤,后列五老之一。其为人所见重者如此。民国三十七年秋卒,年九十二。以卒年推之,盖生于前清咸丰五六年间。"[①]《清晖山馆友声集——陈中凡友朋书札》中,收有刘咸荣致陈中凡信二通,一作

---

① 邓长风:《明清戏曲家考略三编》,第334页,上海,上海古籍出版社,1999年。

于八十二岁时,一作于八十五岁时。书后附《书信作者小传》刘咸荣条云:"刘咸荣(1858—?),号豫波。四川成都双流人。光绪廿三年(1897)贡生,曾任内阁中书、达县训导。光绪末、宣统初任游学预备学堂、成都府中学堂监督。民国初执教于存古学堂、华西大学。曾任四川省参议员。"① 以上二则材料所述刘咸荣生年有异,"双江"与"双流"亦有别,未详何者更确,姑存以待考。著有《静娱楼诗文集》、《有情天传奇》、《娱园传奇》等。

《娱园传奇》四出,实为四个单折短剧,即《梅花岭》、《真总统》、《断臂雄》和《乞丐奇》。笔者所见《娱园传奇》一册,版心有"日新印刷工业社代印"字样,刊行年代不详,约系清末民初所作所刊。卷首有小引云:"衰朽馀年,无求于世,种花之暇,偶作数曲。以忠孝节义为纲,古今中外,不能越此范围。寄之笔墨,亦聊以风世耳。"可知此剧系作者晚年之作,宣扬忠孝节义,多含对人生世道之感慨。

此剧四出,情节各自独立,主题密切相关。第一出《梅花岭》"表忠",写史可法抗清事;第二出《真总统》"劝孝",写美国总统华盛顿孝敬老母事;第三出《断臂雄》"昭节",写寡妇李氏因受不良男子拉手愤断己臂以示节烈事;第四出《乞丐奇》"彰义",写乞丐王三义救主人辞禄不受事。人物不多,剧情简单。最堪重视者是此剧表现的以正统"忠孝节义"统摄古今中外的思想。从中明显可见作者保守的文化观念和对世风变迁的感慨无奈,作者晚年心态亦表现得相当充分。虽然其他戏曲家如袁祖光的剧作中也出现过类似情形,但是刘咸荣《娱园传奇》中的保守文化思想表现得最为充分、最为集中。这种思想观念和文化选择,在近代传奇杂剧中非常少见,具有重要的意义。

---

① 吴新雷、姚柯夫、梁淑安、陈杰编:《清晖山馆友声集——陈中凡友朋书札》,第703页,南京,江苏古籍出版社,2000年。

第三节　近代后期作家作品

近代后期是指 1920 年至 1949 年，即五四运动以后至中华人民共和国成立之前这三十年左右的时间。这是近代传奇杂剧发展的最后一个时期，也是整个传奇杂剧发展历程的最后阶段。

五四新文化运动兴起之后，特别是 20 世纪 30 年代左翼文学革命运动兴起之后，政治经济环境、文化主导走向都发生着日益重大而深刻的变化，中国戏剧的基本格局也进入了从古典戏曲向现代戏剧转变完成的最后阶段。传奇杂剧作为古典戏曲的杰出代表，在面临文学、戏剧内部与外部发生的种种空前深刻变化的时候，势必受到直接的影响和明显的制约。这一戏曲变迁过程异常纷繁复杂，其中一个最重要的变化就是从前作为传统戏曲核心的传奇杂剧迅速走向了边缘化，产生的一个最重要的结果就是传奇杂剧在内外夹击之下迅速衰微，直至完全消亡，曾经辉煌灿烂的传奇和杂剧从此以后永远只能成为历史的陈迹。

近代后期的传奇杂剧虽然总体上走向了式微、消亡的道路，这一时期的戏曲成就不仅不能与近代中期相比，甚至也难以与近代前期相提并论。可以说这是近代传奇杂剧成就最不突出的一个阶段，但是此期传奇杂剧发生的许多变化，出现的某些戏曲史现象，不仅是相当重要的，而且对传奇杂剧的历史而言，更是意味深长的。这时的传奇杂剧作者以受过旧时代传统教育的文人学者型戏曲家为多，其中不少是戏曲史、戏曲理论研究的杰出学者。戏曲家身份的变化也带来了传奇杂剧内容与形式的诸多变化，比如从戏剧题材到创作体制都有更多地复归传统的趋势，也有个别戏曲家大胆地将外国题材用传奇杂剧的形式来表现。

本书所说的近代后期的传奇杂剧向来未能引起研究者的应有重视，中国现代文学史、中国现代戏剧史中当然不会有它们的位置，专门的中国戏曲史，包括近代戏曲史著作中也通常不会提到这个时代的传奇杂剧作家。现仅就所知，从近代后期的传奇杂剧作家中选择有代表性的数位简介如下。

王季烈（1873—1952），字晋馀，一字君九，号螾庐。江苏长洲（今苏州）人。出身于一个安贫守己、家风清正的普通家庭。父王资政，母谢氏。光绪三十年（1904）进士。历任京师译学馆监督、学部专门司司长。宣统三年（1911）兼充资政院钦选议员。辛亥革命后远离政坛。1932年3月，为伪满洲国内务大臣，12月任技正，与罗振玉、郑孝胥等过从甚密。旧学根柢扎实，亦通西学。于经史、谱牒、金石之学颇有心得。悉心研究昆曲，精通音律，考证精详，善于度曲，长期从事昆曲理论研究，并进行昆曲改革的尝试。以科学方法建立戏曲研究的理论基础，最先提出"主腔"概念，示谱曲和联套以准绳。与吴梅私交甚笃，王季烈、吴梅、俞宗海三人合称"近代三曲家"。曾在天津组织审音社。毕生从事昆曲传统曲谱的整理、订误、编选工作，与刘富梁合编《集成曲谱》，分金、声、玉、振四集，每集附有王氏论述昆曲之文，后汇辑成单行本《螾庐曲谈》，继又从《集成曲谱》中选出部分，另编成《与众曲谱》（1947），在曲坛均颇有影响。抗日战争期间拟选辑《正俗曲谱》，收有《龙舟会》、《桃花扇》等，惜仅出二集而止。1948年与唐文治发起成立正俗曲社。著有《度曲要旨》，校订《孤本元明杂剧》。亦擅制曲，戏曲作品有《人兽鉴传奇》、《西浦梦》杂剧；散曲有《螾庐曲稿》，收入小令七首，套数五篇，多感怀之作。又有《螾庐未定稿》、《螾庐未定稿续编》，译有《近世化学教科书》（光绪末年商务印书馆出版）等。

《人兽鉴传奇》一卷，实由八个单折短剧构成，即《原人》、《著书》、《解愠》、《说法》、《救世》、《去私》、《劝善》和《大同》，有工尺谱，与唐文治《茹经劝善小说》合刊，书名《茹经劝善小说　人兽鉴传奇谱合刊本》，民国三十八年四月（1949年4月）上海正俗曲社刊本。

王季烈是一位被长期忽视的戏曲家，此书之刊行时间亦颇具戏曲史意味。现引录有关材料如下，以便进一步研究。唐文治《〈人兽鉴〉弁言》中有云："而民生之历劫运，乃靡有已时，惨乎痛乎！今君九兄《人兽鉴》之作，其挽回劫运之苦心乎？昔浏（引者按：此字误，当作刘）蕺山先生作《人谱》，其门人张考夫先生，复作《近代见闻录》，以羽翼之。君九兄此书，其体例虽与《人谱》略异，而其救世苦心则一也。深愿家置一编，庶几出禽门而进人门，由人门而进圣门已夫！"① 李廷燮所作《跋》亦云："《人兽鉴》传奇，谱词佳妙，不愧为曲坛祭酒。……以匡正人心，挽救时艰为旨，寓意深远，有功世道。"② 颜惠庆《〈茹经劝善小说〉、〈人兽鉴传奇谱〉合序》中云："更属螾庐撰《人兽鉴》传奇八折，载入谱中，为世人修身养心之助。其书阐孔老之微旨，参以佛耶之哲言，外似诡而内不失其正，所以为浅见寡闻者道也。"③由此可知，王季烈所撰戏曲，并非游戏笔墨，确有拯救世道人心之深意存焉，而以曲学家撰作传奇，曲律精赡、文词雅妙亦属自然之事。

冒广生（1873—1959），字鹤亭，一字钝宧，号疚斋、小三吾亭长。江苏如皋人。成吉思汗后裔。"明末四公子"之一冒辟疆后人。出生于广州。光绪二十年（1894）举人，历官刑部郎中、农工商部郎中，赏加四品京衔。戊戌变法时期参加保国会活动。入民国，历任财政部顾问、全国经济调查会会长、瓯海关监督兼温州交涉员、镇江关监督及镇江交涉员，又任《广东通志》总纂。20世纪30年代曾主持《青鹤》杂志。抗日战争前任中山大学教授。抗日战争时期伏处上海，从事《易经》、诸子等研究。中华人民共和国成立后任上海文物保管会顾问。后病逝于上海，葬于苏州灵岩。少从外祖周星诒治经史、目录、校勘之学，从叶衍兰学词。博学广闻，熟知掌故，于经学、史学、诸子均有研究，治《管子》尤有所得，亦擅版本、考据之学。诗、词、曲均有杰出成就，以诗人、

---

① 蔡毅编：《中国古典戏曲序跋汇编》，第2621页，济南，齐鲁书社，1989年。笔者对原标点有所订正。
② 蔡毅编：《中国古典戏曲序跋汇编》，第2621页，济南，齐鲁书社，1989年。
③ 蔡毅编：《中国古典戏曲序跋汇编》，第2622页，济南，齐鲁书社，1989年。

词学家闻名于世。

冒广生著述颇夥，有《京氏易三种》、《大戴礼义证》、《管子校注长编》、《蒙古源流年表》、《吐蕃世系表》、《四声钩沉》、《小三吾亭诗集》、《小三吾亭词集》、《小三吾亭文集》，编有《冒氏丛书》、《楚州丛书》、《永嘉诗人祠堂丛刻》、《永嘉高僧碑传集》。另有未刊诗词藏于家。其孙冒怀辛整理的《冒鹤亭词曲论文集》由上海古籍出版社于1992年8月出版。戏曲创作有《疢斋杂剧》四折，即《别离庙蕊仙入道》、《午梦堂叶女归魂》、《马湘兰生寿百谷》和《卞玉京死忆梅村》，以及附录四种：《南海神》、《云鞞娘》、《廿五弦》和《郑妥娘》。

《疢斋杂剧》一本四折，由情节互不关联的四个独立故事构成，前有副末开场。附录四种，每种一折，各为一独立故事。这些都反映了杂剧体制发生的重大变化，以及杂剧与传奇体制相互借鉴、彼此融合的情形。冒广生所作杂剧，题材主要集中于前朝史事、文人爱情、先辈故事，突出表现对前朝往事的怀念，对文人韵事的品味，对先辈遗事的追怀，寄托着深沉的古今沧桑之感和故国家园之情。故事简单，情节紧凑，人物较少，曲词雅洁，抒情色彩浓厚，集中地表现出文人学者戏曲创作的特色。

许之衡（1877—1934），字守白，号饮流斋主人、曲隐道人。广东番禺（今广州）人。早年留学日本，毕业于日本明治大学。历任北京大学国文系教授兼研究所国学门导师，北平师范大学、北平女子文理学院教授。精词曲，著有《守白词》（一名《步周词》）、《词馀》、《中国音乐小史》、《曲律易知》、《声律学讲义》、《曲史讲义》、《中国戏曲研究讲义》、《饮流斋说瓷》等。1905年有文章发表于《国粹学报》。戏曲创作有《玉虎坠》、《锦瑟记》、《霓裳艳》传奇等。卢前尝说："许之衡的几种传奇，也只是稿本。"[①] 笔者所见仅民国十一年（1922）刻本《霓裳艳》一种。

《霓裳艳》传奇写文士阮心存（字泠云）与名伶刘喜娘的爱情

---

① 卢前：《中国戏剧概论》，第132页，香港，南国出版社，不署出版时间。

故事，民国十一年（1922）刻成。彼时风气大开，时代气息时露于人物说白之中，使用现代新名词入戏，尚觉妥当，少有早期戏曲家运用新名词时的生搬硬套现象。偶将吴语用于人物说白，亦反映了时代风气。由于作者精于曲律，熟悉搬演，全剧情节曲折动人，排场巧妙，曲牌选择、文词处理皆极为讲究。道具运用方面亦有特色，使用真实道具，反映了传奇杂剧表演由写意化向写实化方向发展的趋势。时将关于前代戏曲作家作品、当时戏曲状况等内容写入剧中，有时亦将梆子戏或皮黄戏名称串合于曲文之中，见出作者的学问才情，体现了戏曲学者作剧的本色。

许之衡长期湮没无闻，其实他是一位杰出的戏曲史研究家和戏曲作家，其学术成就和戏曲创作足以使他在近代学术史和近代戏曲史上占有重要的地位。

钱稻孙（1887—1966），字介眉，别号泉寿，笔名大泉、泉、稻孙。浙江吴兴人。钱恂之子，钱玄同之侄。幼年随父留学日本，毕业于日本成城学校与庆应义塾中学。回国后不久，又随父赴意大利，毕业于罗马大学。此间学习意大利文与法文，并自学美术。1912年任教育部主事，后兼京师图书馆分馆主任，改任视学、佥事，兼任北大医学院日籍教授课堂翻译，并自学德文。1927年后历任清华大学讲师，国立北京美专图书馆主任兼讲师，北京政法学院、朝阳大学、民国大学讲师，北京图书馆舆图部主任。20世纪30年代任清华大学外文系教授兼图书馆馆长等，讲授东洋史。又曾任北京大学东方文学系讲师、教授，讲授日文与日本书学，并任国立北京图书馆馆长。抗日战争时期，任伪北京大学秘书长、文学院院长、校长，东亚文化协会评议员等职。中华人民共和国成立后，任卫生出版社编辑，并为人民文学出版社翻译日本古典文学作品。主要著作、译作有《汉译万叶集》、《板东之歌》、《木偶净瑠璃》、《慧超往五天竺国传笺释》、《西域文明史概论》、《从考古学上观察中日文化之关系》、《神曲一脔》、《造型美术》等。戏曲创作有《但丁梦杂剧》，仅刊一出。

钱稻孙所作戏曲仅《但丁梦杂剧》一种，且仅刊一出。作者在将但丁《神曲》译为《神曲一脔》之余，根据但丁原作本事，著为此剧，实属著译参半之作。这一题材、这种写法在近代传奇杂剧中，均非常独特，具有首创意义。正如《学衡》第三十九期刊载此剧时编者按语所说："钱君于正译而外，又用但丁《神曲》本事，谱为吾国杂剧。今所登其第一出也。他日全剧谱成，不但文学因缘，东西合美，而且于盛集雅会，按景奏乐，低徊演唱，其销魂益智，殆又可知。惟所亟待声明者，即钱君此剧，实运用但丁《神曲》全部，由原文脱化而出，故其中无一字一句无来历，语语均有所指，非与原作参证比较，不能知其妙也。此出所咏，实为《神曲·地狱》第一、第二两曲 Canto Ⅰ～Ⅱ 之本事。"① 可知钱稻孙创作此剧的方式十分独特。这在近代传奇杂剧作家作品中是罕见的，很值得重视。

吴宓（1894—1978），原名玉衡，七岁改名陀曼，十七岁改名宓，字雨生、雨僧，别号馀生、空轩。陕西泾阳人。光绪三十四年（1908）入陕西三原宏道高等学堂肄业，并与表兄胡文豹、文骧、文犀兄弟等创办《陕西》杂志。宣统二年（1910）考取游美第二格学生，入清华学校就读。1916年夏毕业，因未通过体育考试，故没能与丙辰级毕业生一起赴美，留清华学校任文案处翻译及文牍职事。1917年赴美，就读于弗吉尼亚大学，插入文科二年级。次年暑假转入哈佛大学文学院比较文学系，师从美国文学批评家白璧德。1921年6月毕业，获文学硕士学位。归国后历任东南大学、东北大学教授，清华国学研究院主任和外语系教授，燕京大学、北京师范大学、北京大学讲师。1930年赴欧洲，先后在牛津大学、爱丁堡大学、巴黎大学等处听课游学，并至意大利、瑞士等国观光游览。1931年归国，仍回清华大学任教。1922年至1933年间，兼任《学衡》杂志总编辑，1928年至1934年间兼任天津《大公报·文学副刊》编辑。1938年以后，任西南联合大学、武汉大学、重庆湘辉文法学院教授。1952年调入西南师范学院（今西南师范大

---

① 《学衡》第39期，1925年3月。

学），历任外文系主任、中文系教授。1976年回泾阳县养病，1978年卒于西安。

吴宓学贯中西，知识广博。通十余种外国语言，常用者约五六种。工诗词，擅戏曲。撰有《〈红楼梦〉新谈》、《〈石头记〉评赞》、《〈红楼梦〉与世界文学》等论文，为早期红学家之一。著有《雨僧诗文集》、《空轩诗话》、《白璧德与人文主义》、《吴宓诗集》（上海，中华书局，1935年）等。编有《拉丁文法》、《法文文法》、《外国文学名著选读》等教材。其著作近年已陆续整理出版，如《文学与人生》（王岷源译，北京，清华大学出版社，1993年）、《吴宓自编年谱》（北京，生活·读书·新知三联书店，1995年）、《吴宓日记》（凡10册，北京，生活·读书·新知三联书店，1998—1999年）、《吴宓日记续编》（凡10册，北京，生活·读书·新知三联书店，2006年）、《吴宓诗集》（吴学昭整理，北京，商务印书馆，2004年）、《吴宓诗话》（吴学昭整理，北京，商务印书馆，2005年）。吴宓的戏曲创作有传奇《陕西梦》、《沧桑艳》二种，附于中华书局1935年出版的《吴宓诗集》之后，又附于商务印书馆2005年出版的《吴宓诗话》之前。

吴宓作为一位杰出学者和文学家，被遗忘了许多年。他的戏曲创作最值得重视者有两点：其一，《陕西梦》写作者亲身经历的事件，且剧中人物"泾阳吴生"即是作者本人，叙事传神，情节生动，情感真挚。这是自叙传式戏曲创作的一个新发展。其二，《沧桑艳》系根据美国诗人朗费罗（Longfellow，1807—1882）的叙事长诗 Evangeline（今译《伊凡吉琳》）写成，属译著参半之作。此剧与钱稻孙《但丁梦杂剧》一道，开创了传奇杂剧创作的新题材和新方法。

顾随（1897—1960），原名宝随，字羡季，别号苦水。河北清河人。1915年入北洋大学肄业两年。1920年毕业于北京大学。历任山东、河北、天津等地中学教师。1924年参加浅草社，在《浅草》、《沉钟》杂志上发表过《失踪》等小说。1929年后，历任燕京大学、辅仁大学、北京师范大学教授，并兼职于北京大学、中法大学。1949年起兼辅仁大学中文系主任。1953年调天津师范学院（后改河北大学）任教，直至逝世。曾作过不少旧体诗词，辑为《无病词》、《味辛词》、《荒原词》、《留春词》、《倦驼庵词稿》、《苦水诗存》。于古典文学研究颇有功力，著有《倦驼庵稼轩词说》、《倦驼庵东坡词说》、《揣籥录》、《元曲中方言考》、《夜漫漫斋读曲记》、《驼庵诗话》、《不登堂看书外记》、《曹操乐府诗初探》等。上海古籍出版社1986年1月出版《顾随文集》，天津人民出版社1995年1月出版顾随女儿顾之京整理的《顾随：诗文丛论》，1997年2月增订再版。其全部著作又编为《顾随全集》（四卷），河北教育出版社2000年12月出版。

顾随亦擅戏曲，所作编为《苦水作剧三种》，1937年刊行，包括杂剧三种及附录一种，即《垂老禅僧再出家》、《祝英台身化蝶》、《马郎妇坐化金沙滩》，及《飞将军百战不封侯》。另有杂剧《陟山观海游春记》一种，《顾随文集》所收本，上海古籍出版社1986年1月出版。早年尚作有杂剧《馋秀才》二折一楔子，收入《辛巳文录初集》，北京文奎堂书庄1941年10月刊行。又有叶嘉莹辑《苦水作剧》附录本，台北桂冠图书股份有限公司1992年10月铅印刊行。以上诸剧现均收入《顾随全集》，此书也是最为完备的顾随著作集。有关两种新见顾随杂剧之详细情况，可参阅本书第九章《新见剧本介绍与有关史实考辨》第一节《关于新见近代传奇杂剧十三种》，此处暂不详述。

关于顾随的剧作，叶嘉莹曾说过："我以为先生之最大的成就是使得中国旧传统之剧曲在内容方面有了一个崭新的突破，那就是使剧曲在搬演娱人的表面性能以外，平添了一种引人思索的哲理之象喻的意味。"她又指出："而先生之所写则是并非仅为供搬演之戏剧，而更为供阅读之戏剧，其目的并不在于搬演一个故事，而是要借用搬演故事之剧曲，来表达出对于人生之某种理念或理想。这种写作态度，无疑的曾受有西方文学很大的影响。"① 这些论断有助于更加深入地认识顾随及其剧作。剧中的故事与人物确是以象征、隐喻等方式寄托着作者的人生经验与感慨，流露出作者的人生态度和理想。在戏剧形式方面，作者曾云："杂剧何必定是四折，余之仿作，亦殆所谓由之而不知其道者也。"② 但是《苦水作剧三种》仍遵元杂剧体制，三种均为四折加楔子，附录《飞将军百战不封侯》四折，亦为元杂剧正格。《陟山观海游春记》则有所变化，采用上下两卷，各四折一楔子，全剧共八折二楔子的形式，等于将元杂剧的标准体制扩大了一倍，依然可见元杂剧的深刻影响。唯有早年所作之《馋秀才》为二折一楔子，似是将元杂剧的标准体制缩短了一半。就总体情形而言，顾随的杂剧从形式上看有向传统戏曲体制复归的意味，也透露出当时文人心态和创作风气的某些方面。

卢前（1905—1951），原名正绅，字冀野，号小疏，别署饮虹、饮虹簃主人、饮虹园丁、江南才子等。江苏江宁（今南京）人。1921 年入东南大学，受业于词曲大师吴梅，与任二北等同为吴门高弟，参与组织曲学社。1926 年毕业，先后任教于金陵大学、光华大学、成都大学、河南大学、中央大学、中山大学、暨南大学等。1940 年任四川大学教授。翌年赴福建永安，任音乐专科学校校长。抗日战争胜利后返南京，任通志馆馆长。主编《草书月刊》、《南京小志》。1950 年参加中国国民党革命委员会。次年病逝于南京。著名词曲学家，著有《词曲研究》、《中国戏剧概论》、《红冰词集》、《南北曲溯源》、《读曲小识》、《曲话丛钞》、《明清戏曲史》、《何谓文学》、《三弦》（小说）等，编有《饮虹簃所刻曲二十八种》、《元人杂剧全集》等。亦擅戏曲创作，有杂剧五种：《琵琶赚》、《荣莫会》、《无为州》、《仇宛娘》和《燕子僧》，总称

---

① 叶嘉莹：《纪念我的老师清河顾随羡季先生》，《顾随文集》附录，第 804 页，上海，上海古籍出版社，1986 年。
② 顾随：《苦水作剧三种》附录《飞将军百战不封侯》后《跋》。

《饮虹五种曲》、《饮虹五种》或《卢冀野丙寅所为五种曲》,另有《楚凤烈传奇》、杂剧《女㤺怅爨》(包括《窥帘》、《赐帛》、《课孙》,后者未见)等。

吴梅评《饮虹五种》曾说:"置诸案头,奏诸场上,交称快焉。余按诸折中,《琵琶赚》感叹沧桑之际,《无为州》记述循良之绩,于家国政俗,隐寓悲喟,已非率尔操觚之作,若宛玉一剧,尤足为末流针砭,盖礼教废而人伦绝,夫妇之离合,不独可觇世风之变,而人情之淳浇,即国家兴亡所系焉。曲虽小艺,实陈国风,而可忽视之乎?近世工词者,或不工曲,至北词则绝响久矣。君五种皆俊语,不拾南人馀唾,高者几与元贤抗行,即论文章,亦足寿世矣。"① 吴梅此论于认识卢前五种杂剧大有助益。剧中所表现国家兴亡、知恩图报、清正廉洁、停妻再娶、苦海无边等问题,均可见作者的入世情怀。吴梅虽赞誉此剧北曲成就,然每种仅一折,已属元杂剧体制之变,至其曲词说白之本色当行,合案头场上之曲二而一之,则尤为难能。

《楚凤烈传奇》则为夙好北词的卢前作南曲传奇的尝试。此剧是"旨在发扬忠烈"、"无一事无来历"的"历史悲剧"②,取材于明代王国梓《一梦缘》稿本。作者力求遵守传奇体制,"作者自信颇守曲律,不似近贤墨脱陈式,不问腔格者";"《楚凤烈》全部用南曲"③。但是无论是在出数设计,还是在曲律、曲牌运用方面,凡内容需要者,亦有所变通。

卢前尝在《中国戏剧概论》中自述所作戏曲云:"我的《饮虹五种》——《琵琶赚》,谱蒋檀青事。《仇宛娘》,谱仇宛玉事。《无为州》,谱蒋师辙事。《茱萸会》,实际上谱我的家事。《燕子

---

① 吴梅:《饮虹五种·序》,蔡毅编:《中国古典戏曲序跋汇编》,第 2 623 页,济南,齐鲁书社,1989 年。
② 卢前:《楚凤烈传奇·例言》,蔡毅编:《中国古典戏曲序跋汇编》,第 2 630 页,济南,齐鲁书社,1989 年。
③ 卢前:《楚凤烈传奇·例言》,蔡毅编:《中国古典戏曲序跋汇编》,第 2 631 页,济南,齐鲁书社,1989 年。

僧》,谱苏玄瑛事。以上皆北曲。(有中山大学木棉集本,开明袖珍本,渭南严氏精刻本)是吴先生(引者按:指吴梅)子怀孟所制谱,北方曾有人唱过。亡友刘鉴泉曾题一绝句,最知余意。诗曰:'慷慨悲歌亦等闲,家常本色自然妍。知君自有《荣莫会》,一任《琵琶赚》独传。'又近年作《南曲四种》,淳安邵次公为题名《四禅天》。"① 夫子自道,于认识《饮虹五种》及其他戏曲创作具有重要参考价值。至于卢前所说《南曲四种》(又称《四禅天》),笔者未能获见,亦未见其他研究著作提及,不知尚存世间否。

---

① 卢冀野:《中国戏剧概论》,第201页,上海,世界书局,1934年。

第四章 近代传奇杂剧的主要题材类型

近代传奇杂剧作为整个中国传奇杂剧史上一个颇有特色的发展阶段，在许多方面表现出独特之处。近代中国人、中国文化面临的种种新难题、新选择，在传奇杂剧上当然也有相当集中的表现，必然带来近代传奇杂剧题材的新特点。1941年2月，郑振铎在为阿英所编的《晚清戏曲录》作叙文时，尝论中国近代戏曲说："我汉族之光复运动，万籁齐鸣，亿民效力，而戏曲家于其间亦尽力甚多。吴瞿安先生之《风洞山传奇》，浴日生之《海国英雄记传奇》，祈黄楼主之《悬岙猿传奇》，虞名之《指南公传奇》，皆慷慨激昂，血泪交流，为民族文学之伟著，亦政治剧曲之丰碑。"① 这当然是结合当时中国人民正在进行的抗日战争和民族解放运动来谈近代戏曲的时代主题和题材特点的，也道出了中国近代戏剧（包括近代传奇杂剧）非常重要的时代特色。从中国戏剧史的角度对近代传奇杂剧的题材进行考察，就会明显地发现，在这个并不算很长的时期内产生的传奇杂剧，作品数量相当庞大，题材范围极为广泛，不仅带有强烈的时代文化色彩，而且在许多方面超过了以往任何时代的传奇杂剧。

本章主要讨论近代传奇杂剧的主要题材类型，试图从这一角度展示近代传奇杂剧的某些基本特征。本章拟将近代传奇杂剧划分为以下几种类型：政治时事剧、社会问题剧、历史题材剧、外国题材剧、历代小说笔记和历代文献题材剧、作者自述剧与抒情议论短

---

① 郑振铎：《晚清戏曲录叙》，《郑振铎古典文学论文集》，第1 005页，上海，上海古籍出版社，1984年。

剧。需要说明的是：第一，这里的分类，主要以作品题材内容为划分标准，但亦有所变通，如"抒情议论短剧"就是依据剧本的主要表现手法来分类的。第二，以这样的标准划分种类，可能出现部分作品跨类或出现逻辑上的交叉现象，在写作中当尽量避免重复论说情况的出现。第三，分类的主要目的是从题材类型的角度揭示近代传奇杂剧的特点，而不是试图包含所有的作品，因此对展示近代传奇杂剧特点意义不大的某些作品，不能不有所忽略。此外，笔者尚远未能看到流传至今的所有近代传奇杂剧作品，因此本章所作讨论，只能根据目前掌握的剧作进行。

第一节 政治时事剧

对现实社会、现世人生的关注，不仅是中国戏曲的重要题材特点，也可以说是中国文学在创作题材、价值取向上的重要特色之一。在中国近代十分特殊的文化背景下，对现实社会生活、对当代人们生存状况的关注，就成为近代传奇杂剧在题材方面表现出来的最突出的特点。将这些作品所反映的近代社会现实联系起来，就几乎形成了一部戏剧化的中国近代历史的图景，成为近代中国人生活与奋斗的形象历史。

一、关于太平天国及其他农民起义的作品

从目前掌握的材料来看，作为中国近代历史开端的标志的鸦片战争这一事件，并没有立即引起近代戏曲家的充分关注，直接反映这一历史事件的传奇杂剧作品极为少见。近代传奇杂剧在题材上表现出来的这种情形，与近代小说的情况相似，而与诗词、散文对鸦片战争的直接而迅速的反映大不相同。可以说，反映太平天国起义的传奇杂剧是最早从题材方面表现出近代色彩的作品。这些作品多产生于近代前期。

邯郸梦醒人的《梦中缘》虽然不是直接反映太平天国事件，而是以抒发人生如梦的感慨为主的作品，但其背景却是"豹恶大

王"领导的金田起义,主要故事情节也是表现书生何华等与起义者斗争并且连连取得胜利。这已经表明作者对起义的基本认识和否定态度。朱绍颐的《红羊劫》则直接反映太平天国事件,作品将起义视为一场红羊浩劫,描绘了战争带来的种种惨象,造成的无尽苦难,国家在经历了一场空前的灾难之后,最后由玉帝发出旨意,荡平贼寇。作者表明自己的愿望云:"愿祝有道万年,基业无疆,一统山河。"① 浮槎仙客的《金陵恨》系根据实事写成,起义军占领金陵城后,书生张炳增献计援助清军,事泄被太平军杀死。作品通过一个书生在战争中的命运来反映太平天国事件,对张生寄予深切同情,视起义者为贼寇。许善长的《瘗云岩》与此相近,写一对青年男女的爱情故事,也是以太平军攻破金陵城为背景,作者对战乱及其造成的灾难的恐惧与憎恶之情清晰可见。刘清韵的《小蓬莱仙馆传奇》十种从总体上说并不长于表现现实社会生活,但是其中仍有《英雄记》一种反映了太平天国起义。此剧写周又侯、杜宪英夫妇组织民团抵御太平军,在经历了丈夫被俘、夫妻离散的磨难之后,二人终得团圆。作品将二人描绘成儿女英雄的典型。

在关于太平天国起义题材的传奇杂剧中,杨恩寿、郑由熙、徐鄂的几种作品表现出来的思想较为复杂,也比较特别,尤其值得重视。杨恩寿的作品中表现出对农民起义的充分注意,他反映明末农民起义的作品下文再谈,这里只谈反映太平天国起义的《双清影》。此剧系根据当时实事写成。作品一方面把陈源兖与妻易氏描绘成忠烈、贞节的典型,把太平军描写成无恶不作的强盗,这一点与其他同类题材的作品无大差异。另一方面,作品对官府的腐败无能、对太平军内部存在的某些弊端有所认识。在第六出《弋心》中,兴安县一个归顺了太平军的店家(丑)与池州书生刘藜照(小生)的如下一段对白,就集中地表现了这一点:

(丑)老爷你还不晓得,于今日红胜堂,立了太平天主,他的官名,与清朝不同。广西一省,处处都有他的官

---

① 朱绍颐:《红羊劫》第十二出《劫圆》终曲,民国年间刊影印手钞本。

了。(小生)怎么一省的百姓,都肯甘心从他?(丑)入教之初,每人只要三百三十个根基钱,写上名字,便是从红。凡是从红的,便蓄头发,另给太平天国钱一个,拿了此钱,遇着从红的,要穿有衣穿,要吃有饭吃。(小生)地方既远,人家又多,怎么分出从红不从红的来?(丑)从红的人家,门首贴一"顺"字。(指介)你看我门首不贴么?(小生)从红的那有许多家私,供应这些穿吃?(丑)又有个章程,凡从红的,抢得客商银钱,三分归己,七分充公。这些供应,就出在充公项下。(小生)难道不怕官府吗?(丑)官府是不管事的,怕他怎的?①

杨恩寿的另一种传奇《姽嫿封》亦有必要在此一提。作者在此剧《自序》中有云:"庚申仲夏,薄游武陵。公馀兀坐,无以消遣。偶记姽嫿将军已事,衍为填词。每成一折,即邮寄回家,索六兄为余正谱。……至姽嫿事,虽见《红楼梦》,全是子虚乌有。阅者第赏其奇,弗徵其实也可。"② 杨恩寿在为其另一部传奇《麻滩驿》所作《自叙》中,对《姽嫿封》的创作情况和主要意图介绍得更加详尽:"咸丰庚申,游幕武陵。客有谈周将军云耀者,勇敢善战,其妇亦知兵。乙卯守新田,以轻出受降而死,妇亦战以殉之。当即演成杂剧,诡其名于说部之林四娘,即所谓姽嫿将军也。"③ 此剧写明代嘉靖年间,恒邸亲王驻守青州。因朝政腐败,义军四起,涌向青州,与青州城内士绅里应外合,将恒王骗出城外杀死。恒王淑妃林四娘,封号姽嫿将军,率娘子军出战,亦战死,宫嫔多人一同殉难。由此可知,《姽嫿封》系假借《红楼梦》第七十八回《老学士闲征姽嫿词,痴公子杜撰芙蓉诔》中所述姽嫿将军林四娘故事,颂扬咸丰五年(1855)镇守湖南新田的清朝将领

---

① 杨恩寿:《双清影》,《坦园丛稿》本,光绪年间长沙杨氏刊。标点为笔者所加。
② 蔡毅编:《中国古典戏曲序跋汇编》,第2398页,济南,齐鲁书社,1989年。
③ 蔡毅编:《中国古典戏曲序跋汇编》,第2395页,济南,齐鲁书社,1989年。笔者对原标点略有调整。

周云耀夫妇。这一题材处理颇可注意：看似从传统小说中获得创作灵感，实际上是以真实事件为根据。此剧介于现实政治题材剧与古代小说题材剧之间，而且以前者为主，故于此一并介绍。

郑由熙在《雾中人》和《木樨香》中表现出来的对太平天国与清廷、清军的认识，又深入了一步。作者当然与许多封建时代的知识分子一样，对农民起义怀有一种本能的恐惧与敌视，但是最值得注意的独特之处是，作者对这种犯上作乱行为发生的原因进行了相当深入的思考。这与郑由熙长期担任县令、注意体察民情有关，尤其与他在战乱中亲历险境、有切身之感、深入了解官府和义军双方的真实情况密不可分。

《雾中人》写太平军袭击黄山曹竹寺，书生庾信怀一家趁一场大雾，幸而脱离险境。此剧系写作者亲身经历，极为生动真切，庾信怀这一人物身上，带有作者的影子，这一名字亦隐寓"哀江南"之意。第八出《争堵》描绘战争造成的惨状云：

【北越调·斗鹌鹑】平白地玉碎珠埋，风云变态，地裂山颓，乾坤不改。鼓角声哀，兜鍪势大，崛起的命应该，阵亡的人何在？封侯的八座高抬，从军的全家哭坏。①

这一曲虽不长，然状战争使山河变色、生灵涂炭的场景极为真切，正如志道人眉批所云："如读古战场文。"而第十一出《衙哄》中的片段，借太平军将领（净、丑）之口，既有对太平军中某些野蛮行为的描写，又有对官府害民的揭露：

（净丑）此是帅府，兄弟们，打进去，搜取子女玉帛，将妖头捆来见我。（众）得令。（下）（扛箱笼上）妖头不见，亦无家室，这是黄金一箱，白银百桶，绸段书籍无数。（净）书籍无用，抬去作望火烧了。馀件存库，事定赏功。那妖头想已走了，便宜他。（丑）好笑这世界，就被一般糊涂虫闹坏了。

---

① 郑由熙：《雾中人》，《暗香楼乐府》本，光绪十六年（1890）暗香楼刻本。

【北采茶歌】糊涂辈,钻刺工,泥中鳅,也登龙,文章政事何曾懂。可笑他乞怜又作骄人态,到要紧关头,便撇下人民城郭杳无踪。①

郑由熙的另一作品《木樨香》也是根据当时实事写成。歙县知县廉骥元为官廉正,深受百姓爱戴。太平军攻破县城,廉骥元在县衙一株桂树上自缢身亡。剧中忧心时局的书生司徒裔带有作者的影子。第八出《殉桂》描写廉骥元(生)在县城被太平军攻破之后的从容表现,并借此赞扬"书呆子"与城池共存亡的执著精神,揭露众官皆弃城而去、贪生怕死的行为:

(末急上)闻得贼已破城,现在府衙打掠,老爷速作主张。(生)府大老爷呢?(末)不知踪迹,道台亦不知何往,一城的官,只有老爷与左堂尚在。顷见左衙火起,张太爷已自焚了。(生)究竟张君是个男子。(末)老爷为何忽穿公服?(生)今日乃我全受全归的日期,自应公服前往。(末)与城存亡,乃书呆子做的事,老爷顾了虚名,何益实际?(生)你那里知道,古今来圣贤豪杰,以及忠孝节义大有为之事,全仗这点呆气作成。若大乾坤,不是几个呆子撑住,那天早掉下来了。②

廉骥元自尽之后,在第九出《忠感》中,作者又别出心裁地设计了一个由太平军将领赖皮(副净)与众士兵为之装殓、极受感动的情节,通过太平军之口,表现了相当大胆的思想:忠臣名垂青史,贪官污吏该杀,太平军作贼为寇,乃是替天行道,未泯天良:

(众)莫是大王也要殉难?不然要这棺材何用?(副净)胡说!你不知道,

【前腔】作贼的有天良,忠臣也将名姓扬;污吏祭刀枪,好官留榜样。(众下抬棺携香纸上)(副净)你们抬

---

① 郑由熙:《雾中人》,《暗香楼乐府》本,光绪十六年(1890)暗香楼刻本。
② 郑由熙:《木樨香》,《暗香楼乐府》本,光绪十六年(1890)暗香楼刻本。

进去，把他好好装殓，就放在后堂，我们在大堂上，摆起香案，拜他一拜。(众抬棺下，副净) 粗棺相贶，营奠营斋，再拉和尚。(众上) 装殓好了。(副净) 就此上香。(众摆香案同拜介) (合) 不孝长毛，哀哉来上飨。(副净) 我赖皮打了几年江山，像这样的官，百中无一。若个个像他，这江山就打不成了。如此敬重他，叫天下人晓得有公是公非，作贼的，也是替天行道。叹如今傀儡场，像这个官儿，现了宰官身，返天上。(下)①

可以说，作者这样评判朝廷、义军及二者的关系，从两方面来认识太平天国起义的某种必然性和合理性，已经达到了时代所允许的最高水平。由此可见郑由熙思想中独特而可贵的冷峻与清醒。这在有关农民起义的近代传奇杂剧作品中，是绝无仅有的。

徐鄂《梨花雪》则是根据同治年间影响颇大的黄婉梨事迹写成，从另外一个角度反映太平天国起义中一个普通女子的命运。黄婉梨一家居金陵，曾国荃攻破天京，湘军入城抢掠，杀害黄婉梨一家，并掠婉梨赴湘潭。黄婉梨在途中设计杀死押解的两个强徒后，自缢而死，留下诗及序，述自己及家人在战乱中的经历。与其他关于黄婉梨事件的作品一样，徐鄂同样是把黄婉梨作为一位烈女来表现的。但是此剧的独特之处在于反映了官军给人民造成的灾难，揭露了战乱之中官军害民的罪行。

与上述关于太平天国起义的作品中表现出的正统立场不同，洪炳文的《白桃花》以史料为依据，采用纪实的笔法，将太平军将领白承恩作为一个杰出人物来描写。白承恩虽在攻打瑞安的战斗中于桃花洋地界兵败身亡，但临死前曾发愿如英灵不泯，当"保此一方人民"，不失英雄本色。这不仅开拓了关于太平天国的戏剧题材，从评价历史事件的角度来看，也是一个进步。这种情形既表明作者政治立场与其他作家的重大区别，也反映了民族民主革命思潮兴起之后，关于太平天国起义的评价问题发生了重大变化。

---

① 郑由熙：《木樨香》，《暗香楼乐府》本，光绪十六年 (1890) 暗香楼刻本。

除关于太平天国起义的作品外,还有一小部分反映其他农民起义如捻军起义等的传奇杂剧,陈学震的《双旌记》和《生佛碑》可看做此类作品的代表。《双旌记》又名《忠烈记》,取材于咸丰年间实事:安徽阜阳陈振邦(字铁臣)为刘铭传部下,率军与张仲愚之捻军交战,战死于滑县大河村。陈妻吴氏得知丈夫阵亡消息,遂服毒自尽以殉节。《生佛碑》亦以史实为据,写提督军门陈国瑞打击太平军、捻军的事迹。二剧对太平军、捻军持反对立场与其他同类作品无异,作品突出起义军之恶,主人公之忠勇,前剧更集中描绘并充分肯定了烈妇殉夫的节操。

从总体上考察反映农民起义的近代传奇杂剧,有如下几个方面的特点值得提出:(1)剧中所写内容多有史实根据,以历史事实为基础,有的甚至是作者亲历亲见的真实事件,因此写来极为真切感人。有的作品在关键部分甚至标明具体时间,表现了以剧本记述史实的作风。(2)作者基本上采取正统立场,对起义事件持否定态度。最直接的表现就是对太平天国等起义者均以长毛、贼、匪、寇等相称,与清廷官方对起义者的称呼完全一致;但有的作品中表现出明显的批判朝廷和理解起义的思想倾向,表现出独特的认识价值和思想意义。(3)从角色行当上看,生、末、旦等重要行当,均派给清朝官方人物或者亲官人物,而起义军将领及兵士则均由净、副净、丑等行当充当,性格或凶恶阴险,或滑稽愚顽。

二、关于维新变法与庚子事变的作品

无论从哪一角度考察,戊戌维新变法对近代中国来说都是极其重要的政治事件。在近代诗词、散文、小说等大量的作品中,对这一事件都有相当充分的表现。与此相一致,维新变法运动以及随后的君主立宪等相关事件,也成为近代传奇杂剧的一个重要题材,而且突出地表现了近代戏曲的时代特点。

玉桥的《云萍影》写两名青年男女目睹国家贫病、国事日非的现实,发出维新变法的主张。欧阳淦等的《维新梦》采用理想化的手法,表现由于采取了一系列切实有效的措施,如建铁路、采矿藏、讲武备、劝新学、裁冗官、办工厂、行商战、施立宪等,终于实现大同理想,维新变法取得圆满成功,国家走上富强道路。佚名的《维新梦》仅成两出,但主旨清楚可见。第一出《游园》中,宋酉(字紫芝)在戊戌变法之后,绝意仕进,寄居上海,感慨时局,忧心国事:"自从甲午以来,外患频仍,内乱迭起,为官的贪财贪位,为士的好利好名,眼见得我祖国锦绣江山,葬送这班人手里。"① 作品对假维新之名为自己谋名谋利的当道者多有批判揭露。洪炳文的《普天庆》采用纪实手法,写清廷实行预备立宪事。当游于沪上的书生万年青(字扶华)得知清廷诏谕预备立宪的消息时,不禁欢喜难抑,遂与友人贺中兴(字葆黄)二人叙谈,将立宪宗旨与富国强民之术演述而出,表现振兴国家、造福人民的愿望。开场曲就点明了作品主旨:

【南吕过曲·一江风】望升平,久把尧天戴,郅治空千载。诏亲裁,准拟恭己,垂裳媲美,勋华日月中天再。正是黄民幸福来,黄民幸福来,欢声动似雷,笑我弱书生也从旁喝声采。②

从价值评判上看,这些作品是从肯定、赞扬维新变法的角度表现有关事件的。从表现手法方面看,维新变法虽然取得了巨大成就,但是说到底它是一场失败了的政治改革运动,因此这些作品无论在思想倾向上还是在艺术表现上,多采取理想化的手法,以创造性想像构造作者向往的结果,弥补现实中维新运动的失败与不足。这是表现维新变法运动的近代传奇杂剧的总体特点。

在反映维新变法运动的作品中,袁祖光的两种杂剧《东家颦》和《钧天乐》比较特别,在内容上和文化观念上与上述许多作品存在重大不同。这两种作品借助神话传说,运用讽刺戏谑手法,着重表现维新变法过程中出现的某些弊端或不良倾向,由此出发基本

---

① 《大陆报》第 2 年第 9 号,1904 年。
② 洪炳文:《普天庆》,沈不沉编:《洪炳文集》,第 297~298 页,上海,上海社会科学院出版社,2004 年。

上否定维新变法运动。《东家颦》借助古代传说东施效颦的故事，通过滑稽可笑的情节，嘲讽改良派采取的政治改革措施一切照搬西方，不仅学得不像，且不合本国现实，徒贻笑柄。《钧天乐》写玉帝降旨宣召赵鞅魂魄上天，特赏给他钧天广乐一部，引导他听乐曲，以促其醒悟。剧中对"外交家"、"内交家"、"维新年少"等均予以讽刺。这类作品与近代社会文化的基本走向并不一致，甚至有明显的背离倾向，表现了作者比较保守的政治观与文化观。同时也反映出维新变法运动、学习西方过程中的确存在的某些弊端，揭示了中国近代社会发展与文化变迁的复杂性，值得重视。就中国近代戏剧史和文学史而论，这些作品也具有一定的思想认识价值。

庚子事变对中国近代社会历史来说，也是一件产生了深刻影响的重大事件。近代文学的许多文体如诗词、小说、散文、说唱文学中，都留下了大量的反映庚子事变的作品。近代戏曲家在一些传奇杂剧作品中对这一事件同样作了形象化的反映。林纾的《蜀鹃啼》即根据庚子事变中浙江西安县知县吴德潚及其全家被义和团杀害的实事写成。作者是吴德潚的朋友，且以化名上场，写来诚挚真切，对官场也有所揭露。陈时泌的《武陵春》中，由一个从北京逃难而出、亲身经历了战乱的国子监生向武陵渔人（作者化名）讲述庚子事变的起因、经过等情况，表现作者关心时局、忧心国事的情感。支碧湖的《春坡梦》也是此类作品，不同之处在于，此剧将内乱与外患联系起来表现。作者确有与义和团作战的经历，在剧中化名支半苏上场，请命剿办义和团，并大获全胜。复设想国家又联合亚洲，驱除外侮，高奏凯歌。叶楚伦的《中萃宫》据清末史实创作，写慈禧嫉恨光绪帝宠爱珍妃，将珍妃打入冷宫中萃宫。作品对清末皇宫中史实尤其是慈禧的阴险丑恶多有揭露。赵祥瑷原作、吴梅润辞的《枯井泪杂剧》，写义和团乱起，联军逼近北京，慈禧在逃往西安之前，令李莲英将珍妃投入宁寿宫井中，沉溺而死。控诉慈禧的阴险狠毒，同情珍妃的悲惨遭遇，对当时国家的危急局势也多有反映。

总观关于庚子事变的传奇杂剧作品，表现出如下共同特点：

(1) 作者对待事件的基本认识是，既反对八国联军入侵，也反对义和团起事，将二者一视为外患，一视为内乱。这样的认识也是传统知识分子在这一问题上的基本观点。(2) 作品中所表现的，或是作者亲身经历，或是耳闻目睹的实事，不少作者甚至直接或间接地作为剧中人物出现，表现出明显的纪实作风。这样的表现方式，也使作品反映的事件更加详实可信，表现的情感更加深切真挚。这一点，也与关于太平天国题材的传奇杂剧相似。

此外，还有几部反映近代重大历史事件的作品，同在此作一简要介绍。贺良朴的《海侨春》表现反对美国华工禁约运动，对这一事件中国内国外的有关情况都有所表现。陈时泌的《非熊梦》有感于日俄战争中清廷宣布中立，作者想象自己带兵出战，大败俄军，再次表现出对时局的关注。感惺的《三百少年》写日俄战争中三百名中国少年战死疆场，成为帝国主义争夺中国战争的牺牲品的史事，从这一角度反映了日俄战争的历史。佚名的《扬州梦》则把反侵略主题与反清思想结合起来，既指出沙俄强占东三省的罪恶，也批判清政府残害汉族人民的罪行，达到了较高的思想水平。这些作品与其他反映中国近代历史事件的作品一道，表现了近代传奇杂剧反映社会历史事件的广度和深度，都堪称近代戏曲中的重要作品。

三、关于民主革命重要事件的作品

在笔者统计过的近代传奇杂剧中，表现资产阶级革命派反抗清朝统治、追求民主共和政治理想的革命运动中某些重要事件的作品，与以上各种作品相比，数量最多，产生的时间也相对集中。这些作品最充分地表现了近代传奇杂剧贴近现实、面向社会的题材特点。

在这类作品中，最引人注目的就是关于秋瑾与徐锡麟革命活动的剧本。洪炳文的《秋海棠》、吴梅的《轩亭秋》、嬴宗季女的《六月霜》、萧山湘灵子（韩茂棠）的《轩亭冤》、陈啸庐的《轩亭血》等都是表现秋瑾革命活动的代表作。专门表现徐锡麟刺杀恩铭事件的作品有伤时子的《苍鹰击》、华伟生（谈善吾）的《开国奇冤》等，孙雨林的《皖江血》则把徐锡麟、秋瑾二人的革命事迹结合起来反映。庞树柏的《碧血碑》从另一角度表现对秋瑾烈士的怀念，写秋瑾牺牲之后，吴紫瑛在杭州西湖边筑墓，将烈士遗骨重新安葬。这些作品的共同特点也十分突出：均以历史事件为据，采用纪实手法，力图真实地再现历史；从革命派的立场出发，对革命行动予以肯定并高度赞扬，将二人的被害视为千古奇冤，强烈控诉统治者的残暴罪行。

此外，表现民主革命运动中其他历史事件的作品还有许多，反映了资产阶级民主革命艰难壮烈的历程。高增的《活地狱》从反对清朝统治的角度出发，历数清军入关之后的种种恶行，把清朝统治下的国家描绘成一座"活地狱"，揭露统治者的凶暴残酷。横江健鹤的《新中国》写章炳麟、邹容的反清革命活动，开头让谭嗣同鬼魂出场引出其他情节，表现他死后认识到了维新变法不是最佳方案，中国非革命无出路。这一内容和情节安排表明作者政治观点的进步。孙寰镜的《鬼磷寒》为控诉清朝统治者屠杀无数汉族同胞而作，表明革命派作家对清朝统治者的清醒认识。《安乐窝》则揭露慈禧太后的穷奢极欲，从而表现反清的主题。

李璇枢的《义民迹》以南宋东莞抗元名将熊飞故事为题材，寄予民族情感，鼓舞汉族同胞，反清革命的创作主旨清晰可见。逋隐的《黄花冈》以纪实的手法，表现辛亥广州起义事件，寄托反对清朝统治、怀念革命烈士的感情。贡少芹的《哀川民》写张勋复辟时辫子军在四川烧杀抢掠的罪行和百姓哀苦无依的惨状，寄予作者强烈的愤懑感情。王蕴章的《霜华影》为悼念亡友之作，无着（俞锷，字剑华）的《翩鸿记》主要写一对青年男女爱情的悲欢离合，两种剧作的背景则是辛亥革命时期的社会历史状况，也从侧面反映了当时的政治局势。这些作品反映的历史事件不同，角度也有差异，但在思想上有一个共同特点，就是明确而激烈地反对清朝统治，拥护民主革命。

姜继襄的《汉江泪》记辛亥武昌起义事，既认为起义是清朝残酷统治的必然结果,又认为起义给百姓带来了灾难,是一场浩劫。他的另一传奇《金陵泪》记"二次革命"事,再现南京三次反袁独立的经过,揭露了北军破城之后的种种罪行,同时对反袁独立也持反对态度。姜继襄表现这两个历史事件时采取的角度、所持的态度较为特殊,既不是革命拥护者的立场,也不是革命反对者的立场。作者没有站在事件双方的任何一方来评价,采取的是事件之外的中立者的立场。这在同类作品中是不多见的,显示出作者观察历史问题角度的独特性和思想的深刻性。

还有从另外一个方面反映民主革命事件的作品。胡薇元的《樊川梦》写辛亥革命时期兴安知府胡龙威反对新政,新军占据兴安之后,都督曾三次召降,胡龙威坚决不屈服,全家投井欲死未遂,被新军拘禁数月后得释入蜀,做了清朝遗老。作品对清朝的灭亡恋恋不舍,对辛亥革命深恶痛绝,创作意图十分清楚。从政治立场上说,这类作品基本上是落后的,但是对了解当时的政治与社会状况,对全面而深刻地考察近代传奇杂剧,也未尝没有一定的认识价值。

四、关于时人时事的作品

与上述反映中国近代社会重大历史事件的作品不同,有一部分近代传奇杂剧的内容是关于当时的某些个人或某些时事的,作品的主要目的就是演述这些具体人物和事件的原委。本书也把这类传奇杂剧归入时事剧一类,作一讨论。

从题材来源上看,这类作品又可分为两种:一种是取材于当时生活中发生的实事,这在此类作品中占绝对多数。袁祖光的《金华梦》(一名《孽海花》)写曾经与状元金雯青有过一段情缘的晚清名妓赛金花,在金雯青死后,重落风尘,徐娘半老的凄凉境况和十分懊悔的心情。金雯青(洪钧)与赛金花(傅彩云)二人之事是当时流传最广的故事之一。袁祖光的《卖詹郎》(又名《长人赚》)写徽州人詹五身高英尺丈二有余,食量极大,流落至上海谋生,为欧洲人贩子吗拉哒所注意,将其贩至海外,四处展示以敛财,最后成为檀欒国(矮人国)驸马。此剧情节亦有同治、光绪年间实事为基础。作品末附《仓山旧主笔记》与《呓馀小志》各一则,即记此事。此外,据徐一士的《一士剩稿》(台北,台湾学生书局,1973年)中《谈长人》一文所述,晚清多种笔记著作中均有关于詹五长人故事的记载,可见此事也颇为引人注意。

丁传靖的《七昙果》根据近代著名诗人易顺鼎自述前世七生的奇异故事写成,集中体现了生死轮回的生命观,也寄寓了浓重的感慨。曾朴的《雪昙梦》写甄林(作者自谓)与妻子王镂冰前世今生的爱情故事,以寄托对亡妻的怀念之情。陈栩的《桃花梦》写武陵人秦云(字宝珠)为尚书秦文正公之子,有一表姐花婉香,为姑苏桃花坞人,早失椿萱,复无兄弟,只得依婶母度日。花婉香来秦家小住,二人相悦相恋。花婉香叔父为侄女择婿,遣人接婉香回姑苏,时秦云正在病中,二人依依不舍,含恨分别。据作者自述,剧中所写当与作者亲身经历有关。南社社员姚锡钧的《菊影记》写当时名伶陆子美与冯春航联袂演出时事新剧《血泪碑》,轰动一时。文坛才子柳亚子不仅大为赞赏此剧,而且与两位演员交好,来往甚密,并为二人编辑刊行《子美集》和《春航集》,成为文坛韵事佳话。此作取材于当时实事,此事的主要人物之一柳亚子在《磨剑室诗词集》(上海,上海人民出版社,1985年)、《磨剑室文录》(上海,上海人民出版社,1993年)等著作中也留下了许多有关此事的记载。

陆恩煦的《血手印》写戏剧演出中一次意外事件:吴江杨夏为赈济安徽灾情,自愿演出新剧《血手印》,在扮演一个被盗贼抢劫的人物时,由于胸前起保护作用的板片滑落,被扮盗贼者用刀刺中胸部而死,酿成悲剧。作者把杨夏描写为一个赤诚爱国的人物,对这一意外事件十分感伤。白云词人的《风月空杂剧》表现近代上海十里洋场烟馆、赌场、娼寮遍地,对其车喧似水,人势如潮,花天酒地,醉生梦死的生活多有感慨。一般认为庞树柏和欧阳淦(笔者以为当系庞树松与欧阳淦)所作的《玉钩痕传奇》,据当时上海发生的实事写成:沪上名妓林黛玉等四人因见落花飘零,触景生情，自伤身世，遂发起募建花冢，选地葬花，题碑吊冢，借以抒发自己沦落风尘的伤感。一些文人也参与其事，才子佳人共吊落红，极一时之盛。

另外一种关于时人时事的传奇杂剧作品取材于时人或近人著述，数量较少。杨恩寿的《桂枝香》取材于陈森小说《品花宝鉴》中名伶李桂芳与才子田春航二人同性相恋的故事，从这一特殊角度对近代社会现象与士人心态有所反映。姚锡钧的另一传奇《红薇记》取材于同为南社社员的傅熊湘（字钝根，号红薇生）所著的《红薇感旧记》，写民国初年傅钝根与几个同志创办《长沙日报》，发表揭露军阀的文章，被湖南督都汤芗铭通缉，妓女黄玉娇深明大义，设法智救傅钝根。墨香词客所撰的《赪绡恨》取材于龚自珍词《瑶台第一层》注引某侍卫所作《王孙传》，写一对表兄妹倾心相爱，但由于封建家长的反对，婚姻难成，女郁郁而死，男出家为僧。墨泪词人（庞树柏）著《花月痕传奇》系根据晚清作家魏秀仁（字子安）的小说《花月痕》写成，主要表现书生韦痴珠与妓女刘秋痕的爱情故事。

从总体上看，这类作品与上述表现近代重大社会历史事件的作品相比，思想价值和社会意义都要逊色许多，有的甚至是一些文人风流韵事的再现，趣味不高，传统观念与落后成分较为明显。在内容上，这些作品也显得松散零碎，创作的随意性比较大。相当明显，这些作品与中国近代戏曲的基本走向和中国近代文化的基本精神均存在较明显的疏离现象。但是，从另一个角度来看，这些作品也比较曲折地反映了中国近代社会现实的某些方面，反映了人们文化心态发生的某些变化，特别是透露出一部分文人雅士生活情趣、文化心态的复杂状况。因此，这些作品虽然没有表现重大的时代主题，但无论从戏曲史、文学史的角度来说，还是从社会史、文化史的角度来说，都有一定的认识价值。

第二节 社会问题剧

近代中国人面临的种种社会文化问题,其头绪之纷繁,程度之深刻,选择之艰难,在整个中国历史上都可以说是前所未有的。人们在中西古今文化冲突、交汇、转型之际的思考与探索,在近代诗词、散文、小说、戏剧等文体中都有集中的反映,近代传奇杂剧中也留下了人们追寻探求的痕迹。近代传奇杂剧与近代其他文体一道,体现着中国近代文学密切关注现实人生、关心社会问题的共同特点。近代传奇杂剧所反映和涉及的社会问题相当广泛,如中西文化冲突带来的价值观变化、传统道德的近代转变、家庭关系的时代变迁等都是。相对而言,大部分作品对这些问题的反映还不十分具体。近代传奇杂剧对社会问题的反映主要集中于两个方面:一是鸦片对国人身心的毒害,一是妇女解放与婚姻自由。

一、关于鸦片毒害的作品

鸦片对中国人民的毒害由来已久,不仅仅是到近代才开始,但是一个明显的事实是,自从鸦片战争以后,贩卖、吸食鸦片已经公开化,使其毒害广泛与深入的程度大大加强,给无数的人们和整个国家造成了灾难性的后果,成为长期困扰中国的一个根深蒂固的社会问题。反映鸦片罪恶的传奇杂剧数量不是很多,但从总体上看,这些作品的思想意识、表现方法均相当突出,堪称近代传奇杂剧中的上乘之作。

钟祖芬的《招隐居》以神话寓言形式表现鸦片毒害之难以抵御。主人公魏芝生(笔者按:未知生之谐音)是坚决反对吸食鸦片的,烟神为了征服他,发动众神以酒色财气百般诱惑,魏芝生仍毫不动心。后来魏芝生生病,妻子以鸦片为药为其医治,让魏芝生服用,病果然治好,魏芝生毒瘾亦养成,最后不得不出卖妻子儿女,落得个家破人亡的可悲下场。杨子元的《阿芙蓉》在广阔的中国近代社会文化背景下,从各个方面描绘了鸦片贸易和吸食鸦片造成的严重后果,意在"罗列烟界现象,使人触目惊心,引为国耻,而鉴前车"。① 作品中也寄托了作者国家振兴、民族富强的理想。此剧的尾声更是作者理想的激情表白:"四万万人福如天,震旦尽兵仙。雄吼地球执牛耳,三千界扫芙蓉烟。"② 袁祖光的《暗藏莺》以寓言手法揭示鸦片害人之深,令人难以自拔。华氏三兄弟分别娶阴氏三姐妹阿芙、阿蓉、阿莺为妻,三人被消磨得骨瘦神疲,毫无生气,奄奄欲死。父亲令三人一律休妻避害,两兄依从父命,只有三郎难以割舍,仍暗中与阿莺来往。此剧虽仅一出,用意也不难理解,却表现了作者对鸦片害人身心的深刻忧患。

二、关于妇女问题的作品

妇女社会地位的高下往往是衡量一个社会文明程度的重要标志。中国进入近代以后,随着西方启蒙主义思潮东渐,妇女解放、男女平权、婚姻自由等观念日益深入人心,重新认识和确立妇女的社会地位、社会角色的问题成为许多人不断思考、持续探索的问题。这些内容在中国近代所有的文学样式中都有非常突出的反映。不少关于妇女问题的近代传奇杂剧,也从不同的角度、不同的方面反映了这一时代主题。这些作品的出现,不仅大大丰富了近代文学作品所反映的社会内容,而且也丰富了近代传奇杂剧的思想内容,成为中国近代戏曲史上的出色之作,有的还发生了较大的社会影响。

近代传奇杂剧作品主要从两个角度提出妇女解放的问题。一类是反对妇女缠足的作品。蒋景缄《侠女魂·足冤》中的女主人公胡仿兰,因为提倡放足为婆母所不容,终至被逼吞食鸦片自尽。作品的结局是悲剧性的,但是其中所表现的妇女为争得自由解放而大

---

① 李炳炎:《阿芙蓉传奇·六大特点》,见梁淑安、姚柯夫:《中国近代传奇杂剧经眼录》,第174页,北京,书目文献出版社,1996年。
② 杨子元:《阿芙蓉传奇》,见梁淑安、姚柯夫:《中国近代传奇杂剧经眼录》,第175页,北京,书目文献出版社,1996年。

胆抗争的精神,具有深刻的时代意义。另一方面也表明,在中国这样一个封建势力异常顽固、极其强大的国度,妇女解放道路上每一个小小的进步,都需要付出沉重的代价。蒋鹿山的《冥闹》揭露缠足对妇女的残害。作品通过受尽缠足之苦的小脚妇女大闹阴间冥司的情节,控诉这一千年酷刑给广大妇女造成的身心创伤。剧情虽带怪诞奇异色彩,反映的却是十分沉重的社会问题。

另一类是受到西方自由民权思想的影响,宣传男女平权平等的作品。作者署名"东学界之一军国民"的《爱国女儿》写中国女子谢锦琴因为受到西方思想的启发,感于中国民权不振、女教不昌的现实,发出提高妇女地位的呼喊,认为女子同样应当承担救国救民的责任。高增的《女中华》是以宣传议论为主要方式提倡妇女解放、号召女子投身革命运动的作品。陈伯平《同情梦》以梦境为主要构思方式,宣传妇女自由、男女平权,寄托了作者的理想。柳亚子所作《松陵新女儿》更是一部以议论宣传为主要方式直接鼓吹男女平权的作品,女主人公名字就叫谢平权,作品的主旨由此即可以想见。

杨子元的《女界天》包括八个杰出妇女的故事,其中关于中国古代妇女的四个,关于外国女子的四个。每个故事有一个相对独立的情节,但是全剧的主题却是非常明确而且十分集中的,就是作者自述所云:"新撰《女界天传奇》,以扩张女学、巩固共和为宗旨,援中西有关国家、有关世界奇女子,资红颜模范,期共享平权自由之福。"[1] 作者的视野十分开阔,在宣传妇女解放、号召男女平权的时候,不仅以中国古代的杰出女子为榜样,而且把西方有关妇女解放的人物故事纳入自己的作品中,这不仅表明作者思想的进步,也反映了戏曲创作题材空间的拓展。佚名的《巾帼魂传奇》写留日学生吴茗妠(笔者按:无名氏之谐音)有感于"现今世界,人类竞争,适者生存,乃成公理"的情形,欧美女子获得自主独

---

[1] 该剧卷首作者自序,见梁淑安、姚柯夫:《中国近代传奇杂剧经眼录》,第176页,北京,书目文献出版社,1996年。

立的地位，而"中国女界，日就沉沦，黑暗殆无天日，光明难通一线"，于是号召妇女解放，干一番"翻天倒海的事业"。①

还有一部分关于妇女问题的近代传奇杂剧，从文化倾向到创作宗旨，都表现出与上述作品大不相同的文化价值观念和思想政治特点。它们关注和思考的主要是妇女自由解放过程中出现的某些问题及其带来的某种负面影响。陈翠娜的《自由花杂剧》通过青年妇女因追求婚姻自主、向往自由独立而上当受骗的情节，反映妇女解放过程中出现的问题。吴梅的《落茵记》也是写女学生刘素素因追求婚姻自由被人欺骗，沦为烟花女子的故事，主人公在经历了不幸之后，得出了罪过由于自由而起，自由学说害人的结论，也寄托了作者对民主自由之说盛行于时的看法。吴梅根据陆秋心小说写成的《双泪碑传奇》也表现了与此相近的文化思想倾向。作品写留日学生王秋塘因受婚姻自由思想影响，与原聘未婚妻李碧娘解除婚约，而与女友汪柳侬自由恋爱结婚。不久汪柳侬得李碧娘书信，得知此事原委，遂认为王秋塘悔婚为不义之举，自己亦陷于不义境地，于是决心以死成全王、李二人婚姻。作者通过赞赏一个女子为成人之美而义无返顾地选择死亡的情节安排，表现了对婚姻自由问题的评价。

从近代以来中国文化的总体走向和思想史的基本线索来看，这类作品表现出明显的文化保守主义倾向和相当落后的思想观念。在西方文化思想长驱直入并深刻影响中国文化的背景下，这些作品的总体价值取向是不合时宜的。但是从另一个角度来看，它们反映出中国传统文化在向西方学习、走向现代化的过程中，一部分人思想观念深处出现的价值危机和文化忧虑；也反映了在当时极其复杂纷繁的社会文化变革中，在密度极高的政治运动中，的确存在某些偏颇和问题，具有独特的认识价值和文化史意义。因此，这些作品无论从戏曲史、文学史的角度来说，还是从文化史、社会史的角度来说，都具有重要的认识价值，不能全盘否定。

---

① 《巾帼魂传奇》之《发端一出·长歌》，载《河南》第1期，1907年。

三、以现实社会问题为基础的警世之作

还有一些传奇杂剧作品,不是以中国近代的某一事件、某一人物为表现对象,而是以总体的大范围的某一时期、某一阶段的历史现实与社会状况为基础,表现时代主题,揭示民族危难,警醒世人,呼唤振兴,而且多通过神话传说、寓言象征等手法,展示中国美好的未来前景,寄托作者的理想与希望。就近代传奇杂剧的基本情况来说,这类作品数量不多,但是成就突出,影响深远,在近代戏曲史上应当占有重要地位。

黄燮清的《居官鉴》以道光、咸丰时期为背景,时值鸦片战争爆发,太平天国兴起,半生为官的王文锡以父亲所著《居官宝鉴》为座右铭,不负父望民心,为官勤勉,清正廉洁,学问文章,经世致用。作者面对内忧外患日益严重的形势,感慨国病难医,救世维艰。特别有意义的是,在近代戏曲中,《居官鉴》较早指出官场弊端,提出了医治官场病与国家病的问题,开启了后来无数关于官场问题的戏曲、小说及其他形式的文学作品的先河,具有重要的戏曲史、文学史意义。

文人儒生的际遇命运与不平之鸣,一向是中国戏曲的重要主题之一。魏熙元的《儒酸福传奇》是中国近代一部通过科举考试中的种种世相,集中反映文人儒生处境遭遇,表现传统知识分子愤懑不平的杰出作品。全剧凡十六出,每出名称皆以"酸"字冠首,全剧故事并不连贯,但亦以"酸"字贯穿。正如作者所说:"是曲之成,乃二三知己,酒酣烛跋,相对涕泣,因而援笔按歌,抒其愤闷之胸,以自快乐,本无意于问世,自无烦叙明籍贯名号,会心人当得之言外";"《酸警》出是实有其事,馀系冯空结撰出来,阅者定不泥煞句下"[①]。此剧所揭示与表现的,也是中国近代面临的非常突出的社会文化问题之一,具有重要的意义。从中国戏曲史、文学史的角度来看,可以认为《儒酸福》是关于知识分子问题戏曲

---

① 魏熙元:《例言》,《儒酸福传奇》卷首,光绪十年(1884)玉玲珑馆刊本。

作品的承前启后之作,同样应当予以足够的重视。

洪炳文的《警黄钟》以各种蜂群、蜂国喻不同人种、不同国家,通过象征手法指出中国当时面临强敌的深重危机,并寄托了国家振兴、民族强盛的理想。剧写大胡封国、大元封国侵袭大黄封国领地,而大黄封国却内政不修,外交失策,无力抵御。后来东宫太子琼英领兵亲征,团结御敌,终于击败入侵强敌,凯旋还朝。洪炳文的另一传奇《后南柯》,以不同蚁国喻各个国家,写檀萝国与白蚁国、马蚁国等强国立约,准备共同瓜分大槐安国国土,并欲灭槐安国黄蚁之种。大槐安国设法抵御,求得唐朝神将淳于棼后裔淳于毅及其友人田希文、周孟鹰,并委以重任。檀萝等国来犯,三人领兵出战,击败敌军,大槐安国从此无灭种之虞。这两部作品分别从不同侧面表现了作者对中国现实的深沉忧患,正如作者在《〈后南柯〉传奇自序》中所说的:"《警黄钟》但言争领地,而兹编则言保种族。争领地者,其患在瓜分;保种族者,其患在灭种。瓜分则犹有种族之可存,灭种则并无孑遗之可望,是瓜分之祸缓而灭种之祸惨也。二编之作,其警世同,而所以警世则不同。"①

杨子元的《新西藏》和《黄金世界》也属这类作品。前者在介绍了西藏的历史、地理、物产、宗教、风俗、习惯等情况之后,提出治理西藏的各种策略,目的是建立自由平等的统一国家,让五色国旗树于神州。此剧以戏曲形式对西藏的各方面情况进行介绍,并对如何保证西藏长治久安的问题进行较全面的思考,显示出近代戏剧题材紧密贴近社会现实的特点。在整个中国戏曲史上,反映西藏问题的作品,《新西藏》也可能是最早的,值得予以充分重视。《黄金世界》也是针对近代中国危机四伏,神州多灾难,同胞沉苦海,民族积贫积弱的现实状况,思考如何使国家富强,民族振兴的问题。作者自己已把作品用意说得十分清楚:"是剧藉社会丝竹移人之效,吹入民国同胞脑海之中,为他日开辟黄金世界张本";"谋大中华全国之富,并欲撷黄金之光,普照大千世界,寓大同主

---

① 阿英编:《晚清文学丛钞·传奇杂剧卷》,第376页,北京,中华书局,1962年。

义于乐府之音"①。杨子元的这两种传奇,表现的是中国近代面临的最紧迫、最重要的问题;在提出这些问题的基础上,作者还赋予作品强烈的理想主义色彩。这就使作品既有警醒世人的作用,又促使人们满怀信心地去作解决这些问题的努力,可见作者的爱国热情之诚挚与艺术构思之精湛。

特别要指出的是,吴承烜的《星剑侠传奇》长达五十三出,是近代最长的传奇作品之一,即便将其置于整个中国戏曲史上,也可说是一部较长的传奇。作品以吉神凶煞下凡人间为善为恶作为基本结构框架,在曲折复杂的情节中,将近代多种时事纳入剧中,正如作者在剧首所自道的:"我也不能顾忌许多,且将时事,编作《星剑侠传奇》则个。"② 此剧涉及的重要时事有日俄战争、英德据胶州、设立古学堂、保护海外华工、秋瑾被害、欧洲即将开战等,反映的主要社会问题有官场腐败、鸦片毒害、妇女解放、西学东渐、保护国粹等。《星剑侠传奇》在空前广阔的文化背景下,以如此宽阔的视野,如此丰富的内容,再现中国近代社会的重大事件,反映近代中国面临的文化问题,这在近代传奇杂剧中是绝无仅有的。吴承烜的《星剑侠传奇》是中国近代戏剧史上独具特色的名作,称之为中国戏剧史上的著名作品之一,亦不为过。

概括地说,近代传奇杂剧中的社会问题剧数量不很多,所反映的内容与近代中国的社会文化问题相比,也不是特别丰富,但它们为中国戏曲史和文学史留下的启示是丰富而深刻的:(1)近代传奇杂剧中的社会问题剧所集中表现的,都是近代中国社会面临的最为紧迫、最为严峻的问题,也是困扰人们最深久、人们最为关注的问题。这些传奇杂剧作品,内容贴近现实生活,反映了近代社会的某些本质方面。(2)鸦片毒害与妇女解放,作为社会问题和戏曲

---

① 梁淑安,姚柯夫:《中国近代传奇杂剧经眼录》,第175页,北京,书目文献出版社,1996年。

② 吴承烜:《星剑侠传奇》卷首《提纲·第一出》,《小说新报》第1年第1期,1915年。

与文学作品的表现题材,既不是从近代开始,也不是至近代结束。但是这一长期存在的问题还是第一次在近代戏曲史上以传奇杂剧的形式如此充分地表现出来,其主题之集中,内容之深刻,作品之众多,都是中国戏曲史和文学史上前所未有的。(3)关于妇女解放、男女平权、婚姻自由的近代传奇杂剧,数量远远多于揭露鸦片罪恶的同类作品,更值得注意的是它们在内容上、观念上表现出相当复杂、十分矛盾的现象,这是其他题材的戏曲作品中所没有见到的。这种情形的存在,最直接地反映了某些戏曲家文化观念中存在着较多的保守与落后的成分,透露出某些戏曲家思想内部的深刻冲突,以及不同的戏曲作家之间文化思想观念的矛盾与差异。从更广泛的意义上说,其中也反映出妇女问题在中国传统社会中根深蒂固,实现妇女真正解放、男女真正平权平等何其艰难。从这样的角度来认识近代传奇杂剧中的社会问题剧,其意义已经不仅仅是戏曲史、文学史的,同时也是社会史、文化史的。(4)从社会问题出发,以社会现实为基础的警世之作,以内容丰富多彩、思考深入中肯见长,往往通过象征、寓言、神话等表现方法,对中国在世界中所处的地位、所面临的问题进行了相当清醒的确认,这表明近代戏曲家政治观、历史观取得了实质性的进步。特别是吴承烜的《星剑侠传奇》,应当称之为近代传奇杂剧的代表作品之一,它在中国近代戏剧史乃至整个中国戏剧史上的重要地位应当予以确认。

第三节 历史题材剧

中国是一个崇古尚史的国度,在人们的观念中,历史向来具有特别重要的意义,尤其是历史对于现实与未来的启示价值。在中国戏曲史上,从悠远的历史长河中获取创作题材,从浩繁的古代史实中获得艺术灵感,是历代戏曲家们常常采用的方法,因此历史剧成为中国戏剧史上一个十分重要的题材类型。中国近代戏剧史上同样产生了为数众多的历史题材作品,仅就传奇杂剧而言,其数量就达数十种之多。

任何一种历史剧的创作都不是戏曲家的异想天开，也很少是戏曲家单纯地发思古之幽情，而往往有着某种直接或间接的现实机缘和当代意识。这种现实因素赋予历史剧以鲜明的时代色彩，这也是历史题材的戏曲作品常作常新的现实文化依据。在中西文化、古今文化激烈冲突、迅速交汇的近代文化背景下，历史剧的创作表现出更加明确的现实目的和清晰的时代色彩。

一、关于历代抗敌卫国的英雄豪杰、坚守节操的文人雅士的作品

近代中国，外族凭陵，主权沦丧，在中西文化的全面对抗中，中国处于绝对的劣势地位。这与古代中国在对外关系中往往处于居高临下的优势地位的情形恰成鲜明的对照。许多传奇杂剧作家把目光投向与近代社会状况有较多相似之处的宋元之际、明末清初，创作了不少优秀的历史题材作品。

中国古代的不少英雄人物事迹成为近代传奇杂剧的题材来源。虽然这些故事发生的时代不同，具体情节有异，但是它们在精神实质上显然是相通的。胡盍朋的两种传奇《海滨梦》与《汨罗沙》都是历史题材作品。前者写韩信被吕后夷灭三族，只有其第三子为门客季鹰救出，在萧何帮助下，韩信之子得以投往南粤王赵佗处，封于海滨，得以生存延续。作品感于古代内忧外患之事，寄托怀古伤今情怀。《汨罗沙》根据有关史料和传说写成，采用了一些浪漫表现手法，写屈原在放逐之中得楚国为秦国所灭消息，自投汨罗江殉国后，成为湘江水神，并于九月九日在湘江还魂，由渔父打捞送归，楚王恭迎屈原还朝，并拜楚国令尹。杨与龄的《乌江恨》基本上根据《史记》关于项羽乌江自刎的记载写成，表现了项羽于兵败之际，宁可选择壮烈而死，亦不肯回江东再见父老的大丈夫品格。作品将项羽塑造成一位宁为玉碎不为瓦全的大英雄。张声玠的《玉田春水轩杂出》之六《安市》写薛仁贵从军之后，被委以先锋重任，唐太宗亲自率兵征辽，攻安市，薛仁贵身着白甲，勇冠三军，所向披靡，唐军大获全胜。作品塑造了一个平定外患、为天子

分忧、为国家解难的古代英雄形象。

宋元之际的政治斗争、军事对抗等史事，与明末清初历史一样，是近代传奇杂剧历史剧中最为集中的题材。这类历史题材的作品无论在思想性还是在艺术性方面，通常都比较突出。洪炳文的《挞秦鞭》取材于秦桧陷害抗金英雄岳飞的故事，构造了一些神奇的情节，武将华忠清以鞭猛挞秦桧，历数他诬陷忠良、卖国求荣的种种罪行。他的另一传奇《天水碧》取材于正史和方志，写南宋末年元兵南下时，宋室求和，临安被占，中原无主。浙江瑞安守御宗室秀王坚守瑞安，誓死抗元，后由于内奸出卖被逮，不屈而死。作者以古讽今、伤时忧国的情感历历可见。幽并子的《黄龙府》写岳飞立还我河山之志，在朱仙镇大破金兵，并欲率岳家军直捣黄龙府。此时却为卖国求荣的秦桧夫妇陷害诽谤，岳飞被捕入狱，最后被害至死。杨与龄的《岳家军传奇》突出表现在民族危难面前，岳飞之忠诚，秦桧之奸恶，通过忠奸善恶的对比表现对古代民族英雄的钦敬，对卖国投降者的鞭挞。杨与龄的另一作品《武士道传奇》也取材于南宋时期历史，写韩世忠与夫人梁红玉在金兀术南侵时，定计击败金兵，取得胜利的故事。值得指出的是，杨与龄这两部作品与上文提及的《乌江恨传奇》，是今天所见这位作者的全部传奇作品，而且均为历史题材，表现了同样的基本精神。这是与近代中国人民抗敌御侮、振兴民族的时代精神相一致的。

筱波山人的《爱国魂》写南宋另一爱国忠臣文天祥在抗元兵败之后被俘，不为元世祖百般威逼利诱所动，坚守民族气节，决不投降求生，在柴市被害。作者署名"孤"的《指南梦》取材于文天祥的《指南录》，写文天祥奉命与元军议和被执，押解北上，中途逃脱至真州，仍准备兴兵抗元，无人敢收留，只得南下扬州。待至扬州城下，原来从行的十二人中又有四人攫取黄金逃走。作品痛恨奸臣误国，谴责负主奴仆，赞扬文天祥节劲凌霜的高贵品质。虞名的《指南公》也是写文天祥抗元事迹，剧虽未完成，但着重表现文天祥的民族气节与忠诚体国精神的主旨清晰可见。张声玠的《玉田春水轩杂出》九种中有两种属此类题材：之三《琴别》写南宋汪元量任宫中琴师，在元兵南侵时，随迎降的谢后北上，流落燕京十二年。晚年请为道士，准备南归，南宋旧宫人王清惠等十四人亦皆出家修道，众人在梁园为汪元量饯行，汪元量抚琴悲歌，碎琴挥泪而去。作品表现家国沦亡之耻，至为沉痛。之四《画隐》写南宋灭亡之后，宋宗室、著名画家赵孟坚隐居于西湖，元朝访求江南才士，赵孟坚从弟孟頫前往应征，孟坚十分气愤。后孟頫来访，孟坚令其从后门进入，并严辞斥责他以宗室至亲而丧失气节的可耻行为，孟頫抱惭而去。作品赞扬气节坚贞之士，谴责奴颜求荣之人，用意非常清楚。

明末清初世变之际的历史和人物，也成为近代许多传奇杂剧作家关注的题材；尤其是反清排满思潮兴起，民主革命思想兴起之后，这一题材的作品数量更多，思想也更加激进。陈烺的《海雪吟》写明代末年广东南海人邝露在被革去功名、流落粤西数载之后返回家乡，得知广州已为南下清军攻陷，自己再也无以为家，遂抱琴投海自尽。王蕴章的《绿绮台》也是写邝露因国破家亡投海而死的故事，同样寄托了作者深沉的故国情思和强烈的时局忧患。吴梅的名作《风洞山》以正史材料为据，写明末瞿式耜在永历皇帝弃城而逃的情况下，坚守桂林，抗击清军，效死卫国，在城破被执后，与张同敞大义凛然，慷慨赴死。洪炳文的《悬岙猿》写明末兵部尚书张煌言在清兵南下之际，奋起抗清。至鲁王卒，南明无主之时，张煌言在南田悬岙解散军队，自己则隐居于古刹之内，养两猿以为守望警戒。后为旧日部下出卖被俘，又被带至杭州清军营中，不为劝降所动，坚贞不屈，慷慨就义。

浴日生的《海国英雄记》叙郑成功的身世经历，重在表现他坚决抗清的英雄事迹。佚名所作《陆沉痛》写清兵南下，史可法在扬州率军坚决抵抗，终至殉国的故事，感慨神州沦陷，夷夏颠倒，赞誉史可法深明大义、为国牺牲的品格。乌台（蔡寄鸥）的《秣陵血传奇》写在清军南下的危急局势下，南明王朝苟且偷安，不思振作，复社文人余醒初等人激于民族大义与国家前途，与奸党马士英、阮大铖展开斗争。作品赞扬忠烈、以古鉴今的创作目的非常明显。丁传靖的《沧桑艳》主要写明末吴三桂与陈圆圆的故事，也反映出乱世中的种种社会现状与人情世态。

此外，还有作品着重塑造女英雄的形象，数量虽不多，却显示出一种新的时代精神。陈栩的《花木兰》述木兰从军、英勇善战故事，表现了这一女英雄的品质。高增的《女英雄》表现南宋梁红玉击鼓助战，与丈夫韩世忠共同抗敌，大破金兵。这类作品与中国近代妇女解放、男女平权的进步思想是相通的。

二、关于明末张献忠、李自成起义的作品

近代历史题材传奇杂剧中的另一类，是关于明末张献忠、李自成起义的作品。这一情形相当独特，古代农民起义发生了许多次，其中可以作为传奇杂剧创作题材的各种事件不可胜数；但是一个明显的事实是，关于古代农民起义题材的近代传奇杂剧作品，大多选择了明末张献忠、李自成起义作为表现的对象，其中反映张献忠起义事件的作品尤为突出。

李文翰的《凤飞楼》取材于《岐山邑乘》所载烈女梁珊如故事。明崇祯十六年（1643）李自成起义军攻占岐山时，少女梁珊如为李自成部将混天猴所掳，梁珊如抗拒不从，触壁而死。起义军人物在剧中作恶多端，毫无人性，烈女、孝子、忠臣、义绅等正面人物作为正统观念的代表，多被歌颂。陈烺的《蜀锦袍》写明末女将秦良玉事，情节较为曲折，但是作品后半部分的主要情节集中表现李自成、张献忠起义时，秦良玉因勤王有功，获崇祯皇帝赐蜀锦袍一件，以示嘉奖。李自成、张献忠在作品中作为贼魁寇首，成为秦良玉这位女元戎打击的对象。曾传钧的《蕙兰芳》以张献忠起义为背景，集中表现书生张承敞夫妇在战乱中的经历，塑造了一对义夫烈妇的形象。起义事件在作品中也是被作为国家劫难、百姓不幸的根源来表现的。

正如前文讨论关于太平天国的近代传奇杂剧时所述，杨恩寿的作品中，表现出对农民起义事件的极大关注。他的《理灵坡》写张献忠攻陷长沙时，司理蔡道宪被擒，决不屈服，最后被处死。作

品把蔡道宪塑造成为一个声名满乾坤的忠臣孝子的典型,张献忠则作为不忠不义的凶贼流寇出现。他的《麻滩驿》写明末张献忠起义、清军南下过程中一个家庭的遭遇,特别是突出了一个从明朝正统思想出发,既抗击张献忠又反对清兵的女英雄沈云英的形象。王蕴章的《香桃骨》写李自成起义中一对青年男女的悲欢离合,把李自成起义作为造成国家战乱、百姓失所的根源,予以否定。从这些作品的基本思想倾向来看,都是从封建正统观念出发,对农民起义采取了敌视的态度。

卢前的《楚凤烈传奇》亦以张献忠、李自成起义为背景,写书生王国梓与郡主朱凤德的命运,"旨在发扬忠烈","《楚凤烈》本事根据王国梓自述之《一梦缘》,与孔尚任《桃花扇》、董榕《芝龛记》、蒋士铨《冬青树》、黄燮清《帝女花》同为历史悲剧,无一事无来历,差堪自信者"①。这些传奇杂剧作家对待李自成、张献忠等古代农民起义的态度,与上文所述近代传奇杂剧作者们对太平天国的看法基本一致。从作品的题材来源上看,它们所反映的事件多有方志或笔记等史料根据,并非凭空虚构而成。这一点也与关于太平天国的传奇杂剧作品一样,表现出明显的纪实述史意识。

统观近代历史题材的传奇杂剧,有如下几点值得注意:(1)十分重视历史事件与当时社会现实的联系,以古鉴今、怀古伤今的创作用意相当明显,这是近代历史题材传奇杂剧空前兴盛的戏曲史原因和社会文化根据。谱写古人古事,关注当代现实,收以古为鉴之效,可以说是中国戏曲史上历史题材作品创作的共同特点之一。但是,如此明显、如此强烈地以古鉴今的传奇杂剧作品在近代大量出现,这在整个中国戏曲史上还是第一次。(2)近代传奇杂剧中的历史剧,数量较多,时间范围也较广,但是总的说来,这些作品所反映的历史事件比较集中,关于南宋末年、明末清初易代之际事件与人物的作品尤其众多。这种现象的出现,有着相当强烈的现实政治原因。从中国历史上朝代更迭的角度来看,宋末元初与明末清初

---

① 卢前:《楚凤烈传奇》卷首《例言》,民国朴园巾箱本。

这两个重要的历史关头，具有其他时代无法比拟的特殊性质，不仅仅是朝代的更替变换，更重要的是外族入主中原，给汉族文士造成的心理冲击非同寻常。这两个特殊的时期，在许多近代中国人包括近代传奇杂剧作家们看来，与西方列强欺凌宰割下的近代中国的遭遇和处境有着更多的相似之处，于是这两个历史节点就成为传奇杂剧作家们特别关注的对象。（3）近代历史题材的传奇杂剧作品，多有史料或其他历史依据，多采取纪实性的表现方法，不以虚构见长。这一点与许多现实题材的传奇杂剧作品有相似之处，也与近代其他戏剧样式以及诗词、小说、散文等文体所表现出来的基本倾向一致。这种以纪实为主的创作取向也透露出在空前激烈的文化冲突之中，在前所未有的民族危机面前，近代戏曲家们创作观念与创作心态发生的变化。

第四节 外国题材剧

对于中国历史来说，在近代以来发生的无数文化变迁当中，一个最大的变化就是世界走向中国和随后而来的中国走向世界。严格地说，只有到了近代以后，中国人才真正逐步认识到世界之大，才逐步弄清楚中国在世界中的真实的地理位置和文化地位。也只有到了近代之后，关于外国的历史发展、现实状况、风土民情、科学技术等对中国人来说非常新鲜的内容才大量在诗词、散文、小说、戏剧等各种体裁的文学作品中出现。

近代传奇杂剧中外国题材作品的出现，与整个中国近代文学发生的这一文学空间的实质性拓展相应，共同成为中国文学走向近代的重要表征之一。假如说关于中国历史题材的近代传奇杂剧是在古已有之的同类作品基础上的进一步发展深化，那么，关于外国题材的近代传奇杂剧的出现，就是近代戏剧题材取得重大扩展、发生实质性变化的重要标志，也可以看做是中国戏曲史上戏剧题材的一次前所未有的更新和丰富，它的戏曲史意义和文化史意义同样重大。

近代外国题材的传奇杂剧数量不多，远比不上关于中国现实题材和历史题材的作品。但是这些外国题材的传奇杂剧不仅塑造了全新的人物,演述了新鲜的故事,而且带来了新的思想观念,带给人们新的观察世界与思考问题的眼光,它们对中国近代戏剧史和整个中国戏剧史的意义和贡献,不但一点也不比其他题材的作品逊色,而且具有独特的价值。

一、关于弱小国家命运与抗争的作品

洪炳文的《古殷鉴》写古巴时事,古巴内乱,两党相争,总统巴尔玛辞职。美国总统罗斯福陈兵于两国边境,准备干涉,坐收渔利,以约束古巴。议员多鲁斯和将军蒙德护等苦求巴尔玛以国家利益为重,复位以平息内乱,免受他国控制。巴尔玛始终不肯复位。作品取材于当时报纸所载古巴内乱事实,创作意图十分明显。作者在《小引》中自述道:"昔唐太宗云:'以古为鉴,可镜得失。'《诗》云:'殷鉴不远。'古巴乱事,凡有国者之殷鉴也,故编成名之曰《古殷鉴》。"基于这样的创作宗旨,作品采取了纪实的创作原则,作者在《例言》中说得很清楚:"是编原本日报,情节关目,不能臆造,以免失实。"[①] 这不仅对准确而深入地理解《古殷鉴》传奇非常重要,而且对认识近代表现外国题材的其他传奇杂剧作品也有一定的启发意义。

春梦生(廖恩焘)的《学海潮》叙1871年古巴人民反抗西班牙殖民主义者的斗争。西班牙人加但农任报馆主笔,大肆宣扬专制主义,激起古巴人民反抗,杀死加但农。西班牙驻防军寻找借口逮捕古巴学生四十余人,并杀害其中八人。此事激起古巴人民强烈反抗,奋起为国家独立而斗争,不久古巴即摆脱殖民统治,宣布独立。作者在该剧卷首的《叙事》中说:"我戊戌、庚子,去今几何

[①] 梁淑安,姚柯夫:《中国近代传奇杂剧经眼录》,第82页,北京,书目文献出版社,1996年。

年矣？能无馀悲？能无厚望？用绎其事，愿为有心人道焉。"① 创作意旨同样异常清楚。陆恩煦的《李范晋殉国》写出使俄国的朝鲜皇族李范晋，因感于日本侵吞朝鲜，遂在国外组织光复党，抵抗侵略，欲图恢复。不幸失败，忧愤万分，刺臂写下血书，号召后人奋起斗争，然后自刎殉国。贡少芹的《亡国恨》写日本驻高丽统监伊藤博文至哈尔滨，准备与沙俄帝国秘密讨论瓜分我国东三省，被朝鲜爱国志士安重根击毙，安重根被捕，英勇就义。不久，日本政府颁发并朝条约，令朝鲜国王李完用退位，朝鲜正式为日本所吞并。作品揭示在这弱肉强食的竞争世界中，面临日本等强国的侵略，中朝两国唇齿相依的关系，呼唤中国人民尽快觉醒，拯救祖国。

二、表现外国自强奋斗历史、反对专制统治，要求自主独立的作品

梁启超创作了三种传奇，其中两种是外国题材。《新罗马》和《侠情记》均取材于他编译的《意大利建国三杰传》，剧本的创作用意也与这篇文章的主旨相同，借意大利在玛志尼、加里波的、加富尔三杰率领下奋起抗争，反对专制统治，终于取得民族革命胜利、获得民族独立的史实，号召中国人民快速觉醒，自强自立，为摆脱屈辱、实现民族振兴而奋斗。感惺的《断头台》表现法国大革命中，山岳党人开庭审判废王路易十六，将其送上断头台处死的故事。作品通过诛杀暴君的情节，宣扬反对封建专制统治的时代主题。麦仲华的《血海花》写法国罗兰与夫人玛侬向往平等自由，反对专制统治，主张建立共和政府。虽是演外国故事，却与中国近代政治变革密切相关。

三、关于爱情婚姻及其他

部分外国题材的传奇杂剧作品表现出比较复杂的文化倾向，反

---

① 梁淑安、姚柯夫：《中国近代传奇杂剧经眼录》，第 106~107 页，北京，书目文献出版社，1996 年。笔者对原标点略有调整。

映了中西古今文化嬗变交替之际的某些矛盾现象。袁祖光的《一线天》写日本古诗人近藤道原死后，因地府徇私舞弊，灵魂被贬至不见天日的深渊之中。他不为所屈，守定孤忠，反复吟诵生前所著《读骚百咏》，终以至诚感动天地，岩石崩裂，现出青天一线，诗人灵魂跳出苦难之地。作品意在借外国故事抒发自己对现实生活中某些丑恶现象的愤懑感情。袁祖光的另一作品《望夫石》表现出与许多作者不同的文化倾向，带有较浓重的保守主义色彩。剧写日本女子爱哥因丈夫出征不归，每日眺望盼夫归来，终于殉夫而逝，化为望夫石。

作者署名"社员某"的《维多利亚宝带缘》，写日耳曼可白儿瓣公爵世子爱尔伯德与英国维多利亚公主的爱情故事。刘咸荣的《娱园传奇》共四种，之二《真总统》是关于外国题材的，写美国首任总统华盛顿少年时受到父亲严格要求，谨受教诲；任总统之后孝顺母亲、勤俭持家一如从前，从而成就大事业。正如作者自己在剧首标明的，写华盛顿故事用意重在"劝孝"，与其他三种即《梅花岭》的"表忠"，《断臂雄》的"昭节"和《乞丐奇》的"彰义"一道，构成了全剧"忠孝节义"的主题，其中多有保守落后的成分。但是《真总统》作为外国题材的近代传奇之一，塑造了一个与中国古代皇帝迥然不同的美国总统形象，客观上也起到了开阔人们眼界的作用。

四、取材于外国文学名著的译著参半之作

在表现近代外国题材的传奇杂剧中，有两种是十分特别的：一是吴宓的《沧桑艳》，一是钱稻孙的《但丁梦》。《沧桑艳》系根据美国诗人 Longfellow（朗费罗，1807—1882）的叙事长诗 *Evangeline*（今译《伊凡吉琳》）译著而成。作品的历史背景为英法两国在美国开战，法国战败，英国殖民势力深入美国，着重描写在这一动荡形势下，一户美国铁匠家庭的父子二人因反对英国统治而被捕，一对普通家庭的青年男女受到剧烈冲击而发生爱情悲剧。

《但丁梦》仅发表了第一出《魂游》，系根据意大利诗人但丁

《神曲·地狱》第一第二两曲（Canto Ⅰ～Ⅱ）之本事写成，基本上是采取杂剧形式的翻译作品。这是钱稻孙在翻译《神曲》之余的创作。正如此剧发表时"编者按"中云："钱君于正译而外，又用但丁《神曲》本事，谱为吾国杂剧。今所登其第一出也。他日全剧谱成，不但文学因缘，东西合美，而且于盛集雅会，按景奏乐，低徊演唱，其销魂益智，殆又可知。惟所亟待声明者，即钱君此剧，实运用但丁《神曲》全部，由原文脱化而出，故其中无一字一句无来历，语语均有所指，非与原作参证比较，不能知其妙也。"① 这段表白，不仅对理解《但丁梦》大有益处，而且对认识《沧桑艳》也有一定的帮助。就创作情况而论，这两部作品存在一些相近之处。

吴宓与钱稻孙能够采取这样译著参半的方式创作传奇杂剧，一方面是由于他们对中国传统戏曲样式的熟悉与喜爱，另一方面更是由于他们对西方文学、文化有着精深的把握和理解，缺少其中任何一个因素，都不可能想像创作出这样的戏曲作品。

关于外国题材的近代传奇杂剧，无论是对中国近代戏剧史、文学史来说，还是对整个中国戏剧史、文学史来说，意义都是重大的：（1）这些传奇杂剧作品的题材虽然是取自外国的历史、现实或文学作品，但是以外鉴中的创作意图非常清楚，作者们的目光始终密切关注中国的社会现实。这就使人们在思考和探索中国近代社会文化问题的时候，在中国戏曲史上古已有之的"以古为鉴"的历史剧之外，又拥有了一个新鲜而重要的参照系统，大大拓展了人们的认识空间和思考维度。（2）这类作品的内容相当广泛，思想也颇为复杂；但基本倾向还是清晰的，就是通过表现各国的史事或时事，向中国输入和宣传民主、独立、自由等启蒙主义思想，促进中国向西方学习，走上自强自立的发展道路。这一点，与中国近代的许多其他形式的外国题材文学作品的基本精神一致，无论是关于外国的近代诗词、散文还是小说，从总体上说，都贯穿着这种启蒙

---

① 《学衡》第39期，1925年3月。

主义精神。(3) 无论是就中国近代戏剧史、文学史而言，还是就整个中国戏剧史、文学史而言，出现如此真实、如此众多的外国题材传奇杂剧作品，都还是第一次。这对丰富中国戏剧题材的贡献是实质性的、独特的，是中国戏剧史、中国文学史上一件值得重视与欢欣的拓展和进步。这些作品向中国人展示了一幅幅真切而多样的外面世界的图画，是近代以来世界走向中国与中国走向世界的双向文化交流过程的重要成果之一。而这些戏曲作品与同时代的其他形式的文学作品一道，又将继续促进这种文化交流与对话。

第五节 历代小说笔记和历代文献题材剧

古代文献向来是中国戏曲的重要题材来源之一，特别是古代小说与戏曲的关系十分密切，取材于小说的戏曲作品数量历来不少。近代戏曲继承和发展了这一传统作法，仅在近代传奇杂剧中，就有不少是取材于古代小说笔记的作品，经学、史学、诸子文献等也成为传奇杂剧的题材来源，有的甚至可以说是根据这些古代文学作品、古代文献进行改编的作品。因此这些传奇杂剧也成为一个重要的题材类型。

一、取材于《聊斋志异》者

在取材于古代小说的近代传奇杂剧中，以《聊斋志异》为题材资源的作品最多，许多作家不约而同地将这部小说作为自己戏曲创作的素材来源，这一现象非常突出。李文翰的《胭脂舄》根据《胭脂》写成，同时对道光年间的官场黑暗与科举弊端有所抨击。黄燮清的《绛绡记》取材于《西湖主》，情节有所增删。王增年的《暗香媒》的创作灵感来自从友人处听闻的发生于吴下的一件实事，作者听后觉得颇新耳目，并发现此事与《婴宁》中的故事十分相似，"归而构思，不欲直指其人，乃取《婴嬛》本传为纬，以己意经之，并稍设神道，以合关目。冻云压屋，积雪照窗，青灯荧荧，万籁悉绝。试一拈毫，似觉腕中有鬼。每晚或成一二首，二十徐夕而毕"①。此剧系将作者所闻事件与《婴宁》故事相结合而成,这种处理方式,在取材于古代小说的近代传奇杂剧中非常独特。

陈烺的《梅喜缘》取材于《青梅》,写一书生张介与二女子程青梅、王阿喜的爱情婚姻故事。他的另外两种传奇也是据《聊斋志异》创作,《负薪记》取材于《张诚》,情节多依据原作。其《错姻缘》据《姊妹易嫁》故事写成。这一故事后来被改编为吕剧《姊妹易嫁》,影响至今。许善长的《神山引》据《粉蝶》而作,《胭脂狱》据《胭脂》写成。刘清韵的《小蓬莱仙馆传奇》十种中,有三种是取材于《聊斋志异》的:《丹青副》根据《田七郎》写成,表现对恶绅赃官的憎恶;《天风引》据《罗刹海市》写成,内容情节均十分离奇;《飞虹啸》据《庚娘》而作,写战乱中一对夫妻的悲欢离合,特别突出的是塑造了一个智勇双全的刚烈女子的形象。顾随的《陟山观海游春记》取材于《连琐》,这是笔者所见最为晚出的取材于《聊斋志异》的传奇杂剧剧本。

二、取材于唐人传奇者

近代传奇杂剧的另一重要题材来源就是唐代传奇小说。唐代传奇小说的繁荣不仅在中国小说史上具有十分重要的意义,而且也是整个中国文学史上的重要事件,对后来小说、戏曲的发展产生了非常深远的影响。明清文人传奇、杂剧等取材于唐人传奇者很多,似已形成了一种创作习惯。正如周贻白论明代传奇时所指出的:"取材唐人传奇文,实为当时一种风气。汤显祖'四梦'固皆如此,沈氏今存诸种,亦有两种源出唐人。这或者因为唐代传奇文,本身即为较好剧材,如故事曲折,情节离奇,皆足供剧作者之挥洒。同时,故事既有所本,亦可免人认为有所攻讦,招致非议。"② 近代

---

① 王增年:《暗香媒序言》,《小说月报》第 4 卷第 10 号,1914 年。
② 周贻白:《中国戏曲发展史纲要》,第 291 页,上海,上海古籍出版社,1979 年。

传奇杂剧作家继续保持着这一习惯,创作了不少作品。

近代戏曲家以唐代传奇小说为题材创作传奇杂剧,主要是出于故事性的考虑,以古为本免招非议的因素已经基本上不存在。陈烺的《仙缘记》取材于唐代小说《袁氏传》,写白猿化为女子与书生孙恪结为夫妇,后醒悟归真,重返山林。许善长的《风云会》取材于张说《虬髯客传》,写李靖在长安谒见司空杨素,为杨素家妓红拂所倾慕,随之出奔,途中结识豪侠张虬髯,后同至太原,得见李世民,也基本根据原作写成。何僮的《乘龙佳话》据唐人李朝威《柳毅传》而作,情节也与原作基本相同。李慈铭杂剧《舟觏》(一名《蓬莱驿》)根据唐人小说《支生传》,情节有改变,写会稽书生兹纯父与武林女子施弄珠之间情事。该剧人物兹纯父籍贯与作者一致,姓名与作者字号似有关联,李慈铭号莼客,兹纯父之名当系由此化出。李慈铭的另一杂剧《秋梦》(一名《星秋梦》),乃是写自己亲身经历的一件情事。将二者结合起来考察可知,《舟觏》所写故事,虽以唐人小说为凭借,当包含着作者个人亲身经历的成分。李慈铭将前人创作与个人经历结合起来创作成杂剧,这种题材处理方式非常独特。胡无闷的《章台柳》根据唐李尧佐《柳氏传》而作,写唐代才子韩翃与柳氏的爱情故事。①

三、取材于历代经史者

一些近代传奇杂剧作品取材于正史,但是无论就它们的内容本身来看,还是就作者对这些题材的处理来看,或具较强的故事性,或显然带有神话色彩和虚构意味,很难认为表现了什么史实,反映了什么具体的历史问题,因此笔者没有把它们归入历史剧之中,而别为一类。这类作品比历史剧数量少些,思想意义也较历史剧低一些。李文翰的《银汉槎》取材于《汉书》、《通鉴纲目》,采用"虚实参半"的手法②,写雌鼍王率山妖海怪鼓浪来袭,汉室君臣

---

① 笔者按:此剧实为明代戏曲家梅鼎祚《玉合记》之删节本。
② 李文翰:《银汉槎》卷首《凡例》,咸丰四年(1854)味尘轩刊本。

束手无策。张骞以出使西域的多年经验,奉命探查河源。张骞溯源而上,误入银河,得织女所赠支机石,治水灵验无比,而后击败海怪,天下太平。作品写张骞故事,对道光时期中国政局动荡、外患频仍的现实状况多有反映。张声玠的《玉田春水轩杂出》之一《讯岎》取材于《梁书》、《南史》所载关于吉岎故事,写十五岁少年吉岎为父鸣冤,求代父死,终使父子二人共同获释。吉岎坚辞纯孝称号,决不因父买名,为时人所称道。之八《游山》取材于《宋书》所载谢灵运游山故事。吴梅的《东海记》取材于《汉书·于定国传》中东海孝妇的故事,对烈女、孝妇大为褒扬。

  近代传奇杂剧中,取材于经学著作的作品更少。这与经学著作的内容特点大有关系,很多经学著作的确难以适合戏曲创作的需要,很难成为戏曲家取材的对象。但是,有的经学著作,或其中的某些部分,带有较强的故事性,也成了近代传奇杂剧的题材来源。在取材于经学著作的传奇杂剧作品中,陈尺山的创作是最成功的,他的《孟谐传奇》取得了突出的成就。《孟谐传奇》由六个单折故事组成,幽默诙谐,富有讽喻意义,不仅风格独树一帜,题材也十分集中,全部据《孟子》中的故事写成:《牵牛》述齐宣王将衅钟之牛放生,《搏虎》述冯妇应村民之请搏虎,《攘鸡》述有人日攘邻居一鸡,《食鹅》述田仲子中兄田胜圈套、误食鹅肉,《烹鱼》述郑子产欲放生鱼、校人烹之,《获禽》述赵简子家臣善射者嬖奚与名御者王良出猎。这些剧作,以轻喜剧色彩和哲理性见长,堪称近代传奇杂剧短剧中的上乘之作。

  俞樾的两种传奇《骊山传》与《梓潼传》在取材和命意上都非常特殊,值得特别关注。它们不是取材于某种经史著作,而是通过传奇剧本的形式,考证解决经史问题。这在笔者所见的近代传奇杂剧作品中,确是绝无仅有的。在传统经史研究中,关于骊山老母(骊山女)与梓潼帝君(文昌)的来源等问题,存在不同观点。俞樾作为一位在经学、史学、小学等方面具有高超造诣的学问家,创作这两种传奇,当然表明他对戏曲的重视,与他创作《老圆》杂剧、修订小说《三侠五义》为《七侠五义》、为他人戏曲小说作品作序等重视戏曲小说之举相一致,更重要的是采用传奇剧本的形式,表明他对这两个学术问题的见解。前者是根据古代文献考证骊山老母的来历,后者则同样以丰富的古代文献为据,考证了梓潼帝君的由来。由于写作传奇的主要目的是借这种戏曲形式发表对有关学术问题的观点,因此这两种传奇在情节结构、曲词说白、语言表达等许多方面都呈现出其他作品所不具备的特点。俞樾的这种创作方法,是非常有意地以戏曲形式承载经史学问、考据文章的深奥内容,简单地说就是"以考据学问为戏曲"。

四、取材于历代笔记及诗文者

历代笔记著作常常成为中国古代戏曲创作的题材来源,近代传奇杂剧中也有一些这样的作品。许善长的《灵娲石》杂剧共包含十个单折短剧,另有附录二种,共有单折短剧十二种。这些剧作依次为:《伯嬴持刀》、《忠妾覆酒》、《无盐拊膝》、《齐婧投身》、《庄侄伏帜》、《奚妻鼓琴》、《徐吾会烛》、《魏负上书》、《聂姊哭弟》、《縶女救夫》、《西子捧心》和《郑袖教鼻》,全部取材于春秋时期列国故事。从许善长的传奇杂剧创作来看,他对这类题材相当重视,也十分熟悉。他创作的传奇杂剧作品绝大部分均取材于古代小说及其他古代文献。张声玠的《玉田春水轩杂出》之二《题肆》取材于周密《武林旧事》所载于国宝故事;之五《碎胡琴》取材于计有功《唐诗纪事》引《独异记》所载陈子昂击碎白玉胡琴,以文章获得盛名的故事;之七《看真》取材于冯梦龙《古今谭概》及宋祝穆《事文类聚》所载党进命画师画像的故事。王蕴章的《可中亭》据梁绍壬《两般秋雨庵随笔》,写张船山欲纳妾,为求得夫人同意,安排妻妾二人相会于可中亭的故事,表现文人风流韵事。吴梅的《暖香楼》取材于明末清初余怀所著《板桥杂记》,写南明文士姜如须与秦淮名妓李十娘的爱情故事。作者署"濑江浊物"的《金凤钗》取材于明代瞿佑《剪灯新话》,写吴兴娘与崔兴哥曲折离奇的爱情故事。

还有一部分近代传奇杂剧取材于某些诗文作品。杨恩寿的

《桃花源》根据陶渊明《桃花源记》写成，寄托了作者的理想。刘龙胐的《桃花源》也是取材于《桃花源记》，但是在情节上有所丰富，突出了秦始皇的暴政这一桃花源中人避难的背景，这对近代社会的全面危机来说，有重要的现实意义。王蕴章的《锦树林》据《吴梅村诗集》关于卞赛（玉京）诗、余怀《板桥杂记》所载卞赛故事而作，写秦淮名妓卞赛与明末名士吴伟业相爱，欲以妾事吴伟业，但吴伟业感于国忧家难，无心顾及儿女情长，卞赛甚为失望，遂断绝尘缘，出家为女道士。夏仁虎的《碧山楼传奇》据《吴梅村诗集·过东山朱氏画楼有感并序》写成，作者自述曰："右诗及序，为传奇之本事。……今年客沈阳，长夏务简，恒以度曲消遣。偶览此篇，谱为传奇，十日而脱稿。余居文字无忌之世，彼但可四十字者，余则不妨放言，聊代梅村抒其感慨耳。"[1] 王时润的《闻鸡轩杂剧·王粲登楼》取材于王粲《登楼赋》，写旅食荆州的王粲登上当阳城楼，抒发生不逢时、怀才不遇的感慨，作者的同样的感慨亦寓于其中。

  吴梅的《绿窗怨记》特别值得一提。此剧仅发表十折，未见全本。从已刊部分判断，系根据明代孟称舜的《娇红记》改写而成，写一对真心相爱的表兄妹为家庭所阻双双殉情而死的故事。作者对这对青年男女表示赞赏与同情，对当时男女自由结合的风气有所抨击，表现出与《娇红记》迥然不同的旨趣，如开场【西江月】下阕所云："一段幽魂渺渺，两行红泪疏疏。贞夫义女世间无，并不似近日的鸳鸯野侣。"王季思指出："《绿窗怨记》十折，关目全仿孟称舜《娇红记》，甚至宾白曲词也一字不易，仅改换剧中人姓名和略去一些次要的细节而已。当属先生早岁游戏之作（原载1914—1915年《游戏杂志》）。由于后面三十折没有刊载，今天已看不到先生的用意所在。根据先生对《诗录》、《词录》的严格态

---

[1] 夏仁虎：《碧山楼传奇》卷首《跋》，民国十五年（1926）铅印本。

度看，似不宜编入。"① 可以作为考察《绿窗怨记》的参考。

统观取材于古代小说笔记、古代经史及其他古代文献的近代传奇杂剧，有一些不同于其他题材类型的近代传奇杂剧的特点：（1）参与过此类戏曲创作的戏曲家身份复杂，作品数量众多，内容庞杂，故事分散，很难用概括的方法将其核心内容揭示出来。这些作品是近代传奇杂剧题材广泛特点的重要表征之一。（2）无论其题材来源如何，一些作品的内容与近代社会现实存在某种关联，有的甚至是作者亲身经历的事件。这些作品以曲折隐晦的独特方式反映了近代中国的某些现实内容，具有一定的社会意义和认识价值。（3）绝大部分作品的创作，当系作者兴趣爱好比较直接的反映，很难发现其中有什么题外之旨、象征意味。这些作品与现实的关系较为疏远，却是考察与认识戏曲家性情志趣、个性特征的重要材料，在戏曲史和文学史中，同样应当予以足够的重视。

第六节　作者自述剧与抒情议论短剧

本章上述各种类型的作品均是以题材内容为标准进行分类的。本节所述的作品，从题材内容到表现方法，都十分特殊，在近代传奇杂剧中是比较独特的，而且颇有集中讨论的必要。因此本节拟采用另一种分类标准，即以作品的演述角度和表现手法来分类，对这些作品进行一些探究。

一、作者自述剧

近代有一部分近代传奇杂剧，已经不满足于借古人古事写己情己意己意，不再像以往那样，或者将自己经历、情感等融入剧中，或者让主要人物成为自己的化身，而是把自己直接写入剧中，用自己的真实姓名，或将姓名稍加变化，创作成自述经历、自抒情感的

---

① 王季思：《吴瞿安先生〈诗词戏曲集〉读后记》，《玉轮轩曲论三编》，第192页，北京，中国戏剧出版社，1988年。

作品。为了讨论的方便，笔者称之为作者自述剧。

以这样的角度与方法创作传奇杂剧，并非到了近代戏曲家才开始，清初廖燕是这类作品的开创者。他的四种杂剧《醉画图》、《诉琵琶》、《续诉琵琶》和《镜花亭》都是以真实姓名入戏，并且将自己作为主要人物的。乾隆、嘉庆年间的徐爔是另一位采取自述方法创作的戏曲家，其《写心杂剧》二十种，全部是写自己的亲身经历。他的传奇《镜光缘》，男主角名余羲，非常明显，系取作者姓名之半，仍是写自己经历的作品。汤贻汾（号雨生，别署少云子）作于道光年间的《逍遥巾杂剧》据实事写成，记作者与徐广绪（子容）二人"成兄弟交，又赠之长歌，以逍遥巾为别，是道光壬午三月廿七日事也"①，作者以自己的真实姓名上场。例如第一出《寻春》生云："下官灵邱都尉汤雨生，毗陵人也。幼承先烈，早荷国恩，职备鹰扬，业惭鹏展。"第三出《衲访》也有这样的片段："（生）不消假托，我从前在罗浮山缉访逆匪，改易道装，原名易一仙，字贝水，道号扫云子，于今仍用此姓名，便好道家是一元，来复本字。派你可唤做元鹤，呼我为师，我已写下诗笺一幅，你袖了到门投诗代刺便了。"② 作者虽未以自己真实姓名上场，但非常明显，剧中人物名字号中已藏作者的真实姓名。近代传奇杂剧中的作者自述剧，就是廖燕、徐爔、汤贻汾等这种创作方法的继承与发展，在并不算很长的时间内，产生了一批自述身世与情感经历的作品，足以成为近代戏曲史上一个值得注意的创作现象。

从作者本人在剧作中出现的方式来看，作者自述剧还可以分为两种情况。一种是作者毫无变化地以真实姓名直接出现于作品之中。贺良朴（号南荃居士）的《海侨春传奇》是一部反对美国华工禁约的作品，以南荃居士为正生，以其学生女侠遁云为正旦，贯串全剧。周实的《清明梦杂剧》为作者独居金陵期间，时值清明，

---

① 汤贻汾：《逍遥巾杂剧》卷首作者自叙，南京襄社民国二十五年（1936）刊本。
② 汤贻汾：《逍遥巾杂剧》，南京襄社民国二十五年（1936）刊本。

思念亡母之作。作者一人以真实姓名登场，在梦中与妻子诉别情，寄托念母思家之情。吴宓的《陕西梦传奇》根据自己亲身经历而作，述泾阳吴生与朋友创办《陕西》杂志，因款项不继，终于导致停刊，感到甚为可惜。剧中的主人公"泾阳吴生"即吴宓本人。姚锡钧（号鹓雏）的《菊影记》写文士柳亚子与伶人陆子美、冯春航交好的故事，作者作为主要人物之一，亦以真实姓名出现于剧中。

还有一种情况是作者在剧中出现时，对真实姓名进行了一点改变，但仍然可以清楚地判断剧中人物就是作者本人。郑由熙的《雾中人》述书生庾信怀一家在太平天国起义中的一段经历，即是作者本人亲身经历的表现，庾信怀即作者的化名。林纾（字畏庐）的《蜀鹃啼》写朋友浙江西安知县吴德潇被义和团杀害的故事，作者以谐音法化名连书，字尉间，出现于剧中。支碧湖的《春坡梦》写庚子事变时期，支半苏请命剿办义和团并大获全胜事。从作者的经历来判断，剧中的"支半苏"即作者化名。湖南武陵人陈时泌的两种传奇《武陵春》与《非熊梦》，前者写庚子事变，后者写日俄战争，均以"武陵渔人"为情节结构的线索，成为作品的重要人物。可以肯定，"武陵渔人"即作者自谓。胡薇元所撰《壶庵五种曲》中的三种《鹊华秋》、《青霞梦》和《樊川梦》，均写胡龙威的政治经历与感情经历，将这三种南曲杂剧与作者的经历联系起来考察，可以断定，"胡龙威"即作者自己。李慈铭（初名模，号莼客）的杂剧《舟觐》（一名《蓬莱驿》）借唐人小说《支生传》故事，写自己经历，剧中主要人物书生兹纯父之名即从作者名号中化出。他的另一杂剧《秋梦》（一名《星秋梦》）写莫峤与旧时情人婴娘重会的故事，莫峤亦当系由作者初名变化而来。洪炳文的《电球游传奇》写花信楼主人带仆人乘电球访问友人吟香居士事，剧中的吟香居士是作者朋友李遂贤，花信楼主人即作者本人。曾朴的《雪昙梦院本》的主人公名甄林，亦系由作者姓名化出，曾与甄读音相近，剧中甄林自言系林逋转世，故名为林。

综合考察近代传奇杂剧中的作者自述剧，可以发现，它们给戏曲史留下的经验是值得总结的：（1）这类作品，不论是叙述自己的生活经历，还是表现自己的感情经历，一方面是清代廖燕、徐爔、汤贻汾等同类传奇杂剧创作的继承，另一方面更是对前人同类戏曲创作的发展。从内容上说，近代传奇杂剧中的作者自述剧更加丰富多彩，富于时代气息和近代色彩。从形式上说，由于时至近代，传奇与杂剧的区别实际上已经完全消失，创作更加自由，更加大胆，从一个侧面表现了近代传奇杂剧的发展态势。（2）这类传奇杂剧虽早已有之，但是，在一百多年的中国近代戏剧史上，就出现了如此数量众多，内容丰富，形式多样的以作者自述为主要表现手段的传奇杂剧作品，形成了一个引人注目的重要戏曲史现象，这在传奇杂剧的发展历程是第一次，甚至在整个中国戏剧史上，也可以说是第一次，具有重要的戏剧史、文学史意义。（3）在这些作品中，作者自述生活经历与情感历程，根据自己经历的真实事件，反映个人真实的内心世界，有感而发，生动逼真，情真意切，极易打动读者与观众，引人共鸣。不少作品将叙述、议论、抒情较好地结合在一起，流畅自然，有的部分带有强烈的内心独白意味，将一些最个人化的事件与内心感受表现出来，特点十分突出，具有引人入胜的效果。

二、抒情议论短剧

在近代传奇杂剧中，还有一部分作品，归入以上类型中的任何一类都觉不太合适。它们表现出一些突出的共同特点，如篇幅短小（明显未完成者不计在内），人物较少，以抒发情感、议论时事、宣传政治主张为主，几乎没有什么故事情节。为了讨论的方便，笔者姑且称之为抒情议论短剧。

卢前曾在《明清戏曲史》中特辟《短剧之流行》一章，专门讨论短剧问题，可见对此问题的重视。其中有云："'短剧'云者，指单折之杂剧而言。……单折剧之制作，实在明正德、嘉靖之世。"又云："人清以后，短剧日盛，顺康之际，徐石麒、尤侗、嵇永仁、张韬，并有妙造。雍乾之世，有桂馥、曹锡黻，而杨潮观尤臻极诣。降及嘉咸，有舒位、石韫玉、严廷中，亦一时能手。同光而还，始稍衰矣。然如陈烺辈，犹学步邯郸，未尽绝迹。"① 实际上，同治、光绪以后，由于传奇与杂剧实际上已经难以区分，许多戏曲作品大量发表于报刊，作者身份与心态也发生了重大变化，短剧创作仍然非常兴盛，而且显示出一些新的特点。笔者所谓近代传奇杂剧中的抒情议论短剧，就是由于受卢前所称"短剧"启发并有所发展变化而来。

贺良朴的《叹老》传奇仅有一折，仅一个人物上场。写在新旧世纪交替之际，主人公陈腐听说有一英武少年即将登场，自己遂退场让位。此剧主要表现旧中国的陈腐落后，对新中国满怀希望。袁祖光的《仙人感》杂剧写光绪二十七年十月五日（1901年11月15日）吕纯阳道人在岳阳楼上，对湖南时局抒发感慨。此剧无故事情节，也只一人有曲词说白；剧中虽有其他人物出现，但只是作为时事背景，供主人公抒发感想。作者署无名氏的《少年登场》仅一折，无故事情节，由主人公中国人真个（字少年）一人登场，边说边唱，批判沉睡不知危机者、改良主义者和个人主义者，揭露"钦定宪法"的虚伪性，号召青年起来革命。陈家鼎的《邯郸梦传奇》共二出，也基本上由一人表演，但有故事情节，宣传反清革命思想。此剧述书生侯志达（字显扬）因不满于反清革命思潮之兴，梦见自己奉皇命剿灭乱党，反而被认作串通革命党，意图谋反，从而醒悟，决心为纠集同胞，复我故土尽力，并组织演说会，宣传革命。吴魂的《迷魂阵传奇》仅一出，一人登场，生扮金可珍，原为革命新党，后投靠清朝为官，嘲笑心醉共和的志士为飞蛾扑火，自投网罗，对政府封赏感恩戴德。此剧为讽刺抨击汉奸之作，无故事情节。柳亚子的《松陵新女儿传奇》仅一出，由旦扮谢平权一人上场，无情节，述妇女形式上与精神上之双重不自由，女权蹂躏，女界沉沦，鼓吹学习西方，广开女智，收回女权，发扬爱国精神，扶植文明。阮式（字梦桃）的《梦桃新剧》仅一出，

---

① 卢前：《明清戏曲史》，第88页、第94页，台北，台湾商务印书馆，1994年。

基本无故事情节,述剩魄(字残魂)与怜卿兄妹二人感于时事艰难,共想救国之法,拟设立一漂心会,并初拟章程,欲使同胞洗心革面,人争上游。

在近代传奇杂剧的抒情议论短剧中,高增与玉桥忧患的创作是值得特别介绍的。高增《女中华》由旦辫发西装扮黄英雌一人上场,以议论、宣讲等方式,宣传女权思想,无故事情节。他的另一作品《侠客传奇》仅一出,由生扮杨无畏一人上场,无故事情节,感慨亡国之痛,就当时国家危机与世界大势发表时事议论,宣传自由自立,反清革命主张。高增的《人天恨传奇》亦仅一出,且由一人表演,生扮亚东少年含辛子,述妻亡己孤之惨状,感慨甲午中日战争后,中国危急日甚,同胞受压制,河山将沦亡,宣传反清革命。他的《血海恨》历数清兵入关后的种种罪行,痛斥认贼作父的汉奸,鼓吹反清思想。此剧亦无故事情节。可以说,高增是近代最出色的抒情议论短剧作家。

玉桥忧患其人的真实姓名、生平事迹等情况目前虽然尚未知晓,但其抒情议论短剧同样值得重视。其《广东新女儿传奇》仅一出,小旦扮朱翠华,感于女权久坠,女学未兴,鼓吹女子自立,与男子同处于竞争世界之中。只有一个角色出场,无故事情节。其《云萍影传奇》虽不能说无情节,但故事极其简单。剧分上下二出,上出《演说》仅小生扮歪挨克一人上场,述在此欧风美雨东渐之时,国弱家贫,希望救国有方,于国有用。下出《闺愤》旦扮华格斯与歪挨克出场,华格斯痛悼祖国人权之沦亡,二人共道天演竞争公理,宣传平等自由独立思想。

卢前曾指出:"曲有场上之曲,有案头之曲,短剧虽未必尽能登诸场上,然置诸案头,亦足供文士吟咏。无论何种文体之兴,其作也简,其毕也巨。杂剧之起为四折,终而至于有四十出之传奇,物极必反,繁者亦必日益就简,短剧之作,良有以也。"① 此论最值得注意者有二:其一,短剧较难在舞台上演出,多为供阅读吟咏

---

① 卢前:《明清戏曲史》,第105页,台北,台湾商务印书馆,1994年。

的案头之曲；其二，短剧的流行，是对长篇传奇的一种反拨，是戏曲文体发展的内在需求。从上述近代传奇杂剧中的抒情议论短剧的情况看，它们对卢前所论的明清短剧作品虽有继承，但更重要的是发展，近代短剧在许多方面为前代同类之作所不及。

从总体上看，近代传奇杂剧中的抒情议论短剧的突出特点有：(1) 无论传奇还是杂剧，篇幅都相当短小，大多仅有一二出（折）；人物也较少，一般仅一至二人有说白与唱词，偶有多人出场，但仅为陪衬或背景。(2) 以抒情、议论、宣传为核心，一般无故事情节；或者仅有极简单的情节，故事不完整也不连贯，而且不占重要地位，基本无法在舞台上演出，多属供阅读的案头之曲。(3) 内容多以中国近代社会现实为基础，反映对时代最紧迫、最重要、最突出的社会问题的见解、观点等，尤其突出对政治文化主张的阐发。(4) 不论是就近代传奇杂剧来说，还是就传奇杂剧的整个发展历程来说，这些抒情议论短剧对传奇杂剧原有体制规范的突破都是非常大胆的，对传奇杂剧传统的变革更新也是相当显著的，相当集中地反映了传奇杂剧至近代发生的重大变化，具有重要的戏剧史和文学史意义。

第五章　近代传奇杂剧的艺术新变

如果将近代传奇杂剧置于中国戏曲、中国文学发展的动态历程中考察，就可以认识到，无论就思想内容来说，还是就艺术形式来说，近代传奇杂剧与其他时代的戏曲创作、文学现象一样，既在一些方面继承和延续了传统，又在许多地方对传统有所变革创新，表现出与其他时代的戏曲发展大为异趣的特点。而且，相当明显，近代传奇杂剧对戏曲传统的扬弃，表现得特别集中，特别充分。在近代传奇杂剧研究中，最佳的策略应当是对其继承传统与变革传统的两个方面进行均衡而深入的考察。本章为了着重讨论近代传奇杂剧艺术上的创新因素，则不能不有所侧重；也就是说，在不忽略传统因素的前提下，拟将重点放在讨论近代传奇杂剧创作艺术的变革与创新方面。

第一节　戏剧情节的削弱

传奇杂剧作为中国古典戏曲的结晶，以"合言语、动作、歌唱，以演一故事"① 是其文体构成方面的突出特征，与其他抒情性、叙事性的文体相比，具有较强的综合性特点。情节在传奇杂剧中的作用与其他叙述性文体如小说、说唱等有较大的不同，但它作为戏剧要素之一，在传奇杂剧中具有不可或缺的地位。可以说，中国戏曲史上的著名作品，几乎都具有完整而精彩的情节结构，引人

---

① 王国维：《宋元戏曲史·宋之乐曲》，第32页，上海，上海古籍出版社，1998年。

入胜的故事脉络。因此,在中国古代戏曲史上,无论是传奇还是杂剧,"故事"一直占有重要的地位。

这种传统在近代传奇杂剧中发生了引人注目的变化。从总体上说,不同的戏曲家对情节的处理方式有很大的不同,情节与故事的因素在近代传奇杂剧中发生了明显的分化现象。具体而言,一部分传奇杂剧中的情节,与元明清三代的传奇杂剧相比,没有显著的变化,它们仍具有连贯而完整的情节,构造了引人入胜的故事,创作思路基本上是以继承戏曲传统为主。这样的传奇杂剧作品,在近代一百多年的戏曲史上都存在,而在近代前期(1840—1901)和近代后期(1920—1949)中,以故事情节取胜而显得比较突出的作品多些,其中不乏中国近代戏曲史乃至整个中国戏曲史上的名作。如近代前期的李文翰、黄燮清、陈烺、许善长、郑由熙、杨恩寿、刘清韵等的大量传奇杂剧,都可以作为代表。近代中后期的传奇杂剧作家也留下了许多以情节与故事见长的剧本,如洪炳文、吴承烜、袁祖光、陈栩、吴梅、王蕴章、冒广生、卢前、顾随等的许多作品都是很好的证明。这些戏曲家的创作,较好地继承了传奇杂剧重视情节结构,注重故事性的传统,在戏剧情节的处理上,相当重视前人取得的成就,并较好地在自己的作品中贯彻了情节故事重要性的原则。近代传奇杂剧中的这部分作品,更多地展示了戏曲创作中传统惯性动力所发生的巨大作用,取得的成功也是显而易见的。这些传奇杂剧作品理所当然地在中国近代戏曲史上占有重要的地位。

另一方面,从发展变革的角度考察近代传奇杂剧中的情节与故事因素,就可以清楚地看到,还有相当多的作品在情节结构、故事格局方面已经发生了很大的变化。从这些传奇杂剧中可以明显地感受到,情节与故事在戏曲家心目中的地位已经大不如前,在戏曲作品中的作用已经大大降低,有时甚至成为可有可无的东西,甚至出现了无情节、无故事的传奇杂剧作品。也就是说,在一些近代传奇杂剧中,情节再也不是戏剧的构成要素了。这种情形虽然在近代以前的某些戏曲作品中就有所表现,但是传奇杂剧的情节淡化、故事淡化或称之为非情节化、非故事化倾向,至近代发展到了空前的程度,成为中国近代戏曲史上的重要现象之一。这种情形在整个近代传奇杂剧的发展历程中都有所表现,而在近代中期(1902—1919)的一些重要作品中表现得尤为突出。近代传奇杂剧的非情节化、非故事化倾向,主要通过如下三种方式表现出来:无故事情节;仅有极简单的情节和故事;情节与故事不连贯不完整。现分别讨论。

一、无故事情节

有相当一部分近代传奇杂剧是基本上无情节、无故事的,作品的主要目的不在于通过连贯的情节构成故事,描绘人物,营造艺术空间,实现理想的戏剧效果,而主要在于以相当简洁直接的方式抒发情感,发表见解,宣传主张,呼唤理想。这种倾向在近代许多传奇杂剧中都有明显的表现,尤其是在一些政治家型、宣传家型戏曲家的作品中表现得更为突出。

上文所述的抒情议论短剧,就是近代传奇杂剧非情节化、非故事化倾向的最典型代表。如贺良朴的传奇《叹老》,袁祖光的杂剧《仙人感》,无名氏的《少年登场》,吴魂的《迷魂阵传奇》,柳亚子的《松陵新女儿传奇》,高增的《女中华》、《侠客传奇》、《人天恨传奇》和《血海恨》,玉桥忧患的《广东新女儿传奇》,佚名作品《巾帼魂传奇》等都是这类作品的代表。这些作品篇幅短小、人物很少,由于这种表现形式上的限制,当然使它们难以构成曲折的情节和有趣的故事。出现这种形式的传奇杂剧,更深层的原因是戏曲家的创作动机、戏曲宗旨已经在很大程度上离开了戏曲艺术本身,情节与故事显然已经不是他们创作过程中最关心、最重视的问题;他们在进行戏曲创作的时候,在很大程度上把目光投向了戏曲之外。

这种情形不仅仅出现于传奇杂剧中,中国近代政治家型、宣传家型文学家的小说、散文、诗词创作中也都不同程度地带有这种倾向。这种情形的大面积出现,深刻地反映着近代文学家的创作心态,反映着中国近代文学的命运与际遇。作为传奇杂剧来看,不能不说这类作品艺术成就不高,留下的教训要多于经验。但是,假如把这些作品的出现当做一种戏曲史现象、文学史现象来考察,却可以发现许多足可令人深长思之的东西,因而具有重要的戏曲史、文学史价值,也具有一定的文化史价值。

近代无情节戏剧并不仅限于篇幅短、人物少的传奇杂剧,有些篇幅较长、人物较多的作品同样没有情节。杨子元的《新西藏》共四出,前三出主要介绍西藏的历史、地理、种族、物产、宗教、风俗、习惯等,第四出为全剧中心,针对西藏的具体情况,提出有效地治理西藏、保持西藏稳定的策略。此剧重在介绍西藏历史与现实的有关情况并提出治理方案,知识的介绍和策略的思考取代了故事情节。他的另一传奇《黄金世界》凡五出,创作目的是"藉社会丝竹移人之效,吹入民国同胞脑海之中,为他日开辟黄金世界张本"①。因此,全剧的重点在有感于"神州多难,四万万同胞沉苦海"②的社会现实,提出当时中国人民的苦难现状和社会面临的紧迫问题,思考如何使国家民族摆脱内忧外患的窘境,迅速走向富裕、大同的理想。显然,社会现状的描述和理想未来的企盼也代替了应有的故事情节。

二、仅有极为简单的情节和故事

有一部分近代传奇杂剧,篇幅较短,以一二出(折)为多,人物也少,一般只有一两个角色上场,虽不能说完全无情节、无故事,但其情节与故事极为简单。在这部分传奇杂剧中,不仅事实上情节与故事在剧中已经不重要,出现了明显的淡化趋势,而且从创作的角度来看,作者也只是将情节与故事作为一个凭借,重要的是它们承载的内容和表现的思想,并不重视戏曲的情节与故事,从另

---

① 作者自述,见梁淑安、姚柯夫:《中国近代传奇杂剧经眼录》,第175页,北京,书目文献出版社,1996年。
② 《楔子·百字令》,见梁淑安、姚柯夫:《中国近代传奇杂剧经眼录》,第175页,北京,书目文献出版社,1996年。

一个方面表现了近代传奇杂剧非情节化、非故事化的倾向。

在进入近代之前，戏曲史上已经可以看到此类传奇杂剧的出现。道光年间杰出女戏曲家吴藻的杂剧《乔影》，就是一部这样的作品。近代以后，这样的传奇杂剧数量增加，非情节化、非故事化的倾向表现得更加突出。吴宝镕的《太守桑》据当时实事写成，意在赞美作者熟悉的一位官员的善政，情节极为简单，全剧带有浓重的抒情诗、田园诗意味。俞樾的《老圆》杂剧由三人上场，演述老将李不侯因感于征战无功，老妓花退红因感于年老色衰，二人心怀块垒，备觉惆怅凄凉，恰遇一老僧以佛法相劝，言英雄儿女，事异情同，世间之事，无有好收场，皆如梦幻，二人遂消却不平，顿觉释然。作品重在抒发人生感慨，情节极为简单。玉桥忧患的《云萍影传奇》上出《演说》仅小生扮歪挨克一人上场，述欧风美雨东渐之际，国弱家贫，希望救国有方，于国有用。下出《闺愤》旦扮华格斯与歪挨克出场，华格斯慨叹祖国人权之沦亡，二人共道天演竞争公理，宣传平等自由独立思想。此剧虽不能说无情节，但故事极为简单。

李慈铭的杂剧《舟觏》（一名《蓬莱驿》）和《秋梦》（一名《星秋梦》）各一折，前者借唐人小说述自己情事，后者直述个人感情经历，重点均在于表现对年少往事的怀旧之情，对旧日情人的思念之感，虽有较为连贯的情节，但相当简单，故事也未见精彩，创作重点显然不在于情节与故事。洪炳文的《挞秦鞭》主要控诉秦桧的罪恶，对时局多有感慨；其《普天庆》演述立宪宗旨与富国强民之策，对未来深怀期待，二者均不以情节取胜。袁祖光《瞿园杂剧》中的《藤花秋梦》、《孽海花》（一名《金秋梦》）、《暗藏莺》、《卖詹郎》（一名《长人赚》），《瞿园杂剧续编》中的《东家颦》、《钧天乐》、《一线天》、《三割股》等，都是情节相当简单，故事极其简洁，着重表达作者政治文化见解的作品。

这些情节简单、故事简洁的传奇杂剧，篇幅较短，人物较少，不易展开曲折的情节，难以演述精彩的故事。这当然是造成它们非情节化、非故事化倾向的重要原因。但是，还需要从作者的政治文化观念、生平经历与主要事迹等方面追寻作者采取这种表现形式的原因,才能对这类传奇杂剧有更深一步的认识。

三、有情节而不连贯,有故事却不完整

上述两种情形,主要是就近代传奇杂剧中的短剧来说的。现在所要讨论的是篇幅较长、人物较多,同样带有非情节化、非故事化倾向的作品。就是说,这些传奇杂剧作品,从篇幅上说,不再限于一二出(折),从人物上说,也不仅是一二人上场,它们具备了构成曲折离奇的情节,形成精彩动人的故事的基本条件,但是仍然表现出较明显的非情节化、非故事化倾向。严格地说,这一部分作品是近代传奇杂剧走向非情节化、非故事化道路的最充分、最集中的表现。近代传奇杂剧中情节、故事因素出现的新态势、新走向,也往往通过这些作品最有说服力地得以呈现。通过这部分传奇杂剧,可以更加充分地认识近代戏曲与元明清三代戏曲对于情节与故事的不同处理和由此表现出来的不同特点。

在近代传奇杂剧中,这种作品为数不少,颇为引人注目。如果根据造成非情节化、非故事化的主要原因将这些作品作一区分的话,则可以看到主要有如下三种情况。

第一,由于反映现实、议论时政、抒发情感的需要。

魏熙元的《儒酸福传奇》凡十六出,没有贯穿全剧的情节与故事,而采取了每一出的情节与故事均相对独立的方式;事实上每出戏的情节和故事也并不突出,每出戏分别从不同的侧面表现同一主题;全部十六出戏共同反映了士子儒生的种种生活、心态、处境和遭遇。也就是说,这部传奇作品不是以情节和故事作为结构的线索,而是将主题置于非常明晰的位置。每出出目均冠以"酸"字,突出作品主题,以问题为中心结构全剧。作者把这一点说得相当清楚:"是曲逐出逐人,随时随事,能分而不能合。乃于因果两出中,暗为联络,而以十六个酸字贯串之。"[①] 这种创作方式的必然

---

① 魏熙元:《例言》,《儒酸福传奇》卷首,光绪十年(1884)玉玲珑馆刊本。

结果，就是情节和故事走向戏曲的边缘，由于突出主题的需要而强化了戏曲的非情节化倾向。

吴承烜的《星剑侠传奇》长达五十三出，堪称近代传奇杂剧中的奇构。此剧人物众多，出场人物难以准确统计；内容丰富，20世纪最初二十年的国内大事、一部分国外大事几乎都有所表现；视野开阔，当时中国存在的主要社会问题、面临的主要政治危机差不多都有所反映。为了适应这样的创作意图与内容需要，作者采取了相当自由的结构方式，在神仙带领下上天入地，遍历中外，不受情节连贯与否和故事完整与否的限制。在纵览世界的广阔文化背景下，展示了20世纪初叶中国社会的图景，描绘了一幅幅中国人民苦难深重与不懈抗争的画面。这样以一个一个的"事件"与"问题"来构思和创作的结果，就造成了全剧情节不连贯，经常大幅度跳跃，故事也不完整、不精彩的情形。从某一部分来看，不能说《星剑侠传奇》的情节和故事不连贯、不完整；但是从总体上看待整部作品的情节与故事，就会感到故事与情节明显淡化、边缘化的情形。

欧阳淦等的《维新梦》共十六出，也是以"问题"作为结构的主要线索。这一点从各出出目名称上就可以看出：第一出《感愤》之后，第二出即为《入梦》，之后第三出至第十五出依次为《授职》、《写本》、《建路》、《采矿》、《讲武》、《劝学》、《裁官》、《训农》、《验厂》、《商战》、《外交》、《立宪》、《大同》，第十六出以《梦醒》作结。很明显，中间十三出是作品的主体部分，从不同方面揭示了当时中国社会面临的主要问题，提出了应当采取的主要对策。在这类剧作里，情节与故事已经退居于次要的位置，情节与故事淡化的倾向非常明显。

杨子元的《阿芙蓉传奇》和《女界天传奇》也是近代传奇杂剧非情节化、非故事化趋势的重要代表。《阿芙蓉传奇》凡十八出，前加楔子，创作目的是揭露鸦片罪恶，劝禁吸食，廓清毒孽，使国家民族迅速振兴。对此相当了解的作者之友李炳炎指出："罗列烟界怪现象,使人触目惊心,引为国耻,而鉴前车。"① 作者本人也说得很清楚,首出之前《楔子》开场曲【青玉案】云:"乾坤一大梨园耳,花花世,皆傀儡。十二万年一弹指,蛤中佛笑,桔中叟喜,劫换沧桑矣。南部烟花金粉地,东山丝竹霓裳队,利国福民牖社会。铜琶铁笛,红箫绿绮,惊醒睡狮起。"【尾声】云:"四万万人福如天,震旦尽兵仙。雄吼地球执牛耳,三千界扫芙蓉烟。"作品以揭示鸦片烟毒害的种种现状和应当采取的禁止措施为中心,没有连贯的情节和完整的故事,当属自然之事。

第二,由于表现纷繁史实、陈述复杂事件的需要,特别是当所反映的内容时间、空间跨度极大、难以把握和驾驭的时候。

梁启超的传奇《劫灰梦》、《新罗马》和《侠情记》均未完成,但从已经完成部分的情况可以看出,三种传奇的非情节化、非故事化倾向也十分明显。在仅完成一出的《劫灰梦》中,作者感于甲午战败,庚子国变,列强侵略,人心不振,忧愤已极,欲以戏曲唤醒同胞,遂借剧中人物杜撰之口表白道:

> 我想歌也无益,哭也无益,笑也无益,骂也无益。你看从前法国路易第十四的时候,那人心风俗不是和中国今日一样吗?幸亏有一个文人叫做福禄特尔(引者按:今译伏尔泰),做了许多小说戏本,竟把一国的人从睡梦中唤起来了。想俺一介书生,无权无勇,又无学问可以著书传世,不如把俺眼中所看着那几桩事情,俺心中所想着那几片道理,编成一部小小传奇,等那大人先生、儿童走卒,茶前酒后,作一消遣,总比读那《西厢记》、《牡丹亭》强得些些,这就算我尽我自己面分的国民责任罢了。②

---

① 李炳炎:《题阿芙蓉传奇·六大特点》,见梁淑安、姚柯夫:《中国近代传奇杂剧经眼录》,第174页,北京,书目文献出版社,1996年。

② 《楔子一出·独啸》,阿英编:《晚清文学丛钞·传奇杂剧卷》,第688页,北京,中华书局,1962年。

梁启超《新罗马》、《侠情记》二种传奇,是根据他编译的《意大利建国三杰传》谱成,重点在于演述意大利由弱变强、成为欧洲自主国家的历史,给中国人提供借鉴。与《劫灰梦》的作法相似,在《新罗马》的开头,作者借意大利伟大诗人但丁之口表白创作意图说:

> 老夫生当数百年前,抱此一腔热血,楚囚对泣,感事唏嘘。念及立国根本,在振国民精神,因此著了部小说传奇,佐以许多诗词歌曲,庶几市衢传诵,妇孺知闻,将来民气渐伸,或者国耻可雪。……我闻得支那有一位青年,叫做甚么饮冰室主人,编了一部《新罗马传奇》,现在上海爱国戏园开演。这套传奇,就系把俺意大利建国事情逐段摹写,绘声绘影,可泣可歌。四十出词腔科白,字字珠玑;五十年成败兴亡,言言药石。……我想这位青年,飘流异域,临睨旧乡,忧国如焚,回天无术,借雕虫之小技,寓道铎之微言,不过与老夫当日同病相怜罢了。①

从这样的宗旨出发创作传奇杂剧,情节与故事的因素必然退居次要的位置,以便更加充分、更加集中地实现启发蒙昧、鼓舞民气、救国救民的目标。

杨子元的《女界天传奇》八出,前加楔子,每出演述一个故事,有一个相对完整的情节,全剧由八个互无联系的独立故事构成:第一出《授书》,述玄女授黄帝兵书;第二出《饭韩》,述漂母以饭食韩信;第三出《戍边》,述花木兰代父从军;第四出《救种》,述秦良玉抗清保种;第五出《宗孔》,述美国总统华盛顿之母尊孔;第六出《医院》,述俄皇娣亚历山大内亲王亲任看护妇;第七出《救国》,述英国首相亚斯夫人救国危难;第八出《和议》,述海牙万国妇女大会。显然,前四出写中国杰出妇女,后四出写外国妇女状况;各出之间在情节上绝不相关,全剧当然没有一个完整

---

① 《楔子一出》,阿英编:《晚清文学丛钞·传奇杂剧卷》,第325~326页,北京,中华书局,1962年。

的故事,全剧的情节与故事已经完全被消解。但是,却有一个非常突出的中心主题将作品联系起来,情节的作用已经被思想主题所取代。作品最后一出的结尾曲【南乡子】云:"妇学掌周官,女界原来别有天。九嫔之法空秦火,堪怜,女权坠地三千年。天铎振剧坛,唤醒震东玉婵娟。模范中西奇女子,请看,神圣民邦巩红颜。"作者自述创作宗旨时说得更清楚:"蒲江杨子元,新撰《女界天传奇》,以扩张女学,巩固共和为宗旨,援中西有关国家、有关世界奇女子,资红颜模范,期共享平权自由之福。"① 由此就更容易理解作者为何要采取这样的创作策略了。

丁传靖的《七昙果》根据近代著名诗人易顺鼎自述前世七生之事创作,共八出。首出写周灵王太子晋(字子乔)前生本灵山会上的优昙仙史,因情心萌动而被贬谪下界;第二出至第六出写明代张灵与崔素琼的爱情悲剧;第七出写张灵的三个化身清代张船山、王仲瞿、张春水同至可中亭相聚;第八出写优昙仙史谪限将满,最后一世即清末湖南龙阳易顺鼎。实际上,全剧由四个相对独立的故事构成,情节并不连贯,时间和空间跨度极大,结构相当自由。情节与故事在此剧中已经不重要,其主要的结构线索就是易顺鼎的生命轮回,前世今生。

第三,由于考证学术问题、追索正确结论、展示学问渊博的需要。

这样的传奇杂剧作品并不多,但是非情节化、非故事化倾向表现得非常充分,其作意、写法、面貌、风格等均极为独特,特别值得重视。近代前期戏曲家张道的传奇《梅花梦》分上下两卷,凡三十四出,为近代篇幅较长的传奇之一。此剧有引人的情节与完整的故事:梅花仙子被谪下界,投生为扬州女子乔小青。小青慧解诗书,棋画皆精,嫁钱塘冯云将为妾。为正妻所不容,强令迁往孤山中独居,备受煎熬,抑郁而死。值得指出的是,此剧卷上之末有

---

① 梁淑安、姚柯夫:《中国近代传奇杂剧经眼录》,第176页,北京,书目文献出版社,1996年。

《补一折·评疑》,卷下之末有《缀一折·寄韵》,两折戏皆与全剧情节无关,也皆在全剧故事之外。《评疑》主要考证评析剧中人与事的来历,如指出乔小青原姓冯,实有其人等。该折皆为考据性文字,且均系说白,无一曲唱词;还记载了《梅花梦》上本演出之后各类观众的不同反应,不同人物亦从不同角度评论小青的事迹。《寄韵》重在表达对小青故事的感想,没有什么情节,抒情性特点十分突出,【尾声】中多系作者感慨之言:"寓言真假全无验,倒不如分付秦皇火一锨。据我看来,把那《梅花梦》付诸一炬,倒觉清脱,再问那梦神儿,你撮弄无端,还敢把人去闪。"如果说《寄韵》一折的写法还属于传奇中经常使用的抒情性结尾,那么《评疑》一折的独特性就更突出一些。一般情况下,这类内容不被纳入剧中,更少有专列一折以表现之的情况。在许多传奇杂剧中,对此类内容通常的处理方法是作为附录,或置于剧前,或放在剧后,总之不作为全剧的一个部分出现。这两折戏的运用,实际上部分地改变了作品的情节与故事结构,透露出近代传奇杂剧走向写实化、非情节化的动向。

俞樾的两种传奇《骊山传》和《梓潼传》的情节与故事处理更值得注意。作者集经学家、史学家、小学家与文学家于一身的特殊身份,赋予这两种传奇许多新奇的特点;作者的学问、兴趣、才情和禀赋在传奇中得到相当充分的展示。《骊山传》凡八出,主旨是考证骊山老母的来历,《梓潼传》亦八出,用意是考证梓潼帝君的来历。二者均根据古代经史文献,字斟句酌,语语坐实,旁征博引,考订精详。作者进行戏曲创作的兴奋点显然不在于情节与故事,并不曲折的情节和并不精彩的故事在作品中明显处于可有可无的从属地位,本来应当受到作者重视、引起观众和读者兴趣的情节与故事,退居到作品的边缘,被浓重的学术色彩和深奥的经史考据所冲淡。

正如《骊山传》第二出结诗所说:"骊山老母世皆知,世系源流孰考之。《史记》《汉书》明白甚,并非院本构虚词。"全剧结诗也说出了创作用意:"平生耽著述,颇不袭陈因。搜出骊山女,补完周乱臣。经生传述误,史氏记来真。此论奇而确,迂儒莫怒嗔。"①《梓潼传》第六出文学博士下场诗也说:"戏将六艺付闲评,锣鼓场中试共听。欲把文君稍点缀,遂教科白也谈经。"全剧结诗再次诉说作者对作品中所得出的学术性结论的自信:"文昌宫殿人间满,毕竟无人识此人。天上文昌推本命,周时张仲托前身。蚕丛故里仍难没,蛇腹讹言大可嗔。试看常璩《巴蜀志》,我言征实岂翻新。"②作者不仅道出了传奇创作的用意、方法,而且对得出的学术结论十分自信,认为其可以与正史相参。作者最为关注的并非戏曲的情节与故事,而在于以戏曲传播这种学术性结论的作用与功能的创作观念,也反映得再清楚不过。可以说,俞樾是近代戏曲家中"以学问为戏曲"创作倾向的最杰出代表;他的《骊山传》和《梓潼传》是近代"学问化"戏曲的代表作品。

上述三种情形表明,在近代传奇杂剧中,有相当一部分作品表现出明显的非情节化、非故事化倾向。这种倾向在近代中期的作品中表现得尤为突出。在这些传奇杂剧中,种种过多地离开戏曲本身艺术特性的外在因素,构成了对戏剧情节结构、故事线索的强烈冲击,带来的结果则是非情节化、非故事化的戏曲史走向。

回顾中国戏曲史上元明清三代的大量作品,特别是明清杂剧、文人传奇中,也有由于重抒情议论、重史实叙述而带来情节弱化、故事弱化的作品出现,但是近代传奇杂剧表现出来的非情节化、非故事化倾向,从其深度、广度等方面来看,都可以说达到了中国戏曲史上的空前程度,成为传奇杂剧最后历程中一种新的创作现象。

第二节 戏剧冲突的淡化

戏剧冲突是表现人与人之间矛盾关系和人的内心矛盾的特殊艺术形式,中外许多戏剧理论家都非常重视它的作用。戏剧冲突的表

---

① 俞樾:《骊山传》,《春在堂传奇》本,光绪二十五年(1899)刻本。
② 俞樾:《梓潼传》,《春在堂传奇》本,光绪二十五年(1899)刻本。

现方式多种多样,可能表现为某一人物与其他人物之间的冲突,亦称外部冲突;也可能表现为人物自身的内心冲突,或称内部冲突。二者可以单独展开,有时则交错在一起。还可能表现为人与自然环境或社会环境之间的冲突,这种冲突也需要戏剧化。陈荒煤曾指出:"戏剧冲突的虚假、不真实和不尖锐,人物没有或缺乏鲜明的性格,没有或缺少情节,这都会损害戏。如果这三宝都没有,那么,简直就不成其为戏了。"① 可见戏剧冲突在戏剧理论与批评、戏剧创作实践中的重要地位。由于中西戏剧传统的差异,中国古典戏曲中的冲突与西方戏剧传统中的冲突在构成方式、表现形态、地位作用等方面有着多种不同。尽管如此,中国戏曲中戏剧冲突的作用仍然是重要的。不仅在戏曲理论与批评方面如此,在创作实践上也如此,中国戏曲史上的许多杰出作品,都证明了激烈而精彩的戏剧冲突对戏曲成功的重要意义。

关于近代传奇杂剧的戏剧冲突表现,可以从两个方面去认识。一是在传统戏剧观念的指导和影响下,一部分近代传奇杂剧仍然以继承传统为主要结构方式,戏剧冲突也与清代中叶以前戏曲中戏剧冲突的表现形态有着更多的相似性。这一点,在近代前期的作品中表现得比较集中,近代后期也有相当一部分作品出现了更多地回归传统的趋势。在许多近代传奇杂剧作品中,无论是内部冲突,还是外部冲突,都得到较成功的展示,与元明清三代的传奇杂剧相比,没有显著的不同。而从传奇杂剧发展变迁的角度来看,另一种情形是更有意义、更值得注意的,就是戏剧冲突的淡化趋势。从变化的角度考察近代传奇杂剧中戏剧冲突的表现方式,可以看到这种戏剧冲突的淡化趋势主要以如下几种方式表现出来。

一、戏剧冲突虚化

陈荒煤曾十分明确地指出:"'戏'就是冲突。这是我们大家

---

① 陈荒煤:《说"戏"》,《文艺报》1959 年第 13 期。

早已明确的问题了。没有冲突就没有戏剧。"① 从戏剧理论上说，无论是内部冲突、外部冲突，还是二者兼而有之，或者是表现人与自然环境或社会环境之间的冲突，戏剧冲突都必须是具体的、实在的，或者说是有戏剧性的冲突。一般说来，在表现内部冲突和外部冲突的戏剧中，这一点还比较容易做到；在表现人与自然、人与社会环境之间的冲突的戏剧中，更应当强调这种冲突也必须戏剧化。

从这样的角度考察近代传奇杂剧的戏剧冲突，可以看到，一些作品的冲突是"虚化"了的。也就是说，虽然不能认为这些传奇杂剧已经没有了戏剧冲突，但是非常明显，戏剧冲突在表现形式上已经不集中、不突出，在戏曲中的作用也变得不重要、不关键，有时甚至处于可有可无的地位。这样的近代传奇杂剧数量不多，却代表了一种十分重要、必须予以重视的戏曲史现象。

近代大部分无故事情节的传奇杂剧，由于篇幅短小，一般只有一二折（出），人物很少，通常只有一二人，这种表现形式上的限制，使它们难以构成曲折的情节和有趣的故事，几乎无法表现不同人物之间的冲突，即外部冲突，这是必然出现的情况。另一方面，它们本可以表现的人物自身内心世界的冲突，人与社会环境、自然环境之间的冲突，又没能得到较好的表现，也出现了戏剧冲突虚化的趋势。贺良朴的《叹老》传奇仅一出，一开始就由全剧唯一的角色"幅巾、绦袍、眇目、跛足、扶杖"的老生陈腐揭示主题道：

> 海桑陵谷幻乾坤，春梦模糊不见痕。满目山川何限感，夕阳虽好近黄昏。老夫姓陈名腐，排行老大，混沌帝国人也。冉冉龙钟，奄奄龟息。四肢如废，无独立之精神；五官不灵，乏自由之思想。见者谓其心已死，谅非金石，岂能长存；医士云元气大伤，虽有参苓，恐难奏效。（叹介）咳！不料我好好一个人儿，忝窃得偌大个家私，消受得这多奴仆的供养，如今只弄得如醉如痴，又聋又瞽。人人讥笑我老大，唾骂我老大，揶揄我老大，看看我

---

① 陈荒煤：《说"戏"》，《文艺报》1959 年第 13 期。

> 也老大得不耐烦了。今日传说有个少年登场,说了许多顶天立地的大话,要替我混沌帝国开开窍儿。少年少年,你兀的不羡煞俺也!①

在以下篇幅中,继续以唱词和说白阐述这些思想,议论和抒情是其主要的表现方式。最后写道:"此刻已是新旧交代的时候,老夫去矣。""【尾声】故人不及新人好,我到此何须叹二毛。少年啊少年,只望你提挈河山休草草!"② 此剧没有具体而实在的戏剧冲突,倒是更接近抒情与议论相结合的文章。

另外一些无情节作品,如无名氏的《少年登场》,吴魂的《迷魂阵传奇》,柳亚子的《松陵新女儿传奇》,高增的《侠客传奇》、《女中华》、《人天恨传奇》和《血海恨》,玉桥忧患的《广东新女儿传奇》,佚名作品《巾帼魂传奇》等,它们的内容或宣传妇女解放、男女平权,或议论时政、警醒同胞,或抒发民族义愤、揭露清廷,着重表现时代先行者或激起爱国者对社会状况、国家处境的深刻忧患感情,本来都有构成戏剧冲突的可能,可以表现为身处内忧外患危机环境中的个人内心世界的冲突,或者是觉醒者个人与腐朽的统治者、危急的社会政治状况之间的冲突。但是从这些传奇杂剧作品的实际情况来看,作者并没有展现出具体的、真实的、激烈的戏剧冲突,没有将原有的构成戏剧冲突的可能性转变为现实性。

关键的问题是,作者在构思与创作过程中,无心无暇对戏剧冲突予以足够的关注,强烈的激动、深刻的忧愤冲淡了一切,主要人物在许多场合不是作为剧中的一个角色在表演,在很大程度上是作者借人物之口在宣讲、议论和抒情。在戏剧人物身上,可以隐约看到情绪高涨,不能自已的作者形象。作者和作品的这种关系颇有点像马克思所说的"把个人变成时代精神的单纯的传声筒"③。就戏

---

① 阿英编:《晚清文学丛钞·传奇杂剧卷》,第678页,北京,中华书局,1962年。
② 阿英编:《晚清文学丛钞·传奇杂剧卷》,第681页,北京,中华书局,1962年。
③ 马克思:《致斐·拉萨尔》,《马克思恩格斯选集》第4卷,第340页,北京,人民出版社,1972年。

剧的艺术本质来说，这样的传奇杂剧不能说是成功的，它们留下的教训要多于经验。但是从近代戏剧乃至近代诗词、小说、散文产生的文化背景来分析，这种情形的出现不仅是不难理解的，而且是必然的。

另有一部分近代传奇杂剧，也由于戏剧艺术以外的种种原因，不同程度地出现过戏剧冲突虚化的倾向。洪炳文的《电球游》是近代传奇杂剧中极为特殊的作品。关于此剧的创作情况和用意，作者曾说："有吟香居士，在千里之外，远莫能致，遂结想而成梦。"① 又说："理想小说，贵乎征实。是编之说，事虚而理实。"② 因思念朋友结想成梦而创作的这部事虚而理实的传奇作品，写花信楼主人接友人吟香居士寄来的曲谱一套，名之曰《三秋图》，于再三玩味揣摩之中，不觉困倦入梦。梦中花信楼主人与仆人乘电球赴金华访吟香居士。至吟香居士住所后，又以催眠术造梦，与吟香居士同在梦中游于所画之园林图"适园图"中。且在园中会蘅芳、忏红二位女士，与她们题诗唱和。此时仆人来报，邮电局通知西北风大，须即刻返回。于是主仆二人辞别友人，复乘电球归去。醒来方知，所历之一切，乃是南柯一梦。作品以【北粉蝶儿】开场："木落庭柯，恨只恨流光空过，卷帘桄盼不断的云罗。念旧雨，重记忆，书窗频危坐。叹世界如转陀螺，单剩下愁人一个。"③ 很明显，《电球游》中虽寄托了作者思念友人的愁怀，但是最关键的内容不在于此。作品只是以这样一个框架，表现"电球"与"催眠术"两项科学幻想内容，这是其真正宗旨所在。在此剧中，戏剧冲突不仅已经不重要，而且早已处于似有若无的地位。

俞樾的《骊山传》与《梓潼传》两种传奇，从各出内部来看，

---

① 洪炳文：《自序》，梁淑安，姚柯夫：《中国近代传奇杂剧经眼录》，第83页，北京，书目文献出版社，1996年。

② 洪炳文：《例言》，梁淑安，姚柯夫：《中国近代传奇杂剧经眼录》，第83页，北京，书目文献出版社，1996年。

③ 梁淑安，姚柯夫：《中国近代传奇杂剧经眼录》，第84页，北京，书目文献出版社，1996年。

一定的戏剧情节构成了较为具体的戏剧冲突；但结合创作宗旨，从全剧的结构来看，这两种传奇的冲突就不那么集中和突出了。换言之，剧中那并不紧凑的情节与并不激烈的局部冲突，完全服务于考证经史问题的需要，完全服从于戏曲内容谨严、博雅的学术化要求。杨子元的《新西藏》和《黄金世界》也是这样的作品。《新西藏》的主旨是为治理西藏提供有用的策略，这一点在第四出（即最后一出）中表现得非常充分。除此以外的前三出《说矿》、《宗教》、《昆仑》，分别介绍了西藏的历史、地理、种族、物产、宗教、风俗、习惯等内容，有关西藏知识的介绍与治国方案的宣传这一核心内容代替了具体的戏剧冲突。《黄金世界》着重于对当时社会现状的展示，描绘同胞的苦难和民族的危机，提出振兴国家民族的策略。正如作者所说："谋大中华全国之富，并欲撷黄金之光，普照大千世界，寓大同主义于乐府之音。"① 在这样的创作观念指导下，戏剧冲突自然难以在作者心目中占有特别突出的地位。于是造成了以描绘现实、憧憬理想为创作核心而虚化戏剧冲突的结果。

二、戏剧冲突弱化

从理论上说，戏剧冲突应当是具体的、深刻的，这样才能使作品的戏剧性得到加强。大凡中国戏曲史上的杰作都具有这样的特点。从这一角度考察近代传奇杂剧，就会发现有一些作品的情况恰好相反，主要表现为戏剧冲突不够具体、不够深刻。为了叙述的方便，笔者称这种情况为戏剧冲突的弱化现象。

近代传奇杂剧中戏剧冲突的弱化现象在近代中后期作品中的表现要比在前期作品中突出。这主要是因为近代前期的传奇杂剧承续传统的成分更大些；而到了中后期，随着文化环境愈来愈剧烈的动荡，戏曲家的思想意识、创作心态都发生了深刻的变化，中国戏曲才真正进入了以空前繁荣、迅速变革为总体特征的新阶段。这种戏

---

① 作者自述，见梁淑安、姚柯夫：《中国近代传奇杂剧经眼录》，第175页，北京，书目文献出版社，1996年。

曲史和文化史的急剧变化在传奇杂剧中的表现之一,就是戏剧冲突的弱化趋势。

有的作品是因为反映社会问题的需要而弱化戏剧冲突。魏熙元的《儒酸福传奇》是一出抒情性很强的戏,开场的【蝶恋花】就咏叹道:"五十光阴惊一霎。便到期颐,有甚消愁法?羽换宫移随手拍,葫芦学士工描画。　　哀乐中年须陶写。踏向氍毹,说句酸心话。话不休时泪盈把,上天下地谁知者?"① 全部以"酸"字冠首的十六个出目也体现了它的抒情特点:《酸意》、《酸因》、《酸影》、《酸忿》、《酸趣》、《酸警》、《酸梦》、《酸嘲》、《酸思》、《酸痞》、《酸慰》、《酸庆》、《酸毓》、《酸窘》、《酸果》、《酸情》。作者在多方面地描绘和展示儒生士子可怜可悲命运的基础上,表现出深切的同情和无可奈何之感。从对社会一角众多现象的展示到抒发作者浓重的思想感情,这样的创作意图与结构方式都没有给戏剧冲突留有足够的艺术空间。作品中,一面是形形色色的书生,一面是并不具体也不真切的官僚体系乃至整个社会,本来有可能形成的个人与社会环境之间的冲突并没有得到充分的展现,本来就很难表现的戏剧冲突被弱化了。杨子元的《女界天》写古今中外八位杰出女性的业绩,目的是为中国妇女提供学习的榜样,以达到男女平权、共享自由之境。全剧八出中,每一出的故事都是独立完整的,也都具有必要的情节与冲突;但是从总体上考察这一作品,就会发现它最突出的特点是反映了一个重要的社会问题,而在这一过程中,并没有构成具体的真正的戏剧冲突。

有的作品是因为叙述历史或现实事实而弱化戏剧冲突。梁启超的戏曲创作是很典型的例子。原计划写四十出而只完成了七出的《新罗马传奇》,表现意大利自1814年以后五十年间兴衰成败的历史。如此巨大的时间跨度,必须采用高度概括的结构方式,这显然与戏剧情节清晰、冲突集中的艺术要求正相矛盾。在这一创作难题面前,梁启超的选择是让情节和冲突迁就戏剧内容。从第一出开

---

① 魏熙元:《儒酸福传奇》,光绪十年(1884)玉玲珑馆刻本。

始,作者就采用近于历史大事年表的排列方式展现意大利历史变革中三位杰出人物的巨大作用,登场人物与其说是作为戏剧角色在表演故事,不如认为他们是在舞台上向读者或观众讲述历史。剧中人物之间、人物与环境之间都难以构成尖锐而具体的冲突,将本来有可能形成的戏剧冲突弱化为政治和党派的一般矛盾,角色很多时候也是在讲述这种戏剧性不强、表演困难的复杂事件的过程。这种现象当然可以认为是中国近代戏剧创作的一种探索,其结果之一就是戏剧冲突的弱化。有论者说,《新罗马传奇》中的主要人物玛志尼至第四出才出场,打破了古代传奇中正生和正旦必须在第一出、第二出即出场的旧习惯。其实,梁启超之所以选择了这样的处理方式,从戏曲本身来说,一是由于表现这种庞杂的新题材的需要;另一个重要的原因就是,戏剧情节的淡化和戏剧冲突的弱化,使这样处理戏剧人物具有了更大的可能性。

  还有的作品是因为着重于叙事、议论和抒情而弱化戏剧冲突。陈时泌的《武陵春传奇》凡八出,只有老生扮武陵渔人、小生扮湖南国子监生两个角色上场。后者因入京肄业,正值庚子事变爆发,在乱离中幸归湖南,向隐居于此的武陵渔人讲述耳闻目睹的庚子事变中的种种情形。二人边叙边议,对往事的陈述和对现实的感慨成为全剧的主体部分。叙述人从旁观者的角度讲述历史事件的经过,这样的戏剧主体内容与戏剧人物之间没有构成具体而强烈的戏剧冲突。姜继襄的《汉江泪传奇》以另一种方式表现了戏剧冲突处理方式的新变化。此剧凡二本,每本一出。第一本末扮香雪道人、生扮丁令威,通过二人唱词与说白叙述清初以来武汉的兴衰隆替,特别是武昌起义以来造成的萧条冷落景象,并为之伤心流泪。第二本末扮钟子期、生扮玉茗词孙,玉茗词孙有感于武汉繁盛之地在战乱之中化为焦土的残酷现实,醉而入梦,钟子期将其梦魂引起,展示武汉五十年后的兴旺发达景象。此剧系作者在1912年春重游武汉时"杂写见闻,以歌当哭"①之作,剧中人物均基本上是以旁观者的身份叙述史事,抒发情感。丁令威、玉茗词孙二人的感慨忧患是构成戏剧冲突的良好材料,作者却没有予以特别的重视,没有充分地展示人物与社会政治环境之间的矛盾冲突,戏剧冲突在剧中显得无足轻重,出现了明显弱化的情形。

第三节　戏剧人物的平面化

中外戏剧史一再证明,戏剧人物历来是戏剧创作的重心,如何塑造个性化的不朽的艺术典型,创造具有长久生命力的戏剧人物,是中外戏剧家普遍关注的问题。人物在戏剧作品中通常成为情节的中心,冲突的焦点,戏剧人物的成功与否在很大程度上成为戏剧艺术成就高下的关键。中国戏曲史上的名作几乎都创造了富有艺术生命力的人物形象,许多戏曲作品因为天才的人物创造而获得了无限光彩。

近代传奇杂剧对于戏剧人物的创造,也取得了可观的成绩。在一些作品中,人物个性、命运、意义都得到比较充分的展示。从人物形象本身来看,这些人物的个性展示比较充分,性格内涵比较丰富,是近代传奇杂剧人物群像中的杰出代表。从人物类型的角度来看,无论近代传奇杂剧的人物形象成功与否,都为中国戏曲史增添了新的人物形象,有许多人物类型是古代戏曲中从未出现或未得到充分发展的。近代前期的许多传奇杂剧作品大多如此,中后期的相当一部分作品也是如此。

另一方面,从戏曲发展变化的角度认识近代传奇杂剧中的人物形象,有些作品的主要人物性格不很突出,缺乏深度,也没有发展变化的过程,带有简单化、脸谱化的倾向,笔者称之为戏剧人物的平面化。

---

① 姜继襄:《汉江泪传奇》第二本前作者自叙,见梁淑安、姚柯夫:《中国近代传奇杂剧经眼录》,第97页,北京,书目文献出版社,1996年。

从中国近代戏曲发展新态势的角度来考察,这种戏曲史现象也许是更有价值、更值得注意的。戏剧人物的平面化与戏剧情节的削弱、戏剧冲突的淡化密切相关,互为因果,分别从不同侧面反映了近代传奇杂剧戏剧性减弱这一重要趋势。本书分别讨论,主要是为了各有侧重和叙述的方便。

从作品内容方面分析近代传奇杂剧人物形象平面化倾向发生的主要原因,可以看到有几种不同的情况,下面分别述之。

一、议论、演说等宣传成分的加强造成人物平面化

与中国古代戏曲相比,中国近代戏曲有许多独特之处。中国近代戏曲生存环境和戏曲家创作心态的独特性是十分明显而且是特别重要的。这种独特性带来了近代传奇杂剧的许多非同以往的独特面貌。在大量的传奇杂剧中,人物的表演有很多就是进行广泛而直接的政治宣传鼓动,议论时政、忧患时局、发表政治见解、宣传政治主张成为大量作品的突出内容。剧中人物有时独自感慨,有时与人商讨,有时登台演说,表现形式虽有不同,创作意图却十分明显。这些政治宣传、思想鼓动成为戏曲的核心内容和人物的主要活动方式,必然削弱对人物性格的充分表现。

就戏曲的艺术本质来说,这些非戏剧性成分大量进入作品,如果把握和处理不当,很容易造成整个作品的严重非戏剧化倾向。如果能将这些本来属于非戏剧性的内容处理得好,把握得恰到好处,就可以提高作品的思想性、针对性,使其获得广泛而长久的社会意义和认识价值。在一些近代传奇杂剧作品特别是近代中后期政治家、宣传家型戏曲家的作品中,所看到的更多的是前者,即由于种种非戏剧性因素造成的戏剧人物的平面化现象。

中国近代许多政治化的传奇杂剧作品不同程度地表现出人物性格平面化的倾向。许多人物在戏曲中的主要任务不是在情节推进和冲突发展中逐渐展示自己的个性特征,而是在很大程度上成为故事的旁观者或讲述者,成为作者政治主张的信仰者和宣传者。从读者或观众的角度来看,他们是剧中的人物,处于作者与读者(观众)

之间；从戏剧情节、戏剧冲突的构成来看，他们又仿佛处于情节与冲突之外，或者是介于剧中与剧外的边缘人物。贺良朴的《海侨春》中的正生南荃居士和正旦女侠遁云，陈时泌的《武陵春》中的武陵渔人和国子监生，欧阳淦的《新上海》中的生净丑末诸人，逋隐的《黄花冈》中的生和末黄花观老道士等，都是故事的讲述者和评论者，他们的性格都是定型化的，没有什么变化发展的过程，也没有显示出应有的深度。

陈天华《黄帝魂》中的小生、无名氏《少年登场》中的真少年、高增《女中华》中的旦黄英雌、《人天恨》中的生含辛子、陈伯平《同情梦》中的尤素心、玉桥忧患《广东新女儿》中的朱翠华、吴魂《迷魂阵》中的生金可珍、柳亚子《松陵新女儿》中的谢平权、阮式《梦桃新剧》中的残魂等人物，大都作为宣传者、鼓动者出现于戏曲之中。他们在剧中表演的成分不足，着重于对政治主张、思想意识、国家危机、民族矛盾进行分析评论，提出变革方案，展望美好理想。他们的形象有简单、苍白之嫌，更难说具有独特的个性、具有性格深度和发展变化的过程了。

二、概念化、观念化成分过于突出造成戏剧人物平面化

戏剧人物是戏剧家的艺术创造，不论什么样的戏剧人物，都毫无疑问地带有作者的主观色彩。但是，戏剧家在创造人物的过程中，以何种方式、在多大程度上、通过什么样的艺术手段将自己对人生、对生活、对世界的感受和认识寄托在戏剧人物身上，融入戏剧人物的性格当中，却是一个非常复杂、极其深奥的艺术创造问题。最理想的境界是将二者完美如一地结合起来，既充分地表现作者的思想观念，又出色地完成戏剧人物的性格创造，作者的思想观念通过人物形象艺术化地表现于戏剧作品之中。中国古代戏曲史上的许多名作都是成功的范例，为戏曲创作积累了丰富而宝贵的经验。

不少近代传奇杂剧作品也在这方面取得了相当的成功。作者的

思想观念与戏剧人物性格结合得比较好，人物个性在戏曲中得到了比较充分的展示，为近代戏曲史创造了许多新型的人物，显示了中国戏曲史进入近代以后的新发展。还有一些戏剧人物就不那么出色了。由于在他们身上过多、又过于直接地寄托了作者的思想观念、政治主张、宣传意图等，而且这些政治内容并没有得到完善的艺术化处理，于是造成这些人物的性格比较单薄，立体感不强，有简单化、脸谱化的倾向。从戏曲艺术的角度看，这些人物不能算是成功的、具有典型意义的；从戏曲史的角度看，这种类型戏剧人物的大量出现，却是非常有意味的，反映了近代传奇杂剧在戏剧人物创造方面产生的一个引人注目的新变化。

首先值得注意的是作者们为了直接而忠实地贯彻创作意图创造的许多反面人物形象。为了展开情节、构成冲突、烘托正面人物等戏剧性因素的需要，他们在剧中作为作者思想观念的对立面出现，经常被处理成简单化、脸谱化的人物，或凶恶可恨、阴森恐怖，或滑稽可笑、庸俗卑鄙。这些人物在作品中多以净、副净、丑、杂等行当充当，偶尔用生、末行充当。在关于太平天国等农民起义的近代传奇杂剧中，绝大多数农民起义军的将领、士兵或者亲近起义军的人们都经常被描绘成这样的人物。李文翰的《凤飞楼》中，净扮李自成，其部将丑扮独行狼、副净扮混天猴、末扮天可飞、生扮不沾泥，即是此等人物。历史上实有李自成其人自不待言，据第四出《屠惨》锡淳（厚庵）眉批"四贼俱流贼传中有名目者"可知，后四人亦非虚构人物，只是在作品中对他们进行了戏剧化的处理。陈烺的《蜀锦袍》中，净扮瞎一目的闯王李自成、末扮部将东山虎、丑扮部将黑煞神、副净扮部将副塌天亦是如此。刘清韵《英雄配》中的净扮太平军将领左山虎、曾传钧《蕙兰芳》中的张献忠也莫不如此。郑由熙的《雾中人》、《木樨香》，朱绍颐的《红羊劫》，杨恩寿的《理灵坡》、《双清影》、《麻滩驿》，支碧湖的《春坡梦》，王蕴章的《香桃骨》等作品中出现的起义军人物也都是如此。只有主张反清革命的南社社员洪炳文在《白桃花》中把投靠太平军的白承恩当做英雄人物来描写，是个例外。将农民起义军作为反面戏剧人物来表现，除了反映出作者的正统立场外，还造就了一批平面化的戏剧人物。其他一些传奇杂剧中的反面人物或次要人物也不同程度地带有平面化的倾向。但是据笔者所见，这种倾向在与农民起义斗争有关的作品中表现得最为集中、最为强烈。

上文所谈的作者自述剧，系作者将自己作为剧中人物，以自己真实姓名或将真实姓名稍加变化而上场。从创作实践上看，在这类作品中作者思想观念驱使戏剧人物的情况是最为突出的。但是由于一些作者能够比较好地处理作者本人和作为戏剧人物的自我之间的联系与区别，较好地把握了个人与人物的关系，还是创造了较为丰满的人物形象。同时，也有的作者自述剧由于人物过于直接地为作者的思想情感、意志行为所左右，出现了戏剧人物平面化的倾向。周实的《清明梦》以直接抒发思乡忧国之情为主，仅周实一人上场，梦中又出现其妻子形象。周实在剧中感叹："伤同胞一般寥落，频睁白眼问穹苍。"情感极为强烈，但周实这一戏剧人物则显单薄。

在一些抒情短剧中，因为作者的情感、思想等未能融入戏剧人物形象之中，而是经常性地让人物代作者发言，也使戏剧人物性格缺乏立体感，显得简单化，没有展示其形成和发展变化的过程。袁祖光的《仙人感》中对湖南政治局势深为担忧、无限感慨的吕洞宾，贺良朴的《叹老》中无独立精神、乏自由意志、既老朽且愚腐的陈腐，高增的《侠客传奇》中顶天立地、献身祖国、誓报家仇雪国恨的杨无畏，都是这类人物的代表。

三、反映历史事实的作品特别关注"事件"而轻视"人物"造成人物平面化

反映历史事件的传奇杂剧并不一定带来戏剧人物平面化的必然结果，中国戏曲史上的杰作如《鸣凤记》、《清忠谱》、《桃花扇》、《长生殿》等就是最有力的说明。但是，当戏曲所表现的历史事件异常纷繁复杂或者时间空间跨度较大的时候，就必然给戏曲家的艺术创造特别是人物塑造带来更大的困难。李渔也主要是从这一点出

发,有针对地指出:"头绪繁多,传奇之大病也。……作传奇者,能以'头绪忌繁'四字刻刻关心,则思路不分,文情专一,其为词也,如孤桐劲竹,直上无枝,虽难保其必传,然已有《荆》、《刘》、《拜》、《杀》之势矣。"① 在创作头绪纷繁、人物众多、事件复杂的戏曲作品的时候,如果戏曲家牢牢以核心人物、中心事件为重点,坚持通过具体的人物形象反映历史,以人物活动为重点再现事件,那么仍然具有创造出杰出戏剧人物的可能性。但是,当作者将创作的重心转移到重现历史事件的复杂过程,描绘社会生活的纷繁矛盾,并以此作为历史借鉴,作为警醒同胞的重要途径的时候,就容易出现戏剧人物湮没于复杂的事件之中,众多人物出现于戏曲之中,却难以发现哪几个人物个性特别突出、形象特别鲜明的情况。这也是笔者所说的戏剧人物平面化的表现之一。

中国近代最长的戏曲之一、吴承烜的《星剑侠传奇》是颇有代表性的。此剧篇幅长,达五十三出之多,时间空间跨度大,涉及20世纪最初二十年左右的中外史事,出场的人物多得难以准确统计。但是这些人物多为匆匆过客,完成他们表现历史事实、述说所知事件的任务之后,就再也没有留给读者或观众更加清晰、更加深刻的印象。由于表现如此纷繁复杂的历史事实成了戏曲的核心,戏剧人物的形象没有得到着力的塑造,性格没有得到充分的展现,因此,他们在剧中表现得不十分生动、不那么真切也就不难理解了。该剧由天德星、天解星、天富星等神仙的意志与活动构成总体框架,统摄全局,以天喜星和天愿星下凡为人作为穿插情节的手段,将许多的人物和事件联系在一起,剧中出现的日本兵、俄国兵、火车栈人员、海员、学堂生、术士、海王岛大王、铁路工师、银行商人、白话新学家、波斯国女士兰玉英克尼、埃及国女士阿蕙尼思等各色新旧人物,多给人以来去匆匆、浮光掠影之感。此剧是笔者见过的近代传奇杂剧中人物最多的一种,但是在数量众多的各色人物

---

① 李渔:《闲情偶寄》卷一《结构第一》,《中国古典戏曲论著集成》第七册,第18页,北京,中国戏剧出版社,1959年。

中,却很难找出几位性格突出、形象丰满的戏剧形象。因此,就再现历史而言,《星剑侠传奇》画面广阔,气势雄伟,很好地完成了创作意图,产生了巨大的思想影响;但是,就塑造戏剧人物而言,却很难说它是特别成功的。

梁启超戏曲中的人物也带有明显的平面化色彩。不管是《劫灰梦》中的正生杜撰,《新罗马》中的正生玛志尼、加富尔,还是《侠情记》中的正旦马尼他,他们登场之后,大多有较长段的道白并适当穿插唱词。作者并不是通过这些舞台活动着力刻画人物性格,表现角色个性,作者让他们做得最多的是叙述历史事件的复杂过程,并宣讲政治局势、分析危机原因、讨论救国办法。也就是说,这些人物的道白与唱词,在很大程度上就是作者对历史事件的介绍说明和内心志向的表白,戏剧人物在舞台上相当直接地述历史之实,言作者之志。这就使人物在戏曲中"表演"的成分大大削弱,人物性格缺乏应有的发展过程,不够丰满,不够立体化,有时甚至显得较为苍白。

这种情形的出现,从戏曲的艺术本质来看,不能不说是梁启超的一个失误;但这些人物却很好地贯彻了作者的创作意图,完成了作者赋予他们的任务。梁启超并不缺乏艺术修养,也不缺少驾驭剧中人物的能力与才情;所以如此者,是他将文学理论和戏曲创作纳入政治运动轨道的必然结果,他甚至是有意为之的。这其实是一部分近代戏曲家的必然选择和注定命运。戏剧人物的平面化倾向只是近代戏曲在总体上走向政治化道路的表现之一。

四、以学问为戏曲、以考证入戏曲造成人物平面化

李渔曾将"参引古事"、"借典核以明博雅"视为戏曲的"填塞"三病之一,明确提出传奇"贵浅不贵深"的主张。① 但是令李渔始料不及的是,在他之后,特别是在近代以来的戏曲史上,出

---

① 李渔:《闲情偶寄》卷一《词采第二》,《中国古典戏曲论著集成》第七册,第27~28页,北京,中国戏剧出版社,1959年。

现了不少以学问为戏曲的作家和作品。

造成近代传奇杂剧人物形象平面化的另一个重要原因,是某些戏曲家将经史考据、语言文字、典章故实等传统学问大量写入传奇杂剧之中,也有的戏曲家把近代某些学术文化思想写入传奇杂剧之中,从而使戏曲带有明显的学术色彩和渊雅风格。由于学术问题的讨论、专门知识的说明在作品中居于重要的地位,戏剧人物的主要活动就是讲述、论证有关的学术问题,而不是在情节与冲突的发展过程中展现人物性格,这种创作方式在很大程度上影响了对戏剧人物形象的塑造。

以学问为戏曲的情况在有的作品中是局部出现,从而使这一部分出现人物形象平面化的倾向。张道的《梅花梦》上卷末尾《补一折·评疑》全部为说白,无一句唱词,其主要目的就是考证辨析剧中人物与事件的来历和根据,完全是考据性文字,人物成为有关学术问题的说明者,无性格塑造可言。可以想见,这样的作品片段要想在戏曲舞台上演出是极其困难的。吴承烜的《星剑侠传奇》第十出《国文》也是如此。此出由外扮天富星与老生扮天文星二人讨论是否"学堂兴而国文废"的问题,还言及南皮张相国(之洞)所奏有关国文一折的主旨,倡创立存古学堂的主要意图,二人完全是作为有关政治问题、学术知识的陈述者出现,戏剧化的表演成分在这出戏中很难见到。与内容相应,此出只有三支很短的曲子,其他全为对白,有一大段长达800多字,如同一篇学术对话文章一般。二人讨论的核心问题可以从下面一节文字中看出:

(老生)国文指为国粹何也?(外)今日环球万国,学堂皆有国文一门。国文者,本国之文字语言,历古相传之书籍也。间有时势变迁,不尽适用者,亦必存而传之,断不肯听其澌灭。至本国最为精美擅长学术之技能,礼教风尚,则尤为宝爱护持。名曰国粹,专以保存为主。凡此皆所以养其爱国之心思,乐群之情性。东西洋强国之本原,实在于此,不敢忽也。(老生)自然不敢忽。①

胡盍朋的《汨罗沙传奇》写屈原故事,也带有明显的学术化色彩。作者除在卷首节录司马迁《史记》中的《屈原列传》、唐沈亚之的《屈原外传》外,还采取了十分独特的考证方式,在作品中加注释说明文字,全剧凡二十出,其中八出末尾有作者自注。这种作法突出表现了戏曲创作的学术化倾向。由此而来的结果之一,就是戏剧人物更加真实可信,而人物形象的生动性和创造性受到一定的影响。现将此剧作者自注略举几例,以见其严谨风格之一斑。第一出《占梦》注和第十六出《化鸟》注云:

> 吴任臣读《山海经》语一则云:周秦诸子,惟屈原最熟此经。《天问》中,如十日代出,启棘宾商,臬华安居,烛龙何照,应龙何画,灵蛇吞象,延年不死,以至鲛鱼、魆堆之名,皆本此经。
>
> 百虫将军即伯益,见《水经注》。
>
> 梦,见《九章·惜诵》篇中。
>
> 崔豹《古今注》:楚魂鸟,一名亡魂,或云楚怀王与秦昭王会于武关,为奏(引者按:原刊本误,当作秦)所执,囚咸阳,不得归,卒死于秦。后于寒食月夜,入见于楚,化而为鸟,名楚魂。②

还有一种情况是以学问为戏曲的倾向贯穿于全剧始终,由于整部戏曲的学术化而造成戏剧人物的平面化。杨子元《新西藏》的主要意图并不在于学术,而在于提出治理西藏之策,呼唤自由平等、共和花开的新理想。但是其中有许多介绍西藏历史、地理、种族、物产、宗教、风俗、习惯等知识性、学术性较强的内容,如同地方志一般。从戏剧结构设计的角度来看,这些内容作为描绘未来

---

① 《小说新报》第 2 年第 3 期,1916 年。
② 胡盍朋:《汨罗沙传奇》,《古憧文献捃遗》第二种,上海国光书局民国五年(1916)刊本。标点为笔者所加。

新西藏的铺垫和准备，自然是必要的。而从创造戏剧人物的角度来看，这些学术内容的大量出现，则不能不影响剧中人物性格的刻画。李文翰的《银汉槎传奇》带有很强的神话色彩，同时其学术考证特征也很突出。卷首节选《汉书》中《张骞传》和《汲黯传》的有关内容，随后又特列《考据》内容，引《通鉴纲目》、《汉书·卜式传》、《淮南子》、《博物志》、《星经》、《皇会通考》、《荆楚岁时记》、《山海经》、《神仙纲鉴》等书的有关内容，以作为剧中所写内容的文献根据。作者还在《凡例》中特列一条对此作说明道："编中撷拾典故，习见者多，隐讳者亦复不少，恐宜于雅而不解于俗，悉列于后考据卷中，以便稽核。"① 作者在塑造戏剧人物时，一方面要适应剧情需要，一方面又要有古代文献依据，其难度之大、艺术创造空间之有限，不难想见。

在近代传奇杂剧中，俞樾的《骊山传》和《梓潼传》堪称以学问为戏曲创作倾向的最杰出代表，戏剧人物的平面化倾向也在这两种传奇中得到了最充分的表现。作者分别在两种传奇之首借磬圃老人之口自述创作宗旨道：

> 这本戏叫做《骊山传》，听我表明大义：那周武王乱臣十人，有一妇人，或说是太姒，或说是邑姜，都讲不去。有人把妇人改作殷人，说是胶鬲，更属无稽。直到曲园先生，才考得此妇人是戎胥轩妻姜氏，即后世所称为骊山老母者。《史记》载申侯之言曰："昔我先郦山之女，为戎胥轩妻，以亲故归周保西垂，西垂和睦。"是其有功于周可见。《汉书》载张寿王之言："骊山女亦为天子，在殷周间。"是骊山女固一时人杰。周初寄以西方管钥，然后无西顾之忧，得以专力中原，厥功甚巨，列名十乱，固其宜也。此论至奇亦至确。唐时有书生李筌，遇骊山老母，指授《阴符经》；宋时有郑所南，绘《骊山老母磨铁杵作针图》，皆以神仙目之，莫知其为周武王十乱之一。

---

① 李文翰：《凡例》，《银汉槎传奇》卷首，咸丰四年（1854）味尘轩刊本。

我故演出此戏，使妇竖皆知，雅俗共赏，有功经学。看官留意，勿徒作戏文看也。①

这本戏叫做《梓潼传》，听我表明大意：我朝升文昌为中祀，极其隆重。文昌何神？说就是文昌六星。既是天星，何以相传二月初三是文昌生日？又何以称为梓潼帝君？近来曲园先生考得梓潼帝君是汉时梓潼文君，见高联《礼殿记》。此说极确。按晋常璩《华阳国志》载："文参字子奇，梓潼人。孝平帝末为益州太守，造开水田，民咸利之。不服王莽、公孙述。遣使由交趾贡献，世祖嘉之，拜镇远将军，封成义侯。南中咸为立祠。"《礼殿记》所称梓潼文君，即此人也。庙食千秋，泂可不愧当日；南中咸为立祠，即今日文昌宫之权舆。是以起于蜀中，后世误以为文昌星，天人不辨。至文昌化书所载，假托姓名，伪造事实，转使祀典不光。我故演此一戏，使人人知有梓潼文君。虽一时游戏之文，实千古不磨之论。②

非常明显，作者的主要目的是考证历史事实，将考证的结果用传奇的形式记述出来，以便于更多的人了解并接受。在作者的心目中，普及经史知识的需要明显地高于戏曲本身的艺术价值。在这种创作目标指导下的戏曲创作，必然不可能将戏剧中艺术性的各种因素置于重要的地位，情节、冲突、人物等在作品中既不重要，也不突出，就十分自然了。戏剧人物完全服务于经史考证的需要，他们的形象、性格如何展现，戏剧性如何构成，始终不在作者重点考虑之列。因此，戏剧人物的平面化在以学问为戏曲的作品中如此充分地表现出来，就是十分正常的。

吴宓的《沧桑艳传奇》和钱稻孙的《但丁梦杂剧》是另外一

---

① 俞樾：《骊山传》首出前之开场，《春在堂传奇》，光绪二十五年（1899）刊本。标点为笔者所加。
② 俞樾：《梓潼传》首出前之开场，《春在堂传奇》，光绪二十五年（1899）刊本。标点为笔者所加。

种情形。二者均系翻译外国文学作品为吾国传奇杂剧之作,严格地说,它们的创作过程实介于译与著之间。吴宓在介绍其翻译与创作情况时说过:

> 《沧桑艳传奇》者,系译自美人郎法罗(Longfellow)之 Evangeline 诗,复以己意增删补缀而成。或问于予曰:是篇果以何故而译之作之耶?对曰:有二故焉:一以传其情,一以传其文也。Evangeline 原作,其情奇,其文亦奇,情文并至,其可传必矣。……《沧桑艳传奇》之用意,非欲传艳情,而特著沧桑陵谷之感慨也。……今吾人之生,时势既复如此,山河破碎,风云惨淡,虽号建新国而德失旧风,察察之士,触目伤怀,感人事之日非,思盛世之难再,有是遭逢,实深同病,此所以读其文而特伤其情,非仅为一二有情人作不平之痛也。《沧桑艳》之作,为传沧桑,而非写艳。予谨本是意译之,或者我国人士,于此知所警惕,肆力前途,使劫灰不深于华夏,愁云早散乎中天,则吾所为传其情而为之也,又何言乎传其文也?①

可见,吴宓翻译与创作《沧桑艳传奇》的最重要目的是借以警醒同胞,寄托感慨,其次才是介绍外国文学作品给中国读者的文学性、知识性动机。尽管如此,将外国诗歌翻译为中国传奇,这一行为本身即是学术活动与创作活动的结合,其中必定包含着较强的文化学术意味。钱稻孙翻译创作《但丁梦杂剧》的目的和作法,则主要是知识性、学术性的,忠于原作的严谨学术风范是钱稻孙翻译创作此剧的最突出特点,虽仅发表第一出,但其基本面貌已然可见。

将这两种作品与典范的中国传奇杂剧进行比较,体会其中的人物形象,颇有人物性格不够突出、行为态度相当陌生之感。这主要

---

① 吴宓:《自叙》,见《沧桑艳传奇》卷首,《吴宓诗集》,上海,中华书局,1935 年初版。

是由两方面原因造成的：一是题材本身的陌生化，无论如何，外国文学作品对一般中国人来说都是比较生疏的，对其中的人物性格特点、行动方式有较大的距离感；二是翻译者兼创作者过分注重翻译的严谨性和知识的准确性，从而带来人物形象不够生动丰满的结果。应当看到，这是传奇杂剧发展到近代以后出现的新问题和新现象。

第四节　戏剧剧本的案头化

场上之曲与案头之曲的区别与关联，二者孰高孰下，孰优孰劣，戏曲家在它们之间如何选择取舍等等，这是中国戏曲史上一个长期存在而且争论不休的问题。这一问题在明清以后的传奇杂剧史上表现得尤为突出。晚明汤显祖与沈璟关于《牡丹亭》改编问题的争论，可能是其中最为激烈、影响最为深远的一次。

戏曲作为一种表演艺术形式，戏曲家创作的剧本以何种方式、在多大程度上适应舞台演出的需要，同时，作为演出者对剧本应当提出怎样的要求，如何理解和把握戏曲家的创作，这的确是一个十分重要也十分复杂的问题。即如《牡丹亭》这样的长达五十五出的杰作，因为篇幅等原因，自从创作完成以来，全本演出的次数也是屈指可数的。许多文人传奇文词雅化，篇幅加大，有愈来愈不适应舞台演出的趋势。因此在戏剧演出中必须采取变通的办法，或者对原作进行改编，或者选取其中的部分内容演出折子戏。

传奇杂剧发展到近代，由于戏曲家戏剧创作心态的改变、戏剧观念的变化、传播媒介的进步等因素的作用，场上之曲与案头之曲的关系问题也表现得异常尖锐。在近代，虽然也有杰出的戏曲家作出过富有成效的重视场上之曲的努力，如吴梅等，但更多的近代传奇杂剧作家的基本选择是宁可让传奇杂剧走下戏曲舞台，走上文人案头，再从文人案头通过杂志、报纸等传媒走向广大的读者。

上文从戏剧情节、冲突、人物等方面的新态势考察近代传奇杂剧的变化发展特征，其实也部分地涉及到戏曲案头化、文章化的问题；或者说，上述诸方面的变化也可以视为近代传奇杂剧案头化的原因或表现。本节再从另外一些角度讨论近代传奇杂剧逐渐难以演出、远离观众的问题。

从历时性的角度考察近代传奇杂剧与场上或案头的关系，可以发现不同时期的戏曲家对这一问题在总体上表现出不同的态度。近代前期（1840—1901），由于不少戏曲家仍然基本上走在传统戏曲的道路上，因而多继承明清以来的传统，创作典雅的文人化的案头之曲。至近代中期（1902—1919），由于从戏曲内部到外部都发生了深刻的变化，戏曲家们的创作已经不仅仅是供文人雅士把玩的案头之曲，他们更多地关注国计民生、民族危机，创作出大量的具有文章化特征的宣传变革、鼓舞民众之曲，这是近代戏曲创作形态的一次重要变化，对后来的戏曲发展也发生了深远影响。到了近代后期（1920—1949），由于主流文化取向的变化与传统戏曲地位的降低，传奇杂剧迅速走向衰落，重新回归文人书斋案头，与文化主潮和一般民众明显地疏离了。

如果从具体的戏曲作品出发，从戏曲史内部寻找近代传奇杂剧远离舞台、走向案头的原因，可以看到总体上逐渐远离舞台与观众、走向书斋与读者的近代传奇杂剧的发展趋势，是由多方面因素造成的。

一、不遵曲谱曲律的作家作品增多

就戏曲创作而言，曲谱曲律与文词藻采占有同等重要的地位。曲谱曲律是传奇杂剧创作声律经验的总结，也是一种体制规范，在声韵格式上对传奇杂剧起着约束的作用。如何在既遵守曲谱曲律的同时，又能够充分发挥才情，实现创作的最大自由，也一直是中国戏曲史上许多戏曲家面临的重要问题。吴梅认为《长生殿》胜于《桃花扇》，也主要是就曲律而言的："余尝谓《桃花扇》有佳词而无佳调,深惜云亭不谙度声,二百年来词场不祧者,独有稗畦而已。"① 梁廷枏作于道光年间的《圆香梦》、《断缘梦》、《江梅梦》和《昙花梦》四种杂剧,吴梅也评之曰:"梁廷枏'小四梦',曲律多误。"② 近代传奇杂剧作家们同样不能回避这一问题;而且,这一问题对他们来说,显得更加紧迫而严峻。

从是否合曲律、是否遵曲谱的角度考察近代传奇杂剧,我们看到的基本趋势是曲谱逐渐被轻视,出现愈来愈多的不严格遵守曲律的作品。也就是说,随着近代传奇杂剧的迅速发展变化,戏曲声律因素在创作中的地位与作用基本上呈逐渐下降的趋势。这种情形的出现,原因是多方面的、复杂的,比较明显者如:有的是因为传奇杂剧作者疏于曲律,难以谨守曲谱要求,从而造成曲律松动或乖违;也有的是传奇杂剧作者虽然通解曲律,但因为创作需要或其他原因有意不严守曲律。

无论是诗词创作还是戏曲创作,当行的作者都应当是熟稔诗词曲格律的。戏曲作家既要有精湛的文学修养,又要熟悉甚至精通曲律曲谱,这样在创作中方可做到将戏曲的内容要素与声律格式要素巧妙地结合起来,在创作中达到运用自如、左右逢源的自由境界。卢前曾经论及清人传奇创作中不守曲律的问题,对我们在更加广阔的戏曲史背景下思考近代传奇杂剧的曲律问题深有启发。他指出:

> 清之曲家,《长生殿》为第一,吴(梅村)尤(西堂)二家,亦极当行。东塘《桃花扇》,虽词华秀赡,而句读错误,无出蒇有。笠翁十种,夙有恶札之诮。然排场曲律,无不稳协。以律言之,笠翁固有足多。乾隆以后,合律之曲日少,文律并美,惟一藏园。洎乎嘉道,此道遂几成广陵散矣。杨蓬海(恩寿)、许玉泉(善良)、陈潜

---

① 吴梅:《中国戏曲概论·清人传奇》,王卫民编:《吴梅戏曲论文集》,第177页,北京,中国戏剧出版社,1983年。
② 吴梅:《中国戏曲概论·清人杂剧》,王卫民编:《吴梅戏曲论文集》,第174页,北京,中国戏剧出版社,1983年。

翁（烺）强作解事，未足语于曲律也。清末，丁闇公（传靖）《沧桑艳》，更自郐下，并粗细曲之不明，尚有何排场之可言邪？①

卢前指出并有所批评的曲家疏于曲律的情况，在近代传奇杂剧作家中，更是一种带有普遍性的现象。从所见的近代传奇杂剧作品中我们看到，一些近代戏曲家的确不能说精于曲律，自我表白不谙曲律、需要他人代为进行音律润饰的人明显增多。也就是说，不谙曲律的作者在创作戏曲时的状态，与写作文章、小说等其他形式规范不很严格的作品时是接近的，反而与严格意义上的戏曲创作有较大的不同。这种情形不可能不影响传奇杂剧创作的总体面貌。由此带来的一个必然结果就是戏曲距离舞台演出愈来愈远，创作出来的戏曲作品与文章、诗词、小说等无需进行舞台表演的文体样式没有本质的区别。这是近代许多传奇杂剧难以原本演出、只能走向案头供读者阅读的一个重要原因。

李文翰在《银汉槎传奇》卷首的《凡例》中说："《犯斗》一折【耍三台】一曲，引用《水经注》并《禹贡锥指》，碍于故实，音韵字句间有不调，识者谅之。"② 很明显，这是由于追求内容详实谨严而不得不松动曲律的情形。在此曲的上方，有周腾虎眉批云："细按《水经》，了如指掌。"可见作者与评校者最为重视的均在于曲词内容，而非曲律。现将此剧第十一出《犯斗》中的这支曲子录出，以见其面貌：

（生）据牧童所说，这河难道没有源头么？（小生）怎生没了？

【耍三台】你曾经昆仑岛，应见源流从地抄。（生）正是，我从昆仑山下，见有一水，从东北出者，归于何

---

① 卢前：《明清戏曲史》，第49页，台北，台湾商务印书馆，1994年。笔者按：中所云"许玉泉（善良）"之"善良"，当系"善长"之误。

② 李文翰：《银汉槎传奇》卷首，咸丰四年（1854）味尘轩刊本。标点为笔者所加。

所？（小生）出东北，走东南，流于渤海。（生）那西去的呢？（小生）经罽宾、月氏、安息，数千余里而遥。（生）经过三国，莫非与蜺罗跂禘水，同注雷翥海者么？（小生）正是。还不但此，又西经四大塔以北，与陀卫国北的水相交。（生）那东去的哩？（小生）东经皮山国与于阗河水同流。（生）那东北去的呢？（小生）东北经扜弥、且末二国分两道。（生）那东南去的呢？（小生）东经莎车山凹，东南经温宿岛，又东经姑墨、注宾、楼兰三大国城南，共注于盐泽山坳。（生）既有许多去路，何以来源不竭？（小生）这却是夏禹王寻出来的哪，积石山前有石窍，河水实从中冒，谁想他一线源流，竟成了千秋害扰？①

李文翰的另一作品《紫荆花传奇》中，也有不完全遵守曲律的现象，却是由其他原因造成的。作者尝自述道："卷上十六出，皆舟中所作，比时九宫谱无查处，止就手边老院本依样填之，恐于衬字误作正文，匆匆付梓，未遑细核，内家谅之。"又说："卷下十六出，大半作于乐城，少半作于杜亭，按谱谐声，不增减一字，韵亦的确，较上卷差堪自信。"② 此处有两个情况值得注意：首先，此剧上卷有不合曲律之处，是由于创作时曲谱不在作者身边，无法查核造成的；其次，也透露出作者对于曲律并未达到精通熟稔的程度，创作时还需要时时对照曲谱，无曲谱在手则只得参照其他剧本填作曲词。这种创作状况在近代传奇杂剧作家中并非绝无仅有，而是具有一定的代表性。梁启超在评论《桃花扇》时说："论曲本当首音律，余不娴音律，但以结构之精严，文藻之壮丽，寄托之遥深论之。"③ 梁启超评论戏曲时表明"不娴音律"，那么，他创作传

---

① 李文翰：《银汉槎传奇》卷首，咸丰四年（1854）味尘轩刊本。标点为笔者所加。
② 李文翰：《凡例》，《紫荆花传奇》卷首，道光二十二年（1842）味尘轩刊本。
③ 梁启超：《小说丛话》，《新小说》第7号，光绪二十九年七月十五日（1903年9月6日），第173页。

奇剧本时曲律所处的地位与发生的作用也就可想而知了。

俞樾也曾坦言自己疏于曲律："余不通音律，而颇喜读曲，有每闻清歌辄唤奈何之意。偶读清容居士《四弦秋》曲，因谱此以写未尽之意，且为更进一解焉。所惜于律未谐，聱牙不免，红氍毹上，未必便可排当，聊存诸《杂纂》，亦犹《船山先生全书》之后附《龙舟会杂剧》而已。"① 卢前在写作《楚凤烈传奇》时则指出："作者自信颇守曲律，不似近贤，墨脱陈式，不问腔格者。惟第六出记献忠、自成之叛，在【雁过沙】后用【江头金桂调】加快板唱，似有未安，然于剧情尚无不合，故仍之。"② 此语中有两方面内容值得注意：卢前此剧尽可能谨守曲律，偶有未合，亦是内容所需，表明作者对曲律极为重视；当时创作传奇杂剧不守曲律、不遵曲谱者大有人在，卢前对此不无批评之意。

可以看到，不少近代传奇杂剧在署名时，经常有"某某填词，某某正谱"之类的情况出现。即是说，作者主要进行曲词和说白等文本内容的创作，而根据曲谱曲律进行按律谱曲方面的工作，主要由另一人完成。这种情形也透露出近代戏曲家精于曲律者较以前有减少的趋势。比如：杨恩寿的《姽婳封》署"同怀兄彤寿六笙按拍，长沙杨恩寿蓬海填词"，《桃花源》署"同怀兄彤寿麓生正谱，长沙杨恩寿蓬海填词"，《再来人》署"同怀兄彤寿鹿笙正谱，长沙杨恩寿篷瀚填词"，《麻滩驿》署"同怀兄彤寿麓笙正谱，长沙杨恩寿篷海填词"，《桂枝香》署"吹绿竹笙人正谱，长沙蓬道人填词"，《理灵坡》署"同怀兄彤寿鹿笙正谱，长沙杨恩寿朋海填词"；张云骧的《芙蓉碣》署"文安张云骧南湖填词，上元吴孝绪云在按拍"；郑由熙的《雁鸣霜》署"梁安湖上醉渔正谱，天都歙岚道人填词"，《木樨香》署"天都歙岚道人填词，梁安湖上醉渔评订"，《雾中人》署"天都歙岚道人填词，梁安湖上醉渔正

---

① 俞樾：《〈老圆〉序》，《春在堂全书·曲园杂纂第五十》，光绪十五年（1889）重定本。标点为笔者所加。

② 卢前：《楚凤烈传奇》卷首《例言》，民国朴园巾箱本。

谱";许善长的《风云会》署"西湖玉泉樵子填词,天都梅豁逸叟订谱"。庄一拂在创作《十年记》时,也曾明确表示自己不谙曲律。诸如此类的情形都有一定的代表性。

二、大量非表演性内容进入传奇杂剧,文章化倾向明显

中国戏曲的高度综合性是不言而喻的。从表现方式上说,叙述、议论、抒情、说明等,它无所不包;从戏曲文体上说,诗词、歌赋、骈文、散文等,它无所不含。简单地说,戏曲实际上是表演性内容与非表演性内容、戏剧性因素与非戏剧性因素的复杂组合。各方面因素的比重不同、地位不同、处理方式不同,是形成不同作家不同创作特点的重要原因。如上所述,近代传奇杂剧在戏剧情节、冲突、人物等方面都呈现出一些相当独特的趋势,都是促使它由舞台走向案头的重要原因。这里再从另一角度讨论近代传奇杂剧案头化特点的突出表现。

与以往的传奇杂剧相比,近代传奇杂剧发生的一个重要变化就是表演性成分的减少和非表演性成分的增加,戏剧性因素的削弱和非戏剧性因素的加强。比如,叙述、议论、抒情、说明等各种成分的非角色化趋势,许多内容都几乎是作者个人相当直接的表白,戏曲区别于其他各种文体样式的曲词的成分在减弱,可以歌唱表演的内容的核心地位有所动摇,而以说白、朗诵、演说为主要表演方式的文章化明显内容增加,而且逐渐居于十分重要的地位。有一些近代传奇杂剧剧本,从它们表现的内容与创作目的、写作方法等方面看,实际上已经很难在舞台上进行演出,可以说是没有多少戏剧性的传奇杂剧作品。

在一些近代传奇杂剧中,可以看到大量的难以在舞台上表演、只能供读者阅读的文章化内容。钟祖芬的《招隐居传奇》第二出《诫子》中,有主人公魏芝生朗诵自作《戒烟歌》的情节,作者特别作舞台说明曰:"此段正文,演者须台前朗诵",之后就将这首长达1240字的《戒烟歌》全部念出。这么长篇幅的通俗诗歌在传

奇作品中以朗诵的方式表演出来,就宣传禁戒鸦片来说,可能收到良好的效果;就戏曲表演来说,却未必是最佳的表现手段,与以往传奇杂剧的常用表现方法也有明显的差别。

吴梅是近代特别重视场上之曲、强调戏曲的舞台性特点的戏曲家。这种类型的传奇杂剧作家在近代已经为数不多,吴梅堪称其杰出代表。即便如此,他的某些作品中也表现出较为明显的案头化倾向。吴梅的代表作、也是中国近代戏曲史上的名作之一《风洞山》即是一例。作者在例言中说:

> 是编事实见瞿锡元所著《庚寅始安事略》。锡元为式耜后人,所言当有可信。余通本篇目,悉据此以为排次。
>
> 九宫旧谱音律虽精,而字句鄙俚,不堪卒读。学者按谱填词,此种文字容易拦入笔端。余力避其艰涩粗鄙处,一以雅正出之,故通本词意浏亮,无吹折嗓子之诮。后有作者,可以为法。①

这里最值得注意之处有二:其一,此剧所写故事有文献根据,内容真实可信;其二,作者在创作中"力避艰涩粗鄙",追求"雅正"风格。这种戏曲创作的纪实性和雅正化追求与戏曲剧本的案头化趋势大有关系。吴梅表明此作"通本词意浏亮,无吹折嗓子之诮",可见他非常重视戏曲音律。从吴梅的曲律修养来看,他完全可以做到这一点。但是,戏曲作品之是否合乎曲律与是否适合舞台演出,还不完全是一回事。这在《风洞山》第十六出《囚吟》中表现得相当突出。该出戏的中心内容是表现外扮瞿式耜和小生扮张同敞二人被囚之后,各作《浩气吟》七律八首以明坚贞不屈之志。二人分别写毕,各读对方之作。这十六首七律诗歌占据了大部分篇幅,使本出戏的戏剧性减弱,诗词、文章色彩明显增强。

古越嬴宗季女的《六月霜》第八出《鸣剑》中,旦扮日本女装、持倭刀的秋瑾"高歌《宝剑篇》,拔刀起舞",将四首诗念出:

---

① 阿英编:《晚清文学丛钞·传奇杂剧卷》,第45~46页,北京,中华书局,1962年。

>   宝剑复宝剑,羞将报私憾。斩取国雠头,写入英雌传。(一解)
>   女辱咸自杀,男甘作顺民。斩马剑如售,云胡惜此身。(二解)
>   干将羞莫邪,顽钝保无恙。咄嗟雌伏侪,休冒英雄状。(三解)
>   神剑虽挂壁,锋芒世已惊。中夜发长啸,烈烈如枭鸣。(四解)①

这四首诗与今本《秋瑾集》(上海,上海古籍出版社,1979年)中的《宝剑诗》基本一致,只个别文字偶有异同,如第一首末句"英雌"作"英雄",第二首首句"咸"作"成",末句"胡"作"何"等。可以断定,剧本中的《宝剑篇》即是根据秋瑾原作《宝剑诗》稍加变化而成。

萧山湘灵子(韩茂棠)的《轩亭冤传奇》第二出《演说》,主要内容就是旦扮秋瑾登坛演说,虽有五支曲子穿插其间,仍是以说白为主,且基本上是秋瑾一人在表演。如开头一段讲缠足之害道:

>   (旦登坛)同胞呵!侬是没有大学问的人,却是最爱国爱同胞的人。如今不说别的事情,却先把这缠足的问题演说演说。同胞呵!你晓得我们女子缠足的苦处么?蓬门幼女,恒捧足而呻吟;金屋娇娃,每痛心而饮泣。姿容有瘦削之虞,筋骨有拘挛之虑。要知缠足一事,为中国最不文明的,两间之所不容,五洲之所同嫉。犹复陋习相延,惮于改革,难道不是我们女界的污点么?因此仿照上海的章程,开个天足会,为女界放点光明。你们赞成不赞成?
>   (众)我们都赞成的。②

---

① 阿英编:《晚清文学丛钞·传奇杂剧卷》,第165页,北京,中华书局,1962年。
② 阿英编:《晚清文学丛钞·传奇杂剧卷》,第113~114页,北京,中华书局,1962年。

这种针对当时妇女问题提出的宣传妇女解放、鼓动男女平等的演说，与秋瑾所作《敬告姊妹们》等演说从思想内容到形式、语气都非常相像。因此，认为这是戏曲之中插入演说亦不为过分。孙雨林的《皖江血》第四出《刺恩》中，也有徐锡麟向众人演说、宣传排满反清的情节。

华伟生（谈善吾）的《开国奇冤》第二出《开学》，有清朝官员向众学生演说的情节，第五出《训士》中，也有警察长官向众学员发表长篇演说的情节。第十三出《公审》表现徐锡麟被捕后受审的情景，更有引录徐锡麟原供词的作法，将这种纪实材料直接写入剧本中，作者还特别作舞台说明云"截录原供"：

> 我蓄志排满，已十有馀年。满人虐我汉族，将近三百载矣。现在表面上闹立宪，我说是万万做不到的；革命是人人可以做到的。本拟杀恩铭后，再杀端方、铁良、良弼，为汉人复仇。乃竟于杀恩铭后即被拿获，实难满意。今日仅欲杀恩铭与毓钟山耳。恩铭料难久活，（对末介）只是钟山却便宜你了。①

还有，幽并子的《黄龙府》传奇写岳飞率军抗金、秦桧陷害岳飞故事，第一出《斩虏》中，岳飞以一支长曲【混江龙】历数金人侵略罪恶，拔刀杀死金兀术之后，众人拍手称贺道："中华独立国万岁！黄帝子孙万岁！"作者在此似乎根本没有注意剧情与时代等具体情况，竟让剧中的宋代人物直接喊出民主革命口号，政治宣传鼓动的需要显然超过了剧情合理性的要求。

冒广生的《疢斋郑妥娘杂剧》中，在第二支短曲【步步娇】之后，郑如英（字妥娘）有一长段说白，略云：

> 记得老身盛年，王孙贵人，也不知阅过多多少少，梦回心上，大半都作古人。只有期莲生，闻说近年，寄迹瓯江，兰成萧瑟，许久不通音问。待我修书一通，遇有便人，托他带去，俾知幽居空谷，尚有天寒袖薄之人，或者有个

---

① 阿英编：《晚清文学丛钞·传奇杂剧卷》，第306页，北京，中华书局，1962年。

> 计较。(作书科)书已写毕,待我念他一遍。(念介)……书是有了,昨晚做得一诗,待我一齐写上。(写诗介)(念介)……咳,期莲生,期莲生,只怕你读到此诗时,也得声销魂断也呵!我且放过一边者。①

在这段说白中,郑如英于前一"念介"之后念所作书信一封,从"期莲生足下"读至"沐爱郑如英百拜",内容格式都极其完整,长达228字。在后一"念介"之后,郑如英又读长达十八句、126字的七言古诗一首。在这一戏曲片段中,仅郑如英一人的说白就达近500字之多。

洪炳文在所作《警黄钟》的《例言》中说:"是编情节甚多,故讲白长而曲转略。以斗笋转接处曲不能达,不得不藉白以传之,并非讨便宜也。"② 可知此剧曲词与说白关系的特点。其第四出《醉梦》中无一支曲子,全部为说白。作者特作说明道:"此折以副净丑末等上场,长于打诨插科,每不便于填曲,故以九首十七字令诗代之。前人成作,亦有一出之中无曲,非自我作古也,阅者谅之。"③ 第七出《廷诤》写谢瑶芳、苏蕴香感于文臣武将无一人关心国事,二女子拟伏阙上书,谏诤时事,作者需将奏疏内容写入曲文之中。以戏曲形式传达文章内容,在创作上实属不易,在文体上文章化色彩极强。作者自己也道出其中的甘苦:"女士谏疏,既按曲谱,又合章奏体裁,最难着笔。稍有遗漏,亦限于韵、拘于格耳。阅者谅之。"④《警黄钟》中这些与一般传奇明显有别的写作方式,当然是为了适应剧情的需要,特别是为了表现作品主旨所必需。从另一角度来看,这种变通处理的结果,就是较多地改变了传奇的传统体制和习惯作法,使其表演性有所减弱,从而带有强烈的

---

① 冒广生:《疚斋杂剧》,《小三吾亭外集》本,民国年间排印本。
② 阿英编:《晚清文学丛钞·传奇杂剧卷》,第335页,北京,中华书局,1962年。
③ 该出后作者评语,见阿英编:《晚清文学丛钞·传奇杂剧卷》,第347页,北京,中华书局,1962年。
④ 该出后作者评语,见阿英编:《晚清文学丛钞·传奇杂剧卷》,第352页,北京,中华书局,1962年。

文章化特征。

三爱（陈独秀）在《论戏曲》中曾提出戏曲改革的五条办法，其第二条云："采用西法。戏中有演说，最可长人之见识。或演光学、电学各种戏法，则又可练习格致之学。"① 提倡在戏曲中加入演说内容的用意甚明。从以戏曲教育民众、输入西学、开化启蒙的角度言之，陈独秀所言当然有道理。但是从戏曲的艺术特性、舞台表演的角度来看，演说、口号、书信等内容的大量进入剧中，不能不大大影响戏剧性的充分表现。从这一角度来说，近代传奇杂剧中种种非表演性成分的频繁出现，表明传奇杂剧发生的深刻变化和强烈的时代色彩；从戏曲的艺术性方面来说，这些内容并不利于传奇杂剧舞台艺术特性的充分展现。

三、非常规表现方式大量出现，造成演出困难

中国戏曲的程式化特征主要表现在舞台表演过程之中；同时，这种程式化特征也表现在戏曲剧本中。在长期的戏曲剧本创作过程中形成的某些文体规范，就是戏曲程式化特点的表现之一。传奇杂剧在长期的发展过程中，在表演上形成了一定的规范体系，即是其表演体制；在文本上也有一定的体制要求，就是其文体特点。虽然传奇杂剧与其他文体样式一样，自诞生之日起，就一直处于持续不断的发展演变过程之中，但是变化中有相对稳定的部分，这就形成了其最重要、最基本的表演方式与文本特征。

近代传奇杂剧的一切方面都处于空前剧烈的变动之中，戏曲内外的多方面因素促使其产生了许多非同寻常的新变化，展现出不少前所未有的新特点。近代传奇杂剧案头化趋势的另外一个方面的重要表现，就是在一些剧本中出现了令人亦惊亦喜的以往相当少见甚至是前所未有的表现方式。这些表现方式通常都具有促使传奇杂剧远离舞台、走近案头的作用，从而使传奇杂剧剧本的非表演性特征得到明显的加强。

---

① 《新小说》第2年第2号，第4页。

署名"孤"所撰的《指南梦传奇》中大量引用文天祥的诗句，而且均在剧中注明篇名，还有多处在剧本中加注释。这种作法，无疑加强了作品的真实性，使内容显得详实可靠；另一方面，也使剧本带有很强的学术文章意味，大有讲究无一句无来历的倾向。最突出者如第一出《勤王》的开头：

（生巾帻冠带领兵卒上）

【绕地游】江山半壁。痛贼臣误国，不信挽回无策。请剑朱云，闻鸡祖逖，纠江东子弟，勤王赴阙。楚月穿春袖，吴霜脱晓鞯。壮心欲填海，苦胆为忧天。（文山《赴阙》诗）小生文天祥，表字宋瑞，江西吉水人也。读书十载，慕俎豆于先贤；（文山为童子时，见学官所祠乡先生欧阳修、杨邦乂、胡铨像，皆谥忠节，欣然慕之曰：没不俎豆于其间，非夫也。）对策万言，魁姓名于侪辈。（天祥年二十举进士，对策集英殿。时理宗在位久，政理浸怠。天祥以法天不息为对，其言万馀，不为稿，一挥而成。帝亲擢为第一。）不幸寇氛日逼，国步多艰。家本素封，且效子房之破产；经传绛帐，致同李长之自豪。（天祥性豪华，平生自奉甚厚，声伎满前。后至军中，痛自贬损，尽以家赀为军费。）近闻北军大举，江上告急，人诏勤王。可怜我国家养士百年，一旦有急，竟无一人一骑入卫者！我文天祥忠肝如铁石，（天祥及第时，考官王应麟奏称：其卷古谊若龟鉴，忠肝如铁石，臣敢为得人贺。）是个中国好男儿，誓散家财，招募死士，拚牺牲此身以报国了。①

非常明显，括号内的注释文字绝对无法表演，作者也无意将这些内容传达给观众。这样写，完全是供读者阅读的，以使作品具有强烈

---

① 阿英编：《晚清文学丛钞·传奇杂剧卷》，第18~19页，北京，中华书局，1962年。笔者按：上引文字中，除第一括号内文字为舞台说明外，其他括号内文字均为作者自注。

的纪实性特征。

感惺的《断头台》第四出《馀情》也有类似写法:"洒家马特灵寺僧正。因为路易十六世造了无量沙数的孽案,到了断头台上,结算一笔大账。把好端端的呼呵(法人谓君曰呼呵),弄成一字平肩王。"① 括号内文字为作者原注,说明"呼呵"为法语 roi(国王)一词的音译。同一出又写道:"我们要上麦普尔托狱,把这血巾悬那窗前枪尖上,给废后和废太子瞧瞧者。(内应)这废后私立党羽,侵占政权,一味奢华,不恤人民艰苦,要这特吾惠希何用(法人谓府库空乏曰特吾惠希)!何不并废太子,也赏他一刀,索性斩草除根么?"② 括号内文字也是在解释一个法语词的含义,"特吾惠希"当系法语 trèsorerie(国库)一词的音译。

贡少芹的《亡国恨传奇》第五曲《旅满》中,还有在曲文之后加注的情况:"【喜蚨儿】你风度儿幽,吐属儿秀,举世无俦,更放纵诗和酒。先生,你我到寂寞时,手持金斗,大白满浮,数牙筹,各争胜负,醉倒发狂讴。这舟漾碧波秋,马踏黄花瘦,把眼前诗料锦囊收,况时序将逢九月九。(按伊藤旅满在九月初旬)。"③ 还有的作品在每出之后加注释,如上文所述胡盍朋的《汨罗沙传奇》凡二十出,其中八出末尾有作者自注。这些注释以考据性内容为主,同样表现了近代传奇杂剧案头化的趋势。

吴承烜所作长达五十三出的《星剑侠传奇》,在众多的近代传奇杂剧作品中,在许多方面表现出独创性,极可重视。这里且不说它五十三出的篇幅难以全本演出,已经不适合戏曲舞台的需要,仅就其表现手法而言,也有许多案头化的表征。最突出的是第十七出《劫村》中副净扮郑健飞请旦扮女儿郑紫姑占卜一节。占卜的内容在古代戏曲中虽不能说很少见,但是此剧中对占卜情况的记载方式

---

① 阿英编:《晚清文学丛钞·传奇杂剧卷》,第 570 页,北京,中华书局,1962 年。
② 阿英编:《晚清文学丛钞·传奇杂剧卷》,第 571 页,北京,中华书局,1962 年。笔者对原标点略有调整。
③ 阿英编:《晚清文学丛钞·传奇杂剧卷》,第 589 页,北京,中华书局,1962 年。

和对结果的分析说明，前者是根本无法在戏曲舞台上传达给观众的，后者也毫无戏剧性可言，简直就是解说卦象的说明文：

（副净）女儿呀，你知道呢，

【南普天乐】杀人心，心何壮；救人心，心谁谅。英雄气，英雄气，天地包藏。志大难偿，燕颔封侯相，虬髯侠客肠。有几人六五帝又四三王？

女儿，为我占一课，究竟何方利便？（旦拈笔介）（沉思介）（写介）

丙辰年戊戌月甲子日丙寅时占得重审进连茹课

三传				四课				元武太阴		
财	食神	食神	朱雀	卯甲	太常	酉		戌亥子		天后
辰	巳	午	六合	辰卯	白虎	申			丑	贵人
六合	勾陈	青龙	贵人	丑子	天空	未			寅	蛇
戌	巳	庚	蛇	寅丑	青龙	午		巳辰卯		朱雀
					勾陈六合					

案此课三传辰巳午，四课，干上神为月将，支上神为贵人；子水天后，当为百谷之主；巳居辰位，巳为蛇，辰为龙，是蛇变龙之象；岁禄在巳，本命长生在午，佳兆也。惜青龙乘午火，谓之烧身，离火为中女，向明虽治，特恐六五之吉，不能掩九四之凶。此卦义在《易》之《离》："焚如死如，突如来如。"是为后事，顾虑不得许多；目前宜向南吉。（副净）我也想到南洋一走。①

非常明显，将这样的内容以这样的方式写入戏曲之中，是绝对无法在舞台上演出的。从戏曲表演的角度来说，这样的处理是不成功的；但从独创性的角度来看，它又是颇有新意的。不论如何评价这种现象，有一点是肯定的，就是从诸如此类的创作现象中，我们

---

① 《小说新报》第 2 年第 9 期，上海国华书局发行，1916 年 9 月。

看到了近代传奇杂剧从内容到形式发生深刻变化的一个重要侧面。

这些近代传奇杂剧中经常出现的非常规性内容,从一般的戏曲剧本创作和戏曲舞台性特点的角度来看,是非常不适合进入戏曲的。它们不仅毫无戏剧性可言,无法在舞台上演出;而且,即使是从一般读者阅读戏曲剧本的角度来看,也没有什么文学性和艺术性。因此笔者把这种现象称为非常规表现方式进入戏曲。大量非常规表现方式进入近代传奇杂剧剧本,造成演出的极大困难,有的部分甚至根本无法在舞台上演出,这也是近代传奇杂剧案头化特点的突出表现之一。

第六章　近代传奇杂剧的文体特性

传奇和杂剧在经过了元明两代至清中叶的长期发展之后，在体制上逐渐形成了一整套规范。这些体制规范在戏曲文本上的主要表现，就是其区别于诗词、散曲、散文、小说、说唱等文学样式的突出的文体特征。从中国戏曲史的角度来看，这些体制规范使传奇和杂剧从创作到表演均得以日臻完善，是其赖以存在并且不断发展的前提条件，形式上的成熟促进了传奇杂剧的兴盛繁荣；同时也是其自身的一种限制，从内部制约着它的变化，这种规范与制约也是传奇杂剧从兴盛走向衰微的重要原因之一。

像近代传奇杂剧变革历程中其他各方面出现的新态势一样，近代传奇杂剧在文体上也出现了许多值得注意的新动向，发生了一些重要的新变化。这既是近代传奇杂剧发展变化的重要表征，也是它走向式微直至消亡的突出表现。本章拟主要讨论近代传奇杂剧文体内部发生的新变化，呈现出来的新的文体特征，以期从这一角度认识近代传奇杂剧的时代特点。

第一节　从曲本位走向文本位

王国维说："杂剧之为物，合动作、言语、歌唱三者而成。"[①]这不仅说出了元杂剧的构成特点，也说出了明清以后杂剧、传奇乃至其他戏曲样式的构成特色。但是，在中国传统戏曲观念中，动

[①] 王国维：《宋元戏曲史·元剧之结构》，第 94 页，上海，上海古籍出版社，1998 年。

作、言语、歌唱三者在作品中的地位并不完全相同。无论是戏曲家、理论家还是戏曲观众,大多更加重视歌唱的作用,而对说白、科介不甚关注。李渔对戏曲唱词与宾白的关系问题进行了详细考察,并提出了不同于前人和时人的新见解:

> 自来作传奇者,止重填词,视宾白为末着。常有白雪阳春其调,而巴人下里其言者,予窃怪之。原其所以轻此之故,殆有说焉。元以填词擅长,名人所作,北曲多而南曲少。北曲之介白者,每折不过数言,即抹去宾白而止阅填词,亦皆一气呵成,无有断续,似并此数言亦可略而不备者。由是观之,则初时止有填词,其介白之文,未必不系后来添设。在元人,则以当时所重不在于此,是以轻之。后来之人,又谓元人尚在不重,我辈工此何为?遂不觉日轻一日,而竟置此道于不讲也。予则不然,尝谓曲之有白,就文字论之,则犹经文之于传注;就物理论之,则如栋梁之于榱桷;就人身论之,则如肢体之于血脉,非但不可相无,且觉稍有不称,即因此贱彼,竟作无用观者。故知宾白一道,当与曲文等视。有最得意之曲文,即当有最得意之宾白。但使笔酣墨饱,其势自能相生。①

由此观之,传奇杂剧重曲词而轻宾白的现象不仅由来已久,而且事出有因。尤其重要的是,李渔提出"宾白一道,当与曲文等视"的观点,对纠正以往的偏见,确立宾白在戏曲中的应有地位,很有意义。不仅如此,李渔还在自己的戏曲创作实践中身体力行。他说:"传奇中宾白之繁,实自予始。海内知我者与罪我者半。知我者曰:'从来宾白,作说话观,随口出之即是;笠翁宾白,当文章做,字字俱费推敲。'"② 于戏曲之宾白,李渔提出了一系列主张,

---

① 李渔:《闲情偶寄》卷三《宾白第四》,《中国古典戏曲论著集成》第七册,第51页,北京,中国戏剧出版社,1959年。笔者对原标点作了数处订正。

② 李渔:《闲情偶寄》卷三《宾白第四》,《中国古典戏曲论著集成》第七册,第54页,北京,中国戏剧出版社,1959年。

如声务铿锵、语求肖似、词别繁减、字分南北、文贵洁净、意取尖新、少用方言、时防漏孔等。李渔在理论上和实践上的努力，对戏曲宾白的发展非常重要。

吴梅是一位十分重视戏曲舞台性特点的戏曲家，他曾指出："论逊清戏曲，当以宣宗为断。咸丰初元，雅郑杂矣。光宣之际，则巴人下里，和者千人，益无与于文学之事矣。……同光间则南湖、午阁，已不足入作家之列矣。"① 吴梅又曾对有清一代的戏曲状况作总体评价说："乾隆以上，有戏有曲；嘉道之际，有曲无戏；咸同以后，实无戏无曲矣。"② 这些都主要是从戏曲的舞台性、音乐性、典雅性等特点来立论的。吴梅与李渔的理论出发点虽不尽相同，却道出了一个共同的戏曲史事实，就是清代戏曲发生了空前深刻的变化。从曲词与宾白的关系上看，李渔所提倡的重视宾白，宾白与曲文并重，这种相当稳妥中和的表述，具有较为广泛的理论合理性。同时，就当时戏曲史重曲词而轻宾白的现实状况而言，这一理论主张客观上带有冲击长期以来传奇杂剧曲本位传统的意味。

近代传奇杂剧的发展变化，比李渔的理论主张和创作实践走得更远。总体的趋势可以说是曲词的核心地位逐渐发生动摇，许多作品从创作之时起，就已经表明主要不是为舞台演出而作，或者根本就无法演出。不仅宾白在戏曲中愈来愈多地出现，常常出现无曲词的片段（折或出），而且，即使是曲词部分，也愈来愈走向文章化。对于这些戏曲作品，最佳的接受方式是当作书面文章去阅读，而不是观看表演。笔者将这一变化概括为近代传奇杂剧从曲本位向文本位转移的过程。近代传奇杂剧由曲本位走向文本位的趋势，主要表现在以下诸方面。

---

① 吴梅：《中国戏曲概论·清总论》，王卫民编：《吴梅戏曲论文集》，第166页，北京，中国戏剧出版社，1983年。

② 吴梅：《中国戏曲概论·清人传奇》，王卫民编：《吴梅戏曲论文集》，第185页，北京，中国戏剧出版社，1983年。笔者对原标点略有调整。

一、无曲文片段经常出现

洪炳文的《警黄钟》第四出《醉梦》无一支曲子,全部为副末扮大黄封蜜部大臣乌里瓜、丑扮统兵提督黑心干等人的说白。作者解释道:"此折以副净丑末等上场,长于打诨插科,每不便于填曲,故以九首十七字令诗代之。前人成作,亦有一出之中无曲,非自我作古也,阅者谅之。"① 同样的意思,作者在《警黄钟》卷首《例言》中已说过一次:"编中演士、农、工、商人等十七字令诗,均为插科打诨,亦无所指,阅者幸勿见罪。"② 值得注意的是,整个一出戏或一折戏中无曲词而全部为说白的情况,在近代传奇杂剧中得到了明显的发展,已经不是特别罕见的现象。这实际上表明传奇杂剧体制的一个重要变化。

李文翰的《银汉槎》第五出《怪谈》无曲文,全部为说白。主要由丑扮龙身人面、手持算盘的竖亥向众水鬼宣讲天下各种精怪的特征和来历。作品是这样引出演说文字的:

> (众)天地算不清,那些山精海怪,可知有多少?(丑笑介)你们这些糊涂鬼,又来呆问了。普天之下,除了有心的人,尽是虫鱼鸟兽,如何算得尽哩?也罢,你们站立一傍,听我演说一番。(众)正要领教。(分立听介)(丑作势说介)③

接下来的一段演说词,长达 370 字。显然,作者是将这一出戏当做文章来作的。此出之后的周腾虎评语明白地说出了采取这种作法的用意,中有云:"此折不用曲,但用诗词起结,寥寥数语,精义无穷。由鬼而神,由神而怪;胡然而天,胡然而海;忠臣孝子,污吏贪官,各有褒贬。是有功于世道人心者,何止以传奇论耶?"④ 就

---

① 《警黄钟》第四出《醉梦》末作者评语,见阿英编:《晚清文学丛钞·传奇杂剧卷》,第 347 页,北京,中华书局,1962 年。
② 阿英编:《晚清文学丛钞·传奇杂剧卷》,第 335 页,北京,中华书局,1962 年。
③ 李文翰:《银汉槎》,咸丰四年(1854)味尘轩刊本。
④ 李文翰:《银汉槎》,咸丰四年(1854)味尘轩刊本。

是说,由于思想内容的需要而有意识地对传奇的传统结构习惯有所改变,以求更好地实现新的创作意图。近代传奇杂剧在一折或一出戏中不用曲词只用说白的作法,多是这种情形。

张道的《梅花梦》卷上《补一折·评疑》考评剧中人和事的来历,全部是考据性说白,无一支曲文,整出戏如同一篇学术对话一般,几乎是作者亲自解说创作用意了。如谈作品女主人公乔小青原本姓冯的一段云:

> (生)今填词的何不说他姓冯,却依着姚靖把他姓乔呢?(净)传奇须雅俗共赏,同姓未免骇俗,故而只从姚说但作乔,虽是假姓,传奇亦有旧例。(副净)比甚例来?(净)譬如姓杜是杜撰的意思,姓赵与造同音,姓贾与假同音,姓魏与伪同音,姓吴与无同音,俱是凭空编撰之意。即甄与真同音,亦因有人无姓,以便称呼。此自来传奇家如《西厢记》、《琵琶记》、《还魂记》、《四声猿》之类,无不如此。其余用此例者,不可枚举。这传奇中如杨夫人及冯生之妻,亦援例借姓的。(生)老兄敢就是填词家?不然何以如此熟法?(净笑介)词却不是俺填,其人却也认识,听他谈过,所以略略晓得。①

洪炳文的《后南柯》中的《访旧第三》一出,全部是说白,长达1900多字。作者对此有说明云:"此折纯是讲白,并无一曲者,以各人俱无身分情怀,是以白描上场,白描下场,与丑脚神气最合。"② 这些都是近代传奇杂剧中说白占据了主导地位的典型例子。这种情况比较经常地出现,不仅表明传奇杂剧曲词与说白关系发生着重要的变化,也反映了中国传统戏曲酝酿着深刻的历史变革。

---

① 张道:《梅花梦》,光绪二十年(1894)刊本。
② 该出后作者评语,见阿英编:《晚清文学丛钞·传奇杂剧卷》,第393页,北京,中华书局,1962年。

二、曲文减少而说白增加的趋势

洪炳文在谈到所作《警黄钟传奇》时曾说过："是编情节甚多，故讲白长而曲转略。以斗笋转接处曲不能达，不得不藉白以传之，并非讨便宜也。"① 这样的观点在近代传奇杂剧作家中有一定的代表性，像《警黄钟》这样的作法在其他近代传奇杂剧中也时可见到。

钟祖芬的《招隐居传奇》以说白为主、唱词为辅的倾向即表现得十分突出。全剧十六出，唱词均采用比较简短的曲牌，主要作为抒情议论的穿插，而大段大段的道白则明显地成为全剧的主体部分，在展开情节、描绘人物、表达禁戒鸦片思想方面发挥着决定性的作用。假如除去曲词，对于全剧的内容也不会有明显的影响。李渔在《闲情偶寄》中曾指出："自来作传奇者，止重填词，视宾白为末着。"② 考察此剧对于曲词与说白关系的处理以及二者在剧本中的地位，与李渔所批评的重曲轻白现象正相反，而且有走向另外一个极端的倾向。如何深入认识和评价这种变化是另一个极其复杂的问题，仅从这种现象本身来看，已经表明近代传奇杂剧在创作体制、文体结构方面发生的重要变化。

俞樾的两种传奇《骊山传》和《梓潼传》作为"以学问为戏曲"的代表，说白增多而且地位颇显重要的情形也表现得十分充分。这两种传奇中说白篇幅一般较长，而曲词大多短小，大段的说白文字与简短的曲词对比相当明显。两种传奇中作者选用的多是较短小的曲牌。凡八出的《骊山传》中竟无一支长曲子，第七出《西域巡游》中仅用一次的82字的【满庭芳】，已经是全剧中最长的一支曲子了，其他曲子多在70字以下。

---

① 洪炳文：《警黄钟》之《例言》，阿英编：《晚清文学丛钞·传奇杂剧卷》，第335页，北京，中华书局，1962年。
② 李渔：《闲情偶寄》卷三《宾白第四》，《中国古典戏曲论著集成》第七册，第51页，北京，中国戏剧出版社，1959年。

《梓潼传》的情况有些不同，数次使用了长曲，如第二出《仗义拒新》中的【五供养】、第三出《却币公孙》中的【梁州序】接【前腔】等，第四出《奉表汉室》中的集曲【雁鱼锦】、第七出《百龄大会》中的【混江龙】更是特别长的曲子。【雁鱼锦】系益州太守文参在奉到汉家皇帝诏书后，拟上奏一篇表文，首先作一番说明曰："我远方一守土之吏，蒙朝廷垂念，恩礼便蕃，理宜奉表陈谢。但闻今上少时受《尚书》于庐江许子威，学问渊源，尤留意文艺表文，不可草草。今先拟定大意，再行斟酌。"然后用【雁过声】、【渔家傲】、【渔家灯】、【喜渔灯】、【锦缠道】集成【雁鱼锦】一支长曲，中间带说白，将这篇奏表的主要内容相当细致地道出，并在曲末说："大意如此，再加润色，即可缮写。"可见这是一支内容与写法都比较特殊的曲子，重点则在于以曲词发挥叙述功能。【混江龙】是写文君百岁寿辰热闹场面使用的，来自各方的祝寿者分别登场，文君以一支长曲将喜悦心情表露无遗，众祝寿者说白穿插于【混江龙】之间，将叙述与抒情结合得非常巧妙。可见，《梓潼传》中虽偶有长曲出现，仍未影响说白在整部戏曲中的重要地位。

梁启超的《劫灰梦》、《侠情记》各完成一出，全部为短曲，因未能展示作品基本面貌，暂且不论。他完成了七出的《新罗马》也是以说白为主，曲词较短。除第三出《党狱》使用【混江龙】接【前调】之外，其他均为字数较少的曲牌。这与俞樾《梓潼传》选用曲牌的情况有些相似。

刘清韵的《丹青副》第五出《探监》、第六出《庆寿》和第七出《祸萌》都是曲词简短而说白较长的，而且，三出戏组成了一个颇长的戏曲段落，显示了曲词与说白关系的消长变化。前一出只有三支短曲，后二出各有四支短曲，而主要部分都是说白。她的《炎凉券》第六出《平蛮》、第七出《荣归》的情形也与此相似。特别是第六出，虽使用了四支曲子，但曲词实际上只有四句，总共只有107字，其他均为说白。这种在数出戏中连续较多使用说白的情况笔者还较少见到。

姚锡钧（号鹓雏）的《菊影记传奇》第五出《停鸿》中，生扮柳亚子不满意众人对名伶冯春航、陆子美的冷淡，于是极力夸赞二人的佳处，有曲有白，但是相当明显，说白占有主要地位。最突出的一处为：

　　　　（杂上）邮局书到呈上。（生拆视念介）姚鹓雏诗缄。（生）他有甚么诗，莫非又是说坏春航？（急拆书介）（看介）（良久忽大笑介）奇了奇了！放下屠刀，立地成佛，鹓雏竟会洗心革面起来。他竟能崇礼子美至此，也可以算天良发现了。（念诗介）吾识亚子以壬子，嵚崎磊落天人姿。……绮才惊艳今消磨，我其将奈子美何？啊，这一篇长短句，凌乱姿肆，也算到极处了，姚鹓雏拔山力尽矣。①

剧中柳亚子所念姚鹓雏长诗一首，达452字之多。剧本将诗作全部写出，为免冗繁，笔者仅引出其首尾各二句。如果是在舞台上演出，要让观众耐心听完这样长篇的诗朗诵且取得良好的戏剧效果，是非常困难的。显然，作者将这类内容写入传奇中，也主要是供人阅读的。

　　不署撰人的《巾帼魂传奇》仅见《发端一出·长歌》，仅有中国女学生吴茗如一人上场，唱五支曲子，仍是以说白为重点的，其中一段说白谈作此剧的主旨和作用，长达450多字，占全出字数的一半。濑江浊物的《金凤钗传奇》也是说白明显多于、重于曲词的作品。文镜堂原著、王蕴章补订的《苏台雪传奇》说白之长、地位之重要表现得更加突出。它效法《桃花扇》首创的作法，在每出出目之下注明事件发生的时间，表现出严谨纪实的作风，如第一出《访梅》即标明"咸丰己未冬月"。更重要的是，此剧的一些说白段落极长，在戏剧情节的发展、人物事件的表现中明显地处于核心地位。最典型的如第三出《闹灯》（咸丰庚申正月）中众人猜灯谜的一段说白，长达1700多字，完全成了这出戏的中心内容。

---

　　① 《小说丛报》第6期，1914年。

又如第四出《哄饷》（咸丰庚申正月）中，250字以上的说白就有六段之多，其中最长的一段达660字，几支短曲在这出戏中已经显得无足轻重。吴承烜的《星剑侠传奇》第十一出《国文》也是以一段长达800多字的讨论国文问题的对话为中心，第三十出《海战》中也分别有两段长达400多字、660多字的说白，也显示出说白在作品中部分地占据主要地位的情况。

杨世骥在评论麦仲华的《血海花传奇》时曾说过："至于其中曲词，任意增减句格，穿插冗长的说白，在音律方面是完全不合的。"① 杨世骥在论及遁庐所撰二十四出的《童子军传奇》时也指出："全剧甚为冗长，倘使除去了其中的曲词，我们与其说它是一部戏曲，不如说它是一部小说。"② 这些评论主要都是就作品曲词短小且不很重要、说白较长且至为关键的情形而言的，同样体现了近代传奇杂剧创作中曲词与说白关系的重要变化。

三、曲文曲牌原有模式的突破

王国维说："元杂剧于科白中叙事，而曲文全为代言。"③ 曲文为代言体不仅是元杂剧的特点，而且是明清以后传奇杂剧曲文的共同特点。随着传奇杂剧文体规范的逐步形成，传奇和杂剧曲词的主要功能是抒情兼带叙事，而以前者为主。经过元明清三代的发展，这已经形成了一种相对固定的创作习惯。从动态的观点看，传奇与杂剧又始终处于一种变动不居的状态之中，其文体规范形成的过程，同时也就是这一系列规范走向消解的过程。传奇与杂剧就是在这样一种既是发展前进又是消解式微的动态过程中存在的。

不同的是，到了近代，传奇杂剧原有的种种体制规范、传统习惯，处于极其特殊的文化变革之中，文体各个方面发生了空前明

---

① 杨世骥：《文苑谈往》，第66页，台北，华世出版社，1978年。
② 杨世骥：《文苑谈往》，第72页，台北，华世出版社，1978年。
③ 王国维：《宋元戏曲史·元杂剧之渊源》，第63页，上海，上海古籍出版社，1998年。

显、十分剧烈的变化。这与以往的以渐变为主导特征的戏曲史发展过程是大有区别的,也给近代传奇杂剧、近代戏剧史带来了与以往颇不相同的景观。在传奇杂剧曲词上进行的一些相当独特的尝试,采取的不少一新人们耳目的作法,就是这种变化发展与创新特征的集中表现。

有的近代传奇杂剧将本来应属文章的内容用曲文的形式表现出来,使曲词兼有曲子与文章的功能,在文体形式上也是对曲词的一种创新。郑由熙的《雾中人》第三出《聘校》中有这样一段:

（杂递书介）（小生看介）呵,原来要请我校阅试卷,只是这几年,我于时艺一道,已废弃不事,只恐两眼麻茶,负人所托。(杂)相公不要过谦,家爷吩咐,一定要屈驾的。(小生)你在里面酒饭,待我修书回覆,不日买舟赴约便了。(杂)多谢。(丑引杂下)(小生写书介)

【泣颜回】拜手覆君侯,下笔龙蛇飞走;江郎才退,那堪五凤楼修。此行不负,问仙踪得遇初平否。开试院,好听煎茶;赏奇文,凭伊下酒。(杂上)相公,书写完了么?(小生)写完了。(交书介)回去拜覆贵上,说我不日起程。①

此剧的评订者岭海志道人在【泣颜回】一曲处作眉批云:"以文为曲,纯任自然。"②许之衡的《霓裳艳》第十二出《进表》中,用【入破第一】、【破第二】、【衮第二】、【歇拍】、【中衮第五】、【煞尾】、【出破】共七支曲子,由演员边唱边写,将一篇表文内容道出,堪称以文入曲的一个典型例子。兹录其首支曲子以见这一片段之一斑:

【入破第一】劝进臣伯坛启,百拜歌台地,奏为上尊号事,恭拟徽称二字,武艳为宜。臣谨诚惶诚恐,稽首顿首,熏沐虔诚,撰成歌颂,献芜词,点缀升平鼓吹。臣最

---

①② 郑由熙:《雾中人》,《暗香楼乐府三种》本,光绪十六年(1890)刊本。

> 长俳体，忆自少，得科第，直到做封疆大吏，专靠文辞，一直颂扬到底。到今时，老眼昏花，犹能执笔。①

此例与上举《雾中人》片段的写法相近。岭海志道人所云"以文为曲"，恰切地概括了这类曲文的内容特色和文体特点。

还有的近代传奇杂剧作品在曲文之中夹杂其他说唱形式。这种作法并非近代传奇杂剧作家所首创，例如在《桃花扇》中就已经出现过，其《续四十出·馀韵》中就有副末扮老赞礼"弹弦唱巫腔"、丑扮柳敬亭"照盲女弹词唱"和净扮苏昆生"敲板唱弋阳腔"的情节。这种作法在近代传奇杂剧中得到进一步发展，使用得愈来愈频繁，涉及的其他文艺形式也更加多样了。张道的《梅花梦》卷下第二十四折，主要部分即是演唱弹词，首先是"副净陈妈引丑扮弹词妇抱琵琶上"，演唱"新出的《前后红楼梦》王凤姐游地府那一回"，"弹琵琶照盲女唱"，共唱【弹词】四曲，丑扮弹词妇演唱，且同时讲述故事，有唱有述，是相当完整的弹词表演②。伤时子的《苍鹰击》最后《束一出·衢歌》也有众人齐唱弋阳腔的表演：

> （杂扮全体国民上，白）我辈原都是神州贵种，大宋遗民。不幸中华锦绣河山，被外来一群蒙古贱族所夺，陷于腥膻黑暗胡尘之中，困于束缚压制虐政之下者二百余年。今幸人心不死，天道好还，胡运将僭，汉威渐炽。昨日又看演一本新戏，名叫《苍鹰击》的，非常沉痛，异样尖新。词曲关王，激懦夫于并世；衣冠优孟，活烈士于九原。观之益发令人悲喜无端，俯仰自失，伤心雪涕，变色动容，不禁怒发冲冠，争欲奋身投袂。因而大家诌成一套北曲，藉表同情，不免齐声唱来者。（敲板唱弋阳腔

---

① 许之衡：《霓裳艳》，民国十一年（1922）刻本。
② 张道：《梅花梦》，光绪二十年（1894）刊本。

介)①

接着大家齐唱【北新水令】等七支曲子后下场，全剧结束。许之衡的《霓裳艳》第十四出《拒客》，在传奇之中插用吴歌二首，表现方法别致，创作构思独特。借园居士有眉批云："插吴歌固添风趣，而排场尤妙，非深于曲律及搬演者不易知。"② 为说明问题的方便，现录其片段如下：

（丑）有理有理，请你先说。（副净）还是老尤你先说。（丑）

【吴歌】你是个大慈大悲的观世音，你是个成仙成佛的活神灵，你是个玉洞仙姬下凡尘，你是个月里嫦娥爱的是兔儿精。

（副净）你说甚么兔儿精？这句话得罪了他了。（丑）我是口快说错了。我原说是月里嫦娥，爱的是立在桂花阴。你快说罢。（副净）

【吴歌】你是娇娇的的一朵牡丹花，你是丰丰韵韵一个小娇娃，你是救苦救难一个活菩萨，你是今生今世我的大冤家。

（丑）呸，你也得罪人了。大冤家岂不是仇人么？（副净）我也是一时说错。我原说是今生今世我的亲妈妈。（各作丑态向旦诨介）（旦）嗳哟，怎一班大人先生们，倒怎的胡闹起来？

【红衲袄】你便似张文远丑态多，你便似马思远风情大；为甚学紫霞宫搧动心头火？为甚学少华山掀翻欲海波？俺怎肯遗翠花被诮诃？俺怎肯打樱桃相挑拨？你休要扭捏身躯，卖弄风流也，唱一出相送银灯戏玉娥。③

在【红衲袄】曲处，有借园居士眉批云："人说是以戏为文，我说

---

① 阿英编：《晚清文学丛钞·传奇杂剧卷》，第 209~210 页，北京，中华书局，1962 年。

②③ 许之衡：《霓裳艳》，民国十一年（1922）刻本。

是以文为戏。"① 这一评语与上文所述岭海志道人评《雾中人》"以文为曲"的说法如出一辙。可见,两位评论者共同指出了这是一种"以文为戏"的创作倾向。这种创作倾向在近代传奇杂剧的发展变革过程中,具有相当重要的戏曲史和文学史意义,值得深入探究。

"以文章为戏曲"的创作倾向在近代创作中得到大幅度的发展,并且发生了空前的影响。这与传奇杂剧文体本身自清代中叶以来变化发展的基本走向是一致的,可以算得是在明清时期取得的杰出戏曲成就的基础上,近代传奇杂剧探索新的创作思路、创造新的发展可能性的一种努力。这种走向与近代诗词、散文、小说的发展趋向有一定的关系,也与近代学术的基本走向不无关联。它们共同展示着传统中国文学走向终结、解体阶段的某些基本特征。

上述近代传奇杂剧曲文与说白之间关系的种种变化,从戏曲史的变革历程中考察,反映出传奇杂剧从原来的以曲文的抒情叙述内容为中心,走向了以说白等文章内容为中心。从接受的角度来看,这一变化就表现为从场上之曲走向了案头之曲。戏曲的接受方式不同了,接受者也由观众变成了读者。戏曲重心的变化,给近代传奇杂剧从内容到形式、从曲词到说白,都带来了一次空前深刻的历史性变化。

第二节 传奇杂剧文体规范的消解

传奇和杂剧在长期的发展过程中形成了一定的体制规范。这些体制规范是传奇和杂剧作为文体形式存在的基本前提和主要特征,不仅对传奇杂剧创作与演出都发生着巨大的影响,而且对它们的发展成熟也起着重要的作用。杂剧的体制规范在元代杂剧中就已经表现得十分成熟,以民间性为主要特征的南戏在经历了文人化的过程,形成文人传奇之后,体制规范也基本成熟了。

---

① 许之衡:《霓裳艳》,民国十一年(1922)刻本。

从另一个角度来看,杂剧和传奇创作体制、文体规范也一直处于变化发展的过程之中,其体制规范的固定化、严密化过程,同时也是一个不断变动出新的过程。以历时性的眼光考察传奇杂剧的发展,可以认识到,在中国戏曲史上不同的时期内,传奇和杂剧体制规范的变与不变的表现特征、主导趋势有所不同,有时以变革为主,有时则以守成为主,从而形成了极其复杂多姿的戏曲发展脉络。

从近代传奇杂剧的创作体制、文体规范方面来看,它们当然继承了已有的体制规范传统,这是其得以存在的前提。但是,近代传奇杂剧所表现出来的基本特征、主导趋势仍是以变革创新最为引人注目。这种变革创新的主导趋势在体制规范上的表现,就是传奇与杂剧原有的创作体制、文体规范逐渐松弛,直至开始逐渐失去自己的体制规范和文体特征。也就是说,传奇杂剧基本丧失了作为一种文体形式独立存在的必要条件。

一、杂剧

王国维曾在《宋元戏曲史》中集中论述元杂剧的结构特点,揭示了元杂剧的创作体制和文体规范,指出:

> 元剧以一宫调之曲一套为一折。普通杂剧,大抵四折,或加楔子。
>
> 杂剧之为物,合动作、言语、歌唱三者而成。故元剧对此三者,各有其相当之物。其纪动作者,曰科;纪言语者,曰宾、曰白;纪所歌唱者,曰曲。元剧中所纪动作,皆以科字终。
>
> 元剧每折唱者,止限一人,若末,若旦;他色则有白无唱。若唱,则限于楔子中;至四折中之唱者,则非末若旦不可。

元剧中歌者与演者之为一人，固不待言。①
简单地说，元杂剧在体制上的主要特点为四折一楔子，或旦或末一人主唱、演唱北曲、曲白科三者并用等。

其实，这些规范只是就元杂剧的基本情形而言的。至少从元末明初开始，元杂剧的体制规范就逐渐被突破，而且有愈来愈多、愈来愈深入地突破元杂剧一般规范的倾向。这一方面是由于其他戏曲剧种如南戏、传奇等的影响，一方面也是由于元杂剧自身发展的要求。其中重要的变化如：折数趋于自由化，剧本可长可短，少则一折，多则六七折；南北合套的形成与专用南曲的南杂剧出现，南曲被运用于杂剧中已经是十分平常的事情；旦本末本界限被打破，旦末都可以演唱等。这样的变化实际上贯穿于明清杂剧的发展历程之中。

进入近代以后，杂剧创作体制、文体规范上的变化趋势更加明显而深入，在明清两代杂剧文体变革的基础上，将杂剧体制规范的变革又向前推进了一步。

四折一楔子的固定模式进一步削弱，单折短剧大量出现。元杂剧一本四折加楔子的规定被突破，单折短剧的出现，早在明中叶以来南杂剧形成并发展之后就已经开始，但是近代杂剧中的单折短剧有数量增多、作用加强的势头。张声玠的《玉田春水轩杂出》由九个互不相关的单折杂剧组成，均取材于古人古事，故事情节淡化，以抒情寄慨为主要内容。许善长的《灵媧石》杂剧由十二个单折短剧组成，除题材均为春秋时期列国故事这一共同点之外，各剧在情节、人物、结构等其他方面无甚联系。这种构思与创作方式，与系列剧颇为相似。它们已经完全没有了一本杂剧的概念，多个单折杂剧在一起，组成了如同系列剧的形式。冒广生的《疢斋杂剧》虽然分为四折，似乎还是一本杂剧，初看上去与元杂剧体制无太大差异，但是这四折戏每折演一个故事，四折之间情节毫无

---

① 王国维：《宋元戏曲史·元剧之结构》，第93~96页，上海，上海古籍出版社，1998年。

联系，而是四个各自独立的故事的组合，原来四折一楔子的体制实际上已经不复存在。

戏剧角色减少，故事情节淡化。一些近代杂剧，出场的角色只有一二人，也没有什么故事情节，重点完全不在于展开故事情节，而带有强烈的抒情性特点。道光初年吴藻所作的《乔影》杂剧不分折，而且仅有小生一个角色，唱南北联套曲一套即结束，无故事情节，主要内容就是抒发愤懑不平的情感。在中国戏曲史进入近代前夕，吴藻的杂剧创作已经透露出重要的时代信息。

此后，以独特面貌出现的杂剧作家作品就愈来愈多。周实的《清明梦》杂剧亦不分折，剧中主人公即生扮作者，以周实本名上场，而且全剧只有生一个角色，只是在梦中又出现作者妻子一人，主要内容为以思乡之情寓忧患国家之情，无完整故事情节。王时润的《闻鸡轩杂剧·王粲登楼》也是由生扮王粲带琴童上场，感慨身世、忧患时局之外，无甚故事情节。这些杂剧，从体制到内容都对元明清三代以来的杂剧作品有进一步的突破。而且，在近代杂剧中，这样的作品经常出现，表明这已经不是一种偶然现象，而是一种反映了杂剧在其最后阶段发展变化总体趋势的重要的戏曲史现象。

题目正名是杂剧的重要文体特征之一。但是杂剧发展到近代，题目正名在杂剧中的地位与作用也已经发生了很大的变化，主要表现为可有可无，并不重要，或者时有时无，十分随意。题目正名地位与作用的变化，与杂剧体制、文体其他方面的近代变化一道，表明杂剧已经进入了其长久发展历程的最后阶段。以袁祖光的《瞿园杂剧》五种、《瞿园杂剧续编》五种为例：《仙人感》、《藤花秋梦》无题目正名；《金华梦》有，七言四句；《暗藏莺》、《长人赚》、《东家颦》、《钧天乐》均无题目正名；《一线天》有，七言四句；《望夫石》有，七言四句，但在题目正名之前，尚有角色吟诵七言四句韵文，如同传奇之结诗。

卢前作为一位比较注重戏曲舞台特点和体制规范、理论与创作兼长的戏曲家，在杂剧创作中也多有变革元杂剧体制规范之处。其

《饮虹五种》中的五个杂剧，均为一折短剧，情节相当简单，人物也较少，抒情色彩浓厚。在题目正名方面，也改变了元杂剧中或七言二句或七言四句，或置于剧首，或放在剧末的习惯，一概将其简化为七言一句的"正目"，置诸剧首。如其第一种《琵琶赚杂剧》，在剧名下标明"家麻韵"之后，次行起首即为"正目：琵琶赚蒋檀青落魄"，其他四种的作法也完全相同。

顾随也是一位比较严格遵守元杂剧规矩的戏曲家，在《苦水作剧三种》中，全部使用了题目正名。他早年所作的杂剧《馋秀才》共两折，中间插一楔子，题目与正名各七言一句，置于全剧之末："题目：老和尚热心帮衬。正名：馋秀才执意拿乔。"顾随的另一杂剧《陟山观海游春记》对元杂剧的创作体制和文体规范有比较明显的突破。仅从题目正名这一点来看，作者的处理方式就相当独特，在"题目正名"之后，又加上一个"总关目"：

题　目：炎暑山斋自习文，严寒雪夜犹相访。
正　名：杨生得意春鸟鸣，连琐团圆秋坟唱。
总关目：精魄横成意外缘，秀才得遂平生志。
　　　　惹草沾帏元夜诗，陟山观海游春记。①

从上述诸方面的重要变化中可知，杂剧在进入近代以后，原有的体制规范、文体特性已经发生着全面的消解。杂剧在其最后一个阶段的发展变化，无论是对中国近代戏曲史来说，还是对杂剧的整个发展历程来说，都是十分重要的。

二、传奇

李渔论传奇格局时曾指出：

传奇格局，有一定而不可移者，有可仍可改，听人自为政者。开场用末，冲场用生；开场数语，包括通篇；冲场一出，蕴酿全部，此一定不可移者。开手宜静不宜喧，终场忌冷不忌热；生旦合为夫妇，外与老旦，非充父母，

---

① 顾随：《顾随文集》，第651页，上海，上海古籍出版社，1986年。

即作翁姑，此常格也。然遇情事变更，势难仍旧，不得不通融兑换而用之，诸如此类，皆其可仍可改、听人为政者也。近日传奇，一味趋新，无论可变者变，即断断当仍者，亦加改窜以示新奇。①

李渔除了介绍传奇的体制规范，还提出了其中有的可变，有的则不可变的问题，也批评了当时传奇创作中出现的一味追奇逐新的不可取倾向。由此可以窥测当时传奇文体上发生的显著变化。夏仁虎在论及传奇体制时也指出："传奇第一折之前，必以副末开场，略述全书大意，谓之家门。所填必为词而非曲，普通两首，第一首随意挥洒，第二首总括大意。……传奇之例，开始必以正生上场，其次为正旦。但因剧情变化，亦可不拘。然重要人物，必于前数折内登场。"② 卢前在谈到传奇篇幅时曾指出："传奇惯例以二十出或四十出为准，但梨园搬演，每多改删。"③ 他还在所著《明清戏曲史》中特辟"传奇之结构"一章，其中概括传奇的主要结构特点云：

  传奇第一出，必是正生上起，以生为全书之主。开场白谓之定场白，多用四六骈语。当正生出场前，有副末开场，述全书大意，谓之家门，可作第一出，亦可不入各出内。所填者词，非必南曲，常例二首。词毕，以四语总括之，谓之题目正名，叶韵。或于词后，接之以白。场上问而场内答，不外笼括全部之言。出目，明人或用四字，或用二字。惟《荷花荡》用三字，《醉乡记》用五字，《玉镜台》字数无定，非常例也。如《西楼记》用训诂语，"群噪"二字，在传奇亦不多见。盖以其不显，不可从耳。

---

① 李渔：《闲情偶寄》卷三《格局第六》，《中国古典戏曲论著集成》第七册，第64~65页，北京，中国戏剧出版社，1959年。笔者对原标点作了数处订正。

② 夏仁虎：《枝巢四述·论曲》，见《枝巢四述·旧京琐记》，沈阳，辽宁教育出版社，1998年，第47页。笔者对原标点略有调整。

③ 卢前：《楚凤烈传奇》卷首《例言》，民国朴园巾箱本。

> 传奇中之尤要者为排场，以剧情别之，曰悲欢离合。悲欢为剧中两大部别。
>
> 传奇通常每部在二十出以上，清之作者，有以八出，十出，或十二出为一部者。既不合于杂剧，复不谐于传奇，此未知传奇之结构者也。①

从上引诸家的论说可知，传奇在发展过程中也形成了一定的体制规范，而且，这种体制规范在明清两代传奇史上仍处于不断的变化之中。这种在变革中形成规范、在规范下谋求创新的情形，大抵也是许多文体样式发展的一般规律。与杂剧相似，传奇发展到近代，在体制规范、文体特征方面也发生了一些新变化，出现了一些新现象，比较集中地体现了在传奇内容发生重大变化的同时，其体制规范方面也出现了不少值得重视的新态势。

传奇出数和角色进一步减少。一些名为传奇的近代剧本，出数已经完全没有了限制，长短极为随意，甚至短到只有一二出；角色数量也相当自由，最少的只有一二人。这已经达到了减少戏曲出数和角色的最大限度。佚名的《扬州梦》传奇不分出，只有末扮宗祖一人上场，以控诉清廷罪恶、宣传反清革命为主要内容，没有连贯的故事情节。陆恩煦的《朝鲜李范晋殉国传奇》仅一折，两个人物，一为生扮李范晋，一为外扮仆人，这与传奇的一般结构方式距离甚远。杨与龄的《乌江恨传奇》虽曰传奇，实际上只有二出，极为简短。佚名所作《陆沉痛传奇》亦仅有《楔子一出》、《第二出·城温》两出，并无全剧未完的迹象或说明，也是篇幅相当短小、结构极为独特的作品。高增的《女英雄传奇》和《人天恨传奇》、吴魂的《迷魂阵传奇》、陈家鼎的《邯郸梦传奇》也均属此类之作。这些传奇作品，比卢前所说清代作者写作八出、十出、十二出的传奇更加简短，是传奇发展最后历程中值得重视的现象。

刘咸荣的《娱园传奇》四出之间只有主题上的关联，构成一

---

① 卢前：《明清戏曲史》，第 26~48 页，台北，台湾商务印书馆，1994 年。笔者对首段文字之原标点略有改动。

个思想意义上的整体,而在情节上没有任何联系。此剧的立意构思与生活于清康熙、雍正、乾隆年间的夏纶(号惺斋)所作的《新曲六种》极为相似。徐梦元为夏纶戏曲所作的《五种总序》中有云:"其传奇定为五种:曰《无瑕璧》,所以表忠也;曰《杏花村》,所以教孝也;曰《瑞筠图》、曰《广寒梯》,所以劝节、劝义也。至《南阳乐》一编,颠倒两大游戏之昧,为千古仁人志士补厥缺陷,固忠、孝、节、义之贼而有者也。"①吴梅也曾指出:"惺斋作曲,皆意惩劝,尝举忠孝节义事,各撰一种。其《无瑕璧》言君臣,教忠也;其《杏花村》言父子,教孝也;其《瑞筠图》言夫妇,教节也;其《广寒梯》言师友,教义也;其《花萼吟》言兄弟,教弟也。事切情真,可歌可泣,妇人孺子,尤可劝厉,洵有功世道之文,惜头巾气太重耳。惟《南阳乐》谱武侯事,颇为痛快。"②夏纶尝标明作品主旨,如《无瑕璧》为"褒忠",《杏花村》为"阐孝",《瑞筠图》为"表节"等。刘咸荣《娱园传奇》的作法与此几乎完全相同。作者在剧首表明主旨道:"衰朽馀年,无求于世,种花之暇,偶作数曲,以忠孝节义为纲,古今中外,不能越此范围,寄之笔墨,亦聊以风世耳。"③此剧第一出《梅花岭》题下注曰"表忠",写史可法抗清而死事;第二出《真总统》曰"劝孝",写华盛顿从小孝敬父母终成大业事;第三出《断臂雄》曰"昭节",写李氏孀妇因被不良男人扯手、愤而引刀断己臂以表贞节事;第四出《乞丐奇》曰"彰义",写乞丐王三仗义疏财、忠心事主事。非常明显,此剧各出之间在情节上毫无关联,而通过"忠孝节义"四方面传统道德内容的表现,以思想主旨将四出戏联系在一起。这种结构方式与以往常见的典范的传奇已经有非常大的差别。

---

① 蔡毅编:《中国古典戏曲序跋汇编》,第1742页,济南,齐鲁书社,1989年。
② 吴梅:《中国戏曲概论》,王卫民编:《吴梅戏曲论文集》,第182页,北京,中国戏剧出版社,1983年。笔者对原标点有所调整。
③ 刘咸荣:《娱园传奇》卷首,日新印刷工业社代印本。

由上引李渔、夏仁虎、卢前有关传奇结构的论述已可见,传奇在发展过程中形成了一定的结构模式,主要角色的出场时间也有相应的规定,如"开场用末,冲场用生","传奇第一出,必是正生上起"等。关于传奇的体制要求和角色出场,李渔还特别指出:

> 本传中有名脚色,不宜出之太迟。如生为一家,旦为一家,生之父母随生而出,旦之父母随旦而出,以其为一部之主,馀皆客也。虽不定在一出、二出,然不得出四、五折之后。太迟则先有他脚色上场,观者反认为主,及见后来人,势必反认为客矣。即净、丑脚色之关乎全部者,亦不宜出之太迟。善观场者,止于前数出所见,记其人之姓名。十出以后,皆是枝外生枝,节中长节,如遇行路之人,非止不问姓字,并形体面目,皆可不必认矣。①

李渔所述,乃是就传奇创作的普遍情形、一般要求而言。中国戏曲史的真实情况要比这种理论阐述纷繁复杂得多。

传奇发展到近代,出现了极其复杂、异常多变的情形,其体制规范受到了空前严峻的考验,面临着令许多戏曲理论家意想不到的冲击。一些近代传奇作品,出现了非常明显的角色出场随意化、自由化的倾向。这不仅表现为重要配角的出场顺序、时间等无甚严格规定,而且,即便是主要角色如正生、正旦等的出场顺序和时间也非常随意,非常自由,在有的剧目里,甚至可以缺少某一类角色。按照传奇的创作体制要求,主要角色正生、正旦是绝对不可缺少的,但是这种体制规范在近代传奇中已经被频繁地突破。

最典型的例子是林纾的戏曲创作。林纾所作传奇《蜀鹃啼》、《天妃庙》和《合浦珠》,三种剧本从题材到写法多有不同。杨世骥尝指出:"就体式言,旧的传奇必不能无'旦',而林纾的这三种传奇都没有一个旦角,且音乖律违的地方极多,我们可知它也是

---

① 李渔:《闲情偶寄》卷三《格局第六》,《中国古典戏曲论著集成》第七册,第68页,北京,中国戏剧出版社,1959年。

改途易辙的作品了。"① 郑振铎也曾评价林纾的传奇说：

> 他的传奇也很可以使我们注意。所谓"传奇"，向来都是叙恋爱的，叙"悲欢离合"之刻板式的故事的——只有极少数是例外——林琴南的传奇则完全不是叙述这些事的；他的《蜀鹃啼传奇》叙杭州拳乱时吴德潚（引者按：此字原刊误，当作潇）殉难的事，他的《天妃庙传奇》叙谢让遣戍的事，他的《合浦珠传奇》叙陈伯沄推产还原主的事。旧的传奇，必不能无"旦"，第一出必叙"生"，第二出必叙"旦"，他的三种传奇则绝未一见旦角；旧的传奇必有四十出或五十出，他的传奇则至多不过二十出，少则只有十出；他可算是一个能大胆的打破传统的规律的人。②

近人寒光更在所撰《林琴南》中指出这三种传奇是"林氏一种完美的文艺物"，认为林纾"简直是中国传奇的压阵大将，干干净净的把住阵脚而收军回营"③。寒光还曾进一步分析林纾传奇作品的独创价值，指出：

> 中国从前的传奇，大多数是以生、旦做主角，第一出必叙生，第二出必叙旦。此外又有什么排场，必有起伏转折，什么填词长折例用十曲，短折例用八曲等等呆板不灵的格式；而且所谓生旦的传奇，无非是些描写恋爱的故事。替才子佳人团圆式的烂调小说别开一条偏路。当林氏那时代，这个风还未销歇，但他偏能独树一帜，极力打破以前的旧俗套，创造出一种轻松、美妙的新传奇。他所做的传奇三部，内中完全没有旦角，丝毫也没有肉麻式恋爱的痕迹；所叙的不是国事就是社会事，而且事情翔实，文

---

① 杨世骥：《文苑谈往》，第57页，台北，广文书局，1981年。
② 郑振铎：《林琴南先生》，见《中国文学论集》，第101页，香港，港青出版社，1979年。
③ 福建省戏曲研究所编：《福建戏史录》，第235页，福州，福建人民出版社，1983年。

笔简白，象他《闽中新乐府》一样的，都是十分通俗的好文字。①

从近代戏剧的发展历程和创作实绩来看，此种评论虽未免有点言过其实，却表明论者对林纾传奇创作的高度重视。

需要特别指出的是，三位评论者均断定林纾的三种传奇中没有一个旦角出现，而且这种论断几乎成为具有权威性的说法被引用和传播。这明显与事实情况不符，有必要予以澄清并更正。

其实，林纾的《天妃庙》传奇中就出现了旦角，只是由于后人不察，以至于以讹传讹。此剧共十六出，在第九出《忆外》中，就出现了旦扮谢让之妻施氏出场，唱曲三支，且有说白，有科介。同一出还有小旦扮婢女上场。仅此一例即可证明以往许多研究者所认为的林纾三种传奇中全无旦角，是完全没有根据的。

另一方面，从传奇创作体制和欣赏习惯的角度来看，《天妃庙》共十六出，旦角却在剧情已经过去大半的时候方才出现，的确容易让读者误以为此剧已不可能有旦角出现了。这样的角色安排，的确不合乎传奇的传统习惯，也可以算作是文人剧作家林纾的一种文体尝试和艺术创新吧。因此，将林纾的传奇创作置于中国近代戏剧的变革之中来考察，不能不说，林纾三种传奇剧本的角色设置，实在是对传统传奇体制的一个重大突破。

洪炳文的《警黄钟传奇》的角色安排反映了近代传奇杂剧发展过程中的另外一种趋势，即由于受到皮黄等其他戏曲剧种的影响，传奇原有的角色行当体制发生了重大的改变。此剧因为女性角色过多，由于剧情的需求，改变了传奇的传统体制。作者曾自述道："梨园中本有正旦名目，而传奇则无之。曰旦者，即正旦也。兹编派旦脚过多，因另加正字以别之。曰旦者，即俗称当家旦是也。又有武旦名目，传奇亦无有，以无所分别，特加武字，以别于

---

① 福建省戏曲研究所编：《福建戏史录》，第235页，福州，福建人民出版社，1983年。

他旦。盖舍传奇而从梨园名目,以便于派脚色也。"① 杨世骥评论此剧有云:"此剧就思想来看并无若何特色,然剧中说白往往长于曲辞,又因旦脚过多,乃有花旦、武旦的名目,这在旧的传奇体式上都是未曾前见的事,这时候戏曲的里面实际混杂着皮黄的成分了。"②

值得注意的是,这种情形的出现已经不是出于无意,而是有意为之。洪炳文在创作此剧时,是相当自觉地进行这样的角色处理的。与《警黄钟》情况相似的作品还有感惺的《断头台》。此剧中因为生角太多,假如按照传奇的惯例来派角色,必然无法安排,于是作者将生行角色分为生、小生、正武生、帮武生四种。非常明显,把武生又分为正武生和帮武生二种,是为了解决有两位武生的矛盾。幽并子的《黄龙府》因需要生角较多,于是在生、小生之外,增加武生一人。陈尺山的《孟谐传奇》中,也出现了武旦、武生,他们是第六出《获禽》中的两个主要角色。

可见,诸如此类的角色安排,已经不是近代传奇杂剧的偶然现象,而是具有一定趋势性特征的重要现象。这些剧本的角色安排,都明显地受到皮黄剧的启发。戏剧角色行当方面发生的明显变化,表明当时传奇杂剧与皮黄等戏曲样式有着相当密切的关系。传奇杂剧原有的体制规范在创作中地位与作用的下降趋势,由此亦可窥知一二。这不能不说是近代传奇在创作体制上、文体规范上发生的又一个重要变化。

梁启超的《新罗马传奇》在楔子中仍然使用副末开场,之后的前三出依次是净、副净、丑、小旦、末、外等出场。按照传奇的体制规范,本当在第一出即出场的正生玛志尼,迟至第四出《侠感》才出场。扪虱谈虎客(韩文举,号孔厂)在该出之后的批注

---

① 洪炳文:《警黄钟》卷首《例言》,阿英编:《晚清文学丛钞·传奇杂剧卷》,第335页,北京,中华书局,1962年。
② 杨世骥:《文苑谈往》,第52页,台北,广文书局,1981年。

中说:"玛志尼为三杰之首,至是始出现,方人本书正文。"① 本当在第二出就出场的正旦,在该剧已经完成的七出中,却始终没有出现。第六出《铸党》之后又有韩文举批注云:"传奇体例,第一折谓之正生家门,第二折谓之正旦家门,实为全书头角。但此编主人翁不止一人,万难偏重偏轻,故不能照依常例。作者本拟以此折令加富尔登场,鄙人嫌其三杰并排,未免板笨,且加富尔可表见之事迹不妨稍后,故商略移置第八出。"② 可知梁启超主要是为了内容题材上的需要而突破了传奇的文体习惯。在传统形式与现实内容之间,后者显得更重要,这种选择也反映了传奇体制规范走向松弛的趋势。因为突破了一般的传奇体制,采取了比较特殊的创作方式,《新罗马传奇》中准备安排在第八出出场的另一个重要人物加富尔还没有得到出场的机会,作品就没有再创作、发表下去。这对于后世读者来说是颇为可惜的,但是这种现象的戏曲史意义却是非常重要的。

在梁启超之前,早已有戏曲家有意突破传奇文体习惯的创作尝试。陈烺的《玉狮堂传奇十种》第一种《仙缘记传奇》凡十六出,与明清文人传奇相比已经算是篇幅较短小的;更值得重视的是,按照传奇体制规范,本应在第二出就上场的正旦,迟至剧情已经过半的第九出才出现,这显然是对传奇原有体制规范的一个重要突破。陈烺的另外一些剧作对角色出场次序的处理方式也是值得注意的。凡八出的《回流记》在开首的【蝶恋花】引子之后,第一出《妆楼》正旦即出场,而正生则迟至第五出《败北》才出现。同为八出的《海雪吟》,正生第一出即上场,然后有净、丑、小旦等角色出场,正旦迟至第五出方出场。戏剧角色出场顺序的趋于随意化、自由化现象,同样反映了传奇体制规范逐渐走向解体的基本趋势。

集曲运用的增多趋势。集曲是明清传奇创作中的一种非常值得重视的现象,一些杰出的戏曲理论家们对集曲早有论述。李渔曾专

---

① 阿英编:《晚清文学丛钞·传奇杂剧卷》,第537页,北京,中华书局,1962年。
② 阿英编:《晚清文学丛钞·传奇杂剧卷》,第544页,北京,中华书局,1962年。

门讨论集曲问题曰：

> 曲谱无新，曲牌名有新。盖词人好奇、嗜巧，而又不得展其伎俩，无可奈何，故以二曲、三曲合为一曲，熔铸成名，如《金索挂梧桐》、《倾杯赏芙蓉》、《倚马待风云》之类是也。此皆老于词学文人善歌者能之，不则上调不接下调，徒受歌者揶揄。然音调虽协，亦须文理贯通，始可串离使合。……予谓串旧作新，终是填词末着。只求文字好，音律正，即牌名旧杀，终觉新奇可喜。如以极新极美之名，而填以庸腐乖张之曲，谁其好之？善恶在实，不在名也。①

对戏曲理论和传奇杂剧创作均极为熟悉、且均有巨大贡献的吴梅也曾论及集曲问题。他曾明确指出：

> 惟文人好作狡狯，老于音律者，往往别出心裁，争奇好胜，于是北曲有借宫之法，南曲有集曲之法。所谓借宫者，就本调联络数牌后，不用古人旧套，别就他宫蒐取数曲，（但必须管色相同者）接续成套是也。……所谓集曲者，其法亦相似，取一宫中数牌，各截数句而别立一新名是也。……余谓但求词工，不在牌名之新旧，惟既有此格，则亦不可不一言之。总之，借宫集曲，统名犯调，若用别宫别调，总须用管色相同者。②

李渔和吴梅二人均说明了集曲产生的主要原因及其他相关问题，同时也都表明了对集曲作法的态度。由此可知集曲的产生，主要是由于追奇逐新、好胜斗巧的需要。集曲创作难度较大，对集曲这种创作形式，李渔、吴梅都不甚赞成。

近代传奇创作中集曲的强化趋势，主要是指集曲出现的频率增

---

① 李渔：《闲情偶寄》卷二《音律第三》，《中国古典戏曲论著集成》第七册，第39页，北京，中国戏剧出版社，1959年。

② 吴梅：《顾曲麈谈》，王卫民编：《吴梅戏曲论文集》，第17页，北京，中国戏剧出版社，1983年。

加,集曲使用得更加充分。集曲早在明代传奇中就已经出现,并非至近代才有。但是近代传奇中的集曲运用出现了经常化、普遍化的倾向,集曲在作品中的作用也表现得非常突出、非常充分,可以认为是近代传奇创作中一种值得注意的现象。

吴梅对集曲的态度虽多有保留,但是他自己所作的《风洞山传奇》中,使用集曲很多,大概也主要是出于"别出心裁,争奇好胜"的心理。此剧的第一出《游湖》、第六出《梦惊》、第七出《书规》、第十二出《愁语》、第十五出《旅吟》、第二十出《入海》等,基本上全部是由集曲组成的。以第十二出《愁语》为例,此出除首尾的【三叠引】、【尾声】二曲外,中间的【九回肠】、【巫山十二峰】都是集曲。特别是后者,由【三仙桥】、【白练序】、【醉太平】、【普天乐】、【犯胡兵】、【香遍满】、【琐寒窗】、【刘泼帽】、【大胜乐】、【贺新郎】、【节节高】、【东瓯令】组成,是非常典型的集曲例子。

刘清韵的《小蓬莱仙馆传奇》十种中,也多处使用集曲。如《黄碧签》第十一出《斩蛟》、第十二出《同升》的主体部分全部是由集曲构成的。特别值得一提的是,刘清韵传奇十种中使用的多为字数不多的短小曲牌,但是她仍然非常积极热情地使用集曲。这一点更加充分地表明,她如此经常地使用集曲,主要不是为了更好地表情达意,而是为出新出奇、展示才情。俞樾评《小蓬莱仙馆传奇》十种有云:"余就此十种观之,虽传述旧事,而时出新意,关目节拍,皆极灵动。至其词,则不以涂泽为工,而以自然为美,颇得元人三昧。视李笠翁十种曲,才气不及,而雅洁转似过之。"[①]以"自然雅洁"概括刘清韵传奇创作的风格当是恰切之论,从其集曲中仍然可见这一特点。为见其特色,兹录《黄碧签》第十二出《同升》中的集曲一支如下:

【六奏清音】【梁州序】遥天清旷,素晖溶漾,丹桂

---

① 《小蓬莱仙馆传奇》卷首俞樾序,上海藻文书局石印本,光绪二十六年(1900)刊。标点为笔者所加。

香浮绿酿。说甚方壶圆峤,人间自有仙乡。【桂枝香】嘹亮歌喉啭,翩跹舞袖扬。【排歌】欢无极,乐未央,恰逢月满更花芳。【八声甘州】花前玩月情愈畅,月下看花兴倍长。【皂罗袍】月和花气,花争月光,仙乎宛在瑶台上。【黄莺儿】愿高堂东王拜贶,同享寿无疆。①

还有,下场诗也是传奇相当固定的创作习惯和体制特征之一。明清传奇每出之后几乎必有的下场诗,在近代传奇中,同样出现了非常复杂、比较随意的情况。孙雨林的《皖江血》传奇共十六出,其中《八·剖心》、《十三·屈杀》、《十五·结案》三出之末均无下场诗,而其他十三出末尾均有下场诗。一剧之中出现了非常明显的体例不一现象。而洪炳文的《警黄钟》凡十出,全部没有下场诗。

《维新梦》下场诗的使用情况比较独特,有时用有时不用,有时七言有时五言。具体情况为:第一出《感愤》无下场诗;第二出《入梦》、第三出《授职》有,均七言四句;第四出《写本》无下场诗;第五出《建路》有,五言四句;第六出《采矿》、第七出《讲武》、第八出《劝学》均无下场诗;第九出《裁官》有,七言四句;第十出《训农》、第十一出《验厂》均无下场诗;第十二出《商战》有,七言四句;第十三出《外交》、第十四出《立宪》、第十五出《大同》均无下场诗;第十六出《梦醒》有,五言四句。这种复杂情况的出现,与此剧出于四人之手的创作过程有关:前六出为惜秋(欧阳淦)填词,第七出为鲫士所作,第八出至第十四出为旅生所作,第十五、第十六两出为遁庐补剩。可见,出于多人之手是造成此剧体例比较复杂混乱的重要原因之一。另一方面,这种情形也反映出传奇创作体制、文体规范渐趋松弛、不再被严格遵守的总体趋势。

遁庐的《童子军》共二十四出,前三出均有七言四句的下场

---

① 刘清韵:《小蓬莱仙馆传奇》,上海藻文书局石印本,光绪二十六年(1900)刊。标点为笔者所加。

诗；第四出无之；第五出有下场诗，亦为七言四句；第六出以下直至最后，就再没有使用下场诗了。此剧出于一位作者之手，同样出现了如此复杂的情况，更加充分地表明传奇体制走向消解的趋势。可见，上述情况并非偶然出现，而已经是相当常见的现象。

明清文人传奇动辄长达四五十出以上，从舞台演出的角度来说，篇幅这样长的剧本要在一个晚上表演完毕，几乎是不可能的。为了便于演出，在剧本的情节结构上一般要划分为两个部分，二者之间既可以相对独立，又必须具有比较密切的关联。于是传奇剧本形成了分卷的传统。凡是篇幅比较长的传奇剧本都可以分为上下两卷，也有的传奇剧本分为多卷。

近代传奇中的一些长篇作品仍然沿用分卷的传统作法，短篇传奇则完全没有分卷的必要了。吴承烜所作《花茵侠传奇》的结构处理方式，在笔者所见的近代传奇中是非常独特的。全剧篇幅不长，共十四出，不分卷，首出《冶游》之前加《缘起》，由外唱两支曲子，相当于副末开场；第十四出《拜影》之后有《馀文》，这也是许多传奇的创作习惯。此剧的独特之处主要表现在：在剧本的中部即第七出《赠行》与第八出《京捷》之间，安排了一个简短的《过曲》。为了说明问题的方便，现将其录出如下：

（外青袍上）

《花茵侠》前半演完了。（内问介）演的如何？请总结数言。（外）听我表来：

【仙吕入双调】【二犯江儿水】寻烦觅恼，缘底事，寻烦觅恼，做成愁圈套。妄相思红豆，密约蓝桥，赚江郎，魂黯销。羞涩阮囊挑，蓸腾鲁酒浇，范叔绨袍，汧国书巢。花儿柳儿香伴俏，寒窗寂寥，秋闱捷报，差可喜秋闱捷报。感深两佳人、两良朋嘉贶，富贵无忘患难交。

（内）前半既经演说，后半教如何？（外）待我说来：

【前腔】出山小草，还说甚出山小草，脱离他席帽。但翼舒彩凤，背踏金鳌，浙江行观晚潮。撒闱回沪那时节，劝嫁说徒劳，谈瀛兴最豪。节署旌旄，菊部笙箫，华夷一家盟会好。柳艳秋呵,娟娟阿娇,金屋藏,娟娟阿娇。花月娇呵,娥娥小照,蒲团拜,娥[娥]小照。君不见女侠生来意气高。

话犹未了,咦,那一班袍带戏,早已登场,列位请看。①

在此《过曲》之后,有绛珠评论曰:"承上启下,一气呵成,万派千支,中流一束。"② 十分清楚地道出了这一段《过曲》在全剧艺术结构、情节发展中的作用。它处于全剧的中间,既是前半部分的一个小结,又是下半部分的开端,兼有结束曲与开场曲的双重作用。它的长度和作用,也颇像杂剧中的楔子。从《花茵侠传奇》的篇幅来看,它本是属于中等长度的作品,并不需要分为上下两卷,因此也就无须有总结上卷、开启下卷的设计安排。作者在剧本中采用了《过曲》,显然是出于戏剧情节结构的需要,更重要的是受到传奇分卷这一传统作法的影响。这种结构方式,从长篇传奇分卷传统的角度来看,是以往作法的遗留和延续;从篇幅较短的传奇无须分卷的具体情况来看,则是传奇传统体制的一个变化。这种作法,试图在分卷与不分卷之间作出一种稳妥而灵活的选择,带有明显的折中意味,表现了传奇体制的近代变化的一个方面。

可见,进入近代之后,杂剧与传奇沿着在明清以后形成的发展惯性和内在理路,加上处于极其特殊的文化环境之中,戏曲史内外的复杂因素,促使杂剧和传奇进入了一个前所未有的剧烈变革的阶段。在元明清三代传奇体制规范长期发展变革的基础上,近代杂剧传奇的各种主要创作体制、文体规范已在逐渐消解。这是杂剧和传奇发展历程中的最后阶段,是它们真正走向式微的最后一抹夕照。

从中国戏剧史的变革历程来看,杂剧与传奇创作体制、文体规范的形成过程,同时也是它们不断变革、持续创新的过程。从这个

---

① 《小说新报》第 6 年第 7 期,1920 年。笔者按:上引【前腔】方括号内之"娥"字系笔者据曲意所加,疑原刊本脱。
② 《小说新报》第 6 年第 7 期,1920 年。

意义上说,杂剧与传奇的文体消解是一个长期的、复杂的变革过程,而且这一过程早在进入近代以前就已经开始。但是,值得特别重视的是,在传奇杂剧走向终结的历史过程中,一个多世纪的中国近代戏剧史,是传奇杂剧文体发展中至为关键的一个阶段。它们发生的文体变革就深刻程度和剧烈程度来说都是空前的。因此,传奇杂剧创作体制、文体规范消解的最后完成,是中国近代戏剧史上一个特别重大的事件,也是整个中国戏剧史上一个具有深远意义的事件。

第三节 传奇和杂剧之间文体界限的消失

传奇和杂剧本是起源不同的两个剧种,它们在发展过程中各自形成了一系列体制规范,二者之间存在许多创作体制和文体规范上的不同。这是从形式上将二者区分开来的重要依据。另一方面,随着中国戏曲史的发展,传奇与杂剧两种戏曲形式之间的交流借鉴、取长补短也愈来愈频繁,愈来愈深入。南北联套体的形成,南杂剧的出现,传奇篇幅的缩短,杂剧旦本与末本界限的打破等,都是它们逐渐走向一体化的重要表征。而且,种种迹象表明,传奇和杂剧早已处于逐渐接近、频繁交流、直至合流的发展过程中。但是,直至清中叶以前,传奇和杂剧的基本区别尚未消失,还没有进入实质性的相互融合、共同发展阶段。

进入近代以后,特别是进入20世纪以后,戏曲史内部和外部情况都发生了重大的变化,传奇和杂剧才进入了实质性的走向一体化、协同繁荣发展并最终共同走向终结消亡的时期。

一、人们观念上传奇与杂剧混淆不清

"杂剧"与"传奇"一样,在中国文学史、戏曲史上曾经有过多种含义,也都曾经被用以指称多种戏曲样式。因此在中国戏曲史上,不论是"杂剧"还是"传奇",都必须根据具体的时代和语境才能准确地判断其含义。但有一点是基本清楚的,就是到了元代,

"杂剧"一词已经由宋代的多种戏曲之共称,转化为专指当时盛行于北方的以演唱北曲、分宫联套、四折一楔子、或旦或末一人主唱为基本特征的戏曲剧种。到了明代中后期,"传奇"一词也不再是一般戏曲的通称,而成为明清两代盛极一时的南曲系统中以文人创作为主体的、文学上规范化、音乐上格律化的长篇体制的戏曲形式的专称。可见,"杂剧"和"传奇"作为中国文学史、戏曲史上的重要术语,在长期的发展演变过程中,到清代中叶以前,都经历了一个从混沌到清晰、从宽泛到具体、从不确定到确定的过程。

从另一个角度看,"杂剧"与"传奇"的概念又始终处于变动不居、不断转移的过程之中。这一点,在明代初年特别是明中叶以后南杂剧兴起之际,已经表现得相当明显。至清乾隆末年以后,由于中国戏曲史总体格局发生的重大变化,"杂剧"与"传奇"无论是在戏曲理论上还是在创作实践上,二者的关系已经变得日益复杂,难以说清。

特别是到了19世纪末20世纪初,"杂剧"和"传奇"在理论观念和创作实践两方面都表现出空前复杂的情形,二者的界限被打破,混淆难分,随意使用,无法区别。也就是说,在传奇杂剧长期发展历程的最后一个阶段,"杂剧"和"传奇"原本清晰的概念、原本明确的关系出现了一次新的不清晰、不明确,而走向了随意化、自由化的状态。这种状态的结果是双重的:一方面打破了二者之间原有的界限,一些体制规范的消解,使戏曲家的创作更加自由,促进了传奇杂剧的发展;另一方面也带来了概念上的混乱难辨,创作上体制规范的欠缺,促使杂剧和传奇在这种失范的混沌状态下最后走向了解体。

传奇杂剧的交融一体、混淆难辨,在近代戏曲家的戏曲创作、传奇杂剧作品的发表、人们对剧本的认识理解等方面都十分集中地表现出来。

1902年梁启超在日本横滨创办《新小说》杂志,迅速带来了近代报纸杂志的繁荣发展,形成了小说杂志、文学刊物大量出现的局面。当时许多戏曲作品都是发表在小说杂志上的,《新小说》、

《绣像小说》、《月月小说》、《小说林》、《小说大观》、《小说新报》、《小说月报》（1920年以前）等，都是发表戏曲作品的重要刊物，它们特辟"传奇"、"历史传奇"、"曲谱"或其他专栏以刊载戏曲作品。当时的许多报刊都将包括传奇杂剧在内的戏曲作品（有时还包括一些说唱文学作品）列入"小说"栏目，例如《新民丛报》1902年刊载《劫灰梦传奇》、《新罗马传奇》和《爱国女儿传奇》，1903年刊载《血海花传奇》，1904年刊载《学海潮传奇》时，均将它们归入"小说"栏中。1903年《汉声》杂志发表的《陆沉痛传奇》归入"政治小说"栏目；1904年创刊的《觉民》杂志把发表的传奇列入"小说"栏中；同年发表于《大陆报》的《维新梦传奇》也是"小说"栏的内容之一。1912年《小说月报》发表《秋海棠传奇》即标明"社会小说"。《江苏》、《民报》、《崇德公报》等发表戏曲亦均与上述刊物相似。此外，还有一些报刊把戏曲归入"杂俎"、"文艺"等栏目。这些情况表明，当时戏曲仍然被作为传统"说部"之一种，作为"小说"的一个种类，还没有取得作为一种文学样式或文体形式的独立地位。因此，梁启超倡导、多位鼓吹变革创新的文学家参加的"小说界革命"运动，一直将戏曲改革作为主要内容之一。

从戏曲创作与评论上看，近代明显地出现了杂剧或传奇的专用名称被随意使用，不分杂剧与传奇的情况。这种情形与杂剧和传奇成熟之前的元代至明初"杂剧"和"传奇"概念术语的混乱不清、随意使用的情形有一定的相似之处。古越嬴宗季女的《六月霜传奇》卷首小引中有云："会坊贾以采撷秋事演为传奇请，仆以同乡同志之感情，固有不容恝然者。重以义务所在，益不能以不文辞，爰竭一星期之力，撰成十四折，匆匆脱稿，即付手民。润色补苴，俟诸再版。"① 对传奇不称"出"，而用杂剧的名称"折"。李文翰的《紫荆花传奇》第二十三出《奇谋》有贺美恒评语曰："此一折

---

① 阿英编：《晚清文学丛钞·传奇杂剧卷》，第148页，北京，中华书局，1962年。

排场戏,承上起下,有伏有应,足见三十二折中,无一空头文字。"① 同一人所作的此剧评语中,全部称传奇的一出,即一个情节单位或一个音乐单位曰"折"。锡淳批评《凤飞楼传奇》使用术语也与此相同。《开国奇冤》的作者华伟生(谈善吾)在《旨例》中亦云:"本书自《开学》至《圆案》,计十六折。先以《约叙》,闰以《剩义》,共成一十八出。均据实直书,初无臆造。惟《梦警》一折,似涉神怪。"② 也都是"出"与"折"混用,不作区别,十分随意。

这种情形在近代传奇杂剧中极为普遍。贡少芹的《亡国恨传奇》的每一情节和音乐片段既不称"出",也不称"折",而全部称"曲",如《第一曲·协约》、《第十二曲·并韩》之类,全剧十二出皆如此。洪炳文的《后南柯传奇》又有不同,出、折等字完全不用,只云《宫议第一》、《立约第十二》等,全剧十二出亦全部如此。

还有一个值得重视的例子是杨恩寿的《再来人》。此剧一向被称作"传奇",连长沙杨氏坦园自刊本的目录中也以"传奇"称之。但是第十六出亦即最后一出《庆馀》中却将其称为"杂剧":"(生)这些陈腐填词,已听厌了。你班中可有新出戏文么?(女伶)少老爷这件奇事,长沙地方,有个好事的蓬道人,填成《再来人》杂剧,小班已经演熟了。老爷夫人,就赏点这戏罢。(生)既是把少老爷的事,编成戏文,我和夫人,都是戏中人了。(旦)人生是戏,皆可作如是观,管他做甚?只是戏文太长,恐怕要分作两天,才演得完。你且拣一出好的,演来听听。(女伶)只有第十六出《庆馀》,最是有趣的。(生)你就演《庆馀》罢。(女伶)老爷夫人请看,冲场的就是少老爷也。"③ 可见,剧中对传奇和杂剧已经完全不加区分了。

---

① 李文翰:《紫荆花传奇》,道光二十二年(1842)味尘轩刊本。
② 阿英编:《晚清文学丛钞·传奇杂剧卷》,第244页,北京,中华书局,1962年。
③ 杨恩寿:《再来人》,《坦园丛稿》本,光绪年间刊。

二、戏曲家创作文本中传奇和杂剧难以区别

从结构方式、文体特征上看,近代一些戏曲作家根据剧情需要或个人兴趣,将传奇和杂剧两种戏曲形式的某些特征结合起来,自由地运用于创作之中,于是出现了一些新颖的传奇杂剧作品。假如以典范的杂剧或传奇的创作体制、文体规范衡量它们,会发现许多若即若离、非此非彼、似是而非的复杂情形。许多戏曲作品的作法介于杂剧和传奇之间,是二者的杂糅结合体。当然大部分这样的作品在规范的杂剧或传奇之间可能有所侧重,或较多地表现出杂剧的体制特征,或较多地带有传奇的文体特点。但是无论如何,杂剧和传奇之间的文体界限渐趋消除,二者合一的总体走向是明晰可见的。

范元亨的《空山梦》仍分上下两卷,共八出。前仍有作为副末开场的《情概》,最后为《想梦》一出,与一般传奇的结构方式也无大的不同。但此剧各出不标"第××出"字样。更重要的是,此剧"全无结构之规模,不仿金元之院本"①;"但其制谱,不用古宫调,知为曲子相公所诃。然有其继之,必有其创之。元人乐府,孰非创自己意者?若以为不便梨园,则名家依谱循声,可被之管弦者,亦无几也"②。可见作者的创新意识非常明确,改变戏曲传统作法的意识十分强烈。周贻白在评论《空山梦》时尝指出:"这个剧本,体制之奇特,可谓从来未有。因为他把旧有宫调曲牌完全推翻,而又不是整齐的七字句或十字句。若用现代眼光去看,便仿佛一种近于词体的新诗,这形式,好像有点故弄狡狯。……也许他根本不懂得曲调的来因和作用,只是熟读几本传奇,不耐烦去按韵填词,所以只取曲子的声韵和句法,而不用曲牌。这样,便可

---

① 种秫天农:《〈空山梦〉传奇序》,蔡毅编:《中国古典戏曲序跋汇编》,第2 417 页,济南,齐鲁书社,1989 年。
② 问园主人(引者按:即作者本人)《〈空山梦〉传奇序》,蔡毅编:《中国古典戏曲序跋汇编》,第2 416 页,济南,齐鲁书社,1989 年。笔者对原标点稍有改动。

以随意遣词，不至受格律上的拘束。……其实，'空山梦'虽不用曲牌，句调并非完全独创，读起来虽觉不伦不类，似乎尚不拗口。"① 可以这样认为，《空山梦》实际上已经成为既非传奇又非杂剧，更非花部乱弹的一种十分独特的戏曲样式。虽然仍自称传奇，但实际上已与传奇的体制规范相去甚远。

姜继襄的《汉江泪传奇》分上下两本，每本一出，第二本之前加楔子，从结构上已经可以看出这是将传奇与杂剧体制合二为一的作法。更重要的是，作品上本基本采取说唱形式，主要通过叙述传达剧情，人物作为戏剧角色进行表演的成分极少；下本为了展示想像中五十年之后新武汉的景象，利用现代表演手段，将新武汉的市容市貌描绘出来，重在视觉效果，戏剧性并不强。此剧的整体形式也比较特殊，与传奇、杂剧、说唱都有所不同，也都有一些关联。很明显，已经难以确定这种戏曲样式的真正归属了。

冒广生的《疢斋杂剧》凡四折，由四个各自独立的故事组成，在第一折之前使用了副末开场。副末以【青玉案】、【沁园春】两支曲子和说白将剧情简略述出，然后交代各折名称道："别离庙蕊仙入道，午梦堂叶女还魂。马湘兰生寿百谷，卞玉京死忆梅村。"这是传奇中常用的标目。然后说："道犹未了，那吴蕊仙早已登场，列位请看。"② 这是标准的传奇之首的副末开场结构。袁祖光的《望夫石》杂剧第四出即最后一出《化石》的结尾是这样的：

（贴）姐姐，你看他生来孤僻，从一而终，到于今这般结果。我们自主婚嫁，口讲维新，仍是朝欢暮乐。仔细想来，还是主张自由的好。（小旦）虽然如此，到底耍（引者按：此字原刊本误，当作要）仗他保全国粹呀。妹妹，你说维新的好，只怕新者自新，旧者自旧，千秋万载，自有公论哟。

【尾声】（合）他守贞不坏金钢炼，俺一伙烟花轻贱。

---

① 周贻白：《中国戏剧史长编》，第439~440页，北京，人民文学出版社，1960年。
② 冒广生：《疢斋杂剧》，《小三吾亭外集》本，民国年间排印本。

这座望夫石呵，直要把不死的纲常硬拗转。
　　（小旦）海东屹立冠山鳌，（贴）大节峥嵘愧我曹。
　　（小旦）留作人间不朽事，（合）年年寒食哭声高。
　　焚香拜石一生痴，独抱冰心只自知。
　　怅望海天秋黯淡，东方傀儡下场时。①

相当明显，这样的结束方式不同于杂剧的题目正名，也不同于传奇的结诗。如果说前四句诗还与传奇的结诗有些相似，那么后四句诗就是作者自己意见的直接表白，与杂剧的题目正名截然不同。二者组合起来，就构成了这样一种相当独特的结尾方式。

顾随的《陟山观海游春记》本为杂剧，却采用传奇的习惯方式分为上下两卷，各包含四折一楔子，全剧八折二楔子，显然是因为剧情较复杂、篇幅较长而借鉴了传奇的结构方式。洪炳文的《警黄钟传奇》的开头和结尾方式都是独特的：在《卷首·宣略》之前，尚有《提纲》概括全剧大意："俏储君卓识诇戎心，奸大臣甘言惑主听。副元帅妙计擒渠魁，新国民热肠立团体。"而在末出第十出《团圆》之后，又加《总束》云："举世滔滔我独醒，黄封耻作小朝廷。蜂群借作人群看，午夜钟声仔细听。"又云："蜂蚁由来团体坚，《南柯记》后此馀编。若教警醒黄民梦，待谱新声入管弦。"② 可见，这种开头和结尾方式，既不像杂剧，也不同于传奇，似乎是杂剧的题目正名和传奇结诗二者的杂糅。

综合以上三方面情况可知，就创作体制与文体规范来说，近代传奇和杂剧的情况十分复杂。就两种戏曲样式内部而言，无论是传奇还是杂剧，它们各自经过长期的发展，已经形成的相对稳定而明晰的一整套体制特征、文体规范，入清以后尤其是乾隆末年以后愈来愈多地被突破，传奇和杂剧都出现了在体制特征、文体形式上不甚明晰、难守成法的局面。而发展到鸦片战争以后，尤其是进入

---

① 冒广生：《疚斋杂剧》，《小三吾亭外集》本，民国年间排印本。
② 阿英编：《晚清文学丛钞·传奇杂剧卷》，第335~336页、第375页，北京，中华书局，1962年。

20世纪之后,传奇和杂剧的原有体制遭到了前所未有的冲击,出现了空前剧烈、空前深刻的内部变化。到中国近代戏剧史结束的时候,传奇和杂剧这两种具有长久发展历史的戏曲剧种和文体样式,可以说已经变得面目全非了。

从传奇杂剧二者的关系来看,如果说元末明初出现的南北曲在杂剧中同时出现,直至发展成南北合套曲子并在杂剧与传奇中运用是二者交融的第一步,已经出现了彼此借鉴的征兆;明中叶以后南杂剧的大量出现、传奇篇幅的缩短是传奇与杂剧文体交融的第二步,二者的交融已经走向了实质性的阶段;那么,近代传奇与杂剧的关系就更加密切,彼此之间的种种体制界限被进一步打破,各自的文体特征都表现得不甚明晰,二者真正形成了你中有我、我中有你的局面。

从元杂剧的兴盛、明清文人传奇的繁荣,到近代传奇与杂剧的深度融合,合二为一,并最后走向消解,这是一个复杂而漫长的富有文化史意味的戏曲变革历程。在中国近代戏剧史接近尾声的时候,回顾传奇杂剧的历史踪迹,我们发现它们仿佛画了一个圆圈,似乎又回到了开始阶段那种混沌不明、界限不清的起点上。从近代传奇杂剧的内外状况来看,的确会有历史重新回到了起点的感觉。但是,透过这种表面现象,认真考察这种情形出现的前因后果,就不能不说,近代传奇杂剧自身的内部状况和面临的文化环境,与以往任何时代相比,都有着本质性的不同。仅就近代传奇杂剧体制特征、文体规范方面的变化而言,在整个中国戏曲史上的地位就与元明之际的状况迥然不同,它们所蕴含的戏曲史意义也绝不可同日而语。假如把第一次混沌状态比作黎明时分晨曦出现之前的短暂未明,它蕴含着无限的生机,预示着蓬勃壮阔的未来;那么,也就完全可以说,这第二次晦暗不明则是黄昏时分最后一抹残阳也已逝去的寂静,它留下的是曾经有过无限辉煌历史的传奇杂剧的悠远回响,展示的是这两种传统戏曲样式永远消逝之后的无限空旷。

近代传奇杂剧体制、文体上表现出来的新变化,与其在戏剧题材、情节、角色、冲突等方面产生的近代变迁一道,表明以传奇杂剧为主要剧种的中国古典戏曲史走向了终结,同时也预示着中国戏剧史上另一个新时期的开始。那将是一个戏剧种类、戏剧格局都与古典戏曲史大不相同的时期。在传奇杂剧走向总结、消亡的同时,以京剧为主体的花部戏曲空前兴盛,在借鉴和学习西方戏剧的基础上形成的早期话剧逐渐成为中国戏剧的另一主干。中国戏剧也是在这之后,愈来愈充分地融入世界戏剧格局之中。总之,近代传奇杂剧乃至整个中国近代戏剧发生的历史性变革,标志着中国古典戏曲史的结束,也预示着中国现代戏剧史的开端。

第七章 近代传奇杂剧的语言变革

作为作品思想内容与外在形态载体的文学语言形式，从来都是与作品的其他部分一道，构成一个难以分割的有机整体。语言形式成为文学作品的存在方式，其重要性和不可替代性不言而喻。传奇杂剧作为中国古典戏曲的重要组成部分，作为具有民族特色和时代特点的舞台表演艺术形式，其语言的内容特征、形式特点，不仅是我们走近这些作品的唯一途径，认知这些存在的唯一媒介，而且是认识并把握前人创作习惯、思维特征的最重要角度。

与近代传奇杂剧其他方面发生的新变化、出现的新情况相联系，在语言形式上，近代传奇杂剧也带有一些新的特征，出现了一些在以往的传奇杂剧中表现得不十分突出的语言特点。本章希望通过对语言特点的认识，语言变革的考察，认识近代传奇杂剧发生的变化，从而更加深入地把握近代传奇杂剧从内容到形式各个方面所发生的非常重要、空前深刻的历史变迁。

从历时性的角度来看，近代传奇杂剧的语言变革在不同的阶段呈现出不同的特点。概括地说，近代前期（1840—1901），由于传奇杂剧的发展刚刚进入近代不久，戏曲史内部诸种因素和外部文化环境尚处于比较缓慢的变化之中。与此相应，传奇杂剧的语言尚未发生大规模的突出的变革，仍然以承袭元明两代至清代中期传奇杂剧的语言面貌为基本特征，只是出现了一些局部性的带有近代色彩的动向。至近代中期（1902—1919），戏曲发展的高潮阶段已经到来，传奇杂剧也进入了繁荣兴盛的时期。与此相联系，传奇杂剧语言的各个主要方面都表现出一些重要的变革趋势，呈现出不少迥异于前人传奇杂剧创作的新特点，最集中地表现了传奇杂剧的语言形式在近代发生的深刻变化。这种种新特征、新变化既使传奇杂剧又一次呈现出崭新的面貌，出现了新的辉煌，也使它无可挽回地走向了式微、终结直至彻底消亡的道路。到了近代后期（1920—1949），由于传奇杂剧的高涨时期已经过去，真正进入了走向衰微直至完全消亡的阶段，与主流文化走向、总体文学格局愈来愈疏离。此时传奇杂剧的语言呈现出比较复杂的局面：一方面继续走在近代中期戏剧语言以变革创新为基本特征的发展道路上，与现代戏剧语言的关系更加密切、更加直接；另一方面，一部分作品的语言走向了复归传统、返朴归真的道路，较多地学习元明传奇杂剧的语言特点，成为维护传奇杂剧传统的最后一次努力。

近代传奇杂剧语言变迁的这种基本趋势，与近代传奇杂剧在题材、结构、文体、舞台艺术等方面的变革，也都存在着一定的关联。恰恰是这多方面的变化与发展，共同展示着传奇杂剧在其最后阶段出现的新特征。

第一节　近代传奇杂剧语言的基本特点

与元明两代及清中叶以前的戏剧语言一样，近代传奇杂剧的语言形式与特色也是多种多样的，这在众多的近代传奇杂剧作品中表现得非常充分。另一方面，从基本趋势和总体走向上寻绎近代传奇杂剧的语言特点，还是可以发现其中的某些重要倾向。这对认识近代传奇杂剧创作的基本面貌是大有裨益的。本节试图从几个方面的重要趋势入手，展示近代传奇杂剧语言的基本特点。

一、绮丽与本色：回归本色

本色与绮丽，这是中国戏曲史上关于戏剧语言风格的一个长久而且重要的论题。人们在评价元杂剧作家时，就经常运用本色派与文采派这样的术语，如以关汉卿为本色派的翘楚，而王实甫、郑光祖则是文采派的代表。至明代后期，不少戏曲家和批评家们更多地从理论上阐发关于本色与绮丽、质朴与华美的问题，并在创作实践中进行了种种探讨，首次将这一问题提到了前所未有的高度。明代后期逐渐形成了本色派、文辞家派、道学家派、骈绮派共存互补的戏曲理论与创作格局。本色派代表人物何良俊主张戏剧语言的清丽流便、情真语切；徐渭主张戏剧语言要家常自然、宜俗宜真；王骥德则主张戏剧语言当在深浅、浓淡、雅俗之间。这些理论主张对明清两代戏曲发展的影响极其深远。明代戏曲史上还有反对南戏的民间性传统、以作时文的习惯作戏曲的文辞派，在剧作中显示才学，念白骈四俪六，多用典故，如邵璨；还有以戏曲宣扬伦理纲常，推广名教风化，以戏曲寓圣贤之言的道学家派，如丘濬；还形成了以剧本展现学问，曲词绮靡，使事用典，念白少俗语多文言，且多用骈俪语的骈绮派，郑若庸、梅鼎祚均可为代表。这些戏曲流派对后代戏曲史也都产生了重要的影响。

近代传奇杂剧发生发展的戏剧史背景和时代文化状况与明清传奇杂剧所处的戏曲史和文化史环境相比，在许多方面都已经发生了巨大而深刻的变化。虽然如此，以往的戏曲理论主张和创作实践对近代传奇杂剧作家们仍然产生着明显的影响。近代传奇杂剧作家们也不可能完全割弃传统的滋养，在全新的起点上毫无借鉴地从事创作活动，当然有必要认识前人的种种理论探索和创作实践，从中总结经验，吸取教训，并在此基础上作出自己的选择。

中国历史进入近代以后，政治文化环境、文人的遭际命运、戏曲家的创作心态、戏剧史的基本格局等等都发生着显著的变化。特别是近代中后期约半个世纪左右的时间里，这种种变化表现得尤为广泛而深刻。这不可能不在许多方面对文学、戏曲发生显著的影响。这种文化政治机缘使明清两代戏曲与近代戏曲之间，出现了一个显而易见的变化，二者基本的戏曲史面貌存在着明显的不同。以时文为依托的文辞派戏曲随着八股取士制度的废除难以再发生重要的影响；以宋明理学的兴盛为契机大行其道的道学家戏曲随着理学声势的逐渐减弱而不再为人们所关注；以骈文加学问为主要特征的骈绮派戏曲也随着骈文影响的减弱和学术风气的变化而不再受人青睐。因此，明清两代的戏曲流派对近代戏曲影响最大的，理所当然地是以清丽自然、宜俗宜人、面向民间为主导走向的本色派戏曲。

在丰富的中国戏曲史传统中，近代众多的戏曲家认同了本色派戏曲家的理论主张和创作道路，在本色与绮丽之间自觉自主地选择了本色。这既是中国戏曲史内部传承发展的必然结果，也是近代特殊的政治文化背景下中国戏曲的必然选择。虽然学问化、骈俪化、道学化戏曲在近代传奇杂剧中依然存在并且发生着一定的作用与影响，但是，更重要的是，近代传奇杂剧中的大量作品，在戏剧语言的形态和风格上，走的基本上是一条本色自然之路。本色可以说是近代传奇杂剧语言的主导风格。

从近代传奇杂剧这一基本的语言特色中，我们最强烈地感受到具有悠久传统和广泛影响的本色派戏曲理论与实践在中国近代戏曲史上的又一次回响。近代传奇杂剧语言的本色特征实际上是向中国传统戏剧语言风格的一次回归，当然是在发展进步基础上的一次向传统的回归。

二、渊雅与通俗：走向通俗

文学语言的渊雅与通俗，艰深与平易，是一个既有理论价值又有实践意义的问题。它不仅在中国戏曲史上长期存在，就是在整个中国文学史上也一直非常突出。作为在具体的时间和空间中从事创作活动的戏曲家、文学家，在创作过程中由于总是以自己的学识修养、语言习惯、期待视野为基础，由于面对不同文化层次、不同语言习惯、不同感情需要的读者，不能不对文学语言问题予以足够的注意。戏曲在各种文学样式中的特殊性是不言而喻的。戏曲与其他文学样式的最大不同之处在于，它不仅仅要面对读者，还必须在舞台演出中面对观众。这种舞台性特点实际上对戏剧语言提出了更为具体的要求，文学语言的渊雅与通俗的问题在戏剧语言中表现得也就更为突出。戏曲作为一种具有极强的民间性色彩的艺术形式，语言的通俗晓畅、本色自然是其最基本的风格特征。元杂剧语言的本色通俗向为后世戏曲家们所称道，南戏语言的俚俗流畅也给人留下了深刻的印象。从南戏到传奇，从民间到文坛，在完成了文人化的过程之后，传奇一方面从下里巴人的俚俗状态走向了高雅的士人之中，一方面也丧失了不少本色率真的成分；杂剧的语言自从元代之后也逐渐向着文人化的方向发展。戏剧语言的逐渐文人化、渊雅化、学问化，总之走向了远离民间、远离民众的道路，就是诸种重要变化之一种。

　　针对戏剧语言发展过程中的这种状况，一些有识见的戏曲理论家曾经提出了发人深省的主张，李渔堪称其中的杰出代表。他曾经专门提出传奇语言"贵显浅"、"忌填塞"的主张，并具体论述道："曲文之词采，与诗文之词采非但不同，且要判然相反。何也？诗文之词采贵典雅而贱粗俗，宜蕴藉而忌分明；词曲不然，话则本之街谈巷（引者按：原本误，当作巷）议，事则取其直说明言。凡读传奇而有令人费解，或初阅不见其佳、深思而后得其意之所在者，便非绝妙好词；不问而知，为今曲，非元曲也。"又说："总而言之，传奇不比文章。文章做与读书人看，故不怪其深；戏文做与读书人与不读书人同看，又与不读书之妇人小儿同看，故贵浅不贵深。"① 清代的一些传奇杂剧作家在戏剧语言的浅近通俗道路上作出了不少可贵的探索，取得了成功的经验。

　　历代戏曲家的理论倡导和创作实践，无疑为近代传奇杂剧作家提供了丰富的经验和有益的借鉴。从总体上考察中国近代戏剧史的发展历程，在戏剧语言的选择上，近代传奇杂剧作家走的主要是一条指向大众、面向民间的通俗化、口语化的道路，出现了明显不同于古代戏剧语言的某些重要趋势。这些重要的变革趋势不仅属于中国近代戏剧史，而且指向中国现代戏剧的发展过程，具有重要的意义。

　　与历代的传统戏曲家相比，近代传奇杂剧作家由于从事戏曲创作的目的性更加明确、更加直接，也使得他们特别注意戏剧语言形态的有关问题，更加重视戏剧语言与广大普通民众的语言接近，更

---

① 李渔：《闲情偶寄》卷一《词采第二》，《中国古典戏曲论著集成》第七册，第22页、第28页，北京，中国戏剧出版社，1959年。

加注意戏剧语言与当时人们使用的书面语言和口头语言接近,更加关注中国近代语言发展过程中出现的大量新语汇,包括对外来语和方言的空前重视,从而使近代传奇杂剧的语言发生了十分显著的变化,形成了带有许多时代色彩和民族特色的戏剧语言形态。

近代传奇杂剧的语言逐渐剔除前代戏剧语言中过分讲究文辞、渊雅古奥、华美骈俪的成分,愈来愈多地吸收以往戏剧语言中平易浅白、通俗晓畅、朴素自然的成分,并最终创造出具有独特面貌的近代戏剧语言形式。

从近代文学语言的发展变迁方面来看,近代传奇杂剧的发展趋势和创作走向,与近代戏剧的其他剧种、诗词、小说、散文等整个近代文学语言的基本走向是一致的。这实际上是时代文学的共同选择,其中包含着某些带有规律性的深刻内容。从更大一点的范围来认识近代传奇杂剧语言的发展变迁,可以看到,走向民间、走向通俗实际上是中国文学语言发展历程中最重要、最基本的趋势。从这个意义上说,近代传奇杂剧语言的新特征,实际上是与整个中国文学语言的总体发展趋势一致的,其意义已不限于近代戏剧史和文学史本身。

三、个性化与类型化:类型化语言增多

通过人物的语言和行动塑造人物性格,是中国小说的主要表现手段之一。戏剧与小说相似,具有明显的叙事性特征。戏剧语言是塑造人物性格、表现戏剧冲突、展开戏剧情节的最重要的手段。因此戏剧人物的语言应当是个性化的;而且,戏剧人物语言的个性化程度越高,对戏剧创作取得成功的积极作用可能就越大。中国戏曲史上的许多杰出作品,主要人物的语言都是充分个性化的,言如其人,可以很好地展现人物的性格特征。在许多优秀的戏曲戏曲作品中,人物的语言成为塑造人物形象、刻画人物性格的重要手段,为戏曲史增添了个性鲜明、富于立体感的人物形象,为戏曲塑造人物积累了丰富的经验。

中国历代戏曲理论家也一向重视戏剧人物语言的个性化问题。

李渔就曾指出:"言者,心之声也。欲代此一人立言,先宜代此一人立心。若非梦往神游,何谓设身处地?无论立心端正者,我当设身处地,代生端正之想;即遇立心邪辟者,我亦当舍经从权,暂为邪辟之思。务使心曲隐微,随口唾出,说一人肖一人;勿使雷同,弗使浮泛。若《水浒传》之叙事,吴道子之写生,斯称此道中之绝技。"① 即是说,作者在创作中要深入体验并准确把握戏剧人物的性格特征,方可在具体的戏剧情节中为人物安排最切合其声口、最能展现其性格的语言;要做到这一点,最重要的方法就是"设身处地",体察人物彼时彼地的心情境遇,要先为其立心,方能为其立言。

与中国戏曲史上的许多杰出作品相比,近代传奇杂剧的人物语言出现了一些比较明显的变化,表现出与以往大不相同的情形。一部分近代传奇杂剧作家比较注意戏剧语言与人物性格之间的关系,基本上还能够继承古代戏曲传统,为戏剧人物设计切合其性格特点的语言,戏剧语言表现出一定程度的个性化特色。这部分作品的人物语言与古代杰出戏曲的人物语言相比,虽然还存在一定差距,但是可以看出作者在戏剧语言个性化方面作出的努力和探索。这方面的成就最集中地体现在近代前期和近代后期的一些传奇杂剧作品中。

近代前期的传奇杂剧,基本上仍然延续着以往的戏曲传统和发展惯性,在许多方面仍以继承以往传统为主,在戏剧语言方面也是如此。近代后期,传奇杂剧所处的文化环境发生了根本性的转变,它们在戏剧格局与文学格局中的位置发生了重大的变化,迅速走向了边缘化。与此相联系,传奇杂剧以往与诗词、小说、文章等文体一道在社会变革、文化变迁中所承担的非常重要的历史任务,也就很快为其他文体所取代。传奇杂剧走向文坛边缘和文化边缘的过程,是其走向式微与终结的重要表征。另一方面,在这一无可奈何

---

① 李渔:《闲情偶寄》卷三《宾白第四》,《中国古典戏曲论著集成》第七册,第54页,北京,中国戏剧出版社,1959年。笔者对原标点有所调整。

的重大变革过程中,传奇杂剧也表现得比以往更加从容自在,得以更多地复归自身,更充分地展现自己的艺术特质。因此在中国传奇杂剧发展历程的最后二三十年中,可以看到较多的复归元明戏曲传统、关注戏曲艺术品格、强调戏曲独特境界的创作。这些传奇杂剧作品的语言,同样达到了相当高的水准。

20世纪初的二十年左右,是中国近代戏剧史最为活跃、空前繁荣的时期。与此相应,近代传奇杂剧的时代特点在这并不长的时间里也表现得充分无比。这一时期,传奇杂剧从题材到文体,从内容到形式,都发生了显著的变化,其突出成就与明显缺憾都非常集中地表现出来。仅从戏剧语言的个性化与类型化的角度来看,这一时期传奇杂剧的人物语言当然有一些是比较个性化的,戏剧语言在揭示人物性格方面起到了相当重要的作用。另一方面,也是更值得注意的一个方面是,这个时期许多传奇杂剧的语言出现了比较明显的类型化倾向。即是说,戏剧人物的语言在很多时候主要不是在揭示"这一个"人物的内心世界,不是展示其独特的性格特征,而主要是作为"这一类"人物的代表在说话,抒发思想感情,表达政治愿望。在这样的作品中,戏剧人物的语言对表现同类人物的思想特征、情感趋向是重要的,有代表意义的,但是对表现戏剧舞台上的"这一个"人物的性格作用并不大。这颇有些像黑格尔所指出的:"但是艺术还不能停留在这种单纯的整体上面,因为我们所说的是具有定性的理想,因此就有一个更迫切的要求,就是要性格有特殊性和个性。"[①] 近代传奇杂剧中的一些人物,恰恰缺少这种特殊性和个性。这种情况在他们的相当明显的类型化语言中也能明显地感觉到。

这种情况的出现,从戏曲艺术和文学发展的角度来看,当然难以认为是成功的。但是结合近代传奇杂剧所处的特定历史文化环境、戏曲家特殊的创作心态、古典戏曲向现代戏剧转型等内外多种因素来考察,就应当认识到,这种现象的出现也不难理解。可以

[①] 黑格尔著,朱光潜译:《美学》第一卷,第304页,北京,商务印书馆,1979年。

说，人物语言的类型化倾向在很大程度上突出了戏剧主题，加强了内容的政治宣传性，也促成了戏剧人物性格的平面化和类型化。这是近代传奇杂剧一系列深刻变革中比较重要的内容，也反映了中国近代戏剧与文学深刻变化的一个方面。

从总体上说，近代传奇杂剧的语言选择呈现出两种主要趋向：一是戏剧人物语言的个性化；二是戏剧人物语言的类型化。前者主要是继承并发展戏剧语言传统特色的结果，体现了近代传奇杂剧与元明至清中叶以前戏曲创作的密切关系，展现出戏曲发展的连续性特征；后者主要是近代戏曲家自主选择的结果，表现出近代传奇杂剧的变异性特征，揭示了近代戏曲史的深刻变化与重要进展。

从戏曲发展的角度考察这种语言变迁，可以看到，近代传奇杂剧语言的类型化倾向表现得更加突出，也更加重要，具有深刻的戏曲史意义。尽管这种倾向的大面积出现对戏曲发展来说是不利的，但它反映出来的戏曲命运令人回味，它提出的戏曲史难题发人深省。近代传奇杂剧语言的类型化倾向实际上透露出整个中国近代戏剧在现实政治需求和审美艺术价值之间的尴尬境地。

四、共同语与地方语：方言空前兴盛

从本质上说，方言是语言最原始、最本真的形态。方言往往保存着人类语言中最精彩、最传神的内容，但也限制了交流的范围。实际上，每一个人在自然状态下习得的语言都一定是方言，或者是以方言为主体构成的语言。

在长期的发展过程中，中国的文学语言很早就形成了为广大地区的人们所熟悉的共同语，主要是书面的文学语言。清代以后，随着各地区人们交流的日益频繁，共同语与地方语的问题显得愈来愈突出，逐渐有人提出书面语言和口头语言合一、建立共同的书面语和口头语的问题。由于方言在人们语言中的根本性作用，不少方言词汇随着文学创作活动不断地进入为大多数人所理解并接受的文学语言之中。

与民间文学和方言二者关系都特别密切的中国戏曲，地方语与

共同语的问题表现得十分突出。正如李渔所说:"填词中方言之多,莫过于《西厢》一种。其馀今词、古曲,在在有之。非止词曲,即《四书》之中,《孟子》一书,亦有方言。"① 元杂剧中保存着大量的北方方言,还有一些蒙古语汇,明清传奇中使用了许多江浙等南方地区的方言语汇,这都是人所共知的事实。这些用语方式有一部分已经成为戏曲创作的习惯,对后来的传奇杂剧创作产生了重要的影响。

近代传奇杂剧的语言,在继承古代戏曲创作传统的基础上,又从近代全新的历史文化状况出发,结合近代文学语言的特点,对传统戏剧语言有所创新。从地方语与共同语之关系的角度考察近代传奇杂剧的语言特点,可以看到,与古代传奇杂剧的语言习惯一样,近代传奇杂剧中最基本、最重要的语言仍然是在长期的戏曲发展过程中形成的共同的文学语言。这是近代传奇杂剧最为强大的语言基础,也是传奇杂剧得以广泛传播、为各不同方言区的人们所接受的首要前提。

与中国近代文学语言的发展变化相应,近代传奇杂剧的语言在语音、文字、词汇、语法方面都出现了一些新的趋势,既有别于古代传奇杂剧的语言,又不同于近代诗词、小说、散文等文学样式的语言。尽管如此,近代传奇杂剧的语言基本上可以使来自不同方言区、具有不同语言习惯的绝大多数读者或观众接受并理解,其共同语的特征是非常明显的。

另一方面,一些近代传奇杂剧中还使用了相当数量的方言语汇;而且,与以往传奇杂剧作品中使用方言有所不同的是,近代传奇杂剧中使用方言的种类繁多,一些方言(如吴方言)在某些作品中的使用频率也有所提高。至于这些方言中带有的近代语言色彩,更是近代社会文化变迁赋予戏剧语言的时代性的新特征,当然也是古代戏剧语言无法比拟的。

---

① 李渔:《闲情偶寄》卷三《宾白第四》,《中国古典戏曲论著集成》第七册,第59页,北京,中国戏剧出版社,1959年。

从变革的角度考察近代传奇杂剧中共同语与方言的关系，可以发现，与以往的传奇杂剧作品相比，方言在近代传奇杂剧中的运用呈明显的上升趋势，并形成了一种相当流行的创作风气，出现了方言戏曲空前兴盛的局面。主要可以从两方面认识这种变化：其一，传奇杂剧中运用的方言，在种类上有所增加，涉及的范围比以往更加广泛；其二，方言在传奇杂剧中使用的频率和比例，比以往有大幅度的提高。因此，近代传奇杂剧中运用方言，已经成为一种相当突出的戏曲创作现象，值得戏曲史、文学史和语言史研究者深入探讨。

五、民族语与外来语：外来语大量出现

自从鸦片战争以来，在中外文化关系的整体格局中，对中国传统文化而言，"西学东渐"成为最重要的主题。中国近代社会发生的深刻变革，人们生活的空前丰富，思维空间的极大扩展，必然给中国传统文化格局中的汉语带来深刻而显著的变化。

近代以来，汉语的显著变化是多方面的，如语音、文字、词汇、语法等各个方面都不同程度地发生了变化。尤其是语言各构成要素中最为活跃、变化最为迅速的词汇，发生的变化是最为引人注目的，最直接、最集中地反映着近代语言发生的种种变化。中国近代语言的各种新变化、新趋势，反映着人们社会文化、日常生活、思维方式等多方面的变革与进步。

与中国文学史上的重要文体样式如诗词、小说、散文等的语言相比，中国戏曲的语言具有明显的独特性，它具有民间性、通俗性、口语化、大众化等特点。这不仅使戏曲在语言运用上、语言习惯上、文体形式上具有区别于其他文体样式的重要特征，使之具备了相对的独立性，更使它得以比其他文体更加迅速直接、更加准确生动地传达不同时代、不同阶层、不同职业的人们的语言特点，再现人们日常生活各个方面的真实情景，反映人们社会生活、思维方式的变化更新。与此密切相关，戏曲对外来语特别是外来词汇的接受也是相当迅速的。关于这一点，元杂剧中保留的为数不少的蒙古

语汇就是一个最好的例子。

近代以来，随着中外文化交流的日益广泛深入，大量的外来语进入汉语之中，其中的一部分逐渐成为汉语不可或缺的组成部分。汉语在近代以来出现的这种新的发展趋势和时代特点，在近代传奇杂剧中也有着相当集中的表现，从而使传奇杂剧这一古老的戏曲形式也展现出崭新的语言面貌。

一些来自日语、英语、法语等重要语种的词汇，通过音译、意译、音译与意译相结合等方式被介绍到汉语中来。有时甚至直接将外语词汇以外文原文书写，以外语词汇的形式直接进入汉语戏剧剧本之中。这种情况虽然是比较少有的，但对汉语发展变化的促进作用却是非常显著的。外来语词汇大量进入汉语词汇系统之中，大大丰富和更新了传统汉语的词汇系统。与外来词汇进入汉语相联系，汉语的语音也随之发生了一些变化，如由于构造新词汇的需要，在原有的语音组合方式、结构规律的基础上，创造了一些新的语音组合搭配方法。

语法是语言各构成要素中最为稳定的部分，变化往往比词汇要缓慢一些；另一方面，它一旦发生变化，影响力也会相对持久一些。近代传奇杂剧的语言变化，也体现在语法结构方面。由于受到日语、英语、法语等语种的影响，近代中后期的传奇杂剧中比较多地出现了与传统汉语表达习惯有异的语法结构方式，如逻辑严密、修饰语增多、语句较长的日化、欧化句子的出现，并逐渐成为某些戏曲家、文学家的表达习惯。这种情形，在与外国语言、文学关系比较密切的戏曲家、文学家的作品中表现得特别集中，在某些宣传西方新思想、新观念的报刊文字中（包括戏剧、小说、诗词、散文等）表现得特别突出。

从总体上考察近代传奇杂剧中民族语与外来语的关系，一个非常明显的事实是，传统汉语毋庸置疑仍然是近代传奇杂剧的语言基础。与中国近代文学的其他文体一样，汉语是近代传奇杂剧得以存在和发展的根本语言前提。这种情形使得近代传奇杂剧与古代戏曲之间，具有较多的相同性和连续性，也使得近代传奇杂剧与中国古今文学的其他领域具有相当多的共同性质。

另一方面,近代传奇杂剧的一个最显著的变化,就是它与中国近代文学史上的其他诸种文体一道,吸收了数量相当可观、影响极其深远的外来语汇,形成了一些具有近代特色的新的语法结构方式。词法句法方面发生的具有文化史意义的新变化,使近代传奇杂剧具备了许多既不同于古代传统戏曲,又不同于现代新式戏剧的独特的语言特点和艺术面貌。

外来语大量进入近代传奇杂剧,一方面使它的语言形式具有突出的近代特色,既有别于古代戏剧语言,又不同于现代戏剧语言;另一方面,也开启了中国戏剧语言、文学语言大量接受西方外来语影响的先河,对中国现代戏剧语言和文学语言体系的建立,都具有重要的意义。

第二节 报章文体对传奇杂剧语言的渗透

从语言形式上看,中国戏曲的发展基本上表现出两条并行互补、各有消长的路径:一是由民间化、通俗化走向文人化、雅正化的过程;一是由书面化、规范化走向口语化、随意化的过程。由于其他多方面因素的综合作用以及二者之间的复杂关系,不同时代、不同剧种、不同戏曲家的语言选择、创作取向呈现出极其复杂的面貌;戏剧语言的雅俗通变关系、口头语与书面语的关系等也随之出现千差万别的情况。就近代传奇杂剧的总体语言走向而言,可以说它与近代诗词、小说、散文等文体样式的基本走向是一致的,虽然也有雅正化、文人化、规范化的取向,但是从总体上说,它选择的仍然是一条以走向民间、走向通俗、走向口语为主的道路。

从总体上考察近代传奇杂剧的发展历程,可以《新小说》杂志的创办、"小说界革命"口号的正式提出及其后小说杂志的大量出现为标志,将近代传奇杂剧的语言变迁分为前期和中后期两个阶段。近代前期传奇杂剧的语言面貌,与同一时期传奇杂剧其他方面的总体情况类似,主要表现为承袭清中叶以前的戏曲传统,传奇杂剧仍然在强大的历史发展惯性中行进，在语言上也尚未出现显著的时代特征。将此期的重要戏曲家李文翰、黄燮清、陈烺、许善长、郑由熙、杨恩寿、刘清韵等的传奇杂剧作品与"南洪北孔"之后的唐英、蒋士铨、沈起凤、杨潮观等的戏曲作品相较，在语言上很难看出有什么实质性的差异。

如果说近代前期的传奇杂剧以继承以往的戏剧语言为主要特征，那么，近代中后期的传奇杂剧语言则以变化、创造为主要特征。其中一个显著的变化就是报纸杂志的文章语言向传奇杂剧渗透的趋势，特别是以梁启超的"新文体"为杰出代表的报章文体语言向传奇杂剧语言的渗透。

近代传奇杂剧的语言走向，明显受到近代以来中国文学语言通俗化、口语化理论主张的影响。中国近代较早提出语言文字通俗化、语言文字合一主张的人是黄遵宪，但他的主张并未对近代戏曲创作产生明显的影响。近代传奇杂剧受到文学语言通俗化、口语化主张的深刻影响，当以"诗界革命"、"文界革命"的倡导，特别是"小说界革命"的兴起为最重要的标志。在这种理论主张和创作实践的启发与影响下，传奇杂剧的许多方面都发生了明显的变化，尤其是戏剧语言方面的变化最为直接，最为突出。

从大量产生于近代中后期的传奇杂剧剧本中可以看到，不仅以维新派为核心的一批戏曲家深受"新文体"作风的影响，就是稍后的革命派戏曲家也明显地接受了这种影响，形成了报章文体向传奇杂剧大量渗透的现象。这种现象，在20世纪最初二十年左右的中国近代戏剧史上，是相当引人注目的。不少传奇杂剧中出现了与报刊文章从内容到形式、从思想到文风都极为相近的片段或部分。议论时政、登台演说、宣传教育、呼喊口号等思想内容与表现方式在一些近代传奇杂剧中的经常出现，一些传奇杂剧的遣词用语、表达习惯、人物特征、剧本结构等也与当时的报刊语言、思想主旨显现出愈来愈接近的趋势，近代报刊语言的许多特点在传奇杂剧中也有着突出的反映。

从报刊史的角度来看，在中国近代报刊业的发展过程中，外国人在华所办报刊发挥了关键性的作用,开创了中国具有现代性质的报刊行业的先河。

外国人在华创办报刊,早在嘉庆、道光年间即已出现,而且产生了一定的影响。而其大量出现并产生更大的作用,则是在同治、光绪年间。关于外国人在华创办报刊的作用,戈公振尝论曰:"我国现代报纸之产生,均出自外人之手。"① 中国人自己独立创办的民间性报刊的大量出现并产生重要的影响,是在甲午战争中国失败、维新变法思潮兴起之后。正如戈公振所说的:

> 吾前不云乎,"我国人民所办之报纸,在同治末已有之,特当时只视为商业之一种,姑试为之,固无明显之主张也。其形式既不脱外报窠臼,其发行亦多假名外人"。故由鸦片战争以迄戊戌政变,其时期举为外报所占有。②

> 以庞大之中国,败于蕞尔之日本,遗传惟我独尊之梦,至斯方憬然觉悟。在野之有识者,知政治之有待改革,而又无柄可操,则不得不藉报纸以发抒其意见,亦势也。当时之执事者,念国家之阽危,懔然有栋折榱崩之惧,其忧伤之情,自然流露于字里行间。故其感人也最深,而发生影响也最速。其可得而称者,一为报纸以捐款而创办,非以谋利为目的;一为报纸有鲜明之主张,能聚精会神以赴之。斯二者,乃报纸之正轨,而今日所不多觏者也。③

民间创办报刊风气的兴起,给中国近代社会文化的各个方面带来了日益深刻的变化。仅就中国近代文学诸文体而言,由于传播方式的重大变革,随之出现了创作与接受等诸多环节的明显变化。从传奇杂剧的语言方面来看,由于传奇杂剧自从产生到此时,第一次面临着如此深刻的传播媒介的重大变化,因此,戏曲家的戏剧观

---

① 戈公振:《中国报学史》,第87页,台北,台湾学生书局,1982年。
② 戈公振:《中国报学史》,第130页,台北,台湾学生书局,1982年。
③ 戈公振:《中国报学史》,第235页,台北,台湾学生书局,1982年。

念、创作心态、创作方式、创作过程，读者与观众的接受途径、期待视野、欣赏习惯、评价尺度等，都出现了几乎全新的情况。在如此重要的文化变革与文学变迁过程中，传奇杂剧发生一些从来未曾有过的新变化，出现一些以往从未有过的新现象，无论就其文体内部而言，还是就其所处的文化环境而言，都可以说是必然的。

戈公振还曾指出："清代文字，受桐城派与八股之影响，重法度而轻意义。自魏源、梁启超等出，绍介新知，滋为恣肆开阖之致。留东学子所编书报，尤力求浅近，且喜用新名词，文体为之大变。"① 这样的判断对于我们认识近代传奇杂剧的语言变革也有一定的启发意义。这一时期许多政治性较强的报刊几乎都成为刊载传奇杂剧的重要阵地，如以宣传维新变法为主旨的《新民丛报》、《大陆报》，倡导民主革命的报刊《民报》、《复报》、《觉民》等。留学生创办的报刊内容十分丰富，内容主要集中于改良桑梓以促国人觉醒，介绍外国社会科学与自然科学知识，介绍法律常识以助祖国立宪，提倡女子教育、宣传女权思想等。比如，《浙江潮》、《江苏》、《河南》、《游学译编》、《法政学交通社杂志》等都是重要的刊载传奇杂剧以及其他通俗文学作品的杂志。至于专门的小说戏曲杂志或文学刊物，如《新小说》、《月月小说》、《绣像小说》、《小说林》、《小说月报》、《小说丛报》、《小说新报》、《小说世界》、《小说海》、《二十世纪大舞台》、《著作林》等在传奇杂剧以及其他戏曲、小说作品传播发展中的促进作用，更是有目共睹的事实。

近代报章体语言向传奇杂剧语言渗透的现象，在刊载于报纸杂志上的许多传奇杂剧作品中都有着相当明显的表现。特别是在政治家型、宣传家型戏曲家的创作中，报章体文章对戏剧语言的影响痕迹几乎俯拾即是。

梁启超作为"新文体"的杰出代表，作为诗界、文界、小说界"三大革命"的首倡者，在所作的三种传奇剧本中，非常明显地表现出戏剧语言与报刊语言的密切关系。从使用词汇到表达方

---

① 戈公振：《中国报学史》，第175页，台北，台湾学生书局，1982年。

式,梁启超的戏剧语言都与他同期发表于报刊上的诗词、小说、散文的语言特点与风格非常接近,最充分地表明传奇杂剧语言与报章语言之间的密切关联。

作者署"东学界之一军国民"的《爱国女儿传奇》、玉瑟斋主人麦仲华的《血海花传奇》、春梦生(廖恩焘)的《学海潮传奇》、梁启超的《劫灰梦传奇》、《新罗马传奇》,同刊于《新民丛报》,从思想内容到语言表达方式,都与该刊发表的其他文章有着诸多的相似之处,清晰地反映了戏剧语言向报刊语言靠拢的倾向。《江苏》所刊横江健鹤的《新中国传奇》、浴血生的《革命军传奇》、《民报》所刊浴日生的《海国英雄记》等,都与该杂志发表的文章的思想倾向、语言特点相当接近,同样反映了传奇杂剧语言接受报刊文章语言影响的趋势。

萧山湘灵子(韩茂棠)的《轩亭冤传奇》中也有不少这类语言,第二出就以《演说》名之,剧中多次出现的演说词与当时报刊上的同类文字非常接近。孙雨林的《皖江血》、华伟生(谈善吾)的《开国奇冤》、感惺的《断头台》中,也都有大段的演说出现。惜秋、旅生、遁庐合撰的《维新梦》中大量使用的新名词、外来词也与当时的报刊中出现的同类现象有着密切关系。其第十五出《大同》中有"愿地球万岁,各总统万岁"的口号。幽并子的《黄龙府》中,更是让岳飞的部下喊出了这样的口号:"中华独立国万岁!黄帝子孙万岁!"虞名的《指南公》中第一出《举义》中,有兵士呐喊三声道:"杀……杀杀……中国万岁!"感惺的《断头台》第三出《伏刑》中也有一段写道:

(副提路易王首级,绕场三匝,高唱介)这不是专车的防风骨,也不是作器的智罂头。比不得王莽体,国人脔割;比不得董卓脐,聊当膏油。若论三百鞭尸,他非是当时楚子;便说六军战死,也不同前代周幽。只因把公民得罪,便教作受戮累囚,便教作受戮累囚。(杂扮巴黎男女老幼呼介)共和政府万岁!(兵卒们悬帽枪上介)国民万岁!自由!自由!大庆!①

可见,这些带有强烈民族情感、政治鼓动色彩和鲜明时代特点的表达方式,与当时宣传政治变革的报刊文章的语言有着十分密切的关系。

吴承烜的《星剑侠传奇》是一部根据近代重要时事编写而成的长篇戏曲作品,而且在《小说新报》上连载了将近四年的时间,在许多方面表现出受到报章文体影响的特征。如第十出《时势》中,外扮天富星与老生扮天文星讨论"中国时势,天下形胜"的问题,第十一出《国文》中,二人又讨论学堂教育与国文兴废问题,从所谈内容到表达方式,都与当时许多报刊所关注的问题相近。正如陈琴仙在《国文》出后的评语中所说:"《时势》、《国文》两折,九州形势,如在目中。万古国文,易成灰烬。撤藩篱,咎归谁子?轻中学,罪坐何人?东园倚此,正当清季之时,民国肇基,殷鉴非远。"② 陈树轩评此剧亦曰:"《醉言》、《时势》、《国文》、《说剑》、《哄棋》等折,早已包括一切,横扫一切。大言炎炎,小儒咋舌,减字偷声,偷声之下,寓救时爱国之心。热血一喷,淋漓满纸,有书有笔,不蔓不支,不得以传奇目之。"③ 从中可知作者用意之所在,也可见此剧的语言特点之一斑。

概括地说,近代中后期一些发表于报纸杂志上的传奇杂剧中,比较多地出现了宣讲演说、议论宣传、标语口号、抨击时政、介绍新知等内容,造成了报刊文章语言向戏剧语言大规模渗透的情形。这在很大程度上改变了传统戏曲的语言特点,形成了具有近代色彩的新的戏剧语言形态。这一部分传奇杂剧成为近代戏剧语言接受报刊影响的最突出的代表,在近代戏剧语言变革中显示出重要的意义。

---

① 阿英编:《晚清文学丛钞·传奇杂剧卷》,第568页,北京,中华书局,1962年。
② 《小说新报》第2年第3期,上海国华书局,1916年。
③ 吴承烜:《星剑侠传奇》第二十三出《阅江》后评语,《小说新报》第2年第12期,上海国华书局,1916年。

实际上，任何一种文学现象的出现，都应当是多方面的复杂因素共同作用的结果。近代传奇杂剧语言发生的变革同样如此。近代传奇杂剧语言逐渐从文人雅士的讲究内容与格调并美的语言习惯走向适合广大民众的报章体语言，与戏曲作者身份和创作心态的变化有着密切的关系，与接受者人员构成发生的变化也密切相关；还有近代文学诸文体发生的语言变革，戏曲作品大量在报纸杂志发表造成的创作氛围等等，也都对近代传奇杂剧的语言形式产生着重要的影响。

撇开种种复杂多变的因素不论，仅从近代报纸杂志的兴盛与戏曲小说繁荣发展的关系方面来考察近代传奇杂剧的语言变革，就会发现，近代传奇杂剧语言走向通俗化、口语化，走向普通民众，走向民间，与其说是报章体语言向传奇杂剧渗透影响的结果，不如说是传奇杂剧适应了时代文化主题的需求，顺应了整个近代文学发展的大趋势，主动而自觉地向报纸杂志靠拢的结果。从原来的传抄、刊刻等传统的传播方式转向了机器印刷、报刊发表、书局报馆发行等现代传播方式。这一革命性的变化，完全改变了传奇杂剧的生存状态与文化命运，给中国戏曲带来的影响是实质性的、时代性的。

只要我们回顾一下戊戌变法之前、五四运动之后传奇杂剧的整体状况，看一看20世纪最初二十年左右中国戏剧的发展情况，并将近代不同时期的传奇杂剧进行一个简单的比较，就会更加真切地认识到这一点。近代传奇杂剧受到报刊语言如此直接、如此重要的影响，只是这一复杂的戏剧史、文学史问题的一个侧面。

第三节　西学东渐对传奇杂剧语言的影响

有选择地接受并合理吸收外来词语，是语言发展的必然现象和重要特征，也是语言自我完善的一种重要手段。从语言学史的角度考察外来词语的地位和作用，可以发现一个基本的事实，即随着社会文化的日益发展，外来词语呈不断增加的趋势，其地位和作用也愈来愈重要。

就外来词语进入汉语的情况来说,到目前为止的汉语史上,出现过两个外来词语集中而且大量地进入汉语的时期:一是汉唐时期佛教词语进入汉语词汇,一是近代以来西方词语的大举东来。前一个外来词语集中进入汉语的时期早已成为过去,而且取得了突出的成绩,不仅使汉语的词汇更加多姿多彩,扩展了人们的视野,并在一定程度上改变了中国人的思维方式。虽然自明末清初开始就有一些西方词语逐渐被介绍到中国来,但是西方词语大量进入汉语系统并成为汉语的重要组成部分,是从鸦片战争以后才开始的。这一过程至今尚未结束,并已经取得了显著的成果,许多外来词语已经成为汉语词汇的重要组成部分,外来词语几乎进入了中国人语言系统的所有方面。与此同时,近代以来的汉语语音、文字、词汇、语法等方面也不同程度地接受了西方文化的影响。这种语言变革对中国人思维方式的丰富与改变也是空前深刻的。

近代传奇杂剧就是在外来词语大量而且集中地进入汉语这一大的语言文化背景下产生和发展的。在许多戏剧作品中,特别是在维新变法思潮兴起之后产生的传奇杂剧中,运用外来词语已经成为一种相当普遍的语言现象。特别是一些与西方文化、外国文学有着种种直接或间接关系的戏曲家,在作品中使用外来词语更为常见,从而使这些作品在语言上与以往的戏曲作品呈现出相当明显的不同之处。此期创作的传奇杂剧中运用外来词,从词语的语种来源上说,较多的有英语、法语、日语等;从接受方式上说,大多为音译,也有意译,还有少数剧本中直接使用外语词汇的情况。

大量使用外来词语在戊戌变法时期产生的传奇杂剧中几乎触目皆是,现举几例以见一斑。筱波山人的《爱国魂》第三出《乞和》写道:

　　(净看表文问丑介)贵国戮我行人,犯我公法,致我国兴师问罪。今天下已全入版图,指日可直抵京师。优胜劣败,天演之例。①

---

① 阿英编:《晚清文学丛钞·传奇杂剧卷》,第7页,北京,中华书局,1962年。

钟祖芬的《招隐居传奇》第十出《三骗》有云:

> 夫天地之间,不外阴阳二气,阴阳二气又化为轻养淡三气,流动充满。惟养气生热,五谷多含养气,人食五谷,故身强体健,无养气则死。①

这里所谓"轻养淡三气"即今天化学科学中所说的"氢、氧、氮"三种气体。惜秋、鲫士、旅生合著的《维新梦》第八出《劝学》(笔者按:此出署"旅生续稿")中写道:

> (同入课堂介,生传命介)王命众学生先试实学,再试文才。(末应介,谕众学生习科学介)

> 【普贤歌】新颁仪器各安排,经纬纵横轨道斜。辨淡轻,别锰钾;妙合分,穷变化。恁多才,谁说是,学牛毛,成麟角。②

其中的"淡轻锰钾"都是化学元素名称,属于汉语中为适应近代科学技术发展需要而创造的新词语,"淡轻"二元素今已写作"氮氢"。感惺的《断头台》第四出《馀情》中有这样的说白:

> 洒家马特灵寺僧正。因为路易十六世造了无量沙数的孽案,到了断头台上,结算一笔大账。把好端端的呼呵(法人谓君曰呼呵),弄成一字平肩王。听说山岳党人把废王尸体,贮在赤色长箱,要至本寺掘一深穴,将他掩埋其间,特派马刺将军押解前来,敢则到也。③

> (内问)列位挑送血巾上那里去呀?(众答)我们要上麦普尔托狱,把这血巾悬那窗前枪尖上,给废后和废太子瞧瞧者。(内应)这废后私立党羽,侵占政权,一味奢华,不恤人民艰苦,要这特吾惠希何用(法人谓府库空乏曰特吾惠希)?何不并废太子,也赏他一刀,索性斩草

---

① 张庚、黄菊盛主编:《中国近代文学大系·戏剧集一》,第234页,上海,上海书店,1996年。
② 阿英编:《晚清文学丛钞·传奇杂剧卷》,第456~457页,北京,中华书局,1962年。
③ 阿英编:《晚清文学丛钞·传奇杂剧卷》,第570页,北京,中华书局,1962年。

除根么？（众答）听说内阁不日便有处分，你们等着看罢。①

其中使用的外来词语相当多，尤其特殊的是，作者在使用法语音译词语之后，自己加注解说明其含义："法人谓君曰呼呵"、"法人谓府库空乏曰特吾惠希"。笔者按："呼呵"为法语 roi（国王）的音译，"特吾惠希"当系法语 trèsorerie 的音译，为"国库"之义，其本身并无"空乏"的含义。

梁启超在《劫灰梦》的《楔子一出·独啸》中，使用英语音译词，自己又加原文作说明，也别有一番意趣：

【前调】更有那婢膝奴颜流亚，趁风潮便找定他的饭碗根芽。官房翻译大名家，洋行通事龙门价。领约卡拉（collar），口衔雪茄（cigar），见鬼唱喏，对人磨牙，笑骂来则索性由他骂。②

玉桥忧患所著《云萍影传奇》中的生旦二人，分别叫做歪挨克和华格斯，一个着西装持手杖，一个梳辫发戴眼镜，从名字到装扮都带有强烈的西化新潮色彩。此剧使用外来词语也相当多，兹录其《上出·演说》开头一段以见一斑：

（小生西服右手持士的 stion，左手持周五十寸椭圆式西洋镜上）

【如梦令】抛却衣冠肮脏，消受文明供养，欲做裒钗拿 new china，先做斩新模样。模样模样，镜里头颅无恙。

王侯第宅皆新主，文武衣冠异昔时。小生歪挨克，原是奥庐钗拿 oiagnina 一个博士弟子员。故乡文誉，也自清娱；少小赋情，却殊流俗。霞绡雾绮，早登年少之场；彩笔华笺，久厕词人之队。③

---

① 阿英编：《晚清文学丛钞·传奇杂剧卷》，第 571 页，北京，中华书局，1962 年。笔者对原标点略有调整。
② 阿英编：《晚清文学丛钞·传奇杂剧卷》，第 687 页，北京，中华书局，1962 年。
③ 《绣像小说》第 40 期，1904 年 12 月。

在这段文字中,"裒钗拿(new china)"系"新中国"的音译,由其后所附英文可知。而"士的"之后所附外文,不知系何语种,亦不解其何意。但"士的"与英语 stick(手杖)语音相近,且从上下文来看,当系指手杖。至于"奥庐钗拿",音义俱未明,其后所附外文,亦不知其来历和含义。从语音来推测,"奥庐钗拿"与英语 old China 相近,且与"裒钗拿"相对,与文意亦合,或系"旧中国"之意。

杨世骥曾指出啸庐(即陈铁侠,笔名啸庐)在《轩亭血》中"引用了过多的新名词,有的简直是生吞活剥地装上去的,……这也正是解放期戏曲的共同的特色"①。古越嬴宗季女所作的《六月霜》中,也使用了许多近代以来才出现于汉语中的新名词,第七出《负笈》表现得尤为充分。在此出戏中,一位留学日本的中国学生用满口的新潮词汇表明自己的特殊身份,显示自己的与众不同:

(生白)我是官费到东的留学生。这一趟儿,元是怀挟着金钱主义和功名思想来的。拼着稍微吃一两年的苦,将来还要做大官,娶西妇,前程万里,不可限量。今日虽然是客边,暂时在船上,倒也不可妄自菲薄,被外人看轻了。好在有的是同胞汗血的钱替我代惠,又何妨慷他人之慨呢?我要坐头等的舱。②

陈尺山的《麻疯女传奇》第十八出《求医》中,有一段丑扮美国医科博士萨坏吁为旦扮邱丽玉诊病的情节。因为是洋医生,其诊病方式、病情判断当然要有些与中国医生不同之处,此时使用一些外来词语就显得相当正常了。从戏剧情节发展和人物语言运用的角度来看,此剧中对于外来词语的运用显得更加和谐自如了。如:

(幕启,旦偎衾靠榻,半卧半坐呻吟介)(副末、生

---

① 杨世骥:《文苑谈往》,第 73 页,台北,华世出版社,1978 年。
② 阿英编:《晚清文学丛钞·传奇杂剧卷》,第 161 页,北京,中华书局,1962 年。笔者对原标点有所调整。

引丑上）（生扶旦起坐榻前介）（丑取出寒暑针就诊介）呵，据俺看起来，这病十有八九是由传染而得，这都是霉菌微生物作祟哩。你们不要慌，俺的西药，百发百中，不比中华药品，有名无实。待俺配一两剂，包管起死回生哩。（开皮包，量药配药介）（旦服药介）（丑白）这里附近有教堂医馆，俺到那边暂歇，过日再来覆诊罢。（副末、生引丑下）（幕复闭）①

惜秋、鲫士、旅生合著的《维新梦》第十一出《验厂》中，生扮徐自立的一段曲词，极尽其所能，使用了许多译音词，展示了一幅新奇诱人的工业化社会图景。从中不仅可以体会到中国近代戏剧语言发生的历史性变革，而且，在这些前所未有的新词汇、新情境中，还可以体察到近代中国人思想观念发生着的深刻变化：

（作上岸介）

【紫苏丸】羊肠窄径横如练，蓦路转峰坳平衍。晴霞影里走惊雷，大钧铸物呈遥巘。

这不是铁厂么！六州聚得，一错无妨。热堪炙手，寒欲生芒。待我进去看来：

【皂罗袍】一片顽销锋敛，仗洪炉炽炭，大匠操权。九州轨道取来便，千艘钢甲从伊炼。沉江有锁，钩须尔连；城门有牡，关须尔键。知此中世界本无边。

这不是枪炮厂么！杀人利器，破敌先声。吭啫士得，田鸡格林。待我进去看来：

【前腔】绝胜青霜紫电，那药当触引，弹足摧坚。高弧下击势如悬，连珠快放螺能旋。戈登猛将，闻声也怜；林根大统，着瘢也歼。更无庸三定天山箭。②

上文已述及梁启超在《劫灰梦》中直接使用英语音译词入戏

---

① 《中华妇女界》第2卷第5期，1916年5月。
② 阿英编：《晚清文学丛钞·传奇杂剧卷》，第461~462页，北京，中华书局，1962年。笔者对原标点有所调整。

的情况。他的《新罗马》和《侠情记》两种传奇以意大利建国独立历史为题材,其中使用大量的外来词更是十分自然的,甚至可以说是必需的。《新罗马》第七出《隐农》末扮达志格里阿、外扮加富尔,二人的一段对话相当充分地体现了这一点。作者写道:"(末)到底老弟意见如何,请从直见教罢。(外)老丈啊!我想现今世界大局,凡一国的举动,动辄把第二国第三国的关系牵引出来,非在外交上演些五花八门,一定不能自立。又想往后世界大局,全变作经济竞争场面,非从实业上立些深根固蒂,亦到底不能自存的。"①

丁传靖的《霜天碧》中也使用了大量的外来新名词,主要用以表现人物性格、造成喜剧气氛,不少地方有故意追奇逐新的用意。比如:丑扮范妈妈说道:"坏了坏了,祸事来了,连我的新名词也来不及支配了!"② 丑又有云:"我在南京钓鱼巷里,学了几句新名词,因此悟得一种道理。"③ 都可见此剧使用新鲜外来词语的特点。兹再举其《碧嫁》出中的一段为例:

(丑)你还做梦哩,他说那季老爷阿,

【啄木叫画眉】山东老,性粗豪,惜玉怜香全不晓。便与他十分要好,也不抵一碗烧刀,更可憎满喙齉齉绕。倘若跟了他,怕要把姊妹丛中笑倒。纵然是县君封诰好风光,也抵不过枕边烦恼。

因此变了方针,去跟卢老爷了。(中净)原来如此。但姑娘已与季家说定,如何反悔?(丑)你又腐败了。做姑娘的说话不着准,原是文明通例。就算他已经认可,究竟并未签字,还许他随时改良。这才叫做自由结婚,要算姑娘进化的速率哩。④

---

① 阿英编:《晚清文学丛钞·传奇杂剧卷》,第547页,北京,中华书局,1962年。
② 丁传靖:《霜天碧》之《碧誓》出,《闇公杂著》之一,民国年间刊本。
③ 丁传靖:《霜天碧》之《碧归》出,《闇公杂著》之一,民国年间刊本。
④ 丁传靖:《霜天碧》之《碧嫁》出,《闇公杂著》之一,民国年间刊本。

许之衡所作传奇《霓裳艳》，因为创作于近代后期，彼时风气更开，时代气息时常从剧中人物语言的新名词中透露出来，而且运用得更加妥帖自然，已无此前同类作品中时常流露出来的生搬硬套、勉强凑和等缺点，反映了近代传奇杂剧在运用新名词、新术语方面的进步。现录出该剧之片段如下，以见其创作特点之一斑。第八出《宵通》有云："（老旦）这个自然，却怎么走法哩？（旦）儿想若搭火车，车站上最是张扬，断断搭不得。倒不如绕个湾儿，雇骡车走到清江浦，趁小轮走运河到上海；由上海再趁轮船回天津，如此人不知，鬼不觉，岂不是好？"第十四出《拒客》写道："（丑）从前女伶的戏，我们还可以运动入后台。偏偏刘喜娘，是与后台老板订约，若放一闲人入后台，他就不唱，我们这条路就塞了。有一天，也是我们同党的人，站在园门口，专等刘娘出来，果然被他等着了，他忘其所以，要上前亲一个乖乖，被警察拿住了，罚了五十块钱，从此以后，连门口都不许人站；极力运动，都不成功。真是不如冼灵芝的好。"第十七出《打媒》更有这样的语句："（副净丑同上）（副净）名公名公，半通不通；一个女伶，十代祖宗。（丑）名士名士，风颠已极；一个女伶，十个佛爷出世。（副净）你比我说的还利害。（丑）不如此不能表我的热度。"①

　　在表现外国故事的近代传奇杂剧中，由于题材与内容的需要，更多地使用了外来词语，这是十分明显也相当自然的。这些作品不仅表现了传奇杂剧题材范围的实质性扩展，而且相当集中地反映了近代传奇杂剧在外来词语运用方面取得的显著进步。至于吴宓根据美国诗人 Longfellow（今译朗费罗）的诗歌 Evangeline（今译《伊凡吉琳》）写成的《沧桑艳传奇》，钱稻孙根据意大利诗人但丁《神曲》写成的《但丁梦杂剧》，因为二者均是译著参半之作，两位作者又都具有深厚的西文与西学造诣，其中使用的外来词语就更多，而且早已超越了早期那种生搬硬套的水平。因此，外来词语的运用在他们的传奇杂剧中显得更加妥帖自然，灵活自如，可以认为

---

①　许之衡：《霓裳艳》，民国十一年（1922）刻本。

代表了近代传奇杂剧中运用外来词语的最高水平。

外来词语进入任何一种语言都要经过一个不断"本土化"的过程，外来词语要逐渐寻求与本国语言取得愈来愈多的可相容性的途径。外来词语进入近代传奇杂剧的过程以及表现出来的一些特点，也反映了这一语言影响交流过程中的重要规律。

从历时性的角度考察近代传奇杂剧中外来词语的运用情形可以发现，外来词语在最初进入汉语的时候，出现过不少不确切、不自然，甚至生搬硬套的现象。在不断的介绍、探索、发展过程中，不仅外来词语进入汉语的数量有增加的趋势，而且，从使用的情况来看，也逐渐克服了初期暴露出来的一些问题，使外来词语更自然、更恰切地进入汉语之中，在剧本中更好地完成叙述故事、表现情节、塑造人物等任务。语言的进步过程说到底是思维发展的过程。通过外来词语进入近代传奇杂剧这一特定的角度，我们也可以感受到近代中国人思维的发展和思想的进步。

近代以来西学东渐的总体文化趋势给近代传奇杂剧的语言带来了非常显著的变化，最突出的表现就是随着西方文化对中国文化影响的日益深入，近代传奇杂剧中出现了愈来愈多的外来词语。外来词语进入传奇杂剧之中，给中国传统戏曲的语言带来了重大的变革，传奇杂剧语言呈现出崭新的面貌。这是传奇杂剧自产生以来，接受外国语言影响最为广泛、最为深入的一次，也是集中而众多地创造和产生新词语的第一次。

这一变化对传奇杂剧等传统戏曲的影响已经远远不只是语言上的，而已经波及到传奇杂剧从内容到形式的各个方面。外来词语大量进入传奇杂剧，产生的结果也是复杂的。在赋予传奇杂剧新的语言面貌、使之更加具有近代色彩的同时，也在一定程度上改变了传奇杂剧的传统语言习惯，促进了传奇杂剧文体其他方面的变化。这既是近代传奇杂剧在一段时间内焕发生机、繁荣发展的重要原因之一，也是它在此后的不久即迅速走向式微、直至消亡的催化剂。

第四节　方言在传奇杂剧中的运用

　　在杂剧和传奇中使用方言，可以说是中国戏曲的语言特点之一，宋元南戏、元代杂剧、明清传奇莫不如此。尤其是从清代乾隆年间开始，传奇杂剧中使用方言，主要是使用吴方言，逐渐成为一种创作习惯。沈起凤所作四种传奇《报恩缘》、《才人福》、《文星榜》和《伏虎韬》堪称以吴语入戏曲的代表。正如吴梅指出的："四剧之中，净、丑等角色，均大量使用苏州话道白，可谓极尽以苏白为调笑手段之能事。此一作法，与昆曲舞台上之演出情况，即有时夹杂苏白当有关系。观余昨日所购《遏云阁曲谱》可知。"①的确，从反映乾隆年间戏曲演出情况的戏曲集《缀白裘》、曲谱著作《遏云阁曲谱》保存的当时演出于舞台之上的戏曲剧目中可以看到，以吴方言入戏曲在当时已经相当普遍。

　　对于这种创作风气，李渔颇不以为然，因而提出了"少用方言"的主张，还特别针对吴语盛行于传奇之中的情况指出："凡作传奇，不宜频用方言，令人不解。近日填词家见花面登场，悉作姑苏口吻，遂以此为成律，每作净、丑之白，即用方言。不知此等声音，止能通于吴、越。过此以往，则听者茫然。传奇，天下之书，岂仅为吴越而设？至于他处方言，虽云入曲者少，亦视填词者所生之地。"② 关于戏曲中运用方言的问题，吴梅也发表过类似的意见，而且阐述得更加详尽：

　　　　我国幅员广大，言语颇难一致。吴越方言，不通于秦晋；燕齐土语，又不通于关陇。填词家局故乡之闻见，肆梓里之科诨，乃至听者茫然，不能一解人颐者，多用方言

---

① 吴梅辑：《奢摩他室曲丛》第一辑《传奇之属·沈氏四种》，上海，商务印书馆，1928年初版。

② 李渔：《闲情偶寄》卷三《宾白第四》，《中国古典戏曲论著集成》第七册，第60页，北京，中国戏剧出版社，1959年。

之过也。余以为填词用韵,既一本中州,则宾白亦当以中州音为断。院本中净丑口角,往往以苏州口语出之,亦是厌套。此以填词者南人居多,而南人中又以苏人为多,生此一方,未免为一方所囿,故摇笔即来,一也。净丑口角,其出语总以发笑为主,填词者既系南人,自当取悦乡人之耳;若用中州之音,恐听者未必雅俗俱解,二也。不知曲中韵律,既不专用乡音,则白中字眼,亦当一律。曲白两音,终非所宜。但使作者于宾白及科介之际,将乡土之语,逐一检点删削,则自无此等病矣。此宾白之方言宜少也。①

但是,兼戏曲理论家与戏曲作家双重身份于一身的李渔和吴梅,他们理论上的主张并没有改变以吴语入戏曲的普遍风气,而且,一个重要的现象是,以吴语入戏曲的作法自乾隆以后有愈来愈风行的趋势。

传奇和杂剧本来在体制上各具特征,区别比较明显;但是在近代戏曲发展过程中,二者体制上的区别性特征逐渐混淆直至消失,两种戏曲样式逐渐走向了合一,并且一道走向了终结。从运用方言的角度来看,原来主要用于传奇中的方言开始运用于杂剧之中,这是以方言入戏曲的旧习惯在运用范围上的重要扩展。

近代初期张声玠的《玉田春水轩杂出》九种,就是以吴语入杂剧的代表作之一。关于此剧,郑振铎曾指出:"中多吴侬柔语,盖亦当时风尚如此。"② 尽管在杂剧中使用吴语方言的剧本在数量上要比同样的传奇少许多,但是吴语进入杂剧的变化却是值得注意的。它反映出以方言入戏曲的创作习惯在清代中期以后深入发展的趋势,表现了当时戏曲创作与演出中的某些带有规律性的走向。这对全面考察以方言入戏曲的情况,对完整地认识近代传奇与杂剧的

---

① 吴梅:《词馀讲义》,第26页,北京,北京大学出版部,1919年初版。
② 郑振铎:《二集题记》,见郑振铎编:《清人杂剧二集》卷首,长乐郑氏1934年印行。

发展以及二者的关系，都是十分重要的。

清代以后传奇杂剧中使用的方言以吴语为主，并且成为戏曲中运用得最多、影响最为广泛的方言种类，有着戏曲史和文化史发展变化的必然性。这与江浙地区向来为人文荟萃之地的地域文化特点有关，更与昆曲产生和盛行的地区有着密切的关系。

近代传奇杂剧中使用方言，除了继续以吴语为主之外，还逐渐出现了运用其他地区方言的情况。这些方言在传奇杂剧中的运用与吴语相比虽然无任何优势，但是从以方言入戏曲的发展趋势来看，这一变化是值得充分注意的戏曲史现象。

在一些近代传奇杂剧中，可以看到运用其他多种方言的情况。张声玠的《玉田春水轩杂出》之二《题肆》中写道："（副净）提起做诗，小弟到有一首，题目是个《遇美有感》。（生外末净）请教。（副净念介）昨朝湖上遇多娇，心爱区区把手招。一夜相思眠不得，有如胭颈搁腰刀。（生）末句怎解？（副净）这是我们杭州的市语，叫做想杀哩。（生笑介）原来如此。"① 这是以杭州谚语入杂剧的例子。钟祖芬的《招隐居传奇》中使用了较多的四川方言。杨世骥评论此剧时曾指出："全剧文字的技术也很高，曲词优美，说白运用川东一带的口语极为圆融，不显得一点牵强粗鄙。"② 这当然与作者是四川江津人有关；另一方面，钟祖芬大量运用家乡口语作为戏剧人物的说白，也与当时以方言入戏曲的创作风气不无关系。古越嬴宗季女的《六月霜》第十出《瘐噬》中，丑扮苟人华有一段长达450字的念白，说的完全是一口绍兴方言。同出还有副净"撇京腔白"曰："你们今天儿也想要欢迎你们的老爷和将帅们吗？"③ 这里偶尔使用一句京腔道白，是表现人物装腔作势性格的一种手段。

---

① 张声玠：《玉田春水轩杂出》，见郑振铎编：《清人杂剧二集》本，长乐郑氏1934年印行。
② 杨世骥：《文苑谈往》，第88页，台北，华世出版社，1978年。
③ 阿英编：《晚清文学丛钞·传奇杂剧卷》，第169页，北京，中华书局，1962年。

遁庐的《童子军》第九出《战耗》中，丑扮卖报人在说白中夹杂一些上海方言，而且展示出近代上海报刊业兴盛的情况："卖报阿卖报！先生阿要看报？《申报》、《新闻报》、《中外报》、《同文报》、《时报》、《繁华报》、《游戏报》、《笑林报》，先生阿要看那种报？"① 陈烺的《负薪记》第六出《寻弟》中有一段较长的扬州话说白："（副净扮丐头打扬州白上）富贵骄妻妾，贫穷害子孙。区区非别，江都县里一个丐头便是。做了三年叫化，升得一个丐头，吃著衣穿，件件受用；妻孥僮仆，色色俱全。看我这小小的衙门，到有个大大的规矩：但凡新来入驿的，都要孝敬孝敬，方许他入我这行。昨日有个穷鬼，要来入伙，身边半文钱也没有，怎能容他？但不知他的本领如何，且唤他来一问。小二那里？"②

可见，近代传奇杂剧中使用的方言种类与以往相比有所增加，被使用的仍以江浙地区方言为主，同时也出现了使用四川话、北京话的作品。这些方言在传奇杂剧中的作用，除了仍然继承传统作法，以方言作为调笑滑稽、增强娱乐性的手段之外，还更加注意运用方言作为塑造人物形象、表现人物性格的重要手段。这是传奇杂剧中使用方言的创作习惯的一个明显的进步。正如李渔所说，清代传奇中使用方言的多为净、丑等滑稽戏谑角色，乾隆年间以后至近代以前的戏曲大都如此。进入近代以后，情况发生了比较明显的变化，传奇杂剧中使用方言虽然仍以滑稽调笑为主，但是说方言者已不限于净、丑等，方言在传奇杂剧中的使用从角色行当到人物数量，都有增加的趋势，出现了末、杂旦、贴旦、小净等其他行当的人物也较多地使用方言的情况。

张声玠的《玉田春水轩杂出》之《题肆》中，小净说白几乎全部是苏州话。李文翰的《紫荆花》第二十七出《泛舟》中，出现了部分吴语说白，颇可注意：

（末净扮男女船户随意唱歌上）小子今年九十九，惯

---

① 阿英编：《晚清文学丛钞·传奇杂剧卷》，第487页，北京，中华书局，1962年。
② 陈烺：《负薪记》，《玉狮堂十种曲》本，光绪十七年（1891）石印本。

听东风连夜吼。（净）老娘今年八十八，只打鸳鸯勿打鸭。（末）啥话？（净）阿你一对老鸳鸯，活像子个老鸭，禁勿起打哉！（末）勿用闲话，今日顺风，快请客人起来，开船罢。（净）可怜女客人，终日贾啼啼哭哭，老天爷也该起点子顺风，送送哩罗。（末起撅扯篷，净撑篙向内唤介）客人起起，转子顺风，开船哩！（内作风声，老旦应介）好风好风，船家看仔细呀！（末净诨下）①

此处扮男船户的末在说白中也用苏州话。末行说白使用方言的情况在近代传奇杂剧中并不多，笔者所见仅此一例。很明显，此处末使用方言说白，同样主要是起到插科打诨的作用，与其他角色如净、丑使用方言的用意与效果没有太大差异。

夏仁虎的《碧山楼传奇》使用吴语道白的作法也十分值得重视。现引两个戏剧片段如下：

（丑白）相公传命，今日游湖，家主婆，舱里向阿曾打扫干净？（杂旦白）今早起来，打扫子一天光哉！（丑）格墨蛮好。唅，家主婆，耐个《五更调》，阿曾记得？诚恐相公高子兴，要耐唱《荡湖船》啘。（杂旦）啐，露刀水个。……（生）唱得甚妙，你们将船慢慢摇着，往后山去罢。（绕场行介，白）你看后山红叶，好不灿烂也。（丑白）相公格个弗是水红花，要叫做山里红哉！（生）胡说，你也将就唱一支曲儿罢。（丑）格墨那哼唱法，有哉有哉！②

（丑）唷唷唷，有趣得势，毫燥点摇拢来。（贴）客人阿是要趁侬个船？（丑）是介介。呵，大娘子，趁耐一趁，弗知要几花铜钱？（贴笑介）随客人高兴哉！③

这里，除生以外的所有上场角色，杂旦、丑、贴都以苏州话道

---

① 李文翰：《紫荆花》，道光二十二年（1842）味尘轩刊本。
② 夏仁虎：《碧山楼传奇》第五折《清游》，民国十五年（1926）铅印本。
③ 夏仁虎：《碧山楼传奇》第六折《湖船》，民国十五年（1926）铅印本。

白。这样的情形在近代传奇杂剧中并非绝无仅有,而有一定的代表性。丁传靖的《霜天碧》中也有老旦、外、贴、副净扮四妓女说苏州话的情况。兹举其《碧遘》出的一个片段为例:

(老旦外贴副净扮四妓上)(老旦)吾哩周丽娟。(外)吾俚吴兰芬。(贴)倪末叫仔郑媛媛。(副净)倪末叫仔王素琴。(丑)恭甫兄请看,这都是苏沪有名人物,难得到此。

【虞美人】你看他画就浓眉三角劲,花露浑身浸,定然一顾便倾城,更妙是盈尺莲船,大都天足会中人。

(生警蹙不语介)(四妓行酒毕起辞介)(老旦外合)对弗住,吾哩还转仔一个局,转来一淘白相白相。(贴中净合)倪还有几花堂唱,晏歇阿好请耐笃到倪搭坐坐去。(四妓下)①

上文所列举的例子已经表明,以方言入戏曲的创作现象在近代传奇杂剧中具有一定的广泛性。现再略举几例:陈烺的《梅喜缘》中,净、丑多处使用苏州话道白,有的还比较长,如第二出《托女》、第六出《婚阻》、第八出《遣嫁》和第九出《寻女》都是这样。魏熙元的《儒酸福传奇》之《酸警》、《酸嘲》各出中,都有吴语说白出现。何墉的《乘龙佳话》第七出《归里》、第八出《乘龙》中,多处使用吴语道白。陈栩的《自由花传奇》第二出《捕花》、第四出《酒楼》中,他的《桐花笺传奇》第三出《题楼》中,也都使用了长段的吴语方言说白。

许之衡的《霓裳艳》第十七出《打媒》中,有这样一个片段:

(丑净欲逃杂旦捉住介)非把你们再骂个痛快不可!(捉副净介)

【秋夜月】你休自夸,倚着来头大,朱门食客真潇洒,襟裾一任随牛马。这根由应打,这根由应打。

(打副净介)(丑)打得唔偹,打得唔偹,打得蛮上

---

① 丁传靖:《霜天碧》之《碧遘》出,《闇公杂著》之一,民国年间刊本。

劲哉！（杂旦）蛮上劲，蛮上劲，我就跟你上上劲！（捉丑介）

【前腔】你休自夸，脸厚禁人骂。自将捧角招牌挂，其中龌龊难描画。这根由应打，这根由应打。

（打丑介）（副净）你刚说打得唔佾，报应呀报应！打得蛮痛快哉，打得蛮痛快哉！（又打副净各诨介）（丑副各抱头逃出急下）①

此处有借园居士评语两则：其一曰："圣叹于《西厢》《拷红》折，连批数十个'不亦快哉'，曷不移赠于此？"其二曰："偶插吴语，未能免俗。"② 从以方言入戏曲的角度来看，后者更值得重视。它不仅表明批评者个人对以吴语入戏曲的看法，也透露出当时戏曲创作的时代风气。

以吴语入传奇自清代乾隆年间开始已渐成风气，降及近代，传奇杂剧中使用吴语及其他方言说白已经发展成为一种戏曲创作习惯。有的作品不仅运用吴语说白，而且在曲词里也偶尔使用一两个方言词。可见清中叶以来形成的以方言入传奇杂剧的风气在近代中后期有了进一步的发展。在近代传奇杂剧中，运用吴语等方言的作品比以往更加常见。许多戏曲家比较喜欢在作品中运用方言，有的是在全剧的滑稽戏谑角色中广泛使用，有的只是在个别次要人物的说白中偶一出现。种种情况表明，以方言入传奇杂剧，特别是以吴语入传奇杂剧的风气在近代又有了进一步的发展。这也可以说是近代传奇杂剧语言运用方面的一个值得注意的新特点。

由于近代文化环境的巨大变化，更由于传奇与杂剧之间关系的种种新变化、新情况，近代传奇杂剧创作中以方言入戏曲的情形与以往相比，表现出一些新的特点：第一，方言不仅继续在传奇中使用，而且也进入了杂剧；第二，传奇杂剧使用的方言已不限于吴语，也运用了其他方言；第三，戏曲中使用方言的角色已不限于净、丑等，说方言的角色有增加的趋势，出现了其他行当的人物使

---

①② 许之衡：《霓裳艳》，民国十一年（1922）刻本。

用方言的情况；第四，吴方言仍然是传奇杂剧中使用得最多的方言，而且使用得比以前更加频繁。

　　近代传奇杂剧语言在继承传统戏剧语言特点的基础上，又对中国戏剧语言进行了重大的发展，进行了非常大胆而且是卓有成效的探索与尝试，使戏剧语言在许多方面出现了新变化、新气象。这不仅为传统戏剧语言、文学语言开辟了新天地，而且为现代戏剧语言、现代文学语言的孕育和形成进行了颇有实效的酝酿与铺垫。因此，近代传奇杂剧的语言成就，成为古代戏剧语言的终结和现代戏剧语言的形成之间不可或缺的一个过渡环节。

　　回顾整个中国戏剧史，戏剧语言在一个不太长的时间内发生如此广泛、如此深刻的变革，是绝无仅有的。这一重大变革，无论是就其戏剧史意义来说，还是就其语言史意义来说，都是非常重要的。近代传奇杂剧中戏剧语言的新风貌、新特点，与近代诗词、小说、散文等文体语言出现的种种新变化、新特征一道，是对中国文学语言的一个重要贡献，也是对中国戏剧史、文学史的一个重要贡献。

第八章　近代传奇杂剧的演出剧场与舞台艺术

中国戏曲是高度综合的艺术，包含着文学、音乐、舞蹈、美术等多种艺术成分。在戏曲表演过程中，这一点会得到特别充分的体现。戏曲演出场所的状况与变迁，演出中各种艺术手段的运用，戏曲舞台各种艺术成分的构成，都是戏曲史的重要研究内容。这些方面的情形与变迁，与当时的戏曲发展状况有着直接的关系，或者说就是戏曲发展状况的一个重要的表现。不仅如此，不同时期、不同地域戏曲演出场所、戏曲舞台的状况，往往与当时当地的物质文化水平、社会习尚、民俗风情、审美情趣等都有着密切的关系。

从总体上看，中国戏曲的演出场所经历了从勾栏瓦舍到酒楼茶园，从民间戏棚到宫廷剧场，从传统戏园到近代剧院的发展过程。这一漫长而丰富的剧场史历程，是一个从简单到复杂、从简陋到发达的发展变化过程。它不仅描绘出中国戏曲演出中诸种艺术因素的文化历程，同时也展现了中国戏曲文化发展的一个重要侧面。

近代是中国文化漫长历程中发生深刻变革和迅速转换的重要时期，也是中国戏曲演出场所、舞台艺术又一次发生实质性变革的重要时期。近代以来，中国的物质文明水平迅速提高，传统文化发生迅速变革，外来文化大量涌入，中西文化全面而深入地交流；戏曲剧种急剧分化与再生，传统戏曲向现代戏剧嬗变过渡，并逐渐形成新的具有现代意义的戏剧史格局。这一切，都决定了近代传奇杂剧在舞台艺术方面必然发生空前深刻的变化。

本章拟以现有材料为据，讨论近代传奇杂剧在剧场演出、舞台艺术方面发生的新变化，试图从这一角度考察近代传奇杂剧发生的历史性变革。

第一节 新式剧场

　　中国戏曲演出场所的变化更迭，也是中国戏剧文化史的一个重要组成部分。从不同时代的演出场所、演出环境中，可以感受到中国戏曲发展变化的时代色彩。从古到今，中国戏曲的演出场所一直处于变革发展之中；但是，近代戏剧演出场所面临的新问题、发生的新变化，都可以说是承前启后、空前重要的。与近代诗词、小说、散文乃至整个中国近代文学和文化一样，近代戏剧不仅处于中国古代文学与现代文学、文化的交汇点上，同时处于中国本土文化与西方外来文化大规模冲突交融的过程之中。这就使中国近代戏剧的变革和演进具有更加丰富的文学史、文化史意义。仅从近代传奇杂剧演出场所发生的种种变化，呈现出的多种新气象，显示出的许多新态势中，就可以非常深切地感受到中国戏曲发展到近代所产生的重大变革，也可以大量地呼吸到近代戏剧文化的新鲜气息。

　　上海作为中国近代文化中心，近代文化的许多新变化都首先发生在那里；戏剧演出上的新观念、新动向，演出场所的新风尚、新变化也首先在上海显示出来。据有关史料记载："同治十三年（1874）英国侨民在上海博物院路建起了一座欧式剧场，称作兰心剧院，以供自己的 A. D. C 业余剧团上演西方戏剧用。这是中国第一座现代化的剧场。……同治以后，上海陆续兴建戏园，仿照北京样式又有所改造，大多开在当时的外国租界里，集中在宝善街一带（今广东路福建路附近）。上海戏园由于受到西式剧场的影响，在形制和设备上都有所更新。"① 上海戏园受到西方剧场的影响，从而开始有意识地学习借鉴、自我更新，这也是中西戏剧交流的一个重要组成部分。

　　随着中国近代戏剧的不断发展，一批戏剧家、宣传家、政治家

---

① 廖奔：《中国古代剧场史》，第159页，郑州，中州古籍出版社，1997年。

对中国传统戏曲进行改革创新的意识明显增强,于是在继承前人戏曲创作成就、借鉴外国戏剧经验的基础上,在19世纪末20世纪初,正式开展了戏剧改良运动。这不仅带来了传统戏曲观念、戏曲创作的重大变化,也带来了戏曲演出场所等方面的重大变革。有研究者指出:"传统式茶园剧场正式开始建筑样式的转变是在本世纪以后。那时中国舞台上的戏曲改良搞得如火如荼,但还都是表演上的创新,直至上海发生了一件事情之后,才引发了舞台和剧场的改造运动,那就是兰心大戏院对中国观众的首次公演。那是在1907年。"①

上海在中国近代文化发展中往往得风气之先,这一文化中心产生的影响日益显著。而政治中心北京在戏曲创作改革、戏曲演出场所的创新方面,要比上海落后许多,有学者指出:"1921年,北京兴建了第一座西式剧场——真光剧场(今天的儿童艺术剧院),它也是北京第一个以'剧场'命名的剧院。……但是真光剧场是一个两栖影院,一边演戏,一边也放电影。几年以后,剧场和美国好莱坞的影片公司签订了新的合同,就放弃了演戏,成为专门的电影院。"② 从近代以来京沪两地戏剧演出场所变化的不同情形中,我们也不难体会发生在上海的剧场变革所蕴含的戏曲史意义和文化史意义。

从近代传奇杂剧剧本中考察传奇杂剧演出场所、演出环境的变化是相当困难的。这一方面是因为笔者还远未能见到所有现存的近代传奇杂剧剧本;另一方面也是因为近代传奇杂剧剧本中保存的关于戏曲演出的资料很少。尽管如此,还是可以从已见的剧本中寻觅近代传奇杂剧演出情形的一些蛛丝马迹。

许善长的《风云会》第一出《示因》写道:"(末)列位,今日看演《风云会》新戏。(内)请教,这《风云会》是何故事?何人手笔?(末)列位不知,就是作《瘗云岩》的玉泉樵了。昨日

---

① 廖奔:《中国古代剧场史》,第162页,郑州,中州古籍出版社,1997年。
② 廖奔:《中国古代剧场史》,第164页,郑州,中州古籍出版社,1997年。

演了一天《瘗云岩》,看官都说近今细事,妆点成文,恐属子虚乌有。他说此事虽则风流,究伤雅道,不便提出真名实姓。如今将唐朝开创之初,一位大功臣李卫公,请将出来,人人晓得,只是他功德巍巍,难于殚述,就将《唐代丛书》张说所撰《虬髯客传》中,李靖纳红拂私奔一事,搬演起来。实事实人,毫无假借,可见从古英雄,忘不了儿女私情的意思。"① 从中虽可以了解到关于此剧创作和演出的若干信息,但无法确定有关此剧演出地点、搬演方式等具体情况,与一般传奇杂剧的场上问答并无大异。陈时泌的《非熊梦传奇》第二出《梦舆》中也有这样一段:"(老生)吾乃太白星君是也。玉帝昨见翼轸分野,浩气上腾,充塞太虚,以武陵渔人不安本分,荩怀时局,庚子之变,彼演《武陵春传奇》一部。兵甲胸中,阳秋皮里;以教坊之乐府,作当道之爰书;已属位卑言高,罪无可逭,乃于奉事;又哀丝豪竹,不病而呻,铁板铜琶,长歌当哭。"② 同属传奇创作中借剧中人物之口介绍创作主旨的常见手法。

许之衡所撰《霓裳艳》第十六出《合歌》中,出现了生扮阮心存、旦扮刘喜娘,共演黄燮清《凌波影》的片段,可谓戏中之戏。在其第十五出《撮会》中,通过末扮蒲愿和生扮阮心存的对话,对此曾有交代:"他(引者按:指刘喜娘)近日研究昆曲,我教了他一出新戏,叫《凌波影》,就是黄韵珊《倚晴楼七种》内的。若是合演《凌波影》,他去洛神,你去曹子建,岂不是极雅极合的么?但不知这《凌波影》你熟不熟?(生)这出戏的曲文,我是颇熟的,但未曾协过弦管,里面的身段怎样,也没有习过。(末)既熟曲文,就容易了。我明天就和你按按拍,至于身段,这出戏从来没人唱过,也没有老规矩,你是聪明人,难道不会随机应变么?"③ 杨恩寿的《再来人》第十六出《庆馀》写道:"(生)这

---

① 许善长:《风云会》,《碧声吟馆丛书》本,光绪三年(1877)刊刻。
② 陈时泌:《非熊梦传奇》,湖南裕湘机器局,光绪三十年(1904)刊本。
③ 许之衡:《霓裳艳》,民国十一年(1922)刻本。

些陈腐填词,已听厌了。你班中可有新出戏文么?(女伶)少老爷这件奇事,长沙地方,有个好事的蓬道人,填成《再来人》杂剧,小班已经演熟了。老爷夫人,就赏点这戏罢。(生)既是把少老爷的事编成戏文,我和夫人都是戏中人了。(旦)人生是戏,皆可作如是观,管他做甚?只是戏文太长,恐怕要分作两天才演得完。你且拣一出好的演来听听。(女伶)只有第十六出《庆馀》,最是有趣的。(生)你就演《庆馀》罢。(女伶)老爷夫人请看,冲场的就是少老爷也。"[1]

这些材料中透露出当时传奇杂剧上演流传的一些情况,但是要想从中考察戏曲演出场所、演出情形等具体内容,就相当困难了。上述材料还有一个共同特点,就是它们的思想观念、表达方式仍然是中国戏曲创作传统的继承,带有近代色彩的创新内容不多,其中透露出的戏曲演出信息也基本上限于戏曲演出旧习惯的范围之内。从现有材料显示出的情况来看,从鸦片战争时期到戊戌变法时期这半个多世纪的传奇杂剧,不仅在内容、形式等方面主要以继承戏曲传统为主,在演出场所、表演方式等方面也表现出同样的特征。

近代传奇杂剧演出场所发生实质性的变革是在进入 20 世纪以后。由于西方物质文化与精神文化影响的日益深入,中国传统戏曲的变革更新也愈来愈迅速。在演出场所方面,一方面是因为传统戏曲演出变革进步的内在要求,另一方面也因为西方戏剧演出方式的渗透影响,中国传统的戏园逐渐发生变化,剧场的总体设计、场幕布景、服装道具、舞台效果等都在不断进步。在这一变革传统和学习西方的过程中,原来的传统戏园逐渐被新式的剧场所取代,传奇杂剧的演出场所有史以来第一次发生了实质性的变化。

可以看到,近代传奇杂剧演出场所的这种实质性变化在一些剧本中透露出来。这些剧本成为考察传奇杂剧演出场所近代变迁的重要资料,对认识近代传奇杂剧的演出情况乃至传奇杂剧其他方面的近代变革,都有着重要的价值。

---

[1] 杨恩寿:《再来人》,《坦园丛稿》本,光绪年间长沙杨氏刊刻。

第八章 近代传奇杂剧的演出剧场与舞台艺术

梁启超的《新罗马》开头《楔子一出》中,副末扮意大利诗人但丁的灵魂出场之后,与台后人员有这样一段问答:

> (内问介)支那乃东方一个病国,大仙为何前去?(答)你们有所不知。我闻得支那有一位青年,叫做甚么饮冰室主人,编了一部《新罗马传奇》,现在上海爱国戏园开演。这套传奇,就系把俺意大利建国事情逐段摹写,绘声绘影,可泣可歌。四十出词腔科白,字字珠玑;五十年成败兴亡,言言药石。因此老夫想着拉了两位忘年朋友,一个系英国的索士比亚,一个便是法国的福禄特尔,同去瞧听一回。①

从形式上看,这段文字与传奇杂剧中一般的场上问答的固定形式并无大的不同。但是值得注意的是,在谈到《新罗马传奇》演出的时候,梁启超明白地说出演出地点是在"上海爱国戏园"。今天已经难以考证当时上海是否确有这样一家戏园;即便确有"爱国戏园"的存在,也难以知晓这一戏园各个方面的具体情况和此剧是否在该戏园上演过。尽管如此,这一则材料的重要性仍然是十分突出的,它至少表明,梁启超在创作此剧时,心目中的演出场所已经不再是中国传统的旧式戏园。"上海爱国戏园"已带有相当明显的近代文化色彩。这里已经透露出近代传奇杂剧演出场所发生变化的重要信息。值得注意的是,《新罗马传奇》创作和发表于光绪二十八年(1902),正是近代传奇杂剧乃至整个中国近代戏剧高潮到来的时候。

原署"啸庐外编(笔者按:陈铁侠,笔名啸庐)、小万柳堂评点"的《轩亭血传奇》之《楔子一出》中,旦扮秋瑾说道:

> 近更闻得上海春阳社有一位社员叫做什么铁侠的,又新谱了一套《轩亭血传奇》,今晚在该社开演。听说这套传奇,就是将侬家一生历叓(引者按:原刊本误,当作史),极意描摹,不但绘影绘声,亦且可歌可泣。虽说他

---

① 阿英编:《晚清文学丛钞·传奇杂剧卷》,第519页,北京,中华书局,1962年。

未免多事,却难得如此热肠。我已约下了几位中外女豪杰,中国是沼吴霸越、功成投江的西施,和那胜朝冒充公主、手刃闯贼不果的费宫娥,外国是法兰西击毙暴魁、慷慨捐躯的沙鲁土格儿侄娘,和那联络落达党、反被山岳党掩袭的罗兰夫人(四人虽有幸有不幸,然牺牲其身求达目的则一也),同去瞧听一回。你看烟树昏合,灯火万家,早近黄昏时候,诸位敢待来也。(旦宫装扮西施上)一身拚雪会稽耻,(旦宫装扮费宫娥上)九死难招帝子魂。(旦西装扮沙鲁土格儿侄娘上)公敌既除甘就戮,(旦西装扮罗兰夫人上)断头台是凯旋门。(相见握手介)(旦睨叹介)

【小皮靴】天人色相,英雄作用,笑倒男儿拳勇。平生热血,有何代价酬庸。头颅一个,史策千年,艳说文明种(是何意态雄且杰)。本来公论难逃众,今请舆评再听侬,舞台新,冤血痛。(承接处极融洽又极分明)(携手同下介)(向剧场前进介)(场上放烟火介)(五魂遥指场上作听状介)①

很明显,作者是借剧中人物之口述说创作宗旨,抒发壮志豪情,这也是传统的传奇杂剧创作中经常采用的表现方法。但是这段文字的与众不同之处在于,其中透露出近代剧场变化的重要信息,非常难得。由此可知,此剧或许的确曾在上海春阳社演出过,至少作者的思想意识中觉得它应当在春阳社中上演;舞台说明中更有"向剧场前进介"字样,可见作者预想中的演出场所已经不再是传统的茶园、戏园,而是上海春阳社的剧场了。1907年10月,王钟声、任天知在上海发起成立春阳社,《轩亭血传奇》创作于1909年。从上引文字中可知,作者陈铁侠(啸庐)是春阳社社员。吴承烜的《星剑侠传奇》第三十九出《燕园》中也写道:

(净)诸公不弃,富姑何妨再唱一枝?(旦)我昔游

---

① 《小说林》第12期,1908年10月,第154~155页。

上海,看演《花茵侠》,有《入月》一出,情韵双绝,待我唱来,为诸公洗耳。(贴吹笛介)(旦唱介)

【锦中拍】俄延,这芙蓉粉粘,又蔷薇露沾,将火枣冰桃检点。良会燕,瑶台群艳,恁吹弹技兼。指尖、舌尖,惊不醒,人间梦魇,停不住,房中漏签。四坐皆仙,两好无嫌,广寒宫,天香染。①

这里写的是《星剑侠传奇》中的人物表演吴承烜的另一部传奇《花茵侠》的片段。虽然没有说明《花茵侠》演出的具体地点,但是已经明白地说其《入月》一出曾经在上海上演,同样值得重视。

另一方面,从近代传奇杂剧舞台艺术其他方面的变化中,可以进一步了解到演出场所发生的重大变化,更加深切地体察传奇杂剧的各个方面在近代出现的新态势。比如,服装上出现的西装洋服,道具上出现的火车轮船,各种烟火的频繁出现,电灯照明作用的充分展示,多重台幕的经常使用,舞台布景的设计与运用,借鉴日本演剧经验而建造的旋转式舞台等,这些新的表演内容和表现方式主要是借鉴外国戏剧经验的结果,是中国古代戏曲演出中难以做到的,甚至是根本不可能出现的。

中国戏曲在长期的发展演变过程中,形成了自己的一套比较完整的演出程式,这使中国戏曲在整个世界戏剧文化格局中占有一席重要地位,同时也在一些方面限制了它的进一步发展。

中国近代戏剧家在继承传统、沟通中外、不断创新方面作出了巨大的努力,也取得了突出的成就。就戏曲表演艺术来说,上述这些新颖的舞台艺术表现方式,就是融合古今中外的一系列尝试。从戏曲演出场所的角度来看,这些新东西、洋玩意,已经很难在中国旧式的茶园、戏园中演出,传奇杂剧内部发生的这种新变化也在呼唤新式演出场所的出现。可以认为,近代中后期出现的许多传奇杂剧剧本,已经无法在传统的剧场、旧式的舞台上演出了。换言之,

---

① 《小说新报》第5年第9期,1919年。

它们必须在新式剧场、新式舞台上才可以比较完美地表演出来。虽然目前我们还无法考证出究竟哪些剧本曾经在新式剧场、新式舞台上演出过，但可以肯定的一点是，从现有的许多剧本中可以看到，作者在创作这些传奇杂剧作品时，心目中拟想的表演场所早已不是旧式的茶园、戏园，而是带有明显外来文化色彩的新式剧场了。

上文曾论及近代传奇杂剧在明清戏曲发展的基础上，更加明显地出现远离戏曲舞台的案头化倾向。这是从中国传统戏曲的发展变革和近代传奇杂剧文体特征的角度来考察得出的一个基本认识。本节所讨论的近代传奇杂剧演出剧场的问题，实际上是从另一角度，即从西方戏剧文化对传奇杂剧的影响，特别是带来的戏剧演出观念方面的变化这一角度，来认识近代传奇杂剧的新变革。而且本节所述，基本上是以笔者目前所见材料为据，将有关近代传奇杂剧舞台演出的线索进行一个初步的整理评述，以便进行更加深入细致的研究。以上所述的内容，大多是一些传奇杂剧剧本中的场上问答，这是传奇杂剧的传统作法；所不同者，是其中透露出许多有关戏曲演出新式剧场的信息；或者准确地说，是戏曲家在创作过程中曾经拟想的新式演出场所的重要情况。因此，笔者并不是想根据上述材料来证明近代传奇杂剧舞台演出的真实情况，因为那实在是一个目前难以深入充分地讨论的复杂问题。本章以下各节讨论的服装道具、灯光烟火、台幕布景、旋转舞台等问题，基本意图也是如此。

结合上文所述近代传奇杂剧剧本的案头化倾向和文体形式上所发生的显著变化，再从近代传奇杂剧中所见舞台演出信息的若干情况，综合考察传奇杂剧的近代际遇与命运，我们看到了传奇杂剧非常尴尬的处境：一方面开始远离了传统的戏曲舞台，逐渐耗尽了原本鲜活的舞台生命；另一方面又在千方百计寻求重新振兴的途径，特别是希望借鉴西方戏剧的某些新奇优长之处给传统戏曲注入新的生机与活力。这是一个异常复杂的两难问题，近代传奇杂剧的这种尴尬处境，也可以看做是中国传统戏曲之近代命运的一个生动写照。

第二节 服装道具

一、服装

戏剧人物的不断更新可以说是戏剧发展的通例。与前代相比,每一新时期的戏曲史上都出现了无数的新型人物。因此,近代传奇杂剧中出现许多前所未有的新人物,是十分正常的,甚至可以说是必然的。与以往不同的是,处于海通之际、生活与思维空间都得到空前扩展的近代戏曲家们,在戏曲创作上拥有前辈戏曲家无法比拟的优势,创造出了一大批具有强烈时代色彩的人物形象。作者在创造这些新型人物的时候,采取的艺术手法也多种多样,其中之一就是对他们的服装与发式进行设计安排。因此,从这一角度认识近代传奇杂剧舞台表演艺术的新变化,是可行而且可靠的。

近代传奇杂剧中出现了一批身着洋装的人物,他们的服装有西装、和服、俄国装、蒙古装等;与此相应,他们的发式、使用的道具也随之与众不同。这是以往的中国戏曲舞台上从未出现过的。

现举数例如下:萧山湘灵子(韩茂棠)的《轩亭冤》第六出《惊梦》中有舞台说明云:"(旦辫发西装上)【引子宴蟠桃】岁月驹留,家乡蜷伏,难消万种闲愁。"[①] 古越嬴宗季女的《六月霜》第七出《负笈》中写道:

(场上放烟火,作轮船抵埠介。生短发西装扮留学生上,白)男儿识字忧患始,(丑科头跣足荷锄,扮垦荒人上,白)披荆棘兮长孙子。(末华冠丽服扮豪商上,白)商人重利轻别离,(副净短衣毡帽扮工匠上,白)工用高曾之规矩。(合)请了,请了。我辈皆是搭客,今轮船业

[①] 阿英编:《晚清文学丛钞·传奇杂剧卷》,第129页,北京,中华书局,1962年。

已抵埠,不免一同上去。①

同剧第八出《鸣剑》中也有这样一个片段:

(旦日本女装,持倭刀,扮秋竞雄上,唱)

【集贤宾】好女儿壮心殊未已,肯空作楚囚悲。怜女界寒蝉噤响,尽旁人凡鸟留题。多迷信拜月香焚,不思量挽日戈挥。大都是怯生生顾影翩翩自道美。终日家弄粉调脂,只知道邀欢和妒宠,几曾解雌伏愧雄飞?②

遁庐的《童子军》第十一出《割发》中云:"(生扮葛天常西服披发上)【疏影前】抟抟大地,叹茫茫浩劫,海样封尸。痛读《阴符》,饱看《发史》,猛钩起无限悲思。"葛天常在说白中明确说到自己非常特殊的衣着打扮:"唉!你想俺师临别赠言,曾经盼咐我曹努力。但只空拳赤手,努出甚么力来? 现在听说太和国里,有个练将学堂,倒不如万里张帆,直指蓬莱之岛;三年学剑,重开云雾之天,就此起行则个。(想介)呀,且住!你看我这不中不西的模样,到了那边,只怕是只剑随身,未遂鹰扬之志;飞蓬满首,先来豚尾之嘲。算来又是这发儿误事也。"第十二出《插旗》中,剧中人物又穿着比较独特的服装上台表演:"(葛天常戎服西装骑上)【破齐阵】泪洒海天烟雨,梦回故国山河。大厦濒危,神州谁奠,敢说仔肩非我。盼只盼扫欃枪姓字书麟阁,怕只怕弹剑铗功名困羯磨,恻怅听铙歌。"③ 凡此均可见《童子军》中主要人物服装的特色。

吴承烜的《星剑侠传奇》第五出《雪战》中,出场的人物完全是外国装扮:

(小生东洋装佩剑扮日本队官雨笨骑马急上)(众兵随上)呀,雪下得如此大了,正是:月黑雁飞高,单于

---

① 阿英编:《晚清文学丛钞·传奇杂剧卷》,第 161 页,北京,中华书局,1962 年。
② 阿英编:《晚清文学丛钞·传奇杂剧卷》,第 163 页,北京,中华书局,1962 年。笔者对原标点略有调整。
③ 阿英编:《晚清文学丛钞·传奇杂剧卷》,第 490~493 页,北京,中华书局,1962 年。笔者对原标点略有调整。

夜遁逃。欲将轻骑逐,大雪满弓刀。此诗写塞外情形,历历如绘。(唤介)俄兵在前,且追及酣战一番。(追介)(副净偕匿暗陬观战介)(四杂扮俄兵持洋枪上)(与日兵混战介)(互放枪介)(混下)(副净)呀,好一场恶战!①

同剧第四十五出《检装》中也出现了如此装扮的女子:"(小旦洋装左上,贴洋装右上,握手介,小旦)我波斯国女士兰玉英是也。(贴)我埃及国女士阿惠尼思是也。"②玉桥忧患的《广东新女儿传奇》第一出《慧因》中有云:"(小旦辫发西妆上)【踢绣球】人天挥手,雨横风狂候,怨海沉沉春昼。嫩(引者按:原刊误,当作懒)画眉,慵刺绣,要倾河洗耻,殖地埋忧。"③佚名所作《巾帼魂传奇》的《发端一出·长歌》中写道:"(女学生和服翠袖红裙,右执书左按剑上)(唱)【踢绣球】珠袖飘飘,绛裙缭绕,宫殿扶桑频眺。愁无那,镇无聊,听鼙鼓声雄,铁马嘶骄。"④梁启超的《新罗马》第五出《吊古》中有云:"(净扮加里波的水手装上)【破齐阵】孤岳千寻壁立,长风万里横行。冰雪聪明,雷霆精锐,天付与男儿本性。叵耐朝朝客浮家惯,着甚夜夜惊人匣剑鸣,西风闻血腥。"⑤

感惺的《断头台》第一出《党争》开头有舞台说明云:"净洋装扮法兰西山岳党首领上。"同一出中,议会举行会议时的舞台说明为:"场上中央设座,左右列席作弓形状。副净扮议长,众杂扮议士,丑扮布利梭卿,众杂扮狄郎的士党人及中央党人,各洋装,胸露表链子,手执木拐同上",相当详细地描述会场的布局和出场人物的服装、道具。同剧第三出《伏刑》中有舞台说明云:"小生扮废王路易乘马车,正武生扮欧耆华斯,帮武生扮桑特尔,夹护左

---

① 《小说新报》第 1 年第 6 期,1915 年。
② 《小说新报》第 5 年第 11 期,1919 年。
③ 《大陆报》第 3 号,1903 年 2 月。
④ 《河南》第 1 期,1907 年。
⑤ 阿英编:《晚清文学丛钞·传奇杂剧卷》,第 537 页,北京,中华书局,1962 年。

右上。"① 川南筱波山人的《爱国魂传奇》第三出《乞和》有云："(净扮巴延蒙古军装引众上)【秋夜月】烈轰轰寰海龙蛇走,月夜西湖凭消受。由来胡胆大如斗,将大元造就,把宋都踏覆。"②

感惺的《三百少年》第一折《观战》有如下的舞台说明："(武生西装策马上)(唱)【减字木兰花】嘶秋塞马,帽影鞭丝人去也。无限伤怀,万里凉云百尺台。飘零冠剑,梦里风光不见。鼙鼓渔阳,满地残红正断肠。"③孙寰镜的《安乐窝》中还出现了身着满族宫廷服装的慈禧太后形象,第一出《唱歌》开头写道:"(女丑满装扮西太后上)【皂罗袍】梧桐深院,秋风容易,暗换流年。星星华发老红颜,晓来怕伺妆台见。早是个轻霜草上,短烛风前,能几回看春花艳艳,秋月娟娟。正好向华堂筵宴,莫放金樽浅。"④诸如此类的情形在近代传奇杂剧中相当常见。凡此种种,都比较集中地反映了近代传奇杂剧在戏剧服装方面发生的具有强烈时代色彩和重要戏曲史意义的新变革。

以上剧作反映了近代传奇杂剧在戏剧服装方面发生的重要变化,从这些材料中我们可以得到几点基本认识:(1)剧中身着洋装的角色有两种类型:一种是出现在中国戏曲舞台上的外国人,他们的服装与中国人不同,看起来是理所当然的事;另一种是深受外国文化影响的中国人,他们以不中不西、亦中亦西的模样上场,看上去颇有些怪异。不论对这些人物的印象如何,他们都是中国戏曲舞台上出现的新型人物,也是中国戏剧服装的一次重大变革。(2)作者让这些人物身着洋装上台演出,有时是为了表明他们的特殊身份,如扮日本兵、俄国兵、蒙古兵、水手、山岳党首领、波斯女士、埃及女士等,但更重要的是为了表现主要人物深受外国文化影响、不同流俗、极有个性的性格特征。这些具有新型性格禀

---

① 阿英编:《晚清文学丛钞·传奇杂剧卷》,第552~566页,北京,中华书局,1962年。
② 阿英编:《晚清文学丛钞·传奇杂剧卷》,第7页,北京,中华书局,1962年。
③ 《中国白话报》第21期,1904年10月。
④ 《二十世纪大舞台》第1期,1904年9月。

赋、新式人格特征的人物形象的出现,对中国戏曲史的意义,远比将洋装穿在传奇杂剧人物身上这一事实本身重要。戏剧服装很好地实现了塑造戏剧人物性格、展示新型人物个性的目标。(3)剧中人物的新式服装往往与剧作的其他艺术表现手段密切结合,如与发式、道具、语言、动作等相配合,从各个方面、不同角度展示剧中人物的个性特征、生活环境,从而收到良好的舞台效果。

二、道具

道具是戏剧舞台演出艺术诸要素中一个非常重要的部分。道具总是与时俱进的,也带有强烈的时代色彩。社会物质文化的不断发展,戏曲表演艺术的不断完善,必然带来戏剧道具的逐步发展。近代物质文明水平的大幅度提高,西方物质文化和精神文化影响的加深,为戏剧道具的发展提供了物质条件与实践可能性。随着中国戏曲自身的发展演进,如戏剧观念的变革、传奇杂剧艺术的发展、外国戏剧的影响等,传统戏曲中的"砌末"早已不能适应近代戏曲时代发展的需要,道具发生重大变革逐渐成为近代戏曲发展的必然要求。

与以往的传统戏曲相比,近代传奇杂剧中的道具发生了十分明显、非常重要的变化,从而使近代传奇杂剧在道具方面表现出突出的近代特点。可以说,这种近代特点、时代色彩是以往的传奇杂剧及其他戏曲样式中难得一见的,甚至是根本没有出现过的。

还是看一些比较有代表性的例子。梁启超的《新罗马》第七出《隐农》中,外扮加富尔的道白之后,出现了颇为新颖的道具:"但我加富尔矢志回天,献身许国,中原多事,来日方长,难道以尺璧光阴,竟付诸黄金虚牝?今日去官闲散,正为预备时期。应择何途,始宏斯愿?待我细想则个。(作默坐介。杂持名片禀呈介。外取名片视介)哦!原来是达志格里阿老丈惠临,快请进来。"[①]

---

① 阿英编:《晚清文学丛钞·传奇杂剧卷》,第545页,北京,中华书局,1962年。笔者对原标点有所调整。

梁启超的《侠情记》第一出《纬忧》中,旦扮马尼他说白之前也出现了极具近代色彩的道具:"(作读新闻纸介)六月十九日,里阿格兰共和国起独立军,与巴西开战,有意大利军人一队突然相助,夺得巴西兵船一艘,大获胜仗。(作惊介)嗄!怎么我意大利还有一群恁般义侠的人,真算祖国之光了!"① 萧山湘灵子(韩茂棠)的《轩亭冤》第五出《创会》中写道:"(杂持新闻纸上)报载中国预备立宪了。(众起座争阅看介,小旦取新闻纸朗诵介)立宪立宪,中国竟预备立宪了!"② 两剧均以新闻纸(报纸)为道具。《轩亭冤》第八出《哭墓》中还有这样一个片段:

> (小旦)你看前面这块碑儿光滑滑的,字迹都没有了,风雨摧残,星霜剥蚀,不知是何人立的。待侬题两首词于上,做个纪念,岂不好么!(向怀中取铅笔介,题介)
>
> 【斗黑麻】是我缘乖,是他命劣,叹申江数语,竟成永诀。空中雾,水中月,待返芳魂,怜无绛雪。难禁泪咽,教侬五内裂。我待追到重泉,追到重泉,奈阴阳路别。(再题介)
>
> 【前调】跋涉长途,更加病怯。痛捐躯顷刻,含冤负屈。目流泪,颈流血,未得生离,未得死别。鉴湖水竭,龙山一夜裂。伤心黑狱酿成,把冤情细说。③

在这一情节片段中,铅笔作为道具出现,而且成为戏剧人物抒情言志的重要线索。玉桥忧患的《云萍影传奇》上出《演说》中有这样一段:

> (小生西服右手持士的stion,左手持周五十寸椭圆式西洋镜上)……(重叹介)咳,咳!难道我三千年之古

---

① 阿英编:《晚清文学丛钞·传奇杂剧卷》,第549页,北京,中华书局,1962年。
② 阿英编:《晚清文学丛钞·传奇杂剧卷》,第125页,北京,中华书局,1962年。笔者对原标点有所调整。
③ 阿英编:《晚清文学丛钞·传奇杂剧卷》,第141页,北京,中华书局,1962年。

国,四万万的黎元,竟送将那虎那鹰那象,作一顿饱餐不成?(以手拍胸作自负态介)咄!我歪挨克一息尚存,断不忍看此废池乔木与桥边红药也。美哉中国之山河!美哉中国之山河!亦知有小生歪挨克其人否?(手举椭圆镜向外照介)如若不信,请看此影。(镜中现浮云数片,下有流水一湾,水中浮萍万朵,随波荡漾,水上有飞絮几点,作欲落未落之势)①

同剧下出《闺愤》曰:"(旦辫发眼镜上)【绕地游】春云缭绕,一枕星眸悄,隔窗纱声声啼鸟。回身欲泣,翻身狂笑,总嫌块垒难浇。"②此处出现的"士的"(手杖)、椭圆式西洋镜、眼镜都是带有强烈时代色彩的道具,也给戏曲人物的创造、舞台手段的运用提供了更为广阔的艺术空间。

吴承烜的《星剑侠传奇》第十三出《星联》有舞台说明:"内钟鸣八句介。"第十五出《避雨》亦有说明:"内自鸣钟响十下介。"第二十一出《游女》写道:"(小旦扮奚兰英绿罗衫上)(坐介)(啜茶介)(案上右置琴,左置自鸣钟)(叹介)【怨回纥】斜撼珍珠箔,低倾玛瑙杯,泪沾红袖觑,恨写绿琴哀。风静林还静,雁来人不来,乱蛩疏雨里,清漏玉壶催。"③多次运用自鸣钟为道具,作为表现戏剧时间和空间变化的重要艺术手段,非常自然。感惺的《断头台》第四出《馀情》中,还运用了西洋宴席作为道具,以烘托场面,剧中写道:

(净)预备大餐,待俺与欧、桑二君饮宴也。(内应)喏。(场上设洋菜席,净、武生、帮武生各就座介,净举杯介)嗣后制造太平,两君当相助为理。俺与公等保守自由,同担义务罢。(武生、帮武生呼介)国家万岁!内阁万岁!(撤席,各跳舞下)④

---

①② 《绣像小说》第40期,1904年12月。
③ 《小说新报》第2年,1916年。
④ 阿英编:《晚清文学丛钞·传奇杂剧卷》,第573页,北京,中华书局,1962年。

上述剧本中出现的，都是一些带有强烈近代色彩的小型道具，如名片、新闻纸（报纸）、铅笔、士的（手杖）、西洋镜、眼镜、自鸣钟等，洋席大餐营造了稍大的场面，也是颇为新奇的。这些物品大多是近代以来才出现于中国人的社会生活中的，将这些新东西作为道具写进传奇杂剧剧本里，运用于戏曲舞台演出中，实在是一个重要的进步。特别需要指出的是，这些道具在剧本中运用得比较自然，切合剧情需要。有的作品对这些道具的说明非常详细，使用相当合理，可见作者对这些洋玩意十分了解。如《云萍影》中出现的"周五十寸椭圆式西洋镜"，非常精确，而且充分运用这一新式道具，展示其独特之处，剧中出现了西洋镜中的奇特景象："镜中现浮云数片，下有流水一湾，水中浮萍万朵，随波荡漾，水上有飞絮几点，作欲落未落之势。"与此同时，如此巧妙的表现手法，对戏剧演出也提出了更高的要求，西洋镜中的景致，只有运用比较先进的艺术手段才能传神地表现出来。

还有一些近代传奇杂剧剧本，尽可能利用当时无论就中国来说还是就世界来说都可以算作最为先进的物质文明成果，在舞台上运用了规模巨大的道具，用以表现较为广阔的戏剧场景，反映发达繁荣的近代社会生活，造成新奇的戏剧效果，这在以往的中国戏曲舞台上也肯定没有先例。惜秋、鲫士、旅生合著的《维新梦》第十一出《验厂》（笔者按：该出署"旅生续著"）写道："（杂扮水手驶船上）（生登舟介）【步步娇】汽笛呜呜烟一点，浪激双纹碾。回波漾碧天，渺无际，万水飞过，千山掠遍。彼岸溯霞蒹，身轻舟疾如春燕。"① 吴承烜的《星剑侠传奇》第五出《雪战》中，有这样一个片段："【山花子】红日上，恁榆关万象皆春，白雪消，那芦台一望无尘。暖熏熏，南顾津门，乱纷纷，西盼燕云。（丑扮火车栈人员上）到天津的客人买票。（副净）买票介。（同下）（旦领副净坐火车上）好快呀！霎时间，电掣星奔，飞龙腾跃光闪鳞，参差凤楼凌紫宸，易水风寒，析木天津。"同剧第二十五出《祥

---

① 阿英编：《晚清文学丛钞·传奇杂剧卷》，第461页，北京，中华书局，1962年。

鸦》云："（小生）（扮巡洋舰队长带众上）军令肃如山，鸿毛命等闲。夜巡飞电火，风雨海东湾。（持显微镜了望介）（放电光介）（以硝代电光介）呀，海涛隐约间，似有敌船潜进。我且用无线电达海口炮台预备。（末引众扮炮弁上）顷海巡舰员发无线电来告警，口外已有敌船潜入，大家预备轰击。"①

而姜继襄在《汉江泪二本》中，为了展示五十年后武汉的兴旺景象，运用了当时一切现代化的舞台手段，想象出一个十分繁荣、非常发达的现代新武汉的景象，剧中营造的一系列大型场面（其中有道具、布景、人物），起到了关键性的作用。可以说，这样的场景在中国古代戏曲中完全是不可想象的。而且，据笔者所见，这样的表现方法和道具运用在近代传奇杂剧中也是绝无仅有的。剧中写道：

（场上发电灯，设洋楼江岸）……

（场上电灯，汽车、马车、跳舞队绕下）……

（场上汽船绕下）……

（场上洋楼、妓女、汽车绕下）……

（场上设花园）……

（场上设洋行，抬夫齐拥绕下）……

（场上设兵轮，放炮绕下）……

（场上设烟窗、城幕）……

（场上设铁桥，火车绕下）……②

上述剧本中出现的轮船、火车、巡洋舰、汽车、马车、军舰等大型或超大型道具，时代特点极其鲜明，工业化色彩非常突出。这一切作为演出道具出现在戏曲舞台上，在人们进入近代工业文明社会以前，的确是无法想象的。因此，可以说这是中国戏曲舞台艺术的一个飞跃式的进步，具有重要的戏曲史意义。

---

① 《小说新报》第 1 年，1915 年。笔者按：上引前一段中"（副净）买票介"原刊标点有误，当作"（副净买票介）"。

② 姜继襄：《汉江泪》，《劲草堂传奇三种》本，武昌石印本，1924 年。

近代传奇杂剧剧本中出现了如此大型、现代化的戏剧场面,就必然带来一个问题:这些场景如何恰当地展现在戏曲舞台上?即便是在今天,要在戏曲舞台上使用这些道具,展现上述场景,将这些道具一一落实,也是十分困难的,有的几乎是不可能的。一个最可行的方法就是采用中国传统戏曲中虚拟化、象征性手段,不可能、也无必要将这些实物道具原原本本地搬到传奇杂剧舞台上。尽管如此,这些大型、现代化道具的出现,还是打开了传奇杂剧乃至其他戏曲剧种道具运用、舞台表演上的新天地。这种变化,与近代传奇杂剧发生的其他方面的变革一道,对促进中国近代戏剧的发展、促进中国戏剧的古今转换,发挥了重要的作用。

关于近代传奇杂剧中使用的道具,笔者以为如下两个例子有必要予以特别注意:一是伤时子的《苍鹰击》,其《领一出·场白》写道:

(末道装白须,纶巾羽扇,鹤氅黄绦,扮赛陈抟,倒骑驴从左上,南向大笑三声,高唱)

【满江红】无限乡心,回首望,忻然色喜。狂笑指山阴道上,郁蟠奇气。博浪施椎安足数,陈蕃下榻殊难比。决此君千载有雄名,空馀子。 亡国恨,阿谁记?降虏耻,几时洗?导同胞先路,有人奋起。俊胆浑身如斗担,血心一颗悬天地。既达吾目的,竭吾才,何妨死!

(唱毕,狂笑坠驴,复狂笑不止介。贴披发西装军服,扮小唐衢,乘自由车从右上,北向大笑三声,高唱)

【沁园春】泣抱骷髅,被发大荒,我心孔悲。痛犬羊九五,暗干正统;虎狼千万,搏噬遗黎。巨款朝赏,岩疆暮割,血产频捐作赠贻。忍坐视,我河山大好,断送凭伊!

(唱毕,痛哭下车,复哭不止介)①

---

① 阿英编:《晚清文学丛钞·传奇杂剧卷》,第177~178页,北京,中华书局,1962年。

第八章 近代传奇杂剧的演出剧场与舞台艺术

另一个在道具运用方面显得很特殊的突出例子是许之衡的《霓裳艳》，其第四出《征歌》也有这样一个片段：

（老旦）单大人，你不要太性急了，既然节度衙门来调俺们去唱戏，是没有不去的，到底做寿是那天日子？（丑）就是本月二十五日，现在是二十，只有五天了，坐火车尽来得及，俺等着你们同去。

（丑）我就住在马路上高升旅馆，你快点收拾行头，一起去罢。（老旦）一定不误。（老旦）刘四，姑娘们，俺也同去，你叫一辆大点的车来，好快去赶火车。（杂）是。（车夫推车上）（老旦）俺们收拾已齐，大家登车同去。（旦）从命。（登车介）①

与上文所述近代传奇杂剧中出现的多种道具相比，这两出戏中出现的道具并无什么特殊之处，独特之处在于这两个戏剧片段中道具运用的方式及其在戏剧舞台上的作用。这两出戏中出现的非常值得重视的道具是"自由车"和车夫所推之"车"，前者是自行车无疑，后者当是人力洋车。体察这两个戏剧片段的具体情况，体会作者的创作用意，这里出现的两种车很有可能是以实物的形式直接出现在戏剧舞台上的，至少作者在创作时的用意当是如此的。如果这样的理解大致不错的话，那么，将自行车、人力车等实物作为道具使用在戏剧舞台上，这是戏剧道具发展过程中的一个重大突破，也是中国戏曲演出历程中一个实质性的进步。

这种以实物为道具并且真正运用于戏剧演出之中的作法，在当时和后来都产生了较为广泛的影响，成为一种相当流行的演出方式。直至今天，这种表演方法仍然可以在一些剧种剧目中见到。其实，诸如此类在今天的人们看来仍颇觉新鲜的作法，早在中国近代戏剧中就已经出现，可以说由来已久。

---

① 许之衡：《霓裳艳》，民国十一年（1922）刻本。

第三节 舞台效果

有研究者指出:"上海第一家新式舞台是1908年7月在南市十六铺创立的新舞台,由京剧演员潘月樵和夏月润、夏月珊兄弟共同主持创建。……对比旧式舞台,新舞台在舞台设备、灯光、布景以及观剧环境各方面确实是有许多先进的地方,制造出一种旧戏园所没有的新的声、光、色彩效果,因此立即引起人们的注目。其他戏园纷纷效法,一时上海连续出现了五六家类似的新式戏园。……由于天子脚下正统势力的强大与顽固,北京的剧场革新要比上海晚上好几个节拍。北京的第一座新式舞台——前门外西珠市口建造的第一舞台,虽然也于1914年修建起来,接着又有新明大戏院,它们都改造了舞台和一些设备,但在管理上仍然是完全旧式的,一直保留着传统的茶园方式。"① 这是对近代上海、北京两地新式戏剧舞台创建史实及其使用情况的介绍。

戏剧作为综合程度很高的舞台艺术形式,其各个构成要素之间有着十分密切的关系,某一方面发生的变化势必引起其他方面的相应变化。从现在已知的近代传奇杂剧剧本反映的情况来看,可以认为,早在中国新式戏剧舞台建立之前,中国戏曲舞台艺术的各个方面已处于重要的发展变化历程之中。通过对近代传奇杂剧烟火、灯光、场幕、布景、旋转舞台等演出效果、舞台设计各方面情况的考察,可以更加真切地认识到这一点,也可以增加一个考察近代戏曲历史性变革的角度,对全面而深入地认识中国戏剧的近代发展历程相当重要。

一、烟火与灯光

烟火是戏剧舞台效果的一个重要方面,是营造特殊气氛、创造独特情境的一种常用的艺术手段。近代传奇杂剧剧本中有不少这方

---

① 廖奔:《中国古代剧场史》,第162~163页,郑州,中州古籍出版社,1997年。

面的材料，从中可以看到近代在戏剧烟火效果方面变化发展的大致情况。

场上放烟火的例子在近代前期的传奇杂剧剧本中就已经不难见到。现举几例：黄燮清的《绛绡记》第一折《龙游》写道："（老旦）随带多人，转恐骇人耳目，我儿不要过虑，俺只带了素书同行，就此变化去也。（内放烟火，老旦小旦下，杂扮猪婆龙、鲤鱼冲上，绕场下。旦）呀，你看母亲带着素书竟自去了。众水卒，各归营伍者。"① 李文翰的《紫荆花》第八出《改聘》有云："（内呐喊，鬼门放硫黄，杂急上介）员外安人，不好了，厨房火起，快去救火！（场上放硫黄，副净丑慌下）（净、小丑杂绕场乱抢混下介）（副丑急上）好了好了，幸而救息。呀！不好了！这些聘礼都抢去了！这、这、这怎么处？"同剧第二十四出《再造》亦有云："（内吹打，云霞烟雾，燕莺蜂蝶登场安排丹炉，杂扮二小鬼抬纸人躺炉上，土地引小生魂上，净作势唱介）【混江龙】你看这魂儿古怪，（场上放流磺，小生跳炉内藏介）竟跳向这八卦炉去投胎。"②

魏熙元的《儒酸福》卷下第十出《酸瘖》一出开头就这样写道：

（场后放烟火）（老旦仙装，袖二金盒，杂扮黑虎，并行上）欲求真诀驻衰颜，终日昏昏醉梦间。旧鬼烦冤新鬼哭，几堆白骨积如山。（场右放烟火）（旦艳妆舞袖上）烟消日出不见人，（场左放烟火）（丑醜装舞衣上）千呼万唤始出来。……（飞舞一回）（场右放烟火）（旦下）（小旦扮童子筋斗上）（场左放烟火）（丑下）（贴扮童子筋斗上）（合）教主有何驱遣？③

---

① 关德栋、车锡伦编：《聊斋志异戏曲集》，第404页，上海，上海古籍出版社，1983年。笔者对原标点略有调整。
② 李文翰：《紫荆花》，道光二十二年（1842）味尘轩刻本。
③ 魏熙元：《儒酸福传奇》，光绪十年（1884）玉玲珑馆刻本。

此外，明确提示运用了烟火的近代传奇杂剧剧本还有许多。在这些运用烟火的传奇杂剧中，有的剧本明确标出舞台上的烟火是通过燃放硫磺制造出来的，有的剧本虽没有明确的说明，但是制造烟火的方法当无大异。戏曲演出中使用烟火，多是特殊情境下的需要。就上述诸剧而言，多是为了表现仙人、鬼神出现，突然起火等情况，能够创造出逼真的舞台效果。特别是《儒酸福》的烟火使用相当充分，烟火从舞台的后边、右边、左边，再到舞台的前边，造成了一个异常奇特的艺术空间，可以想象，这样的烟火运用带来的舞台效果应当是十分理想的。

在近代中后期的传奇杂剧中，烟火的使用更加频繁，表现的场景、内容更加丰富，也带有愈来愈明显的近代生活色彩。也举几例以见概况。陈啸庐所著《轩亭血传奇》之《楔子一出》有云："（场上放烟火，旦拂尘仙装扮秋瑾上）【踢绣球】白云瀚瀚，环佩天风送。往事春婆一梦，甚人权，天赋重，待同胞唤醒，诀别匆匆。"① 濑江浊物的《金凤钗传奇》之《楔子》也写道："（场上放烟火，旦拂尘仙装扮兴娘阴魂、手执金凤钗上）【踢绣球】一片和风，把环佩声送，身际白云簇拥。思往事，如春梦，叹人间天上，诀别匆匆。……（绕场行介）（场上放烟火，旦下）。"② 这是为了营造仙人出现的特殊环境，造成一种奇特效果而使用烟火。

吴承烜的《星剑侠传奇》第三十四出《北上》云："（内作众鬼号啕介）（净）咦，鬼哭，鬼哭，【五更转】夜昏黄，灯火光浮动。（指天介）月朦朦，雨蒙蒙，天阴鬼哭，鬼哭声悲痛。何处是碧涨清淮，白云荒陇。北邙多少高低冢，青磷一片，一片松楸拥。（台口放鬼火介）不由人，魄悸魂惊，发毛都竦。"同剧第四十二出《祭剑》亦有云："（台内鼓声作雷鸣介，台中放硝矿作电光介，丑擎伞做醜态介）哎哟，风伯清尘，哎哟，雨师洒路，嗳哟哟，

---

① 《小说林》第12期，1908年10月。
② 《小说新报》第1年第1期，1915年。

雪公车迟，电母镜明。咳，咳，怎么这样喜期？怎么这样喜期？"①前者是为表现鬼的出现而使用烟火，与鬼的哭声配合，鬼哭与鬼火相映，造成十分恐怖的气氛。后者是表现雷鸣电闪的情景，创造特殊的天气环境。作者还特别详细地说明此处的电光是"放硝矿"造成的，提示了造成这种舞台效果的具体方法。

秋江居士（文镜堂）原著、西神残客（王蕴章）补订的《苏台雪传奇》第十出《殉丹》也写道："（台上放烟火介）（生）这丹阳城中火起，果然贼兵进城，和大帅不知怎样了。"②孙寰镜的《鬼磷寒》第一出《城陷》开头有云："（内擂鼓、放烟火、呐喊介）【杏花天】（净满装红顶花翎，众军士奇形丑类引上）万山深处狼豺群，腥风血雨迷魂阵。从来历数全无凭，村中无犬狗称尊。"③这两个使用烟火的例子，一为表现起火的场面，一为描绘战争场景，很好地烘托了舞台气氛。

陈栩的《桐花笺传奇》第四出《络鸦》云："（内焰火，两童子捧云灯上，云童锣鼓，又两童子捧云灯上，穿场介，又四童子捧云灯上，共舞介，作一字介，作天字介，作云字介，作气字介，忽改作云衢两道，童子均蹲伏灯背）（二贴持箫捧笙、引生旦携手上）（八云灯分拥前后）。"④王增年的《暗香媒》第十二出《山市》云："（台上放烟火，众各跳舞介）（副净外）妙嘎！"⑤都是用烟火表现奢侈豪华、欢乐喜庆的场景。

伤时子的《苍鹰击》第五出《羡邻》写道："（场上放烟火，做汽车抵埠介。生西装乘汽车上，白）旃裘秽宸极，毒痛三百年。赤县恣宰割，苍生肆刘虔。火热水益深，人怒天为邻。一夫攘臂起，发难开其先。陈胜首亡聚，马燧始谋燕。拟诸点将录，晁盖将

---

① 《小说新报》第5年，1919年。
② 《小说新报》第1年，1915年。
③ 《二十世纪大舞台》第1期，1904年9月。
④ 《游戏杂志》第4期，1914年。
⑤ 《小说月报》第4卷第10~12号，1914年。

毋然?"① 用放烟火制造出汽车到达时的烟尘,比较逼真。以烟火描摹汽车出现的效果,这种方法在进入近代社会以前的戏剧演出中,肯定是不曾出现过的。陈尺山的《麻疯女传奇》第十六出《抵淮》则写道:"(台上作大磷火猛闪,末拂袖,旦晕几跌介)(末虚下) (旦惊四顾介)嗳呀,刚才青光一闪,爹爹那里去呀?"② 在"大磷火猛闪"的情况下,一个人暗自下场,造成一人突然不见的情景,收到奇幻突兀的舞台效果。陈翠娜的《焚琴记》第八出《焚琴》中的烟火运用也比较特殊,剧本写道:

  (场上布庙景,庙外有羊肠细径,中隔墙一架) (内呐喊放火焰介) (小生跌仆上) 哎吓!
  【南仙吕入双调引子】【绕地游】天旋地转,人影如麻乱,火炽通明殿,釜底游鱼,幕堂巢燕,活生生将人作鲊煎。(叩神介)
  【步步娇】望尔慈悲将人念。(放焰火介) (小生倒跌介) 哎吓,栋折梁先断。(逃介) 焦焰穿衣,火鸦迷眼,骨髓尽如煎,烈烘烘到处烽烟满。(逃下,火焰追下)③

随着剧中人物活动地点的变化,火焰也从台后燃至台前,当人物逃下舞台时,火焰也追随而去。烟火不仅很好地起到营造环境、烘托气氛的作用,从烟火使用的技术性因素来看,也达到了相当高的水平。

  另有两个剧本中表现的舞台效果比较特殊,在近代传奇杂剧中相当罕见,有予以特别注意的必要。顾随的《飞将军百战不封侯》第一折有云:"(末作放箭科,台上作火花四射科,末云)呀,(唱)【元和令】铮然铁石鸣,忽地火花灿。(马嘶科,末唱)这马啊,长嘶大叫两三番,几曾经这样的泼毛团,敢他真石样坚。"④

---

① 阿英编:《晚清文学丛钞·传奇杂剧卷》,第185页,北京,中华书局,1962年。
② 《中华妇女界》第2卷,1916年。
③ 《半月》第1卷第20号,1922年。
④ 顾随:《顾随全集》第1卷《创作卷》,第239~240页,石家庄,河北教育出版社,2000年。

这是表现飞将军李广骑马射虎的情景。为展现将军的膂力过人、勇猛无敌，李广将军放出一箭之后，运用舞台烟火，造成火花四射的效果，非常新颖贴切。另一个剧本是吴兴太瘦生的《防城血传奇》，其第十五出《完忠》写道："（丑将官拥生等，队子拥正旦等上）（放枪介）（场上烟熏不辨人面，外等暗下）（烟散副净等统场介）。"① 为了逼真地表现战争中的场景，收到最佳的舞台效果，作者设计了在开枪之后出现"场上不辨人面"的烟火效果，战争气氛极其浓烈。在笔者所见的近代传奇杂剧中，这样的例子不多，但仅此两例即已可见当时戏剧烟火效果的运用已经达到了相当高的水平。

在近代前期的传奇杂剧中，较难看出舞台演出时灯光使用的情况，这大概与当时物质条件、演出环境等的限制有关。到了近代中后期，由于物质条件的大幅度改善，演出环境的日益完善，特别是电灯被愈来愈多的人们所使用，传奇杂剧中的灯光运用情况发生了重大的变化，实现了前所未有的舞台效果。

一部分近代传奇杂剧剧本中，清楚地标出电灯使用于舞台上；而且，就笔者的见闻所及，可以认为近代传奇杂剧中电灯灯光的使用已经相当成功。姜继襄在《汉江泪二本》中，为展示五十年后新武汉的兴旺景象，运用了当时可以使用的一切现代化的舞台手段，驱使了当时可以想象的一切现代化场景，其中两次展示了电灯的作用。如果说《汉江泪二本》中电灯的使用还基本停留在一般的水平上，还只是电灯在舞台上比较简单地出现的话；那么，乌台（蔡寄鸥）的《秣陵血传奇》就使电灯的奇幻效果相当充分地发挥出来了。该剧第九出《血书》中是这样进行舞台设计的：

（场上设假山一座，电灯变色，摹写田间夜景，旦抱小孩急上）嗳，我奔驰一天，不曾歇气，还在这荒郊旷野之中。你看这阴霾密布，烟草迷离，瑟瑟秋风来，不寒

---

① 吴兴太瘦生：《防城血传奇》，安雅报局本，光绪三十四年（1908）刊。

而栗。娇儿,这就是母子别离的所在也。①

这里出现的电灯在改变着颜色,用以描摹田野景象,并与其他舞台艺术手段一道,营造了一个凄迷阴暗的荒郊旷野场景,可以收到预期的舞台效果。

随着时间的推移,电灯在近代传奇杂剧舞台上的运用愈来愈巧妙,表现愈来愈充分,戏剧演出的舞台效果也自然会不断提高。钱稻孙的《但丁梦杂剧》就充分体现了这种进步。该剧第一出《魂游》中有这样一个片段:

【仙吕点绛唇】我则当世路流迁,蓦地里半途迷眩,在幽林转,端的是魄散魂飞,知甚时,把直道抛离远。

(场灯猝息,但丁暗下。蓝幕起处,露见画幕,上画深山,极榛莽之致,惟右上一角,略见玄天。幕后备灯不燃,场左右列翼屏,均画作高树。场中椅案均撤,沿台足灯半数放明。但丁加赤兜赤氅,由左翼屏间做科上唱)

【混江龙】兀被那惊惶系胃,心湖(引者按:湖当系潮字之误)浪涌夜无眠,则使我肝肠裂遍,毛骨森然。(幕后灯明,沿台足灯齐明,但丁带云)哦,可是好了,看前方一山高耸,被着星光,兀的不是出了幽林,来到山麓了也。(唱)却喜得候转阳和初日驭,天生丽景众星躔,他那里分明是启愚蒙,我这里不由地兴崇愿。(带云)念我辛苦终宵,方得脱却忧患,如今不免有些困乏起来,且待我呵,(唱)稍苏疲倦,步上层巅。②

在但丁演唱完毕之后,原来场内点亮的电灯突然熄灭,但丁暗下。然后蓝幕渐起,转入另外一个戏剧场景。此时场幕背后的电灯没有燃亮,只有沿舞台的足灯有一半亮着,灯光与深山布景、高树翼屏造成一种榛莽旷远的郊野环境。此时但丁再次上场,在演唱第二支曲子过程中,灯光发生变化,先是幕后灯放明,然后是沿舞台的足

---

① 《崇德公报》,1915 年。
② 《学衡》第 39 期,1925 年 3 月。

灯齐明,以此表现时间和空间的推移,收到极好的剧场效果。在这里,剧场内灯光的使用已经达到了相当高的水平,灯光不仅有多种变化形式,而且与戏剧情节、人物活动、环境气氛密切配合。笔者所见的近代传奇杂剧中仅此一例,可以说此剧在灯光运用方面代表了近代传奇杂剧的最高成就。戏剧灯光的运用能达到如此成熟的水平,固然与该剧比较晚出有关,更与作者对西方戏剧的深入了解密不可分。

二、场幕和布景

在中国传统的戏曲演出中,舞台基本上是一个空台,并没有设立场幕的习惯,在演出中也就当然没有场幕发挥作用的可能性了。因此,在清中叶以前的许多传奇杂剧剧本中,几乎看不到关于场幕的舞台说明。这种情况,一直延续到近代前期的戏曲创作和演出之中。在产生于近代前期半个世纪左右时间里的传奇杂剧剧本中,我们也几乎看不到关于戏剧演出中场幕运用的标志或说明。这种情况表明当时的戏曲演出仍然行进在以继承传统方式为主的道路上,也表明场幕出现于传奇杂剧之中并运用于舞台演出,发生于中国戏剧受到外来戏剧文化影响,中国戏剧的舞台演出发生重大变革的近代化过程之中。

进入20世纪以后,中国戏剧的许多方面发生着深刻的变化,传奇杂剧的演出也出现了不少新的方式,舞台效果方面同样出现了新的面貌,场幕比较经常地被使用,就是其中的一个方面。

在近代中后期的传奇杂剧剧本中,已经不难见到运用场幕的例子。陈栩的《桐花笺传奇》第四出《络鸺》中写道:"(小生捡视惊介)吓,却当真的是雪花银锞!(生、小旦、旦齐趋视作惊异介)(场幕卷起,八云灯拥萧史弄玉登台,下视笑介)。"① 这是运用场幕变换舞台场景。吴承烜的《星剑侠传奇》第十二出《说剑》中有云:"(外扮术士上,台左设布帷作城介)(外登城远望介)

---

① 《游戏杂志》第4期,1914年。

（指介）那山中虹霓散彩，天地之淫气，蕴天地之杀气，散而为天地祥和之气。我望气而知有奇女子必在此中，待我前去看来。（下城介）。"① 场幕在这里构成了虚拟化的城墙。上引钱稻孙的《但丁梦杂剧》第一出《魂游》中也形成了场幕与布景、灯光相配合的效果，场幕在剧中成为重要的舞台手段之一，与其他表现方法一道，构成了戏剧人物和情节所需要的特定时空环境。

陈尺山在《麻疯女传奇》第十八出《求医》中，相当频繁地使用了场幕：

> （幕启）（旦倚榻畔方几，支颐坐介）（生近旦耳语介）（副末请净就诊介）（净就诊，细询病状毕，起立介）（净）此病原不累赘，只怕拖延太久，有些棘手罢咧。待咱出外写方配药者。（副末、生导净下）（幕复闭）……（幕启，旦偎衾靠榻，半卧半坐呻吟介）（副末、生引丑上）……（副末、生引丑下）（幕复闭）……（幕启）（旦倚枕呻吟，生坐在榻旁抚慰介）……（生轻轻抚摩介）（旦闭目入睡介）（幕复闭）②

这是在同一出戏中多次出现幕启和幕闭的典型例子。场幕在这里已经成为更换舞台场景、推进戏剧情节的最重要手段。乌台（蔡寄鸥）的《秭陵血传奇》第三出结束时也写道："（正是）阅狱于今二十年，官夫都是贼心肝。只馀此老天良在，不种人间三字冤。（下）（闭幕）。"③ 闭幕已成为完成一个情节段落、一出戏结束时的重要标志，这已经与今天的戏曲演出非常接近了。

近代传奇杂剧舞台效果的另外一个重要内容是布景的运用。与场幕的情形相似，中国传统的戏曲舞台上没有设置布景的习惯，戏曲演出中当然不会有人注意到布景的作用。布景在中国传统戏曲中极不发达的状况由来已久，至少这种舞台艺术形式在中国戏剧史进

---

① 《小说新报》第 1 年，1915 年。
② 《中华妇女界》第 2 卷，1916 年。
③ 《崇德公报》，1915 年。

入近代以前没有得到充分的发展。在笔者见到的近代前期的传奇杂剧剧本中，关于舞台布景的标志、说明文字几乎没有。只是到了20世纪初以后，由于受到外国戏剧表演方式的影响和启发，传奇杂剧内部也有对于布景的需要，在戏曲表演的诸多方面共同发生变化的环境下，关于舞台布景的说明才出现于传奇杂剧剧本中；在这些剧目演出的时候，舞台上也就必须使用布景了。

上文所述钱稻孙的《但丁梦杂剧》第一出《魂游》中，不仅有对布景详细清楚的说明，而且传神地描述了布景的内容、颜色、气势等。除布景之外，舞台左右两侧还排列着屏风，上画高树，起到与布景同样的作用。而且，布景上表现的深山的苍莽景象与画屏上的高大树木，两种布景远近对比，错落有致，相映成趣。可以想见，这样的布景设计一定会收到极好的舞台效果。

除此之外，运用布景的近代传奇杂剧剧本还有不少。再举几例如下。陈翠娜的《焚琴记》第八出《焚琴》有云："（场上布庙景，庙外有羊肠细径，中隔墙一架）（内呐喊放火焰介）（小生跌仆上）哎吓！【南仙吕入双调引子】【绕地游】天旋地转，人影如麻乱，火炽通明殿，釜底游鱼，幕堂巢燕，活生生将人作鲊煎。（叩神介）【步步娇】望尔慈悲将人念。（放焰火介）（小生倒跌介）哎吓，栋折梁先断。（逃介）焦焰穿衣，火鸦迷眼，骨髓尽如煎，烈烘烘到处烽烟满。（逃下，火焰追下）。"[1] 比较详细地描述出布景的内容，可观可感，通过布景将戏曲故事发生的场景逼真地传达出来，收到理想的舞台效果。

陈尺山大概是近代传奇杂剧作家中最善于运用布景艺术的一位。他的戏曲剧本中布景运用的频率、范围都是空前的，而且，剧中布景设计的准确程度与传神程度，也达到了当时的最高水平。他的《孟谐传奇》中有这样一些关于布景的舞台说明：

（台上布野色，悬岩晚照，平野疏林，景象萧瑟）

（净武装，扮冯妇，坐自拉缰双轮车上）

---

[1] 《半月》第1年第20号，1922年。

【仙吕】【点绛唇】雁肃风高，疏林衰草秋光老，落日鞭鞘，问何处停骖好？……（台上布危崖峭壁，丛树阴林，丑扮斑斓猛虎，跃下打滚介）①

（台上布小园晚景，短墙一带，矮树数株，缕缕炊烟，疏疏篱落，篱间豚栅鸡埘，随便位置）②

（台上布围场景，武旦猎装背弓矢坐车中，武生擎鞭执辔跨车沿，缓缓上，绕场行介）（武生指点介）你瞧前面好野景也呵！……（舞台再转）……（舞台三转）（台上现猎场前景，武生御武旦上）（绕场疾走介）（武旦）呀，阿良，你今天的御法，有点神出鬼没了。（武生）呀，阿奚，你不要赞我御法，留心射猎罢。③

陈尺山的另一部戏曲作品《麻疯女传奇》中也较好地运用了布景。该剧第十六出《抵淮》写道："（台上布野景，河流屈曲，野树萧疏）（末短衣背囊，旦乱头破衣同上）【如梦令】（末）汗漫江湖如戏，（旦）冷饭残羹风味。（末）零落已多时，（旦）屈指一年将至。（末）惭愧，惭愧，（旦）今日权收眼泪。"④

陈尺山的传奇剧本中运用布景相当多，而且对布景的说明非常详细，便于依照设计、付诸舞台演出。由此可知陈尺山是一位十分重视戏剧舞台演出效果的戏曲家。尤其独特的是，他的戏剧布景说明文字带有浓厚的诗情画意，从布景的色彩、布局、构图到这些舞台说明的文字表达，都非常讲究。阅读这些舞台说明，也能获得艺术美的享受，这在笔者所见知的近代传奇杂剧作家中是绝无仅有的。

三、旋转舞台

由于中国戏曲具有与市井俚俗文化关系极为密切的民间性品

---

① 陈尺山：《孟谐传奇》第二出《搏虎》，上海，中华书局，民国五年（1916）刊本。
② 陈尺山：《孟谐传奇》第三出《攫鸡》，上海，中华书局，民国五年（1916）刊本。
③ 陈尺山：《孟谐传奇》第六出《获禽》，上海：中华书局，民国五年（1916）刊本。
④ 《中华妇女界》第1~2卷，1915—1916年。

格,使得它的演出场所相当随意。中国戏曲的演出长期以来就具有牵索为坪、随地作场、勾栏演出的习惯。与此相联系,中国的戏曲舞台基本上是一个一面为后台、三面面临观众的空台,主要特征是台上没有任何背景与道具,没有布景,也没有幕布。在长期的戏曲发展历程中,中国的戏台也在不断地发展变化,也形成了不同的地方特色。随着社会文化的发展,戏曲舞台也渐趋完善,但是中国戏曲舞台的"空台"、"裸台"特征并没有发生实质性的改变。

进入近代之后,由于物质文化与精神文化的高速发展,中外文化交流的日益频繁与加深,特别是外国戏剧文化的影响,大大促进了古老的中国戏曲在各个方面发生重大的变革。戏剧舞台的变化就是这一系列重要变革中的一个方面。

周贻白曾经指出:"入民国后,海上戏园逐渐参合欧美剧场式样,如马蹄式舞台,斜坡式客座,已极普遍。近年又有以门窗式舞台演皮黄剧者,则电影场与剧场已无显明差别了。"[1] 这种变化在一些近代传奇杂剧剧本中也有所表现。上文所述近代传奇杂剧舞台艺术多方面的变化,如服装、道具、烟火、灯光、场幕、布景等各个方面出现的重要变革和新的舞台艺术手段的运用,都是与戏剧舞台本身的变革和创新密切相关的;也就是说,许多新的舞台艺术手段就是与新的演出场所相适应、相配合的。而新式剧场的出现,必然要求戏剧舞台艺术的各个方面均与之配套衔接。从以上所举剧目的一些舞台演出说明中可以看出,作者在进行创作时,心目中设想的演出场所已经不是中国旧式的戏园、戏台,而是深受外国戏剧文化影响的新式剧场和舞台。上述剧目中的不少舞台艺术内容已经无法在中国传统的戏园、戏台演出完成了,这种情况也必然呼唤中国戏剧舞台乃至整个剧场的近代化。

周贻白还曾说过:"民国初年,上海且曾风行所谓旋转舞台,其法盖仿自日本,一时汉口、长沙,相率效法。近虽不复有此,亦

---

[1] 周贻白:《中国戏剧史》,第740页,上海,中华书局,1953年。

舞台建筑上一种变迁。"① 关于旋转舞台引入中国并且流行一时的情况，徐半梅也曾回忆说："日本的转台，本来用于迅速调换布景，在台上正反面都搭了布景，譬如正面甲景，背面乙景，到正面的戏一完，舞台就转过来，甲景便变成乙景了，但是十六铺新舞台，虽然造了转台，并不作调换布景之用，例如演《斗牛宫》，便由二十八宿站立在这圆形地板的边上，由台板转动，把这二十八宿，宛如走马灯似的，可以介绍给观众了。还有一出叫《大少爷拉东洋车》的戏，在最后，这大少爷拉了东洋车，舞台转动，大少爷拉着车子，两足疾走，人还是在原处，地板在那里动。转台的用处，卖野人头而已。"② 还有研究者在此基础上进一步指出："新式舞台片面求新求异、对于国外剧场设备不顾本质强行为我所用的情况也有。例如它的转台不是为换景服务的，而是用来制造演出中的突发效果，已经失去了转台的本来意义。"③ 这些论述从不同角度说明了旋转舞台的来历、在中国的流行情况及其作用发生的变化，也透露出中国戏剧舞台艺术发生实质性变革过程中出现的一些新情况、新问题。

　　需要进一步指出的是，这种从日本引进的旋转舞台也曾经出现于近代传奇杂剧剧本之中；而且，从剧本提供的情况来判断，旋转舞台的运用相当妥当，也相当成熟，与徐半梅回忆中所说"卖野人头"的现象大不相同，也并没有像有些研究者所说的那样失去了旋转舞台的本来意义。由此推测，旋转舞台也很有可能曾经使用于传奇杂剧的舞台演出之中，至少剧作家在创作过程中，心目中拟想的演出场所当具备旋转舞台这种相当现代化的演出条件。这在部分近代传奇杂剧剧本中可以清楚地看到。

　　陈尺山的《麻疯女传奇》第十七出《重逢》中写道："（舞台三转）（台上饰庵堂，琉璃佛火，馥郁栴檀，贴扮老尼礼佛诵经，

---

① 周贻白：《中国戏剧史》，第742页，上海，中华书局，1953年。
② 徐半梅：《话剧创始期回忆录》，第20页，北京，中国戏剧出版社，1957年。
③ 廖奔：《中国古代剧场史》，第163页，郑州，中州古籍出版社，1997年。

旦背倚堂侧栏干,低头若有所思介)(生上敲门介)(贴停止诵经出问介)谁呀?(生白)老师父开门,俺陈绮呀。"① 同剧第二十二出《惊蟒》中写道:

> (旦)(掩泪介)呀,侬家何不就在家中致祭,稍尽寸心也好,只惜这里没有预备祭品奈何?(停思介)呵,有了!古人潢污行潦,蕴藻蘋蘩,尚且可羞可荐,何况这里后面套间,十数酒瓮,都是满满的酿成好酒,我这里香烛茶点都有了,难道不是现成的祭品?侬家何不就在那里致祭呢?(作开门介)(舞台旋转)(台上饰小套间,左壁墙外排列大酒瓮十馀个,瓮盖上散置零星器具,纵横无序)(旦在右边案上,燃烛焚香排设糕点毕,取杯到瓮内挹酒,向案前奠拜介)②

非常清楚,作者在此剧中,较好地运用了旋转舞台,其功用主要是迅速而流畅地更换舞台布景。这样使用旋转舞台与它的本来功用非常一致,与上引徐半梅所述转台使用过程中变形变味的情形大不相同。同为陈尺山所作的《孟谐传奇》不仅多次运用了旋转舞台,而且运用得非常圆熟,更加充分,很好地展现了旋转舞台的优点,实现了比较理想的戏剧效果。该剧第二出《搏虎》写道:"(舞台旋转)(台上布危崖峭壁,丛树阴林,丑扮斑斓猛虎,跃下打滚介)。"第三出《攘鸡》写道:"(舞台旋转)(台上布小园晚景,短墙一带,矮树数株,缕缕炊烟,疏疏篱落,篱间豚栅鸡塒,随便位置)……(舞台再转)(外扮邻翁扶杖上)。"第四出《食鹅》有云:"(舞台旋转)(净扮田戴上)……(舞台再转)(台上设餐案,杂捧熟鹅饭菜上,陈列介)。"③ 第六出《获禽》中,对旋转舞台的说明更加详细而具体:

> (舞台旋转)(台上布围场景,武旦猎装背弓矢坐车

---

① 《中华妇女界》第 1~2 卷,1915—1916 年。
② 《中华妇女界》第 2 卷,1916 年。
③ 陈尺山:《孟谐传奇》第六出《获禽》,上海,中华书局,民国五年(1916)刊本。

中，武生擎鞭执辔跨车沿，缓缓上，绕场行介）（武生指点介）你瞧前面好野景也呵！……（驱车徐下）（舞台再转）（武生上）我王良无端给婴奊拉一日车儿，惹得晦气不少。昨日有人告我说，这匹夫因为不获一禽，回报简子，说我是天下第一贱工。……（舞台三转）（台上现猎场前景，武生御武旦上）（绕场疾走介）（武旦）呀，阿良，你今天的御法，有点神出鬼没了。（武生）呀，阿奊，你不要赞我御法，留心射猎罢。①

舞台从一转、二转再到三转，每一次转动，都是戏剧场景的一个变化。在此，舞台空间的转换、布景的转换都达到了自然流畅、妙合无痕的程度，代表了近代传奇杂剧运用旋转舞台的最高成就。

在笔者所见的近代传奇杂剧剧本中，留下关于旋转舞台资料的仅有陈尺山一人创作的两部作品，可以说是绝无仅有。这一方面说明近代传奇杂剧中有关旋转舞台资料的珍贵，可见这位戏曲家积极借鉴外国戏剧之所长、大胆创新探索的可贵品质；另一方面，也表明在传奇杂剧中运用旋转舞台还是比较初步的尝试，尚未广泛地运用到传奇杂剧的舞台演出之中。

但无论如何，旋转舞台在传奇杂剧演出中的运用，给中国传统戏曲的舞台表演艺术带来的革新是飞跃式的、革命性的。它必将带来中国戏曲其他方面的重大变革，为传统戏曲走向现代戏剧做好必要的铺垫与过渡，提供愈来愈多的契机。因此，旋转舞台在传奇杂剧剧本、舞台演出中的出现，具有十分重要的戏剧史意义。

以上仅就笔者目前所掌握的材料，从几个主要方面对近代传奇杂剧的舞台艺术变革与创新进行了初步的考察，从这一相当简单粗略的讨论中可以取得这样的基本认识：（1）近代传奇杂剧舞台艺术的诸多方面在这并不算很长的时间里，发生了非常深刻、空前全面的变革。这种种变革不仅在中国近代戏剧史、中国近代文学史上是令人瞩目的，即使是将其置于整个中国戏剧与文学的发展历程中

---

① 陈尺山：《孟谐传奇》第六出《获禽》，上海，中华书局，民国五年（1916）刊本。

去认识，这种变革也是非常巨大、非常深刻的，其戏剧史意义和文学史意义都特别深远。它表明中国戏剧的古典时代已经结束，一个综合古今中外、创造戏剧新格局的时代即将开始。（2）近代传奇杂剧舞台艺术的变革过程，一方面是对中国戏曲舞台艺术传统的继承与改造，这是一个在新的文化史背景和戏剧史背景下的自我更新过程；另一方面，也是对外国戏剧舞台艺术的优长之处的积极学习、努力借鉴，这是一个在古今中外文化的交汇与冲突中，重新选择戏剧发展道路、确立新的戏剧格局的过程。就近代传奇杂剧的发展来说，二者同样必不可少；但是从戏剧舞台艺术所发生的重大变革的角度来考察，外国戏剧、外来文化的影响对近代传奇杂剧舞台艺术革命性变革的作用或许更明显一些。（3）近代传奇杂剧的其他方面也不同程度地留下了外国戏剧、外来文化影响的痕迹，这是中国近代戏剧区别于古代戏曲的重要特征之一，也是中国近代戏剧时代性发展的必然结果。从与外国戏剧、外来文化的关联上看，近代传奇杂剧舞台艺术方面接受的外来影响，显得比近代传奇杂剧的其他方面要突出一些。在外国戏剧的影响下，近代传奇杂剧的舞台艺术方面发生的最为引人注目的变化，是传统的虚拟性、写意性成分在舞台演出中有所减少，而基于西方戏剧传统的摹拟性、写实性比重明显增加。这种变化实际上也透露出传统戏曲观念逐渐发生转变、现代戏剧观念开始建立的重要的戏剧史信息。（4）与近代传奇杂剧思想主题、艺术特征、文体形态、语言特点等方面发生的重要变革相一致，近代传奇杂剧的舞台艺术革新，是中国近代戏剧取得的一个方面的重要成果，也是中国传统戏曲走向现代戏剧这一文化历程中的重要组成部分。这些变革在戏剧史意义上构成了古典戏曲向现代戏剧演进过程中的一道津梁，打开了中国戏曲学习外国戏剧、融入世界戏剧体系的一扇窗口，在整个中国戏剧发展史上具有承前启后、继往开来的重要地位。

第九章　新见剧本介绍与有关史实考辨

无论是就中国戏剧史研究来说，还是就中国文学史研究来说，近代传奇杂剧都是一个异常冷清、极其荒芜的领域，与其应有的戏剧史、文学史地位极不相称。学科建设、学术研究中最基本、最重要的文献资料、主要史实的调查、整理、厘定工作尚未充分进行。凡此种种，都极大地限制了研究工作的发展。笔者近年来曾在数家图书馆访求有关资料，研读近代传奇杂剧作品及其他相关文献，在此过程中，发现重要戏曲史料数种，对学术界尚未解决或存在分歧的若干问题亦有所探索。现就目前所掌握的材料，对此作一初步的考辨介绍，希望于近代传奇杂剧研究稍有裨益。

第一节　关于新见近代传奇杂剧十三种

到目前为止，已经出版了相当数量、具有较高学术水准的中国戏曲研究著作和工具书，也反映了近代戏曲研究领域的总体水平和主要成就，如：阿英编《晚清戏曲小说目》（上海，上海文艺联合出版社，1954年8月；上海，古典文学出版社，1957年9月）、梁淑安、姚柯夫编著《中国近代传奇杂剧经眼录》（北京，书目文献出版社，1996年10月）、张棣华著《善本剧曲经眼录》（台北，文史哲出版社，1976年6月）、傅惜华著《清代杂剧全目》（北京，人民文学出版社，1981年2月）、庄一拂编著《古典戏曲存目汇考》（上海，上海古籍出版社，1982年12月）、曾永义著《清代杂剧概论》（载《中国古典戏剧论集》，台北，联经出版事业公司，1975年10月）、《中国大百科全书·戏曲曲艺》（北京、上海，中国大百科全书出版社，1983年8月），郭英德编著《明清传奇叙录》（石家庄，河北教育出版社，1997年7月），李修生主编《古本戏曲剧目提要》（北京，文化艺术出版社，1997年12月），齐森华、陈多、叶长海主编《中国曲学大辞典》（杭州，浙江教育出版社，1997年12月）等。

在一些重要的中国文学工具书中，也包含一些关于近代戏曲的内容，如钱仲联、傅璇琮、王运熙、章培恒、陈伯海、鲍克怡任总主编的《中国文学大辞典》（上海，上海辞书出版社，1997年7月），孙文光主编《中国近代文学大辞典》（合肥，黄山书社，1995年12月），《中国大百科全书·中国文学》（北京、上海，中国大百科全书出版社，1986年11月）等。从近代传奇杂剧研究的角度来看，也完全可以认为，这些著作基本上代表了目前学术研究进展的总体状况和已有的文献水平。

本节所述如下十三种近代传奇杂剧剧本，均未见上述著作或工具书著录，亦未见其他戏曲研究著作、文章予以专门论述，当属近代传奇杂剧研究中的新发现。兹就笔者目前所知介绍如次。

一、《横塘梦传奇》

《横塘梦传奇》，作者署"古盐官愚庵主人填词"，载《集成报》（北京，中华书局，1991年影印本）第二十四册至第三十四册，刊行时间为光绪二十三年十二月初五日（1897年12月28日）至光绪二十四年闰三月廿五日（1898年5月15日）。

据《集成报》第二十四册所刊《横塘梦传奇目录》可知，全剧分四卷，凡三十二出，前有"卷首楔梦"，后有"卷尾结梦"，若将此二出计入，全剧则有三十四出。如卷首《楔梦》副末开场中的道白可信，则可知此剧已全部写完，凡四万余言。然今见《集成报》仅至第三十四册为止，该报连载此剧亦至此期而止，仅刊至第十七出。按出目计算，恰好是全剧的一半，未完，以下未见。

从剧中所写内容，如南海粤王进攻浙西、乡绅举办团练、船家过鸦片瘾、官员无才无德等来看，可以判断此剧是以太平天国起义事件为背景的。因此《横塘梦传奇》产生于晚清时期无疑，具体一点说，此剧当创作于 19 世纪 60 年代至 90 年代之间。

《集成报》为旬刊，光绪二十三年四月初五日（1897 年 5 月 6 日）开始在上海出版，"以采录中外各报为主"①，是我国最早的文摘性刊物。此报刊出的《横塘梦传奇》，是与该报所载大部分文稿一样，从其他报刊摘录而来，抑或是首次刊载于此，笔者因未能遍查晚清报刊，特别是《集成报》所经常摘录的各种报刊，目前尚不能知晓。但是，连载此剧的各期《集成报》版心题有"集成报馆校印"或"集成报馆校刊"字样，而且仅是《横塘梦传奇》如此；该报所载其他文章版心均无题字，往往仅在所刊文章标题之下注明摘自某报刊。由此情况推断，《横塘梦传奇》系由《集成报》首次刊出之可能性极大。

卷首《楔梦》副末开场唱曲两支，前曲于了解全剧之作意帮助较大，后一曲乃是"檃括那《横塘梦》大意"②，现一并录之如下：

〔南吕引子〕〔满江红〕未了尘缘，把往事模糊提起。问天下有情眷属，称心能几？生不曾为同命鸟，死犹愿化枝连理。尽荒唐，幻梦赋高唐，君休矣。　勘不破，情中味；说不尽，言中意。是狂奴故态，壮夫小技。鸳冢青磷何处认，鹦帘红豆当场记，一任他口孽堕犁泥，聊游戏。

〔中吕慢词〕〔沁园春〕才子佟文，佳人写韵，谪下蓬瀛。值桃源避寇，同栖村舍。萱堂爱女，认作螟蛉。药

---

① 《集成报章程》，《集成报》第 1 期，《集成报》影印本，北京，中华书局，1991 年。
② 《横塘梦传奇》之《楔梦》副末道白，《集成报》影印本，北京，中华书局，1991 年。

饵亲调，琼瑶暗赠。莫道无情却有情，生和死最伤心，彼此一梦提醒。　　黄巾突起围城，愤投笔荆襄乞救兵。幸舅甥共事，雀屏中选，文章有价，雁塔题名。还泪图描，迎香路杳，未卜他生休此生。人间恨，待补圆天上，夜月三更。①

作者"古盐官愚庵主人"之真实姓名、生平事迹等情况不详，尚有待进一步查考。卷首《楔梦》的副末说白中，透露出作者身份及此剧创作的一些情况。今摘录有关文字，以便探究：

　　自家说梦痴人是也，从那处故纸堆，见这册《横塘梦》，却爱他许多呓语，足消我无数闲情。列位，他这曲子不袭元人旧本，不摹乐部新词。几句随口曲、自来腔，讲究些偷声减字；这副真性情、假面目，装点些道白插科，混充是种传奇，看他无奇可传。这节事平平说去，实在是场梦境，晓得无境非梦，这个人醒醒过来。……这人生长清门，遭逢盛世，质性非凡痴拙，行为颇觉清狂。算是福人，头上鬓丝今未白；虽非才子，案头灯火昔曾青。走几场矮屋风檐，侥幸煞也者之乎，居然吐气；做一个闲曹冷官，缠绕煞咨呈题奏，苦也劳形。为人尽有侠肠，处世绝无媚骨。……这样居官，少拜客，懒参衙，冷清清尽多闲岁月，仍旧是几卷破书，一枝秃笔，半瓯清茗，数盆时花，供养着这个闲身，描写出那桩故事。情节迷离，这场分合悲欢，任我横说竖说；姓名捏造，那班生旦丑末，由他硬扯生牵。花好月圆难，儿女情缘无可奈；经文纬武易，英雄事业想当然。就有些嬉笑怒骂文章，不过信手拈来，毫无影射；若按那角徵宫商音律，只恐聱牙唱套，未必声谐。并非仰屋著书，定要是考献征文，信今传后；不过逢场作戏，借这个南腔北调，东抹西涂。合曲白成四万馀言，除首尾分三十二出。乱写地名官制，不古不今；忘

---

① 《集成报》影印本，北京，中华书局，1991年。

题何代那朝，非唐非宋。①

据《集成报》第二十四册所刊目录可知，此剧凡四卷，每卷八出，计三十二出。出目为：卷首：《楔梦》。卷一：第一出《订社》、第二出《训闺》、第三出《社谑》、第四出《闺赏》、第五出《抚浙》、第六出《训团》、第七出《舟觐》、第八出《祠缞》。卷二：第九出《拜母》、第十出《逗梦》、第十一出《题画》、第十二出《视药》、第十三出《贻佩》、第十四出《并围》、第十五出《商援》、第十六出《碎佩》。卷三：第十七出《乞师》、第十八出《闻捷》、第十九出《馀掠》、第二十出《订剿》、第二十一出《庵宿》、第二十二出《营订》、第二十三出《歼渠》、第二十四出《释掳》。卷四：第二十五出《诉梦》、第二十六出《闹试》、第二十七出《续图》、第二十八出《辞弟》、第二十九出《遣迎》、第三十出《途夭》、第三十一出《情怲》、第三十二出《梦圆》。卷尾：《结梦》。

该剧的主要情节如下：浙西才子高绚，字伯素，志在兼济天下。御史周亮，上书陈事，极论时艰，受人排挤，解组归田，已经三载。周亮有儿周华，幼女秀餐，知书懂礼。时南海巨寇粤王侵入浙江，周亮早有防犯，贼寇大败而归。周亮复主持办乡勇团练以御寇。浙西战事日亟，周华奉父命带母亲与妹妹避寇于二百余里外之横塘。恰高绚亦侍母亲避乱于此，与周家间壁居住。两家人相识，高太夫人极喜秀餐，秀餐亦甚爱高太夫人，遂为义母义女。高绚虽与秀餐兄妹相称，二人却互生爱慕之心，无法摆脱，复碍于礼法，难以表白。高绚作画题诗，以寄深情，竟相思致病，秀餐送汤奉药，照料备至。秀餐赠带佩之双玉鱼儿，以明心迹。粤王攻浙西不下，遂用围城之策，城内危急。两浙节度使潘史忠与团练大臣周亮谋解围之计，拟修书请援，因高绚为将军鲁翰门生，拟派高绚前往荆襄鲁翰军营中送信。得此消息，高绚于惊讶之中，失手将秀餐所赠玉佩堕地打碎。高绚历尽艰险，抵达鲁营，将书信交与扬威大将

---

① 《集成报》影印本，北京，中华书局，1991年。

军鲁翰。鲁翰虽欲救援,却因诸将均已外出作战,颇觉为难。

第十七出《乞师》未完,连载至此而止。以下情节,只能通过卷首《楔梦》中的【沁园春】略知一二。

二、《闻鸡轩杂剧》

剧名题《闻鸡轩杂剧》,作者署"湖南善化王时润",仅发表《王粲登楼》一折,载《法政学交通社杂志》第五号,光绪三十三年四月初一日(1907年5月12日)出刊。

剧写山阳王粲于天子童昏、中原无主、群藩坐大、不顾国事之时,旅食荆州,暂依刘表,深知此人乃庸才,非知天下大计之人,欲归而未得。一日携琴童登上当阳城楼,心念时局,极目远眺,不禁悲感难抑,叹天下无人,难以拯救倾颓之势,呼喊"长夜漫漫,何时复旦,使世界重有光明之一日?"

此剧无故事情节,借历史人物登场,寄托作者对清末时局的忧患,重在抒发人生不遇、时局多艰的感慨。以【仙吕·点绛唇】开场:"孤负年华,未酬宿愿,值乱离奔走东南,极目乡关远。"以《贺圣朝》词为上场白:"知非吾土吾仍住,要呼群归去。客中滋味最愁人,更连宵风雨。　萧条身世,闲愁几许,纵伤心谁诉? 荒烟残日蔽浮云,望长安何处。"下场诗云:"落拓尘寰几许秋,庸庸孤负少年头。神州西北云如墨,回首中原一倚楼。"①

作者"湖南善化王时润",生平事迹未详,待考。

三、杨与龄《武士道传奇》

《武士道传奇》、《乌江恨传奇》和《岳家军传奇》三种,均刊《南洋兵事杂志》,列入"军事小说"栏目,同为杨与龄撰。这三种传奇不惟所有曲目著作、曲学工具书均不著录,而且作者情况亦尚不为人所知。兹首先对这三个剧本的基本情况作一简单介绍,然后再略谈作者杨与龄。

---

① 《法政学交通社杂志》第5号,光绪三十三年四月(1907年5月)。

《武士道传奇》,载《南洋兵事杂志》第三十期、第三十五期,宣统元年二月(1909年3月)、宣统元年六月(1909年7月)刊行,前一期作者署"杨与龄来稿",后一期作者署"杨与龄"。笔者仅见刊于该杂志第三十期的第一出《伏兵》。前有插图一幅,题"武士道传奇梁夫人金山桴鼓 石源绘于金陵兵事书室"。

此出写金兀术南侵,韩世忠与夫人梁红玉定计,移师镇江,以八千人屯焦山寺,复伏兵于金山龙王庙中,以待金兀术到来。金兀术果然中计,入金山龙王庙窥测宋军虚实,伏兵起而歼之,金兵大败。金兀术却在乱中逃走。以【恋芳春】开场:"谁是忠臣?几个奸贼,断送了好江山。无那烽烟万里,北望漫漫。记否广德战胜,杀得他金人不返。莫等闲,试看这宝刀鞘上,血迹留斑。"①

此出之末有"作者注"五则,从中可见作者构思用意与创作宗旨之一斑,现全部录出如下:

  传奇体例,第一折乃正生家门,第二折乃正旦家门,实为全出领起。

  前半出写伏兵之原起,后半出写伏兵之作用。

  此出全从《桃花扇》脱胎。

  曲中如广德、龙王庙、秀州、平江、镇江、金焦两山等地名,皆本诸当时实事,考之史鉴,并非假设。

  声音之道,感人深矣。曰《武士道》,实欲鼓吹我军人,有忠君爱国之心,有百折不回之志,演古以励今也。②

四、杨与龄《乌江恨传奇》

作者署"杨与龄",载《南洋兵事杂志》第四十五期、第四十七期,宣统二年四月(1910年5月)、宣统二年六月(1910年7月)出版。共二出,第一出并附插图,未见。笔者仅见刊于该杂志第四十七期的第二出《饮剑》。前有插图一幅,题"乌江恨传奇

---

① 《南洋兵事杂志》第30期,宣统元年二月(1909年3月)。
② 《南洋兵事杂志》第30期,宣统元年二月(1909年3月)。标点为笔者所加。

第二出　饮剑十缐伊"。

此出写项羽战败，与虞姬二人骑马逃至乌江边。乌江亭长已备好船只，劝说项羽渡江，虞姬亦劝其先求活路，以图东山再起。项羽不肯东渡，虞姬认为此系自己所累，遂拔剑自刎。乌江亭长再三恳求，然项羽意已决，觉无面目见江东父老，将乌骓宝马赐与亭长，即拔剑自刎。以【意不尽】作结："乌江恨写不尽意缠绵，这收场英雄难免，一霎时春花秋月付空烟。"结诗云："盖世英雄不苟生，江东人物空千古。"①

五、杨与龄《岳家军传奇》

作者署"杨与龄"，载《南洋兵事杂志》第五十七期，宣统三年四月（1911年5月）刊行，仅发表第一出《哀主》，未完，以下未见。《南洋兵事杂志》似亦出至此期为止。剧前有插图一幅，题"岳家军传奇　军事小说　辛亥初夏十原阙伊"。由插图署名来看，杨与龄这三种传奇插图之作者当系同一人。

剧写岳飞哀宋徽宗、宋钦宗被金人北掳而去，又得知金国之主吴乞买废除二帝，分别封二帝为昏德公、重昏侯之消息，益加悲愤，思抗金以报国。适金兀术渡长江，掠建康，自静好镇渡宣化而去，岳飞遂统令三军从侧面突袭金兵，大败之，金兀术逃走。开场诗为："鹿逐中原乱揭竿，男儿有志斩楼兰。年来南北东西战，马蹄到处贼胆寒。"结诗云："大将旌旗月日高，笑他蝼蚁岂能逃。三更刁斗五更鼓，剩有思君魂梦劳。"②

此出之后有"编者注"四则，其中一则有助于了解此剧创作用意，现录出如下：

　　此出演武穆之忠，下出演秦桧之奸，所以辨忠奸也。

作者之曲，视《西厢记》虽无甚轩轾，作者之文，实演

---

① 《南洋兵事杂志》第47期，宣统二年四月（1910年5月）。
② 《南洋兵事杂志》第57期，宣统三年四月（1911年5月）。

忠臣孝子之文,而鼓吹民气,以纠正风气于正大光明之地也。①

上述三种传奇的作者杨与龄,生平事迹等情况不见各有关工具书收录。现仅就笔者目前所知介绍如下:杨与龄,字号籍里及生卒时间、主要经历未详。此人曾在出版于1909年至1911年间的多期《南洋兵事杂志》上发表多种著作。除上述传奇三种外,尚有诗歌《军国民歌》、《岁暮从军》、《战场新咏四首》、《吊韩国烈士歌》、《感时七律六首》等,"军事小说"《中国战争未来记》、《中国之哥仑布》,随感语录《精神讲话》,学术文章《中国历代兵制考》、《说空中飞行器及关于军用之利害》、《中国马政之沿革》等。另外,在宣统二年十月(1910年11月)出版的《南洋兵事杂志》第五十一期上,刊有"军事小说"《中国战争未来记之四》短篇一种,该期杂志目录下,这篇小说的作者署"黄村杨与龄"五字。这是有关杨与龄籍里的一个重要线索,然笔者目前尚未知晓此地究竟在何处。关于杨与龄的其他情况,尚待查考。

六、张丹斧之《双鸾隐》

《双鸾隐》传奇,作者署"张丹斧",载《神州丛报》第一卷第一册、第一卷第二册,民国二年八月一日(1913年8月1日)、民国三年四月一日(1914年4月1日)上海神州报社出版。第一卷第一册刊出第一出《贤叙》,前有作者《自序》。第一卷第二册刊出第二出《议征》。全剧似未完,以下未见。

剧写浙江嘉禾书生裘凤(字丹山)与钱绮(字乌衣)为好友,均怀报国之志。武昌起义爆发,推翻清王朝,二人深受鼓舞,决定前往武昌效力。十七岁少女王瑛娘,为钱绮表妹,富有才学,夙怀大志。亦得武昌起义、清廷倾覆之消息,颇为激动。适此时钱绮、裘凤二人一同来访王瑛娘,一致认为当"三人共往剿烟狼",共同去为巩固胜利成果效力。首出《贤叙》以【南画眉序】开场:"建

---

① 《南洋兵事杂志》第57期,宣统三年四月(1911年5月)。

虏主中华，三百载谁人天下？见市曹车马，盗贼戴乌纱，乾坤一片黑云遮，让狐兔暗鸣咤叱。义师风说兴江夏，英雄心事如麻。"①

作者张丹斧（约1870—1937），初名扆，又名延礼，字丹斧，又署丹甫、丹父，晚年自号后乐笑翁、无厄道人，在报刊发表诗文常署丹翁。江苏仪征人。早年为《神州日报》成员，任编辑，后负责《晶报》内务，并担任撰述达十多年，尝主编《大共和日报》。南社社员，"鸳鸯蝴蝶派"作家。以性格古怪、多才多艺，被人称为"文坛怪物"，又与李涵秋、贡少芹有"扬州三杰"之称。抗日战争时期受惊悸而死。擅诗词，颇具功力，能文章，多为游戏之作，精书法，好金石、古董，喜藏古钱，亦善治印。又著有社会小说《拆白党》等。

七、《秣陵血传奇》

此剧全称《明末轶史秣陵血传奇》，作者署"乌台"，载《崇德公报》第五号至第三十二号，民国四年六月二十七日（1915年6月27日）至洪宪元年一月二十三日（1916年1月23日）。笔者仅见过该刊第八号至第十四号、第十七号至第二十号、第廿三号至第廿八号、第卅二号，全剧出数未详。现将所见各出列出如下：第三出之末尾部分（出目未详）、第四出《寄书》、第五出《离家》、第六出《堕网》、第七出《私瘞》、第八出之后半部分（出目未详）、第九出《血书》、第十出《义养》之前半部分、第十一出之后半部分（出目未详）、第十二出《入宫》之前半部分。另有少数曲文未详属何出。《崇德公报》最后一期即第三十二号刊出此剧之后，仍标明"未完"二字，可见此剧较长。

从笔者所见部分可以断定，此剧以明末清军南下、南明王朝偏安一隅为时代背景，写复社文人余醒初等人与奸党马士英、阮大铖斗争的故事，鼓吹抗敌保国的民族精神，弘扬宁为玉碎不为瓦全的气节操守。于历史故事的演绎之中，寄托对清末时局的忧患与

---

① 《神州丛报》第1卷第1册，1913年8月。

感慨。

此剧作者"乌台",即蔡寄鸥(1890—1961),原名天宪,又名乙青,号乌台、藜阁,笔名崎岖、济民。湖北黄安(今红安县)人。光绪三十一年(1905)考入两湖师范、学堂,宣统二年(1910)毕业。1912年任武昌《民心报》编辑,次年秋任《震旦民报》编辑、主笔。1914年加入中华革命党,在汉口租界办《汉口上报》,参加讨袁运动。1916年以后,先后任《大汉报》、《正义报》、《崇德公报》编辑,其间曾任天主学堂校长。1926年北伐军入武汉,即赴南京、上海。1928年返回武汉,先后在《湖北日报》、《光明报》、《水晶宫报》和《震旦民报》当编辑。1939年任汪伪《大楚报》编辑主任。1943年写成武汉第一部新闻史专著《武汉新闻史》。1944年回黄安、麻城,为宗族修族谱。日本投降后复回武汉,为《民风报》、《正风报》、《汉口导报》等小报写稿。中华人民共和国成立后,被判处死刑,获赦免后在湖北省文工团工作,旋至湖北省文教厅巡教团任研究员,主要从事戏剧和曲艺创作和研究。1953年参与湖北省文物管理委员会地方志研究与编写工作。后任湖北省文史研究馆馆员和省参事室参事。著有《水镜》、《豆棚瓜架下》、《王妈妈的裹脚》、《癞痢头上放霞光》、《杜鹃魂》、《解放曲》、《翻身谣》、《红革调》、《鄂州血史》、《四十年来闻见录》等。戏曲作品有《秣陵血传奇》、《瀛台梦传奇》、《华胥梦传奇》、《国耻图传奇》、《莲花公主传奇》、《新空城计传奇》,并有新剧剧本《李闯王》等。

八、贡少芹与《哀川民》传奇

《中国近代传奇杂剧经眼录》附录之二《诸家曲目著录而未及寓目之剧目》中,列有《苏台柳》传奇一种,并作介绍云:"贡少芹著。宣统三年(1911)汉口《中西报》刊。共十二出。"① 笔者

---

① 梁淑安、姚柯夫:《中国近代传奇杂剧经眼录》,第194页,北京,书目文献出版社,1996年。

亦未得见此剧，却获见贡少芹所作的另外一种传奇《哀川民》。作者署"江都贡璧少芹"，载王文濡编"《南社丛刻》临时增刊"《南社小说集》，上海文明书局民国六年四月（1917年4月）初版。仅刊《兵掠》一出。

剧写辫子军张师长率部克复泸州、叙府两地，护国革命军败退之后，辫子军军官因功受赏，兵士对此不服，遂利用张师长于攻打泸叙两地时对兵士所说"有夺还泸州、叙府的，入城之后，准尔等自由行动"之言，结伙奸淫烧杀，掳掠求财，无恶不作。众难民于战乱中虽免一死，战后却惨遭抢劫蹂躏，哀苦无告，极为凄凉。

作者贡少芹（1879—1939），名璧，字少芹，以字行，别号天忏生，亦署天忏。江苏江都人。南社社员，"鸳鸯蝴蝶派"作家。与张丹斧、李涵秋有"扬州三杰"之称。清末曾主编《中西日报》，撰有《苏台柳传奇》、《刀环梦传奇》在该报连载。辛亥革命后居湖北，与何海鸣（字一雁）合办《新汉民报》。后至上海，1922年任《小说新报》主编，因与倡办人意见不合，次年辞去。又办《风人报》，同儿子芹孙合作，有"贡家父子兵"之称，后以经费紧张而辍。又曾任进步书局、国华书局编辑。与李涵秋为异姓兄弟。1923年涵秋卒，贡少芹辑《李涵秋传略》一书，专记李涵秋家世经历及遗闻佚事，甚为详赡。此后舍弃文字生涯入仕途，出宰某邑，不料该地为匪所陷，少芹亦被掳，身陷匪窟多时。脱险之后再赴上海，重理笔墨，壮志消沉，困顿而死。一生著述数量颇多，范围广泛，主要有《亡国恨传奇》、《天忏室稗乘》、《尘海燃犀录》、《美人劫》、《血泪》、《假面具》、《盗花》、《春梦》、《新社会现形记》、《傻儿游沪记》、《女学生之秘密记》、《秘密女子》、《八十三日皇帝之趣谈》、《近五十年见闻录》、《复辟之黑幕》、《洪宪宫闱秘史》等，又有《女杰麦尼华传》、《牧羊缘》、《秭归声》、《天界共和》（以上四种均与蒋景缄合作），与许指严、李定夷合编《分类笔记小说大观》，与石知耻合作《一粒钻》，与李定夷合作《黎黄陂佚事》等。

九、《针师记传奇》

《针师记传奇》，载《小说月报》第九卷第三号至第九卷第八号，民国七年三月二十五日（1918 年 3 月 25 日）至民国七年八月二十五日（1918 年 8 月 25 日）刊行。该刊第三号至第五号作者署"北畴造旨，癯安润文"，第六号署"北畴原本，癯安润文"，第七号至第八号署"北畴原本，瞿安删订"。共七折：第一折《逼债》、第二折《闺谈》、第三折《气姊》、第四折《欢拒》、第五折《针目》、第六折《梦影》、第七折《才合》。

剧写吴江秀士周良（字雪斋），父亲去世，母亲望其读书成材。周良心不在焉，与青楼女子水仙花交好，结交不良朋友聚赌酗酒打架，无所不为，不听劝阻。母亲为使儿子回心转意，读书向学，为之娶吴江孝廉吕朴斋之女淑英为妻。婚后两夜，周良仍心念旧好水仙花，淑英亦不曾脱衣就枕，意在激夫就学。婆婆得知怒责儿媳，淑英悲愤欲死，又不忍撇下双亲，遂欲以针将自己花容刺毁。周良见此女子贞节守正如此，为之感动，决心痛改前非，发愤读书，以求通经致用。遂入书楼苦读，足不出书楼者凡四载，于经史文学，绰有见知，成为才子。母亲再次为儿子儿媳举行合婚之礼。周良感于淑英启发激励之功，欲跪拜妻子，淑英坚辞不受。周良转拜淑英欲以刺面之针，以之为师。结诗为："那岁佳期真个奇，今宵对语反迷离。闺中有也炎凉态，请问旁人那得知？"①

《针师记传奇》实系吴梅（字瞿安，又作癯安）据清代戏曲家王墅所作传奇《拜针楼》润饰删订而成。关于《拜针楼》，任二北《曲海扬波》卷五有云：

《拜针楼》，王墅北畴作，研露斋主人杨天祚评点，一题北畴填词。八折。演后客（生）、丰采蘋（旦）事。
后放荡不务正业，妻丰劝之，不从，愤激欲以针毁容，后

---

① 《小说月报》第 9 卷第 8 号，1918 年 3 月。笔者按：第三句"有也"原刊误，当作"也有"。

始知悔发奋。一举成名，感妻之德，欲拜谢之，妻逊让不受。后乃拜昔日刺面之针，并题作楼额，以志其事。故名。①

王墅，清康熙时人，康熙二十四年（1685）前后在世，字北畴。安徽芜湖人。年二十成秀才。工诗，擅词曲，下笔自抒胸臆。早卒。有传奇二种，《拜针楼》今存，凡八折，《后牡丹亭记》已佚。《拜针楼》一剧，《曲考》、《曲海总目》、《今乐考证》、《曲录》等均著录，李修生主编《古本戏曲剧目提要》（北京，文化艺术出版社，1997 年）亦著录，且有较详细的内容提要。有清康熙二十四年（1685）贵德堂刊本，清光绪五年（1879）贵德堂重刻本。

《针师记传奇》即吴梅根据康熙贵德堂刊本《拜针楼》润饰删订而成，折数有变，由八折变为七折；剧中主要角色生、旦等姓名亦多不同，剧情等方面也略有改动。笔者所以将《针师记传奇》隶于此者，意在以之为进一步考察的线索；更为重要者，此剧既经吴梅润色加工，亦自然可见吴梅创作思想、尤其是他爱情婚姻观念的某些重要方面，颇有价值。若能将王墅《拜针楼》原作与吴梅润色加工之《针师记》进行对照研究，亦当是一件颇有意义的事。

十、钱稻孙《但丁梦杂剧》

《但丁梦杂剧》，载《学衡》第三十九期，民国十四年三月（1925 年 3 月）刊行。仅刊第一出《魂游》，未完。以【仙吕赏花时】开场："听寂寞钟音远寺传，叹多少愚民沉醉眠，更悲神教绝真诠。我只将半生骚怨，付与悼时篇。"但丁上场诗为："人生七十古来稀，堪叹年华半已非。乍展经纶俄挫折，且将神学寄传奇。"②

---

① 任中敏编：《新曲苑》后附《曲海扬波》，上海，中华书局，1940 年。标点为笔者所加。

② 《学衡》第 39 期，1925 年 3 月。

此出之后有"编者按",于了解此剧创作情形多有帮助,中有云:

> 钱君稻孙幼居意大利,喜读但丁专集,《神曲》一篇,朝夕讽诵,寝馈其中者殆十馀年。民国十年(一九二一年)九月(十三或十四日),为但丁殁后六百年纪念。钱君曾译《神曲·地狱》之首三曲为《离骚》体,并详加注释,登载《小说月报》。……钱君于正译而外,又用但丁《神曲》本事,谱为吾国杂剧。今所登其第一出也,他日全剧谱成,不但文学因缘,东西合美,而且于盛集雅会,按景奏乐,低徊演唱,其销魂益智,殆又可知。惟所亟待声明者,即钱君此剧,实运用但丁《神曲》全部,由原文脱化而出,故其中无一字一句无来历,语语均有所指,非与原作参证比较,不能知其妙也。此出所咏,实为《神曲·地狱》第一、第二两曲 Canto Ⅰ～Ⅱ 之本事。①

关于钱稻孙的生平事迹,请参见本书第三章"近代传奇杂剧代表作家作品述略"第三节"近代后期作家作品"的有关介绍,为免重复,此不赘述。

十一、蔡莹《连理枝杂剧》

《连理枝杂剧》,笔者所见有三种版本:一为民国年间铅印单行本,刊年未详。复旦大学图书馆所藏之《连理枝杂剧》为赵景深先生旧藏,书前《序》页钤有阳文篆书"赵景深藏书"印一方,末页钤有阴文篆书"赵景深藏书印"一方。二为《南桥二种》本,《连理枝杂剧》为其第一种,其第二种为独幕剧《当票》,民国间铅印,刊年未详。上述两种版本内容、版式、字体等均无异,均署"吴兴蔡莹撰",凡四折。卷首均有黄孝纾作于"癸酉秋日"之《序》。癸酉为民国二十二年(1933),据此推断,此剧完成与刊印

---

① 《学衡》第39期,1925年3月。标点为笔者所加。

的时间当距此时不远。复旦大学图书馆所藏之《南桥二种》为作者签名题赠本，内封有毛笔行书"侣琹先生正拍 弟振华敬贻 廿四年八月"，所赠者"侣琹"，当系金国宝（1892—1963），字侣琹。江苏吴江人。毕业于复旦大学。又留学美国，毕业于哥伦比亚大学。后任复旦大学教授。三为《味逸遗稿》所收本，蓝墨油印，1955年5月小安乐窝墨版刊行。作者署"吴兴蔡莹正华"。仅四折剧本，无前两种版本卷首之黄孝纾序。

剧写孙三娘父母早亡，依兄嫂长大，嫁在山阴衙门中任文案之职的赵二官，夫妻感情颇睦。然二官之母赵婆不容三娘，逐其归兄嫂家。二官得知消息，向母求情无用，愤而出走至城外旅店中住下。三娘得二官书信，方知其夫下落，且已在病中，即至旅店中照料二官，服侍汤药，然二官病怀日笃，不见起色。资用亦乏绝，拖欠房租，店主催讨，二人极为困苦。如此者凡二十五日，二官染沉疴而死。三娘悲不自胜，虽经哥哥孙大再三宽解，三娘意难回转，在哭祭丈夫之后，终竟自缢身亡于一树之连理枝上，年仅十八，嫁到赵家亦仅二载。孙大将二官、三娘合葬一处，以了却这对恩爱夫妻生前的心愿。

题目：赵二官私寄同心结。正名：孙三娘自挂连理枝。

作者蔡莹（1895—1952），字正华，一作振华，号小安乐窝主人。浙江吴兴人。擅诗词曲、古文辞，为吴梅著名弟子之一。除《连理枝杂剧》和独幕剧《当票》外，还著有《元剧联套述例》（上海，商务印书馆，1933年4月出版），又有《中国文艺思潮》（上海，世界书局，1935年12月初版，为刘麟生主编《中国文学丛书》之一种，后辑入《中国文学八论》一书）。卒后其夫人与女儿蔡雪并友人为他编印《味逸遗稿》一册（1955年5月小安乐窝蓝墨油印本）。据其女儿蔡雪所述，蔡莹尝有诗稿一册和词稿《画虎集》，后似均不存。蔡莹还擅古文辞，存者无多。尚著有《谢宣城诗注》若干卷，未完；又尝与瞿兑之、刘麟生共同编辑《古今名诗选》六编。①

十二、顾随《陟山观海游春记》杂剧

《陟山观海游春记》,顾随撰,杂剧,共二卷,全剧八折二楔子,上卷四折前加楔子,下卷亦四折前加楔子。根据《聊斋志异·连琐》故事谱成。前有作者长篇序言。

民国二十六年(1937)尝铅印刊行顾随《苦水作剧三种》,共收杂剧四种,即《垂老禅僧再出家》四折加楔子、《祝英台身化蝶》四折加楔子、《马郎妇坐化金沙滩》四折加楔子,及附录《飞将军百战不封侯》四折。此书中不载《陟山观海游春记》杂剧。

笔者所见《陟山观海游春记》有三种刊本:其一为《顾随文集》本,上海古籍出版社1986年1月出版。首有作者作于1945年2月11日(甲申除夕)之长自序,可知此剧作于《苦水作剧三种》之后(笔者按:此集所收杂剧四种均完成于1936年冬),约1942年1月间开始着笔,至1945年2月中写成。② 其二为叶嘉莹辑《苦水作剧》本,台北桂冠图书股份有限公司1992年10月出版。其三为《顾随全集》本,河北教育出版社2000年12月出版。后二种刊本与前述《顾随文集》本基本相同。据载《陟山观海游春记》曾刊为《苦水作剧第二集》,笔者未见。

此剧取材于《聊斋志异》中之《连琐》故事。写东海秀才杨于畏,上无父母,下无妻室,孑然一身,两应乡试不第。携书童离开城内,住云台山山斋之中。秋日一夜,杨于畏方独坐读书,忽闻女子吟诗之声,此后念念难忘。一日往有女吟诗处寻觅,得一香囊,执于手中,忽被风吹化飘散,于畏异之。又一夜,杨于畏方在书斋中饮酒读书,忽一女子到来,自言系陇西人,小字连琐。此后

---

① 参见蔡雪为《味逸遗稿》所作《跋》,《味逸遗稿》卷末,1955年小安乐窝蓝墨油印本。

② 参见叶嘉莹:《纪念我的老师清河顾随羡季先生》,《顾随文集》附录,第813~814页,上海,上海古籍出版社,1986年。

连琐夜夜与于畏书斋清话,宵来晨去,不觉冬去春来,时已半载。一次连琐向于畏说明自己乃鬼魂所化,为杨于畏痴情所感,白骨有复生之意,并告知使其复生之法。于畏遂以剑刺臂,将鲜血滴入连琐脐内。次日午时,杨于畏带人往连琐葬处掘墓,打开棺木,连琐肉身果然复生。二人遂为夫妻,十分相得。时届清明,杨于畏带娘子连琐并马游春,登山观海,甚为欢畅。

题目:炎暑山斋自习文,严寒雪夜犹相访。正名:杨生得意春鸟鸣,连琐团圆秋坟唱。总关目:精魄横成意外缘,秀才得遂平生志。惹草沾帏元夜诗,陟山观海游春记。

十三、顾随《馋秀才》杂剧

《馋秀才》,初作于 1933 年冬,1941 年 10 月写定。共二折,两折之间有一楔子。第一折正末上场诗云:"东西南北任飘零,惭愧当年曾读经。万事不如身手好,百无一用是书生。"[①] 题目:老和尚热心帮衬。正名:馋秀才执意拿乔。剧本之后有作者《跋》。

笔者所见此剧有三种刊本:其一为《辛巳文录初集》本,北京文奎堂书庄 1941 年 10 月印行。其二为叶嘉莹辑《苦水作剧》附录本,台北桂冠图书股份有限公司 1992 年 10 月出版。其三为《顾随全集》本,河北教育出版社 2000 年 12 月出版。

剧写河南汴梁人赵伯兴,自幼家境富裕,贪图口腹之欲,学会烹调之能。然及至成人之后,文不成武不就,坐吃山空,被人称为馋秀才。流落至西安府紫阳县东乡弥陀寺中,以教村学为生。恰逢连日大雪,学童不来上学,赵伯兴饥寒交迫,极为狼狈。无聊之际,与寺中住持不空和尚一同饮酒闲谈,知悉不空和尚得一鲜鱼,赵伯兴遂为之烹制,味极鲜美,住持叹服。适县令因厨师跑掉,吃饭无味,令皂隶张千、李万外出另寻一烹调高手,遍寻不获,被打得腿生棒疮。不空和尚悯二人之苦,举荐赵伯兴,且带二公差前往

[①] 叶嘉莹辑:《苦水作剧》附录,第 139 页,台北,桂冠图书股份有限公司,1992 年。

拜访。不空和尚再三劝说，张千、李万百般请求，竟至下跪哀告。赵伯兴不为所动，情愿忍受饥寒困书囊，亦不愿入厨房伺候他人。遂提出条件，除非县令为之下厨烧火，或者教县令亲自来请，并敬酒三杯以明诚意，才可以答应前去做厨师。二公差当然不敢应承，终于无法请动馋秀才。赵伯兴以此明志，表明秀才的脾气：也使不着哀求，也用不得强。

剧本之后有作者民国三十年十月（1941年10月）所作《跋》一篇，对了解此剧的写作过程、认识顾随的戏剧创作和戏剧史观颇有价值。兹录出如下：

> 右《馋秀才》杂剧，是二十二年冬间开始练习剧作时所写。当时只成曲词两折，便因事搁笔。其楔子及宾白，乃昨夕整理誊清时所补也。明人为杂剧，在曲文之自然本色上观之，自不如元代诸家。《盛明杂剧》中所收诸作，或只作一折，或延至四折以上，甚或用南曲填词；又若四折，不限定同一角色唱，一折中歌者亦不限定只一角色，间或两人或两人以上合唱。余曩者颇不然之，以为破坏元人杂剧之成格。及今思之，则以上种种，在创作及搬演上皆可谓之进步。余之不然，可谓狃于成见而不思矣。又吾国戏剧即不为大团圆，亦必有结果。今馀此作，虽曰偷懒，不为四折，既无所谓团圆，亦无所谓结果，而以不了了之，庶几翻新之意云。①

关于顾随的生平事迹，请参见本书第三章"近代传奇杂剧代表作家作品述略"第三节"近代后期作家作品"的有关介绍，此不详述。

顾随弟子叶嘉莹曾在《纪念我的老师清河顾随羡季先生——谈羡季先生对古典诗歌之教学与创作（〈顾随文集〉代跋）》、《苦水作剧》代序《顾羡季先生剧作中之象喻意味》两篇文章中，详

---

① 叶嘉莹辑：《苦水作剧》附录，第149~150页，台北，桂冠图书股份有限公司，1992年。

细介绍了顾随的戏曲创作及刊行情况，提供了许多鲜为人知的资料和研究线索，极有参考价值。现选取前者之重要部分录出如下，以便深入考察：

> 故于《苦水诗存》刊出以后，先生之诗作又逐渐减少，乃转而致力于戏曲，两年后（一九三六）遂刊出《苦水作剧三种》，共收《垂老禅僧再出家》、《祝英台身化蝶》、《马郎妇坐化金沙滩》杂剧三种及附录《飞将军百战不封侯》杂剧一种。先生既素以词名，故其剧作在当日并未引起广大读者之注意。然而先生在杂剧方面之成就，则实不在其词作之下。原来先生在发表此一剧集之前，对杂剧之写作亦曾有致力练习之过程。盖早在一九三三年间，先生即曾写有《馋秀才》之二折杂剧一种，其后于一九四一年始将此剧发表于《辛巳文录初集》之中，并附有跋文一篇，对写作之经过曾经有所叙述，自云此剧系一九三三年冬"开始练习剧作时所写"。其后自一九四二年开始，先生又致力于另一杂剧《游春记》之写作，此剧共分二本，每本四折外更于开端之处各加《楔子》，为先生所写之杂剧中最长之一种，迄一九四五年始正式完稿，刊为《苦水作剧第二集》。①

可见，叶嘉莹的回忆文字，不仅从弟子的角度介绍了顾随杂剧创作的许多具体情况，记录了重要的戏曲史事实，弥足珍贵；而且留下了关于顾随戏曲创作、诗歌创作和学术研究的若干学术线索，对全面地认识和研究这位杰出的戏曲家、文学家和学者，具有重要的参考价值。

---

① 叶嘉莹：《纪念我的老师清河顾随羡季先生》，《顾随文集》附录，第786～787页，上海，上海古籍出版社，1986年。

第二节　关于五种稀见近代传奇杂剧

本节所述近代传奇杂剧五种,虽已为有关曲目著作或曲学、文学工具书著录,却因流传未广,一些研究者较难获见。这些剧本,虽已为前贤所注意,然大多未有进行过深入研究,同样相当珍贵。现就笔者之所见知,介绍如下。

一、《太守桑传奇》

《太守桑传奇》,《晚清戏曲小说目》未著录。《中国近代传奇杂剧经眼录》附录之二《诸家曲目著录而未及寓目之剧目》中,著录《太守桑》二种,并分别介绍:其一为"吴宝镕著。光绪钞本。"其二为"吴宝镕著。光绪间刊本。一名《劝桑》。"① 依此情况推断,此二种《太守桑》当为同一剧目之两种不同版本。前者笔者未见,后者却幸得一读。

书名题《太守桑传奇》,为赵景深先生旧藏,书前钤有阳文篆书印章"赵景深藏书",末页钤有阴文篆书印章"赵景深藏书印",今归复旦大学图书馆。卷首标刊行时间、地点为"光绪丙申季秋刊于澧阳",作者署"钱塘吴宝镕蔗农填谱,长沙李瀚昌石贞校刊"。正文之前有"丙申重阳后三日旧治年家子吴正濂诗俦甫敬谨倚声"之《题辞》【喜迁莺】,仅一出,标目"劝桑"。后有"光绪丙申秋日"李翰昌跋,中有云:"右《太守桑》曲一卷,吴蔗农明府所以美观察陈公守括时善政也。蔗农傲岸不可一世,独于此加详焉,其必实有可传矣。……今天下多事矣,天下之人,皆师其实心以为天下,庶于时有豸云。"② 由以上材料可知,此剧光绪二十二年(1896)刊行于湖南澧阳,作者吴宝镕,字蔗农,浙江钱塘

---

① 梁淑安、姚柯夫:《中国近代传奇杂剧经眼录》,第196页、第197页,北京,书目文献出版社,1996年。

② 《太守桑传奇》,光绪二十二年(1896)李翰昌澧阳刻本。

人。剧中内容,当系作者根据当时实事写成。

剧写广西贵县人陈璃,字鹿笙,任监司之职,为官勤勉,巡游四处,教民以栽桑重要方法,并设立保护桑苗之条例,深受百姓爱戴。陈璃自述为政之旨道:"下官力求振顿,勉与扶持,为谈五鹿之经,特腆双鸡之膳,惟是教于既富,儒素方真,织以继耕,女红并重,且力行乎勤俭,乃可保乎久长。今刻《栽桑摘要》一书,并捐廉俸数百缗,向嘉湖等处,购运桑秧,分植城乡,劝民勤织。"① 由此既可见作品内容,又可见作者创作主旨。

《古典戏曲存目汇考》、《中国近代传奇杂剧经眼录》均指出《太守桑传奇》"一名《劝桑》"。② 《中国曲学大辞典》亦认为此剧"又名《劝桑》",并说明其"未刊,有清光绪间抄本存世"③。由上文所述可知,此三书关于《太守桑传奇》的说明有两处不确:其一,《劝桑》乃《太守桑传奇》第一出名称,非全剧之别称;其二,此剧尝于光绪二十二年(1896)刊行过,并非"未刊"。笔者所见即此种版本。

二、《巾帼魂传奇》

《巾帼魂传奇》,《晚清戏曲小说目》著录,《中国近代传奇杂剧经眼录》列入"未及寓目之剧目"。《古典戏曲存目汇考》、《中国曲学大辞典》、《中国文学大辞典》、《中国近代文学大辞典》等均未著录。不署撰人,载《河南》第一期,光绪三十三年十一月十六日(1907年12月20日)出版,仅刊《发端一出·长歌》,未完。

剧写中州女子吴茗姒(字琢牖),感于中国女界日就沉沦,暗

---

① 《太守桑传奇》,光绪二十二年(1896)李翰昌澧阳刻本。
② 庄一拂:《古典戏曲存目汇考》,第789页,上海,上海古籍出版社,1982年;梁淑安、姚柯夫:《中国近代传奇杂剧经眼录》,第197页,北京,书目文献出版社,1996年。
③ 齐森华、陈多、叶长海主编:《中国曲学大辞典》,第475页,杭州,浙江教育出版社,1997年。

无天日，光明难通，无保障人权之方，无造就人才之法，遂东渡日本求学。时过三载有余，念事业未成，年华已去，颇觉惶恐，于是长歌寄慨，回顾中国女界之奴隶历史，观察欧美女子之自由权利，呼吁在人类竞争、适者生存之世界中，中国女界当学习欧美女子，争得独立人格，再造乾坤。

三、《风月空杂剧》

《风月空杂剧》，作者署"白云词人"，《晚清戏曲小说目》著录其版本云"报纸本"。《中国近代传奇杂剧经眼录》列入"未及寓目之剧目"。《古典戏曲存目汇考》、《中国曲学大辞典》、《中国文学大辞典》、《中国近代文学大辞典》等均不著录。阿英所云"报纸本"未见，笔者所见为陈无我（名辅相，字无我，别署老上海）《老上海三十年见闻录》所录本，上海书店出版社1997年1月出版，仅一折。

薛正兴主编《李伯元全集》（南京，江苏古籍出版社，1997年12月）第五册中，有王学钧所辑《李伯元诗文集》，根据《老上海三十年见闻录》收入《风月空杂剧》，并指出此剧作者"白云词人"即为李伯元，姑存一说。此"白云词人"究系何人，此剧是否为李伯元所作等问题，尚有待于进一步探讨。

此剧以丑、净二人对话及丑所唱一套曲，描摹上海极度繁华之面貌，感慨一切皆有假之现实，尤其道出妓院、烟馆、赌场林立的状况，抒发郁闷情怀。作剧意旨正如曲词所唱："打一幅沧桑图稿，诌了套风月空，出一出闷怀抱。"除唱词外，说白全使用吴语。

以【北新水令】开场："洋场十里尽逍遥，闹昏沉乾坤不老。车声喧似水，人势涌如潮。极乐滔滔，真不辨昏和晓。"结曲为【清江引】："贱富贵贫颠而倒，世事如何好？俺喉咙要唱穿，鼓板都丢掉,剩一双空手儿回家去了。"①

四、《防城血传奇》

《中国近代传奇杂剧经眼录》附录之二《诸家曲目著录而未及寓目之剧目》中,列有《防城血》一种,并作介绍云:"吴兴太瘦生著,禺麓梦梅庵主评。光绪三十四年(1908)安雅报局本。分上、下二卷,各十出。卷首有作者自序。"② 此说基本根据阿英编《晚清戏曲小说目》。关于《防城血传奇》,阿英曾说:"吴兴太瘦生著,禺麓梦梅庵主评。光绪三十四年(1908)安雅报局本。分上下二卷,各十出,书前有自序。谱刘永福归田后粤东防城县令宋渐元殉匪难事。"③ 此剧笔者亦幸得一阅,现简介如下。

书名题《防城血传奇》,为赵景深先生旧藏,书前钤有阳文篆书"赵景深藏书"印章,书末页钤有阴文篆书印章"赵景深藏书印",今归复旦大学图书馆。光绪三十四年(1908)安雅报局铅印本,版心题"安雅新小说"。作者署"吴兴太瘦生倚声,禺麓梦梅庵主赘评"。卷首有作者光绪三十四年元夕(1908年2月16日)作于安雅报局之《自序》。首出前有《提纲》云:"【西江月】倏尔鸥张肆毒,几人驿笔曾筹,看看狐鼠竟同谋,难得上官袖手。全局苍黄失著,当途清浊分流,疾风劲草有贤侯,甘向枪林授首。"④

凡二卷二十出。出目为:上卷十出:《啸聚》、《绅禀》、《署谈》、《闺诫》、《分扰》、《句勇》、《乞援》、《慰娌》、《缓救》、《柬弟》。下卷十出:《兵变》、《署焚》、《藏印》、《民护》、《完忠》、《民殓》、《禀歧》、《戮叛》、《诏雪》、《归榇》。

---

① 陈无我:《老上海三十年见闻录》,第320~321页,上海,上海书店出版社,1997年。
② 梁淑安、姚柯夫:《中国近代传奇杂剧经眼录》,第194页,北京,书目文献出版社,1996年。
③ 阿英:《晚清戏曲小说目》,第6页,上海,上海文艺联合出版社,1954年。
④ 《防城血传奇》,光绪三十四年(1908)安雅报局铅印本。

主要剧情为：三那墟刘思裕，以官府苛捐，不堪忍受，聚众起事，从三那墟攻打四处，直逼防城县。县令宋渐元，一边备战抵御，一边向钦州请援。然援兵不到，防城县守兵亦有在官员带领下投敌者。危急之际，誓不投降从敌的宋渐元及其家人为叛军刘永德所枪杀。后来，"防匪通匪，本属我辈恒情，护官害官，又是管带为首"①的降敌者赖德飞等为署钦州直隶州夏翙所灭，战乱平定。宋渐元之英烈大昭于时，灵柩运归湖南原籍，民众远迎。宋渐元之英武忠勇，为人称道传颂。

该剧每出之后，均有"禺麓梦梅庵主"评语。据评语内容可知，剧中人物与故事系根据当时实事写成。

作者"吴兴太瘦生"，疑为云从龙，又名鹤鸣，别署太瘦生。此人在民国初年的《谠报》、《宗圣汇志》、《民权素》等报刊多发表文章。由于材料缺乏，此说未能确定，姑存疑于此，以便研究。《防城血传奇》的作者"吴兴太瘦生"之真实姓名、生平事迹等情况，尚待查考。

五、关于《玉钩痕传奇》及其作者

《玉钩痕传奇》，《晚清戏曲小说目》云："庞树柏惜秋生合著。演林黛玉等四校书募建'花冢'事。全分十出。'感义'、'集宴'、'筹捐'、'裂册'、'写兰'、'摧香'、'选地'、'题碑'、'瘗玉'、'吊冢'。光绪《游戏报》本。以'山坡羊'开场云：'痛擘海云鬟断送，更何处投魂曲诵！历燕友短劫匆匆，看今番一例儿唤醒情天梦。恨无穷，空留鹦鹉山前冢。万树冬青云拥，一样坠花抱痛。问坏土谁封？把素馨花补种。冥蒙郁金堂，惨雾空，朦胧，玉钩斜，淡月笼！'"②《中国近代传奇杂剧经眼录》据此列入"未及寓目之剧目"。《古典戏曲存目汇考》将此剧隶于庞树柏名下，并有说明云："传奇。光绪《游戏报》本。共十出。演林黛玉

---

① 《防城血传奇》第十八出《戮叛》，光绪三十四年（1908）安雅报局铅印本。
② 阿英：《晚清戏曲小说目》，第22页，上海，上海文艺联合出版社，1954年。

等四校书募建花冢事。与惜秋生合撰。惜秋生为欧阳巨源。"① 《中国曲学大辞典》列此剧为一词条曰:"庞树柏、欧阳淦(原署惜秋生)合作。载清光绪间《游戏报》。十出。叙海上名妓林黛玉等四人因见落花飘零而触景生情,自伤身世,遂发起募建'花冢'。选地葬花,题碑吊冢,借此抒发自己沦落风尘的伤感。"② 可见后人所述,均未出阿英《晚清戏曲小说目》之范围。

此剧之《游戏报》本笔者亦未能获见,所见为陈无我《老上海三十年见闻录》(上海,上海书店出版社,1997年1月)所收本,仅《集宴》、《写兰》、《吊冢》三出,前二出署"惜秋生按拍",后一出署"病红拍曲"。后附常熟归宗郁作于光绪二十四年戊戌(1898)冬之《〈玉钩痕传奇〉叙》。前有陈无我所作说明,于了解此剧创作过程与内容梗概十分重要,现全文录出如下:

> 李君伯元,以花冢之举,自创议以迄落成,其中情事,不乏可歌可泣、可观可怨,复发起征撰《玉钩痕传奇》,共分十出。首《感义》,纪某名士暨林黛玉创议之始。次《集宴》,为林、陆、金、张四校书集议于一品香。三《筹捐》,纪分派捐册。四《裂册》,纪高月鸿非特不肯书捐,且将捐册毁裂,掷诸地下。五《写兰》,纪金小宝写兰助义事。六《摧香》,纪苏妓陈黛玉被恶鸨凌虐致毙。七《选地》,纪购买义冢地址。八《题碑》,纪此事之终始及集捐各校书姓氏。九《瘗玉》,纪林校书等决议,首将陈黛玉葬入花冢。十《吊冢》,花冢告成,四校书前来吊奠,为一部书结穴。经虞山病红山人庞树柏、茂苑惜秋生欧阳巨元两君撰成书,文情悱恻,传诵一时。惜稿已阙佚,兹仅搜得《集宴》、《写兰》、《吊冢》三

---

① 庄一拂:《古典戏曲存目汇考》,第1732页,上海,上海古籍出版社,1982年。
② 齐森华、陈多、叶长海主编:《中国曲学大辞典》,第535页,杭州,浙江教育出版社,1997年。

出，录于左方，俾后来者观览焉。①

据此可知，《玉钩痕传奇》乃由李伯元发起征撰，据当时上海时事写成，作者为庞树柏和欧阳淦（字巨源）。然据《老上海三十年见闻录》所收《吊冢》一出，作者署"病红拍曲"，又引出一个值得深究的问题："病红"并非庞树柏别号，乃其兄树松之别署；如此处之署名可信无误，则此剧作者之一当为庞树松，而非向来所说的庞树柏。陈无我在此剧说明中所云"病红山人庞树柏"亦有误，"病红山人"同为庞树松别号，并非树柏之别署。

由此情形来推测，存在两种可能：其一，此剧之作者为庞树松与欧阳淦二人，陈无我"病红山人庞树柏"之说，误将兄长别号戴于弟弟头上，致使许多人长期以来错误地认为庞树柏为作者之一；其二，庞树柏在创作此剧之时，偶尔借其兄之别号一用；陈无我"病红山人庞树柏"之说法虽误，但"庞树柏"确系此剧作者，与事实相符。笔者以为，第一种推测更合情理，可能性也更大些。

再从陈无我的活动时间与《老上海三十年见闻录》的成书情况来看：陈无我生卒年不详，但周瘦鹃（1894—1968）为此书所作序言中云："老友陈无我君，他比我早出世十多年，在报界吃饭也足足有三十年了。……近来他在兴头上，特地编成了一部《老上海三十年见闻录》。"② 由此推断，陈无我生年当在19世纪70年代末至80年代初。周瘦鹃序文作于"戊辰四月"，即民国十七年四月（1928年4月），此书于同年由上海大东书局初版，可知其完成时间当距此时不远。而据归宗郙所作《〈玉钩痕传奇〉叙》成于光绪二十四年（1898）冬这一事实来判断，此剧亦当在此时前后完成。也就是说，到《老上海三十年见闻录》编著和出版的时候，距《玉钩痕传奇》创作的时间已达三十年之久。此剧创作之时，正值陈无我初入报界之际，因此陈无我在《老上海三十年见闻录》

---

① 陈无我：《老上海三十年见闻录》，第119~120页，上海，上海书店出版社，1997年。

② 陈无我：《老上海三十年见闻录》卷首，上海，上海书店出版社，1997年。

中记述此剧情况时，已为三十年前往事，偶将庞树松之别号"病红"、"病红山人"误归后来名气较大的弟弟庞树柏，极有可能。

根据以上情况，笔者目前倾向于认为一直流行的《玉钩痕传奇》作者为庞树柏与欧阳淦之说有误；此剧当系由庞树松和欧阳淦合作而成。

第三节　若干近代曲家曲目考辨

由于近代传奇杂剧史料的整理、研究尚远不全面系统，不少文献仍处于无人问津的尘封状态，有许多基本的戏曲史料、戏曲与文学史实问题未能解决或存在误解。笔者近几年来在研读有关文献资料过程中，发现值得讨论之问题若干，并对之进行了初步的考证辨析。虽所涉及范围极为有限，所讨论问题也较为琐细，然从中国近代戏曲与文学研究的角度来看，或可稍补目前有关研究之缺失。兹分别述之如下。

一、《轩亭冤传奇》作者考

《轩亭冤传奇》，全称《中华第一女杰轩亭冤传奇》，又题《鉴湖女侠传奇》、《绘图秋瑾含冤传奇》，为近代戏曲名作之一。此剧民国元年（1912）上海振新图书社石印，作者原署"萧山湘灵子著"，系别号或笔名。有关"萧山湘灵子"的真实姓名及其他情况等问题，学术界长期以来一直未能解决。

阿英编《晚清戏曲小说目》著录此剧，后又将其选入《晚清文学丛钞·传奇杂剧卷》（北京，中华书局，1962年9月），均只能使用原署名"萧山湘灵子"，几十年来后人亦只能沿用如此。近年专治近代戏曲史的梁淑安先生经过研究，指出"萧山湘灵子"为南社社员、浙江桐乡人张长的笔名，见梁先生所著《近代曲家考辨》①和《中国近代传奇杂剧经眼录》②,是为此剧自发表以来关于其作者真实姓名的首次揭示。此后,中华书局 1997 年 2 月出版的《中国文学家大辞典·近代卷》、浙江教育出版社 1997 年 12 月出版的《中国曲学大辞典》均沿用此说,几成定论,颇有影响。

《轩亭冤传奇》作者"萧山湘灵子"即为浙江桐乡张长之说,看似解决了这一中国近代戏曲史、文学史上长期以来悬而未决的问题,然细心者仍不能不存有疑惑:梁淑安先生在得出这一结论时,似未提出直接有力的证据并详加论述,难以看出下此判断的文献根据。退一步说,即便可以相信"湘灵子"即为"张长",但原籍为地处浙江北部"桐乡"的张长,何以不在名号之前冠以自己的籍贯名,不署"桐乡湘灵子",却在自己署名时,违背常理地冠以地处浙江东南部、与桐乡并不接近的萧山,转称"萧山湘灵子"?可见,上述说法中,不仅"萧山"二字无法落实,而且"湘灵子"究系何人尚难确定。看来关于"萧山湘灵子"的真实姓名问题,尚未真正解决。

实际上,关于"萧山湘灵子"的情况,并非毫无线索。《轩亭冤传奇》第八出即最后一出《哭墓》中,有一段文字提及"萧山湘灵子",值得注意。此出由小旦扮吴竞雄、副净扮虬髯客,二人交谈道:

> (小旦)你看前面这块碑儿光滑滑的,字迹都没有了,风雨摧残,星霜剥蚀,不知是何人立的。待侬题两首词于上,做个纪念,岂不好么?(向怀中取铅笔介,题介)
>
> 【斗黑麻】是我缘乖,是他命劣,叹申江数语,竟成永诀。空中雾,水中月,待返芳魂,怜无绛雪。虽禁泪咽,教侬五内裂。我待追到重泉,追到重泉,奈阴阳路

---

① 梁淑安:《近代曲家考辨》,载《作家报》1996 年 9 月 21 日。
② 梁淑安、姚柯夫:《中国近代传奇杂剧经眼录》,第 160 页,北京,书目文献出版社,1996 年。

别。(再题介)

【前调】跋涉长途,更加病怯。痛捐躯顷刻,含冤负屈。目流泪,颈流血,未得生离,未得死别。鉴湖水竭,龙山一夜裂。伤心黑狱酿成,把冤情细说。

(自吟介,向副净说介)这两首词你道好么?待明日叫个石工刻在上面。(副净)好是好的,但愁风雨摧残,星霜剥蚀,不数年又化乌有了。照俺的意见,不若请人做部传奇,如《桃花扇》的故事,昭示天下,流传后世,这却是好的。只是没有这热心人儿,肯费这点心血,却如何好呢?(小旦)这却不难。侬晓得萧山有个人儿,叫做甚么湘灵子,这词曲是他擅长的,明日去探望他,教他做这部传奇如何?(副净)很好,很好。①

这是最容易见到的有关"萧山湘灵子"的资料,虽是由剧中人道出,但按照传奇创作的习惯,其可靠性当不必怀疑。由此可以知道,《轩亭冤传奇》的作者确是浙江萧山人,叫做"湘灵子",擅长词曲。但"湘灵子"显然非真实姓名,其人为谁,尚难索解。

笔者在阅读近代戏曲与文学文献资料时,有幸发现关于此问题的重要材料,获得确凿证据,可以认定"萧山湘灵子"为浙江桐乡人张长之说不确,此人当系浙江萧山人韩茂棠。

兹具体论说如下:由浙江钱塘(今杭州市)人陈栩(1879—1940,字栩园,号蝶仙,别署天虚我生)主编、刊行于杭州的《著作林》杂志第三期"诗家一览表"栏中,有关于湘灵子的情况介绍云:

(姓名)韩伯谿,(别号)湘灵子,(住处)萧山县城西河下金带桥。②

除此之外,《著作林》第十三期所载陈蝶仙著《栩园诗话》卷六复有云:

---

① 阿英编:《晚清文学丛钞·传奇杂剧卷》,第141页,北京,中华书局,1962年。
② 《著作林》第3期,1907年。括号内说明文字为笔者根据原表项目所加。

萧山韩茂棠（柏谿），别号湘灵子，录寄诗殊多，如"一枕虫声残梦衷，半床花影独吟中"，"愁逐野云吹不散，情随春浪去难平"两联则甚佳。①

陈蝶仙系杭州人，与当时江浙一带文人多有联系交往。《著作林》杂志亦于1907年至1908年间在杭州编辑出版（按：该刊凡二十二期，从第十七期起由木刻本改为铅印本，由杭州编辑出版改为上海编辑出版）。《著作林》的出版时间与《轩亭冤传奇》创作和发表的时间亦相吻合。从这些情况来判断，《著作林》杂志提供的材料当可靠。

关于"萧山湘灵子"韩茂棠能诗之事，除上引《栩园诗话》中所录其诗二联之外，《晚清文学丛钞·传奇杂剧卷》所收《轩亭冤》之后，有作者《丁未九月九日〈轩亭冤传奇〉告成因题七绝八首于后》，于众人为此剧所作《题词》中亦有"湘灵子"所作七律一首，同可为此人能诗之例证。据剧中人物所言，"萧山湘灵子"韩茂棠还兼擅词曲，惜其词曲作品尚不多见。

由以上材料可知：韩茂棠，字柏谿，一作伯谿，号湘灵子。能诗，与《著作林》杂志主编陈蝶仙联系颇多，当时住萧山县城西河下金带桥。这位韩茂棠当即为《轩亭冤传奇》的作者"萧山湘灵子"的真实姓名无疑。

笔者以上所述，仅是根据目前所见材料，澄清了长期以来未能真正解决的《轩亭冤传奇》作者"萧山湘灵子"的真实姓名问题。关于韩茂棠生平事迹的其他具体情况，目前笔者所知甚少，尚有待于进一步查考。

二、《亡国恨传奇》作者考

阿英编《晚清文学丛钞·传奇杂剧卷》选录传奇《亡国恨》一种，凡十二出，作者仅署"无名氏"三字，于剧本出处，亦仅

---

① 《著作林》第13期，1907年。标点为笔者所加。

标明"据原排印本"五字①。《中国近代传奇杂剧经眼录》中亦提及该剧,同样归入"作者姓名不详"的佚名作品中,并有说明云:"《晚清文学丛钞·传奇杂剧卷》收此剧,所据'原排印本'出版者及刊年均不详。原刊本未见。《丛钞》本曲白文字有删节。"②《中国曲学大辞典》此剧条目下有云:"无名氏作。原排印本出版者及刊年均不详。阿英《晚清文学丛钞·传奇杂剧卷》收录。十二出。"③ 显然,后二书中关于此剧版本的介绍文字均系据阿英所述而来。阿英所说《亡国恨》之原排印本笔者亦未能获见,然得见关于此剧的其他材料若干。现就目前之所见知对其作者问题作一考辨,以便进一步研究。

郑逸梅著《南社丛谈》(上海,上海人民出版社,1981 年 2 月)附录之二《南社社友著述存目表》中,在"贡少芹"名下列有《亡国恨传奇》一种。陈玉堂编著的《中国近现代人物名号大辞典》(杭州,浙江古籍出版社,1993 年 5 月)中,于"贡少芹"条下,亦有其撰《亡国恨传奇》之说。梁淑安主编的《中国文学家大辞典·近代卷》(北京,中华书局,1997 年 2 月),于"贡少芹"条目中,亦指出他尝撰有《亡国恨传奇》。由此判断,此剧为贡少芹所著之可能性很大。

关于《亡国恨传奇》的作者问题,另有一重要材料:宣统三年正月三十日(1911 年 2 月 28 日)出版的《广益丛报》第二百五十七号、宣统三年三月初十日(1911 年 4 月 8 日)出版的《广益丛报》第二百六十一号中,尝刊载《亡国恨传奇(附〈三韩哀词〉)》,作者署"江都贡少芹"。两相对照,可以断定,此《亡国恨传奇》与阿英选入《晚清文学丛钞·传奇杂剧卷》中之《亡国

---

① 阿英编:《晚清文学丛钞·传奇杂剧卷》,第 575~614 页,北京,中华书局,1962 年。

② 梁淑安、姚柯夫:《中国近代传奇杂剧经眼录》,第 185 页,北京,书目文献出版社,1996 年。

③ 齐森华、陈多、叶长海主编:《中国曲学大辞典》,第 550 页,杭州,浙江教育出版社,1997 年。

恨》乃同一作品。因此，这一材料足以作为《亡国恨传奇》作者为贡少芹之确凿证据。

关于《亡国恨传奇》为贡少芹所作的问题，还有更加重要的根据。笔者在复旦大学图书馆获见民国年间所刊《亡国恨传奇》铅印单行本一册，题"历史悲剧亡国恨传奇"，署"贡少芹遗著，子贡鼎编校"。系贡鼎据其父生前存稿编校而成。是书卷首有贡鼎民国二十九年二月一日（1940年2月1日）所作之《先严贡少芹事略》、附贡少芹遗像一幅、贡少芹庚戌冬十一月（宣统二年十一月，1910年12月）所作之《弁言（附三韩哀词）》。卷末另有附录四种，依次为：贡鼎撰《日本并韩始末》、根据黄炎培著《朝鲜·朝鲜大事年表》及《朝鲜失国经过大事年表》增补修正之《朝鲜大事年表》、《朝鲜失国后重要独立运动年表》和录自民国三十二年九月二十八日（1943年9月28日）《正气日报》之《记重庆的一个流亡政府》。此书原封面、封底、版权页俱无，当出版于1943年10月以后。贡鼎《先严贡少芹事略》中还有云："本书著于逊清宣统二年日本并吞朝鲜之后，由庚戌十一月起连续刊登于汉口《中西报》凡二月，传诵南北，一时文誉大噪，屈指至今，盖已三十一年矣。"①

根据以上材料，可得出如下认识：第一，《亡国恨传奇》为贡少芹所作无疑。第二，《亡国恨传奇》有汉口《中西报》本、《广益丛报》本、贡鼎编校民国年间铅印单行本。阿英辑入《晚清文学丛钞·传奇杂剧卷》所据之"原排印本"未知是哪一种，或另有刊本？贡鼎编校本与阿英所收本文字有些异同，可断定二者并非同一版本。

三、《血海花传奇》作者麦仲华生平

梁淑安、姚柯夫编著的《中国近代传奇杂剧经眼录》中，著录有《血海花传奇》，对作者麦仲华的介绍极为简略："麦仲华，

---

① 贡少芹：《亡国恨传奇》卷首，民国年间铅印本。

笔名玉瑟斋主人。生平不详。光绪间人。著有传奇一种。"① 兹就目前所知，将麦仲华生平及有关情况介绍如下。

麦仲华（1876—1956），字曼宣，号曼殊室主人、曼殊庵主人、瑟斋、瑟庵、玉瑟斋、瑟斋主人、玉瑟斋主人。广东顺德人。麦孟华之弟，康有为受业弟子，并为康有为长女同薇之夫婿。秀才出身。1894年拜康有为为师，入万木草堂读书。戊戌政变后流亡日本。1899年6月，参加康门弟子"十二人江之岛结义"。同年与康同薇成婚。继而留学日本陆军士官学校，后游学英国。民国之初，历任司法储才馆秘书，后任香港电报局局长、广州电政监督等职。著有《戊戌奏稿》、《皇朝经世文新编》、《戊戌政变记》等。

四、关于孙寰镜之生年

孙寰镜，字静庵，号寰镜庐主人，或云笔名寰镜庐主人。江苏无锡人。1904年加入兴中会，任《警钟日报》主笔。1904年9月，与陈去病等共同创办《二十世纪大舞台》杂志，并任记者。著有《新水浒》、《明遗民录》等。还有《安乐窝》、《鬼磷寒》杂剧二种，均发表于《二十世纪大舞台》第一期。目前所知关于孙寰镜生平著述情况大致仅限于此。

《古典戏曲存目汇考》、《中国近代传奇杂剧经眼录》、《中国文学家大辞典·近代卷》、陈玉堂《中国近现代人物名号大辞典》等均未注明其生卒年。《中国曲学大辞典》"孙寰镜"条目下注其生年为"约1880"②，显然亦只是推测。

笔者查阅谢正光、范金民编《明遗民录汇辑》（南京，南京大学出版社，1995年7月）时，偶然发现关于孙寰镜生年的重要线索，兹述之如下。

---

① 梁淑安、姚柯夫：《中国近代传奇杂剧经眼录》，第147页，北京，书目文献出版社，1996年。

② 齐森华、陈多、叶长海主编：《中国曲学大辞典》，第191页，杭州，浙江教育出版社，1997年。

《明遗民录汇辑》将孙寰镜所著《明遗民录》纳入其中；在全书附录中，复收有《明遗民录》原之序文五篇，其中钱基博作于民国元年正月（1912）之序，于了解孙寰镜生平思想大有助益；尤其重要者，可由此获知孙寰镜出生之确切年代。现引一节于此：

> 孙子年三十七矣。方其生也，在光绪二年，正当满清盛日，削平洪杨，西辟玉关，士夫方歌舞升平，于以赞扬清庭盛休；大夫《黍离》之什，久已不道人口。于是时也，盖明亡二百三十七年，已甚久矣！孙子生当斯世，不休明盛朝，而追录胜国遗老，其亦犹程氏（引者按：指《宋遗民录》作者、明代文学家程敏政）之意也夫！①

由此可知，孙寰镜生于光绪二年丙子（1876），按照中国传统的计算年龄方法，至民国元年，虚岁恰为三十七岁。

钱基博（1887—1957），字子泉、哑泉，号潜庐。江苏无锡人。钱基博与孙寰镜有同乡之雅，著名学者，且学问著述向以渊博谨严著称，提供的材料当可靠无误。据此，长期以来未能确定的孙寰镜生年问题已经清楚。其卒年则尚待查考。

五、墨泪词人真实姓名考

王蕴章主编、上海商务印书馆发行的《妇女杂志》，第一卷第十号、第十一号、第十二号，第二卷第六号、第七号（1915年10月5日至1916年7月5日）尝发表《花月痕传奇》五出一楔子，全剧未完，作者署"墨泪词人"。《中国近代传奇杂剧经眼录》云："墨泪词人，姓名生平不详。清末至民国间人。著有传奇一种。"②《中国曲学大辞典》亦云《花月痕传奇》为"墨泪词人作"③。二

---

① 《孙静庵〈明遗民录〉钱基博序》，见谢正光、范金民编：《明遗民录汇辑》，第1370页，南京，南京大学出版社，1995年。笔者对原标点有所调整。

② 梁淑安、姚柯夫：《中国近代传奇杂剧经眼录》，第177页，北京，书目文献出版社，1996年。

③ 齐森华、陈多、叶长海主编：《中国曲学大辞典》，第522页，杭州，浙江教育出版社，1997年。

书显然均未知晓此人真实姓名。长期以来,中国近代文学和戏曲研究者亦向未弄清"墨泪词人"究系何人。

关于这一问题,笔者偶有所见,述之如下。南社社员、江苏常熟人庞树柏(1884—1916),尝有一别号曰"墨泪龛",并著有《墨泪龛笔记》,发表于1914年的《七襄》旬刊。"墨泪龛"与"墨泪词人"非常接近,而且,庞树柏擅诗能词,若自称"词人",亦可谓名副其实,极有可能。因此,假如"墨泪龛"与"墨泪词人"为同一人,于情于理均属正常。然这仅仅是一种推测,在文献上未有直接证据,尚不能确定。

另有两则材料,可以证明这种推测的合理性。其一,陈玉堂编著的《中国近现代人物名号大辞典》(杭州,浙江古籍出版社,1993年5月)除对庞树柏生平著述作了较详细的记载外,还明确指出《灵岩樵唱》、《清代女纪》、《花月痕传奇》等均为庞树柏所作。其二,《妇女杂志》第二卷第八号、第九号、第十号(分别出版于1916年8月5日、9月5日、10月5日)连载的《清代女纪》,作者署"常熟庞树柏"。关于《清代女纪》的作者,《妇女杂志》的署名与《中国近现代人物名号大辞典》的记载一致。由此可以判断,陈玉堂所记有文献依据,当可相信。而《妇女杂志》第八号至第十号所标明的《清代女纪》为庞树柏所作,当属第一手资料,其可靠性似不必怀疑。

据此,综合以上三方面情况,现基本可以认定,《花月痕传奇》的作者"墨泪词人",即是近代著名文学家、南社成员、江苏常熟人庞树柏。

第十章　近代传奇杂剧的意义和地位

　　从中国戏剧史和文学史的角度考察近代传奇杂剧的历史意义和地位，不能不采取一些比较的方法，要将近代传奇杂剧与近代其他戏剧样式、其他文学样式相联系，还要将近代传奇杂剧与中国古往今来的戏剧发展历程相联系，才有可能比较清晰、比较准确地认识近代传奇杂剧的主要贡献和历史地位。不言而喻，这是一个非常复杂的问题，笔者只能就目前能力之所及，进行一些讨论。

　　评价近代传奇杂剧的历史地位和贡献，当然要考察这一历史时期内产生的代表戏曲家和典范作品所达到的高度，考察此期的经典作家作品达到了怎样的思想和艺术水平，应当在中国戏曲史、文学史上占有怎样的地位，这也是目前一些戏曲史、文学史著作在讨论作家作品贡献与地位问题时的常见思路。笔者以为，在认识近代传奇杂剧的时候，还有一个重要问题也必须充分注意，就是：尽管近代戏曲史、文学史上可能并没有产生足以全面超越前人的作家和作品，甚至会出现若干萧条冷落、不如人意的情形，但是，这种情形并不应当影响这一时期的传奇杂剧在中国戏曲史、文学史总体格局中的地位和贡献。在目前的情况下，这一点是需要特别强调的。

　　实际上，近代传奇杂剧史上也曾出现了在整个中国戏剧史和文学史上堪称一流、作出了突出贡献、占有重要地位的戏曲家和戏曲作品，并足以代表中国近代戏剧的最高成就。但是，这样的作家和作品并不多见，这或许是因为中国近代戏曲史的事实本来如此，或许更是因为我们还缺少有意义的发现。近代传奇杂剧的主要贡献与历史地位，主要是以另外一种方式更加充分地展现出来的，即它对传奇杂剧发展过程乃至对整个中国戏剧发展历程的深刻影响。仅这一点，就使近代传奇杂剧获得了独特的戏曲史魅力和文化史意味。

第一节 近代传奇杂剧的主要贡献

传奇杂剧作为中国古典戏曲的典范，作为中国戏曲艺术的杰出代表，具有悠久而辉煌的历史。近代的传奇杂剧不仅理所当然地是这一历史过程的重要组成部分，是中国传奇杂剧发展历程的最后一个重要阶段。而且，由于中国近代独特的戏剧史和文化史背景，使得近代传奇杂剧在许多方面为中国传奇杂剧史作出了独特的贡献。

关于近代传奇杂剧取得的主要成就，本书以上各章节从不同角度进行了一些讨论，从中也不难认识到近代传奇杂剧对中国近代文学史、对中国戏剧史作出的重要贡献。本节集中讨论近代传奇杂剧的主要贡献，实际上是从中国文学史与戏剧史角度确认近代传奇杂剧应有的历史地位的一个重要方面。

本书所说的近代传奇杂剧史（1840—1949），只有一百一十年左右的时间。这一个多世纪在传奇杂剧的全部发展历程中显得非常短暂，而且也经常不被中国文学史、戏剧史研究者所重视，传奇杂剧的这段经历甚至没有引起多少注意。那么，比较接近真相的情况究竟如何呢？

从作品数量上来看，据笔者目前的估计，流传至今的近代传奇杂剧剧本当在 420 种以上，而在这一个多世纪的时间里实际产生的传奇杂剧作品还要比这个数字多一些，可达 500 种左右。如果以 500 种来计算，近代平均每年出现传奇杂剧 4.5 种；以保存至今的 420 种左右这个数字为根据，则近代平均每年也有传奇杂剧 3.8 种。

将这种情况与中国戏曲史上传奇杂剧繁荣发展的其他时期相比较，就不能不承认，近代是传奇杂剧高度繁荣的时期。具体而言：元代有杂剧名目 600 多种，现存完整剧本 162 种。元代共经历了八十九年，平均每年有作品 6.7 种；若以保留至今的作品数量来计算，则每年仅有 1.8 种。明代有传奇名目 1 600 种，保留至今者有

300种；有杂剧名目300种，保留至今者有150种。明代共经历了二百七十六年，年平均出现传奇5.8种，保留至今者年平均1.1种；年平均出现杂剧1.1种，保留至今者年平均0.5种。清代有传奇名目1 000种，保留至今者500种；有杂剧名目1 300种，保留至今者400种。清代共经历了二百六十七年，年平均出现传奇3.7种，保留至今者年平均1.9种；年平均出现杂剧4.9种，保留至今者年平均1.5种。特别要说明的是，这里所计算的清代传奇杂剧数量包括一般所说的晚清部分（1840—1911）在内。由此可知，从总体上看，近代出现的传奇杂剧在数量上与元、明、清三代相比，一点也不逊色。因此，完全可以说，近代是传奇杂剧高度繁荣的一个重要时期。

从作品质量上看，不能不承认，在近代传奇杂剧史上，可能找不到关汉卿、马致远、王实甫、纪君祥、汤显祖、徐渭、洪昇、孔尚任这样的作家，可能也没有产生如《窦娥冤》、《汉宫秋》、《西厢记》、《赵氏孤儿》、《牡丹亭》、《四声猿》、《长生殿》、《桃花扇》一样的作品。因此近代传奇杂剧给人的一般印象是数量较多，而不是以经典作品的质量取胜的。这一点与中国近代文学其他文体如小说、诗歌、散文等方面的情况有些相似。

根据笔者目前对近代传奇杂剧的认识，这一问题可以作如下的理解：第一，评价文学史、戏剧史的成就，不宜采取单一的狭隘的重古贱今的眼光和经典性的尺度，不能认为凡是没有产生关汉卿、《红楼梦》和鲁迅的时代就是不辉煌的时代，而应当将文学现象、戏剧现象看做一个过程，采取历史主义的眼光，将其置于文学和戏剧的发展过程中考察。第二，就近代传奇杂剧的具体情况而言，中国近代极其特殊的历史文化环境、戏剧家非同寻常的创作心态等多种原因，使此期的传奇杂剧带有与众不同的时代特点。从笔者目前所知的情况来看，近代可能的确难以找到上述那些"超一流"的具有世界戏剧史意义的传奇杂剧作家和作品。但另一方面，近代也出现了一些具有典范性的传奇杂剧作家和作品，不仅应当在中国近代戏剧史、文学史上占有特别突出的地位，而且足以在整个中国戏剧史、文学史上占有一席重要的位置。第三，与此密切相关的是，回顾中国几千年的文学史、戏剧史，那些作出了世界性文学贡献和戏剧贡献的作家和作品，也都是独特的、不可重复的。而且，这样的作家和作品也只能出现一次，用空前绝后来形容，可能不是什么夸张之词。另一方面，笔者以为，文学史、戏剧史上存在众多的比较一般性的作家作品，这才是它的正常状态，而伟大作家和伟大作品的出现才是特殊情况；我们有责任考察其间的常态与特例，总结其间的经验和教训，却没有任何理由要求每一个时代都产生伟大的作家和作品。第四，近代传奇杂剧史上出现的作家作品，其成就如何，贡献如何，应当拥有怎样的文学史、戏剧史地位，因为长期以来缺乏深入的研究，我们还缺少有意义的发现。在目前的情况下就断定近代传奇杂剧的总体成就如何、贡献如何、地位怎样等等，恐怕还为时过早，还需要进行大量的具体深入的研究。

从题材上看，近代传奇杂剧实现了有史以来中国戏剧题材的一次最为深刻的拓展。从中国戏剧史的角度来看，随着社会文化的发展变迁，戏剧题材一直处于不断变迁、日益丰富的过程之中，经历了一个从简单到复杂、从单一到多样的变化过程。但由中国传统文化的某些特点所决定，无论是现实世界还是想象世界，中国传统戏剧题材方面有一个共同的特点，就是一般局限于传统中国这一范围之内，基本上没有真实地反映外国题材的戏剧作品。这种情形至近代第一次被完全打破了。在近代传奇杂剧中，除了仍有大量反映中国历史和现实各方面题材的作品之外，近代中国人所面临的新世界的历史与现实的某些方面，也愈来愈多地进入了传奇杂剧之中，第一次得到了如此丰富多彩、如此准确真实的反映和表现。这种深刻变化无疑是中国戏剧史上的第一次，是近代传奇杂剧乃至整个中国近代戏剧取得的一大成果。

从艺术特征上看，近代传奇杂剧表现出空前大胆的创新意识和强烈的变革精神，艺术上的诸多新创造与新变革，使近代传奇杂剧呈现出崭新的面貌。在许多近代传奇杂剧中，戏剧情节作为戏剧要素之一的地位已经受到冲击并发生了动摇，非情节化、非故事化的倾向在一些近代传奇杂剧中表现得相当突出。近代传奇杂剧在戏剧情节方面的这种新变化，在不同时期、不同题材的传奇杂剧作品中也有不同的体现，呈现出复杂的面貌。随着戏剧情节的明显削弱，在一些近代传奇杂剧中，戏剧冲突不可或缺的地位也发生了变化。在一些作品中，虽然还不能说已经完全没有了戏剧冲突，但是相当明显，它已经表现得不集中、不突出，在戏剧中的必要性也发生了动摇，有时候甚至显得可有可无。在另一些近代传奇杂剧中，本来有可能构成的戏剧冲突却表现得不具体、不深刻，从另一角度反映了近代传奇杂剧中戏剧冲突的新变化。情节、冲突与人物，在戏剧中是密切相关的，近代传奇杂剧情节的削弱、冲突的淡化，实际上必然带来戏剧人物的平面化，即一些戏剧人物性格不突出，缺乏应有的思想深度和发展过程，出现了比较明显的简单化、脸谱化倾向。

从传统戏曲学的观点来看，近代传奇杂剧艺术上发生的种种变化，可能都是戏曲走向式微、至少是发生巨变的表征，笔者也同意这一点。但由此就不认可甚至批评近代传奇杂剧的诸种新变，却是笔者难以完全赞同的。从中国戏曲发展史的观点来看，这些未能尽如人意的变化恰恰表明传奇杂剧这一古老的戏曲样式至近代面临的种种难题。近代传奇杂剧的内部发展理路与外部文化环境都发生了空前深刻的变化，这正反映了戏剧发展过程中内部规律和外部规律的巨大作用，反映了中国传统戏曲在近代发生的重大变革，其戏剧史意义和文学史意义是极其重要的。

与戏剧题材、艺术特征诸方面的变革相联系，近代传奇杂剧在文体上也表现出一些新的特点，从另外一个角度反映了传奇杂剧至近代发生的划时代变化。在传统戏曲作品和戏曲观念中，较之宾白、科介，曲词显得特别重要，处于核心地位。这种情形至近代传奇杂剧中发生了明显的变化，主要表现为曲词的核心地位逐渐下降，而宾白、科介的作用则呈上升趋势。传奇和杂剧在长期的发展过程中，各自逐渐形成了比较固定的文体模式，这是它们得以独立存在、不断发展的重要前提。从动态的观点来看，传奇和杂剧的文体模式从来都不是一成不变的，一直处于变化的过程之中；但是，一些基本的文体标准、创作规则还是逐渐积淀下来，并且为大多数传奇杂剧作家所遵循。

从总体上看，到了近代，传奇杂剧的发展顶峰已经过去，进入了消歇、式微的历史时期。传奇杂剧各自的文体规范、创作规则愈来愈经常、愈来愈深刻地被突破，而且这种突破涉及传奇杂剧文体规则和创作规范的各个主要方面，这是以往的戏曲史上从未出现过的现象。在这一深刻的变革过程中，传奇杂剧赖以自立的形式前提被逐渐消解，传奇杂剧的历史进入了最后的阶段。由于传奇杂剧内部各自文体规范、创作规则的逐渐消解，传奇与杂剧这两种原本界限比较分明、区别相当明显的戏曲样式和文体形式，彼此之间的界限也随之变得模糊不清起来，不论是在人们的观念中还是在创作实践上，传奇与杂剧之间原有的文体界限和形式差异出现了融合混杂的情形，形成了你中有我、我中有你的局面。

从中国戏曲发展的角度来看，这种文体形式的变化是一次明显的进步，使传奇与杂剧获得了空前充分的交流机会和发展可能；但是从传奇与杂剧各自的形式特点来看，这种文体消解实际上从内部瓦解了自己，使其逐渐失去了赖以独立存在的外在形式和内部动力。近代传奇杂剧的文体新变，是传奇杂剧整体演进过程中空前深刻的形式变革，具有重要的戏曲史意义。

语言是戏剧的文化载体和存在形式。与其他方面的变革创新相联系，近代传奇杂剧的语言变革也是非常深刻的，从另一个角度反映了近代传奇杂剧和整个中国近代戏剧史的变迁。近代传奇杂剧语言的发展变化，除了回归本色、走向通俗、类型化语言增多等方面的特点之外，尤其突出的是：曾经发生了广泛影响的报章体文学语言也深刻地影响着传奇杂剧语言，报章文体明显地向传奇杂剧渗透；在西学东渐这一总体文化背景下，大量的外来新词语进入了传奇杂剧之中，其中的一些逐渐成为中国近现代戏剧、文学语言的组成部分；古已有之的以方言入戏曲的作法在近代传奇杂剧中得到进一步的发展，方言进入了传奇和杂剧两种戏曲样式，运用方言的种类和范围进一步扩大,使用方言的角色也明显增加。

近代传奇杂剧语言发生的这些历史性变革,从文学发展的连续性来看,可以说是继承了古代白话文学和清中叶以前传奇杂剧的语言传统,并实现了重要的发展,进一步奠定了中国现代戏剧语言和现代文学语言的基础,开启了中国现代文学语言的先河。

概括地说,近代传奇杂剧走上了一条表演性成分削弱、文章化内容加强的道路,从舞台表演愈来愈接近书斋案头,戏剧的接受者愈来愈多地由观众转变为读者。另一方面,还是有一些传奇杂剧作家比较重视戏剧的舞台表演特性,而且创作了适合舞台演出、具有较高艺术性的传奇杂剧作品;在不少传奇杂剧作品中,还透露出当时戏剧舞台表演的某些生动信息,提供了关于近代传奇杂剧舞台艺术的重要资料。

在外国戏剧影响下,带有西方文化色彩的新式剧场产生,出现与中国传统的戏园茶楼竞争并逐渐取而代之的情况。一些传奇杂剧剧本中透露出的信息表明,作者创作时拟想中的戏剧演出场所已经不是传统的茶园、戏园,而是具有明显的西方戏剧文化色彩的新式剧场了。在西方文化影响下,近代传奇杂剧中人物服饰的变化相当明显,中国戏剧人物的服装空前地多样化了。最直接地表现在一些新式人物的服装上,出现了为数不少的洋装;戏剧舞台上出现了大量的全新人物,他们的服装也自然地表现出与以往的传统戏剧人物截然不同的风格。中国传统戏曲中一向不讲究的道具,在近代传奇杂剧中也大量运用,出现了以写实性为特点的道具。除了常见的小型道具外,还出现了一些中型甚至是大型的道具,反映了近代社会发展为戏剧演出注入的生机。烟火与灯光也在近代传奇杂剧中经常出现,而且使用得相当合理,达到了很高的艺术水平;传统戏曲中从未有过的场幕和布景也出现在近代传奇杂剧中,很好地营造了环境气氛,有的场幕和布景达到了如诗如画的境界;从日本戏剧借鉴而来的旋转舞台也运用于传奇杂剧演出之中,不仅一新国人耳目,而且促进了中国戏剧舞台的近代变革和戏剧演出艺术水平的提高。

近代传奇杂剧舞台艺术的深刻变革,大大改善了传统戏曲的演出条件,也明显更新了近代戏剧的演出方式,对促进中国戏剧舞台演出艺术的发展起到了重要的作用,也为中国现代戏剧舞台艺术的发展奠定了基础。

从以上这一简单的回顾中就可以看到,近代传奇杂剧的历史虽然不算很长,但在各个方面都得到了充分的发展,取得了非常突出的思想成就和艺术成就。近代传奇杂剧使中国传奇杂剧的历史在其最后阶段焕发出强大的生机和活力,使传奇杂剧的长期发展达到了一个崭新的高度。这不仅是对中国近代文学史的杰出贡献,不仅是对中国传奇杂剧史的杰出贡献,也是对整个中国戏剧史、中国文学史的重要贡献。可以期待,随着相关学术领域研究的进展,近代传奇杂剧的重要贡献和历史地位,必将得到愈来愈多的人们的充分认识。

第二节 中国近代文学史上的传奇杂剧

一、传奇杂剧在近代戏剧三足鼎立格局中的意义

我们用"三足鼎立"来形容中国近代戏剧的三大主干即传奇杂剧、京剧及其他地方戏曲、早期话剧之间的关系,来描摹中国近代戏剧的基本结构形态,意图在于说明这三者之间存在着极其密切的关系。它们彼此依存,协同发展,共同支撑起中国近代戏剧的总体框架,共同构成了中国近代戏剧的核心内容,从而决定着中国近代戏剧史的基本面貌。

纵向考察从古至今的中国戏剧历程,可以清楚地看到,由传奇杂剧、京剧及其他地方戏曲、早期话剧构成的三足鼎立格局,在整个中国戏剧史上是空前绝后、绝无仅有的,它只存在于中国近代戏剧的动态发展过程之中。近代之前长久的中国古代戏剧史上从未出现过这样的局面,而到了近代文化转换已经完成的中国现代戏剧史中,这种格局也不复存在,而且永远失去了再次出现的可能性。准确地说,这一格局在中国戏剧史进入近代之前就开始酝酿,而近代

前期（1840—1901）的戏剧发展是这一格局形成的重要准备和必要基础。至近代中期（1902—1919），由于戏剧和文学、文化的高度发展、迅速变革，中国近代戏剧三足鼎立的独特格局已经形成，并鲜明地显示出其戏剧史、文学史特色和意义。到了近代后期（1920—1949），随着整体文化环境的重大变化，近代戏剧这一特有格局也进入了逐渐消解、日益式微的阶段。五四运动之后，尽管以京剧为代表的花部戏曲得到了更加充分的发展，并逐渐迎来了黄金时代，话剧也在早期文明戏的基础上进一步成熟，取得了愈来愈重要的地位；但传奇杂剧的命运却正相反，逐渐退出戏曲舞台和报纸杂志，慢慢地从观众和读者的视野里消失了。近代传奇杂剧的销声匿迹，不仅仅是其自身的消亡，而且是作为中国传统戏曲典范形态的整个传奇杂剧史的终结，也是中国近代戏剧三足鼎立格局的结束。

另一方面，虽然剧种不同，发展过程不同，最终结局和文化命运也不同，但是近代的传奇杂剧、京剧及其他地方戏曲、早期话剧之间，还是存在着非常复杂的内在联系，三者之间形成了彼此依存、协同发展的关系。就是说，在这三者之间，其中任何一种戏剧样式都以其他两者的存在和发展作为自己存在和发展的戏剧史前提，其中任何一种戏剧样式都在戏剧史的内部影响和决定着其他两者的存在状况和发展过程。换言之，近代传奇杂剧、京剧及其他地方戏曲和早期话剧三者，倘若缺少了其中的任何一方，或者任何一方的面貌发生实质性的改变，受其影响，其他二者的面貌也必然会发生重大的变化，中国近代戏剧的总体格局也会因之发生重大的改变。

传奇杂剧在近代走向了日趋式微直至最终消亡的道路，当中国近代戏剧史结束的时候，传奇杂剧实际上已经奄奄一息了。这种情形的出现，从戏剧史内部来看，与京剧及其他地方戏曲和早期话剧的兴盛繁荣对它的直接冲击大有关系。京剧及其他地方戏曲从原来下里巴人的新兴花部乱弹迅速走向成熟和繁荣，并且逐渐成为中国传统戏剧的主干，这是一个比较长期的过程，乾隆五十五年

(1790)的徽班进京是一个重要标志,道光二十年(1840)中国近代历史的开端以及随后一系列的政治文化变迁起到了更加重要的推动作用。京剧及其他地方戏曲逐渐崛起的过程,也就是传奇杂剧日益式微的过程。

时间进入20世纪之后,一种不同于中国传统戏曲的崭新的戏剧形式——话剧传入中国,并在短短的二十多年的时间里获得了立足之地。到五四运动以后,话剧取得了日益突出的成就,在中国戏剧史上也占有愈来愈重要的地位。话剧作为一种外来的戏剧形式,在中国戏剧格局中站稳脚跟的过程,既是中国传统戏剧观念转换进步的过程,也是西方文化、西方戏剧不断中国化的过程。话剧传入中国并生长成熟的过程,正是传奇杂剧走在它生命的最后一段道路上的时候,也是它发出最后一抹灿烂的晚霞余晖的时候。也就是说,话剧在中国的生根发芽,不但与中国近代文化和近代戏曲的变迁密切相关,而且颇受中国传统文化和中国传统戏曲的沾溉。只有尽可能详尽准确地认识中国近代戏剧三大部类之间的复杂关系,才可能对中国近代戏剧的发展过程和文化经历作出比较准确的描绘。这方面还有许许多多的工作亟待开展。

在中国近代戏剧三足鼎立的基本格局中,尽管传奇杂剧、京剧及其他地方戏曲和早期话剧的文化经历、发展趋向呈现出诸多的既密切相关又各不相同的复杂面貌,但有一点可以肯定,即三者都是中国近代戏剧基本格局中的重要组成部分,都为中国近代戏剧的发展变革、为中国戏剧完成从古典形态向现代形态的过渡转型作出了十分重要的贡献,因而在整个中国戏剧发展史上也应当占有突出的地位。

从目前中国近代戏剧研究的基本情况来看,笔者提出的近代戏剧"三足鼎立"格局中的"二足"即京剧及其他地方戏曲、早期话剧得到了较多的研究和关注,其戏剧史地位基本能够确立。而这一独特格局中的另外"一足"即近代的传奇杂剧,却由于缺少深入细致的研究,其戏剧史贡献和地位似乎尚未得到应有的确认。笔者将近代传奇杂剧作为中国近代戏剧主体结构中的一个重要方面,并进行了比较集中的探讨,就是要表明这样的基本认识:近代传奇杂剧与京剧及其他地方戏曲、早期话剧一样,在中国近代戏剧史、文学史上具有非常重要的地位和意义。

由于近代传奇杂剧研究明显滞后甚至少人问津情况的长期存在,不仅大大影响了与此密切相关的中国近代戏剧、中国近代文学的研究,而且制约着整个中国戏剧史(包括古代戏剧史和现代戏剧史)、中国文学史(包括古代文学史和现代文学史)研究的发展。这一点,随着时间的推移,已经表现得愈来愈明显。因此,在讨论中国近代戏剧三足鼎立格局的时候,有必要着重强调一向不为人们所看好的传奇杂剧的独特价值和重要意义。这样说,并不是出于笔者的个人偏爱和一厢情愿,而是基于中国近代戏剧史与文学史的基本事实,特别是近代传奇杂剧的杰出成就。

二、近代传奇杂剧与近代文学诸文体

关于近代传奇杂剧在中国近代戏剧三足鼎立格局中的独特价值和不可或缺的意义,近代传奇杂剧与京剧及其他地方戏曲、早期话剧的关系,以及三者对构成中国近代戏剧史独特格局的重要价值,已如上述。这里再简单讨论近代传奇杂剧与近代文学诸文体,主要是与诗词、散文和小说等的关系,以期认识传奇杂剧在中国近代文学史中的地位与价值。从文学发展的角度考察近代传奇杂剧与近代文学其他各种文体,可以看到它们实际上构成了一个比较周详的整体,各种文学形式之间有着十分密切的关联和协同发展关系。

关于近代传奇杂剧的诸方面特点及其他重要问题,本书以上各章节已从不同角度进行了讨论。本节的主要意图是展现近代传奇杂剧在中国近代文学史上的地位,就需要把论述的重点放在传奇杂剧与其他各种文体密切的内在联系和复杂的外部关系方面,这是必须首先说明的。从这一角度考察近代传奇杂剧与近代诗词、散文、小说等主要文体的关系,可以发现它们之间有着诸多的相通或相近之处,从不同的侧面反映了中国近代文学的某些共同特点和时代特征。

从作家身份来看,近代传奇杂剧的作者与其他文体样式的作者有两个明显的相同点:其一,许多作家具有多方面的创作才能,他们往往既长于传奇杂剧创作,也长于诗词、散文、小说、说唱文学等的创作。其中的不少人物不仅是传奇杂剧作家,也是花部戏曲或文明新戏作家;还有一些作者兼诗人、散文家、小说家和戏剧家于一身。文学家多才多能的修养,必然在他们的创作实践中有所反映,给他们的文学创作带来明显的影响,形成独特的思想和艺术风貌。从中国近代戏剧史的角度来看,这种情形也不能不使传奇杂剧在某些方面与诗词、散文、小说、说唱文学等表现出相通或相似的特征。其二,许多从事文学创作的人并非职业作家,往往是身兼政治活动家、思想宣传家、学者于一身的人物,有时经常表现为首先是政治人物或学术人物,然后才是文学家。这种情形,在近代一些最杰出的诗人、散文家、小说家和戏剧家身上有着最充分的表现。这就不能不对近代文学理论和创作的诸多方面产生直接而深刻的影响,从而在很大程度上决定着中国近代文学一些重要文体的基本走向和总体面貌。

与作家的社会身份相联系,由个人的性情气质、身世经历、时代文化背景、创作环境等众多因素所决定的创作心态,虽然是极其隐秘复杂的,也是极端个人化、变幻难测的,但是也经常表现出某些共同的时代特征,透露出文学家们相近的生存状态和基本的创作状态。中国近代的文学家们,在中西古今文化冲突转换的时代背景中,在民族危机日益加剧的巨大压力下,无论从事何种文学样式的创作,无论属于哪一政治派别或学术流派,就创作心态来说,以紧迫的历史使命感和空前的道德责任感为基础,经常表现出紧张、急切、焦灼、激愤等主要特征。中国近代文学家的这种创作心态无论是在诗词、散文、小说、说唱文学中,还是在传奇杂剧、花部戏曲、文明新戏中,都有着相当集中的反映。这就使近代传奇杂剧与中国近代其他诸种文体样式在思想内容、艺术风貌、美学风格等方面呈现出许多的相通性。

近代传奇杂剧的题材类型和思想主题,一方面继承了古代传奇杂剧的传统，另一方面也表现出中国近代社会文化背景下的新特点。概括地说，近代传奇杂剧题材和主题的最突出特点，就是比较直接地反映了近代中国面临的种种文化难题，比较集中地表现了近代中国在中西文化、古今文化交汇嬗变之际出现的各种新问题，近代中国发生的许多重大历史事件、进行的各种政治文化变革都不同程度地反映在传奇杂剧作品中。从这一角度回顾近代诗词、散文、小说、说唱文学、京剧及其他地方戏曲、文明新戏等文体的情况，就可以发现，这些主要文学样式在题材选择、基本主题、思想倾向上表现出来的一般特点，与近代传奇杂剧有着诸多的相似或者相关之处。

一个最为明显的现象就是，中国近代发生的一系列重大事件，面临的一些重要社会问题，在不同的文学样式中有着同样集中的反映和表现，如太平天国、维新变法、庚子事变、民主革命等影响了中国近代历史走向的事件，又如鸦片毒害国人身心、妇女解放与婚姻自由、官场腐败与百姓愚昧、民族危机与国家振兴等困扰着所有关心国家民族前途命运的中国人的社会问题，几乎成为中国近代文学所有主要文体的共同题材和时代主题，从而形成了中国近代文学在题材选择和思想主题方面的一个突出特点。

笔者从近代传奇杂剧艺术新变的角度提出了戏剧情节削弱、戏剧冲突淡化、戏剧人物平面化、戏剧剧本案头化等观点，还从近代传奇杂剧文体特征的角度提出了从曲本位走向文本位、传奇和杂剧各自文体规范走向消解、传奇与杂剧之间文体界限消失等命题，并对它们进行了必要的阐述和说明，其中也包含着一些价值评判和戏剧史、文学史评价。凡此都是想表明一种基本的认识，就是传奇杂剧发展到近代，在外部文化环境、生存空间已经发生了空前深刻变化的同时，其内部形式规范和体制特征方面也呈现出一些前所未有的新特点。

从变革传统的角度考察中国近代文学各主要文体的发展，可以看到，近代文学中蕴蓄的变革创新力量几乎表现在诗词、散文、小说、说唱文学和戏剧等所有领域。"以旧风格含新意境"①、"融铸新理想以入旧风格"② 的新派诗,以含蓄蕴藉、冷红瘦碧为主导风格的晚清词,杂合古今中外、打通骈散奇偶的新文体散文,以揭发伏藏、谴责暴露为主要表现手段的新体小说,紧扣时代脉搏、大胆艺术创新的说唱文学,相对于此前的诗词、散文、小说、说唱文学来说,无论是在艺术手段方面还是在文体特征方面,都明显地表现出以变革旧传统、创造新形态为主要特征和发展方向。而至近代才真正成熟起来的京剧及其他地方戏曲,在发展过程中更是以创造变革为主导方向。至于20世纪初才出现的文明新戏,正值借鉴外国戏剧、开创自我天地的初始阶段,更是以无所依傍的锐气和努力创造的精神,在传统戏曲与现代戏剧之间探索出了一条属于自己的艺术道路。概括地说,我们所论述的近代传奇杂剧在艺术特征、文体规范方面发生的种种变化,在中国近代文学其他主要文体中也得到了呼应,再一次显示了中国近代文学诸文体之间十分密切的关系和作为一个整体的中国近代文学的某些相同的性质。

中国文学语言的通俗化、口语化有着悠久的历史传统。长期以来,中国的文学语言在很多时候也朝着走向通俗、接近民间的方向发展。至近代,一批有思想、有识见的文学家进一步明确提出了语言与文字合一、文学语言要使广大民众喜闻乐见、创作中不避方言俗谚等主张,并运用于创作实践中,发生了前所未有的影响。近代传奇杂剧的语言也出现了从绮丽回归本色、从渊雅走向通俗的发展趋势。在此基础上,近代传奇杂剧的语言还出现了一些引人注目的倾向:由于戏剧史内部与外部诸多因素的作用,一些传奇杂剧作品的语言出现了个性化有所欠缺、类型化过于明显的现象;由于地域文化的兴盛发展,方言在许多传奇杂剧作品中继续被运用,而且其经常性和广泛性超过了以往;由于西方文化日益深入的影响,传奇

---

① 梁启超著,舒芜校点:《饮冰室诗话》,第51页,北京,人民文学出版社,1959年。
② 梁启超著,舒芜校点:《饮冰室诗话》,第2页,北京,人民文学出版社,1959年。

杂剧中使用外来词语愈来愈多,达到了前所未有的水平。

从文学语言的总体发展趋势来看,近代传奇杂剧与近代文学其他各种文体也表现出较多的一致性。从总体上看,近代诗词、散文、小说、说唱文学、京剧及其他地方戏曲、早期话剧的语言基本上也是朝着这样的方向发展。比较突出的表现如:诗词、散文中大量运用通俗化词语、方言俗谚、外来语汇,促使原本以典雅蕴藉为主要特征的诗词、散文出现了空前接近普通民众的平民化品格;原本就属于市井俗文学范畴的小说在近代更是愈来愈接近广大市民,古已有之的白话小说在近代得到了巨大的发展,占据了小说语言的主导地位,方言小说第一次成为中国文学史上一种值得重视的现象;植根于地域文化和民间文艺传统的说唱文学和花部戏曲,从未离开过它们深厚的土壤,显著的地方特色和浓郁的民间气息一直是它们存在与发展的前提,它们的语言也同样保持着这样的特点;从外国传入并经历了中国化过程的早期话剧,是学习和借鉴西方文化的成果之一,在它的身上,更多地展现出中国近代文学语言吸取新营养,结合旧传统,努力创新并寻求发展的趋势。近代传奇杂剧的语言就是在这样的文学环境和文化背景下,与中国近代其他主要文学样式一道,共同创造了具有民族特色和时代特点的文学语言,为中国文学语言完成从古典形态向现代形态的历史转变作出了重要的贡献。

从文学创作的一般过程来看,作品的传播途径和传播方式是外在的、物质化的,对文学创作并不构成内在的、直接的影响制约。但是,假如从比较广泛的意义上考察文学作品的产生过程,就会发现,传播途径和传播方式在一些时候也会比较明显地影响和制约作家的创作活动;特别是随着社会商业化程度的提高和传播方式的多元化,这种影响和制约就表现得愈来愈突出。中国近代文学的发展就比较集中地反映了这一点。与古代传奇杂剧相比,近代传奇杂剧传播中最明显的变化突出地表现在如下两方面:一是传奇杂剧愈来愈多地从戏剧舞台走向读者案头;二是传奇杂剧逐渐从传统的刊刻方式转变为发表于新兴的报纸杂志。而且,近代传奇杂剧传播方面的这两个重要变化还经常是交叉融合于一起的，表现出极其纷繁复杂的情形。

从历时性的角度来看，近代传奇杂剧的传播在不同的发展阶段也表现出不同的特点。一般而言，近代前期（1840—1901），由于彼时风气甫开，西学初入，尚未对文学传播形成明显的影响，此期的传奇杂剧仍以传统的刊刻印行为主要传播方式，也有少数作品曾经在戏剧舞台上演出传播。至近代中期（1902—1919），由于近代印刷工业高度发展，新闻事业迅速繁荣，报纸杂志大量出现，在很大程度上改变了文学作品的传播方式，大量的传奇杂剧发表于报刊，文学创作也出现了空前繁荣的局面。到了近代后期（1920—1949），外在物质条件的进一步发展完善并没有带来传奇杂剧的持续繁荣，由于整体文化环境和文学走向愈来愈不利于传奇杂剧的发展，传奇杂剧本身也日益显示出步履蹒跚的老态，其传播方式又有复归传统的倾向，虽有少数作品偶尔在报刊上出现，但更多的则返回自刊自赏的保守状态，逐渐淡出文坛，并最终在人们的视野中消失。

与此同时，以说唱文学和京剧为代表的花部戏曲则走着一条相当稳健的道路。它们一方面牢固地坚守着戏剧舞台，以此作为最重要的传播途径；一方面注意寻求其他传播方式，一些剧本的文学性不断提高并发表于报刊，其结果之一就是迎来了花部戏曲的黄金时代。早期话剧的传播也是戏剧舞台与报纸杂志并重，与京剧等花部戏曲的一个显著不同，就是由于渊源传统与发展路径的差异，话剧的传播从一开始就是舞台演出与报刊发表并重的。

中国近代文学的其他文体不存在舞台性的问题，传播途径与传播方式的变化主要表现在从传统的刊刻方式转向报刊发表。概括地说，近代诗词、散文、小说等文学样式在近代前期也仍然走在传统的道路上，包括它们的传播方式和途径。与近代传奇杂剧一样，近代文学其他主要文体传播方式的重要变化也发生于近代中期，最突出地表现在传统刊刻为近代印刷所取代，这也是近代文学发展最为迅速、文学面貌最为繁荣的时期。进入近代后期以后，由于外在文化环境与内部变革理路等众多因素的影响和制约，诗词、散文、小说、戏剧、说唱文学各自走向了颇不相同的道路，也为文学史留下了意味深长的经验和教训。不论中国近代文学史上各种文体的文化命运与发展方向如何，也不论其传播途径和传播方式有着怎样的差异，从文学传播的角度来看，中国近代文学的各种主要文体都经历了一个从传统到现代的转变过程，为中国现代文学的建立奠定了必要的基础。

从以上所述可以认识到，近代传奇杂剧和近代诗词、散文、小说、说唱文学、京剧及其他地方戏曲、早期话剧等文体，在共同的文化背景和文学传统下发展，从外部面貌到内部变迁，都有着诸多的相同或相近之处，在许多方面表现出极其密切、异常复杂的内在关联。特别是当我们以比较概括的眼光俯瞰中国近代文学的整体状况和基本走势的时候，就会更加明显地感受到这一点。可以认为，这一时期的各种文体共同创造了中国近代文学思想和艺术的高峰，为中国古典文学作了一个精彩的总结，也为中国现代文学开启了一条宽广的道路。在这一重大的历史转变过程中，中国近代文学史上出现的每一种文学样式都在其间发挥着不可或缺的作用，当然包括近代传奇杂剧在内。

第三节　中国戏剧史上的近代传奇杂剧

一、近代传奇杂剧对中国传奇杂剧史的意义

关于中国戏曲的起源与形成，一直是学术界讨论的重要问题之一。有人追溯到先秦、汉魏、唐宋，也有人追溯到上古和国外。一种比较流行的看法是，比较成熟形态的中国戏曲的形成，当是在宋代，遗憾的是今天已经难以看到宋杂剧的真实面貌。以宋元南戏和元杂剧的兴盛繁荣为最重要标志，中国戏剧史开始了一个崭新的阶段。明清两代的戏剧史，遂基本上是杂剧与传奇的二分天下。可以说，一部源远流长的中国戏剧史，在很多时候就是以传奇和杂剧为

主要形式的历史；传奇杂剧的兴衰隆替、发展变迁在很大程度上决定着中国戏剧史的基本面貌，至少在元明清三代是如此。

传奇和杂剧二者在发展过程中，一方面表现为各有自己的外在政治文化条件和自身理路、内部规则；另一方面也表现出互为依托、彼此影响、互相促进的复杂关联。从严格的意义上来看，不论是传奇还是杂剧，它们从产生直到消亡的整个生命过程，就是一个不断变化更新、不断自我解放的过程。这个过程既使传奇和杂剧从幼稚走向成熟，从平凡变得伟大，也使它们从繁荣走向了衰微，从杰出变得一般。从发展的角度说，传奇杂剧无时无刻不在变革之中，从来没有停滞过。但是，戏剧史和文学史最为关注的通常是那些具有重要意义的标志性的变化，也只有这样的考察才是最简易可行的。传奇杂剧在发展过程中，经历了一些关键性的变迁，对这些历史关结点的把握，有助于我们清晰地认识传奇杂剧的历史足迹。

继承以往戏曲发展的传统特别是宋杂剧的某些重要因素，又受到金元院本和诸宫调的直接影响，至元代初年，杂剧真正走向了成熟，并出现了空前兴盛繁荣的局面，无论思想水平还是艺术成就，都达到了前所未有的高度，赋予中国戏剧史和文学史以崭新的面貌。王国维在《宋元戏曲史》中称赞元杂剧为最自然之文学、有意境之文学，并将它与楚辞、汉赋、六朝骈文、唐诗、宋词相提并论，称之为一代文学之代表，充分地表明元杂剧的独特意义和重要价值。

在杂剧的发展过程中，一些重要变革的影响和作用是非常关键的，往往在一定程度上改变了它的发展方向和存在方式。从元代前期到后期，杂剧繁盛的中心从北方向南方的转移，具体地说是从北京地区向杭州地区的迁移，带来了杂剧从思想到艺术的一次重要变化，杂剧也从空前兴盛开始走向消歇宁静。

王朝的更替往往会带来包括戏剧在内的诸多文化领域的重大变迁。元末明初，原来以北曲演唱的杂剧中出现了运用南曲的情况，而且逐渐流行开来，形成南北合套，这是北杂剧创作和演出体制上发生的一次重要变革。在此基础上，到明代后期，出现了在创作和演出体制上均与北杂剧明显不同的南杂剧,不仅一新时人耳目,而且是杂剧发展史上的一个重要事件。最明显的变化如:南杂剧全部使用南曲或以南曲为主,不再受运用北曲的限制;篇幅灵活,长短不拘,元杂剧一本四折加楔子的规定不被遵守;主要角色均可演唱,一些次要角色也可以有演唱,还出现了对唱、轮唱、合唱等丰富灵活的演唱方式,元杂剧或旦或末一人主唱的约束被突破。凡此种种,都是杂剧体制的革命性变迁,对后来的戏剧发展产生了重要的影响。

清初至清中叶的杂剧基本上承续着明杂剧的路数,并有所发展,出现了一批杰出的杂剧作家和作品,在思想内容、艺术风格、创作体制等方面继续探索着杂剧变革创造的新方向。清朝政权初定之际,与其他文学样式一样,杂剧也经受了一次短暂的冲击,而至一般所谓"康乾盛世"的出现,杂剧的发展才又恢复到比较正常的状态。其后的嘉庆、道光时期,杂剧显现出一股消沉之气;道光二十年(1840)以后,中国历史开始进入了近代时期,杂剧也酝酿着更加深刻的变化。

从宋元南戏到明清传奇的由俗向雅、由雅随俗的变迁,其间的种种现象是颇堪玩味的,这也是中国戏剧史上的一个重大问题。以我国南方地区的民间小戏和民间歌舞为基础发展起来的南戏,具有明显的民间文化特征,其题材内容、艺术特征、体制规范、创作演出等许多方面都反映了这一特点。当元杂剧极度兴盛的时候,南戏虽早已存在并产生了一定影响,但尚未获得最佳的发展机缘。待元杂剧显露出式微征兆的时候,南戏方在长期的积蓄之后,逐渐表现出明显的优势。假如说元代是杂剧的黄金时代,那么也就可以说,明代以主要是由南戏发展而来的传奇为主、杂剧为辅的二分天下,清代也基本上延续着这种双峰并峙的局面。

从宋元南戏到明清传奇,其间一个最重要的转折点就是大批文人加入了传奇创作。文人化促进了传奇的兴盛繁荣,迎来了传奇发展的新时期。从南戏到传奇,在题材选择、创作方法、艺术结构、文体特点、戏剧语言等方面都形成了鲜明的特色,奠定了持续发展的坚实基础。在从民间化到文人化的过程中，传奇的各方面基础逐步确立，也确立了它在中国戏剧史上与元杂剧同等重要的地位。这种转变，不仅带来了明代传奇数量上的大丰收，而且出现了质量上的飞跃，产生了以梁辰鱼、汤显祖、沈璟、吴炳等为代表的具有典范意义的传奇作家。李玉、李渔、洪昇、孔尚任等人的创作，则代表了传奇在清代取得的最高成就。

由明入清，传奇的诸主要方面也不断发生着变化，具体描述这些变化，是复杂而细致的研究课题，非本书所能胜任。仅从文学形式这一具体角度来看，传奇体制从宋元南戏即已开始初建，到明代中后期成熟确立，这同时也是一个不断自我解放、自我更新的过程。规范成熟的传奇体制通常包括这样一些部分：题目、分出标目、分卷、出数、生旦家门、下场诗等。这些规范在明代后期确立，使大量的文人传奇作家在创作上有了比较明确的形式参照；同时，这也是一种明显的内在限制，随即就开始了不断突破严格体制规范的过程。这种以破体为主要趋向的相反的运动过程其实是与规范化过程同样长久、共同存在的，只是有的时候表现得不那么充分而已。

传奇体制的突破和更新，到清代中叶以后就表现得日益明显。总体趋势是愈来愈经常、愈来愈深入地突破固有体制规范的各个方面，不断出现与典范的传奇体制不同的新形式，传奇体制表现得愈来愈灵活多变，愈来愈自由随意。题目可有可无，出目灵活多变，卷数可分可不分，出数长短自由，而倾向于以短小为主，生旦家门不如以往严格，下场诗的句数也并非一定为四句。凡此都从一个重要的角度反映了传奇从明初开始、经明中后期直到清代中叶以前发生的重大变革。

清代乾隆年间具有标志性地位的传奇作家蒋士铨之后，尚有乾隆、嘉庆之际的桂馥、沈起凤、钱维乔、李斗等人较为突出；嘉庆至道光前期比较著名的传奇作家有石韫玉、朱凤森等。一个比较明显的戏剧史事实是，传奇延续到了嘉庆、道光之际，衰落之态已经相当明显。这种戏剧局面密切连接着中国近代戏剧史，对近代传奇杂剧产生了直接的影响。

众多的中国戏剧史和文学史著作都非常重视乾隆五十五年（1790）徽班进京对于中国戏剧发展的意义，将这一年作为中国戏剧发生重大转折的一个明显标志。一些戏剧史的主要篇幅在这一年之后则给予了日益兴盛的以皮黄戏为杰出代表的花部乱弹以及后来的文明新戏。确是如此，中国戏剧经过长期的发展，再一次发生重大的雅俗之变，从以雅部昆曲为主体转变为以花部乱弹为主体，中国戏剧史的基本格局、总体面貌发生了根本性的变化，乾隆五十五年是一个关键性的转捩点。从这个意义上说，这一年在戏剧史上怎样突出都不能算过分。问题是不应该因此就有意无意地忽视了仍然具有顽强生命力和良好发展前景的传奇杂剧，不应该因此就自欺欺人地遮蔽了除花部乱弹、早期话剧之外非常广阔的戏剧史空间。

这种对传奇杂剧的忽视与遮蔽造成的后果是多重的：不仅迫使本来应当在戏剧史上占有一席重要地位的传奇杂剧长期缺席，造成戏剧史的残缺不全，而且忽视了各种戏剧形式之间的内在关联和相依关系；在如此狭隘单一的戏剧史视野之下，也无法深入考察看起来被突出、被重视的花部戏曲和早期话剧的来龙去脉；更严重的是由于缺乏广阔的学术视野与和谐的文化情怀，会造成戏剧史、文学史相关研究领域整体水平的停滞不前甚至下降倒退。

近代传奇杂剧在中国传奇杂剧史乃至整个中国戏剧发展史上的最大意义，就在于它展示了具有长久历史和辉煌成就的传奇杂剧的最后历程，展示了作为中国传统戏剧典范代表的传奇杂剧的消亡过程和文化命运，留下了值得认真总结、深入反思的历史经验和教训。按照一般的认识，近代传奇杂剧的成就可能不是很伟大的；但是可以毫不夸张地说，近代传奇杂剧的戏剧史意义、文学史意义是独一无二，非其他任何时代、任何文学形式所能代替的。钩稽整理、发掘抢救那些尘封已久甚至濒于湮灭的珍贵文献，重新发现那些曾经作出了杰出贡献的作家作品，考证辨析那些早已亟待解决的戏曲史悬案，描述传奇杂剧的思想和艺术进程，总结各个方面的规律和成绩，评价并确立近代传奇杂剧的戏剧史、文学史地位，如此等等，都是极有学术价值和文化意义的工作。实事求是地说，近代传奇杂剧的研究工作还处于起步阶段，但是这一领域的学术前景定然是辉煌的。

从中国戏剧整体发展的角度，特别是从传奇杂剧发展历程的角度认识近代传奇杂剧的意义，可以认为，传奇杂剧的近代历程跟它的起源问题同样重要，传奇杂剧的历史总结与它的滥觞发轫具有同等重要的学术价值。不仅如此，从目前中国戏剧研究的实际情况来看，近代传奇杂剧研究的开展比中国戏剧起源问题的探索显得更加紧迫、更加重要。因为中国戏剧的起源问题已经有许多学者进行过相当深入的研究，取得了相应的成果。而且，关于中国戏剧起源问题的某些方面也许是永远都难以解开的学术之谜。相比之下，近代传奇杂剧实在是一个过于荒芜的学术领域，仍有着大片的学术空白有待考察和认识。因此，说近代传奇杂剧是目前中国戏剧研究中最为重要、最为紧迫的课题之一，也许不完全是笔者的矫枉过正或一厢情愿吧。

二、近代传奇杂剧与中国戏剧的现代转换

讨论近代传奇杂剧对于中国古代戏剧史尤其是传奇杂剧史的意义，采取的主要是回溯式的思路和眼光。处于中国文化由古代形态向现代形态变革转换的历史节点上的近代传奇杂剧，同时还有同样重要的另外一个方面的意义，就是它对中国戏剧完成从古典到现代的文化转型的独特价值和贡献。假如说近代传奇杂剧对于中国古代戏剧史的重要意义长期以来被人们有意无意地忽视了、遮蔽了，那么，关于近代传奇杂剧在中国戏剧走向现代的历史转换过程中的价值和贡献的认识，情况就更让人感慨。许多人不但没有充分地认识到这一点，而且经常人为地割断本来完整连贯的戏剧史过程，把传奇杂剧完全作为发展京剧及其他地方戏曲和话剧的障碍物，作为创造现代新的戏剧格局的对立面来看待的。这种情形的出现并长期存在，有着复杂的政治文化原因和文学学术原因，而五四运动以来的总体文化走向和主体文化氛围，中华人民共和国成立以后的意识形

态、政治运动和历史观念、文学史观念,都是其中非常重要的因素。

笔者用三足鼎立来形容近代传奇杂剧、京剧及其他地方戏曲、早期话剧三者的关系,其前提就是首先将中国近代戏剧看做一个有机的整体,三者从不同的侧面支撑着中国近代戏剧的总体格局,决定着中国近代戏剧史的基本面貌。这一观点,上文已着重阐述过,其中也蕴含着这样的认识:对于中国现代戏剧体系的酝酿和建立、现代戏剧格局的形成和确立来说,走向总结与消亡的近代传奇杂剧也发挥了重要的作用,传奇杂剧作为传统戏曲的典范类型,在创造新时代的中国戏剧的过程中同样具有不可或缺的意义与价值。这一点,必须予以清醒的认识和充分的估计。

此外,我们还可以从另外一些方面考察近代传奇杂剧对于中国戏剧现代转型的重要意义。

从戏剧各要素之间的关联性的角度和具体的文学史事实来说,近代传奇杂剧对以京剧为代表的花部戏曲和早期话剧的影响是相当明显的。不少近代戏剧家先是创作传奇杂剧,后来又创作花部戏曲或早期话剧,其传奇杂剧创作实践实际上成为花部戏曲或早期话剧创作的重要基础。一些重要的题材共同出现于传奇杂剧、花部戏曲和早期话剧之中,或后者根据前者改编,传奇杂剧在题材上影响了花部戏曲和早期话剧。在艺术结构和文体特征上,三者尽管属于颇不相同的艺术形式,但依然存在着彼此影响的情况;最为明显的是,历史悠久的传奇杂剧对后起的京剧及其他地方戏曲和早期话剧多有启发。

传奇杂剧对花部戏曲和早期话剧的影响还突出地表现在舞台演出方面。早期的花部戏曲特别是皮黄戏在演出过程中,在许多方面明显地带有受传奇杂剧影响的痕迹,后来也不断借鉴雅部昆曲的表演艺术方法。从外国传入的文明戏在其出现于中国戏剧舞台上的初始阶段,多带有中国传统戏曲特别是雅部昆曲和皮黄戏的影响,或者是其中夹杂着一些传奇杂剧的表演成分,从服装、说白、唱词到舞台艺术等都是如此。

仔细考察近代传奇杂剧与花部乱弹、早期话剧之间的关系，真可以说是剪不断，理还乱。但有一点是肯定的，传奇杂剧对京剧及其他地方戏曲和早期话剧产生了明显的影响，为中国戏剧完成从古典形态到现代形态的历史性转换作出了重要贡献，这是问题的一个方面。另一方面就是，花部乱弹和早期话剧也在一定程度上影响着传奇杂剧的基本面貌和近代变迁，在一定程度上决定着传奇杂剧的近代命运。

从不同文学样式之间的对立统一关系来看，可以更加深入地认识近代传奇杂剧与花部戏曲、早期话剧之间的复杂关系，特别是传奇杂剧对建构中国现代戏剧格局的独特价值和重要意义。从历时性和因果关系的角度来看，传奇杂剧走向了衰微直至消亡，除了其内在的复杂因素之外，还有两次重要的外来冲击：一是乾隆末年以降尤其是道光、咸丰年间以后以京剧为代表的花部戏曲的繁荣。这次冲击促使业已显出老态的传奇杂剧走向了衰微的命运，以俚俗明快为基本特征的花部乱弹在雅部昆曲面前取得了第一次胜利。二是20世纪初期文明新戏从外国的传入并立足。假如说花部戏曲的繁荣是传奇杂剧走向式微的第一步，那么早期话剧的兴起就是其第二步。这次突如其来的冲击使已经走在消亡之路上的传奇杂剧不得不加快了脚步。

时过百年之后，以回溯式的眼光、从广泛联系的角度认识近代传奇杂剧、京剧及其他地方戏曲和早期话剧之间的恩怨因缘，我们又不能不认识到，京剧等花部戏曲和早期话剧的成长与兴盛，从中国近代戏剧体系内部来看，正是得力于传奇杂剧的滋养和哺育。如果花部戏曲和早期话剧不是在与传奇杂剧的相生相克、对立统一中生存发展；那么新兴的花部戏曲和早期话剧肯定不会是现在这番景象。从这个意义上说，近代传奇杂剧在一定程度上影响并决定着花部戏曲和早期话剧的发展面貌。换一个角度说就是，近代传奇杂剧对中国戏剧完成从古代形态到现代形态的历史转换，对中国现代戏剧格局的形成和确立，都起到了重要的促进作用。

附录　近代传奇杂剧目录

说明：

1. 本目录收录时限为 1840 年至 1949 年。若属不易考究准确出版时间者，则适当放宽，以存研究线索。剧作刊行时间，尽可能使用公元纪年，无法确定具体刊年者除外。

2. 本目录以现存作品为主，兼及可能尚存之作，可确定已散佚者一般不予收录。

3. 凡可确定作者之剧目，均用作者本名；其他则用发表时署名，以便研究。

4. 为简洁起见，剧名一般省略"传奇"或"杂剧"字样。一剧有多种版本者，就笔者所知尽量列出，以见其流传情况。

5. 为查检方便，剧目以剧名第一字之笔画多少为序排列；第一字相同者，则根据第二字笔画数排列；余依此类推。

6. 剧名前凡有"＊"标志者，为笔者已获见之剧目，以为本书所列参考文献之补充。

一至三画

*一线天　袁祖光　《瞿园杂剧续编》本，丰源印书局，1909 年刊。

一线春　景让　旧钞本。

一家春　硕果　《复报》第一期，1906 年。

二十鞭　顾佛影　《四声雷》所收本，成都中西书局排印本，1943 年刊。

十二红　黄钧宰　《比玉楼四种》本，1876 年刊。

十二金钱　谢堃　《春草堂集》本，1845 年刊。

*十年记　庄一拂　石印本，1936 年刊。

七昙果　丁传靖　《亦诗世界》版，中国印书局代印，1924 年刊。

七襄机　唐咏裳　似有刊本，未详待考。

*人天根　高增　《觉民》第八期，1904 年。又见《〈觉民〉月刊整理重排本》，北京，社会科学文献出版社，1996 年。

　　刀环梦　贡少芹　汉口《中西日报》本。

＊三百少年　感悝　《中国白话报》第二十一期、第二十二期、第二十三期、第二十四期合刊本，1904 年。此剧之前二折又载《浙源汇报》第二期，1905 年。

　　三斛珠　曼陀居士　《春声》第六集，1916 年。又有旧钞本。

＊三割股　袁祖光　《瞿园杂剧续编》本，丰源印书局，1909 年刊。

　　三缘报　罗梅江　《红雨绿雪楼三种》之三，稿本。

＊大同　王季烈　《人兽鉴传奇》之八，上海正俗曲社，1949 年刊。

＊巾帼魂　作者不详　《河南》第一期，1907 年。

　　亡国奴　老谈（谈善吾）　钞本。

＊亡国恨　贡少芹　阿英编　《晚清文学丛钞·传奇杂剧卷》据"原排印本"收录，北京，中华书局，1962 年。原排印本情况不详。《广益丛报》第二百五十七号、第二百六十一号亦刊此剧，1911 年。

＊山人扇　宛君　《小说月报》第九卷第二号，1918 年。

＊千秋泪　刘清韵　《小蓬莱仙馆传奇》本，上海藻文书局石印，1900 年。又有《中国古典文学名著分类集成·戏曲卷》所收本，天津，百花文艺出版社，1994 年。

＊乞丐奇　刘咸荣　《娱园传奇》之四，日新印刷工业社，民国年间刊。

＊广东新女儿　玉桥　《大陆报》第三号，1903 年。

　　义民迹　李璇枢　《东莞旬报》第一期，1908 年。

＊马郎妇　顾随　全名《马郎妇坐化金沙滩》，《苦水作剧三种》之三，铅印本，1937 年刊。又有叶嘉莹辑《苦水作剧》本，台北，桂冠图书股份有限公司，1992 年。《顾随全集》本，石家庄，河北教育出版社，2000 年。

＊马湘兰生寿百谷　冒广生　《小三吾亭外集》本《疢斋杂剧》第三种，民国年间刊。

　　女中华　高增　《女子世界》第一年第五期，1904 年。

＊女英雄　高增　《觉民》第一期至第五期合订本，1904 年再版。阿英编《晚清文学丛钞·传奇杂剧卷》收录，北京，中华书局，1962 年。《〈觉民〉月刊整理重排本》，北京，社会科学文献出版社，1996 年。

＊飞虹啸　刘清韵　《小蓬莱仙馆传奇》本，上海藻文书局石印，1900 年。又有《聊斋志异戏曲集》本，上海，上海古籍出版社，1983 年。

＊飞将军　顾随　全名《飞将军百战不封侯》，《苦水作剧三种》附录，铅

印本，1937年刊。又有叶嘉莹辑《苦水作剧》本，台北，桂冠图书股份有限公司，1992年。《顾随全集》本，石家庄，河北教育出版社，2000年。

四画

*云萍影　玉桥　《绣像小说》第四十期，1904年12月。

*云弹娘　冒广生　《小三吾亭外集》本《疢斋杂剧》附录第二种，民国年间刊。又有民国年间蓝色油印初稿本。

*开国奇冤　华伟生（谈善吾）　尚古山房石印本，1912年刊。阿英编《晚清文学丛钞·传奇杂剧卷》收录，北京，中华书局，1962年。

天人怨　牧奴子　钞本，年代未详。

*天风引　刘清韵　《小蓬莱仙馆传奇》本，上海藻文书局石印，1900年。又有《聊斋志异戏曲集》本，上海，上海古籍出版社，1983年。

天水碧　洪炳文　《瓯海潮》第八期至第十一期，1917年。

*天妃庙　林纾　《小说海》第三卷第二号至第三号，1917年。上海，商务印书馆单行本，1917年初版刊行，1928年再版。

天国恨　孙为廷　《太平虀》三种之一，卷首有卢前作于癸未十一月（1943年12月）之序文，三种均写太平天国兵间之事。

*无为州　卢前　《饮虹五种》（又名《卢冀野丙寅所为五种曲》）之一，1927年排印巾箱本。又有《木棉集》（又名《木棉甲集》、《卢冀野丙寅所为五种曲》）所收本，1928年刊。又有《饮虹五种》所收本，渭南严氏孝义家塾丛书，1931年刊。又有《卢冀野五种曲》本，稿本。

*无价宝　吴梅　《小说月报》第八卷第七号、第八号，1917年。《学衡》第三十二期，1924年。又有《霜厓三剧》本，1932年刊。

无非是戏　石泉山人　咸丰年间钞本。

*无盐拊膝　许善长　《灵娲石》杂剧之三，《碧声吟馆丛书》本，1885年刊。

*廿五弦　冒广生　《小三吾亭外集》本《疢斋杂剧》附录第三种，民国年间刊。又有民国年间蓝色油印初稿本。

木瓜道人五种　张懋畿　排印本，刊年不详。

木鹿居　洪炳文　《瓯海潮》第十三期，1917年。

*木樨香　郑由熙　《暗香楼乐府》本，1890年刊。

支机石　荣莲　刻本，1891年刊。

*五代兴隆传　天中生　清河同博文书局石印巾箱本，1895年刊。

＊太守桑　吴宝镕　光绪年间钞本。光绪年间刊本。
＊中萃宫　叶楚伧　《妇女杂志》第一卷第二号至第五号，1915 年。
＊午梦堂叶女归魂　冒广生　《小三吾亭外集》本《疢斋杂剧》第二种，民国年间刊。
＊仇宛娘　卢前　《饮虹五种》（又名《卢冀野丙寅所为五种曲》）之一，1927 年排印巾箱本。又有《木棉集》（又名《木棉甲集》、《卢冀野丙寅所为五种曲》）所收本，1928 年刊。又有《饮虹五种》所收本，渭南严氏孝义家塾丛书，1931 年刊。又有《卢冀野五种曲》本，稿本。
＊乌江恨　杨与龄　《南洋兵事杂志》第四十五期、第四十七期，1910 年。
＊风云会　许善长　《碧声吟馆丛书》本，1877 年刊。
＊风月空　白云词人　报纸本。又有陈无我《老上海三十年见闻录》本，上海，上海书店出版社，1997 年。薛正兴主编《李伯元全集》收入，以为李伯元所作，南京，江苏古籍出版社，1997 年。
＊风洞山　吴梅　小说林社排印本，1906 年刊。部分初稿曾发表于《中国白话报》第四期、第六期，1904 年。《广益丛报》第三十四号亦曾部分发表，1904 年。上海文盛堂书局本，1936 年刊。上海风雨书屋本，1938 年刊。阿英编《晚清文学丛钞·传奇杂剧卷》收录，北京，中华书局，1962 年。《中国近代文学大系·戏剧集一》收录，上海，上海书店，1996 年。黄希坚、俞为民选注《近代戏曲选》收录，上海，华东师范大学出版社，1995 年。王卫民、王琳编著《吴梅》收录，北京，中国文史出版社，1998 年。又有《中国古典文学名著分类集成·戏曲卷》所收本，天津，百花文艺出版社，1994 年。
　风雪钱唐　宗志黄　卢前《中国戏剧概论》提及，未见。
＊凤飞楼　李文翰　1847 年刊。
＊丹青副　刘清韵　《小蓬莱仙馆传奇》本，上海藻文书局石印，1900 年。又有《聊斋志异戏曲集》本，上海，上海古籍出版社，1983 年。
＊卞玉京死忆梅村　冒广生　《小三吾亭外集》本《疢斋杂剧》第四种，民国年间刊。
＊六月霜　嬴宗季女　改良小说社，1907 年刊。又有钞本。阿英编《晚清文学丛钞·传奇杂剧卷》收录，北京，中华书局，1962 年。
　心田记　渔庄钓徒　传钞同治年间稿本。
＊少年登场　作者不详（一说黄藻作）　最初发表于《少年中国报》。《黄

帝魂》刊本，1903 年。阿英编《晚清文学丛钞·传奇杂剧卷》收录，北京，中华书局，1962 年。《中国近代文学大系·戏剧集一》收录，上海，上海书店，1996 年。

水岩宫　洪炳文　油印本，1899 年。

*双泪碑　吴梅　《小说月报》第七卷第四号、第五号，1916 年。

*双星会　束世澂　《文艺丛编（梠园杂志）》本，家庭工业社，1921 年 9 月。

双莲瓣　徐家礼　《蛰园五种曲》本，蓝格钞本，约成于光绪年间。

双烈祠　黄钧宰　《比玉楼四种》本，1876 年刊。

*双鸾隐　张丹斧　《神州丛报》第一卷第一册至第二册，1913 年至 1914 年。

*双旌记　陈学震　同治年间刊本。全名《双旌忠节记》，又名《忠烈记》。

*双清影　杨恩寿　《杨氏三种曲》本，1870 年刊。又有《坦园丛稿》本，光绪年间刊。

双辅师　金席庭、金长瑛　卢前《中国戏剧概论》提及，未见。

*劝善　王季烈　《人兽鉴传奇》之七，上海正俗曲社，1949 年刊。

*幻缘记　由云龙　铅印本，1939 年刊。

五画

玉台秋　黄燮清　1880 年刊。

玉抱肚　王玉章　卢冀野刊《木棉集》末附录本，1928 年刊。又有《卢冀野五种曲》后附本，稿本。

*玉鱼缘　王蕴章　《小说月报》第九卷第一期，1918 年。

*玉钩痕　庞树松（或云庞树柏）、欧阳淦　光绪《游戏报》本。又陈无我《老上海三十年见闻录》录其三出，上海，上海书店出版社，1997 年。

玉庵恨　李季伟　铅印本，1938 年刊。又有 1939 年再版本。

古殷鉴　洪炳文　《楝园乐府》，稿本。

*去私　王季烈　《人兽鉴传奇》之六，上海正俗曲社，1949 年刊。

*可中亭　王蕴章　《妇女杂志》第一卷第一号，1915 年。

平济　东仙词人　《养怡草堂乐府》本，1874 年刊。

平飓母　张宗祥　油印本。

东艳祸　夏剑荪　民国年间刊本。

东海记　吴梅　《春声》第二期、第四期，1916 年。

*东家瓕　袁祖光　《著作林》第十八期、第十九期，1908年。又有《瞿园杂剧续编》本，丰源印书局，1909年刊。

　　电球游　洪炳文　又名《电气球游》、《信香重梦》。《楝园乐府》本，稿本。

　　*叹老　贺良朴　《新小说》第三号，1903年。又有与《警黄钟》、《冥闹》合订单行本，1906年刊。又有《天花乱坠》所收本，杭州实文斋木活字印本，1903年刊。阿英编《晚清文学丛钞·传奇杂剧卷》收录，北京，中华书局，1962年。又有《中国古典文学名著分类集成·戏曲卷》所收本，天津，百花文艺出版社，1994年。

　　四香缘　朱镜江　光绪年间四川钞本。

　　四禅天　卢前　又称《南曲四种》，卢前《中国戏剧概论》提及，未见。

　　*生佛碑　陈学震　同治年间刊本。

　　*白头新　徐鄂　《诵荻斋曲》本，大同书局石印，1887年。又有上海焕文书局石印袖珍本，1906年刊，与《梨花雪》合为一函。

　　*白团扇　袁龙　《女子世界》第三期至第六期，1915年。

　　白衲幢　徐家礼　《蛰园五种曲》本，蓝格钞本，约成于光绪年间。

　　白桃花　洪炳文　《瓯海潮》第一期至第七期，1916年至1917年。

　　*斥堠　刘钰　《海天啸传奇》（又题《大和魂》，原名《日东新曲》）本，初刊《扬子江白话报》，后有小说林社刊本，1906年。又有文盛堂书局第五版排印本，1936年刊。任二北《曲海扬波》著录该剧为《海天啸杂剧》。

　　*仙人感　袁祖光　《瞿园杂剧》本，1908年刊。

　　仙合曲谱　何青耜　刊本，年代不详。

　　*仙缘记　陈烺　又名《仙猿记》、《碧玉环》，《玉狮堂十种曲》本，1891年刊。

　　兰陵女　孙为廷　《太平爨》三种之一，卷首有卢前作于癸未十一月（1943年12月）之序文，三种均写太平天国兵间之事。

　　*汉江泪　姜继襄　《劲草堂曲稿》（又名《劲草堂传奇三种》）所收本，武昌石印，1924年刊。又有《中国古典文学名著分类集成·戏曲卷》所收本，天津，百花文艺出版社，1994年。

　　*训子　刘钰　《海天啸传奇》（又题《大和魂》，原名《日东新曲》）本，初刊《扬子江白话报》，后有小说林社刊本，1906年。又有文盛堂书局第五版排印本，1936年刊。任二北《曲海扬波》著录该剧为《海天啸杂剧》。

　　*讯盼　张声玠　《玉田春水轩杂出》本，道光年间初刻。又有郑振铎《清人杂剧二集》本，1934 年刊。

　　好头颅　　嘉定二我　　任二北《曲海扬波》提及。

六画

　　*老圆　　俞樾　　光绪年间作者手写稿本。又有《德清俞荫甫所著书》本，1902 年刊。又有郑振铎《清人杂剧二集》本，1934 年刊。

　　芋佛　　东仙词人　　《养怡草堂乐府》本，1874 年刊。

　　*再出家　　顾随　　全名《垂老禅僧再出家》，《苦水作剧三种》之一，铅印本，1937 年刊。又有叶嘉莹辑《苦水作剧》本，台北，桂冠图书股份有限公司，1992 年。《顾随全集》本，石家庄，河北教育出版社，2000 年。

　　*再来人　　杨恩寿　　《坦园丛稿》本，光绪年间刊。

　　*西子捧心　　许善长　　《灵娲石》杂剧附录之一，《碧声吟馆丛书》本，1885 年刊。

　　西浦梦　　王季烈　　晒蓝印本，有曲谱，作者朱笔手校。

　　戍边　　杨子元　　《女界天》第三种，蒲江连珊书屋刻本，1916 年刊。

　　*扬州梦　　作者不详　　《汉声》第六期，1903 年。阿英编《晚清文学丛钞·传奇杂剧卷》收录，北京，中华书局，1962 年。黄希坚、俞为民选注《近代戏曲选》收录，上海，华东师范大学出版社，1995 年。

　　当垆艳　　李季伟、云查民　　昆明排印本，1938 年刊。

　　*同亭宴　　陈烺　　《玉狮堂十种曲》本，1891 年刊。

　　同情梦　　陈伯平　　《女子世界》第八期，1904 年。

　　*回流记　　陈烺　　《玉狮堂十种曲》本，1891 年刊。

　　*自由花　　陈栩　　《著作林》第一至第五期，约 1907 年。

　　*自由花　　陈翠娜　　《栩园娇女集》本，1927 年刊。

　　*血手印　　陆恩煦　　《小说月报》第二年第四期，1911 年。

　　血泪痕　　无生　　报纸剪帖本。

　　*血海花　　麦仲华　　《新民丛报》第二十五号，1903 年。阿英编《晚清文学丛钞·传奇杂剧卷》收录，北京，中华书局，1962 年。

　　血海恨　　高增　　《复报》第六期，1906 年。

　　血梅记　　谢堃　　《春草堂集》本，1845 年刊。

　　后怀沙　　洪炳文　　《楝园乐府》，稿本。

　　*后南柯　　洪炳文　　《小说月报》第三年第一期至第六期，1912 年。阿英编《晚清文学丛钞·传奇杂剧卷》收录，北京，中华书局，1962 年。

*后缇萦　汪宗沂　1885年刊。

*舟靓　李慈铭　《桃花圣解庵乐府》本，崇实斋校刻，刊年不详。又题《蓬莱驿》，刊《小说林》第二期，1907年。阿英编《晚清文学丛钞·传奇杂剧卷》据《越缦生乐府外集》收录，北京，中华书局，1962年。

*合浦珠　林纾　《妇女杂志》第三卷第四号至第七号，1917年。上海，商务印书馆单行本，1917年初版，1928年再版。《中国近代文学大系·戏剧集一》收录，上海，上海书店，1996年。

*负薪记　陈烺　《玉狮堂十种曲》本，1891年刊。又有《聊斋志异戏曲集》本，上海，上海古籍出版社，1983年。

名场债　唐咏裳　似有刊本，未详待考。

*庄侄伏帜　许善长　《灵娲石》杂剧之五，《碧声吟馆丛书》本，1885年刊。

*齐婧投身　许善长　《灵娲石》杂剧之四，《碧声吟馆丛书》本，1885年刊。

*安市　张声玠　《玉田春水轩杂出》本，道光年间初刻。又有郑振铎《清人杂剧二集》本，1934年刊。

*安乐窝　孙寰镜　《二十世纪大舞台》第一期，1904年9月。

*冲冠怒　章鸿宾　书名原题《冲冠怒传奇残稿》，1920年铅印本。

江南燕　安居士（管际安）　庄一拂主编《大成曲刊》本，1939年5月。

*诀儿　刘钰　《海天啸传奇》（又题《大和魂》，原名《日东新曲》）本，初刊《扬子江白话报》，后有小说林社刊本，1906年。又有文盛堂书局第五版排印本，1936年刊。任二北《曲海扬波》著录该剧为《海天啸杂剧》。

寻闹　褚龙祥　咸丰年间希葛斋稿本，1852年。

戏中戏　常任侠　卢前《中国戏剧概论》提及，未见。

如梦缘　陆和钧　同治年间钞本。

*红羊劫　朱绍颐　钞本。又有影印手钞本，民国年间刊。

*红楼真梦　郭则沄　石印本，1942年刊。

*红薇记　姚锡钧　《小说世界》第二卷第一期，1923年。

*防城血　吴兴太瘦生　安雅报局本，1908年刊。

七画

*寿甫　张声玠　《玉田春水轩杂出》本，道光年间初刻。又有郑振铎《清人杂剧二集》本，1934年刊。

孝廉坊　洪炳文　《瓯海潮》第十五期至第十七期，1917年。

＊劫灰梦　梁启超　《新民丛报》第一年第一号，1902年。林志钧编《饮冰室合集》收录，上海，中华书局，1936年至1937年初版；北京，中华书局，1989年重印。阿英编《晚清文学丛钞·传奇杂剧卷》收录，北京，中华书局，1962年。又题《独啸》，署饮冰子，《天花乱坠》所收本，杭州实文斋木活字印本，1903年刊。又有《中国古典文学名著分类集成·戏曲卷》所收本，天津，百花文艺出版社，1994年。

邯郸女儿　心悸　《春声》第五集，1916年。

＊邯郸梦　陈家鼎　《觉民》第九期、第十期合本，1904年。《〈觉民〉月刊整理重排本》，北京，社会科学文献出版社，1996年。

＊芙蓉碣　张云骧　1878年刻本。

芙蓉孽　洪炳文　永嘉梅氏劲风阁钞藏本。

＊花木兰　陈栩　《著作林》第十三期至第十六期，约1907年至1908年出版。又有《新神州杂志》本，刊年未详。

＊花月痕　墨泪词人（庞树柏）　《妇女杂志》第一卷第十号、第十一号、第十二号，第二卷第六号、第七号，1915年至1916年。

花里钟　刘伯友　清刻本，刊年未详。

＊花茵侠　吴承烜　《小说新报》第六年第一期至第十二期，1920年。

＊苍鹰击　伤时子　上海改良小说公社排印本，刊年不详。阿英编《晚清文学丛钞·传奇杂剧卷》据以收录，北京，中华书局，1962年。《中国近代文学大系·戏剧集一》收录，上海，上海书店，1996年。

＊苏台柳　贡少芹　汉口《中西日报》刊本，1911年。

＊苏台雪　文镜堂　初载《娱闲日报》，1905年刊。经王蕴章补订，又刊《小说新报》第二期至第十二期，1915年至1916年。

＊李范晋殉国　陆恩煦　全名《朝鲜李范晋殉国传奇》，《东方杂志》第八卷第二号，1911年。又有钞本。

＊杨白花　邹铨　初刊《天铎报》，后辑入《流霞书屋遗集》，上海国光书局代印，1913年刊。

医院　杨子元　《女界天》第六种，蒲江连珊书屋刻本，1916年刊。

还朝别　顾佛影　《四声雷》所收本，成都中西书局排印本，1943年刊。

＊拒友　刘钰　《海天啸传奇》（又题《大和魂》，原名《日东新曲》）本，初刊《扬子江白话报》，后有小说林社刊本，1906年。又有文盛堂书局

第五版排印本，1936年刊。任二北《曲海扬波》著录该剧为《海天啸杂剧》。

*护花幡 陈翠娜 《栩园娇女集》本，1927年刊。

*连理枝 蔡莹 民国年间铅印单行本。又有《南桥二种》所收本，民国年间铅印，与单行本无异。又有《昧逸遗稿》本，1955年小安乐窝墨版油印。

*别离庙蕊仙入道 冒广生 《小三吾亭外集》本《疢斋杂剧》第一种，民国年间刊。

*轩亭血 陈啸庐 《小说林》第十二期，1908年。另有小万柳堂刊本。

*轩亭秋 吴梅 《小说林》第六期，1907年。又有《中国古典文学名著分类集成·戏曲卷》所收本，天津，百花文艺出版社，1994年。

*轩亭冤 萧山湘灵子（韩茂棠） 又题《鉴湖女侠传奇》、《绘图秋瑾含冤传奇》、《中华第一女杰轩亭冤传奇》，上海振新图书社石印本，1912年刊。阿英编《晚清文学丛钞·传奇杂剧卷》收录，北京，中华书局，1962年。《中国近代文学大系·戏剧集一》收入，上海，上海书店，1996年。

*针师记 王墅原作、吴梅润文 《小说月报》第九卷第三号至第八号，1918年。

*但丁梦 钱稻孙 《学衡》第三十九期，1925年3月。

*伯嬴持刀 许善长 《灵娲石》杂剧之一，《碧声吟馆丛书》本，1885年刊。

*佛门缘 杨组荣 又名《鹦鹉媒》，上海宝文书局石印本，1894年刊。

*返魂香 宣鼎 上海申报馆刊本，1877年。

饭韩 杨子元 《女界天》第二种，蒲江连珊书屋刻本，1916年刊。

*汨罗沙 胡盉朋 《古僮文献捃遗》本，1916年刊。

*沧桑艳 丁传靖 《豹隐庐杂著》本，1908年刊。

*沧桑艳 吴宓 《益智杂志》第一卷第三期至第二卷第四期，1913年至1914年。又有《吴宓诗集》本，上海，中华书局，1935年。又有吴学昭整理《吴宓诗话》本，北京，商务印书馆，2005年。

*沈家园 姚锡钧 《小说丛报》第十期至第十三期，1915年。

*灵鹣影 陈小蝶 《栩园儿女集》本，1927年刊。

*陆沉痛 作者不详 《汉声》第七期、第八期，1903年。阿英《晚清文学丛钞·传奇杂剧卷》收录，北京，中华书局，1962年。

阿芙蓉 杨子元 成都探源印刷局排印本，1915年刊。

八画

＊青灯泪　蒋恩涉　1870年初刻本。又有光绪年间刊《竹林老屋外集》本。

＊青霞梦　胡薇元　《壶庵五种曲》本，1919年刊。

＊非熊梦　陈时泌　湖南裕湘机器局刊本，1904年。

＊武士道　杨与龄　《南洋兵事杂志》第三十期、第三十五期，1909年。

＊武陵春　陈时泌　1901年钞本。又有光绪年间湖南排印本。阿英编《庚子事变文学集》收录，北京，中华书局，1959年。

＊松坡楼　姜继襄　《劲草堂曲稿》（又名《劲草堂传奇三种》）所收本，武昌石印，1924年刊。

＊松陵新女儿　柳亚子　《女子世界》第一年第二期，1904年。后收入《磨剑室文录》，上海，上海人民出版社，1993年。《中国近代文学大系·戏剧集一》收录，上海，上海书店，1996年。

＊茂陵弦　黄燮清　《倚晴楼集》本，1881年重刻。又有《玉生香传奇四种曲》本，1919年求古斋碑帖社石印。

＊英雄记　刘清韵　《小蓬莱仙馆传奇》本，上海藻文书局石印，1900年。

＊画隐　张声玠　《玉田春水轩杂出》本，道光年间初刻。又有郑振铎《清人杂剧二集》本，1934年刊。

卖詹郎　袁祖光　一名《长人赚》，《瞿园杂剧》本，1908年刊。又载《著作林》第十七期，1908年。

＊拈花悟　刘清韵　1939年1月钞本。江苏沭阳县诗词协会1990年誊写印刷本。华玮编校《明清妇女戏曲集》收录本，台北，中央研究院中国文哲研究所，2003年。

＊招隐居　钟祖芬　四川綦邑吴氏刊本，1894年。阿英编《鸦片战争文学集》收录，北京，中华书局，1957年。《中国近代文学大系·戏剧集一》收录，上海，上海书店，1996年。

呼梦幺　黄钧宰　一名《旌节记》，《比玉楼四种》本，1876年刊。

＊国香曲　吴梅　全名《高子勉题情国香曲》，《惆怅爨》之三，《霜厓三剧》本，1932年刊。王卫民、王琳编著《吴梅》收录，北京，中国文史出版社，1998年。

＊忠妾覆酒　许善长　《灵娲石》杂剧之二，《碧声吟馆丛书》本，1885

年刊。

和议　杨子元　《女界天》第八种,蒲江连珊书屋刻本,1916年刊。

*岳家军　杨与龄　《南洋兵事杂志》第五十七期,1911年。

*金凤钗　濑江浊物　《小说新报》第一年第一期、第二期、第三期、第五期、第七期、第九期、第十一期、第十二期,1915年至1916年。

金钢石　李新琪　1912年刊。

*金陵泪　姜继襄　《劲草堂曲稿》(又名《劲草堂传奇三种》)所收本,武昌石印,1924年刊。

金陵恨　浮槎仙客　稿本。

*钗凤词　吴梅　全名《陆务观寄怨钗凤词》,《惆怅爨》之四,《霜厓三剧》本,1932年刊。王卫民、王琳编著《吴梅》收录,北京,中国文史出版社,1998年。

侠女记　味兰簃主人　同治年间刊本,又有《味兰簃传奇》本,1881年刊。北平青梅书店本,1933年。

*侠女魂　蒋景缄　《扬子江小说报》第一期,1909年。阿英编《晚清文学丛钞·传奇杂剧卷》收录,北京,中华书局,1962年。又有《中国古典文学名著分类集成·戏曲卷》所收本,天津,百花文艺出版社,1994年。

*侠客　高增　《觉民》第一期至第五期合订本,1904年再版。《〈觉民〉月刊整理重排本》,北京,社会科学文献出版社,1996年。

*侠情记　梁启超　《新小说》第一号,1902年。林志钧编《饮冰室合集》收录,上海,中华书局,1936年至1937年初版;北京,中华书局,1989年重印。

瓮中天　陈祖昭　钞本。

*宝带缘　作者不详　全名《维多利亚宝带缘》,《月月小说》第一号、第五号、第六号,1906年至1907年。又有钞本。

宗孔　杨子元　《女界天》第五种,蒲江连珊书屋刻本,1916年刊。

*空山梦　范元亨　《问园遗集》后附,1891年刊。《中国近代文学大系·戏剧集一》收录,上海,上海书店,1996年。又有《中国古典文学名著分类集成·戏曲卷》所收本,天津,百花文艺出版社,1994年。

*炎凉券　刘清韵　《小蓬莱仙馆传奇》本,上海藻文书局石印,1900年。

*学海潮　春梦生(廖恩焘)　《新民丛报》第四十六号、第四十七号、第四十八号合本、第四十九号(第三年第一号),1904年。

学潮记　冰冷外史　1931 年刊。

＊郑妥娘　冒广生　《小三吾亭外集》本《疢斋杂剧》附录第四种，民国年间刊。又有民国间蓝色油印初稿本。

＊郑袖劓鼻　许善长　《灵娲石》杂剧附录之二，《碧声吟馆丛书》本，1885 年刊。

诗帕记　织花吟客　钞本。

＊居官鉴　黄燮清　《倚晴楼集》本，1881 年重刻。《中国近代文学大系·戏剧集一》收录，上海，上海书店，1996 年。

函髻记　高梧轩　民国间惜阴堂仿宋排印本。

＊陕西梦　吴宓　《吴宓诗集》本，上海，中华书局，1935 年。又有吴学昭整理《吴宓诗话本》，北京，商务印书馆，2005 年。

降雕　褚龙祥　咸丰年间希葛斋稿本。

九画

春坡梦　支碧湖　1906 年刊。

＊枯井泪　赵祥瑗　《学衡》第三十三期，1924 年 9 月。阿英编《庚子事变文学集》收录，北京，中华书局，1959 年。

＊革命军　浴血生　《江苏》第六期，1903 年。

荆州记　张宗祥　油印本。

＊荚蓂会　卢前　《饮虹五种》（又名《卢冀野丙寅所为五种曲》）之一，1927 年排印巾箱本。又有《木棉集》（又名《木棉甲集》、《卢冀野丙寅所为五种曲》）所收本，1928 年刊。又有《饮虹五种》所收本，渭南严氏孝义家塾丛书，1931 年刊。又有《卢冀野五种曲》本，稿本。

＊茯苓仙　许善长　《碧声吟馆丛书》本，1883 年刊。

南冠血　夏剑莽，民国年间刊本。

南唐杂剧　管庭芬　钞本。

＊南海神　冒广生　《小三吾亭外集》本《疢斋杂剧》附录第一种，民国年间刊。又名《海神庙》、《屈翁山》，民国间蓝色油印初稿本。

＊牵牛　陈尺山　《孟谐传奇》本，上海，中华书局，1916 年刊。

挞秦鞭　洪炳文　温州日新印书馆排印本，1911 年。

＊指南公　虞名　《河南》第二期，1908 年。

＊指南梦　孤　阿英编《晚清文学丛钞·传奇杂剧卷》"据剪报本"收录，北京，中华书局，1962 年。

点鬼簿　张懋畿　成都昌福公司刊。

＊星剑侠　吴承烜　《小说新报》第一年第一期、第二期、第四期、第六期、第八期、第十期、第十二期，第二年第一期至第十二期，第三年第一期至第十二期，第五年第八期至第十二期，1915年至1920年。

＊思子轩　高树　铅印本，1922年刊。

＊看真　张声玠　《玉田春水轩杂出》本，道光年间初刻。又有郑振铎《清人杂剧二集》本，1934年刊。

＊鬼磷寒　孙寰镜　《二十世纪大舞台》第一期，1904年9月。

俊魔缘　徐家礼　《蛰园五种曲》本，蓝格钞本，约成于光绪年间。

衍波笺　十万护花铃谒者　一名《璇宫梦》，《新世界小说社报》本，1906年刊。

＊秋海棠　洪炳文　《小说月报》第二年第十一期至第十二期，1912年。《中华妇女界》第一卷第四期，1915年。又有石印本，1911年刊。

＊秋梦　李慈铭　《桃花圣解庵乐府》本，清末崇实斋校刻，刊年不详。又题《星秋梦》，刊《小说林》第三期，1907年。阿英编《晚清文学丛钞·传奇杂剧卷》据《越缦生乐府外集》收录，北京，中华书局，1962年。又有《中国古典文学名著分类集成·戏曲卷》所收本，天津，百花文艺出版社，1994年。

信香秋梦　洪炳文　油印本。

＊香桃骨　王蕴章　《中华小说界》第六期，1914年。又有钞本，未见。

＊追父　刘钰　《海天啸传奇》（又题《大和魂》，原名《日东新曲》）本，初刊《扬子江白话报》，后有小说林社刊本，1906年。又有文盛堂书局第五版排印本，1936年刊。任二北《曲海扬波》著录该剧为《海天啸杂剧》。

＊钧天乐　袁祖光　《瞿园杂剧续编》本，丰源印书局，1909年刊。

＊食鹅　陈尺山　《孟谐传奇》本，上海，中华书局，1916年刊。

＊哀川民　贡少芹　《南社小说集》本，上海文明书局，1917年。

＊帝女花　黄燮清　《倚晴楼集》本，1881年重刻。又有小说七日报社刊本。

闺塾议　徐家礼　《蛰园五种曲》本，蓝格钞本，约成于光绪年间。

＊闻鸡轩杂剧（王粲登楼）　王时润　《法政学交通社杂志》第五号，1907年。

活地狱　高增　《中国白话报》第二十一期至第二十四期合本，1904年。

＊祝英台　顾随　全名《祝英台身化蝶》，《苦水作剧三种》之二，铅印本，1937年刊。又有叶嘉莹辑《苦水作剧》本，台北，桂冠图书股份有限公司，1992年。《顾随全集》本，石家庄，河北教育出版社，2000年。

＊神山引　许善长　《碧声吟馆丛书》本，1885年刊。又有《聊斋志异戏曲集》本，上海，上海古籍出版社，1983年。

＊说法　王季烈　《人兽鉴传奇》之四，上海正俗曲社，1949年刊。

鸩忠记　顾佛影　《四声雷》所收本，成都中西书局排印本，1943年刊。

＊迷魂阵　吴魂　《觉民》第七期，1904年。《〈觉民〉月刊整理重排本》，北京，社会科学文献出版社，1996年。

＊姽嫿封　杨恩寿　《杨氏三种曲》本，1870年刊。又有《坦园丛稿》本，光绪年间刊。又有上海藜光社影印手钞本，与《桂枝香传奇》合刊，1912年。

＊绛绡记　黄燮清　作者原稿本。又有《聊斋志异戏曲集》本，上海，上海古籍出版社，1983年。又有《中国古典文学名著分类集成·戏曲卷》所收本，天津，百花文艺出版社，1994年。

＊陟山观海游春记　顾随　《顾随文集》本，上海，上海古籍出版社，1986年。又有叶嘉莹辑《苦水作剧》本，台北，桂冠图书股份有限公司，1992年。《顾随全集》本，石家庄，河北教育出版社，2000年。又有《苦水作剧二集》本，未见。

十画

艳禅　王复　姚燮编《今乐府选》稿本第三十八册所收本。

珠鞋记　夏仁虎　铅印本，民国年间刊。

袁浦花　张懋畿　成都福昌公司铅印本，刊年未详。

＊聂姊哭弟　许善长　《灵娲石》杂剧之九，《碧声吟馆丛书》本，1885年刊。

＊获禽　陈尺山　《孟谐传奇》本，上海，中华书局，1916年刊。

＊桂枝香　杨恩寿　《杨氏三种曲》本，1870年刊。又有《坦园丛稿》本，光绪年间刊。又有上海藜光社影印手钞本，与《姽嫿封》合刊，1912年。《中国近代文学大系·戏剧集一》收录，上海，上海书店，1996年。

桂香云影　秋绿词人　道光年间刊本。

＊桐花笺　陈栩　《著作林》第二期至第九期，第十一期又载《传概》一

出，约 1907 年。

*桃花梦　陈栩　杭州《大观报》本，1900 年刊。

*桃花源　杨恩寿　《坦园丛稿》本，光绪年间刊。

桃花源　刘龙勋　光绪年间刻本。又有与《懒闲天籁》合订刊本。

桃花源记　李崇恕　寓形斋刻本，1879 年刊。

*桃溪雪　黄燮清　《倚晴楼集》本，1881 年重刻。

*真总统　刘咸荣　《娱园传奇》之二，日新印刷工业社，民国年间刊。

*原人　王季烈　《人兽鉴传奇》之一，上海，正俗曲社，1949 年刊。

烈女记　味兰簃主人　《味兰簃传奇》本，1881 年刊。

逍遥亭　罗梅江　《红雨绿雪楼三种》之一，稿本。

唤国魂　雪　报纸剪帖本。

*秣陵血　乌台（蔡寄鸥）　全名《明末轶史秣陵血传奇》，《崇德公报》第八号至第三十二号，1915 年至 1916 年。

*乘龙佳话　何埔　《点石斋画报》本，1891 年刊。又有光绪年间石印本，附于李渔《风筝误》之后。民国年间石印单行本。阿英编《晚清文学丛钞·传奇杂剧卷》收录，北京，中华书局，1962 年。

*氤氲钏　刘清韵　《小蓬莱仙馆传奇》本，上海藻文书局石印，1900 年。

铁云山　王蕴章　《七襄》第一期，1914 年。

*徐吾会烛　许善长　《灵娲石》杂剧之七，《碧声吟馆丛书》本，1885 年刊。又有《中国古典文学名著分类集成·戏曲卷》所收本，天津，百花文艺出版社，1994 年。

*爱国女儿　东学界之一军国民　《新民丛报》第一年第十四号，1902 年。

*爱国魂　筱波山人　《新小说》第十九号至第二十四号（第二年第七号至第十二号），1905 年。阿英编《晚清文学丛钞·传奇杂剧卷》收录，北京，中华书局，1962 年。《中国近代文学大系·戏剧集一》收录，上海，上海书店，1996 年。

*奚妻鼓琴　许善长　《灵娲石》杂剧之六，《碧声吟馆丛书》本，1885 年刊。

*胭脂狱　许善长　《碧声吟馆丛书》本，1884 年刊。又有改良小说社石印本，题《新西厢传奇》，1910 年刊。又有《聊斋志异戏曲集》本，上海，上海古籍出版社，1983 年。

＊胭脂鸟　李文翰　1842年刊。又有《聊斋志异戏曲集》本，上海，上海古籍出版社，1983年。

鸳鸯印　黄钧宰　《比玉楼四种》本，1876年刊。

＊鸳鸯梦　刘清韵　《小蓬莱仙馆传奇》本，上海藻文书局石印，1900年。

＊鸳鸯镜　黄燮清　《倚晴楼集》本，1881年重刻。

鸳湖冢　庄一拂　《大成曲刊》本，1939年5月。

＊冥闹　蒋鹿山　《新小说》第二号，1902年。《萃新报》第四期，1904年。又与《叹老》同附于《警黄钟传奇》之后，合订单行本，新小说社出版，1906年。

＊病玉缘　陈尺山　《小说世界日报》刊载过一部分，后有上海中华书局单行本，1917年刊。又名《麻疯女传奇》，载《中华妇女界》第一卷第十期至第十二期、第二卷第一期至第六期，1915年至1916年。

＊凌波影　黄燮清　一名《洛神赋》，又名《宓妃影》，《倚晴楼集》本，1881年重刻。又有《玉生香传奇四种曲》本，1919年求古斋碑帖社石印。

＊海虬记　陈烺　《玉狮堂十种曲》本，1891年刊。

＊海国英雄记　浴日生　《民报》第九期、第十三期，1906年至1907年。阿英编《晚清文学丛钞·传奇杂剧卷》收录，北京，中华书局，1962年。

海侨春　贺良朴　上海广智书局排印本，刊年未详。

＊海雪吟　陈烺　《玉狮堂十种曲》本，1891年刊。

＊海滨梦　胡盍朋　《古僮文献捃遗》本，1916年刊。

浣纱记　张宗祥　油印本。据梁辰鱼《浣纱记》改编。

＊骊山传　俞樾　《春在堂传奇》本，1899年刊。又有《德清俞荫甫所著书》本，1902年刊。

＊绣帕记　谢堃　《春草堂集》本，1845年刊。

十一画

＊理灵坡　杨恩寿　《坦园丛稿》本，光绪年间刊。

＊黄龙府　幽并子　《二十世纪大舞台》第二期，1904年11月。

＊黄花冈　逋隐　《小说丛报》第二期，1914年。

黄金世界　杨子元　蒲江连珊书屋刻本，民国年间刊。

黄河远　谢堃　《春草堂集》本，1845年刊。

＊黄帝魂　陈天华　《民报》第二号，1906年。

＊黄碧签　刘清韵　《小蓬莱仙馆传奇》本，上海藻文书局石印，1900年。

＊著书　王季烈　《人兽鉴传奇》之二，上海正俗曲社，1949年刊。

＊菊影记　姚锡钧　《小说丛报》第四期至第七期，1914年至1915年。

＊梦中缘　邯郸梦醒人　1885年刊。

梦云楼　王士钤　稿本。

＊梦桃新剧　阮式　《阮烈士遗集》本，1913年刊。

＊梅花岭　刘咸荣　《娱园传奇》之一，日新印刷工业社，民国年间刊。

梅花梦　汪叙畴　1884年刊。

＊梅花梦　张道　1894年刊。

＊梅喜缘　陈烺　《玉狮堂十种曲》本，1891年刊。又有《聊斋志异戏曲集》本，上海，上海古籍出版社，1983年。

桴鼓记　李季伟、云查民　重庆石印本，1939年刊。

＊梓潼传　俞樾　《春在堂传奇》本，1899年刊。又有《德清俞荫甫所著书》本，1902年刊。

＊雪昙梦　曾朴　上海真美善书店本，1931年刊。

＊救世　王季烈　《人兽鉴传奇》之五，上海正俗曲社，1949年刊。

救国　杨子元　《女界天》第七种，蒲江连珊书屋刻本，1916年刊。

＊救侠　刘钰　《海天啸传奇》（又题《大和魂》，原名《日东新曲》）本，初刊《扬子江白话报》，后有小说林社刊本，1906年。又有文盛堂书局第五版排印本，1936年刊。任二北《曲海扬波》著录该剧为《海天啸杂剧》。

救种　杨子元　《女界天》第四种，蒲江连珊书屋刻本，1916年刊。

授书　杨子元　《女界天》第一种，蒲江连珊书屋刻本，1916年刊。

＊授徒　刘钰　《海天啸传奇》（又题《大和魂》，原名《日东新曲》）本，初刊《扬子江白话报》，后有小说林社刊本，1906年。又有文盛堂书局第五版排印本，1936年刊。任二北《曲海扬波》著录该剧为《海天啸杂剧》。

＊悬岙猿　洪炳文　《月月小说》第一号至第四号，1906年。阿英编《晚清文学丛钞·传奇杂剧卷》收录，北京，中华书局，1962年。《中国近代文学大系·戏剧集一》收录，上海，上海书店，1996年。

＊梨花梦　何佩珠　作者诗集《津云小草》之后所附本，道光年间刊。

＊梨花雪　徐鄂　《诵荻斋曲》本，大同书局石印，1886年。又有上海焕文书局石印袖珍本，1906年刊，与《白头新》合为一函。《中国近代文学大系·戏剧集一》收录，上海，上海书店，1996年。据任二北《曲海扬波》，

《梨花雪》一名《白霓裳》。

*银汉槎　李文翰　1845年刊。

*麻疯女传奇　陈尺山　载《小说世界日报》，又载《中华妇女界》第一卷第十期至第二卷第六期，1915年10月至1916年6月。

*麻滩驿　杨恩寿　《坦园丛稿》本，光绪年间刊。

*烹鱼　陈尺山　《孟谐传奇》本，上海，中华书局，1916年刊。

章台柳　胡无闷　《大共和日报》1914年3月1日至6月2日刊载。又有绘图石印单行本，1914年刊。按：此剧实为明代戏曲家梅鼎祚《玉合记》之删节本。

*望夫石　袁祖光　《国学萃编》第一期至第五期，1908年至1909年。又有《瞿园杂剧续编》本，丰源印书局，1909年刊。

*望洋叹　刘清韵　1939年1月钞本。江苏沭阳县诗词协会1990年誊写印刷本。华玮编校《明清妇女戏曲集》收录本，台北，中央研究院中国文哲研究所，2003年。

*清明梦　周实　《无尽庵遗集》本，上海国光印刷所，1912年刊。

淄川梦　唐咏裳　似有刊本，未详待考。

*断头台　感惺　《中国白话报》第十三期、第十四期、第十六期、第十八期，1904年。阿英编《晚清文学丛钞·传奇杂剧卷》收录，北京，中华书局，1962年。《中国近代文学大系·戏剧集一》收录，上海，上海书店，1996年。又有《中国古典文学名著分类集成·戏曲卷》所收本，天津，百花文艺出版社，1994年。

断指生　孙为霆　《太平虇》三种之一，卷首有卢前作于癸未十一月（1943年12月）之序文，三种均写太平天国兵间之事。

*断臂雄　刘咸荣　《娱园传奇》之三，日新印刷工业社，民国年间刊。

续西厢　吴国榛　甓勤斋稿本。

*维新梦　欧阳淦等　《绣像小说》第一期至第六期、第九期、第十九期至第二十五期、第二十七期至第二十八期，1903年至1904年。阿英编《晚清文学丛钞·传奇杂剧卷》收录，北京，中华书局，1962年。《中国近代文学大系·戏剧集一》收录，上海，上海书店，1996年。

*维新梦　作者不详　《大陆报》第二年第九号，1904年。

绿绮台　王蕴章　《小说丛报》第四期至第十期，1914年至1915年。

*绿绮琴　吴承烜　《游戏杂志》第一期至第九期，1913年至1914年。

绿窗怨记　吴梅　《游戏杂志》第十期至第十三期、第十五期至第十八期，1914 年至 1915 年。

十二画

＊琴别　张声玠　《玉田春水轩杂出》本，道光年间初刻。又有郑振铎《清人杂剧二集》本，1934 年刊。

＊琵琶赚　卢前　《饮虹五种》（又名《卢冀野丙寅所为五种曲》）之一，1927 年排印巾箱本。又有《木棉集》（又名《木棉甲集》、《卢冀野丙寅所为五种曲》）所收本，1928 年刊。又有《饮虹五种》所收本，渭南严氏孝义家塾丛书，1931 年刊。又有《卢冀野五种曲》本，稿本。

葬诗记　葬诗人　杭州实文斋木活字印《天花乱坠》卷七《曲类》所收本，1903 年刊。

＊落花梦　叶楚伧　《小说月报》第六卷第四期、第五期，1915 年。

落花梦　陈栩　《女子世界》第一期至第二期，1915 年至 1916 年。

＊落茵记　吴梅　《小说月报》第四卷第一号，1913 年。

落溷记　吴梅　敬苍水馆校刊本。按：此剧即吴梅《落茵记》之改定本。

＊焚琴记　陈翠娜　《栩园娇女集》本，1927 年刊。

敬寿碑　罗梅江　《红雨绿雪楼三种》之二，稿本。

逼月　东仙词人　《养怡草堂乐府》本，1874 年刊。

＊雁鸣霜　郑由熙　《暗香楼乐府》本，1890 年刊。

＊紫荆花　李文翰　1842 年刊。

赋棋　东仙词人　《养怡草堂乐府》本，1874 年刊。

＊黑海潮　涤骨　《申报》1912 年 1 月 19 日刊。

＊皖江血　孙雨林　《申报》本，1912 年。又有钞本，阿英编《晚清文学丛钞·传奇杂剧卷》据以排印，北京，中华书局，1962 年。

＊童子军　遁庐　《绣像小说》第二十九期至五十四期，1904 年至 1905 年。阿英编《晚清文学丛钞·传奇杂剧卷》收录，北京，中华书局，1962 年。

普天庆　洪炳文　《棣园乐府》，稿本。

＊曾芳四　吴沃尧　《月月小说》第八号、第九号，1907 年。卢叔度主编《我佛山人文集》第八卷收录，广州，花城出版社，1989 年。

＊湖州守　吴梅　全名《湖州守干作风月司》，《惆怅爨》之二，《霜厓三剧》本，1932 年刊。王卫民、王琳编著《吴梅》收录，北京，中国文史出版社，1998 年。

＊湘真阁　吴梅　《霜厓三剧》本，1932年刊。王卫民、王琳编著《吴梅》收录，北京，中国文史出版社，1998年。

渡江楫　竺崖　《第一晋话报》刊本，1906年。

＊游山　张声玠　《玉田春水轩杂出》本，道光年间初刻。又有郑振铎《清人杂剧二集》本，1934年刊。

谢庭雪　顾佛影　上海浦东旬报社铅印本，1924年刊。

＊馋秀才　顾随　《辛巳文录初集》所收本，北京，文奎堂书庄印行，1941年刊。又有叶嘉莹辑《苦水作剧》附录本，台北，桂冠图书股份有限公司，1992年。《顾随全集》本，石家庄，河北教育出版社，2000年。

＊媚红楼　陈栩　《月月小说》第十六号（第二年第四期），1908年。

十三画

＊赪绡恨　墨香词客　《小说月报》第五卷第十号，1915年。

＊鹊华秋　胡薇元　《壶庵五种曲》本，1919年刊。

＊楚凤烈　卢前　朴园铅印本，民国年间刊。又有汉口独立出版社本，1937年。

＊碎胡琴　张声玠　《玉田春水轩杂出》本，道光年间初刻。又有郑振铎《清人杂剧二集》本，1934年刊。

＊搏虎　陈尺山　《孟谐传奇》本，上海，中华书局，1916年刊。

鉴花亭　爱新觉罗·佑善　漪兰室朱墨稿本，1849年。

＊暖香楼　吴梅　《奢摩他室曲丛》本，1906年刊。

＊暗香媒　王增年　咸丰年间稿本，成于1851年。《小说月报》第四卷第十号至第十二号，1914年刊。

＊暗藏莺　袁祖光　《瞿园杂剧》本，1908年刊。

＊雾中人　郑由熙　《暗香楼乐府》本，1890年刊。

＊蜀鹃啼　林纾　《小说月报》第八卷第四期至第五期，1917年。上海，商务印书馆单行本，1917年刊。阿英编《庚子事变文学集》收录，北京，中华书局，1959年。

＊蜀锦袍　陈烺　《玉狮堂十种曲》本，1891年刊。

＊错姻缘　陈烺　《玉狮堂十种曲》本，1891年刊。又有《聊斋志异戏曲集》本，上海，上海古籍出版社，1983年。

＊锦树林　王蕴章　《国学杂志》第一期，1915年。

＊解愠　王季烈　《人兽鉴传奇》之三，上海正俗曲社，1949年刊。

*新上海　欧阳淦　《二十世纪大舞台》第一期，1904年9月。
　　*新中国　横江健鹤　《江苏》第四期，1903年。
　　新牛女　顾佛影　《四声雷》所收本，成都中西书局排印本，1943年刊。
　　新西厢　许善长　改良小说社石印本，1910年刊。又名《胭脂狱》，《碧声吟馆丛书》本，1884年刊。又有《聊斋志异戏曲集》本，上海，上海古籍出版社，1983年。
　　新西藏　杨子元　成都探源印刷局排印本，1919年刊。
　　*新罗马　梁启超　《新民丛报》第十号至第十三号、第十五号、第二十号、第五十六号，1902年至1904年。林志钧编《饮冰室合集》收录，上海，中华书局，1936年至1937年初版；北京，中华书局，1989年重印。阿英编《晚清文学丛钞·传奇杂剧卷》收录，北京，中华书局，1962年。《中国近代文学大系·戏剧集一》收录，上海，上海书店，1996年。又有《中国古典文学名著分类集成·戏曲卷》所收本，天津，百花文艺出版社，1994年。
　　新桃花扇　作者不详　石印本，1909年刊。
　　*窥帘　卢前　一名《女惆怅爨》，石印本，1942年刊。

十四画

　　*碧山楼　夏仁虎　铅印本，1926年刊。
　　*碧血花　王蕴章　《小说月报》临时增刊本，1911年。阿英编《晚清文学丛钞·传奇杂剧卷》收录，北京，中华书局，1962年。黄希坚、俞为民选注《近代戏曲选》收录，上海，华东师范大学出版社，1995年。又有《中国古典文学名著分类集成·戏曲卷》所收本，天津，百花文艺出版社，1994年。
　　*碧血碑　庞树柏　《小说林》第十一期，1908年。阿英编《晚清文学丛钞·传奇杂剧卷》收录，北京，中华书局，1962年。又有《中国古典文学名著分类集成·戏曲卷》所收本，天津，百花文艺出版社，1994年。
　　*歌杨柳　吴梅　全名《白乐天出妓歌杨柳》，《惆怅爨》之一。《小说月报》第八卷第九号、第十号，1917年。又有《霜厓三剧》本，1932年刊。王卫民、王琳编著《吴梅》收录，北京，中国文史出版社，1998年。
　　*瘗云岩　许善长　《碧声吟馆丛书》本，1877年刊。
　　赛秦坑　徐家礼　《蛰园五种曲》本，蓝格钞本，约成于光绪年间。

十五画

﹡慧镜智珠录　吴承烜　1923 年刊。

﹡蕙兰芳　曾传钧　仅见《坦园丛稿》本《词馀丛话》数出曲文,光绪年间刊。又见《重订曲苑》、《增补曲苑》,并辑入《中国古典戏曲论著集成》第九册,北京,中国戏剧出版社,1959 年。

﹡横塘梦　古盐官愚庵主人　《集成报》第二十四册至第三十四册,1897 年至 1898 年刊行,北京,中华书局,1991 年影印本。

﹡樊川梦　胡薇元　《壶庵五种曲》本,1919 年刊。

﹡题肆　张声玠　《玉田春水轩杂出》本,道光年间初刻。又有郑振铎《清人杂剧二集》本,1934 年刊。

翩鸿记　无着(俞锷,字剑华)　《七襄》第四期至第八期,1914 年至 1915 年。

﹡鹡鸰原　黄燮清　《倚晴楼集》本,1881 年重刻。又有《聊斋志异戏曲集》本,上海,上海古籍出版社,1983 年。

十六画

﹡燕子楼　陈烺　碧梧山庄石印本,1885 年刊,又有《玉狮堂十种曲》本,1891 年刊。

﹡燕子僧　卢前　《饮虹五种》(又名《卢冀野丙寅所为五种曲》)之一,1927 年排印巾箱本。又有《木棉集》(又名《木棉甲集》、《卢冀野丙寅所为五种曲》)所收本,1928 年刊。又有《饮虹五种》所收本,渭南严氏孝义家塾丛书,1931 年刊。又有《卢冀野五种曲》本,稿本。

燕园梦　程曦　著者自刊本,1947 年刊。

﹡霓裳艳　许之衡　1922 年刊。

﹡镜中圆　刘清韵　《小蓬莱仙馆传奇》本,上海藻文书局石印,1900 年。

镜因记　吴梅　《民国新闻》连载,1912 年 7 月 25 日至 9 月 10 日(逐日连载,其中 8 月 14 日至 8 月 17 日中断四天)。

镜重圆　陈祖昭　稿本。

﹡儒酸福　魏熙元　1884 年刊。

十七画以上

﹡霜天碧　丁传靖　《闇公杂著》本,清末民初刊。

*霜花影　王蕴章　《小说月报》第五卷第一号、第二号，1914年。

*蹈海　刘钰　《海天啸传奇》（又题《大和魂》，原名《日东新曲》）本，初刊《扬子江白话报》，后有小说林社刊本，1906年。又有文盛堂书局第五版排印本，1936年刊。任二北《曲海扬波》著录该剧为《海天啸杂剧》。

襄阳狱　褚龙祥　咸丰年间希葛斋稿本。

*魏负上书　许善长　《灵娲石》杂剧之八，《碧声吟馆丛书》本，1885年刊。

*繁女救夫　许善长　《灵娲石》杂剧之十，《碧声吟馆丛书》本，1885年刊。

*藤花秋梦　袁祖光　《瞿园杂剧》本，1908年刊。

彝陵梦　高步云　民国年间钞本。

*孽海花　袁祖光　一名《金华梦》，《瞿园杂剧》本，1908年刊。

警民铎　庚青　据任二北《曲海扬波》。

*警黄钟　洪炳文　《新小说》第九号至第十七号，1904年至1905年。又有新小说社排印本，1906年刊。阿英编《晚清文学丛钞·传奇杂剧卷》收录，北京，中华书局，1962年。黄希坚、俞为民选注《近代戏曲选》收录，上海，华东师范大学出版社，1995年。

瀛台梦　蔡寄鸥　《寄鸥丛书》本，汉口震旦民报社，1932年。

*攮鸡　陈尺山　《孟谐传奇》本，上海，中华书局，1916年刊。

麝尘香　作者不详　《新世界小说社报》本，1906年刊。

参 考 文 献

作品类

（本书写作过程中阅读参考的近代传奇杂剧作品及版本，参见附录《近代传奇杂剧目录》，为免重复，此处不再一一列出。）

阿英编：《晚清文学丛钞·传奇杂剧卷》（上下），北京，中华书局，1962年。

阿英编：《晚清文学丛钞·说唱文学卷》（上下），北京，中华书局，1960年。

阿英编：《鸦片战争文学集》（上下），北京，中华书局，1957年。

阿英编：《庚子事变文学集》（上下），北京，中华书局，1959年。

郑振铎编：《清人杂剧二集》，长乐郑氏刊行，1934年。

关德栋、车锡伦编：《聊斋志异戏曲集》（上下），上海，上海古籍出版社，1983年。

张庚、黄菊盛主编：《中国近代文学大系·戏剧集》（一、二），上海，上海书店，1995—1996年。

黄希坚、俞为民选注：《近代戏曲选》，上海，华东师范大学出版社，1995年。

杨家骆主编：《霜厓三剧及歌谱》，台北，鼎文书局，1972年。

高铦、谷文娟整理：《〈觉民〉月刊整理重排本》，北京，社会科学文献出版社，1996年。

顾随著：《顾随文集》，上海，上海古籍出版社，1986年。

顾随著、叶嘉莹辑：《苦水作剧》，台北，桂冠图书股份有限公司，1992年。

顾随著：《顾随全集》（四册），石家庄，河北教育出版社，2000年。

阮式著:《阮烈士遗集》,1913年。
吴宓著:《吴宓诗集》,上海,中华书局,1935年。
陈无我著:《老上海三十年见闻录》,上海,上海书店出版社,1997年。
卢叔度主编:《我佛山人文集》(八册),广州,花城出版社,1989年。
薛正兴主编:《李伯元全集》(五册),南京,江苏古籍出版社,1997年。
柳亚子著:《磨剑室文录》(上下),上海,上海人民出版社,1993年。
梁启超著:《饮冰室合集》(十二册),北京,中华书局,1989年。
王卫民、王琳编著:《吴梅》,北京,中国文史出版社,1998年。
王卫民编:《中国早期话剧选》,北京,中国戏剧出版社,1989年。
王文濡编:《南社小说集》,上海,上海文明书局,1917年。
《中国古典文学名著分类集成·戏曲卷五》,天津,百花文艺出版社,1994年。

杂志类

《集成报》(1897—1898年)
《新小说》(1902—1906年)
《新民丛报》(1902—1907年)
《江苏》(1903年)
《汉声》(1903年)
《大陆报》(1903—1904年)
《觉民》(1903—1904年)
《绣像小说》(1903—1906年)
《二十世纪大舞台》(1904年)
《东方杂志》(1904—1948年)
《浙源汇报》(1905年)
《民报》(1905—1910年)
《月月小说》(1906—1908年)
《法政学交通社杂志》(1907年)
《小说林》(1907—1908年)
《河南》(1907—1908年)
《著作林》(约1907—1908年)
《南洋兵事杂志》(1909—1911年)
《小说月报》(1910—1919年)

《神州丛报》（1913—1914年）
《中华妇女界》（1915—1916年）
《崇德公报》（1915—1916年）
《妇女杂志》（1915—1917年）
《小说新报》（1915—1920年）
《小说海》（1916—1917年）
《小说世界》（1923年）
《学衡》（1924—1925年）

论著类

王国维著：《宋元戏曲史》，上海，商务印书馆，民国十九年。上海，上海古籍出版社，1998年。

王国维著：《王国维戏曲论文集》，北京，中国戏剧出版社，1984年。台北，里仁书局，1993年。

吴梅著：《词馀讲义》，北京，北京大学出版部，1919年初版。台北，兰台书局，1971年。

王卫民编：《吴梅戏曲论文集》，北京，中国戏剧出版社，1983年。

吴梅编著：《南北词简谱》，台北，学海出版社，1997年。

周妙中著：《清代戏曲史》，郑州，中州古籍出版社，1987年。

周贻白著：《中国戏剧史长编》，北京，人民文学出版社，1960年。

周贻白编著：《中国戏剧史》（上中下），上海，中华书局，1953年。

周贻白著：《中国戏曲发展史纲要》，上海，上海古籍出版社，1979年。

周贻白著：《周贻白戏剧论文选》，长沙，湖南人民出版社，1982年。

钱南扬著：《戏文概论》，上海，上海古籍出版社，1981年。

卢前著：《明清戏曲史》，台北，台湾商务印书馆，1994年。

卢冀野著：《中国戏剧概论》，香港，南国出版社。（未署出版时间）

青木正儿著、王古鲁译：《中国近世戏曲史》（上下），北京，中华书局，1954年。北京，作家出版社，1958年。台北，台湾商务印书馆，1965年。

王季思著：《玉轮轩曲论三编》，北京，中国戏剧出版社，1988年。

吴国钦著：《中国戏曲史漫话》，上海，上海文艺出版社，1980年。

徐慕云编著：《中国戏剧史》，台北，世界书局，1977年。

魏子云著：《中国戏剧史》，台北，台湾学生书局，1992年。

唐文标著：《中国古代戏剧史》，北京，中国戏剧出版社，1985年。

陈芳著：《晚清古典戏剧的历史意义》，台北，台湾学生书局，1988年。
陈芳著：《清初杂剧研究》，台北，学海出版社，1991年。
曾影靖著、黄兆汉校订：《清人杂剧论略》，台北，台湾学生书局，1995年。
蔡孟珍著：《近代曲学二家研究——吴梅、王季烈》，台北，台湾学生书局，1992年。
张敬著：《明清传奇导论》，台北，华正书局，1986年。
邓长风著：《明清戏曲家考略》，上海，上海古籍出版社，1994年。
邓长风著：《明清戏曲家考略续编》，上海，上海古籍出版社，1997年。
邓长风著：《明清戏曲家考略三编》，上海，上海古籍出版社，1999年。
赵景深著：《中国戏曲初考》，郑州，中州书画社，1983年。
陆萼庭著：《清代戏曲家丛考》，上海，学林出版社，1995年。
严敦易著：《元明清戏曲论集》，郑州，中州书画社，1982年。
苏国荣著：《中国剧诗美学风格》，上海，上海文艺出版社，1986年。
苏国荣著：《戏曲美学》，北京，文化艺术出版社，1999年。
康保成著：《中国近代戏剧形式论》，桂林，漓江出版社，1991年。
王卫民著：《吴梅评传》，北京，社会科学文献出版社，1995年。
王卫民著：《吴梅研究》，台北，学海出版社，1996年。
任中敏编：《新曲苑》，上海，中华书局，1940年。台北，台湾中华书局，1970年。
任二北（中敏）录：《曲海扬波》，《新曲苑》后附，上海，中华书局，1940年。台北，台湾中华书局，1970年。
中国戏曲研究院编：《中国古典戏曲论著集成》（共十册），北京，中国戏剧出版社，1959年初版，1982年第4次印刷。
李渔著、单锦珩校点：《闲情偶寄》，杭州，浙江古籍出版社，1985年。
赵景深、张增元编：《方志著录元明清曲家传略》，北京，中华书局，1987年。
叶长海著：《中国戏剧学史稿》，上海，上海文艺出版社，1986年。
张庚、郭汉城主编：《中国戏曲通史》（上中下），北京，中国戏剧出版社，1980—1981年；1992年修订第2版合订本。
张庚、郭汉城主编：《中国戏曲通论》，上海，上海文艺出版社，1989年。
赵山林著：《中国戏剧学通论》，合肥，安徽教育出版社，1995年。

郭英德著：《明清文人传奇研究》，北京，北京师范大学出版社，1992年。

郭英德著：《明清传奇史》，南京，江苏古籍出版社，1999年。

张炯、邓绍基、樊骏主编：《中华文学通史》第五卷《近现代文学编》之近代文学部分，北京，华艺出版社，1997年。

胡忌、刘致中著：《昆剧发展史》，北京，中国戏剧出版社，1989年。

北京市艺术研究所、上海艺术研究所编著：《中国京剧史》（三卷四册），北京，中国戏剧出版社，1999年。

廖奔著：《中国古代剧场史》，郑州，中州古籍出版社，1997年。

高琦华著：《中国戏台》，杭州，浙江人民出版社，1996年。

蔡毅编：《中国古典戏曲序跋汇编》（共四册），济南，齐鲁书社，1989年。

张次溪编纂：《清代燕都梨园史料》（上下），北京，中国戏剧出版社，1988年。

周明泰编：《五十年来北平戏剧史材》，1932年铅石合印本。又名《五十年来北平戏剧史料》（上下），台北，广文书局，1977年。

梅兰芳著：《舞台生活四十年》，北京，中国戏剧出版社，1987年。

徐半梅著：《话剧创始期回忆录》，北京，中国戏剧出版社，1957年。

齐如山著：《齐如山回忆录》，北京，中国戏剧出版社，1998年。

福建省戏曲研究所编、林庆熙、郑清水、刘湘如编注：《福建戏史录》，福州，福建人民出版社，1983年。

田本相主编：《中国现代比较戏剧史》，北京，文化艺术出版社，1993年。

陈白尘、董健主编：《中国现代戏剧史稿》，北京，中国戏剧出版社，1989年。

葛一虹主编：《中国话剧通史》，北京，文化艺术出版社，1997年。

马森著：《西潮下的中国现代戏剧》，台北，书林出版有限公司，1994年。

郑振铎著：《郑振铎古典文学论文集》，上海，上海古籍出版社，1984年。

郑振铎著：《中国文学论集》（上下），香港，港青出版社，1979年。

梁启超著，舒芜校点：《饮冰室诗话》，北京，人民文学出版社，1959年初版，1982年第3次印刷。

梁启超著：《饮冰室诗话》，台北，广文书局，1997年。

梁启超著、朱维铮导读:《清代学术概论》,上海,上海古籍出版社,1998年。

杨世骥撰:《文苑谈往》,台北,华世出版社,1978年。台北,广文书局,1981年。

夏仁虎著:《枝巢四述·旧京琐记》,沈阳,辽宁教育出版社,1998年。

曾永义著:《中国古典戏剧论集》,台北,联经出版事业公司,1975年。

曾永义著:《中国古典戏剧的认识与欣赏》,台北,正中书局,1991年。

陈多著:《剧史新说》,台北,学海出版社,1994年。

钱基博著:《现代中国文学史》,长沙,岳麓书社,1986年。

黄霖著:《近代文学批评史》,上海,上海古籍出版社,1993年。

郭延礼著:《中国近代文学发展史》(三卷),济南,山东教育出版社,1990年,1991年,1993年。

刘纳著:《嬗变——辛亥革命时期至五四时期的中国文学》,北京,中国社会科学出版社,1998年。

鲁迅著:《中国小说史略》,北京,人民文学出版社,1973年。上海,上海古籍出版社,1998年。

陈平原著:《二十世纪中国小说史》第一卷,北京,北京大学出版社,1989年。

袁进著:《中国文学观念的近代变革》,上海,上海社会科学院出版社,1996年。

李泽厚著:《中国近代思想史论》,北京,人民出版社,1979年初版,1986年第2次印刷。

钟叔河著:《走向世界——近代中国知识分子考察西方的历史》,北京,中华书局,1985年。

王瑶主编:《中国文学研究现代化进程》,北京,北京大学出版社,1996年。

阿英著:《小说闲谈四种》,上海,上海古籍出版社,1985年。

阿英著:《阿英文集》(上下),香港,生活·读书·新知三联书店香港分店,1979年。

郑逸梅编著:《南社丛谈》,上海,上海人民出版社,1981年。

郑逸梅著:《郑逸梅选集》(三卷),哈尔滨,黑龙江人民出版社,1995年。

阿英编:《晚清文学丛钞·小说戏曲研究卷》,北京,中华书局,1960

年。台北，新文丰出版公司，1989年。

徐中玉主编：《中国近代文学大系·文学理论集》（两卷），上海，上海书店，1994—1995年。

戈公振著：《中国报学史》，台北，台湾学生书局，1982年。

[美]费正清编、中国社会科学院历史研究所编译室译：《剑桥中国晚清史》（上下），北京，中国社会科学出版社，1985年。

[美]费正清编，杨品泉、张言、孙开远等译：《剑桥中华民国史》（上），[美]费正清、费维恺编，刘敬坤、叶宗敳、曾景忠等译：《剑桥中华民国史》（下），北京，中国社会科学出版社，1994年。

论文类

梁淑安编：《中国近代文学论文集（1919—1949）·戏剧卷》，北京，中国社会科学出版社，1988年。

中国社会科学院文学研究所近代文学研究组编：《中国近代文学论文集（1949—1979）·戏剧、民间文学卷》，北京，中国社会科学出版社，1982年。

周妙中：《江南访曲录要》，《文史》第二辑，北京，中华书局，1963年4月。

周妙中：《江南访曲录要（二）》，《文史》第十二辑，北京，中华书局，1981年9月。

梁淑安：《辛亥革命时期传奇杂剧的改良》，《社会科学战线》1982年第2期。

梁淑安：《近代传奇杂剧的嬗变》，《中国社会科学》1983年第3期。

梁淑安：《近代传奇杂剧艺术谈》，《中国近代文学研究》第二辑，广州，广东人民出版社，1985年9月。

梁淑安：《近代意识的最初闪光——李文翰的生活道路与创作道路初探》，《南京大学学报》1992年第1期。

华玮：《析论刘清韵〈小蓬莱仙馆传奇〉之内容思想》，《中国文哲研究集刊》第七期，台北，中央研究院中国文哲研究所，1995年9月。

蒋星煜：《黄燮清及其〈倚晴楼传奇〉》，赵景深主编《中国古典小说戏曲论集》，上海，上海古籍出版社，1985年。

蒋星煜：《近代戏剧文学也是一个宝库——读〈中国近代文学大系·戏剧集〉有感》，《中华戏曲》第二十二辑，太原，山西古籍出版社，1999年

3月。

康保成：《近代传奇杂剧对传统戏曲形式的维护与背离》，《文学遗产》1991年第2期。

谢伯阳：《晚清戏剧家陈烺系年考略》，《学林漫录》第十集，北京，中华书局，1985年。

曲目、工具书类

梁淑安、姚柯夫著：《中国近代传奇杂剧经眼录》，北京，书目文献出版社，1996年。

阿英编：《晚清戏曲小说目》，上海，上海文艺联合出版社，1954年。

傅惜华著：《清代杂剧全目》，北京，人民文学出版社，1981年。

庄一拂编著：《古典戏曲存目汇考》（上中下），上海，上海古籍出版社，1982年。

李修生主编：《古本戏曲剧目提要》，北京，文化艺术出版社，1997年。

郭英德编著：《明清传奇综录》（上下），石家庄，河北教育出版社，1997年。

张棣华著：《善本剧曲经眼录》，台北，文史哲出版社，1976年。

中国艺术研究院戏曲研究所资料室编著：《中国戏曲研究书目提要》，北京，中国戏剧出版社，1992年。

傅晓航、张秀莲主编：《中国近代戏曲论著总目》，北京，文化艺术出版社，1994年。

齐森华、陈多、叶长海主编：《中国曲学大辞典》，杭州，浙江教育出版社，1997年。

孙文光主编：《中国近代文学大辞典》，合肥，黄山书社，1995年。

梁淑安主编：《中国文学家大辞典·近代卷》，北京，中华书局，1997年。

《中国大百科全书·戏曲 曲艺》，北京、上海，中国大百科全书出版社，1983年。

《中国大百科全书·中国文学》（两卷），北京、上海，中国大百科全书出版社，1986年。

《中国大百科全书·戏剧》，北京、上海，中国大百科全书出版社，1989年。

钱仲联、傅璇琮、王运熙、章培恒、陈伯海、鲍克怡总主编：《中国文学大辞典》,上海,上海辞书出版社,1997年。

陈玉堂编著:《中国近现代人物名号大辞典》,杭州,浙江古籍出版社,1993年。

乔默主编:《中国二十世纪文学研究论著提要》,北京,北京大学出版社,1994年。

陈鸣树主编:《二十世纪中国文学大典(1897—1929)》,上海,上海教育出版社,1994年。

陶君起编著:《京剧剧目初探》,北京,中国戏剧出版社,1963年。

上海图书馆编:《中国近代期刊篇目汇录》(共六册),上海,上海人民出版社,1980—1984年。

北京图书馆编:《民国时期总书目(1911—1949)·文学理论·世界文学·中国文学》(上下),北京,书目文献出版社,1992年。

北京图书馆编:《民国时期总书目(1911—1949)·外国文学》,北京,书目文献出版社,1987年。

樽本照雄编:《新编清末民初小说目录》,(日本)清末小说研究会,1997年。

唐沅、韩之友等编:《中国现代文学期刊目录汇编》(上下),天津,天津人民出版社,1988年。

后　　记

现在呈现在您面前的，是我 1996 年 9 月至 1999 年 12 月在中山大学中文系读书时所作博士学位论文的修改稿。

在呈请有关专家评议论文、举行毕业和学位答辩的过程中，这篇文章除了受到较高的评价之外，我还高兴地得到了来自多位老师的意见和建议。随后，就尽自己目前之所能，对有关问题进行了认真的研究思考，并对论文进行了一些修改和调整，主要是：其一，新写了第十章《近代传奇杂剧的意义和地位》。这一章内容早就在计划之中，只是由于总觉得准备还不够充分，在写作博士学位论文时未及行诸文字，现在勉力补作，算是全书的一个小结，也是对老师们所提要求的一个回应。其二，补充了当时未能见到或未及用上的若干新材料，有关内容也相应地重写，努力使文章材料更加充实，在此基础上形成的观点更加稳妥有据。其三，对全书文字又润饰修订一过，着重调整了个别文段，尽量使文字简洁些。

从比较专门地学习中国近代文学到现在，不过十二三年的时间，而集中于近代戏剧的研究，也只是近四五年来的事情。当初选择近代文学作为攻读硕士学位的研究方向，是有感于这个领域的冷清；差不多十年之后，到博士学位论文选题的时候又选择了近代传奇杂剧，更是有感于这个领域的寂寞。由该学科的现有状况和本课题的自身特点所决定，我在写作中必须首先从最基本的地方做起，包括搜集资料、断句标点、考订史实等，其他工作也大都要从头开始，在这一课题上花费的精力远远超出了我的预想。但是，我觉得收获也是多方面的，最大的收益是对近代传奇杂剧的基本情况有了比较真切的了解，对一些重要问题进行了初步的考察，并有了一点自己的认识，为继续探索打下了必要的基础。我愈来愈觉得，一向不为研究者所看重、许多著作语焉不详的近代传奇杂剧，其实是一个储备非常丰厚的领域，有着独特的研究价值和学术魅力，值得花大力气认真研究。许多事实说明，研究对象的历史意义和学术价值除了其本身的深厚蕴含之外，在很多时候还依赖于重要的发现。近代传奇杂剧研究的当下境况，主要不是因为它本身果真是那么贫瘠不堪，乏善可陈，而是因为我们太缺少发现。

　　进行这项研究的艰难一言难尽，幸运的是我遇到了多位好老师，获得了很多的理解和支持。在博士学位论文写作的全过程中，业师吴国钦先生给予了精心指导。从文章的整体结构、基本观点到材料语句、文字标点，吴老师都权衡斟酌，详细批改。先生对弟子既严格要求，一丝不苟，又给予充分的学术自由，因材施教。跟随先生学习的三年多，我受到的教益是多方面的。多年来，黄天骥先生一直关心着我的学习和成长，多有鼓励奖掖。在作为我博士学位论文的答辩委员给予我诸多指教之后，黄老师又给了我意外的惊喜，将本文纳入广东中华文化王季思学术基金丛书，使之获得了早日与学界见面的荣幸。这次对文章的修改和调整，也是在黄老师的具体要求和精心指导下进行的。老师们的人品学问，道德文章，让我感念不忘，心向往之；老师们的宽厚仁爱，关怀鼓励，让我努力前行，不敢懈怠。

　　我还必须深深感谢中国社会科学院文学研究所研究员梁淑安先生和复旦大学中国语言文学研究所教授黄霖先生。梁先生曾将著作和论文赐赠，为我的研究提供了极大的方便；在我入京访学期间，还热情地为我借书，后又代为复印资料，有求必应，多有关照。几年来，黄先生对我的学习非常关心，在我访沪期间，还对本选题提出了具体的指导意见，提供了重要的资料线索，并给予热情鼓励。更由于黄霖先生的热情关心，现在我又获得了在复旦大学中国语言文学博士后流动站学习研究的机会。曾经给予我各种帮助的师友还有很多，恕不能在此一一列出他们的名字。大家的珍贵情谊让我心存感激，终生难忘。

后　记

　　这本小书就要出版了，说实话，我对它还不是十分满意，心中很有些不安，但也不是完全没有敝帚自珍之情。因为我曾经为此而专注地思考，努力地探寻。攻读博士学位期间的经历已经成为过去，其间的甘苦却将长留我心，时时顾惜。本书多少记载了几年来我读书、思考的足迹，这份答卷对同道者或许会有一点参考价值。假如由此引起人们对中国近代戏剧特别是近代传奇杂剧的应有关注，就更使我喜出望外了。

　　我期待并感谢来自各方面的指教，以便继续努力，争取把自己的研究做得稍好一点。只有经常切磋讨论的研究才是不断进展的研究，只有充满对话声音的学术才是不寂寞的学术。我相信，这一天正向我们走来。

左鹏军
2001 年 5 月 10 日

修订版后记

2010年3月的一天晚上,黄天骥先生亲自打来电话,告诉我本书可以修订再版的消息。在取得博士学位十多年之后,我终于获得了修改自己的博士学位论文的机会,这对于我,实在是非常幸运,也是非常难得的。尽管黄老师带给我这样的好消息早已不是第一次,但这个消息的突然到来,还是让我觉得特别高兴,也引起了我对一些往事的回忆。

还记得1999年12月初,我以《近代传奇杂剧史论》为题的博士学位论文刚刚打印出来、一个星期之后就要进行答辩的时候,恰巧台湾学生书局的杨云龙先生来广州,我们有幸相识。蒙杨先生关心,我便以这篇文章提请审阅,当时心中虽然不无期待,但结果究竟会如何,并不敢多想。大约过了三四个月,我得到了这篇文章已经通过学生书局出版委员会和台湾清华大学戏剧研究专家(过了许久我才知道,这位评审专家就是王安祈教授)的审查并可出版的通知,那种欣喜欢快的感受我至今记忆犹新,难以忘怀。按照学生书局的出版计划,这本书预计可以在2000年面世。但是由于那一年夏天台湾遭遇强烈台风的原因,本书的出版进度不得不推迟,这就是2001年9月由台湾学生书局出版的《近代传奇杂剧史论》。此书基本上是我博士学位论文打印稿的样子,也最接近提交答辩时的模样。

在1999年12月8日举行的答辩会上,由蒋述卓先生、黄天骥先生、康保成先生、吴承学先生、罗东升先生、沈金浩先生和业师吴国钦先生组成的答辩委员会对本文给予了高度评价,同时也提出了一些意见和建议。后来我才知道,在论文送审的过程中,吴新雷先生、李修生先生、欧阳光先生、陈文新先生还作为评审专家对本文予以充分肯定并提出了指导意见。答辩之后不久的一天，黄天骥老师在系里遇见我，除了多有勉励之外，还正式告诉我这篇博士学位论文可以在修改之后纳入"广东中华文化王季思学术基金丛书"出版的消息，那一刻，我的感受真可以用惊喜莫名来形容。我对文章的修改就是在这样的情况下进行的，最大的变化是新写了第十章《近代传奇杂剧的意义和地位》，其他观点、材料、语言文字上的改动则难以悉数了。这就是恰巧也于2001年9月由广东高等教育出版社出版的这本《近代传奇杂剧研究》。

2000年9月至2002年7月，我在复旦大学中国语言文学博士后流动站师从黄霖先生从事研究，利用相当优越的学术条件，继续对攻读博士学位期间的选题进行拓展和深化，取得了比较明显的效果，所提交的博士后研究工作报告就是出站审核时被专家组评定为"优秀"的《晚清民国传奇杂剧史稿》。此项研究也获得了中国博士后科学基金的资助（第29批）。后来，这篇博士后研究工作报告的文献考证部分扩充为《晚清民国传奇杂剧考索》，于2005年9月由人民文学出版社出版；再后来，这篇博士后研究工作报告的戏剧史部分修改为《晚清民国传奇杂剧史稿》，并幸运地入选"广东优秀哲学社会科学著作出版基金资助项目"，于2009年6月由广东人民出版社出版。其间，我还获批了2001至2002年广东省哲学社会科学规划项目"传奇杂剧的终结过程和戏剧文化原因研究"（项目批准号：02G32），结项时被评为"优秀"（结项证书号：GH2005012）。那是我第一次独立承担省级科研项目。

2004年5月，我申报的"晚清民国传奇杂剧文献调查与史实研究"获得国家社会科学基金项目立项（批准号：04BZW038），结项时被全国哲学社会科学规划办公室鉴定为"优秀"等级（结项证书编号：20080527）。2010年5月，我以该项目的最终成果《晚清民国传奇杂剧文献与史实研究》申报"国家哲学社会科学优秀成果文库"，同年10月，幸运地被全国哲学社会科学规划领导小组批准通过，并将于2011年上半年由人民文学出版社出版。

这次对本书的修改，主要是结合近十多年来对中国近代戏剧与文学特别是近代传奇杂剧的理解，在原书基本结构允许的范围内进行。主要包括：第一，按照目前通行的学术要求，在全书之前增加了导言，希望能使读者在比较短的时间内了解本书的主要内容。第二，根据新见知的文献资料和戏剧史实，结合相关领域的研究进展，纠正了原书中几处材料运用、结论观点上的失误。第三，根据目前的学术规范和出版标准，对注释、参考文献以及书写格式进行了调整完善，使之尽可能准确清晰、符合要求。第四，认真通读全书，对语言文字、标点符号进行了一次比较全面、也相当细致的润饰，尽量改变和纠正原有的粗疏失当之处，使全书语言文字的整体水平有所提高。这是此次修改中最为用力、工作量最大的部分，也是最能体现本书修改情况的部分。

在 2001 年 5 月所作的本书初版本的后记中，我曾分明地感受到从事这项研究的艰难与寂寞，也曾对近代传奇杂剧的研究前景有所期待并表现出乐观的信心。值得高兴的是，恰好十年后的今天，我们可以清楚地看到这一领域已经发生了很大的变化，取得了明显的进展，某些方面已经达到了相当高的水平，而且仍然表现出继续前进、持续深化的可喜势头。至于我的《近代传奇杂剧史论》和《近代传奇杂剧研究》，虽然很正常地没有发生什么明显的学术影响，但也不是完全没有人注意到。比如，就我目前所见知，就有四五个比较知名或者还比较不知名的博士、教授，以不同的形式和手段，或巧妙或笨拙地借用了其中的某些材料、观点或概念，有的甚至是直接、完整地抄录了其中的许多文字，其相似程度连我自己重新写一次也绝不可能写得如此相似。倘若这种反常的情况也算是研究成果的影响的话，我则宁可不要这样的影响。我相信学界的绝大多数人，也不会认同、更不可能喜欢这等怪异的现象和如此恶劣的风气。

回顾 1988 年 9 月负笈岭南、开始攻读硕士学位以来的经历，我将主要精力用于中国近代文学、中国戏剧史、岭南文学与文化的研究，而攻读博士学位期间的三年多，对于我的成长来说，应当说是至为关键的，也是特别珍贵的。这不仅仅是硕士生阶段的若干学术积累的发展深化，而且是有意识地探寻和建立自己的研究特色的开始，也是后来的博士后研究工作及其他一系列研究工作的必要准备。每当忆及此，我就不能不再一次衷心感谢我每一个学习阶段的老师们的授业解惑、严格要求、栽培提点，也不能不为自己能遇上多位好老师而感到庆幸。

今年，我攻读硕士学位时的导师管林先生、钟贤培先生将满七十九岁，陈永标先生将满七十五岁；我攻读博士学位时的导师吴国钦先生将满七十四岁；我从事博士后研究时的导师黄霖先生将满七十岁。我知道，这本稚嫩的小书远不足以报答老师们的教诲之恩；我却愿意把它作为一个老学生的一篇新作业，呈送给老师们批改，再次聆听老师们的教导。到今年，我自己的教龄也将满二十八年，在华南师范大学教书将满二十年，距此书的初版也恰好十年。我也想借此书的出版，为自己留下一点岁月的印痕，或许也可以成为将来的回忆。

左鹏军

2011 年 2 月 28 日于广州